KIM SELVIG

MUTTERLIEBE

EIN KIKI-HOLLAND-THRILLER

HarperCollins

1. Auflage 2023
Originalausgabe

Umschlaggestaltung von wilhelm typo grafisch, Zürich
Umschlagabbildung von RaphGad, Alexey_M, RyanTangPhoto / Shutterstock
Gesetzt aus der Stempel Garamond und der Pentatonic
von GGP Media GmbH, Pößneck
Druck und Bindung von CPI books GmbH, Leck
Printed in Germany
ISBN 978-3-365-00268-1
www.harpercollins.de

Mama.
Du tust mir weh, Mama.
Warum hältst du mich so fest?
Mama, ich bekomme keine Luft mehr.
Mama. Ich will schreien, aber ich kann es nicht.
Merkst du denn nicht, dass ich weine?
Du machst mir Angst, Mama. Ich habe solche Angst.
Bitte hör auf. Bitte.
Mein Kopf pocht.
Mama, meine Lunge tut so weh. Ich ersticke, Mama.
Lass mich los. Mama!
Bitte … lass … mich.
Mama. Mam… Ma… M…

Sie schlüpfte in dem Moment durch die Tür, als der Richter den Saal betrat. Kiki Holland huschte in die erste Reihe der Zuschauerbänke, die für die Presse reserviert war. Neben ihr saß Roland Mussack, ein rundlicher Kollege von der Boulevardredaktion, der wie alle anderen aufstand, als Dr. Dieter Barchmann an sein Pult trat. Erst nachdem der hochgewachsene Mann in seinem schwarzen Talar nickte, nahmen die Anwesenden wieder Platz.

Kiki atmete durch. Ihr Puls raste vom Sprint, den sie hatte hinlegen müssen. Es war kein guter Start in den Tag gewesen. Eigentlich hatte das Chaos bereits am Vorabend begonnen. Vor ihr hatten ein paar freie Tage liegen sollen, die sie sich mit zahlreichen Überstunden verdient hatte. Mit einem Gin Tonic hatte sie sich auf die perfekt durchgesessene Couch kuscheln und durchs Programm zappen wollen. Doch kaum hatte sie den Drink zur Hälfte genossen und spürte das angenehme Kribbeln des Alkohols in ihrem Blut, hatte ihr Handy geklingelt. Markus Kahler, ihr Chef in der Redaktion.

Widerstrebend hatte sie das Gespräch angenommen. Kahler rief nie an, um zu plauschen. Es war immer dienstlich. So auch jetzt.

»Die Becker hat sich die Haxe gebrochen.« Kein »Guten Abend«, kein »Hallo«.

»Aha«, hatte Kiki lang gezogen geantwortet und einen großen Schluck aus dem Longdrinkglas genommen, in dem die Eiswürfel klirrten.

»Ich finde keinen Ersatz.«

»Okay …«

»Morgen beginnt der Mutterprozess.«

»Ich weiß.« Kiki verkrampfte innerlich. Sie hatte bei der Redaktionskonferenz darauf verzichtet, sich einzutragen, und lieber der Kollegin den Vortritt gelassen. Mütter, die ihre Kinder auf dem Gewissen hatten, lagen ihr gewöhnlich schwer im Magen. Außerdem spürte sie, dass der Stresspegel in den vergangenen Wochen deutlich zu hoch gewesen war und sie dringend ein paar Tage brauchte, um runterzukommen. Vom Zustand ihrer Wohnung mal ganz abgesehen. Der letzte Großputz lag lange zurück. Zu lange.

»Neun Uhr, am Landgericht.« Das war nicht nur eine Information gewesen, sondern auch ein Befehl.

»Ich werde da sein.« Kahler hatte die Leitung ohne ein weiteres Wort getrennt.

Kiki war lange genug im Geschäft, um zu wissen, dass ein weiteres Glas Gin Tonic und eine weitere Folge einer dummdusseligen Serie zwar gemütlich, aber wenig professionell gewesen wären. Und so hatte sie den Laptop, der zum Laden auf dem Sideboard aus Eiche stand, das dereinst das Wohnzimmer ihrer Großeltern dominiert hatte, aufgeklappt und sich in den Redaktionsrechner eingeloggt. Die dort hinterlegten Recherchen waren für alle Kollegen und Kolleginnen zugänglich – für genau solche Fälle wie diesen, wenn eine Reporterin ausfiel und eine andere übernehmen musste. Die Kollegin Nina Becker hatte sauber recherchiert, das hatte Kiki auf den ersten Blick gesehen. Sauber – und viel. Es würde Stunden dauern, sämtliche Links zu den Zeitungsberichten und die Notizen der Kollegin durchzugehen.

Die reißerischen Artikel der Boulevardkollegen hatte sie sofort weggeklickt. *Die Monstermutter aus der Villa* oder *Warum musste der süße Linus sterben?* waren Titelzeilen, die nicht gerade seriös klangen. Das von der Kollegin angefertigte *Psychogramm der Sylvia B.* hatte Kiki ignoriert. Sie wollte sich ihr eigenes Bild von der Angeklagten machen – wie immer. Diese Arbeitsweise hatte ihr in der Branche den Ruf einer Gerichtsreporterin mit seziermesserscharfem Blick eingebracht, die obendrein eine exzellente Schreibe hatte. Die allermeisten großen Tageszeitungen druckten Kikis Artikel ohne nur die kleinste Kürzung.

Es hatte bis weit nach Mitternacht gedauert, bis sie sich einigermaßen gerüstet gefühlt hatte für den kommenden Morgen. An dem dann so ziemlich alles schiefgegangen war, was schiefgehen konnte. Sie hatte einmal zu oft auf die Schlummertaste gedrückt. Es hatte nur noch für eine kurze Dusche gereicht. Die Haare, denen sie an ihrem freien Tag eigentlich eine Kurpackung hatte gönnen wollen, steckte sie mit einer Klammer am Hinterkopf zusammen. Da sie geplant hatte, den Tag mit einem Milchkaffee in ihrer Lieblingskonditorei zu beginnen, hatte sie kein Espressopulver besorgt. Der kümmerliche Rest hatte gerade noch für eine schwache Tasse gereicht, die sie hastig heruntergestürzt hatte.

Immerhin sprang Enzo, ihr gelegentlich zickender knallroter Fiat 500, beim ersten Drehen des Zündschlüssels an und knatterte sie, unter Umgehung sämtlicher Verkehrsregeln, in die Innenstadt. Dort allerdings gab es, wie üblich, keine freien Parkplätze. Und so musste Kiki Holland ihren italienischen Miniwagen einen knappen Kilometer vom ehrwürdigen Justizgebäude entfernt in einer Seitenstraße neben übervollen Papiercontainern parken und zu Fuß in den halbhohen Pumps zum Gericht hetzen, die Akten und die Tasche mit dem Laptop unter den Arm gekrallt.

Ihr Schädel pochte, als sie sich neben dem Boulevardjournalisten in die Bank quetschte und einen ersten Blick auf die Angeklagte wagte, die sich während des erlaubten dreißigsekündigen Blitzlichtgewitters der Fotografen und Fotografinnen einen grauen Ordner vor das Gesicht gehalten hatte.

Sylvia Bentz hielt den Blick gesenkt. Die blonden Haare fielen ihr in leichten Wellen ins blasse Gesicht.

»Es reicht.« In der Stimme des Richters lag die Autorität eines Mannes, der sich sowohl seines Amtes als auch seiner Erscheinung bewusst war. Die Fotografierenden senkten die Kameras. Die meisten von ihnen verließen sofort den Saal, um ihren Redaktionen sekundenschnell die ersten Bilder der »Mördermutter« zu liefern.

Der Anwalt der Angeklagten flüsterte ihr etwas zu. Sie zögerte einen Moment nach den Worten des blonden, milchgesichtigen Advokaten. Obwohl Heiko Walter seit über zwanzig Jahren im Geschäft war, hatte er sich sein spitzbübisches, studentisches Aussehen bewahrt. Kiki kannte ihn aus zahlreichen Prozessen, in denen er als Strafverteidiger aufgetreten war. Mal hatte er gewonnen, mal verloren. Seinem betrübten Blick nach zu urteilen, rechnete er im Fall der Sylvia Bentz nicht unbedingt mit einem Freispruch.

Die Angeklagte offenbar genauso wenig. Als sie den Ordner senkte, blickte Kiki in ein fahlgraues Gesicht, in dem nichts mehr an die strahlende Millionärsgattin erinnerte, die noch vor nicht allzu langer Zeit bei einem Wohltätigkeitsball an der Seite ihres Mannes in die Kamera gelacht hatte. Aus dem etwas pausbackigen Gesicht mit den vollen Lippen und den tiefen braunen Augen war das verhärmte Antlitz einer Frau geworden, die um Jahre gealtert schien. Tiefe Falten hatten sich zwischen Nase und Mund eingegraben. Die Augen, obwohl mit Mascara betont, wirkten stumpf und lagen tief in grauen Höhlen. Die Angeklagte hatte abgeknabberte Fingernägel, bei einigen so weit, dass es blutete. Kurzum: Sylvia Bentz war mit den herausgewachsenen Strähnen und dem viel zu großen Blazer nur noch ein Schatten ihrer selbst.

Kiki machte sich Notizen und linste auf den Block des Boulevardkollegen neben sich. Mussacks Blatt war leer. Sie grinste in sich hinein: Das war einer der Gründe, weshalb sie sich längst nicht mehr im hiesigen Boulevardressort verdingen musste. Ihre Storys wurden gern mal bundesweit aufgegriffen.

Kikis Gedanken wurden unterbrochen vom Rascheln eines Talars, als sich der Staatsanwalt erhob. Sebastian Karlsen reckte wichtigtuerisch das Kinn, und Kiki erneuerte ihren Eindruck des Vertreters des Volkes: Karlsen war ein affektierter, auf Schau spielender Kerl, den die Fälle komplett kaltließen. So kalt wie sie selbst die Verlesung der Anklageschrift, gespickt mit allerlei Paragrafen. Sie hörte nur mit halbem Ohr zu und notierte sich die Grundpfeiler.

Demnach hatte Sylvia gut acht Monate zuvor ihre beiden Kinder, die fünfjährige Larissa und den dreijährigen Linus, ins Audi-Cabriolet auf die Rückbank gesetzt, ordnungsgemäß gesichert und war mit den beiden mit offenem Verdeck und zur Musik von Max Giesinger aus der Stadt hinausgefahren. Unterwegs, das hatten die Ermittler von Larissa erfahren, habe ihre Mutter die CD ausgeschaltet und angefangen, selbst zu singen. Das Lied vom schnappenden Krokodil. Linus' Lieblingssong, bei dem ihr Bruder leidenschaftlich mitgegrölt habe. Bei der Erwähnung des Kinderliedes senkte die Angeklagte die Augen. Der als Nebenkläger auftretende Vater von Larissa und Linus barg das Gesicht in den Händen. Seine Schultern zuckten. All das hielt Kiki in der über die Jahre antrainierten, nur für sie selbst lesbaren Schnellschrift fest.

Die lapidaren Schilderungen und Aufzählungen des Staatsanwaltes hielten sie aber nicht davon ab, die Geschehnisse des verhängnisvollen Tages in Polaroid vor ihrem inneren Auge zu erleben. Ihr wurde übel.

»Mama, warum halten wir? Hier ist doch gar keine Pommesbude.« Linus' Gesang verstummte. Seine Schwester schwieg und betrachtete die zusammengekniffenen Augen ihrer Mutter im Rückspiegel. Larissa wusste, dass es einer jener Momente war, in denen man besser keine Fragen stellte. Weil man keine Antworten bekam.

»Weil es hier genau richtig ist«, sagte Sylvia Bentz, zog den Schlüssel aus dem Zündschloss und schnallte sich ab. »Aussteigen, Kinder!«

Larissa zögerte. Sie hatte keine Lust auf einen Waldspaziergang. Sie trug Sandalen ohne Socken, und die Brennnesseln würden ihre nackten Beine in den Shorts quälen. Anders Linus. Larissas kleiner Bruder ließ mit flinken Fingern das Schloss des Kindersitzes aufspringen, kletterte herunter und war mit einem Satz aus dem Cabrio ausgestiegen.

»Mach schon, du lahme Schnecke!«, rief er in Richtung seiner Schwester, ehe er zu seiner Mutter hüpfte und seine kleine Hand in ihre legte.

»Menno.« Larissa murrte, stieg dann aber aus und folgte den beiden, die Hand in Hand und hüpfend den schmalen Feldweg entlanggingen, der zum Wald führte. Sie sah pudrigweißen Löwenzahn. Hörte das Krächzen schwarzer Krähen in den Wipfeln und roch die moosige Kühle des Forstes.

»Ich zeige euch einen besonderen Platz. Einen ganz besonderen Platz.« Larissas Mutter lachte, wie sie seit langer, langer Zeit nicht mehr gelacht hatte. Linus sah zu seiner Mama auf. Seine Augen blitzten. Larissa rannte zu den beiden und griff nach der freien Hand ihrer Mama. Die Hand war eiskalt.

Das Mädchen erschauderte, wagte aber nicht, die verflochtenen Finger wieder zu lösen.

Weiter und weiter und weiter ging es hinein in den Wald. Bald war der Weg nur noch eine kleine Spur, die über Moos und Wurzeln führte. Steine lagen den dreien im Weg. Ein umgestürzter Baum. Sie kletterten und wichen aus und waren außer Atem, als sie nach gefühlt endloser Zeit eine Lichtung erreichten.

Sylvia Bentz blieb abrupt stehen.

»Ist das schön, oder ist das schön?«, fragte sie mit sich beinahe überschlagender Stimme. Larissa sah sich um. Hinter ihnen lag ein dichter Mischwald. Vor ihnen erstreckte sich hohes Gras, das um einen so glasklaren See herum wucherte, dass es dem Mädchen vorkam wie die Zeichnung aus einem Märchenbuch.

Und dann war da die Stille. Diese absolute, unendliche Stille.

Kein Vogel zwitscherte. Kein Frosch quakte. Kein Ast knackte. Larissa schauderte erneut. Linus machte große Augen.

»Ist da ein Schatz im See versteckt?«, fragte der kleine Junge.

»Vielleicht«, antwortete seine Mutter. Ihre Mundwinkel zuckten.

Die Fünfjährige wich einen kleinen Schritt zurück. Sylvia Bentz zog sie mit einer harten Bewegung nahe an sich.

»Mama. Ich habe Angst«, flüsterte das Mädchen.

»Wovor denn, meine Süße? Hier sind keine Wölfe, hier gibt es keine Geister. Alles ist gut und schön und so, wie es sein soll und sein wird.«

Larissa schwieg und betrachtete ihren kleinen Bruder, der mit kugelrunden Augen einen Sonnenstrahl betrachtete, der sich auf dem See brach. Linus' blondes Haar stand ihm am Hinterkopf ab. Die blassen Sommersprossen auf seiner stupsigen Nase schienen vor den Augen der Schwester zu tanzen. Dann blähte der Junge die Wangen auf und rief: »Schni-Schna-Schnappi!«

»Pssst, Linus. Niemand soll wissen, dass hier ein Krokodil wohnt. Und niemand darf wissen, dass wir hier sind«, sagte die Mutter in scharfem Ton. Der Dreijährige verstummte.

»Seht ihr den Baumstamm da drüben?« Sylvia Bentz zeigte auf einen morschen Baum, der umgeknickt am Boden lag. Beide Kinder nickten stumm.

»Und genau da gehen wir jetzt hin.« Dann zerrte die Mutter die beiden Kinder mit sich.

Kiki Holland blätterte Seite um Seite ihres Notizblocks um. Der rundliche Mussack neben ihr schrieb nun auch, ohne aufzublicken. Im Zuschauerraum war es mucksmäuschenstill. So still, dass man das angestrengte Atmen von Stefan Bentz hören konnte. Der Verteidiger seiner Frau blätterte in einer Akte. Neben ihm stapelten sich Ordner und Laufmappen.

Die Angeklagte selbst starrte auf einen Punkt an der gegenüberliegenden Wand. Ihr Blick war leer. Aber das gelegentliche Zucken des rechten Augenlids verriet Kiki, dass Sylvia Bentz nervös war. Sie kannte dieses Zucken nur zu gut. Immer dann, wenn der Stresspegel zu hoch war, spielten ihre Lidmuskeln verrückt. Meistens halfen ihr dann ein paar tiefe Atemzüge. Die Gedanken an einen der schönen Ausflüge mit Enzo, dem kleinen Fiat, am besten noch Torsten Lewandowski auf dem Beifahrersitz. Kiki nahm sich vor, ihn am Abend spontan auf ein Glas Barolo zu sich einzuladen. Torte, wie sie ihn liebevoll nannte, war der beste Zuhörer, den sie kannte. Sie hatte schon so manchen Fall mit ihm durchgesprochen, ehe sie mit der Reportage begonnen hatte.

Der Staatsanwalt nahm einen großen Schluck aus dem Glas mit stillem Wasser. Selbst das zelebrierte er in einer theatralischen Geste. Anschließend fuhr er mit seiner Verlesung fort.

»Setzt euch hin.« Sylvia Bentz bat Linus und Larissa, sich auf den Baumstamm zu setzen. »Ich erzähle euch jetzt eine Geschichte.«

»Au ja!« Linus war begeistert. Larissa aber musterte ihre Mutter misstrauisch. So etwas hatte diese noch nie getan. Sylvia Bentz war keine Geschichtenerzählerin, wenn überhaupt, dann las sie ihnen lustlos aus einem Buch vor. An den allermeisten Abenden aber legte sie ein Hörspiel ein und überließ die Kinder beim Einschlafen sich selbst.

Sylvia Bentz setzte sich vor ihre Kinder im Schneidersitz auf den Boden und streifte den Rucksack ab. Mit zitternden Händen nestelte sie den Verschluss auf.

»Mama, geht es dir gut?«, wollte Larissa wissen.

»Bestens. Es geht mir bestens, mein Schatz.« Sie holte eine Thermoskanne aus dem Rucksack, schraubte den silbernen Deckel ab und goss dampfenden Tee hinein.

»Es ist eine geheime Geheimgeschichte, und ihr müsst erst diesen Zaubertrank trinken«, sagte Sylvia Bentz und reichte Larissa den Tee. »Jeder einen ganzen Becher.«

Das Mädchen zögerte.

»Mach schon!«, forderte die Mutter sie auf. Das Kind gehorchte, obwohl der Tee nicht so süß war wie sonst, sondern einen bitteren Geschmack hatte.

»Braves Mädchen. Und jetzt du, Linus!«

Der Junge nahm den ersten Schluck und verzog das Gesicht.

»Bäh! Das schmeckt nicht.«

»Das tut ein Zaubertrank nie. Trink ihn aus.« Sylvia Bentz

sah den Kleinen streng an. Der Junge wollte offenbar seiner Mama gefallen und kippte das Gebräu hinunter.

»Das hast du fein gemacht!« Sylvia Bentz nahm Linus den Becher ab. Der Dreijährige schüttelte sich vor Ekel.

»Und jetzt habe ich noch eine Überraschung für euch!« Die Mutter wühlte erneut im Rucksack herum. Dann holte sie zwei schwarze Schlafmasken und zwei Paar geräuschhemmende Kopfhörer hervor. Larissa kannte sie, sie setzte diese manchmal auf, wenn sie Hausaufgaben machte und der kleine Bruder mal wieder herumlärmte. Die Lärmschützer des Mädchens waren knallrot, und es hatte sie mit Stickern von Disneys Eiskönigin *verziert. Die blauen Kopfhörer seines Bruders waren schmucklos.*

»Mama?« Larissa wurde unwohl.

»Pscht.« Sylvia Bentz legte den Zeigefinger vor den Mund. »Nicht sprechen.«

Sie gab jedem Kind eine Maske und dessen Kopfhörer. Linus gähnte. Und einen Moment später auch seine Schwester. Obwohl es mitten am Tag war, wurde das Mädchen plötzlich so müde, als ob es mit den Eltern eine Samstagabendshow im Fernsehen angeschaut hätte.

Irritiert blickte sie zu ihrer Mutter. Sie suchte in ihrem Blick nach einer Antwort auf die Frage, was los war. Doch Sylvia Bentz wirkte seltsam unbeteiligt und gleichgültig. So gefühlskalt, als würde sie das alles nichts angehen. Am merkwürdigsten waren ihre Augen: zwei dunkelbraune Murmeln, aus denen jegliches Leben gewichen zu sein schien.

Einen Moment später wurden Larissas Lider so schwer, dass sie sie nicht länger aufhalten konnte. Ohne etwas dagegen tun zu können, sank sie in einen tiefen, traumlosen Schlaf, der alles für immer verändern würde.

Kiki Holland kramte in ihrer Umhängetasche. Sie war sich sicher, noch eine Packung Pfefferminzkaugummis eingesteckt zu haben. Nach einigen Sekunden gab sie jedoch die Suche auf, weil das Rascheln zu viel Aufmerksamkeit auf sich zog. Vor allem Boulevard-Mussack lugte immer wieder teils irritiert, teils genervt zu ihr herüber.

Inzwischen hatte der Staatsanwalt die Verlesung der Anklageschrift beendet. Nach einem weiteren theatralischen Schluck aus seinem Wasserglas beschäftigte er sich mit der Frage, ob es beim aktuellen Fall Gespräche über eine Verfahrensabsprache gegeben habe. Hatte es nicht, sodass er zum nächsten Punkt auf der Tagesordnung übergehen konnte: der vorschriftsmäßigen Belehrung der Angeklagten, inklusive des Hinweises, dass es ihr freistünde, sich zu der Anklage zu äußern oder zu schweigen.

Kiki wusste nicht mehr genau, wie viele Gerichtsprozesse sie seit Beginn ihrer Laufbahn als Journalistin schon verfolgt hatte. Bestimmt waren es an die hundert gewesen. Darum wusste sie: Nur die allerwenigsten Angeklagten nutzten die Gelegenheit, sich umfassend zur Sache zu äußern. Und wer es tat, tat es meist entgegen dem Rat seines Anwalts. Im Grunde genommen galt für Aussagen vor Gericht dieselbe Rechtsbelehrung, die jeder Krimi-Fan aus dem Effeff kannte: *Alles, was Sie sagen, kann gegen Sie verwendet werden.* Vor Gericht kam erschwerend hinzu, dass jeder einzelne Satz später Wort für Wort in den Gerichtsakten auftauchen würde. Zu gewinnen gab es für die Angeklagten hier in der Regel nichts, bloß zu verlieren.

Deshalb wunderte es Kiki kein bisschen, dass Sylvia Bentz die Aussage verweigerte, um sich selbst nicht zusätzlich zu belasten. Sofern das überhaupt noch möglich war. Soweit Kiki bisher recherchiert hatte, stand die Anklage auf ziemlich sicheren Füßen.

Als Nächstes folgte die Beweisaufnahme. Der Staatsanwalt begann, von den Paragrafen 244 bis 257 der Strafprozessordnung zu erzählen, und Kiki unterdrückte ein Gähnen. Der Anfang war stets der langweiligste Teil einer Gerichtsverhandlung. Jede Menge Zeit verstrich, bevor der Stein tatsächlich ins Rollen kam und wirklich verhandelt wurde.

In diesem Moment schrie jemand gellend auf, und Kiki zuckte zusammen.

Sylvia Bentz starrte zu dem Baumstamm, neben dem die zwei Kinder lagen. Beide trugen nach wie vor die Kopfhörer. Ihre Augen waren geschlossen. Das Schlafmittel im Tee hatte schnell gewirkt und ihnen das Bewusstsein geraubt. Genau so, wie Sylvia Bentz es recherchiert und geplant hatte. Jetzt sahen das Mädchen und der Junge aus wie reglose Puppen. Vielleicht waren sie das auch: nur Puppen.

Wenn man nicht genau hinschaute, fiel einem das leichte Heben und Senken ihrer Brust nicht einmal auf. Die Erinnerung daran, sich noch vor wenigen Minuten mit ihnen unterhalten zu haben, ließ sich schnell aus dem Gedächtnis streichen. Es war nicht mehr wichtig. Ebenso wenig wie vieles andere. Für sie zählte nur noch das Ziel. Die Tat, die begangen werden musste.

Es musste so enden. Es gab keine andere Möglichkeit.

Der frische Duft der Bäume ließ sie sich ganz leicht und klar fühlen. Sie freute sich über diesen Ort, der so anders war als ihr steriles Zuhause. Überdies war er eine klare Abgrenzung zu allem Vertrauten und Bekannten. Das war ihr wichtig.

Sie zögerte nicht für den Bruchteil einer Sekunde. Weder Angst noch Gewissensbisse hielten sie zurück. Sylvia Bentz fühlte nichts, außer grenzenlose Entschlossenheit, als sie die Hände um den Hals ihrer Tochter legte und fest zudrückte. Den Widerstand, auf den ihre Daumen trafen, blendete sie aus. Die Welt schrumpfte auf einen winzigen Raum zusammen. Alles um sie herum verschwand in einem weißen bedeutungslosen Nichts. Sie hörte nichts anderes und sah nichts anderes. Emotionen gab es keine mehr. Alles, was zählte, war die Tat. Es musste so enden. Es musste …

Zuerst wusste Kiki nicht einmal, woher der Schrei gekommen war. Noch während sie sich nach dem Urheber umschaute, begriff sie, dass es kein Aufschrei des Schmerzes oder der Angst gewesen war. Nein, der Laut hatte nach überschäumender Wut geklungen. Eine Sekunde später sah sie, wer geschrien hatte – eine hagere Frau in den Fünfzigern in dunkler Stoffjacke, mit roten Wangen und spitzem Kinn. Als sie sich nun schräg hinter Kiki auf der Besucherbank erhob, war Kiki einen Herzschlag lang davon überzeugt, die Frau würde eine Pistole oder dergleichen ziehen und damit wild um sich schießen. Aus den Actionfilmen in Fernsehen und Kino kannte sie solche Szenen zur Genüge. Der hasserfüllte Gesichtsausdruck der Frau schien die Vermutung zu bestätigen. Die Leute, die links und rechts von ihr saßen, wichen erschrocken zurück.

Doch die Frau hatte offenbar nicht vor, eine Schusswaffe zu ziehen. Stattdessen zeigte sie jetzt mit ausgestrecktem Zeigefinger auf die Angeklagte und erhob die Stimme abermals zu einem Schreien. Diesmal war es aber nicht nur Lärm, sondern sie formte Worte: »Du sollst in der Hölle schmoren für deine Taten!«

Kiki hatte keine Ahnung, wer die Ruferin war und in welchem Verhältnis sie zu Sylvia Bentz stand. Sofern überhaupt. Doch dies war nicht der Zeitpunkt, um sich darüber den Kopf zu zerbrechen. Mehrere Zuschauende im Saal brüllten Zustimmung, zwei von ihnen klatschten sogar. Unterbrochen wurde das Ganze durch einen jähen Ruf von der Richterbank her: »Ruhe dahinten, oder ich lasse den Saal räumen!«, ermahnte Barchmann die Störenfriede. Er funkelte die Zuschauer aufgebracht an.

Abrupt kehrte wieder Stille ein. Es passierte so schnell, dass es offenbar auch den Richter beeindruckte: »Ich weiß, dass dies ein sehr aufwühlendes Thema ist und viele Gemüter erhitzt«, fuhr er in deutlich gemäßigterem Tonfall fort. »Dennoch weise ich hiermit noch einmal ausdrücklich darauf hin, dass dies ein Gerichtssaal und kein Jahrmarkt ist. Niemand wird diesen Ort mit Zwischenrufen stören. Vor allem nicht von den Zuschauerbänken aus. Sollte das noch einmal passieren, wird der Rest der Verhandlung unter Ausschluss der Öffentlichkeit geführt. Habe ich mich klar ausgedrückt?«

Seine Worte klangen bestimmt und verfehlten ihre Wirkung nicht. Danach herrschte Ruhe im Gerichtssaal.

Nach der Tat ließ sie den Körper des Mädchens achtlos zu Boden sinken. Schritt eins von zwei war damit erledigt. Sie streckte den Rücken durch und hörte, wie ihre Gelenke knackten. Die Tat war sehr anstrengend gewesen. Ihre Muskeln schmerzten. Irgendwo tief in ihrem Inneren weinte und schrie etwas vor Verzweiflung, doch es war nichts als ein weit entferntes Echo ohne Bedeutung.

Weiterhin war ausschließlich das Ziel wichtig. Deshalb gönnte sie sich auch nur einen Moment zum Durchatmen, bevor sie sich dem Jungen zuwandte. Mit der gleichen emotionslosen Entschlossenheit wie zuvor kniete sie neben ihm nieder und legte die Hände um seinen schmalen Hals. Er war dünn wie der Ast eines noch nicht ausgewachsenen Baumes. Die Haut fühlte sich warm und weich an, doch auch das war ohne Relevanz. Ihre Finger drückten kraftvoll zu. Vor Anstrengung hielt sie die Luft an. Dann konzentrierte sie sich voll und ganz auf die Tat. Sie hoffte, dass es nicht lange dauern würde.

Nachdem der Staatsanwalt seine Paragrafenpredigt beendet hatte, schlug Richter Barchmann eine halbstündige Unterbrechung der Verhandlung vor. Kiki hielt das für eine sehr gute Idee. Sie sehnte sich nach frischer Luft und einem Kaffee. Der aus dem Automaten auf dem Flur schmeckte grauenhaft, aber nicht weit entfernt befand sich ein lauschiges Eckcafé, das auch Getränke zum Mitnehmen anbot. Sie wäre mühelos wieder zurück, bevor die Verhandlung weiterging.

Leider war sie nicht die Einzige, die diese grandiose Idee hatte. Etliche Zuschauende strömten vom Sitzungssaal auf die Straße und von dort aus weiter in Richtung des Cafés. Unter ihnen befand sich Roland Mussack. Er grinste, als ihm auffiel, dass sie hinter ihm lief. »Na, auch unterwegs, um Treibstoff zu tanken?«

»Ohne Kaffee sterbe ich da drinnen«, stimmte Kiki zu. Mussack grinste und entblößte dabei schiefe nikotingelbe Zähne. Im Gehen zündete sich der Redakteur eine selbst gedrehte Kippe an und sog genüsslich den Rauch ein. Kaffee und Kippen – die Grundnahrungsmittel von Journalisten, das hatte Kiki in ihren ersten Tagen als Volontärin bei einer Kreiszeitung gelernt. Damals hatte sie, Berufsehre, literweise Filterkaffee in sich hineingeschüttet und sich mit den Kollegen ins *Raucherzimmer* verzogen, das eigentlich ein fensterloser Abstellraum war, in dem ein altersschwacher Kühlschrank stand. Kiki grinste in sich hinein, als sie an den *Redaktionsjoghurt* dachte, den sie an ihrem ersten Arbeitstag im Kühlschrank entdeckt hatte und der da bereits seit anderthalb Jahren abgelaufen war. Zwei Jahre später hatte der Becher den Wetten standgehalten und war entgegen allen Prognosen nicht explodiert. Wenn es den Kühlschrank noch gab, darauf würde sie noch einmal wetten, stand der Erdbeerjoghurt noch immer am selben Platz.

Beim Café angekommen, hatte Mussack seine Zigarette noch nicht mal zur Hälfte aufgeraucht. Durch die Scheibe sah Kiki, dass noch ein gutes Dutzend Kunden und Kundinnen, allesamt Prozessbeobachter, auf einen Kaffee warteten. Das Mädchen hinter dem Tresen war sichtlich überfordert. Sie schielte auf die Uhr.

»Soll ich dir einen Kaffee mitbringen?«, fragte sie ihren Kollegen. Sie benutzte ganz automatisch das Du. Journalisten waren nun mal eine große Familie.

»Wäre super.« Mussack blies Rauch aus seinen Lungen.

»Schwarz wie die Nacht und mit drei Stück Zucker, richtig?«

»Klar! Schreibhuren-Ehre!«

Sie überlegte, etwas darauf zu erwidern, und entschied dann, dass sie sich viel zu schade war, jetzt mit einem wie ihm über diese Wortwahl zu streiten. Mussack war ein Idiot und würde es immer bleiben.

Als sie nach einer gefühlten Ewigkeit endlich zwei heiße Pappbecher aus dem Laden trug, war Mussack verschwunden. So schnell es mit der heißen Fracht ging, hetzte sie zurück zum Gerichtsgebäude, sprintete die gewundene Steintreppe in den ersten Stock hinauf, öffnete mit dem rechten Ellbogen die Tür und huschte just in jenem Moment in den Saal, als Sylvia Bentz sich von ihrem Platz erhob. Kiki blieb stehen, wo sie war.

Die Angeklagte war leichenblass, Schweißperlen standen auf ihrer Stirn. Die mutmaßliche Kindsmörderin hielt sich am Tisch fest und schwankte. Sylvia Bentz atmete hektisch. Dann verdrehte sie die Augen. Die Knie sackten ihr weg, und einen Moment später lag sie ausgestreckt auf dem Boden.

Ein Raunen ging durch den vollbesetzten Saal. Ein Fotograf wollte seine Kamera zücken, wurde jedoch von einem Ordner daran gehindert. Blitzschnell hoben zwei Polizeibeamte die Ohnmächtige auf und trugen sie aus dem Saal. Richter Barchmann seufzte. »Meine Damen und Herren, die Verhandlung ist bis auf Weiteres unterbrochen.«

Der Staatsanwalt klappte genervt seine Akten zu. Sylvia Bentz' Verteidiger eilte seiner Mandantin hinterher. Stefan Bentz verbarg das Gesicht in den Händen.

»Tja, dann Feierabend.« Mussack klappte seinen Block zu und kam zu Kiki. Wie ferngesteuert reichte sie ihm seinen Becher.

»Danke schön, Kollegin. Hast was gut bei mir«, sagte er, bevor er verschwand.

»Schon okay«, antwortete Kiki niemandem, nahm einen großen Schluck und ging zu ihrem Platz in der Beobachterbank. Während sich der Saal leerte, tippte sie, eingeloggt ins WLAN des Gerichts, auf dem Laptop einen kurzen Bericht und lud ihn auf die Redaktionsseite hoch. *Villenmörderin umgekippt – Prozess unterbrochen. Wir werden weiter berichten*. Sie drückte auf *Senden*, holte das Handy aus der Tasche und schrieb eine Nachricht an Torte.

»Brauche Stoff, viel davon. Um acht?«

Keine zehn Sekunden später bekam sie die Antwort. »Klar. Barolo ist temperiert!«

Zu Kikis Erstaunen hatte Enzo kein Knöllchen kassiert. Sie wertete das als gutes Zeichen. Auf dem Weg zu Tortes Wohnung, die er über seinem Tattooladen bewohnte, bremste sie noch bei einem kleinen türkischen Supermarkt. Erfahrungsgemäß blieb es nie bei nur einer Flasche Wein, wenn die beiden am Klönen waren. Sie besorgte zwei Dosen gefüllte Weinblätter, Schafskäse, Oliven und Baklava. Außerdem brauchte sie unbedingt Nachschub für ihre Kaffeemaschine, damit sie morgen früh nicht komplett auf dem Trockenen sitzen würde.

Wenige Minuten später quetschte sie den italienischen Kleinwagen in eine Parklücke. Und war wieder einmal froh, dass sie nicht auf ihren Vater gehört hatte. Der Mercedes-Fan hatte ihr zu einem Kombi aus Stuttgart geraten. Aber erstens fand Kiki ihren Enzo ganz einfach nur knuffig, und zweitens lag ein Benz weit außerhalb ihres Budgets. Einen Moment lang blieb sie vor dem Schaufenster des Studios stehen und bewunderte die dort ausgestellten Fotografien von Tortes neuesten Tattoos. Lange Minuten betrachtete sie einen Wolf, der auf einer Schulter prangte. Das Tier war nur mit schwarzer Tinte in die Haut seines Trägers gestochen worden. Einzig bei den Augen hatte Torte etwas Weiß verwendet. Kiki schauderte. Das Raubtier schien sie direkt anzustarren.

Bereits als sie auf die Klingel neben dem Namen *Lewandowski* drückte, schien ein großer Teil der Anspannung von ihr abzufallen. Als sie dann im ersten Stock angekommen war und Torte im Türrahmen stehen sah, konnte sie die Ereignisse des Tages noch ein Stück weiter von sich schieben.

»Süße!« Ihr Freund sah wie immer entspannt aus und begrüßte sie mit einem breiten Lächeln. Seine blonden Locken standen ihm heute nicht vom Kopf ab, er hatte sie mit Gel gebändigt. Kiki schmiegte sich für einen Moment an seine muskulöse Brust. Torte nahm sie in die über und über bunt tätowierten Arme.

»Job oder Mann?«, fragte er, als sie kurz darauf im Wohnzimmer saßen, wo die schönsten Skizzen des Nadelkünstlers die Wände schmückten.

»Beides. Und bei dir?«

»Irgendwie auch.« Torte entkorkte die erste Flasche. Sie stießen an.

»Auf das Leben!«, sagte Kiki.

»Und auf die Kerle«, lachte Torte.

»Wenn's sein muss.« Kiki ließ den dunkelroten Wein in ihrem Glas kreisen und betrachtete die Schlieren, ehe sie einen großen Schluck nahm. Eine Melange aus Brombeeren und Rosenblättern explodierte in ihrem Mund.

»Da hast du ja ein feines Tröpfchen ausgesucht.«

»Für meine Süße nur das Beste.« Torte machte sich daran, die von Kiki mitgebrachten Sachen in kleine Schüsseln zu verteilen.

»Wie war dein Tag?« Kiki biss genüsslich in ein vor Öl triefendes Weinblatt.

»Zweimal die Namen der Kinder, ein Cover-up und eine wutschnaubende Mutter, deren Tochter sich mit dreizehn einen Seestern auf die Schulter hat stechen lassen. Die gute Frau hat wohl sämtliche Studios abgeklappert, weil das Kind nicht verraten wollte, wer das verbrochen hat.«

»Mit dreizehn. Herrje.« Kiki wusste, dass Torte meist nur Kunden und Kundinnen annahm, die deutlich älter als zwanzig waren. Und auch dann lehnte er so manchen Auftrag ab, wenn er spürte, dass die Leute mit dem Wunsch-Tattoo nicht ein Leben lang glücklich sein würden. Zu viel Pfusch von Kollegen hatte er schon überstechen müssen.

Dreizehn. So alt war Linus lange nicht geworden. Und wie würde es Larissa als Teenagerin gehen? Würde das Mädchen jemals mit dem Trauma fertigwerden? Wohl nicht. Kiki seufzte.

»Was ist los?« Sie setzten sich auf Tortes breites Ledersofa. Er legte seinen Arm um Kikis Schultern. Sie legte ihren Kopf dagegen und schloss die Augen. Dann berichtete sie ihm in den knappen Worten, in denen sie wohl auch den redaktionellen Bericht verfassen würde, vom Prozessauftakt. Ihr Freund schwieg, bis sie geendet hatte.

»So, und nun erzähl das noch mal dem Kerl, mit dem du dereinst als Greisin auf einer Parkbank sitzen würdest, wenn wir nicht beide auf Jungs stehen würden.«

»Ach du!« Kiki knuffte ihn freundschaftlich. »Weißt du, ich habe schon viele Prozesse erlebt. Banküberfall, weil die Rechnung für den Tierarzt nicht bezahlt werden konnte. Die Achtzigjährige, die ihren dementen neunzigjährigen Mann umbringt, weil sie sich das fünfzig Jahre zuvor einmal versprochen hatten. Und nun ... also ... eine Mutter, die einfach so, aus dem Nichts heraus, ihre beiden Kinder töten will? Ich meine, ganz ehrlich, die Frau hatte doch alles. Einen stinkreichen Mann, eine schicke Villa. Ein Cabrio.«

»Kiki, es geht nicht um Äußerlichkeiten.«

»Ich weiß. Aber worum dann? Ich glaube ganz einfach nicht, dass Sylvia Bentz die eiskalte Kindsmörderin ist, für die alle sie halten. Weißt du, was die Blöd-Zeitung getitelt hat?«

»Nö.«

»Willst du auch gar nicht wissen. Jedenfalls ist die Frau von vornherein gebrandmarkt worden. Ja, Linus ist tot. Und es ist auch sehr wahrscheinlich, dass sie schuld daran ist. Aber doch nicht einfach so!«

»Vielleicht ist sie depressiv? Schizophren?«

»Vielleicht. Vielleicht nicht.« Kiki schenkte die beiden Gläser erneut voll. »Auf mich, auf mein Bauchgefühl, das mir sagt, dass mehr dahintersteckt.«

»Dann hör auf deinen Bauch. Kikis Bauch ist das universelle Orakel!« Torte zwinkerte ihr zu.

»Du meinst, wegen Markus?«

Jetzt rollte ihr Freund mit den Augen. »Könntest du bitte den Namen dieses Subjekts nie, nie wieder erwähnen?«

»Ich schwöre.«

»Und, Kiki?«

»Ja?«

»Wir schaffen das. Wie wir schon alles gemeinsam geschafft haben.«

Dankbar schmiegte sie sich an ihn. Wenige Minuten später fielen ihr die Augen zu. Durch den Schleier des Schlafes spürte sie, wie Torsten sie zudeckte und ihr einen Kuss auf die Stirn hauchte. Dann umfing sie die gnädige Schwärze des Traumes.

In ihrem Traum sah sie Sylvia Bentz und ihre Kinder im Wald. Alles leuchtete vor satten Farben, mit einer strahlenden Sonne am wolkenlosen Himmel. Sie saßen gemeinsam auf einem Baumstamm unweit des glasklaren Sees und unterhielten sich. Es mutete fast wie ein Märchen an, doch Kiki wusste nur zu gut, dass es keines war. Als die Mutter ihren Kindern Tee einschenkte, wollte sie protestieren, wollte dazwischengehen und der Frau notfalls das vergiftete Getränk aus der Hand schlagen. Doch sie besaß weder Arme noch eine Stimme. Von ihrer Position auf der Wiese aus war sie zum tatenlosen Zusehen verdammt und konnte nichts gegen das drohende Unheil unternehmen. Kiki versuchte, zu schreien, doch kein einziger Laut verließ ihre Kehle. Nicht einmal, als die Kinder in einen tiefen Schlaf sanken und die Mutter sich mit grimmiger Entschlossenheit über sie beugte.

Kiki spürte, wie ihr Herz raste, wie sie schwitzte und wimmerte und alles probierte, um sich aus ihrem Beobachteringefängnis zu befreien. Doch je mehr sie sich bemühte, desto auswegloser und schrecklicher schien alles zu werden. Sie schaffte es nicht einmal, sich den dreien zu nähern. Es gab absolut keine Möglichkeit, die Katastrophe zu verhindern.

Schließlich hatte Sylvia Bentz ihre schreckliche Tat vollendet. Beide Kinder waren anscheinend tot, aber die Mordlust von Sylvia Bentz war offenbar noch immer nicht gestillt. Die Mutter drehte sich jetzt zu der hartnäckigen Störenfriedin um, zu ihr, Kiki. Ihre Augen funkelten Kiki rachsüchtig an.

»Du bist die Nächste«, sagte sie mit einer Stimme so finster, als käme sie aus einem Grab. Es lag absolut keine Wärme

mehr in ihren Worten, keine Liebe oder Achtung vor dem Leben. Oder überhaupt irgendjemandem gegenüber. Sie war nur noch eine eiskalte Killermaschine. Und sie kam mit ausgestreckten Armen direkt auf sie zu.

Kiki schreckte aus dem Schlaf hoch und wusste im ersten Moment nicht einmal, wo sie sich befand. Sie hatte das Gefühl, als würden sich kalte Finger um ihren Hals legen. Zumindest eine Sekunde lang. Dann löste sich die Empfindung in Rauch auf, und sie konnte sich nur noch schemenhaft an den Albtraum erinnern. Dafür spürte sie Tortes breites Ledersofa unter sich, und ihr fiel wieder ein, dass sie bei ihrem Kumpel war. Auch wenn es eigentlich nicht geplant gewesen war – es war nicht die erste Nacht, die sie in Tortes Wohnung verbracht hatte.

Das Zimmer lag in düsterem Halbdunkel. Das spärliche Licht kam von der anderen Fensterseite her sowie vom schwachen Glimmen der Digitalanzeige von Tortes Telefon. Kiki tastete nach ihrem Smartphone und fand es auf dem Beistelltisch vor dem Sofa. Das Display verriet ihr die Zeit: 5.17 Uhr. Definitiv zu früh, um aufzustehen. Oder zum Checken ihrer E-Mails.

Kiki legte ihr Telefon auf den Tisch zurück und streckte sich wieder auf dem Sofa aus. Sie hoffte darauf, noch ein bisschen weiterschlafen zu können. Doch sie fühlte sich zu aufgekratzt durch den Albtraum und kam nicht über das Dösen hinaus. Zum Glück war heute Samstag, und es standen keine anstrengenden Termine an.

Knapp vier Stunden später saß sie erschöpft an Tortes Küchentisch. Noch war der frisch gebrühte Kaffee zu heiß zum Trinken, aber der aufsteigende Dampf duftete herrlich und machte sich emsig daran, ihre Müdigkeit zu vertreiben. Auf der anderen Seite des Tisches saß ihr Freund und wirkte so entspannt, als hätte er mindestens zwölf Stunden durchgeschlafen und anschließend zusammen mit dem Dalai-Lama für innere Gelassenheit meditiert. Er war auch bereits frisch geduscht und hatte die blonden Haare in eine halb aufrecht stehende Frisur gegelt. So wirkte er frech und fast ein wenig lausbubenhaft. Links von ihm, neben Halbfettmargarine und Salami, lag die in der Mitte gefaltete Tageszeitung. Natürlich war der Mordprozess das Titelthema, und vermutlich war es kein Zufall, dass gerade dieser Teil der Zeitung obenauf lag: *Mörder-Mama bricht zusammen*, lautete die reißerische Schlagzeile. Mussack hatte mal wieder ganze Arbeit geleistet. In negativer Hinsicht.

»Du kennst doch die Fallakte, oder?«, fragte Torte, vermutlich als Reaktion auf Kikis bestimmt sehr abschätzigen Blick auf die Zeitung.

»So halbwegs. Das, was offiziell freigegeben wurde und was ins Internet durchgesickert ist. Warum fragst du?«

Er hielt einen Moment inne, so als müsste er sich die nächsten Worte genau überlegen. »Dann weißt du sicherlich, wo der Ort ist, an dem die Frau ihre Kinder umbringen wollte, oder?«

»Ja. Schon. Aber …« Jetzt war es Kiki, die zögerte. Worauf wollte er hinaus? Wollte er blutrünstige Details über den Fall aus ihr herauskitzeln? Eine solche Gaffer-Mentalität sah ihm gar nicht ähnlich.

Torte strich sich über das glatt rasierte Kinn. »Vielleicht hilft es deinem Bauch, wenn wir mal beim Tatort vorbeischauen. Dort merkst du möglicherweise, ob du richtigliegst und mehr an der Sache dran ist. Oder ob du doch bloß zu viel schlechten Kaffee getrunken hast.«

Dieser Vorschlag überraschte Kiki und irritierte sie noch viel mehr. Was ihr wohl auch deutlich ins Gesicht geschrieben stand.

»Na ja, du hast doch gestern Abend gesagt, dass dir der Fall irgendwie spanisch vorkommt. Bauchgefühl und so. Wieso dann nicht schauen, was wirklich dahintersteckt? Oder hast du heute schon was anderes vor?«

»Nein …«

»Na also. Dann trink brav deinen Muntermacher aus, iss ein Brötchen, und ab geht die Fahrt.«

Sie nickte. Für eine gesprochene Antwort war sie nach wie vor zu baff.

Eine halbe Stunde später saßen sie beide in Kikis Auto. Diesmal ganz ungewohnterweise mit Torte am Steuer, weil Kiki während der Fahrt auf ihrem Smartphone noch einmal Falldetails nachrecherchieren wollte. Vor allem suchte sie nach einer Adresse, um ihren Zielort eingrenzen zu können. Die Bezeichnung *das Waldstück im Süden der Stadt* allein war wenig hilfreich. Das betreffende Gebiet umfasste unzählige Hektar, die Kiki ungern Quadratmeter für Quadratmeter absuchen wollte. Vor allem, da sie nicht mal genau wusste, wie sie den Tatort als solchen erkennen sollte. Sicherlich gab es mehr als ein paar umgekippte Bäume.

Aus den Lautsprechern der Anlage dudelte leise *Explorers* von der britischen Rockband Muse. Deren Songs liefen häufig, wenn sie zusammen unterwegs waren. Erstens, weil Muse Kikis absolute Lieblingsband war, und zweitens, weil sie einen guten Kompromiss zwischen dem, was ihr Kumpel mochte und was er verabscheute, darstellte.

Nicht nur in seinem Auftreten, sondern auch in Sachen Musik entsprach Torsten Lewandowski überhaupt nicht dem Paradebild eines Klischee-Homosexuellen. Er mochte weder grellbunte Outfits noch die Musik von Barbra Streisand oder den Village People, auf die alle Schwulen, zumindest laut Fernsehen und Kino, angeblich standen. Selbst mit den meisten Cyndi-Lauper-Songs konnte er wenig anfangen und rümpfte jedes Mal die Nase, wenn irgendwo *Girls Just Want to Have Fun* gespielt wurde. Gleichzeitig fand er Sänger wie Matthew Bellamy oder Thom Yorke toll, die mit beeindruckend hohen Stimmen sangen. Ein Widerspruch war das seiner Meinung nach nicht.

»Fahr am besten hier auf die Stadtautobahn«, lotste Kiki ihn an der nächsten Kreuzung. Torte reihte den Fiat in den Wochenendverkehr ein. Am späten Samstagvormittag war auf der Schnellstraße lediglich eine Handvoll Fahrzeuge zu den Außenbezirken unterwegs, sodass sie zügig vorankamen. Bald darauf wechselten sie auf die Überland-Autobahn und folgten dieser gen Süden. Inzwischen hatte Kiki aus ihren Notizen die ungefähren Koordinaten herausgesucht und das Navi damit gefüttert. Damit würde sich das Zielgebiet hoffentlich erheblich eingrenzen lassen.

Was sie am Tatort wohl erwarten würde? Von rot-weißen Polizeiabsperrbändern oder weißen Kreidemarkierungen ging sie nicht aus. Davon würde nach fast einem Jahr in dem Waldstück nichts mehr geblieben sein. Auch die Zahl der Schaulustigen dürfte sich stark reduziert haben. Vielleicht würde der eine oder andere True-Crime-Fan durch den Prozessbeginn noch einmal angestachelt und zu einem Besuch animiert werden, für den Großteil der Leute hingegen dürfte es längst kalter Kaffee sein. Wie hieß es in der Nachrichtenbranche so schön: *Nichts ist älter als die Meldungen vom Vortag.*

Nach einer Viertelstunde Fahrt verkündete das Navi, dass es Zeit wurde, die Autobahn zu verlassen. Torte ordnete sich auf der rechten Spur ein und nahm die Abfahrt mit der kurzen Auslaufkurve. Obwohl sie vom tatsächlichen Zielort noch gut fünf Minuten trennten, befanden sie sich bereits mitten in der

Natur. Links und rechts der Straße säumten unzählige Bäume ihren Weg. Häuser suchte man hier genauso vergeblich wie die dazugehörigen Grundstückseinfahrten oder Strommasten. Lediglich die gelben Hinweisschilder informierten einen darüber, wohin man von hier aus gelangen konnte.

Gerade mal vier Autos begegneten ihnen auf der Strecke. Vermutlich Wochenendausflügler, fußlahme Jogger oder sonstige Naturliebhaber auf dem Weg zu einem Platz, an dem sie ungestört sein würden. An der Stelle, zu der sie das Navi lotste, standen jedenfalls keine Pkws. Was Kiki schon mal als gutes Zeichen deutete. Sie parkten Enzo direkt am Straßenrand und legten die letzten Meter zu Fuß zurück. Weit mussten sie nicht gehen, um den schmalen Feldweg zu finden, der im Polizeibericht erwähnt worden war. Von da aus ging es weiter zu der Lichtung, an deren Ende sich der kleine Waldsee befand. Selbst nach dem umgestürzten Baum brauchten sie nicht lange zu suchen. Damit allerdings hatte es sich auch. Die offiziellen Fakten aus den Unterlagen waren ausgeschöpft. Der Tatort – zumindest hoffte Kiki, dass sie sich an der richtigen Stelle befanden – sah ganz und gar nicht so aus wie in ihrem Traum oder wie sie ihn sich anhand der medialen Beschreibungen vorgestellt hatte. Der Waldsee besaß kein glasklares Wasser, sondern war ein matschiger Tümpel, an dessen Ufer zahlreiches Gestrüpp aus dem Wasser ragte. Von achtlos weggeworfenem Müll ganz zu schweigen. Es gab auch keinen strahlenden Sonnenschein am wolkenlosen Himmel oder vergnügtes Vogelzwitschern wie in einem Disneyfilm. Sämtliche Romantisierung war übertrieben gewesen. Es war schlicht und einfach ein Ort mitten in der freien Natur.

Diese Erkenntnis verpasste ihrer Aufregung einen gehörigen Dämpfer. Dann besann sie sich, dass sie nicht hergekommen war, um einen Ort wie im Märchenbuch vorzufinden. Dies war der Ort, an dem eine Mutter probiert hatte, ihre beiden Kinder umzubringen. Beim Sohn war es ihr gelungen, die Tochter hatte wie durch ein Wunder überlebt. Weil Sylvia Bentz bei ihr nicht ganz so fest zugedrückt hatte. Wahrscheinlich, weil der Kehlkopf des älteren Mädchens robuster als der ihres kleinen Bruders gewesen war. Das Glück war hier eindeutig auf Larissas Seite gewesen. Sofern man es Glück nennen wollte, wenn einen die eigene Mutter versucht hatte, zu töten, und man als einziges Geschwisterkind dabei überlebte. Der Gedanke daran stimmte Kiki traurig.

Larissa tat ihr leid. Gern hätte sie dem Mädchen eine andere Zukunft zugedacht. Würde sich die Kleine jemals von diesem Schrecken erholen können? Vermutlich würde sie zeitlebens eine tiefe seelische Narbe davontragen.

In gewisser Hinsicht tat Kiki auch Sylvia Bentz leid. Was trieb eine Mutter dazu, auf das eigen Fleisch und Blut loszugehen? Kiki hatte zwar keine Kinder, fand aber allein die Vorstellung abwegig, ein (beziehungsweise zwei) Leben neun Monate in sich auszutragen, es dann jahrelang zu füttern und zu »erziehen«, um es später kaltblütig zu erwürgen. Wer tat so etwas? Und vor allem: Wieso? Was war in Sylvia Bentz' Leben dermaßen schiefgelaufen, dass sie sich von einer liebenden Mutter in eine skrupellose Killerin verwandelt hatte?

Kiki schaute sich um und atmete tief ein. Es roch angenehm nach Laubbäumen und Nadeln. Eine leicht kühle Brise blies ihr entgegen und sorgte für zusätzliche Frische. Das half Kiki, weiter in die damalige Situation einzutauchen. Hinter Torte und ihr befand sich ein dichtes, nur schwer einsehbares Waldstück. Vor ihnen stand das inzwischen fast kniehohe Gras, das bis zu dem Waldsee heranreichte. War es der Ort selbst, der die Mutter zu ihrer Tat getrieben hatte? Kaum vorstellbar. Niemand unternahm mit seinen Kindern einen Ausflug ins Grüne und entschied dann spontan, ohne sie zurückfahren zu wollen. Allein der mit einem Schlafmittel versetzte Tee sprach außerdem gegen eine spontane Tat und für einen längerfristig gehegten Plan. Aber weshalb hatte Sylvia Bentz diesen ganzen Aufwand betrieben und die Kinder erst hierhergebracht, anschließend betäubt und zum Schluss zu ermorden versucht? Hätte sie ihnen nicht genauso gut im gemeinsamen Haus in der Stadt ein schnell wirkendes Gift oder ein Schlafmittel verabreichen können? Eventuell besaß dieser Platz im Wald für sie eine besondere Bedeutung. Vielleicht hatten Sylvia und Stefan Bentz bei ihrem ersten Date einen Ausflug hierher unternommen. Oder die Kinder waren an diesem Ort gezeugt worden. Möglichkeiten gab es viele, und Kiki notierte sich diesen Punkt im Hinterkopf, um ihm später nachgehen zu können.

Sie ging mit gemächlichen Schritten auf den See zu. Torte folgte ihr in gebührendem Abstand und sagte kein Wort. Wahrscheinlich wollte er sie wie üblich *ihr Ding machen lassen* und sie nicht stören. Wobei auch immer. Kiki war selbst unschlüssig, wonach sie Ausschau hielt. Antworten schien es an dieser Stelle nicht zu geben, bloß jede Menge weiterer ungeklärter Fragen.

Einige Sekunden lang starrte sie auf den Tümpel. Erklärungen für das Unerklärbare gab es hier ebenfalls nicht. Nur ein paar Fische, die im See umherschwammen und größer werdende Kreise auf der Wasseroberfläche hinterließen.

Schade, dass die Tiere und Pflanzen im Wald nicht als Zeugen befragt werden konnten. Wer weiß, was sie zu diesem Fall alles hätten berichtet können …

Kiki kehrte zu dem umgekippten Baumstamm zurück. Schuhabdrücke oder Stoffreste gab es nach der langen Zeit selbstverständlich keine mehr. Davon war sie auch nicht ausgegangen. Dafür entdeckte sie auf der Hinterseite des Baums einige bereits verwitterte Kratzspuren. Sie waren nicht besonders breit oder tief, aber sie könnten etwas mit dem

Mordfall zu tun haben. Für eine Sekunde beschleunigte sich Kikis Herzschlag. Dann meldete sich die rationale Seite ihres Gehirns und wies sie darauf hin, dass diese Kratzer alle möglichen Ursachen haben könnten. Und selbst wenn sie von *ihrem* Fall stammten, was würden sie schon groß beweisen? Nicht mehr, als dass die Familie vor knapp einem Jahr hier gewesen und es zu einer Tragödie gekommen war. Das hatte Kiki schon vorher gewusst.

Sie versuchte, zu rekonstruieren, wie Sylvia Bentz hier ihren Kindern das Betäubungsmittel verabreicht hatte. Dafür mimte sie die Bewegungen, von denen sie ausging, dass die Mörderin sie ausgeführt hatte, beugte sich nach vorn und sprach leise das, was die Mutter Larissa und Linus erzählt haben könnte. Hatte sie ihnen gesagt, dass alles gut werden würde? Hatte sie an ihr angeborenes Urvertrauen appelliert und darauf gesetzt, dass die Kleinen alles tun würden, was Mama ihnen befahl? Von Widerstand oder Kampfspuren hatte in den Berichten nichts gestanden. Die Kratzspuren waren nicht einmal erwähnt worden. Dem Gutachten zufolge gingen die Ermittler offenbar davon aus, dass die Kinder ihrer Mutter vertraut und nie im Traum das angenommen hätten, was ihnen wenig später bevorstehen würde. Eine weitere schaurige Vorstellung, die Kiki zusetzte und ihren Magen auf die Größe einer Walnuss zusammenschrumpfen ließ. Sie fragte sich, ob es tatsächlich so oder doch völlig anders abgelaufen war.

»Hast du etwas gefunden?«, fragte Torte nach einer Weile in ihrem Rücken.

»Leider nicht halb so viel wie gehofft.« Kiki drehte sich zu ihm um. »Wahrscheinlich bräuchte ich ein Medium, um hier mit den Geistern der Vergangenheit Kontakt aufzunehmen.«

»Also ist es ein Reinfall?«

»Nicht unbedingt.« Sie hielt kurz inne. »Den Platz zu sehen, macht es irgendwie plastischer. Das ist nicht bloß eine

Stelle in einem Roman oder einem Film, sondern echt. Hier ist ein echtes Verbrechen passiert. Das hat mich auf ein paar Sachen gebracht, die ich so vorher gar nicht auf dem Schirm hatte: Warum ausgerechnet dieser Ort, zum Beispiel. Sylvia Bentz hätte überall- und nirgendwohin fahren können, aber sie hat sich für diesen Ort entschieden.« Sie machte eine ausladende Geste mit dem Arm.

»Also doch Geisterbeschwörung?«

»Kennst du jemand Gutes dafür?«

Er schüttelte den Kopf »Ich kenne die *Ghostbusters*-Filme. Und den *Exorzisten*. Damit hat es sich auch schon.«

»Dann wird es wohl auf die handelsüblichen Nachforschungen hinauslaufen. Ich will wissen, was es mit dem Ort auf sich hat. Und wieso Sylvia Bentz die ganzen Umstände auf sich genommen hat. Vor Gericht wird es darum nicht gehen. Der Staatsanwalt interessiert sich bloß für die Verurteilung. Das Drumherum ist da Nebensache.«

»Streng genommen ist es ja auch gar nicht seine Aufgabe«, gab Torte zu bedenken. »Das hat doch die Polizei abzuklären. Also, jedenfalls sehe ich das so. Aber ich bin bloß Tätowierer und nicht irgendein Fachidiot.«

»Trotzdem hast du recht. Teilweise zumindest.« Kiki zog ihr Smartphone aus der Tasche und knipste Fotos von der Gegend. Die würden ihr später hoffentlich beim Zurückerinnern an diesen Ausflug helfen. Und beim Rekonstruieren der Ereignisse. Sofern es da noch etwas zum Rekonstruieren gab.

Als sie genug Bilder gemacht hatte, fielen ihr auf dem Handydisplay zwei Dinge auf. Zum einen, dass es hier draußen in der Walachei kaum Empfang gab. Zum anderen, dass ihre Kalender-App ihr ein Glockensymbol mit einem Ausrufezeichen geschickt hatte. Das hieß, für heute hatte sie sich einen Termin eingetragen.

Irritiert tippte sie auf das Symbol. In der App stand es dann schwarz auf grün: Heute war Yusums Geburtstag. Mehr noch: Für den Abend hatte er sie zu seiner Party eingeladen. Beginn 19 Uhr.

Scheiße.

Das hatte sie ganz verschwitzt. Sie hatte noch nicht mal ein Geschenk für ihren alten Kumpel. Von einer Idee dafür ganz zu schweigen. Inzwischen war es kurz vor zwölf. Das hieß: Ihr blieben gerade mal sieben Stunden, um das zu ändern.

Seufzend stopfte sie das Telefon in ihre Tasche zurück. »Houston, wir haben ein Problem.«

Auf dem Weg zurück in die City übernahm Kiki wieder das Steuer. Torte hatte tausend Ideen, was sie Yusum schenken könnte. Schließlich wurde dieser nur einmal im Leben vierzig. Erstens, und zweitens war es eine verdammt große Auszeichnung, von ihm privat eingeladen zu werden. Yusum galt als der beste Fotograf in der Stadt. Kiki kannte ihn noch aus ihrer gemeinsamen Volontärzeit. Während sie sich damals ganz den Wörtern hingegeben hatte, war für ihren Freund irgendwann klar gewesen, dass er Geschichten lieber mit Bildern statt mit Buchstaben erzählen wollte. Er hatte die Ausbildung abgebrochen, eine klassische Fotografenlehre begonnen und sich vom Azubi zum weltweit gefragten Fotografen hochgeknipst. Eines seiner Bilder – ein Delfin, der sich in einem Meer aus Plastik verfangen hatte – hatte es sogar in die Vorauswahl der World-Press-Photo-Ausstellung geschafft.

Für die heimischen Zeitungen fotografierte Yusum nur noch selten. Dennoch hatten die beiden den, zugegebenermaßen losen, Kontakt nie verloren. Irgendwie fühlte es sich für Kiki an, als wäre der Deutschtürke jemand, der mit ihr die Schulzeit überstanden hatte. Das stimmte zwar nicht, aber zu ehemaligen Klassenkameraden gab es oft auch diese lebenslange, besondere Bindung. Und die konnte man zu einem Ehrentag nicht mit einem eben schnell im Buchladen um die Ecke erworbenen Gutschein würdigen.

Etliche Kilometer und Ideen von Torte später wusste sie, was zu tun war. Nachdem sie ihren Freund zu Hause abgesetzt hatte, besorgte sie im Kiosk um die Ecke etliche Tageszeitungen. Die, auf denen ihr Artikel bereits auf der Titelseite prangte, ließ sie in den Ständern. Dann unternahm sie einen Abstecher in den Drogeriemarkt, wo sie einen Bilderrahmen und eine Dreierpackung Klebestifte erstand. Zu Hause angekommen, blendete sie Sylvia Bentz und die Kinder komplett aus und machte sich an die Arbeit. Sie schnitt sämtliche schön klingenden Worte aus den Überschriften aus. *Sonne. Geld. Reichtum. Liebe. Küssen. Garten. Urlaub. Wochenende.* Gut hundert Schnipsel klebte sie danach zu einer Collage zusammen, die sie mit *Bis an dein Lebensende wünsche ich dir:* betitelte, um sie anschließend einzurahmen und, in Ermangelung anderer Alternativen, in zerknittertes Weihnachtsgeschenkpapier zu wickeln. Immerhin schaffte sie es, aus einem Rest noch eine halbwegs ansehnliche rote Schleife anzubringen.

Nach einer ausgiebigen Dusche und einer Extraportion Bodylotion stand Kiki vor der Qual der Wahl: Das Nötigste im Haushalt erledigen oder die Haare in Form bringen? Sie entschied sich für Letzteres, steckte am Ende ihre Haare zu einem lockeren Knoten auf und schlüpfte dann in eine weich fließende Marlenehose, ein weißes Top mit Wasserfallkragen und ihre geliebten italienischen Sandalen. Ehe sie die Wohnung verließ, tätschelte sie liebevoll Heinz-Rüdiger und bedankte sich beim Erfinder des Saugroboters, der Millionen Menschen vor dem Untergang in einer Wollmaus-Pandemie bewahrte. Heinz-Rüdiger würde sich in ihrer Abwesenheit gewissenhaft um die Papierschnipsel auf dem Boden kümmern.

Yusum wohnte etwas außerhalb in einem Stadtteil, der genau die richtige Mischung aus *urban* und Dorf hatte. Kiki quetschte Enzo in eine Parklücke vor der Doppelhaushälfte, schnappte sich das Päckchen und überprüfte kurz im Rückspiegel ihr Aussehen.

Die Haustür stand offen. Kiki trat ein, legte ihren Mantel auf den Haufen vieler anderer auf der Treppe zum Obergeschoss und ging ins Wohnzimmer. Jazzige Loungemusik untermalte das Stimmengewirr. Sie sah sich um und entdeckte den Gastgeber auf der Terrasse. Vorbei an ihr gänzlich unbekannten Männern und Frauen, schlängelte sie sich durch die Meute. Als Yusum sie bemerkte, begann er zu strahlen.

»Herzlichen Glückwunsch, altes Haus!« Kiki nahm ihn fest in den Arm.

»Wie schön, dass du da bist.« Yusum sagte niemals etwas, das er so nicht meinte.

»Wo kann ich das loswerden?« Kiki hielt das Päckchen hoch. Sie wusste, dass er seine Geschenke immer erst auspackte, wenn alle Gäste gegangen waren. »Ich will mich allein freuen oder ärgern«, hatte er ihr vor einigen Jahren verraten. Kiki hielt das für eine hervorragende Strategie und legte ihr Geschenk zu den anderen, die sie in gestapelter Form auf einer Kommode entdeckt hatte. Der Form nach waren es fast ausnahmslos Flaschen, die mit Sicherheit jede für sich ein kleines Vermögen gekostet hatten. Über der Kommode hingen schwarz-weiße Fotos, darunter jenes mit dem Delfin.

Zurück auf der Terrasse, suchte Kiki Yusum vergeblich. Sie nahm sich ein Glas Champagner vom Büfett und lehnte sich an die Brüstung, die die Terrasse vom Rest des erstaunlich großen, fast verwunschen wirkenden Gartens trennte. Noch war es zu hell, aber schon bald würden Dutzende Lichterketten die alten Obstbäume in ein zauberhaftes Licht hüllen.

Als sie sich umwandte, prallte sie gegen einen hochgewachsenen Mann.

»Verzeihung!«

»Aber nicht doch.« Der Fremde schenkte ihr ein breites Lächeln. Kiki zögerte einen Moment. Dann musste sie unwillkürlich ebenfalls lächeln. Die Augen des Mannes blitzten und waren gerahmt von zahlreichen Fältchen, die eindeutig darauf hinwiesen, dass er gern lachte. Sein Blick wanderte zu ihrem leeren Glas.

»Soll ich da die Luft rauslassen?«, fragte er.

»Zu gern.« Sie reichte ihm das leere Glas. Als er kurz darauf mit zwei vollen Champagnerflöten zurückkam und sie anstießen, stellte er sich vor.

»Thomas. Aber lieber Barol.«

»Heike. Aber lieber Kiki.«

Tom legte den Kopf schief. »Kiki? Die Kiki? Holland?«

Sie seufzte innerlich. Ja, sie war Kiki Holland, die Journalistin. Beruflich. Im Privatleben aber verschwieg sie bei neuen Bekanntschaften, womit sie ihre Brötchen verdiente. Meistens sagte sie, sie arbeite als Sekretärin oder im Archiv einer Behörde. Es musste so unspektakulär wie möglich klingen, denn wenn die Leute erfuhren, dass sie für die Presse arbeitete, hatten sie sofort tausend Geschichten auf Lager, die unbedingt mal an die ganz große Glocke gehängt gehörten. Der wuchernde Ast über dem Nachbargrundstück, die unfaire Behandlung an der Supermarktkasse. Kiki verstand, dass das eigene Schicksal einen selbst stark berührte – die Leser und Leserinnen aber kaum, und so hatte sie schon so manchen Abend damit verbracht, sich höflich die langweiligsten Storys anzuhören, um danach nie wieder einen Gedanken an eine zu hohe Handwerkerrechnung, eine zänkische Nachbarin oder ein zu Unrecht verteiltes Knöllchen zu verschwenden.

Jetzt aber nickte sie. Sie konnte gar nicht anders beim Blick in Toms Augen.

»Toller Job«, sagte er und ließ sein Glas erneut an ihres klingen. Sie befürchtete schon, dass sie nun eine weitere Nichtigkeit zu hören bekäme, die anscheinend reif für die Primetime-Nachrichten wäre. Doch Tom zeigte auf ein frisch angelegtes Rondell im Garten, in dem perfekt gestutzte Buchsbäumchen und noch nicht blühende Rosen eine perfekte Mischung bildeten.

»Ich bin der Garten-Tom«, sagte er. »Oder, wie Yusum sagt, sein Maulwurf.«

Kiki musste lachen. »Ich bin die Frau, die jede Zimmerpflanze umbringt. Ich habe sogar einen Kaktus vertrocknen lassen.«

»Dafür kann ich nicht schreiben. Mein letztes ernst zu nehmendes Schriftstück war ein dreizeiliger Liebesbrief. Sie hat kurz danach einen Chirurgen geheiratet.« Tom prostete ihr zu. In seinem Blick lag so viel Klarheit, dass Kiki verstand, warum Tom nicht nur Yusums Gärtner war, sondern auch in den exklusiven Kreis seiner Freunde aufgenommen worden war.

Freunde. Hatte Linus Freunde gehabt? Kumpels aus dem Kindergarten? Mit wem hatte der Kleine gern gespielt? Kikis Blick verschleierte sich. Tom legte ihr besorgt die Hand auf den Oberarm.

»Ist alles okay?«

»Ich … ja … sorry. War ein harter Tag.«

»Ich weiß nicht, ob du es weißt, aber ein gewisser Maulwurf hat neulich hinter der Hecke eine Bank aufgestellt.«

»Das wusste ich tatsächlich nicht.«

»Warte einen Moment, bin gleich wieder da!«

Tom verschwand in der Menge. Kiki starrte in den Garten. Vom Nachbargrundstück her hörte sie helles Kinderlachen.

Wie hatte Linus' Lachen wohl geklungen? Ob er gern gelacht hatte? Oder war er ein eher ernster Junge gewesen?

Sie schauderte unwillkürlich und schalt sich selbst. Wieder einmal gelang es ihr nicht, einen Fall nach Feierabend abzuschütteln. Aber was hieß das schon, Feierabend? Sie erinnerte sich an das Vorstellungsgespräch, damals, für das Volontariat bei der großen Tageszeitung. Der Chefredakteur hatte ihr, die noch nicht einmal das Abitur in der Tasche hatte, ein ums andere negative Argument aufgezählt, das gegen den Beruf der Journalistin sprach. Die höchste Scheidungsrate, die meisten Alkoholiker, die unmöglichsten Arbeitszeiten, kaum Freizeit, ein massiver Stresspegel. Als gerade mal Achtzehnjährige hatte sie nur immer und immer wieder erwidern können: »Ich will das aber!« Sie hatte den Job bekommen.

»Kiki? Folge mir. Unauffällig«, wisperte Tom kurz darauf. Sie musste ein Lachen unterdrücken. Ihr neuer Bekannter hatte allerlei Leckereien vom Büfett auf eine Servierplatte gestapelt, eine Flasche bereits entkorkten Weißwein unter den Arm geklemmt und balancierte zwei Gläser. Sie nahm sie ihm samt der Flasche ab.

»Zu Befehl«, wisperte sie zurück und wäre ihm sogar dann hinterhergerannt, wenn er kein Fingerfood dabeigehabt hätte. Eine Frau in ihrer unmittelbaren Nähe ließ nämlich gerade wieder ihr hühnergackerndes Lachen hören. Kiki ahnte, dass die Dame zum ersten und allerletzten Mal bei Yusum zu Gast war.

»Oh!« Kiki staunte, als sie die rund angelegte Hecke erreicht hatten. Zwischen zwei üppigen, gut zwei Meter hohen Büschen tat sich eine Öffnung auf. Dahinter lag ein gekiestes Rondell, auf dem eine Bank stand, wie man sie in südlichen Ländern fand. Es war weniger eine Parkbank als vielmehr eine hölzerne Chaiselongue. Sogar an einen Tisch hatte der Gartenarchitekt gedacht. Tom stellte die Servierplatte darauf ab.

»Moment!« Er beugte sich hinter die Bank und holte aus einer Holzkiste plüschige Kissen hervor, die er auf der Bank drapierte.

»Soweit ich weiß, hat Yusum dieses Refugium noch nicht eingeweiht.« Tom grinste schief. »Das hier ist also so etwas wie ein Qualitätstest.«

»Ich helfe, wo ich kann«, sagte Kiki und ließ sich in die Polster sinken. Hier, verborgen hinter dichtem Blattwerk, war die Musik nur noch leise zu hören. Sie streifte die Sandalen ab und war froh, sich statt des kleinen Schwarzen doch für die Hose entschieden zu haben. So konnte sie es sich im Schneidersitz bequem machen. Tom tat es ihr nach. Dann füllte er die Gläser und gab Kiki mit einer Handbewegung zu verstehen, dass sie sich an den Leckereien bedienen sollte. Als ihr Blick auf die Köstlichkeiten fiel, merkte sie erst, dass sie einen Bärenhunger hatte. Beherzt griff sie zu, und es war ihr egal, dass Tom denken könnte, sie sei eine verfressene Raupe Nimmersatt. Die beiden aßen und tranken schweigend. Hinter den Büschen wechselte die Loungemusik zu kräftigeren Beats, und tatsächlich flammten nun zwischen den Blättern die Lichterketten auf. Nebenan rief die Mutter das Kind ins Haus.

Kiki erstarrte und legte das angebissene Tomatenbaguette zurück.

»Alles okay?« Tom sah sie besorgt an.

»Ja. Wie gesagt, ich hatte einen harten Tag. Sagt man doch so, oder?« Sie versuchte sich an einem Grinsen, aber an Toms Reaktion konnte sie erkennen, dass es ihr misslang.

»Sagt man so. Man sagt aber auch, dass man mit jemandem darüber reden sollte. Und hey, warum nicht mit einem Maulwurf, den du gar nicht kennst?«

»Vielleicht hast du recht.« Sie holte die Zigaretten aus der Handtasche und bot Tom eine an.

»Eigentlich rauche ich nicht mehr«, sagte er.

»Ich auch nicht, eigentlich.«

Beide lachten leise, zündeten sich die Zigaretten an und bliesen die ersten Züge Rauch in die Luft. Ein bisschen fühlte sie sich wie eine Teenagerin, die heimlich quarzte. Und eigentlich war das auch so, denn wenn Yusum sie erwischte, würde sie eine heftige Gardinenpredigt über sich ergehen lassen müssen.

»Dir liegt der Kindsmord im Magen«, stellte Tom fest.

»Woher weißt du das?«

»Frau Holland, Ihr Artikel ist überall online.«

»Schön, dann hatte ich ja wenigstens schon einen Leser.« Der Scherz verhallte in Toms fragendem Blick.

»Der Text ist online. Aber was steht nicht in den Medien?«, insistierte er.

An allen anderen Tagen und bei allen anderen Menschen hätte Kiki jetzt eine Ausrede erfunden und wäre gegangen. Aber irgendetwas hielt sie zurück. Sie schluckte. Und dann berichtete sie Yusums Maulwurf vom Prozess. Von all den Gedanken und Beobachtungen, die allein schon wegen ihrer Professionalität nicht in den Artikel gelangen durften. Und wegen der Objektivität, zu der sie als Berichterstatterin verpflichtet war. Er hörte stumm zu, füllte einmal die Gläser nach und nahm eine zweite Zigarette aus der Schachtel, die er aber nicht anzündete.

»Darf ich dir etwas verraten, Kiki Holland?«

Sie nickte.

»Ich weiß, dass die Beschuldigte Sylvia Bentz ist.«

»Was? Woher?« Zwar hatte die Boulevardpresse von *Villenmord* geschrieben, aber es war niemals durchgesickert, um welche Familie es sich handelte. Und solange die Mutter nicht rechtskräftig verurteilt war, würden sich alle Kollegen hüten, den Klarnamen der Frau zu veröffentlichen.

»Ich bin der Maulwurf, schon vergessen?«

»Du hast den Garten der Villa gemacht.«

»Gemacht nicht, aber mich darum gekümmert. Ein tolles Anwesen, wenn auch ein bisschen fantasielos angelegt.«

»Hm?«

»Kennst du die Bentz-Villa?«

»Nein«, musste Kiki zugeben. Und fand sich in diesem Moment selbst unprofessionell. Sie hätte nicht nur den Tatort, sondern auch Linus' Zuhause aufsuchen müssen. Innerlich gab sie sich selbst eine Ohrfeige. Jedem Volontär hätte sie an dieser Stelle einen Einlauf verpasst.

»Von außen ist alles ziemlich unspektakulär«, fuhr Tom fort. »Das Grundstück ist von einer zwei Meter hohen Mauer umgeben. Und tatsächlich hat man auch das Gefühl, dass sich gar nichts Besonderes dahinter verbirgt. Im Prinzip sieht man eine Doppelgarage, an die ein breites Haus angrenzt. Man könnte meinen, dass es ein ganz normales Einfamilienheim ist.«

»Aber?«

»Erst wenn man eintritt, bemerkt man, dass sich die Villa in verschiedenen Winkeln ausbreitet, quasi wie eine Krake. Ich glaube, es sind sieben oder acht Flügel, die vom Haupthaus abgehen.«

»Oh.«

»Jedes Kind hat … oder hatte seinen eigenen Flügel. Ich war selbst nie drinnen, aber von außen konnte ich durch die Fenster sehen, dass zumindest das Mädchen zwei Stockwerke für sich hatte, wie in einem eigenen Haus. Unten ein großer Raum, der mit Ballettstangen und Spiegel ausgestattet war, daneben wohl ein Bad. Dann eine steile Treppe nach oben. Dort ist vermutlich das Schlafzimmer.«

»Und Linus?«

»So hieß der Kleine?«

»Ja.« Bei der Erwähnung des Namens krampfte sich Kikis Magen zusammen.

»Ehrlich gesagt, weiß ich das nicht. Seine Zimmer liegen zur Straßenseite hin, und ich bin ja eher für das Grünzeug verantwortlich.«

»Verstehe.« Hatte Linus eine Rennbahn besessen, von der sein Vater in seiner eigenen Kindheit geträumt hatte?

»Im Garten ist alles irgendwie geometrisch. Ein bisschen wie ein winziges Versailles«, erzählte Tom weiter. »Von der Hauptterrasse führt ein gepflasterter Weg zum Pool. Übrigens stammen die Pflastersteine aus Ostberlin, wo sie kurz nach dem Mauerfall rausgerissen und eingelagert wurden.«

»Und dann für teures Geld verkauft?«

»Richtig. Du glaubst gar nicht, wofür die *haves and have-mores* ihr Geld ausgeben. Neulich musste ich einen fünfhundert Jahre alten Dachbalken aus einem Bauernhaus im Schwarzwald in eine Gartenskulptur für einen Wuppertaler Unternehmer umwandeln. Frag nicht, was das gekostet hat.«

»Ich will es gar nicht wissen.«

»Tja, also zurück zur Familie Bentz. Da hast du den Pool, beheizt, natürlich, und mit Gegenstromanlage. Du hast den akkurat gestutzten Rasen. Du hast Ziersträucher. Eine Pergola aus Palisander. Aber eins hast du nicht.«

»Und das wäre?«

»Spielzeug.«

»Ich verstehe nicht?« Kiki nahm sich nun ihrerseits eine weitere Zigarette und zündete sie und die in Toms Hand an.

»Ich sehe viele Gärten. Und in jedem, ausnahmslos jedem, in dem Kinder spielen, stehen und liegen Kindersachen herum. Manchmal achtlos in den Büschen, manchmal ganz offen auf dem Rasen.«

»… Nichts davon bei Familie Bentz?«

»Richtig. Da lag kein Fußball hinter den Hecken. Es gab

kein Bobbycar. Keine Roller. Ganz zu schweigen von einem Spielhaus. Schlicht und einfach nichts. Auf der Wiese steht zwar eine alte Schaukel, aber die sieht aus, als wäre sie schon seit Ewigkeiten nicht mehr benutzt worden. Das ganze Anwesen wirkt von außen, als ob es gar keine Kinder gäbe.«

»Merkwürdig.« Kiki nahm einen tiefen Zug von ihrer Zigarette.

»In meiner Position steht es mir nicht zu, den Kunden irgendwelche Fragen zu stellen. Ich hatte sie trotzdem.«

»Und was hast du gemacht?«

»Den Rasen neu angelegt. Und beobachtet.«

»Wie ein guter Journalist.« Kiki musste lächeln.

»Na ja, eher wie ein Handwerker. Jedenfalls, ich weiß nicht, ob das irgendwas mit dem Fall … also mit … dem Prozess zu tun hat. Am letzten Tag, als ich den Rasen nochmals vertikutiert habe, sah ich einen Schatten in einem der oberen Fenster. Eine sehr kleine Gestalt, die die Nase an die Scheibe gedrückt hat.«

»Linus?«

»Ich weiß es nicht. Es war ein Moment. Ein Wimpernschlag. Die Person hat mir gewinkt. Ich habe zurückgewinkt. Und dann hat es so ausgesehen, als ob jemand das Kind zurückgezogen hat.«

Kiki wurde heiß. Kalt. Wieder heiß. Ihr Mund war staubtrocken. Sie drückte die Zigarette aus. Gerade noch rechtzeitig: Yusum taumelte sekttrunken in die Heckenhöhle, flankiert von zwei hochgewachsenen Frauen. Eine erkannte sie als das jüngste Gesicht der *Vogue*. Die andere hielt sich verkrampft am Gastgeber fest, rülpste und kotzte kurz darauf in hohem Strahl ins Gebüsch.

»Yusum tut mir leid.« Kiki lachte. Zum ersten Mal seit Langem aus voller Kehle.

»Selber schuld, wenn er sich magersüchtige Kinder einlädt, die keinen Schnaps vertragen.« Tom fiel in ihr Gelächter ein. Die beiden schlenderten die nachtschlafenden Straßen entlang. In der Ferne wies ihnen der weithin sichtbare Fernsehturm den ungefähren Weg. Sie hätten ein Taxi nehmen können. Doch erschien beiden der Spaziergang durch die Stadt, barfuß und beseelt von Champagner und guten Gesprächen, reizvoller. Sie hatten gar nicht darüber sprechen müssen. Wie automatisch hatten sie sich nach einer weiteren höflichen Small-Talk-Runde mit einem halben Dutzend Gästen verabschiedet. Kiki ließ ihre Sandalen in der rechten Hand baumeln. Ihre linke lag in Toms Hand, und sie hatte in diesem Moment absolut nichts dagegen.

»Hast du Sylvia Bentz mal gesehen?«, fragte sie, nachdem sie bei Rot eine Fußgängerampel überquert hatten.

»Hast du jemals Feierabend?«

»Nein. Also. Hast du?«

»Wenn es der Journaille dient … Ja, das habe ich.«

»Tom, bitte. Ich bin ein bisschen betrunken, ich bin müde. Erzähl einfach.«

Tom blieb stehen. »Unter einer Bedingung.«

Noch ehe Kiki fragen konnte, wie diese lautete, drückte er seine Lippen auf ihre. Und das, stellte sie fest, war mit Abstand das Beste, was ihr seit Langem geschehen war. Sie gab sich hin. Spürte. Fühlte. War. War einfach nur. Im Moment. Im Hier. Im Jetzt.

Als die beiden sich nach einer gefühlten Ewigkeit voneinander lösten, ging ihr beider Atem schnell.

»Kiki Holland, Sie sind eine verdammt gute Journalistin. Und eine noch bessere Küsserin.«

»Tom Maulwurf, oder wie immer der Nachname lautet, Sie küssen auch nicht übel. Und Sie möchten Ihr Gewissen erleichtern.«

»Du verrücktes Huhn ...«

Tom hauchte ihr noch einen Kuss auf die Stirn. Dann hakte er sie unter. Ein paar Meter lang gingen sie schweigend nebeneinanderher.

»Sylvia Bentz«, setzte sie schließlich an. »Kennst du sie?«

»Kennen wäre zu viel gesagt. Sie war eine Kundin.«

Tom kickte ein Steinchen über das Pflaster. Es landete klackernd im Rinnstein, kullerte weiter und rollte in einen Gully, wo es in der schwarzen Tiefe verschwand.

»Denk mal genau nach.« Kiki drückte Toms Hand. Anschließend begann Tom zu erzählen. Zunächst stockend, denn er musste in seinen Erinnerungen kramen. Dann formten sich nach und nach immer mehr Bilder.

Es war ein trüber Tag gewesen. Der seit Tagen andauernde Nieselregen hatte den frisch angelegten Rollrasen aufgeweicht. Der Himmel hatte sich wie eine fahlgraue Kuppel über der Stadt gewölbt. Tom war seit drei Tagen im Garten der Villa Bentz zugange. Bis auf das Auftragsgespräch mit Stefan Bentz hatte er noch niemanden aus der Familie zu Gesicht bekommen. Morgens hielt er mit seinem Transporter in der Auffahrt, gab den PIN-Code für Gäste und Angestellte ein und musste dann abwarten, bis sich das eiserne Tor wie von Zauberhand geöffnet hatte. Zum Feierabend konnte er es selbst mit einem an der Mauer angebrachten Schalter öffnen.

Von den meisten Kunden war Tom es gewohnt, dass sie ihm einen Kaffee anboten. Nicht so Familie Bentz – was er aber nicht weiter schlimm fand. Fast im Gegenteil. Denn es gab durchaus Klienten, die den lieben langen Tag neben ihm standen, wie eine Art Aufsichtspersonal, ihn vom Arbeiten abhielten und – das waren die Schlimmsten – ihm sagten, was er wie zu tun hatte. Er war also alles andere als traurig über den ruhigen Arbeitsplatz im Garten der Villa.

Es war am Ende des dritten Tages gewesen, als Sylvia Bentz sich zum ersten Mal blicken ließ. Sie war barfuß, trotz des Regens. Ihre nackten Beine steckten in einer kurzen Shorts, über der sie ein schulterfreies Shirt trug. Der Schirm, welchen sie schützend über sich hielt, warf einen merkwürdigen grünlichen Schatten auf ihr Gesicht. Tom hatte ihr zur Begrüßung zugenickt. Sie hatte geschwiegen, war wie angewurzelt stehen geblieben und hatte den Gärtner von oben bis unten gemustert. Tom war etwas unbehaglich zumute gewesen, und er hatte sich wieder seiner Arbeit zugewendet. Als er sich nach ein paar Minuten umgedreht hatte, war Sylvia Bentz verschwunden.

»Irgendwie fand ich das merkwürdig. Beinahe schon ein bisschen gruselig.«

»Sie hat nichts gesagt? Gar nichts?«, bohrte Kiki nach.

»Kein einziges Wort.«

»Und wie sah sie aus? Ich meine, ihr Gesicht?« Vor Kikis innerem Auge stieg das Bild der blassen, verhärmten Frau aus dem Gerichtssaal auf. Aber so hatte Linus' Mutter ja nicht immer ausgesehen.

»Normal«, antwortete Tom. Welche andere Antwort hatte sie schon von einem Mann erwartet?

»Gar nichts Auffälliges, an das du dich erinnerst?«

»Nein. Oder doch: der Lippenstift. Sie trug tiefroten Lippenstift.«

»Lippenstift?«

»Ja, Lippenstift. Du weißt schon, dieses Zeug, das man sich hier hinschmiert.« Toms Gesicht näherte sich ihrem, und dann küsste er sie wieder. Lang. Innig und verlangend. Kikis Knie wurden weich, und sie schloss genüsslich die Augen. Für kurze Zeit vergaß sie die Welt um sich herum.

Enzo hatte brav vor Yusums Haustür gewartet, bis Kiki ihn am späten Sonntagnachmittag abgeholt hatte. In der Doppelhaushälfte waren noch alle Läden geschlossen, weswegen sie nicht klingelte. Nach der wilden Party würde Yusum sicher noch – oder endlich – schlafen. Mit oder ohne kotzende Models. Kiki grinste. Was auch daran lag, dass sie an Toms Küsse zurückdachte. Seine Lippen. Seinen Geruch. Die gemeinsame Fahrt im Taxi – jeder zu seiner eigenen Wohnung. Einfach alles.

Und das war auch noch so, als sie am Montag nach einem hastig getrunkenen Kaffee in ihren treuen Fiat stieg, um erneut zum Gericht zu fahren. Tom, der mit Nachnamen Bergemann hieß, hatte ihr kurz nach sechs Uhr eine Nachricht geschickt und sie für den Abend zum Essen eingeladen. Sie hatte noch nicht geantwortet. Noch nicht antworten können, denn das Urteil von Torte stand noch aus. Als Mann, der Männer liebte, war er ihr zuverlässigstes Radar, wenn es um Kerle ging. Da konnte ihr eigenes Bauchgefühl noch so sehr Samba tanzen und ganz laut »Ja!« schreien, Torte hatte sie schon vor so manchem Reinfall bewahrt.

Aber dafür hatte sie jetzt keine Zeit, denn als sie, pünktlich, die Stufen zum Gerichtssaal hinaufeilte, wurde aus der Kiki mit den Schmetterlingen im Bauch die Holland, die über einen der wohl spektakulärsten Morde der letzten Jahre zu berichten hatte. Und das würde sie, wie immer, mit aller Professionalität tun.

Als Sylvia Bentz in Handschellen in den Saal geführt wurde, kam sie ihr noch schmaler und eingefallener vor als am Freitag. Aber offensichtlich hatten die Ärzte sie über das Wochenende so weit wiederhergestellt, dass sie verhandlungsfähig war. Kiki suchte im Gesicht der Angeklagten nach Zeichen. Irgendwelchen Zeichen. Stattdessen ging Sylvia Bentz' starrer Blick ins Leere. Wie würde das schmale graue

Gesicht mit knallrotem Lippenstift aussehen? Ganz sicher war sie eine sehr attraktive Frau gewesen. War es im Grunde noch immer, obwohl ihr Haarschnitt längst herausgewachsen war. Sie hatte schlanke, lange Finger. Finger, die sich um die Kehlen zweier Kinder gelegt hatten. Die Nägel hatte sie kurz geschnitten. Dort, wo sie den Ehering getragen hatte, konnte man beim genauen Hinsehen noch einen leichten Abdruck erkennen.

Richter Barchmann eröffnete den zweiten Prozesstag und damit die Beweisaufnahme. Nachdem er festgestellt hatte, dass Sylvia Bentz laut ärztlichem Gutachten verhandlungsfähig war, und deren Anwalt Heiko Walter dem nicht widersprochen hatte, rief er den ersten Zeugen auf. Und Kiki zitterte: Würde Staatsanwalt Karlsen die Öffentlichkeit von der Vernehmung des Polizisten ausschließen? Er hätte die Möglichkeit, könnte sich auf den Schutz der Opfer berufen. Aber nichts dergleichen geschah, und so betrat wenig später ein Uniformierter den Zeugenstand, der im Prinzip nichts weiter war als ein simpler Tisch, hinter dem ein Stuhl stand und wo bei Bedarf ein Mikrofon zugeschaltet werden konnte.

Kriminaloberkommissar Alexander Paulsen allerdings war keiner jener Zeugen, die ihre Aussagen nuschelnd und stotternd machten. Der hochgewachsene Mann Mitte fünfzig hatte breite Schultern, sein lichtes Haar war von grauen Strähnen durchzogen. Er besaß einen buschigen braungrauen Schnauzbart, wie er vor vielen Jahren einmal in gewesen war. Heute unterstrich er lediglich die Überlegung, dass der Mann seine besten Jahre wohl bereits hinter sich hatte.

»Es geht um die Auffindesituation der beiden Kinder«, erklärte Barchmann, nachdem die Personalien des Polizisten aufgenommen waren. Paulsen nickte und sah kurz zu Sylvia Bentz hinüber, die wie versteinert neben ihrem Anwalt saß. Sie hatte die Hände vor sich auf den Tisch gelegt und ineinander verschränkt, als würde sie beten. Kiki machte sich zu all dem Notizen und schrieb mit, als der Polizist die Ereignisse an jenem verhängnisvollen Tag schilderte. Obwohl sich ihr Block nach und nach mit Fachbegriffen und Beamtendeutsch füllte, hatte sie doch im Inneren einen lebhaften Film vor Augen. Und den konnte nicht einmal ihre Professionalität ausblenden. Dem Boulevardkollegen neben ihr ging es ähnlich. Immer wieder setzte Mussack den Kuli ab und musste schlucken.

Ein Seniorenehepaar, das seinen Labrador Gassi führte, hatte Sylvia Bentz nach der Tat als Erste zu Gesicht bekommen. Sie war barfuß aus dem Wald geschlendert, die Turnschuhe hatte sie in der rechten Hand pendeln lassen. Der Ehemann hatte zu Protokoll gegeben, dass sie gesummt habe. Die Frau konnte das weder bestätigen noch verneinen. Einig waren die beiden sich über die ersten Worte, die die vermeintliche Spaziergängerin an sie gerichtet hatte.

»Jetzt ist alles, wie es sein soll.« Dann hatte Sylvia Bentz den Hund gestreichelt und gesagt: »Es ist ein guter Tag.«

Das Ehepaar selbst konnte nicht vor Gericht erscheinen. Der Ehemann hatte wenige Wochen nach der Begegnung einen Herzinfarkt erlitten und befand sich aktuell in Reha. Seine Frau musste derzeit eine Chemotherapie über sich ergehen lassen. Der Hund, so Paulsen über diese absolute Nebensächlichkeit, wurde von den Nachbarn betreut.

Sylvia Bentz hatte den beiden zugelächelt und war den Feldweg entlanggeschlendert, als hätte sie alle Zeit der Welt. Sowie sie aus dem Blickfeld der Rentner verschwunden war, hatten diese die Begegnung fast schon wieder vergessen. Sie waren weitermarschiert und hatten sich über ihren Vierbeiner amüsiert, der fröhlich durch das Gras gehüpft war, ehe er unvermittelt im Unterholz verschwunden war. Alles Rufen hatte nichts geholfen, der Labrador war nicht wieder aufgetaucht, und seine Besitzer hatten vermutet, er habe die Fährte eines Hasen oder Rehs aufgenommen.

Nach ein paar Minuten, in denen der Hund sich nicht hatte abrufen lassen, hatte das Paar beschlossen, in den Wald zu gehen. Das plötzliche Einsetzen des Bellens hatte ihnen den Weg gewiesen. Vermutlich jener Weg, den Sylvia Bentz kurz zuvor gegangen war. Für die Umgebung allerdings hatten die beiden keinen Blick, sie waren völlig fixiert darauf gewesen, ihren geliebten Vierbeiner so schnell als möglich wiederzufinden. Das hatten sie dann auch getan – und waren auf etwas gestoßen, dessen Anblick sie nie wieder vergessen würden.

Der schwarze Labrador hatte die kurzen Nackenhaare gesträubt wie ein Wolf und mit sabberndem Maul einen umgestürzten Baumstamm angebellt. Zunächst hatte sein Herrchen das einigermaßen witzig gefunden. Bis er seinen Hund erreicht und diesen am Halsband gefasst hatte. Im selben Moment hatte der Mann die knochigen Beine eines Kindes gesehen. Und den grotesk verdrehten Arm eines zweiten. Unwillkürlich war er einen Schritt zurückgewichen und gegen seine Frau geprallt, die beim Anblick der beiden kleinen Körper einen markerschütternden Schrei ausgestoßen hatte, der selbst den Labrador auf der Stelle hatte verstummen lassen.

Das Ehepaar war wie erstarrt gewesen. Dann hatte sich die Frau den Labrador geschnappt und ihn am Halsband zurückgezogen. Der Mann hatte etwas ratlos auf die Szenerie gestarrt, ehe er seiner Gattin befohlen hatte, zurück zum Weg zu gehen und per Handy die 110 zu rufen. Diese hatte dafür einige Schritte gehen müssen, weil der Empfang nicht an jeder Stelle gleichermaßen gut war. Er selbst, so erinnerte sich Paulsen an die Worte des Rentners, habe »irgendwie funktioniert«. Dann legte der Polizist, unterstützt vom Staatsanwalt, dem Richter und den Schöffen Aufnahmen vom Tatort vor.

Kiki konnte von ihrem Platz aus auf manche einen kurzen Blick erhaschen.

Linus' kleines Gesicht war merkwürdig blau. Der tote Junge hatte die Augen weit aufgerissen. Seine Zunge hing aus dem Mund. Sein schlaffer Körper lag mit dem Rücken auf dem moosigen, mit Tannennadeln übersäten Waldboden. Den stieren Blick hatte der Kleine zum Himmel gerichtet, ganz so, als sähe er das weiße Licht, von dem manche nach einer Nahtoderfahrung berichteten. Aber Linus' Augen glänzten nicht. Sie waren trüb. Am Hals des kreidebleichen Kindes waren rote Würgemale zu erkennen. Linus hatte sich im Sterben eingenässt.

Das leise Husten hatte den Mann aus seinem Schock gerissen. Ohne nachzudenken, war er zum zweiten, etwas größeren Kinderkörper gestürzt und hatte Larissa hochgerissen. Das Mädchen hatte geröchelt, gehustet. Er hatte ihr auf den Rücken geklopft. Sie hatte sich auf sein blau kariertes Flanellhemd übergeben. In der Ferne waren die Sirenen zu hören gewesen.

Auch nach dem Ende von Paulsens Bericht saß Sylvia Bentz wie versteinert neben ihrem Anwalt. Sie schien sich die ganze Zeit über keinen einzigen Millimeter bewegt zu haben. In ihrer Miene suchte Kiki vergeblich nach einer Gefühlsregung. Ihr zusammengekniffener Mund wirkte fast schon brutal. Ihren Blick hielt sie starr auf die Tischplatte gerichtet. Es war nicht einmal erkennbar, ob sie die Worte des Polizisten überhaupt vernommen hatte.

Kiki betrachtete sie einige Sekunden lang und wurde dann durch das Kratzen von Mussacks Kugelschreibermine auf dem Papier aus der Konzentration gerissen. Sie warf ihm einen missmutigen Blick zu. Als sie wieder nach vorn schaute, erhob sich Staatsanwalt Karlsen gerade, um dem Polizisten einige Fragen zu stellen. Zunächst ging es um die zeitliche Übersicht: wann die Zeugen Sylvia Bentz getroffen hatten, wie viel später die Ehefrau den Notruf gewählt hatte, wann der erste Streifenwagen am Tatort eingetroffen, wann dieser gesichert worden und wann Larissa Bentz ins Krankenhaus gebracht worden war. Paulsen las einen Großteil der Daten aus seinen eigenen Fallunterlagen ab, und ebenso rasch, wie er sie von sich gab, notierte Kiki sie sich auf ihrem Block. Ob diese vielen Daten später relevant sein würden, wusste sie nicht. Aber besser, man hatte sie sich notiert, als dass man im Nachhinein deswegen noch einmal nachhaken musste. Gerade bei Fällen wie diesen war es wichtig, dass die Presseberichte so rasch und so präzise wie möglich geschrieben wurden.

Weiter ging die Fragestunde. Der Staatsanwalt erkundigte sich, ob den Rentnern in Tatortnähe weitere Personen oder etwas anderes Ungewöhnliches aufgefallen war. Beides hatten sie verneint. An der Stelle erhob sich Sylvia Bentz' Verteidiger und legte Einspruch ein, weil es sich hier lediglich um eine subjektive Schilderung des Rentnerehepaars handele, dem jegliche Objektivität fehle. Nur weil den beiden niemand aufgefallen war, bedeute dies nicht zwangsweise, dass sich niemand anderes in der Nähe aufgehalten habe. Obendrein befänden sich sowohl der Ehemann als auch seine Gattin im fortgeschrittenen Alter, was sich sicherlich nicht gerade positiv auf ihre Sehkraft auswirke. Richter Barchmann ließ den Einspruch zu.

Anschließend ging es um das Eintreffen der Polizei am Tatort. Kriminaloberkommissar Alexander Paulsen durfte einstweilen den Zeugenstand verlassen. Stattdessen nahm eine stattliche Endvierzigerin mit pechschwarz gefärbten Haaren auf dem Stuhl Platz. Sie hieß Regina Gehlers und sprach mit einer bemerkenswert tiefen Stimme. Zwei Zigarettenpäckchen pro Tag waren da Minimum, schätzte Kiki. Auch mit ihr wurden zuerst die zeitlichen Fakten abgeklärt, bevor es zur eigentlichen Schilderung der Ereignisse kam.

Kiki lauschte aufmerksam und glich nebenbei automatisch jene Daten ab, die Paulsen bisher zu Protokoll geben hatte. Es war eine alte Journalistenkrankheit, immer gleich zu schauen, an welcher Stelle man ein- oder nachhaken konnte. Jeder Widerspruch konnte einen weiterbringen. Die Kripo ging bei ihren Befragungen sicherlich genauso vor. Entsprechend wussten die Beamten bei ihren eigenen Aussagen vor Gericht auch, wie sie vorzugehen hatten. Die Aussagen stimmten exakt überein und boten dem Verteidiger keinerlei Angriffsfläche.

Nicht viel anders sah es bei der Tatortbeschreibung aus. Gehlers bemühte sich um eine neutrale Schilderung der Ereignisse und fasste selbst die Details über das Auffinden des toten Jungen und des schwer verletzten Mädchens relativ nüchtern zusammen. Genauso gut hätte sie ihren Einkaufszettel vom vergangenen Wochenende vortragen können.

Kiki rutschte auf ihrem Platz im Zuschauerbereich hin und her, um zuerst einen Blick in Gehlers Gesicht und anschließend in das der Angeklagten zu werfen. Beide Frauen wirkten, als wäre dies eine Pflichtveranstaltung, zu der sie hatten kommen müssen, obwohl sie lieber woanders gewesen wären.

Das zu sehen, war erschütternd. Insbesondere bei der Mutter. Wie konnte sie die ganze Zeit über so teilnahmslos dasitzen? Immerhin waren es ihre zwei Kinder, die sie zu töten versucht hatte.

Wie abgestumpft musste man innerlich sein, damit einem *das* keine Gefühlsregung mehr entlockte? Selbst unter Demenz oder einer psychosomatischen Erkrankung konnten einen solche Dinge nicht kaltlassen. Oder etwa doch?

Kiki jedenfalls ging es gewaltig an die Nieren. Während Paulsens Schilderung hatte sie das Gefühl gehabt, ihre inneren Organe würden sich unangenehm zusammenziehen und verkrampfen. Gleichzeitig waren ihr mehrere eisige Schauer den Rücken hinabgejagt.

Sylvia Bentz' Ehemann Stefan konnte es nicht anders gehen. Er verbarg das Gesicht in den Händen und schüttelte immer wieder langsam den Kopf.

Selbst der ansonsten so aalglatte Staatsanwalt hatte einen erschütterten Gesichtsausdruck aufgesetzt. Ob der geschauspielert war, wusste Kiki nicht. Sie hoffte es nicht. Für ihn.

Ein letztes Mal schaute sie erwartungsvoll zu Sylvia Bentz. Sie wünschte sich eine Gefühlsregung. Irgendeine Reaktion, die bewies, dass diese Frau noch irgendetwas fühlte. Doch da war nichts. Absolut nichts.

Um kurz nach zwölf unterbrach Richter Barchmann die Verhandlung für eine einstündige Mittagspause. Eine spürbare Erleichterung ging durch den Raum. Ein Großteil der Zuschauenden schien es gar nicht erwarten zu können, nach den grauseligen Schilderungen aus dem Gerichtssaal zu entkommen.

Ganz im Gegensatz zu Kiki. Obwohl sie heute noch nichts gegessen hatte, verspürte sie keinerlei Hunger. Das Verhandlungsthema schlug ihr eindeutig auf den Magen, und die Worte der Polizisten hallten ihr im Ohr wider. Deshalb blieb sie sitzen und blätterte durch ihre Notizen, während die Menschen vor und hinter ihr zum Ausgang strömten. Roland Mussack war einer von ihnen. Bevor er verschwand, hatte er Kiki zu einem gemeinsamen Lunch eingeladen, aber sie hatte abgelehnt, ohne von ihrem Block aufzuschauen.

Als allmählich Ruhe einkehrte, sah sie, dass sich außer ihr nur noch eine Handvoll Leute im Raum befand. Darunter ein vollbärtiger Gerichtsdiener, der sicherstellte, dass niemand Unfug anstellte. Er stand in seiner Dienstkleidung neben dem Eingang und behielt alle Anwesenden mit bärbeißiger Miene im Auge. Was gleich noch ein Grund mehr war, nicht in diese Richtung zu gehen, fand Kiki.

Sylvia Bentz war bereits abgeführt worden, aber ihr Anwalt Heiko Walter saß nach wie vor an seinem Tisch, als müsste er die geschilderten Ereignisse ebenfalls noch einmal sacken lassen. Vor ihm aufgeschlagen lag eine Akte mit etlichen Ausdrucken.

Kiki beschloss, zu ihm zu gehen. Sie kannte Walter seit Jahren und hatte sich schon bei etlichen Gelegenheiten mit ihm unterhalten. Einmal waren sie nach einem abgeschlossenen Fall in größerer Runde in einer Bar versackt, bis am Schluss nur sie beide übrig geblieben waren. Zum Du hatte es trotzdem nicht gereicht. Dafür war der Advokat einfach zu *speziell*. Auf dem Weg zu ihm kam sie an zwei weiteren Zuschauern vorbei, die regungslos auf ihren Plätzen saßen und auf ihren Smartphones herumtippten. Keiner von ihnen achtete auf sie.

»Hallo, Herr Walter«, begrüßte Kiki den Strafverteidiger. Dieser drehte sich zu ihr um. Von seinem spitzbübisch-jungen Aussehen war heute nicht viel übrig. Er wirkte blass und abgespannt. »Kein einfacher Tag heute.« Sie konnte nicht anders, als ihm ein aufmunterndes Lächeln zu schenken. Das er zumindest im Ansatz erwiderte. Er schien dankbar für ein wenig Ablenkung zu sein.

»Aha, Kiki Holland. Die rasende Reporterin. Warum bin ich nicht überrascht, Sie hier zu sehen?«

»Sie wissen doch, ich bin immer dort, wo was los ist.«

»Ja, am Puls des Geschehens, wie es so schön heißt.« Er lehnte sich in seinem Stuhl zurück. »Schreiben Sie immer noch für die Lokalredaktion?«

»Klar, einmal Lokalmatador, immer Lokalmatador.«

Walter schmunzelte. »Nun ja, Frau Holland, die meisten Ihrer Artikel finde ich im Mantelteil. Da ist nichts mit Stadtratssitzungen oder Kaninchenschau von Ihnen zu lesen.«

»Wobei auch das seinen Reiz hat. Gegenfrage: Wären Sie an manchen Tagen nicht lieber Patentanwalt statt Strafverteidiger?«

Der Anwalt seufzte, als müsste er damit das ganze Elend der Welt zum Ausdruck bringen.

»Wo steckt denn Ihre Mandantin?«

»Haben Sie es nicht mitbekommen? Es ist Mittagspause. Wahrscheinlich isst sie gerade etwas.«

»Und Sie haben keinen Hunger?«

Walter schüttelte den Kopf. »Nicht so richtig. Ist mir wahrscheinlich noch zu früh. Außerdem habe ich reichlich gefrühstückt. Sie kennen ja das Sprichwort: Frühstücke wie ein Kaiser, esse mittags wie ein König und abends wie ein Bettler. Mit der Devise bin ich bisher recht gut gefahren. Vielleicht lasse ich heute den Lunch ausfallen und gehe gleich zum Bettler-Dinner über.«

Das Sprichwort kannte Kiki, und sie wusste auch, dass nicht jeder Fachmann etwas von dieser Devise hielt. Aber dies hier waren weder der richtige Ort noch die richtige Zeit, um sich über Ernährungswissenschaften zu unterhalten. »Was halten Sie von Ihrem aktuellen Fall?«

»Fragen Sie beruflich oder privat?«

»Vielleicht beides.«

»Dann fällt meine Antwort diplomatisch aus: Es ist kompliziert.«

Was ziemlich nichtssagend war. »Finden Sie es nicht seltsam, dass Ihre Mandantin so …« Sie suchte nach dem strategisch passenden Begriff dafür. »… unbeteiligt wirkt?«

»Brauchen Sie das für Ihren Artikel?«

»Nein, das frage ich privat. Sogar bei den krassesten Schilderungen hat sie keine Regung gezeigt. Das ist schon etwas seltsam. Gelinde ausgedrückt.«

Er seufzte erneut. »Wie gesagt, es ist kompliziert. Und ich darf mit Ihnen nicht über den Fall sprechen.«

»Nicht mal inoffiziell?«

»Nicht mal das. Hier haben die Wände Ohren. Deshalb tun Sie mir bitte einen Gefallen und stellen mir keine Fragen mehr zum Fall.«

Obwohl sie mit dieser Antwort gerechnet hatte, enttäuschte sie die Abfuhr. Sie beschloss, einen Gang zurückzuschalten und nach einem Hintertürchen zu suchen. »Wie fühlt man sich eigentlich als Anwalt bei einem Fall wie diesem? Ist es das, weswegen Sie Jura studiert haben?«

Ganz der Rechtsberater, dachte er erst einige Sekunden nach, bevor er sich äußerte: »Zum Teil. Aber für wen entwickeln sich die Dinge schon exakt so, wie er es sich früher ausgemalt hat? Strafrecht ist auf jeden Fall besser als Wirtschaftsrecht, wo man täglich dafür sorgt, dass reiche Geschäftsleute noch reicher werden. Da hat mein Fachgebiet schon eine ganz andere Daseinsberechtigung. Hier kann man den Menschen helfen.«

Das war eine ziemlich allgemein gehaltene Aussage. Ja nichts von sich geben, das einen später belasten könnte. Genau so waren schon etliche frühere Unterhaltungen mit Walter abgelaufen. Selbst vier, fünf Caipirinhas machten den Mann nur bedingt entspannter.

Lockerlassen wollte Kiki allerdings auch nicht, obwohl vor ihrem geistigen Auge eine Pizza auftauchte. Oder eine Currywurst. Allmählich war die Benommenheit verdaut, und Hunger kam auf. Wie auf ein Stichwort knurrte ihr Magen laut und vernehmlich. Heiko Walter grinste unwillkürlich.

»Bei mir hatte der Kaiser heute Morgen frei. Und jetzt versucht der König offenbar, das Zepter an sich zu reißen«, versuchte Kiki zu scherzen. Der Strafverteidiger setzte zu einer Antwort an, als die Tür hinter dem Richtertisch aufgerissen wurde. Beide fuhren herum. Ein uniformierter Polizist stürmte in den Saal. Sein Kopf war so rot wie ein gekochter Hummer.

»Ihre Mandantin!«, rief er.

Heiko Walter sprang auf. »Was ist mit Frau Bentz?«

»Kommen Sie einfach!« Der Polizist wartete nicht, bis der Anwalt die Tür erreicht hatte, sondern stürmte sofort wieder los. Walter folgte ihm mit wehender Robe.

Kiki zögerte. Sollte sie den beiden nachlaufen?

Nein. Das durfte sie nicht. Der nichtöffentliche Bereich des Gerichtsgebäudes war den Justizangestellten, den Vollzugsbeamten und den Angeklagten vorbehalten. Presse war dort absolut verboten. Sie seufzte. Und dann stahl sich ein Grinsen auf ihr Gesicht. Staranwalt Heiko Walter hatte einen Fehler gemacht. Er hatte seine Akten liegen gelassen. Aufgeschlagen. Sie sah sich um. Sie war allein. Und sie hatte bereits in der Ausbildung gelernt, auf dem Kopf stehende Zeilen zu lesen.

»Bingo!«, flüsterte sie und überflog Walters Aufzeichnungen. Der Anwalt hatte eine Sauklaue vor dem Herrn. Selbst ein Arzt füllte wohl seine Rezepte lesbarer aus. Dennoch gelang es ihr, einige Worte zu entziffern.

Befragung des Kindsvaters.

Psychosoziale Kompetenzen meiner Mandantin.

Außereheliche Beziehungen.

Kiki sog die Luft ein. Und trat genau in dem Moment vom Tisch zurück, als Heiko Walter wieder den Saal betrat. Er wirkte seltsam unbeteiligt.

»Alles okay?«, fragte Kiki.

»Wie man's nimmt.« Walter zuckte mit den Schultern. »Ein bisschen Traubenzucker wird es richten.«

»Sylvia Bentz hat …?«

»Diabetes. Na und?« Walter streifte sich die Robe ab und warf sie achtlos über seinen Stuhl. »Ich brauche jetzt doch etwas zu beißen.«

»Ich auch!«, rief Kiki und eilte ihm nach. Für einen lustlosen Imbiss blieben ihnen noch gute fünfzehn Minuten.

Hätte Kiki gewusst, dass Sylvia Bentz' Unterzucker zu einem vorzeitigen Ende des Verhandlungstages führen würde, sie hätte auf die unfassbar schlechte, pappige und geschmacksfreie Pizza verzichtet, die ihr nun schwer wie ein Klumpen Blei im Magen lag. Als sie nach der erneuten Vertagung hinter Enzos Lenkrad saß, gingen ihr wieder und wieder zwei Wörter durch den Kopf, die sie in Walters Aufzeichnungen gelesen hatte.

Außereheliche Beziehungen.

Außereheliche Beziehungen.

Außereheliche Beziehungen.

Wen hatte Heiko Walter damit gemeint? Die Angeklagte? Oder ihren Mann? Sie gab Gas und fluchte. Das orangefarbene Licht des stationären Blitzers flammte auf. Reflexartig bremste sie, aber natürlich zu spät.

»Verdammte Hacke!« Sie schlug mit der flachen Hand auf das Lenkrad und entschuldigte sich sofort darauf bei ihrem treuen Gefährten. Der Fiat konnte ja nichts dafür, dass sie, wieder einmal, ein Foto von sich im Briefkasten finden würde.

»Scheiß drauf«, sagte sie zu sich selbst und drehte das Radio lauter. Oasis. Das half immer. Und immerhin hatte sie auf der Wand in der Toilette noch ausreichend Platz für weitere unvorteilhaft aufgenommene und völlig überteuerte Porträts der Ordnungsbehörden.

Vor der Tat. Lange vor der Tat.

Schlecht.

Schwummerig.

Übel.

Sylvia Bentz kämpfte gegen den Schwindel an. Sie saß auf der Bettkante und fixierte krampfhaft das Acrylbild an der Wand. Ihr Blick suchte Halt an den gemalten Bäumen, die ein kleines Schlösschen umrahmten. Die Tannen schwankten vor ihren Augen, als würde ein heftiger Windstoß sie erfassen. Sylvia Bentz schloss die Augen und ließ sich zurück in die Kissen fallen.

War es vor fünf Jahren gewesen, vor sechs, als sie das Gemälde in einer kleinen Galerie entdeckt hatte? Sylvia Bentz erinnerte sich nicht mehr. Wie war der Name der Malerin? Oder war es ein Maler? Sie kniff die Augen zusammen und versuchte, die Signatur zu entziffern. Ihr wurde übel.

Dann kamen sie, die Erinnerungsfetzen. Ein warmer Tag. Sie war schwanger, zum ersten Mal. Ihre Larissa bahnte sich den Weg auf diese Welt. Hand in Hand waren sie und Stefan durch die Stadt gebummelt. Ohne Ziel, ohne Druck. Ganz einfach so. Weil sie es konnten. Weil sie es wollten. Und dann war da dieses Schaufenster gewesen, das sie magisch angezogen hatte. Dieses Bild. Das kleine Schlösschen. Die drei strammen Tannen, eine große, eine ganz kleine und eine irgendwo dazwischen. Sylvia Bentz hatte gejubelt: Irgendjemand hatte ihre Familie gemalt. Das entstehende Leben in Acryl festgehalten. Mit dem Pinsel ihre Zukunft vorhergesehen.

Stefan hatte ihr zugenickt. Sie war in die Galerie gestürmt und kurz darauf, um ein kleines Vermögen ärmer, mit dem in Luftpolsterfolie verpackten Bild wieder herausgekommen.

»Du machst mich arm!«, hatte ihr Mann gescherzt und seinen Kippenstummel in den Rinnstein geschnippt, ehe er ihr das Paket abgenommen hatte. Sie hatte gelacht. Sich küssen lassen.

Bis zu Larissas Geburt hatte es keine zwei Wochen mehr gedauert. Sie hatte ihre Tochter allein zur Welt gebracht, mithilfe der Hebamme und der Ärztin, aber ohne Stefan. Und das Bild? Das hatte sie, als Larissa den ersten Zahn bekam, allein aufgehängt.

Schlecht.

Schwummerig.

Übel.

Irgendwo im Haus hörte Sylvia ein Poltern. Das Trappeln kleiner Füße. Ein Kichern. Alles verschwamm mit den Tannen. Dem Schlösschen. Und mit Stefan.

»Hast du Durst?« Ihr Mann beugte sich über sie und reichte ihr ein Glas mit eiskaltem Orangensaft. Sie trank begierig. Stefan streichelte zärtlich über ihren prallrunden Bauch und küsste sie liebevoll auf die Stirn. Dann stürzte sie in einen dunkelschwarzen, traumlosen Schlaf.

Obwohl der Prozess erneut unterbrochen war – einen Artikel würde sie früher oder später liefern müssen. Und zwar nicht nur irgendeinen hingerotzten Rapport, sondern eine fundiert recherchierte Reportage. Schließlich war sie die Holland. Kiki straffte die Schultern und ging zurück zum Auto. Ein, zwei Klicks auf dem Smartphone, und sie hatte die Adresse der Familie Bentz gefunden. Zwar kannte sie aus der Presse und den Recherchematerialien der Kollegin Fotos vom Anwesen. Aber im Grunde genommen hätte sie längst selbst einen Blick auf das Haus und die Umgebung werfen müssen. Mit Nachbarn sprechen. Die Atmosphäre spüren. Sie tippte die Adresse ins Navi, schälte Enzo aus der Parklücke und fädelte sich in den Nachmittagsverkehr ein.

Vor ihr fuhr ein übergroßer SUV ein wenig zu schnell. Laut den Aufklebern an der Heckscheibe waren Justin und Finja an Bord. Kiki grinste. Warum pappten Eltern sich die Namen ihrer Sprösslinge aufs Auto? Um sie nicht zu vergessen? Um damit anzugeben? Der einzige Sticker, der jemals eines ihrer Autos geziert hatte, war der von Sylt gewesen. Einer Insel, die sie noch nie im Leben besucht hatte – aber das Teil war von ihrem gebraucht erstandenen Auto nicht abzukriegen gewesen.

Kiki stellte Enzo etwa fünfzig Meter entfernt vom Bentz'schen Anwesen ab. Sie erkannte es anhand der zwei Meter hohen weiß getünchten Mauer sofort. Eine Überwachungskamera am hinter der Mauer sichtbaren Doppelgaragendach blinkte regelmäßig rot auf. Hatte die Polizei die Aufnahmen ausgewertet? Klar, das hier war nicht der Tatort, aber Sylvia Bentz musste mit dem Cabrio durch das Sichtfeld gefahren sein. Kiki machte sich eine Notiz auf ihrem Block. Für den wurde sie oft belächelt, aber er war noch immer ihr Mittel erster Wahl, um sich rasch Gedanken aufzuschreiben, ohne das Smartphone zu bemühen.

Sie stieg aus und sah sich um. Ohne Zweifel war sie in einer der besten Gegenden der Stadt gelandet. Eine Villa reihte sich an die nächste, und die wenigen Fahrzeuge, die am Straßenrand unter den ausladenden Bäumen parkten, waren ohne Ausnahme unauffällige Durchschnittswagen. Die teuren Schlitten standen sicherlich gut verwahrt auf der anderen Seite der Grundstücksmauern.

Das Anwesen rechts neben der Bentz-Villa wirkte ähnlich verschlossen. Kiki überquerte die Straße und näherte sich dem Haus. *Schneider*, las sie auf dem Klingelschild. Sie zögerte einen Moment, ehe sie den Knopf drückte. Ein Summen setzte ein, und eine Kamera über der in den hohen Holzzaun eingelassenen Tür begann, zu blinken.

Wie im Knast, dachte Kiki. Automatisch friemelte sie ihren Presseausweis aus der Handtasche. Einem Impuls folgend, hielt sie inne. Just in jenem Moment knackte es in der Gegensprechanlage.

»Jo?«, fragte eine Frauenstimme.

Kiki zögerte nicht lange. »Mein Name ist Müller. Kathrin Müller. Ich möchte gern mit Frau Schneider sprechen.«

»Mooooment!« Es knackte erneut, es surrte, und dann konnte Kiki die Tür aufdrücken. Sie stolperte über einen mit Steinplatten versehenen Gartenpfad zur offen stehenden Haustür. Dahinter erblickte sie einen mit weißem Marmor gefliesten Flur. Auf der Treppe erschien eine völlig überschminkte Frau, die Kiki auf Mitte fünfzig schätzte. Die Dame des Hauses war in einen kunterbunten Kaftan gekleidet und hielt sich am Treppengeländer fest.

»Sie kommen zu spät«, nuschelte Frau Schneider.

»Das tut mir leid«, improvisierte Kiki. »Baustellen, Stau.« Sie stieg die Treppe hinauf, bis sie auf Höhe der Frau stand, und bemerkte einen penetranten Geruch nach Alkohol.

»Das kann kein Grund sein.« Frau Schneider schmiss in einer theatralischen Geste die blondierten halblangen Haare zurück. »Kommen Sie mit!«

Kiki folgte der leicht schwankenden Frau, die sich für ihren Zustand erstaunlich aufrecht auf den hohen schwarzen Lackschuhen hielt, wie Kiki fand. Sie selbst wäre bei solchen Absätzen selbst stocknüchtern ins Schwanken geraten. Am Ende der geschwungenen Treppe landeten sie in einer offenen Küche. Die Hausherrin steuerte den zweiflügeligen Kühlschrank an, holte in einer geübten Geste eine bereits entkorkte Flasche Champagner heraus und füllte das auf dem blank gewienerten marmornen Tresen stehende Glas, das schon etliche Lippenstiftspuren trug. Kiki hätte einen Schluck gebrauchen können, aber natürlich bot die Madame ihr nichts an.

Frau Schneider schnappte sich das Glas und wankte zum Sofa, welches den Wohnbereich dominierte. Kiki vermutete hellgrau gefärbtes Lammfell. Die Schneider ließ sich auf die Couch plumpsen.

»Ich habe Kopfschmerzen, saugen Sie bitte leise.«

»Ah. Äh. Und wo …?«

»Herrje. In der Gerätekammer. Und jetzt husch!« In einer einzigen fließenden Bewegung trank Frau Schneider das halbe Glas aus, wedelte Kiki eine ungefähre Richtung zu und ließ sich stöhnend nach hinten sinken. Wieder einmal war Kiki ihren Eltern dankbar, die sie trotz akuter Schul-Unlust durchs Abi gepeitscht hatten. Sonst nämlich, dachte sie, müsste sie sich jeden Tag mit solchen Menschen abgeben und sich so behandeln lassen.

»Alles klar«, sagte Kiki betont munter und sah sich um. Wo in aller Welt mochte in diesem Palast die Besenkammer sein? Sie ging zurück zur Küche. Die erste Tür, die sie öffnete, führte in eine immens große Speisekammer, in welcher der Geruch nach vermoderten Kartoffeln in der Luft hing. Hinter der nächsten wurde sie fündig. Neben einer Waschmaschine, einem Wäschetrockner und einem Bügelbrett lagerten allerlei Putzutensilien an Haken und in den Regalen. Wobei *allerlei* schlicht untertrieben war. Mit der schieren Anzahl an WC-, Glas-, Kalk- und Bodenreinigern hätte Frau Schneider gut und gerne einen halben Drogeriemarkt ausstatten können. Da Kiki nicht wirklich vorhatte, die Behausung der zugedröhnten Madame zu wienern, schnappte sie sich lediglich den Staubsauger. Ein Modell, das ihr Jahresbudget um ein Vielfaches gesprengt hätte. Sie selbst besaß einen in die Jahre gekommenen Beutelsauger, der meistens eher blies, anstatt zu saugen. Und natürlich Heinz-Rüdiger, den Saugroboter, den sie im Zuge einer Produktrezension abgestaubt hatte.

»Ich fange oben an!«, rief sie ins Wohnzimmer. Die Antwort war ein leises Schnarchen.

Bingo!, dachte Kiki und schleppte das schwere Gerät bewusst leise einen Stock höher. Die Marmortreppe endete mit einer metallenen Teppichleiste, die der Beginn eines schneeweißen flauschigen Bodenbelags war. Am liebsten hätte Kiki sich die Schuhe ausgezogen und die Zehen in den weichen Flaum getaucht. Aber: Sie war weder zum Putzen noch zum Vergnügen hier, und so stellte sie den Staubsauger ab und öffnete die nächstgelegene Tür. Ein Badezimmer, größer als ihr Wohnzimmer. Wäre sie diejenige, für die sie gehalten wurde, hätte sie mindestens eine Stunde lang die Regendusche, das Sprudelbad, die Toilette und das Bidet wienern müssen. Kiki schloss die Tür. Hinter der nächsten fand sie, was sie erhofft hatte.

Das Schlafzimmer der Hausherrin war noch üppiger dimensioniert als das Bad. Ein massives Boxspringbett beherrschte den Raum. Über dem Bett hing ein großer Spiegel an der Decke, und die Journalistin wollte sich gar nicht vorstellen, was dieser schon alles gesehen hatte – denn gegenüber der Schlafstätte war eine Art Werkstatt aufgebaut. Schwarze Lederpeitschen, Dildos in allen Formen und Farben, Latexmasken. Es gab nichts, was es in einem gut sortierten BDSM-Shop nicht ebenfalls gegeben hätte.

»Respekt, Frau Schneider«, kicherte Kiki und widerstand der Versuchung, ein Handyfoto zu machen, um es Torte zu zeigen. Denn ihr eigentliches Interesse galt dem Balkon. Der nämlich zeigte auf das Nachbargrundstück. Das Grundstück der Familie Bentz.

Kiki stöpselte den Sauger in die Steckdose und schaltete das Gerät ein. Das tiefe Brummen erfüllte den ganzen Raum und wäre das perfekte Alibi, sollte Madame Schneider aus ihrem Rausch erwachen. Dann öffnete sie die Schiebetür und trat hinaus. Das kreischende Quietschen einer Schaukel malträtierte ihr Trommelfell. Sie ging in die Hocke und lugte zwischen den Balkonstreben hindurch.

Larissa!

Sie erkannte das Mädchen sofort, obwohl sie in den Konkurrenzmedien nur verfremdete Fotos von Linus' Schwester gesehen hatte. Die blonden Haare. Die Sommersprossen. Die leicht abstehenden Ohren.

Larissa.

Kiki schnürte es das Herz zusammen. Die Kleine saß mit leerem Gesichtsausdruck auf der Schaukel, klammerte sich an den Seilen fest. Ihr Körper war schlaff wie ein Kartoffelsack. Sie strecke weder die Beine, noch reckte sie den Kopf in den Nacken. In Bewegung geriet sie nur, weil eine pummelige Frau mit schwarz-rot gefärbten Haaren und Leggins sie anschubste.

Die Tür zu einem Balkon im zweiten Stock der Bentz-Villa öffnete sich. Stefan Bentz trat heraus und zündete sich eine Zigarette an. Er nahm einen tiefen, genüsslichen Zug und blickte in den Garten. Dann blies er den Rauch in die Luft.

»Danuta, genug jetzt. Larissa muss in die Badewanne!«, blökte er in den Garten. Die Frau in den Leggins fuhr herum.

»Ist gut, Herr Bentz«, rief sie in gebrochenem Deutsch zurück. Dann schnappte sie sich die Schaukelseile und stoppte Larissas unglücklichen Flug. Das Mädchen glitt herunter und sah zu seinem Vater.

»Ich will nicht baden«, sagte sie so leise, dass Kiki sie kaum verstehen konnte. »Ich habe erst heute Morgen geduscht.«

»Das ist mir egal.« Stefan Bentz zog noch einmal an seiner Zigarette. »Ich sage, dass du badest, und dann badest du.«

Es war, als ginge ein Ruck durch das Mädchen und durch dessen Betreuerin. Viel hätte nicht gefehlt, und die beiden hätten salutiert, dachte Kiki. Während Danuta durch die Terrassentür ins Haus eilte, ließ Larissa sich Zeit. Das Kind schlurfte zum Haus. Blieb stehen. Hob den Kopf. Betrachtete die Wolken. Was mochte sie sehen? Einen aus Wasserdampf bestehenden Teddy? Oder das neue Zuhause ihres Bruders?

Stefan Bentz nuckelte noch einmal an seiner Zigarette. Dann drückte er den Stummel auf dem Geländer aus, schnippte die Kippe in hohem Bogen in den Garten und ging zurück ins Haus. Was auch Kiki tat. Sie schaltete den Staubsauger aus und lugte aus der Tür. Es war mucksmäuschenstill. Sie huschte die Treppe hinunter und schlüpfte aus der Haustür. Dann hastete sie den Weg zur Holztür entlang. Als sie sie hinter sich geschlossen hatte, atmete sie tief durch. Am liebsten hätte sie jetzt eine Zigarette geraucht.

So ging es offenbar auch der Frau, die aus dem benachbarten Tor kam. Die Kinderfrau blieb einen Moment stehen.

Dann streckte sie den Rücken durch und warf sich die Handtasche über die Schulter.

Für einen kurzen Moment zögerte Kiki. Ihr gegenüber stand Enzo, der sie zuverlässig entweder zu Torte oder womöglich zu Tom, dem Maulwurf, bringen würde. Sie atmete ein. Aus. Nochmals ein. Dann tat sie es Danuta gleich, schulterte ihre Handtasche und folgte dem Bentz'schen Haus- und Kindermädchen.

»Kann haben ich vielleicht eine Zigarette?«, radebrechte sie. Danuta fuhr herum.

»Polska?«

»Bosnia«, behauptete Kiki und hoffte, die erste Hürde genommen zu haben. Augenscheinlich mit Erfolg. Das Kindermädchen hielt ihr eine Packung mit polnischer Warnaufschrift hin.

»Bittescheeehn.«

»Dohnkääh.« Kiki nahm sich eine Zigarette und suchte in ihrer Handtasche nach einem Feuerzeug. Da war keines, das wusste sie. Ein paar Momente später zückte Danuta das ihrige und ließ Kiki an der Flamme die Zigarette anzünden. Sie nahm einen Zug.

»Du gehen heim?«, sagte sie mit gefälschtem Akzent.

»Feierabend«, gab die Polin ebenso holpernd zurück und setzte den Fußmarsch Richtung Bushaltestelle fort. Kiki beschloss, ihr zu folgen.

»Heute meinä erstä Tag bei Schneidääär«, gab sie bekannt, als sie sich neben die Frau unter das Dach des Wartehäuschens stellte.

Danuta nickte. Und Kiki war wieder einmal froh über ihre fundierte Ausbildung, in der sie auch gelernt hatte, Dialekte und Akzente zu imitieren, um dem Gegenüber das Gefühl von Nähe und Gemeinsamkeit zu vermitteln.

»Reichäh Loitäh hier in die Viertähl.« Das Kindermädchen

blies eine Rauchwolke in die Luft, zog noch einmal an der Zigarette und schnippte sie dann in eine akkurat gestutzte Hecke.

»Schneidär keine gute Frau. Brauchst du Nerven wie Seil aus Draht.«

Kiki unterdrückte ein Kichern.

»Das habe ich auch schon gehööört«, gab sie zu. Danuta nickte, warf einen Blick auf ihre Armbanduhr und zündete sich noch eine Kippe an. »Bus zu spät. Immär zu spät.«

Kiki seufzte theatralisch und setzte sich neben ihre neue Bekannte auf einen der Plastiksitze. Ein paar Momente lang schwiegen sie. Kiki schätzte Danuta auf Ende vierzig. Um die Augen hatten sich bereits die ersten Fältchen eingegraben. Der rosa Lippenstift auf den schmalen Lippen hatte sich zum großen Teil aufgelöst. Danuta wirkte müde. Das brachte Kiki auf eine Idee. Sie gähnte gespielt. Und tatsächlich. Die Kinderfrau tat es ihr wenige Augenblicke später nach – ein Zeichen, dass die Frau ihr vertraute, sich ihr nahe fühlte. Kiki wagte eine Frage.

»Wo arbeitest du? Ich habe dich gesehen mit einem Mädchen …?«

Danuta seufzte und sah Kiki an. Sie wirkte, als hätte sie nur auf dieses Stichwort gewartet.

»Ich arbeite bei die Bentz. Mädchen ist ganz arme Kind. Schlimme Geschichte.« Ihre Augen wurden wässrig.

»Was denn für schlimme Geschichte?«

»Wie? Ach, du wissen gar nicht?«

Kiki versuchte, so überrascht wie möglich zu wirken.

»Wohnst du hinter Wolken? Das stand doch in jädä Zeitung.«

»Nein … ich … äh … mag keine Zeitung. Zu viel Worte, zu viel Horror. Was ist denn mit das Mädchen?«

Danuta schaute sich nervös in beide Richtungen um, bevor

sie sich auf ihrem Sitz weiter zu Kiki herüberbeugte. Dann sprudelten die Worte nur so aus ihr heraus.

»Die Mutter von die Mädchen ist durchgedräht. Hat Larissa und ihre Bruder gekidnappt und zu Wald gebracht. Dort wollte sie beide Kinder töten. Bei die Junge hat sie es geschafft. Die Mädchen hat überläbt. Aber nur ganz knapp, weil jemand hat gerufen Notarzt. Die Ärzte haben sie gerettet.«

»O nein, das ist ja furchtbar! Die arme Mädchen.«

»Das kannst du sagen laut. Ich nicht weiß, wie viel Larissa noch hat Erinnerung von die Tragödie. Aber seither ist sie ganz andere Person. Nicht mehr so frehlich und … hmmh … in Polen sagt man dazu *żywy*. Lebendig, meine ich. Sie ist so still und sitzt die meiste Zeit auf ihre Bett. Sie guckt dann in Leere, wo nichts da ist. So als versucht sie, zu erinnern oder zu vergessen. Ich nicht weiß genau. Aber ich immär versuche, sie aufzulockern. Machen Quatsch mit ihr. An manche Tage es gelingt, an andere nicht. Heute guter Tag. Hast du gehört, wie sie hat gelacht auf die Schaukel? Das bringt mir Herz zu schwingen. Und ihr Herz auch.«

Kiki brauchte einen Moment, um das zu verdauen. »Ich finde toll, was du tun für die Mädchen.«

»Sie es hat verdient. Mehr als jeder andäre.«

»Weiß jemand, warum die Mutter hat das getan?«

Danuta schüttelte den Kopf. »Nein, niemand weiß genau. Vielleicht ist Frau verrickt gewordähn. Oder hat genommen Drogen. Im Haus niemand darüber spricht. Große Tabuthema. Deshalb es gebähn drinnen auch keine Fotografia von Linus oder die Mutter. Herr Bääntz alles entfernen lassen hat. Keine gute Omen für Zukunft.«

Kiki war unschlüssig, ob dies wirklich bloß mit einem guten oder schlechten Omen zusammenhing. »Wie kommt zurecht Herr Bääntz damit?«

»Er ist starker Mann. Er nicht zeigen oft Gefühle. Nach außen er ist wie Eiswürfel.«

Kiki biss sich auf die Zunge, um nicht im falschen Moment zu grinsen. »Dieses Tragödie nimmt ihn bestimmt sehr mit. Ist er jetzt sehr andärs als frühärr?«

»Ein bisschen andärs er ist schon. Noch härter und märkwürdiger. Seit die Sache ich ihn kein einziges Mal habe mehr lachen gesähän. Aber er auch vorher nicht unbedingt war ein Marek Fis.«

»Wie denn *märkwürdig*?«, erkundigte sich Kiki. Dieser Ausdruck hatte sie aufhorchen lassen.

Doch Danutas Konzentration schien auf einmal etwas ganz anderem zu gelten. Sie schaute an ihr vorbei in die Ferne. Kiki folgte ihrem Blick und sah, dass der Stadtbus sich näherte. Ausgerechnet jetzt! Wo sie doch noch so viel fragen wollte. Über eine mögliche außereheliche Affäre und so ... Die Kinderfrau stand auf, und Kiki tat es ihr gleich. Sie hoffte, ihr noch ein, zwei weitere Details entlocken zu können, doch Danuta hatte nur noch Augen für den ankommenden Bus und kramte in ihrer Handtasche. Sie zog eine faltige Monatskarte hervor, hielt die Finger aber so ungünstig über die Daten, dass nicht einmal Danutas Nachname zu lesen war. Gleich darauf hielt der Bus, und die Türen öffneten sich.

»Dann wollän wir mal. Hoffentlich stinkt es heute da drinnen nicht so.«

Kiki tastete ihre Hosentaschen ab und tat so, als würde sie nach etwas suchen. »Du gehen schon mal vor. Ich habe was vergessen, ich glaube.«

Danuta hob skeptisch die linke Augenbraue. Doch dann zuckte sie mit den Schultern und stieg in den Bus. Kiki schaute ihr hinterher. Was hätte sie anderes sagen sollen? Sicher nicht, dass sie ihren Wagen keine hundert Meter von hier geparkt hatte. Da spielte sie lieber die Vergessliche.

Durch die zwei Schwingtüren im Bauch des Busses stieg eine hagere Frau in den Zwanzigern mit großen Augen und markanter Nase. Sie trug eine abgewetzte Jeansjacke und eine schmale Stoffhose, in der ihre dünnen Beine besonders gut zur Geltung kamen. Ohne weiter auf ihre Umgebung zu achten, stapfte sie an Kiki vorbei den Fußweg entlang. Sie nahm denselben Weg, den Kiki und Danuta zuvor gekommen waren. Kiki folgte ihr und sah, wie die Frau vor das Kameraauge der Schneider-Villa trat und dabei den Klingelknopf betätigte. Einige Sekunden darauf sprach sie mit leiser Stimme. Selbst das Piepsen einer Maus wäre lauter. Im Lautsprecher knackte es, bevor Frau Schneiders dröhnende Stimme zu hören war. Und zwar dermaßen laut, dass sie mühelos jeder im Umkreis verstand: »Das kann gar nicht sein! Sie sind nämlich schon da!«

»Nein, sicher nicht«, erwiderte die Hagere, jetzt ebenfalls lauter. »Mein Auto ist liegen geblieben. Deshalb musste ich den Bus nehmen. Ich komme von der Agentur und bin die neue Haushälterin.«

»Moooment!« Die Gegensprechanlage verstummte, dafür konnte man Frau Schneider im Inneren des Hauses brüllen hören. Wahrscheinlich rief sie nach Kathrin Müller. Dass diese nicht darauf reagierte, machte die Sache sicherlich nicht besser. Im Lautsprecher knackte es erneut. »Kommen Sie erst mal rein. Dann klären wir das. Was ist heute nur los? Bin ich denn hier im Irrenhaus?!«

Der elektronische Türöffner ertönte, und die hagere Frau verschwand auf dem Grundstück.

Die Arme konnte einem leidtun, fand Kiki und lauschte noch einige Sekunden lang. Leider war danach nichts mehr aus dem Hausinneren zu hören.

Kiki lief einige Meter und schaute sich in der Straße um. Vereinzelte Autos waren unterwegs, Fußgänger gab es keine.

Nicht einmal eine Rentnerin, die ihre Einkäufe nach Hause trug oder mit ihrem Hund Gassi ging und sich über einen kleinen Plausch freute. Vermutlich erledigte in dieser Gegend niemand seine Einkäufe zu Fuß, und zum Ausführen der Haustiere hatten die meisten ihre Angestellten. Natürlich könnte sie einfach beim nächsten Nachbarn klingeln und einen Vorwand erfinden. Die Chance aber, dass sie noch einmal so viel Glück wie bei Frau Schneider haben würde, war äußerst gering. Blieb noch der direkte Weg. Mit ihrem Presseausweis in der Hand trat sie vor die Überwachungstechnik des Nachbarhauses. Sie machte sich bereit, ihr übliches Sprüchlein aufzusagen, doch selbst auf das zweite oder dritte Klingeln reagierte niemand.

Also weiter zum nächsten Haus. Dort gab es kein elektronisches Auge, dafür aber einen grimmig aussehenden Endsechziger, der sie durch einen dünnen Metallzaun von der zehn Meter entfernten Haustür skeptisch musterte. Noch während sie ihm erklärte, wer sie war und was sie von ihm wollte, bellte er ihr ein »Kein Bedarf« zu und warf die Tür hinter sich ins Schloss. So viel dazu.

Kiki beschloss, sich die Grundstücke auf der gegenüberliegenden Straßenseite vorzunehmen. Vielleicht waren die Leute dort etwas freundlicher, weil sie geringfügig weiter südlich wohnten. Allerdings war das erste Anwesen, auf das sie zusteuerte, von einem meterhohen, massiven Metallzaun umgeben, der sie gefährlich an einen Raubtierkäfig erinnerte. Die Rasenfläche dahinter war akkurat gestutzt, das Haus selbst wirkte wie ein Musterbeispiel aus *Schöner Wohnen*. Unwahrscheinlich, dass hier jemand zum Plaudern aufgelegt sein würde. Kikis einzige Hoffnung war, dass die Nachbarn miteinander im Clinch lagen und sie jemanden fand, der bereit war, seine schmutzige Wäsche im Beisein einer Medienvertreterin zu waschen.

Auf der Suche nach dem Eingang nahm sie ein Stück weit den Fußweg hinauf eine Bewegung wahr. Es handelte sich um einen Mann mit leichtem Bauchansatz und spärlichem Haarwuchs, der mit seinem Hund in ihre Richtung unterwegs war. Der kam wie gerufen, fand Kiki, und wartete, bis der Vierbeiner mit seinem Besitzer sie erreicht hatte.

»Oh, das ist ja ein Süßer«, bescheinigte sie mit Blick auf die Fellnase. »Ein Rauhaardackel, oder?«

»Ganz genau.« Der Mann blieb stehen, der Hund ging weiter. Auf Kiki zu, um sie zu beschnüffeln.

Darauf hatte sie gehofft. Kiki beugte sich zu dem Tier hinab. »Wie heißt du denn?«

»Kurti«, antwortete sein Herrchen stellvertretend. Zumindest nahm Kiki an, dass es stellvertretend war.

»Bist du neu hier? Ich habe dich hier noch nie gesehen«, fragte sie weiterhin an den Hund gerichtet. Sie hatte die Erfahrung gemacht, dass diese Stellvertreter-Gespräche über den Vierbeiner zur Kontaktaufnahme weitaus besser funktionierten, als wenn sie Herrchen oder Frauchen direkt ansprach. Obwohl es bizarr war, klappte es erstaunlich oft. Selbst das Duzen ging in Ordnung – schließlich sprach Kiki ja nur mit dem Dackel.

Ihre Frage war ein Schuss ins Blaue – und erwies sich als Treffer. »Meistens nehmen wir die andere Strecke. Oben am François-Christophe-Ring vorbei.«

»Dachte ich's mir doch.« Sie richtete sich auf und schaute subtil in Richtung des Bentz-Hauses. »Ist 'ne schöne Gegend, oder? Verrückt, dass auch bei den Reichen und Schönen so schlimme Dinge geschehen. Wundert mich echt, dass hier keine Kamerawagen rumfahren.«

»Sind sie schon. Deshalb gehen wir nur noch selten hier lang. An manchen Tagen ist echt kaum ein Durchkommen. Außerdem hat es Kurti nicht so mit Menschenaufläufen.«

»Willkommen im Club. Haben Sie die Kinder oder die Eltern vor der Tat mal gesehen?«

Der Mann bedachte sie mit einem misstrauischen Blick. »Sind Sie von der Presse?«

Auf diese Frage hatte sie schon gewartet. In acht von zehn Fällen gab es darauf nur eine einzige Antwort. Nämlich eine Lüge, weil alles andere jedwedes aufkeimende Vertrauensverhältnis auf der Stelle abgetötet hätte. Deshalb entschied sich Kiki auch diesmal lieber für eine alternative Wahrheit: »Nein, ich komme aus der Gegend und versuche bloß, das Ganze zu verstehen.«

»Das tun wir alle. Aber wirklich verstehen kann es niemand. Wie auch?«

»Ich frage mich immer, ob es nicht irgendwelche Anzeichen gegeben hat.«

»Die gab es sicherlich. Hat bestimmt nur keiner gecheckt, weil niemand darauf geachtet hat. Das ist doch immer so.«

»Kannten Sie einen aus der Familie?«

»Nicht wirklich. Den Vater hab ich mal beim Straßenfest und zwei-, dreimal im Tennisclub gesehen. Ich kann mir aber nicht vorstellen, dass er meinen Namen kennt oder weiß, wer ich bin. Wenn wir uns gesehen haben, haben wir uns kurz zugenickt. Das war schon alles.«

Inzwischen hatte Kurti seine Schnüffeltour abgeschlossen und wohl entschieden, dass es hier nichts Spannendes gab. Er drängte zum Weitergehen, und als sich die Hundeleine spannte, wusste Kiki, dass ihr nicht mehr viel Zeit blieb. Genau wie vorhin beim herannahenden Bus setzte sie alles auf eine Karte: »Und da ist er Ihnen immer ganz normal vorgekommen?«

Die Mundwinkel des Mannes zuckten leicht. Er musterte sie ein weiteres Mal kurz. »Na ja, er war etwas herrisch. Ich glaube, ihm gefällt es, wenn er den Ton angibt. Ist wahrscheinlich Chef von einer Firma oder so.«

»Na ja, so einen Befehlston haben viele drauf. Und nicht nur Männer. Eine Freundin von mir klingt immer wie ein Feldwebel bei der Bundeswehr. Oder heißt es mittlerweile Feldwebelin?«

Der Mann lachte auf. »Keine Ahnung, da fragen Sie den Falschen. Heutzutage kann man sich bei so was eh nicht mehr sicher sein.«

Sie nickte zustimmend. Scherze übers Gendern kamen bei seiner Altersklasse in der Regel immer gut an. »So einen Befehlston mag nicht jeder. Wer weiß, wie seine Frau damit klargekommen ist. Oder hat er den bloß anderswo rausgelassen?«

»Keine Ahnung. Ich glaube, der konnte generell nicht anders. Manche Leute sind eben so.«

»Ich glaube, ich hab ihn mal mit einer rothaarigen Frau gesehen, mit der er sich *sehr* gut verstanden hat. Die schien damit kein Problem gehabt zu haben.«

Ein weiterer Schuss ins Blaue, um vielleicht etwas über einen möglichen Seitensprung herauszufinden, diesmal leider ohne Treffer. »Einige haben eben ein besonders dickes Fell. Denen macht das nichts aus.«

Kiki überlegte kurz, ihn noch direkter auf eine Affäre des Ehemanns anzusprechen, verwarf die Idee aber wieder. Sie hatte nicht das Gefühl, dass der Mann etwas darüber wusste.

Kurti zog weiter an der Leine. Herrchen konnte ihn kaum mehr bremsen, auch wenn es offensichtlich war, dass er sich gern noch länger unterhalten hätte. »Ich muss dann mal. Vielleicht sehen wir uns ja mal wieder.«

»Von mir aus gern«, erwiderte Kiki freudig, obwohl sie genau wusste, dass es dazu wahrscheinlich nie kommen würde. Sie schaute den beiden noch einige Sekunden hinterher, bevor sie zum gusseisernen Tor des Grundstücks zurückkehrte. Auf ihr Klingeln reagierte niemand, und nicht viel anders sah es bei den anderen Anwesen in der näheren Umgebung aus. Lediglich an einer Adresse öffnete ihr eine junge Frau in ihrem Alter, reagierte jedoch äußerst abweisend. Nach dem wenig fruchtbaren Gespräch mit ihr hatte Kiki genug und kehrte zu ihrem Wagen zurück. Fürs Erste reichte es ihr mit Outdoor-Recherchen.

Wie automatisch steuerte Kiki Tortes Adresse an. Wider Erwarten musste sie nur ein halbes Dutzend Mal kurbeln, ehe sie Enzo in eine Lücke zwei Straßen weiter hineinmanövriert hatte. So schmal, wie die Parklücke war, war das vermutlich ein neuer Rekord. Unterwegs zum Tattooladen kam sie an einem Blumenladen vorbei und kaufte dort, einem Impuls folgend, zwölf knallrote Tulpen für ihren Freund. In einem Schaufenster sah sie eine horrend teure Handtasche, die sie auf ihre innere Wunschliste setzte, und stillte ihren Kaufrausch bei einem kleinen italienischen Feinkostladen, wo sie zwei Flaschen Barolo und allerlei Antipasti erstand. Schwer beladen, aber bester Laune, betrat sie das Tattoostudio. Wie jedes Mal fühlte sie sich in eine andere Welt versetzt. In seinem Studio hatte Torte quasi sein Innerstes in ein Interieur verwandelt, das so einzigartig war wie er selbst. Das Studio war in einem ehemaligen Käseladen untergebracht. Davon zeugten noch die gelb-blauen Fliesen an der hinteren Wand. Torte hatte die aus den 1950ern stammende Käsetheke behalten und präsentierte darin sein Sortiment an Piercings. Der Wartebereich für die Kunden erinnerte eher an ein barockes Wohnzimmer und wurde von einer ausladend geschwungenen samtroten Couch dominiert. Von der Decke hing ein üppiger Lüster. In den beiden Schaufenstern wucherten Grünpflanzen um die Wette. Kiki dachte mit schlechtem Gewissen an all die Orchideen, die sie hatte eingehen lassen.

Durch die Tür zum hinteren Zimmer war das Surren der Maschine zu hören. Kiki zögerte. Wenn ihr Freund Kundschaft hatte, wollte er nicht gestört werden. »Kreativer Kunstprozess« nannte er es, wenn er einem Kunden oder einer Kundin ein Bild unter die Haut stach.

Wenigstens hatte sie so Zeit, noch ein bisschen über Sylvia und Stefan Bentz nachzudenken. Nach allem, was sie bisher erfahren hatte, schienen die zwei nicht unbedingt *das* Traumpaar schlechthin gewesen zu sein. Ihre Beziehung war sicher nicht ganz einfach gewesen. Ein Wunder, dass die zwei überhaupt zusammengeblieben waren. Eventuell hatten sie ja eine offene Ehe geführt. Oder einer von beiden hatte nebenbei etwas am Laufen gehabt. Vielleicht beide. Möglichkeiten gab es viele, und Spekulationen brachten sie nicht weiter. Das Einzige, was half, waren Fakten. Wie immer.

Plötzlich vibrierte ihr Telefon. Tom hatte ihr eine Textnachricht geschickt: *Huhu. Hast du inzwischen Hunger auf Abendessen?*

Mist.

Seine Einladung von heute Morgen hatte sie in dem ganzen Trubel komplett verschwitzt. Was nun? Hunger hatte sie definitiv, genauso wie Lust darauf, ihn wiederzusehen. Allerdings stand nach wie vor Tortes Urteil aus. Und dies war ein eisernes Gesetz. Kein zweites Date ohne Absolution *von oben*.

Kiki wog das Für und Wider noch einmal gegeneinander ab und entschied sich, erst das Lewandowski-Orakel abzuwarten. Tom würde sicherlich enttäuscht sein, aber wenn er wirklich der Mann war, für den sie ihn hielt, würde ihm ein kleiner Aufschub nichts ausmachen.

Sorry, ich bin nicht dazu gekommen, dir früher Bescheid zu sagen, tippte sie in ihr Handy. *War den ganzen Tag auf Achse und bin ziemlich platt. Können wir das auf morgen verschieben?*

Sie hielt den Daumen bereits über dem *Senden*-Button, als sie zögerte. Die Vorstellung, ihn auf morgen vertrösten zu müssen, gefiel ihr nicht. Wenn sie Torte gleich jetzt mit den Fakten überfiel, könnte sie sich später noch auf ein Late-Night-Dinner mit Tom treffen. Aber wäre das zu diesem frühen Zeitpunkt ihrer Beziehung nicht etwas zu vorschnell? Und es gab da noch einen Grund, erinnerte sie die innere Stimme: *Du hast heute noch ein bisschen was an Recherchearbeit vor dir.* Ein Date passte da nicht wirklich ins Konzept.

An manchen Tagen hasste sie es, wenn die innere Stimme recht behielt.

Kiki seufzte resigniert und schickte die Nachricht ab. Besser fühlte sie sich danach nicht.

Toms Antwort kurz darauf fiel aus wie vermutet, nein: wie erhofft: *Kein Problem. Verstehe ich natürlich. Ich wünsch dir einen entspannten Abend. Morgen lieber Italienisch oder Asiatisch?*

Kiki spürte, wie das Lächeln in ihr Gesicht zurückkehrte. Mit einem warmen Gefühl im Herzen tippte sie: *Vielen Dank, wünsche ich dir auch. Das Restaurant darfst gern du aussuchen.*

Dann steckte sie das Smartphone in die Tasche und ging hinunter in den ehemaligen Käseladen. Ihr Freund kam nach dem Eintreten gleich auf sie zu. In den Händen hielt er noch die Werkzeuge seiner letzten Tätowiersession. Offenbar war er gerade dabei aufzuräumen.

»Da ist sie ja, meine Tulpenlady«, begrüßte er sie.

»Dazu muss man kein Sherlock Holmes sein, Torte. Ich hab auch Barolo und Antipasti dabei.«

»Hast du auch noch nichts gegessen?«

»Heute Mittag. Pizza. Die war gar nicht mal so gut.«

»War das wieder die Pizzeria in der Nähe des Gerichts? Über die hattest du dich schon mal beschwert. Offenbar lernst du nicht aus Fehlern.«

»Es waren besondere Umstände. Der Verteidiger der Angeklagten war dabei.«

Torte verstand sofort. »Konntest du wenigstens ein paar Indiskretionen aus ihm herauskitzeln?«

»Nicht halb so viele wie erhofft.«

Sie wechselten vom Tattoostudio in die Wohnung im ersten Stock.

Während sie die Antipasti vertilgten, sprachen sie über den heutigen Verhandlungstag. Kiki fasste zusammen, was sich ereignet hatte, und erzählte noch mal ausführlich vom Treffen mit Heiko Walter. Bei den drei hingekritzelten Notizen wurde Torte hellhörig.

»Was meint er denn mit *Psychosoziale Kompetenzen?*«, fragte er kauend. »Dass sie nicht alle Latten am Zaun hat, dürfte zweifelsfrei feststehen.«

»Ich glaube, da geht es eher um generelle Lebenskompetenzen. Also, ob sie mit schwierigen Situationen und Herausforderungen umgehen kann. Dabei kommt es stark darauf an, wie die Fachleute sie einschätzen.«

»Klingt so, als würde da jemand auf unzurechnungsfähig plädieren.«

»Unter anderem. Wäre ja naheliegend. Es geht darum, ob sie zum Tatzeitpunkt im Vollbesitz ihrer geistigen Kräfte war. Sprich: ob sie wusste, was sie tat. Und ob sie Recht von Unrecht unterscheiden kann.«

»Dass es nicht rechtens ist, die eigenen Kinder umzubringen, liegt ja wohl auf der Hand.«

»Trotzdem ist sie dadurch nicht per se geisteskrank. Wo da die genauen Abgrenzungen liegen, kann ich dir nicht sagen. Darüber sollen sich schön die Experten streiten. Mir ging es eher um den Punkt *Außereheliche Beziehungen.*«

»Bei der Mutter oder dem Vater?«

»Genau das ist die Frage. Ich bin nach der Verhandlung mal

in die alte Wohngegend gefahren und hab versucht, mich mit den Nachbarn zu unterhalten.«

»Meinst du, einer von beiden hatte was mit jemandem von nebenan?«

»Das nicht, aber du weißt doch, dass die Nachbarn meistens am allerbesten informiert sind. Sie sehen ganz genau, wer wann das Haus verlässt oder ob Besuch kommt, kaum dass der eine Ehepartner ausgeflogen ist. War leider trotzdem 'ne Fehlanzeige. Jedenfalls so weit, wie ich das recherchieren konnte. Das Kindermädchen meinte bloß, der Vater sei etwas seltsam und nach der Sache noch seltsamer geworden.«

Torte wollte etwas sagen, hatte jedoch den Mund zu voll. So mussten sie sich beide gedulden, bis er heruntergeschluckt hatte. »Seltsam im Sinne von einer Macke oder eher so auf gruselige Weise?«

»Wenn ich das wüsste! Ich schätze, dafür bedarf es doch ein paar tiefgründigerer Recherchen.«

»Vielleicht sollte ich den Vater mal auf eine Tätowierstunde zu mir einladen. Beim Stechen werden die meisten Leute ziemlich redselig. Ähnlich wie beim Friseur.«

Kiki nippte an ihrem Weinglas. Der Barolo war etwas trocken, schmeckte aber angenehm fruchtig. »Ich glaube nicht, dass er der Typ für so etwas ist. Er ist eher der biedere Business Man.«

»Sag das nicht. Ich hab so einige Geschäftsleute im Kundenkreis. Manch einer von denen ist dermaßen gepierct, dass er eigentlich bei jedem Schritt klingeln müsste.«

Bei der Vorstellung musste sie unfreiwillig schmunzeln. »O Gott, sag nicht so was. Das Bild bekomme ich wahrscheinlich nicht mehr aus dem Kopf.«

»Das ist doch gar nichts. Ich könnte dir noch ganz andere Geschichten erzählen.«

»Hast du schon. Mehrfach. Heute lieber nicht. Sonst komme ich gar nicht mehr zum Arbeiten.« Mit diesen Worten stand Kiki lachend auf und holte ihren Laptop. In Windeseile war er hochgefahren, und sie gab den Namen *Stefan Bentz* in die Suchmaschine des Browsers ein.

Gleich auf Seite eins folgten mehrere Artikel von Wirtschaftsmagazinen darüber, dass die Familie Bentz zur Upper Class gehörte. Seit Jahrzehnten brachte man ihren Namen mit Reichtum und Erfolg in Zusammenhang. Auf Veranstaltungen mit Prominenten waren sie gern und oft gesehene Gäste, wie zahlreiche Fotos mit allerlei Größen aus der Geschäfts- und Unterhaltungsbranche bewiesen. Kiki klickte einen Bericht an, bei dem der Fokus ganz auf Stefan Bentz lag. Laut dem Autor des Artikels hatte Stefan Bentz ein Vermögen aus dem Unternehmen seines Vaters Gernot Bentz geerbt und betrieb neben seiner hauptberuflichen Tätigkeit als Lebemann einen florierenden Onlinehandel für Jachtzubehör mit eigenem Ladengeschäft hier in der Stadt. Passend dazu zeigten gleich mehrere Bilder den erfolgreichen Geschäftsmann auf einer prunkvollen Jacht: unter anderem eines, an dem er an der Reling stand und mit erwartungsvollem Blick auf das leuchtblaue Meer schaute. Und eines, auf dem er mit der Kapitänsmütze auf dem Kopf in einer opulent ausgestatteten Unterdeckkajüte saß. Ob dies ernst gemeinte Promo-Aufnahmen oder bloß übertriebene Satire war, war nicht ganz klar. Für Kikis Geschmack war es eindeutig zu viel des Guten.

Sie scrollte sich durch eine Reihe weiterer Texte, in denen es nicht nur um Jachtzubehör, sondern auch um Bentz' sonstige berufliche Aktivitäten ging. Von Investitionen in mehrere Smarthome- und IoT-Start-ups war die Rede. Außerdem von einer Firma, die sich mit medizinischem Equipment beschäftigte. Der Mann wusste offenbar tatsächlich, wie der Rubel rollt. Neid fühlte Kiki dennoch keinen. Nicht bei jemandem wie Stefan Bentz und nicht nach dem, was er im vergangenen Jahr durchleben musste. All der berufliche Erfolg konnte keine solche Tragödie wettmachen oder aufwiegen. In der Hinsicht war Blut erheblich dicker als Banknoten.

So interessant die Beschreibungen von Bentz' Karriere waren, über sein Privatleben und ihn als Menschen verrieten die Artikel nicht viel. In einem Interview mit einem Lifestyle-Magazin sprach er zwar über sein Faible für irischen Whiskey und *eine gute kubanische Zigarre*, aber dies konnte genauso gut Blabla sein, um möglichst kultiviert und weltmännisch zu wirken. An einer Stelle des Interviews bezeichnete er sich als Liberalen mit einigen konservativen Eigenschaften, dem Familie über alles gehen würde. Auch dies konnte alles und nichts bedeuten.

Während Torte die restlichen Antipasti verdrückte, klickte sich Kiki durch eine Handvoll weiterer Artikel. Bei jeder neuen Seite, die ihr nichts Neues verriet, schrumpfte ihre Motivation. Bis sich die Begeisterung im nicht mehr messbaren Bereich bewegte und sie den Laptop frustriert zuklappte. Auf diesem Weg hatte sie das Ende der Fahnenstange erreicht. Wenn sie wirklich etwas über den Menschen Stefan Bentz erfahren wollte, würde sie entweder sein Umfeld oder noch besser den Mann persönlich befragen müssen. Alles andere würde weiterhin bloß an der Oberfläche kratzen.

Torte bot sich einige Male an, ihr Wein nachzuschenken. Kiki schlug jedes Angebot aus. Ein Glas Wein war mehr als ausreichend, wenn sie noch fahren wollte. Und das wollte sie in der Tat. So bequem das breite Ledersofa war, ihr eigenes Bett war ihr weitaus lieber. Außerdem wollte sie nicht, dass ihr Freund sich langweilte, während sie am Computer zu tun hatte.

Als sie sich um kurz nach zehn von ihm verabschieden wollte, bedachte er sie mit einem auffordernden Blick. »Wolltest du mich nicht noch etwas fragen?«

»Fragen? Ich? Was meinst du?«

Er schüttelte tadelnd den Kopf. »Den ganzen Abend über haben wir über deine Arbeit geredet. Das sehr viel wichtigere Thema ist aber dein Privatleben. In deiner WhatsApp heute Morgen hast du geschrieben, dass du auf Yusums Party jemanden kennengelernt hast.«

Kiki riss erschrocken die Augen auf. Tom. Sie hatte den Maulwurf allen Ernstes schon wieder komplett aus ihrem Gehirn verbannt! Einen Moment lang verfluchte sie ihren Arbeitseifer. Wie konnte man sich nur dermaßen auf eine Sache stürzen, dass man alles andere ganz ausblendete? »Ach das.«

»Ach das?« Jetzt war es Torte, der bestürzt aussah. »Ist der Gute schon wieder passé?«

»Nein, überhaupt nicht. Er hatte mich für heute Abend sogar zum Essen eingeladen.«

»Und du hast abgelehnt, weil …«

»… weil ich wie üblich erst deine Meinung abwarten wollte.«

Er nickte und wies mit der Hand zurück zum Ledersofa. »Braves Mädchen. Dann ab auf die Couch, und erzähl dem Onkel Doktor alles. Und mit ›alles‹ meine ich alles. Je pikanter, desto besser.«

Lächelnd folgte sie ihm und erzählte bereitwillig von ihrem ersten Treffen mit Tom, von ihren Gesprächen, von seinem Job und welchen Eindruck er auf sie gemacht hatte. Torte und sie kannten sich lange genug, dass sie vor ihm keine Geheimnisse hatte.

So wie immer, wenn sie ihm ihr Herz ausschüttete, lauschte er auch diesmal aufmerksam. Nebenbei schenkte er sich Wein nach, bot ihr erneut welchen an, den sie erneut ablehnte. Mit seiner Einschätzung hielt er sich zurück, bis Kiki ganz am Ende angelangt war und ihn mit neugierigem Blick musterte.

»Das klingt alles ziemlich gut. Auch, dass er deinen Korb vorhin ohne Murren und Knurren akzeptiert hat. Schade, dass du kein Foto von ihm hast. Sobald sich das ändert, musst du mir das unbedingt zuschicken. Ein Bild sagt oft mehr als tausend Worte.«

»Also Daumen hoch?«

»Fürs Erste schon. Solange ich ihn nicht persönlich getroffen habe, gilt das natürlich unter Vorbehalt. Am besten komme ich bei eurem Date morgen Abend mit.«

Kiki lachte auf. »Das könnte dir so passen. Auf keinen Fall. Du wirst schön brav daheimbleiben und auf mein Feedback warten, wenn du was wissen willst.«

»Menno! Ich kann dich gern zwischendurch mal anrufen. Dann kannst du das als Ausrede nutzen, falls das Dinner in die Hose geht.«

»In dem Fall kann ich dir unter dem Tisch auch schnell eine Nachricht schicken. Aber davon gehen wir erst mal nicht aus.«

Sie stand auf und umarmte ihn zur Verabschiedung. »Danke für dein offenes Ohr.«

»Immer wieder gern. Und lass es mich wissen, wenn der Maulwurf frühzeitig auf Höhlenforschung gehen möchte.«

Sie verpasste ihm einen Klaps gegen den Oberarm.

»Das werde ich ganz bestimmt *nicht* tun. Jedenfalls nicht sofort.«

Lachend trat sie ins Treppenhaus und machte sich auf den Weg zum Auto.

Kurz nach elf herrschte auf der Straße nicht mehr viel Verkehr, und Kiki brauchte nur wenige Minuten, um ihr Stadtviertel zu erreichen. Während der Fahrt dachte sie viel an Tom und ließ das Gespräch über ihn noch einmal Revue passieren. Dabei wurde ihr noch einmal bewusst, dass Tom seinen Spitznamen nicht grundlos besaß: der Maulwurf. Er hatte sich um den Garten des Bentz-Anwesens gekümmert – und vielleicht doch mehr dabei mitbekommen, als er selbst dachte. Es war definitiv etwas, was sie überprüfen konnte.

Der Gedanke begeisterte sie dermaßen, dass sie nur schwer dem Drang widerstand, Tom sofort eine Nachricht zu schicken. Ihn so spät am Abend mit solch einer Sache zu überfallen, wollte sie nicht. Das könnte den Eindruck erwecken, sie wäre nur deswegen an ihm interessiert. Da geduldete sie sich lieber bis morgen.

Daheim goss sich Kiki einen frischen Darjeeling auf und ließ sich erneut hinter ihrem Laptop nieder. Für einen ausführlichen Bericht kannte sie zwar nach wie vor zu wenige Fakten, aber eine kurze Zusammenfassung für die Redaktion war allemal drin. Außerdem machte sie sich Notizen für den noch ausstehenden größeren Artikel. Es war halb eins, als sie todmüde ins Bett fiel. Kiki schlief fast auf der Stelle ein.

Acht Monate nach Linus' Geburt.

Sylvia Bentz lächelte und versuchte, den Ausführungen ihrer Tischnachbarin zu folgen. Die Dame neben ihr erzählte und erzählte. Sylvia Bentz bemühte sich, an den entsprechenden Stellen zu nicken oder zu lächeln. Stefan Bentz, der zu ihrer Linken saß, spielte mit seinem Buttermesser und parlierte nebenbei mit dem Mann ihm gegenüber. Es war der Oberbürgermeister, an dessen Vornamen sie sich ebenso wenig erinnern konnte wie an den ihrer Tischnachbarin.

Der Tisch, an dem das Ehepaar saß, stand in der Mitte des Saales, genau vor der Bühne. Sylvia und Stefan Bentz waren es gewohnt, auf Ehrenplätzen zu speisen. Stefan sah zu seiner Frau und goss Wasser nach. Da sie noch immer stillte, hatte sie sich beim Empfang mit einem kleinen Schluck Champagner begnügt. Sie lächelte Stefan zu, der aber sogleich wieder von seinem Gesprächspartner abgelenkt wurde.

Mit den Eheleuten Bentz saßen weitere sechs Paare an dem runden Tisch, der mit silbernen Kandelabern und ausufernden Blumengestecken dekoriert war. Der süßliche Geruch verursachte Sylvia Bentz Übelkeit, und sie versuchte, durch den offenen Mund zu atmen. Was ihre Nebensitzerin offensichtlich als Zeichen der absoluten Faszination wertete und umso mehr sprach.

Es summte.

Es brummte.

Als wäre ein Bienenschwarm in ihrem Kopf unterwegs.

Und gleichzeitig kribbelten Dutzende Ameisenschwärme durch ihre Glieder.

Hinter ihren Schläfen begann es zu pochen, und Sylvia

Bentz wollte eben aufstehen, um auf der Toilette eine Kopfschmerztablette aus der im Farbton genau auf das tiefrote Seidenkleid abgestimmten Handtasche einzunehmen, als der Gastgeber und Spendensammler des Abends, Dr. Tarik Bäuerle, das Podium betrat. Mich sicheren Schritten ging der Initiator der Drogenhilfe und des Substitutionsprogramms zum Mikrofon, rückte seine Fliege zurecht und räusperte sich. Das Stimmengewirr nahm ab, und Sylvia Bentz wurde sich gewiss, dass sie und Stefan nur aus einem Grund am VIP-Tisch saßen: Der Psychiater wollte Geld. Ihr Geld. Und Stefan Bentz würde spenden. Denn wie immer hatte er sich mit seinem Steuerberater kurzgeschlossen und ebenjene Summe ausrechnen lassen, die ihm die besten Steuervorteile einbrachte und die nun schon vorgefertigt auf einem Scheck in seiner Smokingtasche auf die Übergabe wartete.

»Meine sehr geehrten Damen und Herren, liebe Freunde und Gönner«, setzte Bäuerle an. Sylvia erinnerte sich dunkel, dass der smarte Professor mit dem dunklen Teint und den grau melierten Haaren als Kind aus Indien adoptiert worden war. Seine Erfolgsgeschichte war seinerzeit durch sämtliche Magazine gegangen.

»Ich danke Ihnen allen von Herzen, dass Sie an diesem Abend in diesem wunderbaren Ambiente zusammengekommen sind, um unser Institut in der Substitutionsforschung zu unterstützen.«

Sylvia Bentz griff zur gestärkten Serviette, um dahinter verstohlen zu gähnen. Stefan legte ihr die Hand auf den linken Oberschenkel. Die Geste beruhigte sie und ließ sie abschalten.

Warum war sie seit Linus' Geburt so müde? Dabei war der Kleine doch viel pflegeleichter, als seine Schwester Larissa es gewesen war. Das Mädchen hatte die Nächte durchgebrüllt, sich mit schlimmen Bauchkrämpfen und immensen

Schmerzen beim Zahnen gequält. Dennoch hatte Sylvia sich noch immer wie ein Mensch gefühlt, ihren Alltag gemeistert.

Seit Linus' Geburt fühlte sie sich älter, als sie war.

Ihre Gedanken wanderten zurück zum Tag von Linus' Geburt. Am Morgen war Stefan nach London aufgebrochen. Oder New York? Sie erinnerte sich nicht mehr. Sie wusste nur noch, dass sie Larissa ein Honigbrot geschmiert und die Kleine in den Hochstuhl gehievt hatte, als die Fruchtblase platzte. Anders als in US-amerikanischen Filmen schoss kein Sturzbach zwischen ihren Beinen hervor. Aber das Tröpfeln machte ihr klar, dass sie alsbald in die Klinik aufbrechen sollte. Glücklicherweise lag Linus bereits fest im Becken, sodass sie sich noch bewegen durfte. Danuta, die treue Seele, kümmerte sich um alles. Fütterte Larissa, organisierte das Taxi. Vier Stunden später tat Linus seinen ersten Schrei. Stefan sah seinen Sohn erst drei Tage später.

Die ersten Tage allein mit dem Neugeborenen in der Klinik kamen ihr vor wie ein Traum. Schwestern umsorgten sie auf der Privatstation, Hebammen sorgten für eine liebevolle Nachsorge. Einmal kamen Larissa und Danuta sie besuchen. Ihre Tochter war enttäuscht. Sie hätte lieber ein Kindchen mit einem rosa Armband mitgenommen. Dennoch freute Sylvia sich darauf, mit ihrem Sohn in die Villa zurückzukehren.

Stefan war verständnisvoll. Wochenfluss. Milcheinschuss. Hormonschwankungen. All das kannte er bereits und willigte ein, sich in das Gästezimmer einzuquartieren, damit Mutter und Sohn sich in aller Ruhe aneinander gewöhnen konnten. Sylvia war dankbar. Und erschöpft. Erschöpfter, als sie es nach Larissas Geburt gewesen war.

»Das kummt von den Stillen!«, hatte Danuta ihr erklärt. Und vielleicht erklärten der Schlafmangel und zu wenig notwendige Nährstoffe, warum sie seit Wochen und Monaten so abgrundtief müde war. Warum sie den ganzen Tag lang schla-

fen könnte. Und warum sie, anders als nach der Niederkunft von Larissa, noch kein einziges Schwangerschaftsgramm abgenommen hatte. Im Gegenteil. Sie, die sonst mühelos in eine Size Zero gepasst hatte, näherte sich der Größe 40. Das Kleid, in dem sie an diesem Gala-Abend brillieren sollte, hatte um Bauch und Hüften herum um mehrere Zentimeter erweitert werden müssen.

»Wir haben für unser Substitutionsprogramm ein neuartiges Medikament am Start«, unterbrach Professor Bäuerle ihre Gedanken. Ihr wurde schwummrig, und sie schloss die Augen. Stefan legte die Hand auf ihre, die eiskalt war.

»Geht es dir gut, Liebes?«

Sylvia schüttelte den Kopf. Tausend Ameisen nahmen Besitz von ihren Armen und Beinen, schienen sich durch das Fleisch zu fressen wie unendlich viele Nadelstiche. Ihr Hals schnürte sich zu, und ihr Herz begann zu rasen. Stefan griff in sein Jackett, legte den Umschlag mit dem Scheck auf den Tisch und fasste seine Frau unter dem Arm. Mit einem Kopfnicken verabschiedete er sich von der Hautevolee. Das Dinner würden sie verpassen. Vielleicht war das auch besser so. In der Schwangerschaft hatte Sylvia einen Diabetes entwickelt, der ihr noch immer eine strenge Diät abverlangte. Im Auto wurde Sylvia von einem bleiernen Schlaf übermannt.

»Ich habe irgendwas vergessen!« Das war der erste Gedanke, der Kiki im Halbschlaf durch den Kopf waberte. Sie ruckelte die Daunendecke zurecht, kuschelte sich in das Kissen und spürte den glasklaren Wellen nach, die ihre nackten Füße auf dem schneeweißen Sand umspülten. Sie grub die Zehen in den Sand und staunte. Wann hatte sie sich die Nägel knallrot lackiert? Und warum klangen die Wellen auf einmal wie das Rattern von Mülltonnen auf dem Pflaster?

Sie schreckte hoch und tastete, noch halb blind, nach ihrem Smartphone.

»Scheiße!« Das war es, was sie vergessen hatte: den Wecker des Mobiltelefons zu stellen. In einer halben Stunde würde die Verhandlung fortgesetzt. Kiki stolperte aus dem Bett, stieß sich den kleinen Zeh am Türrahmen an und humpelte ins Bad. Eine Blitzdusche, ein schneller Kaffee, ein wilder Ritt mit Enzo einmal quer durch die Stadt. Als sie die knarrende Tür zum Gerichtssaal öffnete, war der Staatsanwalt gerade dabei, Sylvias Lebenslauf herunterzubeten. Sebastian Karlsen legte dabei einen Enthusiasmus vor, als würde ein toter Fisch das Telefonbuch von Radebeul herunterrattern. Kiki eilte zu ihrem Platz. Kollege Mussack begrüßte sie mit einem Kopfnicken, ehe er sich wieder daranmachte, Strichmännchen auf seinen Block zu malen.

Bis zum Tattag war Sylvia Bentz' Leben nach außen hin völlig normal gewesen. Einziges Kind zweier Studienräte, Abitur, Ethnologiestudium, das sie aber nach vier Semestern abgebrochen hatte, um anschließend eine Ausbildung zur Bürokauffrau zu absolvieren. Ihre erste Anstellung fand sie im Unternehmen von Stefan Bentz' Vater, wo sie bei einer Firmenfeier ihrem künftigen Ehemann begegnete.

Wäre es nach Kiki gegangen, hätte sie mehrfach insistiert. Warum hatte die Angeklagte nicht weiterstudiert? Was waren ihre Hobbys, ihre Leidenschaften? Was genau hatte sie an ihrem Mann damals fasziniert? Sie notierte sich diese und weitere Fragen für einen späteren Zeitpunkt. Sie wurde in ihren Gedankengängen unterbrochen, als Richter Barchmann eine Zeugin aufrufen ließ.

Kurze Zeit später betrat eine drahtige Mittfünfzigerin den Saal, die die roten Haare zu einem strengen Dutt hochgebunden hatte. Dr. Wiebke Mühlbach. Die Pathologin nahm im Zeugenstand Platz und ließ sich vom Richter belehren. Kiki kannte die Frau aus vorangegangenen Prozessen und hatte stets die nüchterne und akribische Art der Ärztin bewundert. Als Gerichtsmedizinerin schien Mühlbach genau am richtigen Platz zu sein.

Heiko Walter stand auf. »Hohes Gericht«, hob Sylvia Bentz' Anwalt mit einer antiquierten Formulierung an, die sowohl Kiki als auch Mussack grinsen ließ. »Ich beantrage für die Vernehmung der Zeugin Mühlbach den Ausschluss der Öffentlichkeit.«

Richter Barchmann sah zum Staatsanwalt. Karlsen schüttelte den Kopf.

»Abgelehnt.«

Aus Gründen des Opferschutzes lehnte Barchmann allerdings den Antrag ab, die Fotos der Obduktion mittels Beamer an die Wand zu werfen. Diese befänden sich schließlich in den allen Parteien vorliegenden Akten, wie er dem etwas enttäuscht wirkenden Staatsanwalt erklärte.

Kiki atmete auf. Einerseits – denn sie wollte den Lesern und Leserinnen ein möglichst genaues Bild der Tat liefern, ohne ihnen freilich durch allzu genaue Details das Frühstück zu verderben. Andererseits schauderte sie. Wollte sie wirklich in allen Details hören, was Linus geschehen war? Zu spät. Nach Aufnahme der Personalien bat Barchmann die Pathologin um ihren Bericht.

Kiki schielte zur Angeklagten. Sylvia Bentz hielt den Kopf gesenkt und starrte auf die braune Tischplatte. Ihr Anwalt machte sich hektisch Notizen. Stefan Bentz barg weiter das Gesicht in den Händen. Immer wieder zuckten seine Schultern, als würde er weinen. Kiki legte den Stift beiseite. Sie wusste: Kein einziges Wort aus Mühlbachs Mund würde sie vergessen. Nicht heute, nicht morgen. Nie wieder.

Auffindesituation. Körpertemperatur. Inhalt des Magens. Die Pathologin ließ kein Detail aus. Kiki schrieb innerlich mit und übersetzte die fachmedizinischen Aussagen der Pathologin sogleich für die Leserschaft.

Linus war demnach neben einem dicken Baumstamm liegend gefunden worden. Jenem Stamm, den sie selbst gesehen hatte. Das Kind hatte sich eingenässt und eingekotet. Laut Mühlbach ein ganz normaler körperlicher Vorgang bei einem Erstickungstod, wie er zum Beispiel auch bei Erhängungsopfern beobachtet wird. Linus' blau verfärbte Zunge hatte zwischen den Lippen hervorgeragt. Der erste Schneidezahn war bereits ausgefallen, der zweite hatte enorm gewackelt und sich bei der Inaugenscheinnahme des Rachens gelöst.

Der Allgemeinzustand des Kindes war unauffällig gewesen. Regulärer Ernährungszustand. Keine äußeren Verletzungen, keine erkennbaren Hämatome, bis auf die Würgemale am Hals. Insgesamt war der Junge altersgemäß entwickelt.

Die inneren Organe waren unverletzt. Im Magen fanden sich ein starkes Betäubungsmittel sowie die Reste des Frühstücks, das offenbar aus Milch, Müsli und Banane bestanden hatte.

Linus' Henkersmahlzeit, dachte Kiki schaudernd.

Die Untersuchung des Darminhaltes ergab außerdem, dass der Junge am Vorabend offensichtlich Nudeln mit Tomatensoße gegessen hatte. Und Gummibärchen. Diese hatten das Kind vermutlich ziemlich glücklich gemacht, vermutete Kiki.

Prozessrelevant wurden die Schilderungen der Pathologin bei der Sezierung der Kehle des Kindes. Massive Einblutung, Quetschung der Aorta. Begriffe wie *Dunsung* und *Zyanose* fielen. *Hämorrhagien*, *umblutete Frakturen zum Kehlkopf* und *Zungenbein*. In der Lunge waren die Bläschen geplatzt, und im Gehirn hatten sich ebenfalls Blutungen gebildet, ähnlich vielen kleinen Schlaganfällen, geschuldet dem Mangel an Sauerstoff.

Linus war erstickt.

Und gleichzeitig ertrunken, denn in seiner Lunge hatte sich jede Menge erbrochener Magensaft gefunden.

Der Kleine hatte keine Chance gehabt.

Nachdem Wiebke Mühlbach ihren Bericht beendet hatte, herrschte atemlos entsetztes Schweigen im Saal. Richter Barchmann fragte sowohl den Staatsanwalt als auch den Verteidiger, ob sie Fragen an die Zeugin hätten. Beide waren ein wenig blass um die Nase und verneinten. Dann wandte Barchmann sich an Sylvia Bentz.

»Haben Sie Fragen?«

Zum ersten Mal seit Prozessbeginn schien die Angeklagte wach. Sie richtete den Blick auf die Pathologin. Nickte behutsam.

»Hat seine Seele gespürt, dass Sie ihn aufgeschnitten haben?«

Stefan Bentz wimmerte.

Wiebke Mühlbach antwortete bedacht. »Nein. Natürlich nicht. Wir machen sämtliche Untersuchungen in absoluter Professionalität und wahren die Würde der Toten.«

Sylvia Bentz nickte. Und flüsterte, kaum hörbar: »Ich danke Ihnen.«

Kiki und alle anderen im Saal waren mehr als dankbar, dass der Richter die Verhandlung unterbrach und auf den kommenden Tag verschob. Schuld daran trug nicht zuletzt der Zustand von Sylvia Bentz, die sich taumelnd, leichenblass und kaltschweißig von den Justizbeamten aus dem Gebäude führen ließ.

»Wo kommt sie eigentlich hin?«, erkundigte Kiki sich bei Mussack.

»Frau Lokalredaktion, was für eine Recherchelücke!« Der Boulevardjournalist grinste süffisant und kopfschüttelnd, gab ihr aber Auskunft. Sylvia Bentz war nicht im Gefängnis in einer der üblichen, recht komfortabel ausgestatteten Untersuchungshaftzellen untergebracht, sondern in der geschlossenen Psychiatrie. Mussack bot Kiki an, sie auf eine Pizza einzuladen. Die vom letzten Mal aber lag ihr gefühlt immer noch schwer im Magen, und so erfand sie eine Ausrede.

»Sorry, ich habe einen Termin bei meiner Gynäkologin.« Erfahrungsgemäß hakte dann kein Mann mehr nach.

Sie eilte zu Enzo, googelte auf dem Smartphone die Adresse der Klinik und gab diese ins Navi ein. Sie wollte sich selbst ein Bild von dem Ort machen, an dem Linus' Mutter und vermeintliche Mörderin untergebracht war.

Die Klinik lag etwas außerhalb der Stadt. Kiki ließ ein Neubaugebiet hinter sich, in dem ein Reihenhaus nach dem anderen stand. Nachdem sie einen Hügel überquert hatte, steuerte sie direkt auf das vom Navi ausgewiesene Gelände zu. Ein ehemaliges Kloster, das durch zahlreiche Anbauten aus verschiedenen Jahrzehnten zu einem mächtigen Gebäudekomplex gewachsen war. Sie parkte Enzo auf dem Besucherparkplatz und war erstaunt, dass die große, schmiedeeiserne Pforte offen stand. Kiki betrat das Gelände und fand sich auf einem gekiesten Weg wieder, der eine akkurat gepflegte Wiese durchschnitt, die jedem Golfplatz zur Ehre gereicht hätte.

Rechts und links des Rasens standen ausladende Ulmen. In deren Schatten waren Bänke. Auf einer saß eine Frau und strickte. Kiki nickte ihr zu, erhielt aber keine Reaktion. Sie strebte dem Haupteingang zu. Vor einer Treppe, die gut und gerne in einen Film über Scarlett O'Hara gepasst hätte, stand ein Wegweiser. Kiki studierte die einzelnen Abteilungen.

Bis auf die Bezeichnungen *Empfang*, *Kapelle* und *Verwaltung* wurde sie allerdings aus keiner darauf schlau. Die Abteilungen, in deren Richtungen Pfeile wiesen, hießen A1, B42 oder G8.

Da Kiki sich weder von der Kapelle noch von der Verwaltung wirklich Hilfe versprach, beschloss sie, den Empfang anzusteuern. Auf halbem Weg dorthin verwarf sie die Idee wieder. Sie folgte ihrem Instinkt und umrundete das Gebäude. Sie passierte eine ansehnliche Schwimmhalle mit bodentiefen Panoramafenstern, in der gerade ein Kurs in Wassergymnastik stattfand. Jedenfalls stand eine Frau am Beckenrand und feuerte die Menschen im Wasser an, die sich mit ihren Schwimmnudeln abmühten.

In den hohen Bäumen lieferten sich die Spatzen währenddessen ein nachmittägliches Konzert. Kiki atmete tief durch. So nah, musste sie zugeben, war sie – abgesehen von der Tatortbesichtigung – der Natur seit Langem nicht gekommen. Ob sie Torte am Wochenende zu einem Picknick würde überreden können? Oder gar Tom? Beim Gedanken an das bevorstehende Date am Abend beschleunigte sie ihre Schritte. Durch einen kleinen Laubengang gelangte sie in einen von uralten Mauern umgebenen Kräutergarten. Sie hätte sich nicht gewundert, wenn das Tor sie in der Zeit zurückkatapultiert hätte und Nonnen zwischen Petersilie, Schnittlauch oder Dill schweigend bei der Arbeit gewesen wären.

Doch statt der ehemaligen Bewohnerinnen hielten sich zwei eher »moderne« Personen im Garten auf. Eine ältere Frau, die auf einer Bank saß und ein dickes Buch auf dem Schoß hielt. Und ein weitaus jüngerer, hochgewachsener Mann, der sich auf eine Harke stützte und sich mit der Dame – vermutlich einer Patientin – unterhielt. Kikis Herz machte einen erstaunten Hüpfer. Obwohl sie den Gärtner nur von hinten sah, erkannte sie ihn – es war Tom. Sie zögerte. Sollte sie sich davonschleichen? Oder so tun, als wäre sie rein zufällig in diesem abgelegenen Klostergarten gelandet? Was absurd geklungen hätte. Also setzte sie ihren Weg fort, in der stillen Hoffnung, Tom würde sie nicht bemerken. Oder eben doch bemerken. Sie strebte auf das hintere Tor zu und stierte beim Gehen auf die prallen Salatköpfe, die wie grüne Soldaten in Reih und Glied standen. Nur noch wenige Meter, dann konnte sie hinter der mit Efeu überwucherten Mauer verschwinden. Und sich damit an das ungeschriebene Gesetz halten, dass erst Tortes *Daumen hoch* buchstäblich Tür und Tor öffnen durfte.

»Kiki? Kiki Holland? Bist du das?« Sie zuckte zusammen. Als sie sich umdrehte, kam Tom auf sie zu.

Seine Augen blitzten sie an, und sie konnte gar nicht anders, als zu lächeln.

»Frau Journalistin, was verschlägt Sie in diesen Märchengarten?« Er deutete eine Verbeugung an.

»Oh, edler Recke des Spatens, das darf ich Ihnen nicht verraten«, ging sie bereitwillig auf das Spiel ein.

»Edles Fräulein, darf ich wagen, Ihnen ein Plätzchen auf der Bank anzutragen?«

Kiki lachte schallend.

»Er darf«, antwortete sie mit gebieterischer Geste. Die beiden setzten sich.

»Eigentlich hatte ich damit gerechnet, dich erst heute Abend zu sehen«, sagte Tom.

»Glaub mir, das geht mir nicht anders.« Sie musterte ihn aus den Augenwinkeln. Die grüne Latzhose und das enge weiße Shirt schmeichelten seinen breiten Schultern und den kräftigen Oberarmen. Da schaute frau gern hin.

»Lass mich raten«, sagte Tom und legte den Kopf schief. »Meinetwegen bist du nicht hier.«

»Wie denn auch, ich wusste ja gar nicht, dass du hier herumwerkelst.«

»Die Wege meiner Auftraggeber sind unergründlich«, erwiderte Tom in salbungsvollem Priesterton. »Du bist wegen Sylvia Bentz hier, nicht?«

Leugnen hatte keinen Sinn. Kiki nickte.

»Du wirst sie aber kaum persönlich antreffen. Sie ist dort drüben, in der geschlossenen Psychiatrie.« Er zeigte auf einen Betonbau, der vermutlich in den 1980ern entstanden war und der in etwa so viel Charme versprühte wie ein Parkhaus.

»Hast du sie hier mal gesehen?« Jetzt regte sich die Journalistin in Kiki.

»Ich weiß nicht. Vielleicht. Also, vielleicht mal am Fenster. Sie drinnen, ich draußen.«

Die Frau, die sich eben noch mit Tom unterhalten hatte, stand auf und ging, ein wenig schlingernd und vor sich hin summend, davon.

»Aber mit Patienten unterhalten darfst du dich schon?«, hakte Kiki nach.

Tom lachte. »Das ist keine Patientin.«

»Sondern?«

»Die Verwaltungschefin.«

»Ups.« Kiki hätte die Frau eher in die Schublade *psychisch labil* gesteckt. Aber vielleicht machte der Job doch mehr mit den Menschen, als man dachte. Sie schalt sich selbst ob ihrer Vorurteile.

»Weißt du, wie Sylvia Bentz untergebracht ist?«

»Nicht wirklich. Da kommt niemand raus und schon gar keiner rein. Ich weiß das alles auch bloß vom Hörensagen.«

Worauf Kiki als Journalistin nichts geben sollte. Sie hakte trotzdem nach und erfuhr so ein paar Details über den derzeitigen Aufenthaltsort von Linus' Mutter.

Neben einer ambulanten Tagesklinik, in der vorwiegend Menschen mit Burn-out betreut wurden, bot die Fachklinik zahlreiche stationäre Therapien an. Die meisten Patienten und Patientinnen, wusste Tom, litten an Depressionen oder Angsterkrankungen. Sogar einige Zwangserkrankte hatte er beobachtet und schilderte Kiki eine beklemmende Situation: Eine Frau mit Waschzwang sei von ihrem Psychologen aufgefordert worden, einen Stein aus einem frisch geharkten Beet zu nehmen – ohne sich danach sofort die Hände waschen zu können. Die Frau sei weinend zusammengebrochen.

»Ein halbes Jahr später habe ich sie in der Stadt gesehen – völlig verwandelt und sichtbar glücklich.«

So einfach würde die Sache für Sylvia Bentz wohl nicht ausgehen. In der sogenannten geschlossenen Abteilung saßen vor allem Drogenabhängige und Alkoholkranke, die erst einmal in die Entgiftung mussten. Um sie vor sich selbst und der Versuchung zu schützen, durften sie das Gelände auf keinen Fall verlassen. Innerhalb der Abteilung freilich könnten sie sich recht frei bewegen, wie Tom wusste. Die Patienten seien in Einzelzimmern untergebracht, es gebe Gemeinschaftsräume und sogar einen kleinen separaten Garten. Das Einzige, was diese Grünfläche von den anderen der großflächigen Anlage unterscheide, seien der Zaun drum herum und das engmaschige Gitter über dem Forellenteich.

Hin und wieder habe er Gestalten gesehen, die sich wie ferngesteuert über den Rasen bewegten oder reglos in der Sonne saßen. »Vermutlich sind die ziemlich sediert«, mutmaßte Kiki.

Ob das mit den Bewegungen unter freiem Himmel auch für Sylvia Bentz galt? Wohl kaum – denn sie war nicht wirklich Patientin, sondern eher Gefangene. Als solche durfte sie ihr Zimmer nur in Begleitung verlassen, musste die Mahlzeiten gesondert einnehmen.

»Falls du irgendetwas hörst oder siehst …«, ließ Kiki den unvollendeten Satz in der Luft hängen.

»… werde ich es Miss Marple umgehend wissen lassen.« Tom stand auf. »So gern ich weiter hier mit dir sitzen würde, die Rosen warten auf mich.«

»Damit kann ich natürlich nicht konkurrieren«, scherzte Kiki und erhob sich ebenfalls.

»Wir sehen uns. Sehr bald«, sagte Tom und sah ihr lange in die Augen. Sie begann zu zittern und schloss die Augen. Sie spürte, wie Toms Gesicht sich dem ihrigen näherte, und öffnete bereits die Lippen für einen zarten Kuss. Da durchbrach schallendes Gelächter die Stille, und eine Gruppe Nordic Walker stapfte durch den Laubengang. Beide fuhren zurück. Tom nickte bedauernd, tippte sich an die Stirn und flüsterte: »Bis heute Abend.«

Anderthalb Jahre nach Linus' Geburt.

Sylvia Bentz erwachte. In absoluter Stille. Wann hatte sie zum letzten Mal so lange und tief geschlafen? War nicht von Larissas Rufen oder Linus' Quengeln geweckt worden?

Die Daunendecke raschelte, und ihr Kopf lag beschützend eingebettet in einem weichen Kissen. Es dauerte eine Weile, bis sie sich gewahr wurde, wo sie sich befand. Gestern waren sie, Stefan und die Kinder in diesem Familienresort in den Bergen angekommen. Ihr Mann hatte den Trip vorgeschlagen. Ein langes Wochenende. Wellness, Massagen. Kinderbetreuung fast rund um die Uhr. Dazu eine herrliche Landschaft und gutes Essen.

»Es wird dir guttun. Es wird uns allen guttun«, hatte Stefan gesagt.

Obwohl sie bleiern müde war, hatte Sylvia Bentz sich gefreut. Ein Tapetenwechsel – was sprach schon dagegen? Seit die Kinder auf der Welt waren, hatten sie keine Reise mehr unternommen. Also schickte sie das Kindermädchen Danuta in den Urlaub, packte die Koffer und reiste mit ihrem Mann, Larissa und Linus in die Berge.

Die Prospekte des Hotels hatten nicht zu viel versprochen. Ihre Familiensuite bestand aus zwei Zimmern. Das der Kinder war kunterbunt dekoriert, für Linus stand ein Babybettchen bereit, und seine Schwester war ganz aus dem Häuschen, weil sie zum ersten Mal im Leben in einem Hochbett schlafen durfte. Oben! Der Elternbereich wurde dominiert von einem mächtigen Boxspringbett. Als Stefan dieses sah, zwinkerte er Sylvia Bentz zu.

Für den Abend hatten sie über das Hotel eine Nanny ge-

bucht. Die junge Frau ging mit den Geschwistern in den Kinderspeisesaal, wo ein Büfett in Kleinkindgröße mit Pommes, Hühnchen und Spaghetti aufwartete. Anschließend würde sie mit den beiden den Indoorspielplatz besuchen und Larissa und ihren Bruder ins Bett bringen.

Es war der erste Abend, den das Ehepaar Bentz seit Linus' Geburt allein verbrachte, ohne Kinder, aber auch ohne Geschäftspartner oder gesellschaftliche Verpflichtungen.

Sylvia Bentz strahlte und versuchte, den Schwindel und die Müdigkeit zu überspielen. Sie machte sich sorgfältig zurecht und erntete einen begeisterten Pfiff von ihrem Mann, als sie in hautengem Kleid und in hohen Schuhen aus dem Badezimmer trat.

Stefan Bentz hatte einen Tisch im À-la-carte-Restaurant des Hotels reserviert. Der Kellner in schwarzem Frack führte das Ehepaar an einen Tisch am Fenster. Stefan nickte zustimmend, als er die kleine Tafel sah. Eine Tischdecke aus gestärktem weißen Leinen. Silberne Platzteller. In der Mitte ein silberner Kandelaber. Auf der weißen Tischdecke lagen rote Rosenblüten.

»Genau so hatte ich das bestellt«, verkündete Stefan. Sylvia ließ sich vom Kellner den Stuhl zurechtrücken und sah ihren Mann an.

Wann waren Stefans Schläfen grau geworden? Wann hatte er die tief eingegrabenen Stirnfalten bekommen? Ihr schien es, als würde sie ihren Mann zum ersten Mal seit langer, langer Zeit klar sehen. Das kantige Kinn. Die strengen Lippen. Hatte er schon immer so ausgesehen? Und sie selbst? Wie sehr mochte sie sich seit der Heirat verändert haben?

Ihr blieb keine Zeit zum Nachdenken. Das Personal servierte einen Gruß aus der Küche. Eine halbe Wachtel an Feigenmus. Dazu wurden die Speisekarten gereicht. Jene für sie, die Dame, enthielt keine Preise.

»Wähl aus, wonach immer dir ist«, sagte Stefan und vertiefte sich seinerseits in die Weinkarte.

Die Buchstaben verschwammen vor Sylvias Augen. Der weich gepolsterte Stuhl schien zu schwanken, und sie merkte, dass ihr der Schweiß ausbrach. Sie starrte auf die Karte, ohne etwas lesen zu können.

Larissa. Linus. So lange war sie noch nie von den Kindern getrennt gewesen, seit ihr Sohn auf der Welt war. Ob es den beiden gut ging? Ihr Herz begann zu rasen, und ihr Magen zog sich zusammen.

»Liebes, was möchtest du essen? Worauf hast du Lust?«

Sylvia Bentz hatte nicht bemerkt, dass der Kellner an den Tisch getreten war.

»Ich ... ich ... Es klingt alles so verlockend«, stammelte Sylvia Bentz. »Such du aus.«

Und das tat Stefan. Als Vorspeise wählte er Jakobsmuscheln, gefolgt von Maispoularde mit Spargel und Prinzesskartoffeln und zum Abschluss eine Mousse au Chocolat mit Kapstachelbeeren. Alles sah wunderbar aus, als es serviert wurde. Aber ob es auch schmeckte? Sylvia hätte es nicht sagen können. Sie spülte Bissen um Bissen erst mit einem spritzigen Sekt und danach mit einem intensiven Roséwein aus dem Burgund hinunter.

»Du stillst ja nicht mehr, also kannst du dir das gönnen«, hatte Stefan gesagt.

Als schließlich der Kaffee serviert wurde – mit einer Auswahl an belgischen Pralinen, die kunstvoll auf einer Etagere präsentiert wurden –, ging es Sylvia Bentz gut. Zum ersten Mal seit vielen, vielen Wochen fühlte sie sich entspannt. Spürte keine Verspannungen mehr im Nacken. Keine Bauchschmerzen mehr. Es gelang ihr sogar, über Stefans Witze zu lachen, und sie genoss es, seine Hand zu halten, als sie gemächlich zur Suite zurückschlenderten.

Vor der Tür nahm Stefan sie in die Arme.

»Das war ein wunderbarer Abend«, flüsterte er und küsste sie. Lange. Intensiv. Innig. Sylvia ließ es geschehen – und fragte sich sogleich, warum sie keine weichen Knie bekam. Wo war das Kribbeln der Aufregung und Erregung geblieben? Sie lauschte an der Tür. Und dann hörte sie es. Linus' Brüllen. Ihr Körper versteifte sich. Sie wand sich aus der Umarmung ihres Mannes und stürzte ins Zimmer. Ihre Hände waren geballt vor Wut. Warum? Warum nur machte der Kleine diesen wunderbaren Abend zunichte? Sie hetzte durch das dunkle Elternzimmer und riss die Tür zum Kinderzimmer auf.

Nichts. Da war nichts. Linus lag selig schlummernd auf der Seite, den Daumen im Mund. Larissa hatte sich im Hochbett eingekuschelt.

»Komm schlafen.« Stefan fasste sie sanft an den Schultern und bugsierte sie ins Bett. Sie kickte die Schuhe von sich. Stefan half ihr aus dem Kleid. Dann sank sie in die Daunen.

Ja. Daran erinnerte sie sich. Natürlich erinnerte sie sich. Sie hatte kaum etwas getrunken. Oder vielleicht doch? Nein. Das konnte nicht sein. Den Chablis, der zu den Jakobsmuscheln gereicht worden war, hatte sie kaum angerührt. Sylvia Bentz mochte keinen Weißwein.

Warum aber war ihr so flau?

»Vielleicht waren die Muscheln schlecht«, mutmaßte sie und unterdrückte einen Würgereiz. Sie zog sich die Decke über den Kopf. Ihr Schädel pochte, und sie glitt in ein unruhiges Dämmern.

»Sylvia? Liebes?« Jemand zog sanft die Decke weg.

Stefan.

»Ich habe dir Frühstück mitgebracht«, sagte er und strahlte sie an. Waren die grauen Strähnen wundersamerweise weniger geworden? Sah er jugendlicher aus? Sylvia Bentz rieb sich

die Augen und ließ sich von ihrem Mann ein Glas Orangensaft reichen.

Sie trank begierig.

»Ich habe deine Massage auf den Nachmittag verschieben lassen.« Stefan strich ihr eine Haarsträhne aus dem Gesicht. »Schlaf dich aus. So lange du willst. Die Kinder sind versorgt.«

Sylvia Bentz nickte. Stefan nahm ihr das leere Glas aus der Hand und stellte es auf das Tablett.

»Danke«, sagte sie. Und dann hüllte ein tiefschwarzer Schlaf sie ein.

Ach, verdammte Hacke!« Kiki klappte ihren Laptop zu.

Es gab nichts zu berichten. Nichts, das sie vor ihren Lesern würde verantworten können. Es mochte sein, dass der Boulevardkollege die Bentz-Story aufbauschen würde, um die Seiten zu füllen. Sie aber war noch lange nicht so weit, als dass sie ganz Deutschland und über die Vernetzungen der Agenturen damit theoretisch die ganze Welt über Sylvia Bentz und deren Tat erneut in Kenntnis setzen wollte.

»Fuck!«

Sie klappte den Laptop wieder auf und schrieb eine Mail an die Redaktion: *Lohnt sich noch nicht. Recherchiere Hintergründe. Bericht folgt. Gruß, Kiki.*

Kaum hatte sie auf *Senden* gedrückt, fühlte sie sich besser. Dann machte sie sich an die Arbeit. Und für die blieb ihr nicht mehr allzu viel Zeit, wenn sie sich noch für das anstehende Date mit Tom schick machen wollte.

Die gängigen Suchmaschinen brachten sie ebenso wenig weiter wie die Seiten der Regionalzeitungen. Und alle Infos auf dem Redaktionsserver hatte sie längst gelesen.

Was also blieb ihr übrig?

Frontalangriff. Kiki nagte auf ihrer Unterlippe herum.

Wen galt es anzugreifen?

Sylvia? Kaum. Die hockte in Isolation. An sie war kein Herankommen.

Larissa? Nein. Das verbot sich für eine seriöse Journalistin von selbst.

Danuta? Für den Moment irrelevant.

Stefan Bentz? Seine geschäftliche Laufbahn war bekannt,

und wie sie, abgesehen von ihrem Auftritt als Putzfrau im Nachbarhaus, näher an ihn herankommen sollte, blieb ihr schleierhaft. Sie konnte ja kaum vor dem Haus lauern, bis er vor die Tür trat, und ihn dann verfolgen.

Sie ging noch einmal ihre handschriftlichen Notizen durch. Beim Namen Boris Nufer hielt sie inne. Der Psychiater war ihr schon in anderen Fällen begegnet. Er galt quasi als der *Gott der Gutachter* und wurde von Staatsanwalt Sebastian Karlsen wieder und wieder ernannt. Anfangs hatte Kiki vermutet, dass es an der gemeinsamen Mitgliedschaft der beiden Männer im Rotary Club lag. Aber Nufer war tatsächlich eine Koryphäe, und auch die Richter verließen sich auf den Sachverstand des hochgewachsenen Mannes, der stets akkurat in Anzug und Krawatte auftrat. Was sie nicht wussten: Nufer war Stammgast im ehemaligen Käseladen. Was genau Torte auf dessen Rücken nadelte, blieb Kiki verborgen. Aber sie hatte schon das eine oder andere Mal ein belangloses Pläuschchen mit dem Gutachter gehalten, wenn dieser nach einer Sitzung noch einen Kaffee mit Torte trank. Schnell hatten sie Nummern ausgetauscht und waren zum Du übergegangen. Das formelle Siezen passte eben nicht in das opulent dekorierte Tattoostudio.

Kiki scrollte durch die Kontaktliste ihres Smartphones und hatte gleich darauf Glück: Boris Nufer meldete sich nach dem dritten Freizeichen.

»Kiki hier. Kiki Holland.«

»Na, so was! Sehen wir uns nicht demnächst ohnehin bei Gericht? Ich habe deine Artikel gelesen. Ziemlich gut, hat mir gefallen.«

»Danke, Boris. Und genau deswegen melde ich mich.«

»Nachtigall, ick hör dir trapsen. Du weißt doch, dass ich dir keine Auskunft geben kann. Du musst dich leider bis zu meiner offiziellen Stellungnahme vor Gericht gedulden.«

»Das weiß ich doch. Aber wenn ich rein zufällig auf einen Sprung in deine Praxis käme und einen Kaffee mit dir trinken würde?«

»Kann ich dich nicht davon abhalten.« Nufer lachte. »Vermutlich kann ich nach dem nächsten Patienten selbst Koffein vertragen. Danach habe ich keine Termine mehr, also …«

»Dann helfen wir uns also quasi gegenseitig aus dem Nachmittagstief.« Kiki legte auf.

Eine gute Stunde später saß sie Boris Nufer in dessen Behandlungszimmer gegenüber, vor sich einen knallschwarzen Kaffee, der auf einem niedrigen Tisch im Kolonialstil stand. Die Wände waren, bis auf einen Kalender mit afrikanischen Landschaftsmotiven, schmucklos. Kiki hatte sich für einen hellblauen Sessel entschieden. Nufer nahm in einem senfgelben Exemplar Platz. Die insgesamt sechs Sitzmöglichkeiten unterschieden sich in Farbe und Stil und sollten wohl den Patienten während der Gespräche das Gefühl vermitteln, selbst Herr oder Frau ihrer Lage zu sein und entscheiden zu können, wo und wie sie sitzen wollten.

»Mal rein hypothetisch und informativ gefragt«, begann Kiki das eigentliche Gespräch nach einem kurzen Vorgeplänkel über das Wetter und die vermaledeite Parkplatzsuche, währenddessen sie Nufers aktuelle Verfassung geprüft hatte. Und richtig: Der Psychiater schien müde, nicht richtig bei der Sache. Als er verstohlen gegähnt hatte, hatte Kiki es ihm nachgetan. Hatte er die Beine übereinandergeschlagen, hatte sie das Gleiche getan. Vertrauen schaffen. Das Gegenüber spiegeln. Vermutlich wusste der gewiefte Psychologe nicht, was Kiki selbst in ihrer Ausbildung gelernt hatte. Erstens. Und zweitens war sie ja keine Klientin, die es zu begutachten galt.

»Rein fiktiv, ich verstehe.« Nufer grinste.

»Und völlig anonym.«

»Selbstverständlich, Kiki Holland.«

»Mal angenommen, eine Frau würde ihre Kinder töten.«

»Nur mal angenommen. Ja?«

»Warum tut sie das?«

Nufer schloss die Augen und schwieg. Lange. Kiki wurde bereits hibbelig, da sie im Hinterkopf auch an ihr Date mit Tom dachte. Aber als Boris Nufer schließlich zu sprechen begann, war sie wieder ganz im Hier und Jetzt. Sie bedauerte, keinen Notizblock mitgenommen zu haben, wollte ihr Gegenüber aber nicht nach Papier und Stift fragen. Nicht, dass sein Redefluss unterbrochen wurde!

»Rein statistisch gesehen werden nur 0,1 Prozent der Tötungsdelikte von Frauen begangen«, sinnierte Boris Nufer. »Und wenn sie morden, dann mit einem ganz konkreten Motiv. Nein, nennen wir es nicht ›Motiv‹. Das klingt zu sehr nach Fernsehen. Nennen wir es ›Antrieb‹. Frauen wollen retten. Sich. Die Beziehung. Den Partner, und, ja, auch die Kinder.«

Nufer machte eine Pause. Kiki sah ihn an und bemerkte die dunklen Ränder unter seinen Augen. Keinen Moment lang würde sie mit ihm tauschen wollen. Den ganzen Tag lang in die Abgründe der menschlichen Seele blicken? Sie würde es nicht aushalten. Obwohl. Tat sie das nicht ebenfalls? War ihr Beruf denn so anders als der von Boris Nufer? War nicht eine der ersten *Weisheiten*, die sie im Volontariat gelernt hatte, jene, dass nur eine schlechte Nachricht eine gute Nachricht war? Ihr Job war es, für die Leser und Leserinnen im menschlichen Sumpf zu graben. Boris Nufers Aufgabe jene, diesen Morast für die Justiz aufzubereiten. Dabei, das wusste sie aus den Vorlesungen über die Prozessordnung, musste er stets objektiv bleiben. Sich jenen Fragen unterordnen, die der Richter respektive der Staatsanwalt stellte. Persönliche Einschätzungen waren genauso tabu wie eine Tendenz dem oder der Angeklagten gegenüber. Nein, sie beneidete ihn nicht.

»Wenn eine Mutter also ein Kind erwürgt, zum Beispiel, dann will sie es retten?«

»Meistens. Solche Mütter sehen allerlei Gefahren. Gefahren, vor denen sie ihre Kinder beschützen müssen. Den Vater. Die Gesellschaft. Hunger. Den Verlust der Wohnung. Diese Frauen vermuten, dass sie ihren Sprösslingen kein würdiges Leben bieten können. Dass der Teufel hinter ihnen her ist. Dass die Kinder vom Erzeuger manipuliert werden, sich gegen die Mutter zu wenden. Und für manche Frauen ist der beste Schutz ihrer Kinder dann der Tod.«

»Nur für die Kinder?«

»Nein. Sehr häufig handelt es sich um einen erweiterten Suizid. Nicht aber in dem ›fiktiven Fall‹, den du ansprichst.«

Kiki schüttelte den Kopf. »Nein, in diesem Fall wohl nicht.«

Nufer massierte sich die Schläfen. Kiki beugte sich vor und nahm sich einen Butterkeks, der auf einem zum silbernen Blatt stilisierten Tablett lag. Nufer tat es ihr nach. Bingo. Die Spiegelung funktionierte, und sie wusste: Alles, was sie nun tun musste, war, aufmerksam zuzuhören.

»Würde es der Journalistin dienen, wenn ich ihr erst einmal meine Aufgabe schildern würde?«

Nein!, dachte Kiki. Komm lieber zum Punkt! Aber sie nickte und ließ Nufer reden.

»Wie genau brauchst du das?«

»Mehr als genau, Boris.«

»Also gut. Zunächst einmal kümmere ich mich um die Aktenlage. Hat die – freilich fiktive – Angeklagte bereits Strafverfahren anhängig? Gibt es frühere Gutachten?«

»Hat sie nicht und gibt es nicht. Also theoretisch.«

»In Ordnung, Frau Holland.« Nufer stürzte seinen Kaffee hinunter.

»Und dann?«

»Dann würde Dr. Nufer die Patientin reden lassen. Wie ist ihre Biografie? Ihr Lebenslauf? Wie ist das mit ihrer Familie gelaufen? Und auch: Wie war es mit ihrer Sexualität?«

»Wie könnte das denn, rein fiktiv, gewesen sein?«

»Puuuuh. Also ... Kiki Holland. Ich kann schlecht fabulieren. Aber wenn du gestattest, dann würde ich eine ... nun ... quasi Beispielakte zurate ziehen?«

»Was immer Sie wollen, Doktor Nufer.«

Boris Nufer stand auf, ging um seinen spartanischen Schreibtisch herum und holte zielgerichtet einen schmalen Ordner aus dem Regal. Dass sie auf dem Ordnerrücken »Sylvia Bentz« entzifferte, kaschierte Kiki. Sie ließ den Gutachter blättern, während sie an einem weiteren Keks knabberte.

Nufer setzte sich wieder in den Designerstuhl, von dem Kiki sich nicht vorstellen konnte, dass er bequem war. »Der Lebenslauf dieser Klientin ist völlig unauffällig. So, wie bei jedem anderen Menschen. Behütete Kindheit, eine normale Jugend. Schule, Ausbildung. Keine körperlichen oder geistigen Defizite in der Adoleszenz. Ebenso keine abnormen sexuellen Fantasien oder Hinweise auf eine psychische oder gar psychotische Phase. Kein Rauschmittelmissbrauch.«

Kiki nickte und staunte, wie professionell und respektvoll Boris Nufer sprach.

»Diese Klientin also hat noch nie eine psychiatrische Praxis von innen gesehen, und der erste Fokus muss darauf liegen, die Situation zu entspannen. Sie wird ja aus der Geschlossenen in Polizeibegleitung hierhergebracht. Sie ist nervös. Unsicher. Deswegen nimmt sie zunächst im Wartezimmer Platz.«

»Und dort?«

»Bekommt sie erst mal einen Fragebogen gereicht. SFSS.«

»SFSS?«, hakte Kiki nach.

»Strukturierter Fragebogen simulierter Symptome«, erklärte Nufer. »Im Prinzip dient dieser standardisierte Fragebogen dazu, Simulanten zu identifizieren. Antwortet jemand zum Beispiel auf die Frage, ob man sich morgens ausgeschlafen fühle, mit Ja, kann dieser Jemand nicht depressiv sein. Wer Depressionen hat, der ist immer müde.«

Kiki nickte.

»Auf Basis dieses Screenings lässt sich natürlich keine Diagnose stellen. Und ehrlich gesagt, brauche ich es für meine Gutachten auch nicht, denn ich entscheide ja nicht darüber, ob jemand wegen einer psychischen Erkrankung eine Erwerbsminderungsrente bekommt oder nicht.«

Kiki nippte am Kaffee. Wieder einmal war sie fasziniert von der Vielseitigkeit ihres Berufes. Davon, wie viel sie Tag für Tag lernte, Neues erfuhr, andere Facetten erfahren durfte.

»Boris Nufer, du hast einen tollen Job«, sagte Kiki und meinte das auch so. Ihr Gegenüber lächelte.

»Ich mache ihn gern«, gab Nufer zu. »Also, weiter im fiktiven Kontext. Während meine Assistentin die Ergebnisse des SFSS-Tests in den PC hämmert, untersuche ich die Klientin zunächst einmal körperlich.«

Nufer überflog die Akte. »Also, in diesem Beispielsfall habe ich die Klientin gefragt, woran sie sich erinnert. Und erstaunlicherweise hatte sie sämtliche Details im Kopf. Sie konnte mir alles schildern. Sogar die Tat selbst hat sie mir geschildert wie jemand, der in allen Einzelheiten über eine Reise berichtet. Sie war ruhig. Aufgeräumt. Ja, beinahe ein bisschen zu sortiert.«

»Fragt ein Psychiater nach dem Motiv?«

»Das darf ich nicht. Ich darf nur im Stillen darüber nachdenken und aus den Schilderungen meine eigenen Schlüsse ziehen.«

Kiki beugte sich vor. »Und die wären?«

»Diese Patientin wurde auf dem Parkplatz unweit des Tatortes festgenommen. Sie saß auf der Rückbank ihres Wagens zwischen den Kindersitzen, hatte je einen Arm um die Sitze geschlungen und starrte geradeaus. Sie hatte eine CD aufgelegt. Kinderlieder. Als die Polizei kam, sang sie leise summend ein Schlaflied. Das Erste, was sie sagte, war: ›Das Monster ist tot. Alles wird gut.‹«

Kiki schauderte.

»Was schließt ein Psychiater daraus?«

»Das würde der Richter mich niemals fragen. Das darf er gar nicht.«

»Aber eine Journalistin darf das. Rein fiktiv.« Kiki zwinkerte ihm zu. Boris Nufer klappte den Ordner zu.

»Der Psychiater würde sagen, dass auf dem Sitz des toten Kindes ein Stoffteddy lag. Das überlebende Kind hatte seine Puppe bei sich.«

»Und was bedeutet das?«

»Dass diese Klientin von Anfang an nur ein Kind töten wollte.«

Kiki schnappte nach Luft.

Nufer zögerte.

»Ich gehe davon aus, dass diese beispielhafte Klientin ohne Namen einerseits völlig klar und im Reinen mit sich war. Dennoch habe ich das Gefühl, dass sie neben sich stand. Und damit meine ich, wie gesagt, keine Psychose oder Ähnliches.«

»Sondern?«

Nufer stand auf und stellte den Ordner zurück.

»Kiki Holland, ganz ehrlich, das weiß ich nicht.«

Was Kiki nicht wusste, als sie Nufers Praxis verließ: Sollte sie Tom warten lassen, um noch schnell zu duschen? Oder sollte sie direkt in die Pizzeria rasen, um einigermaßen pünktlich zu erscheinen? Sie startete Enzos Motor. Aus dem Radio schallte ihr *Lady in Red* von Chris de Burgh entgegen. Sie trug ein knallrotes Shirt. Erstens. Zweitens band sie sich an der nächsten roten Ampel mit einem Haargummi aus dem Handschuhfach die Haare zu einem lässigen Dutt hoch und legte, drittens, zartroten Lipgloss auf.

Kiki grinste und gab Gas. Sie kam nur zehn Minuten zu spät bei der vereinbarten Trattoria an.

Tom wartete vor dem Eingang: Eine Hand steckte lässig in der Hosentasche, mit der anderen scrollte er auf seinem Smartphone herum. Er trug schwarze Jeans, ein Hemd, bei dem die obersten zwei Knöpfe offen waren, und schaute erst auf, als sie ihn beinahe erreicht hatte.

»Sorry, ich bin ein bisschen spät dran. Der Verkehr war mörderisch.«

»Kein Problem. Ich bin auch gerade erst angekommen.«

Sie suchte in seinem Blick nach einem Anzeichen, ob es sich bloß um eine charmante Lüge handelte. Einen eindeutigen Beweis fand sie nicht, dafür bemerkte sie sein verschmitztes Lächeln. »Ich hoffe, du hast genügend Hunger mitgebracht. Die Portionen hier sollen riesig sein.«

»Ich bin so ausgehungert, ich könnte ein halbes Schwein verdrücken.«

»Herausforderung angenommen.«

Lachend betraten sie das Lokal und ließen sich von einer Kellnerin mit schwarzer Hochsteckfrisur zu ihrem reservierten Platz führen. Es war ein schmaler Zwei-Personen-Tisch nicht weit vom Fenster entfernt. Auf dem Tisch brannte eine weiße Kerze, so als wollte der Inhaber für zusätzliche Romantik sorgen. Vielleicht hatte auch Tom bei der Reservierung um ein Candle-Light-Dinner gebeten. Dagegen sprach, dass auf den Nachbartischen ebenfalls Kerzen brannten. Außerdem hatten sie zusätzliche Romantik eigentlich gar nicht nötig. In Gegenwart des Maulwurfs schien es die ganze Zeit über massiv zu knistern.

»Hast du dich noch gebührend um die Rosen gekümmert?«, fragte sie, nachdem sie sich gesetzt hatten.

»Um jede einzelne höchstpersönlich. Ich bin jetzt mit allen von ihnen per Du.«

»Das klingt nach einer Meisterleistung. Bei mir streikt sogar der Kaktus.«

Er schmunzelte. »Ja, das hast du bei unserem ersten Treffen erwähnt. Irgendwas machst du falsch.«

»Offensichtlich.«

Aus den Augenwinkeln heraus sah Kiki, dass die Kellnerin betont unauffällig um sie herumschlich. Worauf die Frau wartete, lag auf der Hand. Kiki griff nach der zurechtgelegten Speisekarte, und Tom folgte ihrem Beispiel. Auf der ersten Seite standen lediglich acht Gerichte, alle auf Italienisch beschrieben. Auf den Folgeseiten war es nicht anders. Kiki wusste zwar nicht, wie es um die Sprachkenntnisse ihres Begleiters stand, aber ihr Italienisch beschränkte sich auf *Grazie*, *Prego!* und *Uno, dos, tres*. Nein, halt, die Zahlen waren auf Spanisch.

»Wusstest du, dass es in den meisten italienischen Trattorien gar keine Pizza gibt, in den deutschen hingegen schon?«, fragte Tom, dem bestimmt die Verwirrung in ihrem Gesicht aufgefallen war.

»Woher hast du das denn?«

»Allgemeinwissen. Und vielleicht ein ganz klein wenig mithilfe von Wikipedia, damit ich bei dir als Mann von Welt trumpfen kann.«

In dem Moment vernahm Kiki in der Nähe ein glucksendes Kichern, das so charakteristisch und ihr obendrein so vertraut war, dass sie sich automatisch danach umdrehte. Das kann nicht sein, schoss es ihr durch den Kopf. Und doch war es so: Links von ihr, halb verdeckt von einer armlosen Frauenstatue und mit dem Rücken zu ihr, saß ein breitschultriger Mann mit blondem Lockenkopf. Er trug ein kurzärmeliges blaues Hemd, das seine tätowierten Arme nur unzureichend kaschierte.

»Nein!«, entfuhr es ihr. Offenbar ein bisschen zu laut.

Der Lockenkopf drehte sich um. Zuerst bekam er große Augen, dann fing er an zu grinsen.

»Nee, das glaub ich jetzt nicht«, sagte der Mann, der auf den Spitznamen Torte hörte. »Das ist ja ein Zufall!«

Kikis Augen verengten sich zu Schlitzen. »Ein Zufall? Soso …«

Damit war auch Toms Neugierde geweckt. Er drehte sich um. Genau rechtzeitig, um zu sehen, wie der tätowierte Mann sich erhob und zu ihnen herüberkam. Jetzt erst konnte Kiki sehen, mit wem ihr Freund hier war. Ihm gegenüber saß ein braun gebrannter Adonis mit dunklen Haaren und Rockabilly-Frisur, den sie bisher noch nie zusammen mit Torte gesehen hatte.

»Kiki, was suchst du denn hier?«, erkundigte sich Torte.

»Ich gehe essen. So wie ich es dir gesagt habe. Mit Tom.«

»Aber den Laden hier kennst du doch gar nicht.«

»Ich nicht, jemand anderes schon.« Mit den Worten wies sie auf ihren Begleiter und tat das, was ebenso unvermeidbar wie überfällig war: »Tom, das ist mein Freund Torte. Torte, das ist meine Verabredung Tom.«

»Garten-Tom, der Maulwurf?«, hakte Torte nach.

Tom überhörte es. Er stand auf und fragte stattdessen: »Torte? Das klingt nicht besonders schmeichelhaft.«

Die zwei reichten sich die Hände.

»Na ja, eigentlich Torsten Lewandowski. Aber eine gewisse Dame war der Meinung, dass mir ein Spitzname besser stehen würde. Ich habe keine Ahnung, wie sie darauf gekommen ist.« Er warf einen Schuld suchenden Blick zu Kiki.

»Das ist so nicht ganz richtig«, erwiderte die Angesprochene. »Wenn ich mich recht entsinne, hast du …«

»Papapapa«, ging Torte sofort dazwischen. »Belassen wir es an dieser Stelle dabei.«

»Ja«, fand auch Kiki. »Verrate mir lieber, was du hier zu suchen hast.«

»Ich habe ein Date. Was denn sonst?« Er drehte sich zu dem Rockabilly-Typen um und bedeutete ihm mit einem Kopfnicken, zu ihnen rüberzukommen. Zögernd kam dieser der Aufforderung nach. Seinem Gesichtsausdruck nach zu urteilen, schien sich seine Begeisterung stark in Grenzen zu halten. Entsprechend lange brauchte er auch, um bei ihnen anzukommen.

Torte schien das nichts auszumachen. »Leute, das ist Emilio. Wir haben uns vorhin zufällig im Park kennengelernt. Na ja, eigentlich sind wir vielmehr zusammengestoßen, und ich habe ihn als Wiedergutmachung zum Essen eingeladen.«

Emilio nickte und reichte Kiki und Tom schüchtern seine feuchte Hand. Kaum hatte Kiki ihre Hand wieder bei sich, wischte sie sie dezent am Stoff ihrer Hose ab.

»Ich hab eine Spitzenidee: Wieso setzt ihr euch nicht zu uns? Wir haben einen Vierertisch und sowieso zwei Stühle frei.«

Kiki tauschte kurze Blicke mit Tom und Emilio aus. Keiner von ihnen schien Tortes Idee für spitze zu halten. »Ich weiß nicht. Ehrlich gesagt, wollten wir eigentlich …«

»Ach, komm, das wird bestimmt lustig!«, ging Torte dazwischen. Er schien keine Widerworte gelten zu lassen und schob Kiki an der Frauenbüste vorbei zum Vierertisch. Den beiden Begleitmännern blieb keine andere Wahl.

»Was soll das?«, raunte Kiki ihrem Freund unterwegs zu. »Ich hab hier ein Date.«

»Du musst mir helfen«, raunte Torte zurück. »Dieser Emilio ist eine Katastrophe. Ohne euch bin ich verloren.«

»Schieß ihn doch einfach in den Wind.«

»Hab ich schon versucht. So einfach ist das nicht.«

Inzwischen hatten sie alle den Vierertisch erreicht, und kein weiteres Flüstern war mehr möglich. Kiki setzte sich neben Torte und war froh, dass ihr wenigstens Tom gegenübersaß. Ihre Vorfreude auf den heutigen Abend hatte auf einmal einen gehörigen Dämpfer erhalten. Daran vermochten auch seine blassblauen Augen nichts zu ändern.

Letzten Endes entpuppte sich der Restaurantbesuch nicht als Totalreinfall. Das Essen war lecker (Kiki wählte *Filetto al pepe verde* – beziehungsweise *Filet mit grünem Pfeffer*, wie es eine App auf ihrem Smartphone übersetzte, während Tom sich an einer wagenradgroßen Pizza Scalea versuchte) und die Gespräche nicht halb so öde oder unangenehm wie befürchtet.

Mehrmals bot Torte an, neuen Wein zu bestellen. Ob er damit sein schlechtes Gewissen beruhigen oder sich lieber angenehm betüdeln wollte (möglicherweise auch beides), wusste Kiki nicht. Je mehr Alkohol er und sein Park-Date intus hatten, desto ausgelassener wurden alle. Die Gags wurden zotiger, bis sämtlichen Leuten am Tisch vor Lachen die Tränen liefen und sich die anderen Gäste genervt zu ihnen umdrehten. Obwohl sich Emilio als ganz nett entpuppte und rein optisch durchaus in Tortes Beuteschema passte, blieb es dennoch offensichtlich, dass hier bestenfalls ein One-Night-Stand drin war. Für etwas Längerfristiges waren die zwei schlichtweg zu verschieden: Emilio zog es raus aufs Land, während Torte die Vorzüge einer Großstadt genoss. Emilio stand auf Abba und The BossHoss, mit denen sein Gegenüber überhaupt nichts anfangen konnte. Emilio mochte große Shows und Verkleidungen, für Torte hingegen sollte alles möglichst schnörkellos sein. Kurzum: Zwischen den beiden würde es nie etwas Ernsthaftes werden. Das sagte Kiki ihrem Freund auch, als Emilio einmal kurz aufs Klo verschwunden war.

»Ich weiß«, stimmte Torte mit betrübter Miene zu. »Ich hab das Gefühl, dass er intellektuell etwas … äh … beeinträchtigt, also eher schlicht gestrickt ist. Das kann auf Dauer nix werden. Aber danke noch mal, dass ihr mir kurzfristig aus der Patsche geholfen habt.«

Er blickte dabei besonders zu Tom. Der Maulwurf zuckte mit den Schultern. »Kein Ding. Ich find ihn gar nicht so schlimm.«

»Wenn du magst, kannst du ihn haben«, schlug Torte vor.

Tom winkte ab. »Sorry, nicht ganz meine Baustelle.«

Im Widerspruch zu ihrem Gespräch kehrte Emilio wenig später mit einem freudestrahlenden Lächeln von der Toilette zurück. »Die Seife auf dem Lokus duftet nach Flieder und Lavendel. Das ist echt der Hammer. Ich glaube, die muss ich für den Laden bestellen.«

»Welcher Laden denn? Oder ist das eine Art Codewort?«

Emilio reagierte betont schockiert. »Ich hab einen Barbershop in der Innenstadt. Den *Barber Point*. Hab ich das nicht erwähnt?«

»Einen Barbershop?«, wiederholte Kiki. »Ein Friseurgeschäft für Männer?«

»Tststs.« Er schüttelte tadelnd den Kopf. »Ein Barbershop ist weitaus mehr. Hier geht es um Wellness und Beauty. Da werden nicht bloß die Haare geschnitten, sondern der Bart gestutzt, die Augenbrauen gezupft, und bei Bedarf gibt es Gesichtsmasken. Also alles, was das Männerherz begehrt.«

»Nicht alles!« Torte zwinkerte ihm zu.

Emilio kicherte. »Nicht alles, aber so gut wie. Uns schütten selbst die stolzesten Männer ihr Herz aus. Dort sind wir eben alle Bros. Bei uns erfährst du die verrücktesten Geschichten überhaupt. Kostprobe gefällig?«

»Unbedingt«, sagten Kiki und Torte unisono.

»Also, passt auf: Einer meiner Stammkunden ist – oder

vielmehr: war – Mechaniker. Er hatte Spielschulden bei einem Buchmacher und sollte deshalb für den ein paar krumme Dinger drehen. Nix Aufregendes, sondern eher harmloses Zeug. Zum Beispiel die Bonsai-Bäume von so einem Typen klauen, der sich mit dem Buchmacher angelegt hatte. Besagter Bonsai-Typ ist ein Physiotherapeut, der nebenbei an der Börse spekuliert und dabei ziemlich erfolgreich ist. Jedenfalls, das habe ich von einem anderen Bekannten erfahren, hat der Mechaniker in dem Haus von dem Therapeuten nicht bloß die Bäume abgeräumt, sondern auch gleich alles andere, das von Wert war. Unter anderem die Schlüssel für ein Motorboot, das ziemlich marode war. Und weil er Mechaniker ist, hat er angefangen, den alten Kahn zu reparieren. Oder wollte es zumindest, bis ihn die Polizei hopsgenommen hat. Seither liegt das Boot an der Küste und wartet darauf, dass jemand was damit anstellt. Na, hab ich euch zu viel versprochen? *Das* ist 'ne Geschichte, was?!«

»Was ist denn das für ein Boot?«, erkundigte sich Kiki. »Und wieso will es der Besitzer nicht zurück?«

Emilio zuckte mit den Schultern. »Keine Ahnung. Irgend so ein olles Ding für vier, fünf Personen. Wahrscheinlich ist der Physio-Heini froh, dass er den Kahn los ist. Darum geht es auch gar nicht. Sondern um den Mechaniker, den Buchmacher und den Physiotherapeuten. Das ist wie in einem Guy-Ritchie-Film.«

Kiki fiel auf, dass Tom zustimmend nickte. Sie hingegen wusste nicht recht, was genau ein Guy-Ritchie-Film war, beziehungsweise was solch einen auszeichnete. Vermutlich war es purer Testosteron-Kram, bei dem es um Muskeln, Waffen und vermeintlich coole Sprüche ging. Nicht ganz ihre Baustelle, wie der Maulwurf vorhin gesagt hatte. Kurz überlegte sie, ob Tom auf diese Art von Filmen stand und ob ein Zusammensein mit ihm jede Menge Streifen mit Dwayne

Johnson, Vin Diesel und wie sie alle hießen, bedeuten würde. Doch ging es nicht zu weit, aus einem bloßen Kopfnicken gleich eine solche Schlussfolgerung zu ziehen?

Außerdem war ihr das Thema Boot im Moment erheblich wichtiger. Motorboot oder Jacht – war das nicht irgendwie dasselbe, beides schwamm motorbetrieben? Und gab es da nicht jemanden, den sie kannte, der mit Jachtzubehör handelte? Möglicherweise ließ sich darüber eine kleine Brücke bauen.

»Wo liegt denn der Kutter vor Anker?«, hakte sie daher noch einmal nach.

»Na, draußen am großen See. Wieso fragst du? Willst du dem Mechaniker das Boot abkaufen? Wie gesagt, es ist ziemlich marode, nach allem, was man so darüber hört.«

»Vielleicht mag ich Herausforderungen. Hast du ein Foto davon?«

»Ich kenne das alles bloß vom Hörensagen.«

»Könntest du denn an weitere Infos herankommen?« Kiki bedachte ihn mit einem fordernden Blick.

»N-nein.« Emilio kam ins Stocken. »Das heißt: Eventuell doch. Wenn ich mich mal umhöre. Ich kenn da Leute, die möglicherweise Leute kennen, die mit anderen Leuten in Kontakt stehen …«

»Das wäre echt super. Hier hast du meine Karte. Du erreichst mich fast immer und überall.«

»Ich … äh …« Der Rockabilly-Mann wirkte komplett überrumpelt. Zwei Sekunden lang starrte er die ihm angebotene Visitenkarte an, bevor er sie zögernd einsteckte. Seiner Miene nach zu urteilen, wusste er nicht, was er von dieser Entwicklung des Gesprächs halten sollte. Mit Sicherheit hatte er das bei seinem Schwank aus dem Barbershop nicht mal ansatzweise in Betracht gezogen. Kiki war das egal. Sie freute sich, auf Umwegen auf eine neue Spur kommen zu können.

Dafür brauchte sie das Motorboot noch nicht einmal selbst. Ein paar Bilder und technische Fakten dürften genügen, damit sie ihre Angel auswerfen konnte. Zufrieden lehnte sie sich zurück und genoss Emilios bedröppelten Gesichtsausdruck.

Kurz nach halb elf verließen sie die Trattoria. Als Torte und Emilio nach Westen loszogen, entschieden Kiki und Tom sich spontan für einen Spaziergang gen Osten. Das führte Kiki zwar von Enzo weg, verschaffte ihr aber wenigstens ein paar ungestörte Minuten mit Tom. Heute Abend hatte sie von ihm nicht viel gehabt. Allerdings fand Kiki, dass ihr persönlicher Lieblingsmaulwurf sich vorhin recht wacker geschlagen hatte. Nicht jeder hätte sich spontan auf ein solches Doppeldate eingelassen, wenn er stattdessen auf Zweisamkeit aus war.

»Es war ein interessanter Abend«, suchte Tom nach wenigen Metern das Gespräch.

»Ja, so kann man das auch nennen. Tut mir leid, dass es sich so entwickelt hat.«

»Unsinn, du kannst ja nichts dafür. Außerdem habe ich es ernst gemeint: Es war ein interessanter Abend. Zwar vollkommen anders als geplant, aber trotzdem interessant. So habe ich gleich mal deinen besten Freund kennengelernt.«

»Trotzdem wäre ich dafür, dass wir uns das nächste Mal etwas ungestörter treffen. Am besten sagen wir vorher niemandem, was wir vorhaben. Das erhöht die Chancen.«

»Ich bin ja schon mal froh, dass es ein zweites Date gibt. Ich hatte kurzzeitig Sorge, dass du mit Emilio und dem Motorboot in den Sonnenuntergang fahren möchtest.«

Er stupste sie mit der Schulter leicht an. Es fühlte sich vertraut an, so als würden sie sich bereits seit Langem kennen.

»Ja, ich habe es auch wirklich überlegt. Aber nachdem das Boot so marode ist, wird daraus fürs Erste wohl nichts. Außerdem scheinen Emilio und ich nicht ganz auf der gleichen

Wellenlänge zu sein. Ich glaube, mir fehlt da das gewisse Anhängsel.«

Sie lachten beide und bogen in die nächste Seitenstraße ein. Dummerweise entpuppte sich die als Sackgasse, sodass sie sich bei der nächsten Gelegenheit durch eine schmale Gasse hindurchschlängelten. Danach trennten sie nur noch wenige Meter vom einsam am Straßenrand geparkten Enzo. Schräg gegenüber des Fiats blieben sie stehen.

»Hast du Lust, noch auf einen Kaffee mit zu mir zu kommen?«, fragte Kiki.

»Lust schon, aber ich glaube, das wäre keine so gute Idee. Nach ein, zwei Kaffee weiß ich manchmal nicht mehr, was ich tue.«

»Ich habe auch Tee da. Und Leitungswasser. Vor allem mein Leitungswasser ist legendär gut.«

»Das finde ich bei Gelegenheit gern heraus. Aber nicht heute. Ich bin keiner von denen, die schon beim ersten Date Kaffee trinken.«

Sie konnte nicht anders, als mit der Hand über seinen Oberarm zu streichen. »Bist du wirklich echt?« Echt fühlte er sich definitiv an. Ihre Hand wanderte seine Schulter entlang zu seinem Hals und seinem Nacken. Auf seinem Kinn spürte sie leichte Bartstoppeln. Kiki neigte den Kopf in seine Richtung und schloss die Augen. Nur einen Atemzug später berührten sie Toms Lippen. Auch das fühlte sich äußerst echt an. Mehr als das.

Auf den Tag genau zwei Jahre nach Linus' Geburt.

Der Tag sollte der schönste seines bisherigen Lebens werden. Linus sollte lachen, jubeln, jauchzen und sich vielleicht für immer daran zurückerinnern. Das hatte sich Sylvia Bentz fest vorgenommen. Ihr gefiel die Vorstellung, dem Jungen etwas Gutes zu tun. Sie musste es tun, war es ihm regelrecht schuldig, nachdem sie sich in den vergangenen Wochen und Monaten nur unzureichend um ihn gekümmert hatte.

Zu oft hatte sie Danuta das Kind überlassen, weil sie selbst zu erschöpft gewesen war oder schlichtweg keine Nerven für das ständige Quengeln und die scheinbar niemals versiegende Energie hatte. Von früh bis spät konnte der Kleine herumtoben, meistens entweder lautstark schreiend oder mit irgendeiner Krach machenden Tätigkeit beschäftigt. Unzählige Male hatte sie versucht, ihn zu einem Mittagsschlaf zu überreden, um wenigstens dann ein, zwei Stunden Erholung zu haben. Keine Chance. Linus war wie ein Duracellhase mit Hochleistungsbatterie. Woher er diese unbändige Kraft nahm, war ihr ein Rätsel.

An manchen Tagen schaffte es Sylvia Bentz nur mit Mühe überhaupt aus dem Bett heraus. Die meiste Zeit des Tages hatte sie am liebsten ihre Ruhe. Wollte nichts und niemanden sehen, weil sie selbst die kleinste Kleinigkeit wie ein harmloser Spaziergang massiv unter Druck setzte.

Aber nicht heute.

Heute würde alles anders sein. Zusammen mit Danuta hatte sie schon gestern Abend das Haus festlich dekoriert und die verpackten Geschenke aufgestellt. Außerdem hatten sie mehrere Schüsseln mit Süßigkeiten vorbereitet, die der Junge und seine gleichaltrigen Freunde bei der Geburtstagsparty am Nachmittag verdrücken konnten.

Der Morgen war auch wirklich super gelaufen. Linus war zwei Stunden früher wach gewesen als sonst, so aufgeregt war er. Jubelnd hatte er sich auf seine Geschenke gestürzt und sie alle in Windeseile aufgefetzt. Es schien ihm gar nicht schnell genug gehen zu können. Zum Frühstück und zum Mittagessen hatte er nur das Nötigste gegessen, um gleich darauf wieder mit seinem neuen Feuerwehrauto, den Fußballhunden, dem Schaumgummiball und den Rennwagen zu spielen.

Alles war gut.

Vor allem, weil Stefan sich extra für ihn heute freigenommen hatte. Keine Termine oder sonstigen Verpflichtungen. Papa war da und brachte den Sohnemann zum Jubeln.

Um drei kamen die anderen Kinder zur Party. Zum Glück hatten sich zwei der Mütter bereit erklärt, dazubleiben und mit aufzupassen. Sylvia Bentz war ihnen unendlich dankbar. Alles andere hätte zu sehr an ihren Nerven gezehrt. Sie spürte, wie der Tag immer mehr seinen Tribut forderte. Sie ignorierte es, so gut es ging, und lächelte die Finsternis in ihrem Inneren einfach fort.

Schwierig wurde es erst, als der Lärmpegel nicht nachlassen wollte, die Kinder die ganze Zeit mit Vollgas durchs Haus und den Garten rannten und sich wegen Nichtigkeiten in die Haare bekamen. Mal schubste Linus seinen besten Kumpel Theo auf dem Trampolin, mal nahm Casper-Nepomuck dem ohnehin weinerlichen Ferdinand eine Actionfigur weg.

Es war die Summe der vielen Kleinigkeiten, die es anstrengend und schlimmer machte. Wie massive Gewichte, die einen zunehmend unter Wasser zogen, ganz gleich, wie sehr man strampelte und sich dagegen wehrte.

Das Fass zum Überlaufen brachte Linus' Wutanfall, als Sylvia Bentz die streitende Meute auseinanderbringen und mit einem Teller voller Schaumküsse ablenken wollte. Der Junge schob den Teller mit so viel Wucht von sich, dass er vom Tisch segelte und seine klebrige Fracht wie eine aufgeplatzte Frucht über den Boden verteilte. »Keine Schompkütze!«, brüllte er in seiner kindlichen Art. Dann trat er gegen den Teller, sodass dieser scheppernd davonflog, und rannte weg. »Alles scheiße hier. Blöde Mama! Hasse dich!«

Woher er solche Ausdrücke kannte, wusste sie nicht. Normalerweise war »Eierloch« schon das höchste der Gefühle. Doch in dem Moment war das Sylvia Bentz egal. Sie sah nur ihren Jungen. Für den sie alles getan und gegeben hatte. Und der dennoch so unzufrieden war. Der gesagt hatte, dass er sie hasste.

Sie hasste.

Was sollte sie denn noch tun, damit er glücklich war? Alles hatte sie für ihn gegeben. An jedem einzelnen Tag, und heute ganz besonders. Trotzdem war es nicht genug. Offenbar war nichts genug. Niemals.

Sylvia Bentz spürte, wie sie innerlich in ein tiefes, dunkles Loch stürzte. Wie all die so mühsam aufgebaute Euphorie einem wackeligen Kartenhaus gleich in sich zusammenfiel. Sie begann, zu zittern, zu weinen, und bekam kaum mehr Luft. Irgendwie schaffte sie es ins Schlafzimmer, wo sie sich unter ihrer Bettdecke versteckte und hemmungslos schluchzte. Den Rest des Tages verließ sie das Zimmer nicht mehr.

Am nächsten Morgen erwachte Kiki bereits vor dem Weckerklingeln. Nach gestern Abend fühlte sich ihr Bett ungewohnt leer an. Obwohl sie für gewöhnlich beim ersten Date nicht gleich in die Vollen ging, wäre sie bei Tom durchaus bereit für eine Ausnahme gewesen. Dass er ihr Angebot auf einen Kaffee (oder mehr) ausgeschlagen hatte, hatte sie ihn gleich noch mehr begehren lassen.

Ein Teil von ihr war traurig darüber, gestern Abend allein heimgefahren zu sein. Dass sie das letzte Mal mit einem Mann in der Kiste gelandet war, lag viel zu lange zurück. Ein anderer Teil von ihr fand es gut, dass sie noch gewartet hatten. Nichts zerstörte eine angehende Beziehung schneller als Sex. In mancher Hinsicht war es besser, ein, zwei weitere Verabredungen abzuwarten und zu schauen, wie sich die Sache entwickelte.

Gähnend schlurfte Kiki in die Küche, tippte die Tasten, damit die Kaffeemaschine ihr einen Latte macchiato zubereitete. Während das Getränk durchlief, huschte sie unter die Dusche. Der angenehme Duft frischen Kaffees lockte sie nach dem Anziehen in die Küche zurück.

Während sie am Milchschaum nippte, ging sie auf ihrem Smartphone die Terminierung des heutigen Verhandlungstages durch. Wenn die Daten stimmten, müsste für heute Sylvia Bentz' psychiatrisches Gutachten anstehen. War das für sie nach dem gestrigen Treffen mit Boris Nufer noch interessant? Unwahrscheinlich. Im Grunde genommen, hatte er ihr bereits alles erzählt, was sie wissen wollte. Auf die drängendste Frage hatte er leider keine Antwort gewusst. Sylvia Bentz'

Verteidiger würde diesen Punkt sicherlich ebenso wenig aufs Tapet bringen.

Kiki beschloss daher, auf den heutigen Gerichtsbesuch zu verzichten, und fuhr ihren Laptop hoch. Ein angeblich dringendes Update des Betriebssystems bremste sie jedoch gleich wieder aus. Während sich Windows selbst aktualisierte und für die nächsten Minuten unbenutzbar machte, schnappte sich Kiki ihr Notizbuch. Sie nutzte die Gelegenheit, gleich noch einige Anmerkungen über den gestrigen Tag nachzutragen. Besonders das Gespräch mit Boris Nufer hatte einige interessante Dinge zutage gefördert. Nachdem sie damit fertig und das Update noch immer nicht abgeschlossen war, überflog sie noch einmal ihre Notizen zu Stefan Bentz.

Besonders der Punkt *Eigene Firma* interessierte sie. Kaum war ihr Computer wieder einsatzbereit, gab sie im Browser den Namen des Jachtzubehörgeschäfts ein und nahm das Angebot genauer unter die Lupe. Sie war überrascht, was alles unter dem Begriff *Zubehör* lief. Von Relingstützen über Jachtfarben und Windmesser bis hin zu Feuerlöschern – es gab praktisch nichts, was man nicht bestellen konnte. Selbst Petroleumheizungen und elektrische Marinetoiletten gab es im Angebot. Auf Letztere aktuell sogar einen Rabatt von fünfzehn Prozent.

Kikis Kauflust hielt sich dennoch in Grenzen. Sie klickte lieber die *Über uns*-Sektion der Homepage an und bekam aufgelistet, dass der Webshop bereits seit kurz nach der Jahrtausendwende existierte, insgesamt fünf Angestellte für Bentz tätig waren und es neben dem Versandshop hier in der Stadt oben auf der Insel Rügen noch einen zweiten Laden gab.

Kiki notierte sich die Adressen der beiden Läden und bedauerte es, noch keine weiteren Bootsinformationen zu haben. Sollte sie deswegen mal im *Barber Point* in der Innenstadt vorbeischauen? Gerade mal zwölf Stunden nach der Verabschiedung von Emilio war das allerdings selbst für ihre Verhältnisse etwas übertrieben. Bis morgen würde sie sich noch gedulden, obwohl das nicht unbedingt zu ihren Stärken zählte. Wenn der Rockabilly-Mann bis dahin nichts liefern konnte, würde sie improvisieren. Wie schwer konnte es schließlich sein, sich aus dem Netz ein paar passende Informationen zusammenzusuchen?

Nach einem weiteren Schluck Kaffee setzte sie die Recherchen auf der Firmenhomepage fort. Weiter unten auf der *Über uns*-Seite las sie, dass sich Inhaber Stefan Bentz gern und oft an Wohltätigkeitsaktionen und -organisationen beteiligte. Mehrere Fotos von entsprechenden Veranstaltungen waren online, auf denen das Firmenlogo wie ein Erfolgsversprechen als Bannerwerbung, auf Trikots und diversen Sportgeräten zu sehen war. Laut den Bildunterschriften handelte es sich um allerlei ehrbare Benefizevents rund um die Bereiche Kinderfreizeit, Tierschutz und Gesundheitsaktivitäten. Als Kiki das Internet nach weiteren Informationen über die Veranstaltungen befragte, stieß sie auf gleich noch mehr Institutionen und Aktionen, die die Familie Bentz als Privatpersonen unterstützten. Auf einem Bild weihte Stefan Bentz zusammen mit dem Inhaber eines lokalen Unternehmens einen neuen Abenteuerspielplatz ein. Ein anderes Foto zeigte ihn mit drei freudestrahlenden Politikerinnen vor einer Grundschule in der Innenstadt. Es glich einem Wunder, dass dem Heiligen Stefan nicht mindestens ein Wohltätigkeitsorden verliehen worden war. Oder am besten gleich das Bundesverdienstkreuz.

Oder Moment, hatte er derlei vielleicht tatsächlich schon erhalten? Eine hastige Google-Suche beantwortete auch diese Frage. Stefan Bentz und seine Familie waren zwar bereits mehrmals lobend erwähnt worden, den Schlüssel zur Stadt hatten sie jedoch nicht erhalten. Noch nicht.

Sie wog gerade ab, ob dies eine Erwähnung in ihren Notizen wert war (Auszeichnungen und Belobigungen kamen in Zeitungsartikeln immer gut an), als das Handy klingelte und sie aus der Konzentration riss. Weil das Telefon *Muscle Museum* von Muse spielte, war ihr auch ohne Blick auf das Display klar, wer sie anrief.

»Hallo, Torte«, flötete sie fröhlich in den Hörer.

»Hi, Kiki. Ich weiß nicht, ob ich erleichtert oder traurig sein soll, dich zu hören.«

»Hä? Du hast mich doch angerufen.«

»Ja, aber ich hätte nicht gedacht, dass du wirklich rangehen würdest.«

Allmählich dämmerte ihr, worauf er hinauswollte, und sie stellte sich absichtlich dumm. »Was … äh … dachtest du denn, was ich stattdessen machen würde?«

»Noch völlig fertig im Bett liegen und fehlenden Schlaf nachholen.«

»Ich recherchiere gerade!«, sagte sie gespielt empört in den Hörer.

»Also ist gestern Abend nichts mehr gelaufen?!« Er klang fast ein bisschen enttäuscht.

»Nicht das, was du meinst.« Sie ließ ihn absichtlich einen Moment lang schmoren und erzählte dann, wie Tom sie zum Auto begleitet und sich dann mit einem Kuss verabschiedet hatte.

Torte seufzte verzückt. »Anscheinend ein Gentleman der alten Schule. Von denen gibt es nicht mehr viele. Vor allem nicht so gut aussehende. Da muss ich mein Daumenhoch von vorgestern gleich noch mal wiederholen. Der Typ ist wirklich ein Schnittchen. Der dürfte bei mir auch gern mal den Garten umgraben.«

»Du hast doch gar keinen.«

»Als wenn es darauf ankäme! Frag ihn doch mal, ob er nicht einen Bruder hat. Dann machen wir noch mal ein richtiges Doppeldate.«

»Gott bewahre! Alles, nur das nicht. Das letzte reichte völlig.«

»Deswegen rufe ich auch an. Ich muss mich noch mal bedanken, dass ihr so schön mitgespielt habt. Allein wäre der Abend eine niemals enden wollende Katastrophe geworden.«

»Nicht für mich.«

»Jaja, reib es mir nur unter die Nase. Was sollte das gestern eigentlich mit den vielen Fragen zu diesem alten Klapperkahn von dem Therapeuten? Wusste gar nicht, dass du jetzt auch in Boote machst.«

»Alles der Recherche wegen. Du weißt, für eine gute Story muss man sich manchmal schon ein bisschen weiter aus dem Fenster lehnen. Meinst du, dein neuer Kumpel kann mir da weiterhelfen?«

Kurzes Zögern, gefolgt von einem tiefen Seufzer. »Schon möglich. Aber bitte zwing mich nicht, dass ich deswegen bei Emilio anklopfe. Ich bin froh, wenn ich ihn so schnell weder hören noch sehen muss. War gar nicht so einfach, ihn gestern Abend abzuwimmeln. Ich stand kurz davor, ihm von meiner sterbenskranken Großmutter zu erzählen, zu der ich heute noch reisen muss.«

»Aber die wohnt doch bei uns in der Stadt. Und sterbenskrank ist sie auch nicht. Sie hat bloß Gicht.«

»Na und? Das weiß Emilio doch nicht. Auf jeden Fall wäre ich froh, wenn du mich bei der Sache irgendwie raushalten könntest, wenn er sich bei dir meldet. Sag ihm einfach, ich bin weggefahren, und du weißt nicht, wann ich wiederkomme.«

»Geht klar. Ich werde ihm liebe Grüße ausrichten.«

Lachend verabschiedete sie sich und machte sich wieder an die Arbeit.

Viel Zeit zum Recherchieren blieb ihr nicht, denn nur wenige Minuten darauf klingelte ihr Telefon wieder. Diesmal verlief das Gespräch nicht ganz so amüsant wie zuvor. Es war Markus Kahler, der Chefredakteur und ihr unmittelbarer Vorgesetzter, und wie üblich wollte er sich nicht erkundigen, wie es seiner Reporterin ging, sondern kam sofort auf den Punkt: »Ist gerade Verhandlung, oder hast du kurz Zeit?«

»Nein, es passt gerade ganz gut.« Sie beschloss, lieber nichts davon zu sagen, dass sie sich heute gar nicht im Gericht aufhielt. Oder hatten ihm das seine Quellen bereits gesteckt und er rief deswegen an? Kikis Eingeweide fingen schon an, sich zu verknoteten.

»Danke für deine regelmäßigen Updates zu der Verhandlung. Für den Presseticker reicht das. Lieber wäre mir eine ganze Story.«

»Die ist in Arbeit, braucht aber noch ein Weilchen«, versuchte Kiki zu erklären. Sie wusste, dass sich Kahler damit nicht abspeisen lassen würde. Das hatte er noch nie getan. Dennoch widerstrebte es ihr, ihm schon jetzt zu viele Fakten zu versprechen. Sie hatte das Gefühl, dass bei diesem Fall noch einiges im Argen lag.

»Das hast du mir schon übers Handy geschrieben. Wo klemmt es?«

»Dass keiner so recht weiß, wieso Sylvia Bentz es getan hat. Selbst der Psychologe ist sich unschlüssig.«

»Und du denkst, du kannst Licht ins Dunkel bringen?«

»Ich gehe mehreren Spuren nach. Noch habe ich nichts Konkretes, aber ich bleibe am Ball.«

Am anderen Ende der Leitung wurde tief Luft geholt. Kiki konnte die Ungeduld ihres Chefs förmlich durch das Telefon hören, selbst wenn er nichts sagte.

»Gut, gib Vollgas. Wenn der Prozess vorüber ist, interessiert die Geschichte keinen mehr. Du kennst den Leitspruch: *Nichts ist älter als die Meldungen vom Vortag.*«

Ohne ihre Erwiderung abzuwarten, legte Kahler auf. Obwohl dies nichts Neues war (Streng genommen machte er es fast immer so, lediglich zweimal hatte er tatsächlich »Tschüss«

gesagt. Einmal davon war an Weihnachten gewesen.), blickte Kiki einige Sekunden lang verdutzt auf ihr Mobiltelefon. Was auch immer der Chefredakteur mit seinem Anruf bezweckt hatte, sonderlich fördernd oder motivierend war diese Unterbrechung nicht gewesen. Im Gegenteil. Kiki verspürte einen gewissen Ärger auf Kahler. Wusste er nicht zur Genüge, dass sie stets Vollgas gab? Hatte er sie nicht deswegen als Ersatz für Nina Becker mit dem gebrochenen Bein auf diese Story angesetzt? Was sollte dann der Kontrollanruf?

Am liebsten hätte sie ihren Laptop zugeklappt und die Arbeit für ein paar Stunden ruhen lassen. Verdient hätte Markus Kahler es allemal. Aber solch ein Verhalten wäre ziemlich kindisch und nicht besonders zielführend. Sie wusste, dass es noch viel zu tun gab. Also schob sie ihren Frust beiseite und machte sich erneut ans Werk.

Bis zum frühen Nachmittag blieb sie ungestört. Ihre Recherchen über Stefan Bentz hatte sie einstweilen abgeschlossen und sich stattdessen noch einmal mit der psychologischen Seite des Falls beschäftigt, um die es auch Kahler gegangen war. Sie hatte nach dem SFSS-Test und bekannten wie eher unbekannten psychischen Erkrankungen gestöbert, die Sylvia Bentz' Verhalten erklären könnten. Ansatzpunkte gab es viele, es kam ihr vor, als würde sie nach der berühmten Nadel im Heuhaufen suchen.

Sie hatte sich durch Foren und Berichte geklickt, bis sie ein massiver Hunger vom weiteren Arbeiten abgehalten hatte. Mehrere Stunden hatte sie das Vakuum in ihrem Bauch ignoriert, bis es explosionsartig anschwoll und ihr keine andere Wahl mehr ließ. Es fühlte sich an, als hätte sie seit Tagen nichts mehr zwischen die Zähne bekommen.

Zu ihrer Erleichterung gab es im Kühlschrank noch ein paar Lebensmittel, deren Mindesthaltbarkeitsdatum nicht zu weit überschritten war. Selbst das Brot in ihrem Vorratsschrank schaute sie noch nicht mit grün-weißen Augen an. Was wollte sie mehr? Sie entschied sich für belegte Schnittchen mit Emmentaler und Salami. Kaum wollte sie davon abbeißen, schrillte ihr Handy wieder. Ausgerechnet jetzt! Ihr Hunger ließ sie kurzzeitig zögern. Zumal ihr die Telefonnummer auf dem Display unbekannt war. Schließlich überwog die Neugierde, und sie nahm das Gespräch an.

»Hallo, hier ist Emilio. Vom *Barber Point*. Spreche ich mit Kiki? Kiki Holland?«

»Ja, das tust du. Hast du was für mich, Emilio?«

Aufregung flackerte in Kikis Herz auf.

»Ich ... äh ... nun ja. Viel habe ich nicht herausbekommen.«

Prompt war die Aufregung wieder vorüber.

»Was heißt: *nicht viel*?«

»Also, ich weiß nicht viel über das Boot. Der Mechaniker sitzt ja in Haft, und die anderen, die ich gefragt habe, kennen sich mit so etwas nicht richtig aus. Nur einer hat mir ein bisschen was gesagt: Nämlich, dass es um ...« Kiki hörte Papier rascheln. »... eine *Nymphe Ultimo* aus den Neunzigern geht. Die Farbe ist Weiß.«

»Das ist wirklich nicht viel.«

»Aber ich habe ein Foto. Soll ich es dir schicken?«

Die Aufregung kehrte zurück. »Auf jeden Fall.« Kiki ermahnte sich, die Erwartungen nicht zu hochzuschrauben. Was gut war. Die nächste Relativierung folgte nur einen Moment später: »Ich habe es bloß auf dem Handy. Die Auflösung ist recht bescheiden.«

»Besser als nichts. Schick es mal rüber.«

»Mach ich gleich nach unserem Gespräch. Beides geht nicht gleichzeitig.«

»Ja, Männer und Multitasking.«

»Nein, wegen des Handys. Das spackt dann immer ab.«

Nicht nur das Handy, lag es ihr auf der Zunge. Sie verkniff sich die Bemerkung und wollte sich gerade vorab bedanken, als Emilio noch etwas hinzufügte: »Könntest du bei Torsten ein gutes Wort für mich einlegen? Ich werde nicht so ganz schlau aus ihm. Ich glaube, unter seiner harten Schale steckt ein butterweicher Kern, den man erst freilegen muss.«

Kiki schloss für einen Moment die Augen. Es wäre nicht fair, dem armen Emilio falsche Hoffnungen zu machen. Andererseits wollte sie ihn jetzt nicht vor den Kopf stoßen und damit riskieren, das Foto doch nicht zu erhalten. Sie entschied sich für den goldenen Mittelweg: »Torte … Ich meine, Torsten ist aktuell ziemlich im Stress. Ich sag ihm gern, dass du ihn erwähnt hast. Aber versprechen kann ich nichts.«

»Natürlich nicht. Trotzdem danke für deine Mühe.«

Er verabschiedete sich, und zwei Minuten später trudelte das versprochene Bild ein. Die gute Nachricht war, dass die Auflösung besser war als befürchtet. Kiki konnte es sogar ein Stück weit vergrößern, bevor die Aufnahme zu verpixelt wurde. Das Boot war schätzungsweise zehn Meter lang, mit langem, vermutlich begehbarem Bugbereich, großer Oberkabine und zwei kleinen Bullaugen an den Seiten. Mit viel Fantasie könnte so etwas als Jacht durchgehen.

Die weniger gute Nachricht betraf den Zustand des Bootes. Emilio hatte gestern Abend nicht übertrieben, als er den Kahn als marode beschrieb. Selbst auf den ersten Blick erkannte Kiki an der Front und an der Seite zahlreiche Schrammen, Beulen und Kratzer. Als hätte das Schiffchen mal etwas Hartes getroffen. Eine bewaldete Uferlandschaft oder einen Felsen zum Beispiel. Einige dunkle Stellen könnten Rost sein, waren aufgrund der schwachen Bildauflösung jedoch nicht eindeutig zu identifizieren.

Sie betrachtete das Bild einen Augenblick lang nachdenklich und gab dann den Begriff *Nymphe Ultimo* in die Suchmaschine ein. Das Ergebnis überraschte sie. Es gab Treffer zu Statuen, griechischer Mythologie und zahlreichen nicht jugendfreien Filmen. Einige davon schienen zwar auf Schiffen zu spielen, mit dem von ihr gesuchten Motorboot hatten sie jedoch nichts gemein. Das war in dem Fall nicht verkehrt. Mit irgendeiner alten Pornoschaukel wollte sie nicht hausieren gehen. Kiki probierte einige Variationen des Suchbegriffes und fand heraus, woran der Fehler lag. Es handelte sich um keine *Nymphe*, sondern um eine Bootmarke namens *Nimbus*. Und es ging nicht um *Ultimo*, sondern *Ultima*. Mit dem korrigierten Namen landete sie sofort zahllose passende Treffer. Alle zeigten sie schneeweiße Motorboote, die denen auf Emilios Foto ziemlich ähnlich sahen. Bloß der Zustand der Onlinependants war um ein Vielfaches besser. Kiki scrollte sich durch einige Internetseiten über gebrauchte Boote und fand heraus, dass man für die meisten besser in Schuss befindlichen trotz des gehobenen Alters von über zwanzig Jahren durchschnittlich zwischen 60.000 und 80.000 Euro bezahlte. Ein Pappenstiel war das weiß Gott nicht, aber auch nicht völlig unerreichbar.

Für alle Fälle lud sich Kiki einige der Angebotsbilder in bestmöglicher Auflösung herunter. Dann nahm sie sich Emilios Foto vor und hübschte es so gut wie möglich auf. Nebenbei schlang sie ihre belegten Brote herunter. Sie ermahnte sich zwar mehrmals, langsamer zu essen, in Momenten wie diesen klappte das jedoch nur semi-gut.

Mit einigen Kosmetik-Apps retuschierte sie beinahe sämtliche Kratzer, Beulen und Rostflecken an den Bootswänden. Einige Stellen blieben zwar noch leicht wellig, dürften bei einem flüchtigen Blick auf das Foto jedoch kaum auffallen. Und selbst wenn, dann wäre es eben so. Zufrieden packte Kiki ihre Sachen zusammen und verließ die Wohnung. Nach all der theoretischen Recherche in den zurückliegenden Stunden drängte es sie förmlich nach draußen.

Zehn Tage nach der Tat.

Ein buntes Windrad drehte sich im lauen Wind. Die tief stehende Sonne wurde vom Glas einer Laterne reflektiert und warf einen goldenen Schimmer auf die frisch aufgehäufte Erde. Stefan Bentz wandte den Kopf vom Nachbargrab ab und zwang sich, noch einmal den kleinen Sarg anzusehen, der bereits in die dunkle Grube hinabgelassen worden war. Die Mitarbeiter des Bestattungsunternehmens hatten sich schweigend zurückgezogen. Sie waren außer dem Priester die einzigen Zeugen von Linus' Beerdigung gewesen. Stefan Bentz hätte in diesem Moment keinen Menschen ertragen.

All die Blicke der Nachbarn, die zwischen Entsetzen und Sensationsgier schwankten. Die gestammelten Beileidsbekundungen von wenigen. Der gesenkte Blick, das Wechseln der Straßenseite der meisten. All das war ihm zu viel und zuwider gewesen. Das Tuscheln, die stummen Fragen. Nein, sein Sohn sollte nicht unter den Augen der Öffentlichkeit begraben werden. Keine Klatschpresse, keine Fotografen, keine Übertragungswagen, wie sie kurz nach der ersten Pressekonferenz vor dem Haus gelagert hatten. Stefan Bentz wollte keine Nachbarn sehen. Niemanden aus der ohnehin verstreuten Verwandtschaft. Und schon gar nicht die Eltern von Linus' Kindergartenfreunden.

Diesen Weg wollte er allein gehen.

Musste er allein gehen.

Der Pfarrer bekreuzigte sich, ehe er sich mit einem Kopfnicken von Stefan Bentz verabschiedete. Linus' Vater starrte auf das Holzkreuz mit dem Namen seines Sohnes und dessen Geburts- und Sterbejahr. Dann sah er sich um. Hier, abgeschie-

den und hinter hohen Hecken verborgen, hatte kein Mensch ein langes Leben gehabt. Auf den Gräbern lagen Teddybären und Puppen, die die Sonne hatte verblassen lassen. Emil *stand auf dem Grabstein links neben Linus' Grab. Das rechte war nicht belegt. Noch nicht.*

Stefan Bentz atmete tief ein. Dann holte er einen in Küchenpapier eingeschlagenen Gegenstand aus der Tasche seiner schwarzen Jacke, die er sich extra gekauft hatte. Er trug nie Schwarz. Seine Kunden und Kundinnen liebten das Meer, so wie er. Aber Weiß oder Marineblau? Nein, das hätte nicht zu diesem Tag gepasst.

»Es tut mir leid«, flüsterte er und wickelte das Küchenpapier ab. Dann trat er einen Schritt auf die Grube zu und ging in die Hocke. Auf dem nachtblauen Sarg lag ein Gesteck aus weißen Rosen. Stefan Bentz zögerte einen Moment. Dann warf er den goldenen Ehering hinunter. Das Schmuckstück verfing sich in einer Blüte, ehe es taumelnd in der Erde verschwand.

»Leb wohl. Und verzeih mir.«

Stefan Bentz stand auf. Er würde nach Hause gehen und Larissa erzählen, dass er ihren Bruder nun in den ewigen Schlaf gewiegt hatte.

Als er den Friedhof verließ, fuhr am Hintereingang ein Gefangenentransporter vor. Begleitet von zwei Beamtinnen, trat Sylvia Bentz den Weg zum Grab ihres Sohnes an. Sie hatte darauf bestanden. Linus' Mutter stand aufrecht zwischen den uniformierten Frauen. In den Händen hielt sie einen blonden geflochtenen Zopf. Es waren ihre bis gestern langen Haare.

Sie sollten gemeinsam mit Linus in der Erde vermodern.

»Irre!« Kiki stellte Enzo vor der mächtigen Glasfront des Jachtzubehörhandels ab, der im südlichen Industriegebiet zwischen einer Schreinerei und einem Getränkehandel lag. Vermutlich nicht zufällig, befand sich der große See nur wenige Kilometer entfernt. Hinter der Scheibe stand ein Boot, das gut und gerne, wie sie aus ihren Recherchen wusste, eine halbe Million oder mehr kostete. Das war vermutlich die teuerste Schaufensterdeko, die sie jemals gesehen hatte. Sie bedauerte, sich nicht in edleren Zwirn geschmissen zu haben. Aber dafür war es nun zu spät. Sie konnte nur hoffen, dass hier nicht nach dem Ausdruck *Kleider machen Leute* geurteilt wurde und sie sich mit ihrer Jeans und der etwas zerknitterten Hemdbluse nicht ihren eigenen Plan vermasselte. Andererseits: Sie hätte gar keine Klamotten im Schrank gehabt, die auch nur annähernd zu einer Jachtbesitzerin gepasst hätten.

»Wird schon werden!«, sagte sie zu sich selbst und betrat den Laden. Die Glastür schloss sich mit einem leisen Geräusch hinter ihr. Kiki atmete ein. Es roch wie in einem Autohaus – nach einer Mischung aus Gummireifen, Lack und Benzin. Bis auf das Schiff war der Showroom quasi leer. Hinter einer minimalistischen Theke, vor der Designerstühle standen, saß eine Frau und tippte auf der Tastatur eines PC. Als sie Kiki hereinkommen sah, stand sie auf.

»Guten Tag, was kann ich für Sie tun?«

An der Stelle mit *Ich wollte mich nur mal umschauen* zu antworten, kam nicht infrage. Denn es gab, abgesehen von übergroßen Fotografien maritimer Luxusgefährte an den

Wänden, nichts, das man hätte betrachten können. Leider bedeutete dies ebenso, dass es nichts gab, das sie bei ihren Recherchen weiterbringen würde. Selten zuvor hatte sie eine derart nichtssagende Arbeitsumgebung gesehen. Nein, hier half nur Improvisieren und in die Vollen gehen.

Kiki schritt langsam auf die Frau zu, die sie auf höchstens dreißig schätzte und die in ihrem schneeweißen Hosenanzug und mit den streng hochgesteckten Haaren schlicht und einfach fantastisch aussah, wie Kiki neidlos anerkannte. Die Schönheit sah sie mit einem strahlenden Lächeln an. Zu sagen, dass sie nur zufällig vorbeigekommen sei, wäre ebenso unglaubwürdig. Schließlich lag der Jachtladen nicht gerade mitten in der Fußgängerzone.

Die Frau, deren Namensschild sie als *Franziska Bechenbacher* auswies, bot Kiki mit einer eleganten Handbewegung an, sich zu setzen, ehe sie selbst wieder Platz nahm.

»Haben Sie einen Termin?«

»Nein, ich …«

»Das hätte mich auch gewundert, Herr Bentz ist nicht im Haus.«

Das wiederum wunderte Kiki ganz und gar nicht. Sie wusste haargenau, wo der Chef steckte. Seine Abwesenheit war der Hauptgrund, weshalb sie jetzt hier war. Auf keinen Fall wollte sie riskieren, ihm an diesem Ort über den Weg zu laufen. Die Gefahr, dass er sie aus dem Gerichtssaal wiedererkannte, war zu groß.

Franziska Bechenbacher, die nicht so genau zu wissen schien, was sie mit der spontanen Besucherin anfangen sollte, bot Kiki Kaffee ein. Den diese überall anders angenommen hätte, um sich hastig umzusehen. Aber – hier gab es eben nichts, und so musste sie sich auf ihren Instinkt verlassen. Sie lehnte das Getränk ab und sagte stattdessen: »Sie haben eine wunderbare Kette.« Das war nicht mal gelogen. Und tatsächlich als ehrliches Kompliment gemeint, obwohl Kiki einmal mehr darauf setzte, Vertrauen zu schaffen – und auf die Strategie der Spiegelung, in dem sie sich genauso aufrecht und mit schräg gelegtem Kopf hinsetzte wie Franziska Bechenbacher.

»Danke schön!« Bentz' Angestellte strahlte und griff nach den glänzenden silbernen Ornamenten, die sich wie Blumen aus einem exotischen Land um ihren Hals legten. »Ich habe sie geschenkt bekommen.«

Kiki nickte. »Da muss Sie jemand sehr gernhaben.«

Franziska Bechenbachers Ohren wurden ein klein wenig rot.

»Ich habe diese Kette vor längerer Zeit in einem Magazin gesehen und mich sofort in sie verliebt.« Auch das stimmte. Kiki hatte im Wartezimmer des Zahnarztes lustlos durch eine Zeitschrift geblättert und war dabei auf die Werbung des Schmuckherstellers gestoßen. Als sie im Kleingedruckten jedoch den horrenden Preis gesehen hatte – es handelte sich mitnichten um Silber, sondern um hochkarätiges Weißgold –, hatte sie sehr schnell beschlossen, dass ihr das Collier gar nicht so gut stehen würde.

»Das kann ich verstehen, Frau …?«

»Müller.« Kiki wählte stets diesen Namen oder einen ähnlich unauffälligen, wenn sie ihre eigene Identität nicht preisgeben wollte.

»Frau Müller. Was kann ich nun für Sie tun?«

»Es geht um meine Motorjacht.« Sie tat so, als müsste sie auf ihrem Smartphone nach dem aufgehübschten Foto suchen. Dabei war es das zuletzt gespeicherte, ganz oben in ihrer digitalen Galerie. Nachdem sie einige Male auf dem Display hin und her gescrollt hatte, tippte sie das bearbeitete Bild an und hielt es der Verkäuferin für eine Sekunde unter die Nase. Mehr wagte sie nicht, damit Franziska Bechenbachers

Kennerblick nichts Ungewöhnliches auffiel. »Ich stehe schon seit geraumer Zeit mit Herrn Bentz in Kontakt. Er meinte, ich solle wegen der Ausstattung meiner Jacht einfach mal persönlich vorbeikommen.«

»Wie gesagt, er ist nicht im Haus, und ich kann Ihnen leider nicht sagen, wann er wieder da ist oder ob er heute überhaupt noch mal ins Büro kommt.«

»Hmmh«, machte Kiki und tat so, als dächte sie nach. »Ich kann gern warten«, sagte sie auf gut Glück und hoffte, dass Franziska Bechenbacher sie in Stefan Bentz' Büro bringen würde. Das musste es geben, denn außer den beiden Designerstühlen hatte sie bisher keine weiteren Sitzmöbel entdeckt.

»Wenn Sie Zeit haben.«

»Ein wenig schon.«

»Gut, dann … also …«

Franziska Bechenbacher machte keinerlei Anstalten, aufzustehen, um die Besucherin in einen anderen Raum zu führen, sondern widmete sich wieder dem Bildschirm. Ein paar Minuten lang ließ Kiki sie gewähren. Dann räusperte sie sich.

»Entschuldigung, ich möchte nicht stören …«

Franziska schenkte ihr erneut ein strahlendes Lächeln. »Aber nein, das tun Sie nicht!«

»Dürfte ich vielleicht kurz Ihre Toilette benutzen?« Den Wunsch konnte die Frau ihr ja schlecht abschlagen. Und richtig.

»Selbstverständlich.« Bentz' Mitarbeiterin stand auf. »Wenn Sie mir bitte folgen wollen?« Zu Kikis großem Erstaunen ging sie auf ein wandhohes Bild zu, das einen Sonnenuntergang am Meer zeigte. Sie schob es mühelos beiseite. Hinter dem Bild tat sich ein Gang auf, dessen Deckenbeleuchtung aufflammte, sobald die beiden Frauen eingetreten waren. Franziska Bechenbacher hatte Kiki den Vortritt gelassen und wies mit ausgestrecktem Arm auf die Tür am hinteren Ende des Flurs.

»Danke schön.« Kiki vergewisserte sich, dass Franziska Bechenbacher zurück zu ihrem Schreibtisch gegangen war, ehe sie die Toilette betrat. Auf dem stillen Örtchen wartete sie kurz, öffnete die Tür erneut und spähte hinaus. Vom Flur gingen noch drei weitere Türen ab. Die mit der Aufschrift *Küche* interessierte sie nicht. Sie hatte es auf das *Büro* abgesehen. Sie huschte auf Zehenspitzen hinüber und drückte die Klinke. Es war nicht abgeschlossen. Sie spürte das angenehme Kribbeln im Bauch, wie immer, wenn sie in der Recherche einen Schritt weitergekommen war, lächelte und schlüpfte in den Raum.

Der erstaunlich klein war. Aber im Gegensatz zum Showroom alles andere als spartanisch eingerichtet. Durch das Fenster sah man auf die Holzstapel der benachbarten Schreinerei. Ein überladener Schreibtisch, der vom Design her bestens in eine Behörde der 1980er-Jahre gepasst hätte, dominierte den Raum. An der einen Wand standen wuchtige Aktenschränke, an der gegenüberliegenden hingen mehrere Dutzend in billige Glasrahmen gefasste Fotografien. Kiki zückte ihr Smartphone und knipste hastig Bilder von allem um sich herum. Sie würde die Ausbeute später in Ruhe analysieren. Ein Blick auf den unaufgeräumten Schreibtisch, auf dem Aufträge für Matratzen, Sonnendeckpaneele und anderes lagen, von dem sie nicht mal wusste, was es sein sollte, zeigte ihr, dass sie ohne Wühlen in den Aktenbergen nichts würde ausrichten können. Aber dafür fehlte ihr die Zeit. Sie sah sich noch einmal auf dem Tisch um, entdeckte eine halb volle Tasse mit kaltem Kaffee neben einem silbernen Bilderrahmen. Das Foto darin zeigte die Familie Bentz. Alle vier. Stefan. Sylvia. Larissa. Linus. Sie lachten in die Kamera. Drei von ihnen. Sylvias Gesicht war nicht zu erkennen. Auf ihrem Konterfei pappte der Aufkleber einer bekannten Bananenmarke. Kiki fotografierte auch dies. Dann eilte sie zurück, betätigte die Klospülung und ließ den Wasserhahn laufen.

Ihr Herz wummerte, als sie die Tür der Toilette öffnete. Weg. Sie wollte so schnell wie möglich weg und hatte sich bereits eine Ausrede für Franziska Bechenbacher überlegt, als sie deren glockenhelle Stimme hörte.

»Hallo, Stefan! Schön, dass du da bist. Eine Frau Müller erwartet dich bereits.«

Kiki wurde heiß. Kalt. Heiß. Sie lauschte in den Flur.

»Eine Frau Müller? Ist die Kundin? Hatte ich einen Termin?«

»Es tut mir leid, Stefan, ich weiß es nicht. Eingetragen hatte ich nichts.«

Kiki linste um die Ecke, konnte aber nichts sehen. Was sie allerdings hörte, erinnerte sie an Küsse. Konnte das möglich sein? Sie rief sich selbst zur Räson. Niemals spekulieren. Fakten! Nur Fakten!

Sie hörte schwere Schritte näher kommen und schoss aus der Toilette, stürzte zur Tür mit der Aufschrift *Lager* und atmete erleichtert auf, als diese sich problemlos öffnen ließ. Kiki fand sich zwischen Hochregalen wieder. Kartons und Plastikverpackungen stapelten sich bis unter die Decke. Sie eilte den erstbesten Gang entlang, umrundete einen Gabelstapler und hörte Stefan Bentz' Rufe. »Frau Müller? Wo sind Sie?«

Die Reporterin hetzte durch die Regale. Ihr Herz pochte wie wild, als sie um Pakete und Kartons herumrannte. Dann hatte sie das Ende des Lagers erreicht. Sah eine Tür, stürzte darauf zu und sprintete ins Freie. Zum Luftholen blieb keine Zeit. Sie hetzte um das Gebäude herum, fingerte im Rennen den Autoschlüssel aus der Jackentasche, riss die Fahrertür auf und startete den Motor. Sie setzte genau in dem Moment rückwärts, als Stefan Bentz durch die Eingangstür gerannt kam. Er starrte sie an, spurtete auf das Auto zu und hieb mit voller Wucht auf die Motorhaube ein. Kiki gab Gas.

»Du dumme Pressefotze! Ich kenn dich! Ich krieg dich!«, brüllte er, während Kiki mit klopfendem Herzen Gas gab.

»O Mann, Kiki Holland, das war ein Satz mit X!« Verärgert schüttelte sie den Kopf. Warum zum Geier war Stefan Bentz unbedingt jetzt aufgetaucht? Hätte er nicht an anderer Stelle sehr viel mehr beschäftigt sein müssen? Und weil sich Pech in solchen Momenten gern mal summierte, hatte sie der Kerl selbstverständlich auf der Stelle als die identifiziert, die sie war. Noch schlechter hätte das Timing kaum sein können.

Dennoch, ein Wunder war das Erkennen nicht. Kiki hatte oft und lange genug im Gerichtssaal gesessen, und ihre verspäteten Auftritte hatten sicher nicht dafür gesorgt, dass sie unauffällig in der Zuschauermenge untergegangen war. Und natürlich war er als der Vater des getöteten Jungen alles andere als erfreut, wenn die Presse bei ihm herumschnüffelte. Obwohl sie selbst Lichtjahre davon entfernt war, für ein Schmierenmagazin zu schreiben, so war sie eben doch eine Vertreterin ihrer Zunft. Und auf deren schwarze Schafe, denen es nur um reißerische Headlines und möglichst viele Klicks ging, fluchte sie, während sie Enzo aus dem Industriegebiet hinausmanövrierte. Nach ein paar Minuten bog sie auf einen Feldweg ab, parkte ihren treuen Italiener in einer kleinen Haltebucht und machte den Motor aus.

Ein paar Meter entfernt lag ein verlotterter Grillplatz. Überall lagen leere Flaschen, der rostige Schwenkgrill quietschte im Wind über der zugemüllten Feuerstelle. Ein trauriger Anblick, vor allem in Hinblick auf die Umwelt, aber immerhin war eine der drei Sitzgarnituren intakt. Kiki schnappte sich ihren Rucksack mit dem Laptop aus dem Fußraum hinter ihrem Sitz und verließ den Wagen. Nachdem sie ein halbes Dutzend leerer Dosen und Sandwichverpackungen auf den Boden gewischt hatte, wagte sie es, sich zu setzen, warf den

Computer an und stöpselte das Smartphone an, um die vorhin aufgenommenen Fotos herunterzuladen. Sie musste grinsen. In einer Tanne saß ein Vogel und schimpfte lauthals. Oder er flirtete mit einer hübschen Vogeldame. Jedenfalls hüpfte das Tier, das vermutlich eine Ringdrossel oder eine Elster war, so energisch auf dem Ast herum, dass ein Tannenzapfen herunterfiel.

»Ich würde auch gern wegfliegen!«, rief Kiki nach oben. Der Vogel hielt inne. Sie erkannte seinen gelben Schnabel.

»Du bist also eine Ringdrossel«, sagte Kiki. »Und ich bin eine planlose Reporterin.«

Das Federtier gab eine Art Tschilpen von sich, ruckelte wie ein Huhn mit dem Kopf und spannte die Flügel auf. Dann flog es davon.

»Hast du's gut.« Kiki seufzte und scrollte durch die dank des Displays des Laptops weitaus größeren Fotos aus Stefan Bentz' Büro. Sie zeigten ihn auf einer Jacht namens *Xanthippe*, wie er an der Reling lehnte und in die Kamera prostete. Sie zeigten den Firmenchef, wie er sich in der Sonderanfertigung einer Matratze für eine Bugkabine rekelte. Sie zeigten Linus' Vater, wie er neben einem hochgewachsenen, grau melierten Mann auf der Bühne stand. Die beiden gaben sich lachend die Hand. Im Hintergrund erkannte Kiki den übergroßen Schriftzug *Amprelo 1*.

»Klingt wie ein Medikament«, sagte sie zu sich selbst. Sie notierte sich den Namen in ihrem Notizblock und überflog die weiteren Bilder. Bentz auf der Startbahn bei einem Rennpferd. Bentz an der Seite des Oberbürgermeisters. Bentz im Gespräch mit einem Mann, der bemerkenswerte Ähnlichkeit mit Daniel Craig besaß. Offenbar eine Art Greatest-Hits-Sammlung von Stefan Bentz' glorreichsten Momenten.

Dazu passte auch das Bild von ihm mit Franziska Bechenbacher neben einem pechschwarzen Porsche. Ob hier das Auto oder die Assistentin die wahre Hauptattraktion war, würde wohl auf ewig ein Geheimnis bleiben. Sowohl der Wagen als auch das züchtige Businessoutfit der Frau wirkten teuer. Obwohl alles auf dem Foto sehr seriös und im Rahmen wirkte, erinnerte es Kiki trotzdem an die leisen Schmatzgeräusche, die sie vor ihrer übereilten Flucht eine Sekunde lang gehört hatte. Könnte es sein, dass Bentz eine Affäre mit seiner Assistentin hatte? Attraktiv genug war Franziska Bechenbacher allemal. Auch Sylvia war einmal eine sehr hübsche Frau gewesen, bevor Wahnsinn und Kummer sie in die blasse Schattengestalt verwandelt hatten, die derzeit vor Gericht stand.

Kiki dachte einen Moment lang über Franziska Bechenbacher nach und fand, dass sie sich durchaus vorstellen konnte, dass die zwei mehr als nur ein Angestelltenverhältnis miteinander hatten. Doch selbst wenn der Chef öfter mal Überstunden in der Horizontalen einlegte – wie wollte sie das, erstens, beweisen, und zweitens, wie relevant wäre dieser Fakt für den Bericht, den Kiki über den Prozess schreiben sollte? Eventuell war es von Bedeutung, eventuell nicht. Kiki machte sich auch dazu einen Vermerk in ihrem Notizbuch und betrachtete ein weiteres der vorhin abfotografierten Bilder.

Die Aufnahme zeigte ein in die Kamera lächelndes Ehepaar Bentz zusammen mit mehreren neben ihnen stehenden Personen, die allesamt wie für einen Opernbesuch herausgeputzt waren. Stefan Bentz trug einen lackschwarzen Frack mit Fliege, Sylvia Bentz ein blutrotes, schulterloses Abendkleid, das ihren schlanken Hals und ihre Arme betonte. Sie so zu sehen, war ungewohnt. Vor Gericht trug die Frau deutlich züchtigere Kleidung, die, abgesehen von Gesicht und Händen, sämtliche Hautpartien bedeckte. Kiki wollte das Bild gerade wegklicken, als ihr etwas darauf auffiel. Zuerst beugte sie sich ein wenig nach vorn, und weil das nichts brachte, zoomte sie den Ausschnitt näher heran.

Da befand sich etwas auf beziehungsweise an Sylvia Bentz' rechtem Unterarm, etwa fünf Zentimeter unterhalb des Ellbogens. Es war klein, länglich und dunkel. Eventuell ein Schatten. Oder Schmutz. Oder ein blauer Fleck? Kiki kniff die Augen zusammen und versuchte, weitere Einzelheiten auszumachen. Könnte es eine Narbe sein? Nein, dazu passte zwar die Form, jedoch nicht die Farbe. Niemand hatte schwarze Narben am Körper, so etwas gab es höchstens auf der Seele.

Was war es dann?

Kiki legte den Kopf schräg, um das Bild aus einem anderen Winkel zu betrachten. Plötzlich durchfuhr es sie wie ein Stromschlag. Das Längliche, Dunkle war eine Tätowierung. Ein Schriftzug, um genau zu sein.

Zwar hielt Sylvia Bentz den Unterarm leicht abgewinkelt, damit der Anzugträger neben ihr genug Platz hatte, aber es bestand kein Zweifel. Es handelte sich um eine Tätowierung. Doch diese Erkenntnis war es gar nicht, die ihr den Stromschlag verpasst hatte. Es war das, was dort geschrieben stand. Die Tätowierung bestand nur aus einem einzigen Wort: *Linus*.

Kiki sank auf die Sitzgarnitur zurück und brauchte einen Moment, um die Neuigkeit zu verdauen. Ihr logisches Denken beharrte darauf, dass es sich um einen Irrtum handeln musste. Eine Sinnestäuschung, weil Kiki sich in den vergangenen Tagen so intensiv mit dem Thema beschäftigt hatte. Außerdem war der Schriftzug durch das Heranzoomen etwas unscharf geworden.

Und dennoch, sie war sich ganz sicher. Es handelte sich um den Namen von Sylvia Bentz' Sohn. Dass sich Eltern die Namen ihrer Kinder in die Haut stechen ließen, war nicht ungewöhnlich. Wieso aber bloß Linus' Name und nicht der von seiner Schwester?

Vielleicht trug sie Larissas Namen auf dem anderen Arm, überlegte Kiki. Das wäre eine plausible Erklärung. Doch soweit Kiki es sehen konnte, war die Haut an Sylvia Bentz' linkem Unterarm makellos. Nicht einmal die Andeutung eines dunklen Schattens war zu erkennen. Möglicherweise täuschte sie sich ja, weil Sylvia Bentz ihren Arm natürlich nicht extra und vor allem nicht gänzlich vor die Kamera hielt. Im Moment sah es jedoch nicht danach aus.

Kiki suchte nach Gründen, wieso sich jemand den Namen nur eines Kindes stechen ließ. Wäre Linus der Erstgeborene oder das Lieblingskind seiner Mutter gewesen, wäre das noch eine brauchbare Erklärung gewesen. Aber der Kleine war der jüngere Bruder gewesen und … nun ja … hatte als Erstes gehen müssen. Das hatte seine Mutter so entschieden.

Plötzlich kam Kiki eine verrückte Idee: Hatte Larissa den Mordanschlag eventuell überlebt, weil ihr Name *nicht* eintätowiert gewesen war? So als würde die Tätowierung eine Art Todesliste bedeuten. Allerdings wäre es eine ziemlich kurze Liste, wenn bloß ein einziger Name darauf stand. Nein, diese Idee ergab wenig Sinn.

Alternativ könnte sie auch von einer übernatürlichen Komponente ausgehen. Dass das Schicksal Larissa verschont hatte, weil ihr Name nicht vorab auf der Haut ihrer Mutter verewigt worden war. Für einen Psychothriller wäre das sicherlich ein super Plot. Doch auch wenn sich Kiki gern mal einen Gruselfilm anschaute und ihr als Jugendliche die Mystery-Serien im Fernsehen gut gefallen hatten, war es trotzdem nichts, was sie ernsthaft in Betracht zog. Dies hier war weder *Akte X* noch einer der *Conjuring*-Filme. Dies hier war das richtige Leben, und dort gab es für alles eine richtige Erklärung. Kiki musste sie bloß finden.

Dafür musste sie mit gesundem Menschenverstand an die Angelegenheit herangehen. Im Klartext bedeutete es, sich den drei W-Fragen zu stellen: Was? Wann? Wo? Das Was wusste sie bereits. Beinahe genauso entscheidend war die Frage nach dem Wann. Wann hatte sich Sylvia Bentz diese Tätowierung stechen lassen?

Kurz überlegte sie, ihren Verteidiger danach zu fragen. Aber die Chance, dass Heiko Walter die Antwort wusste, war verschwindend gering.

Unter Umständen ließ sich die Frage auch auf anderem Wege klären. Zum Beispiel über das Gruppenfoto, auf dem Kiki die Tätowierung überhaupt erst entdeckt hatte. Die prunkvolle Kleidung der vielen Leute darauf wies auf einen markanten Termin hin. Eine Hochzeit? Eine Geburtstagsfeier? Oder gar irgendein öffentlicher Charity-Event, auf den Stefan Bentz seine Frau mitgenommen hatte? Auf jeden Fall lächelte ein Großteil der Anwesenden freudig in die Kamera. Eine Beerdigung war es demzufolge nicht gewesen.

Kiki studierte die anderen Personen auf dem Bild, fand jedoch kein weiteres bekanntes Gesicht, abgesehen vom Ehepaar Bentz. Ein Grund zum Aufgeben war das nicht. Irgendwer würde wissen, von wann diese Aufnahme stammte.

Sie notierte sich die zu klärenden Punkte auf ihrem Block, bevor sie sich noch einer weiteren W-Frage widmete: Wieso hatte Stefan Bentz das Foto noch bei sich im Büro hängen? Kiki kannte den Familienvater zwar nicht besonders gut, doch nachdem Sylvia Bentz versucht hatte, beide gemeinsamen Kinder umzubringen, und es ihr beim Sohn gelungen war, hätte Kiki an Stefan Bentz' Stelle sämtliche Bilder von ihr nicht nur entfernt, sondern gleich vernichtet. Auch wenn die beiden Kinder und andere Personen darauf zu sehen waren. Oder hatte Bentz sich dermaßen an die Bilder gewöhnt, dass er sie gar nicht mehr wahrnahm? So wie das bei Menschen war, die einen Wasserfleck an der Decke hatten, seit Jahren, der ihnen gar nicht mehr auffiel.

Wenn bei ihr eine Beziehung in die Brüche ging, wollte sie keine Fotos mehr von einem Ex in ihrer Nähe haben – aus weitaus trivialeren Gründen also. Hier hingegen hatte es einen Kindsmord gegeben! Wenn das nicht der ultimative Grund war, um nicht mehr an die Partnerin erinnert werden zu wollen, dann gab es keinen. Stefan Bentz war in der Hinsicht offenbar anders.

Wer auch immer die anderen Personen auf dem Bild waren, sie schienen eine gewisse Wichtigkeit in Stefan Bentz' Leben zu haben. Entweder das, oder es hatte mit dem *Zeitpunkt* der Aufnahme zu tun. Kiki betrachtete noch einmal all die gut gelaunten Personen auf dem Bild. Nun ja, Fröhlichkeit war in der Hinsicht vermutlich relativ. Zwar lächelte Sylvia Bentz neben ihrem Mann, doch nur auf den ersten Blick wirkte sie tatsächlich glücklich, auf den zweiten sah ihr Lächeln gestellt aus. So als könnte sie dahinter nur mühsam all ihre Sorgen und Probleme im Zaum halten. In ihren Augen schienen jede Menge Seelenqualen geschrieben zu stehen. Oder bildete Kiki sich das bloß ein? Im Nachhinein erhielt ja so manches eine ganz andere Bedeutung, und man betrachtete die Dinge auf eine Weise, die man zuvor für vollkommen unmöglich gehalten hätte. Vielleicht war Kiki durch all ihre Bemühungen, das Unfassbare fassbar zu machen, nicht mehr neutral genug.

Als sie der Meinung war, alles Wissenswerte aus den gerahmten Fotos herausgelesen zu haben, nahm sich Kiki die geknipsten Bilder vom restlichen Büroinventar vor. Die wuchtigen Aktenschränke an der Wand bargen auch bei genauerer Betrachtung leider keine neuen Erkenntnisse. Die Ordnerrücken waren mit den üblichen Bürobezeichnungen und Abkürzungen versehen, die zweifellos für Lastschriften, Gutschriften und sonstige Abrechnungen standen. Ob sich darunter noch andere Unterlagen befanden, war ohne genaueste Überprüfung unmöglich festzustellen.

Deutlich vielversprechender war da das Foto vom unaufgeräumten alten Behördenschreibtisch mit jeder Menge Firmendokumenten darauf. Sie überflog die herangezoomten Auftragsbelege, schluckte kurz, als sie die Preise für das angebotene Jachtzubehör sah, und suchte dann weiter mit journalistischem Eifer nach allem, was möglicherweise relevant sein könnte. Schräg hinter der halb vollen Kaffeetasse stand ein Tageskalender mit Sinnsprüchen. *Lebe nicht dein Leben, sondern lebe deinen Traum* oder *Schenkt dir das Leben Zitronen, mach Limonade daraus.* Kiki verdrehte unwillkürlich die Augen. Und stutzte. Sie zoomte noch weiter heran. Die Aufnahme wurde etwas verschwommen und pixelig. Dennoch konnte sie entziffern, was dort stand. Klein gedruckt, in der jeweils rechten unteren Ecke, entdeckte sie den Schriftzug *Eureka.*

Das notierte sie sich und sah sich das Bild weiter an. Auf der Schreibtischunterlage entdeckte sie einige hingekritzelte Rechnungen und Einzelzahlen. Manches davon unterstrichen, anderes umkreist oder durchgestrichen. Nichts davon wirkte für ihren Fall relevant. Anders sah es mit dem aufgeschlagenen Terminkalender aus. Für diese Woche gab es nur noch einen offenen Eintrag. Morgen Abend um 19 Uhr im Adenauer-Haus. Der Termin ließ Kiki aufhorchen. Fand da nicht eine Art Charity-Event statt? Sie erinnerte sich an die hastig durchgeblätterte Morgenzeitung. Doch. Es ging um hungernde Kinder in einem afrikanischen Land. Um deren Gesundheitsfürsorge und um die Ausstattung der Väter mit adäquaten Fischerbooten.

Sie durchforstete sämtliche Synapsen und glaubte sich zu entsinnen, neulich eine Pressemeldung dazu gesehen zu haben. Sicher war sie sich bloß zu vierzig Prozent. Eine kurze Suche auf ihrem Smartphone erhöhte die Trefferquote auf hundert Prozent: Morgen Abend um 19 Uhr würde im

Konrad-Adenauer-Haus eine Veranstaltung für Not leidende Kinder in Südafrika stattfinden. Ob dies das richtige Event für jemanden war, dessen Noch-Ehefrau gerade wegen Mordes vor Gericht stand, wusste Kiki nicht. Aber wenn der Termin wichtig genug für einen Eintrag im Kalender war, war er ebenso relevant genug, um in Kikis Notizbuch erwähnt zu werden. Kurz fragte sie sich, ob dies eine jener Veranstaltungen war, zu denen man seine Assistentin, Schrägstrich Geliebte, mitnahm. Möglicherweise würde sie es schon bald herausfinden.

Ein leises Tschilpen riss sie aus der Konzentration. Die Ringdrossel war zurückgekehrt. Diesmal nicht auf den Ast wie vorhin. Dafür auf einen in der Nähe, an dem noch mehr Tannenzapfen hingen. Nur Sekunden darauf begann der Vogel, an den Zapfen zu picken. Es dauerte nicht lange, und der erste verabschiedete sich zum Boden. Er verfehlte Kiki um etwa drei Meter. Was das Federtier mit der Aktion bezweckte, war unklar. Kaum war der eine Zapfen verschwunden, nahm sich die Drossel den nächsten vor. Auch der brauchte nicht lange, um hinabzufallen, diesmal näher.

»Du alte Mistdrossel«, rief Kiki ihr zu. »Versuchst du, mich zu vertreiben, oder sind das Annäherungsversuche?«

Der Vogel ließ sich von seiner Pickerei nicht abbringen.

»Ja, mach du ruhig dein Ding weiter, und ich kümmere mich um meinen Kram. Genug zu tun scheinen wir beide zu haben.«

Die Antwort des Vogels wartete sie nicht ab, sondern griff demonstrativ nach ihrem Notizblock. »So, was haben wir denn da alles stehen?« Sie überflog die vorhin gemachten Aufzeichnungen und blieb beim Namen *Amprelo 1* hängen. In ihrem Notizbuch hatte sie sich daneben *Medikament?* notiert. Als sie den Begriff jetzt im Internet eingab, dauerte es nicht lange, bis sie lächelte. Ein Hoch auf ihre Intuition. Bei *Amprelo 1* handelte es sich tatsächlich um die Abkürzung für ein Arzneimittel: Ausgeschrieben hieß es *Amprelomidid* und war ein Immunmodulator, eine körperfremde Substanz, welche die Reaktion des Immunsystems veränderte. Verabreicht wurde *Amprelomidid* nach Transplantationen und zur Vermeidung einer Abstoßungsreaktion, außerdem zur Erhöhung der natürlichen Immunreaktion und zur Behandlung von Infektionskrankheiten. Und was der Clou an der ganzen Sache war: *Amprelomidid* zählte zu *den* Verkaufsschlagern des Pharmaunternehmens Eureka.

Bloß ein Zufall? In Kikis Augen nicht. Immerhin war Stefan Bentz das Unternehmen bekannt, wie der Schriftzug auf seinem Sinnspruchkalender bewies. Es lag also durchaus im Bereich des Möglichen, dass Stefan Bentz mit dem Mann auf der Bühne vor dem Schriftzug befreundet war. Aber was genau sollte das beweisen? Eine Freundschaft erfüllte per se ja noch keinen Straftatbestand. Selbst wenn Bentz dem Besitzer einer Jacht ein paar Ersatzteile kostenlos überlassen würde, wäre das nicht verboten.

Allerdings war Eureka nicht bloß Hersteller von Immunmodulatoren. Laut der Firmenhomepage produzierte das Unternehmen zahlreiche weitere medizinische Präparate. Unter anderem etliche, die gegen Depression, Angststörungen und Panikattacken verabreicht wurden. Was, wenn Sylvia Bentz eines oder mehrere dieser Mittel gegen ihre psychische Störung eingenommen hatte? Und was, wenn dabei irgendetwas schiefgegangen war?

»Das ist alles ganz schön hypothetisch und äußerst dünn«, sagte Kiki zu sich selbst. »Markus brauchst du damit nicht zu kommen.« Trotzdem spürte sie ein gewisses Kribbeln in ihrem Bauch. Das bekam sie in der Regel bloß, wenn sie eine neue, vielversprechende Spur gefunden hatte.

Dreizehn Monate vor der Tragödie.

Schweigend saß Sylvia Bentz am Küchentisch und starrte auf das Wasserglas. Sie hatte keine Ahnung, wie sie hierhergelangt war, geschweige denn, was sie überhaupt in der Küche gewollt hatte. Sie fühlte sich benommen und lethargisch. Ihr Kopf schmerzte, als sie sich zu entsinnen versuchte, was sie davor gemacht hatte. Das Letzte, was ihr einfiel, war, wie sie nach dem Aufstehen ihre tägliche Yogastunde eingelegt hatte. Das war so gegen zehn gewesen. Über allem danach lag ein dichter Nebel. Inzwischen war es kurz vor zwei, und statt Trainingsklamotten trug sie Jeans und Bluse.

Nicht zu wissen, was passiert war, machte ihr Angst. Insbesondere, weil es nicht das erste Mal war, dass sie sich in solch einer Situation wiederfand. Neulich hatte sie dieses Problem schon einmal gehabt. Sie hatte an einer Bushaltestelle gesessen und keine Ahnung gehabt, wie sie dorthin gekommen war. Oder was sie dort gewollt hatte. In der Nähe befand sich die Praxis des Kinderarztes von Larissa und Linus, und ebenso die ihres Hausarztes. War sie dahin unterwegs gewesen? Oder hatte sie eher einkaufen gehen wollen? Immerhin lag das nächste Einkaufszentrum ebenfalls gleich um die Ecke.

Den ersten Blackout hatte sie noch auf ihre überreizten Nerven und all den Stress geschoben. In den Tagen davor war es ihr psychisch ohnehin nicht besonders gut gegangen. Bei alledem konnte man schon mal die Zeit vergessen, wie es so schön hieß.

Aber nun war es wieder passiert. In ihrem eigenen Haus. Erst jetzt fiel ihr auf, wie gespenstisch ruhig es war. Kein Johlen, Jubeln oder Streiten der Kinder. Das war ungewöhnlich.

Normalerweise konnten die zwei nie leise miteinander spielen. Wenn sie es doch einmal taten, war meistens etwas im Busch.

Sylvia Bentz erhob sich. Einen Atemzug lang fühlte sie sich kraftlos und musste sich an der Tischplatte festhalten. Ihre Knie zitterten leicht, und ihr war schwindlig. Dann war der Moment vorüber, und alles pendelte sich wieder ein. Sie ging weiter. Lauschte. Ihre Unruhe stieg, weil nach wie vor nichts zu hören war.

Besorgt ging sie schneller. Die Treppe hinauf zu den Kinderzimmern. Von den Kindern keine Spur. Nur das übliche Chaos aus herumliegenden Klamotten und Spielzeug am Boden. Sylvia eilte weiter zum Schlafzimmer, das ebenfalls verwaist war.

Plötzlich war ihr, als hätte sie etwas im Erdgeschoss gehört. Also lief sie wieder hinab und dahin, wo sie die Geräusche vermutete. Im Wohnzimmer wurde sie schließlich fündig. Larissa und Linus saßen am großen Tisch. Danuta war bei ihnen. Sie spielten ein Märchenbrettspiel und waren völlig darin vertieft. Alle drei schauten erst auf, als Sylvia sie beinahe erreicht hatte. Die drei lächelten sie ihn. In Danutas Blick schwang etwas Sorge mit.

»Na, spielt ihr schön?«, fragte Sylvia betont harmlos.

Die Kinder nickten, und sogleich sprudelten die Worte wieder aus ihnen heraus. Sie erzählten ihr in allen Einzelheiten, wer vorn lag, wer mogelte und was sie davor getan hatten. Sylvia lächelte zurück und war froh, dass für den Moment alles in Ordnung war.

Sie war gerade dabei, ihre Sachen zusammenzupacken, als das Mobiltelefon vibrierte und dadurch den Eingang einer neuen Nachricht signalisierte. Kiki verstaute den Laptop in ihrem Rucksack und schaute sich um, ob sie etwas vergessen hatte. Die Ringdrossel über ihr hatte zu picken aufgehört und beobachtete schweigend, was die Frau am Grillplatz gerade tat.

»Viel Spaß noch«, wünschte Kiki ihr und kehrte zum Wagen zurück. Als sie auf dem Fahrersitz saß, griff sie nach ihrem Handy. *Ahoi Käpt'n, wie geht's dem Motorboot?*, erkundigte sich der Maulwurf. Die Frage brachte sie zum Schmunzeln. Nach kurzem Überlegen schrieb sie zurück: *Das ist wirklich marode. Mit dem werden wir wohl nicht in den Sonnenuntergang segeln. Was machst du gerade?*

Die Antwort ließ nicht lange auf sich warten: *Ich beschneide die Rosenbüsche. In einem Altenheim. Kann es noch spannender werden?*

Kiki betrachtete die Zeilen und zögerte. Es juckte ihr in den Fingern, eine zweideutige Bemerkung zurückzuschreiben. Ihr gefiel diese Art Spiel mit dem Feuer. Auf Anhieb fielen ihr gleich mehrere passende Sachen dazu ein. Ihre Verabschiedung gestern Abend hatte allerdings gezeigt, dass Tom und sie noch nicht so weit für derlei Dinge waren. Daher entschied sie sich für ein harmloses *Na dann, viel Spaß. Ich recherchiere gerade*, bevor sie das Telefon weglegte. Sie hatte bereits die Finger am Zündschlüssel, da fiel ihr noch etwas ein, und sie griff erneut nach dem Smartphone. Diesmal ging es nicht um Tom, sondern um ihren besten Freund, dem sie eine Textbotschaft zuschickte: *Hi Torte, hast du nachher Zeit? Ich brauche dein Fachwissen zu einem Tattoo.*

Er als Spezialist für Tätowierungen konnte ihr vielleicht etwas über Sylvia Bentz' Hautschmuck berichten. Eventuell ließ sich anhand des Bildes ja ein ungefähres Alter der Inschrift ablesen, oder er würde die Handschrift des Künstlers wiedererkennen – sofern das bei einem einfachen, kurzen Schriftzug überhaupt möglich war.

Sie wartete einige Sekunden, ob Torte ihr gleich zurückschreiben würde. Als das nicht der Fall war, landete das Telefon abermals in der Rucksacktasche, und Kiki ließ den Motor an. Sie lenkte Enzo über den Feldweg zurück auf die befestigte Straße in Richtung Stadt. Es wurde Zeit, ein bisschen mehr über Eureka in Erfahrung zu bringen.

Zwei alte Elektropopsongs und ein schnulziges Katie-Melua-Lied später fädelte Kiki sich auf den Zubringer in die Stadt ein. Mit den Schlussakkorden und der Werbung für ein Müsli, das vermutlich zeitgleich Steinschläge an Autoscheiben reparieren und Singles dazu bringen konnte, sich alle elf Minuten zu verlieben, lenkte sie Enzo auf den im Innenhof gelegenen Parkplatz der Zeitungsredaktion. Sie hatte Glück: Auf den für die unteren Ränge reservierten und nicht namentlich zugewiesenen Parkbuchten waren mehrere Plätze frei. Kiki wertete das als ein gutes Omen, schnappte sich den Rucksack und ging eiligen Schrittes zum Hintereingang. Den Code zum Öffnen der schweren Stahltür hätte sie selbst dann herunterbeten können, wenn sie mitten in der Nacht nach einer wilden Party und völlig zugelötet geweckt worden wäre. Einen Augenblick später betrat sie den Aufzug und ließ sich in die vierte Etage tragen, wo die Wirtschaftskollegen und -kolleginnen ihre Arbeitsplätze hatten. Zwei Stockwerke unter dem Büro von Kahler. Und das fand sie ganz gut so. Sie hatte keine Lust, ihrem direkten Vorgesetzten zu begegnen.

Das gleichmäßige Klappern der Tastaturen, das aus den Büros auf den Flur drang, kam Kiki vor wie ein »Hallo!«. Wie lange hatte sie nicht mehr fest angestellt gearbeitet? Während sie das richtige Büro suchte, schweiften ihre Gedanken ab zu jenem Tag, an dem sie das Kündigungsschreiben von einer großen Tageszeitung erhalten hatte. Sie war Jungredakteurin gewesen. Single. Ohne Verpflichtungen. Und ergo eine der Ersten, die wegen der einbrechenden Anzeigenzahlen vom Gehaltszettel gestrichen worden waren.

Einem ersten Impuls folgend, hatte sie sich an der juristischen Fakultät eingeschrieben. Denn erstens hatten sie die Gerichtsprozesse von jeher fasziniert, und zweitens fand sie den örtlichen Notar ziemlich sexy. Aber dann entpuppte sich der Notar als homosexuell und damit unerreichbar, und zudem waren die Vorlesungen so weit fern der Realität, dass sie nach nur zwei Semestern trotz bester Noten das Handtuch warf. Ihr hatte die Arbeit gefehlt. Sie wollte wieder Geld verdienen.

Was also tun? Durch Zufall war sie auf die Stellenausschreibung für eine Springerin bei der Lokalredaktion gestoßen. Sie hatte sich beworben und war angenommen worden. Von dusseligen Promireportagen (ein Lokalfürst war siebzig geworden und hatte minderbegabte Schauspieler und Schauspielerinnen auf der Gästeliste gehabt) bis zu handfesten Streitigkeiten im Landtag (tatsächlich waren zwei Abgeordnete aufeinander losgegangen, wobei einer einen Zahn verloren hatte), hatte sie sich quasi hochgeschrieben. Eine Zeit lang hatte sie ihre Texte an ein Wochenmagazin verkauft, das eigentlich nur dem Zweck diente, die Prospekte der örtlichen Supermärkte in die Briefkästen zu bringen. Ihr damaliger Tiefpunkt war die fiktive Reportage über den Unfalltod eines siebenjährigen Jungen gewesen. Sie hatte ihn »Stjepan« getauft, und unter das Bild, das einen abschüssigen, schneebedeckten Hang zeigte, hatte sie eine wilde Geschichte von einem entgleisten Schlitten und einem zu schnell fahrenden Auto gezimmert. Damals war es ihr um die nächste Monatsmiete gegangen, heute schämte sie sich bis auf die Knochen dafür.

Stjepan.

Linus.

Seinetwegen war sie da! Kiki las die Schilder mit den Namen der Kollegen und Kolleginnen, die an den Türen angebracht waren. Schließlich stand sie vor dem Büro von Johanna Zimmermann. Wenn jemand ihr helfen konnte, dann sie. Kiki klopfte, wartete aber die Antwort nicht ab, sondern trat direkt ein.

»Ach, da schau an!« Ein rot gefärbter Schopf fuhr herum, kaum dass Kiki das Büro betreten hatte.

»Da schau guck!«, gab sie lachend zurück. Es war drei, vielleicht auch vier Jahre her, seit sie Johanna zum letzten Mal gesehen hatte. Die hatte sich kaum verändert. Rote Locken, eine knallblau umrahmte Brille auf der Nase. Silbern baumelnde Ohrringe und eine opulente Kette, die den ohnehin nicht schlanken Hals noch mehr betonte. Johanna musste Anfang fünfzig sein. Genau wusste Kiki das nicht. Sie warf ihren Rucksack auf einen der beiden Stühle, die vor dem Tisch der Redakteurin standen. Dann ließ sie sich auf den zweiten plumpsen.

»Kiki Holland!« Johanna speicherte den Text, an dem sie gerade arbeitete. »Du kommst wohl kaum auf einen Plausch vorbei?«

Kiki lächelte. »Du kennst mich.«

»Was ist es dann?« Kiki wurde sofort wieder bewusst, warum sie die ältere Kollegin so schätzte – denn genauso wenig wie sie selbst, hielt Johanna sich mit unnützem und zeitfressendem Small Talk auf.

»Eureka. Sagt dir das etwas?«

»Oha. Unter den ganz großen Nummern macht eine Kiki Holland es wohl nicht?«

»Ist das denn eine ganz große Nummer?«

»Warte.« Johanna tippte auf der Tastatur. Runzelte die Stirn. Lächelte schief. Der Drucker ratterte, und schließlich entnahm sie dem Ausgabeschacht ein paar Dutzend Blätter.

»Also, wenn du da weiterkommst, viel Glück! Ich habe mir schon die Zähne ausgebissen.« Johanna schob Kiki die Papiere zu. »Buchstäblich, übrigens. Wie findest du meine Krone?«

»Hammer!«, sagte Kiki, obwohl sie sich nicht die Bohne an Johannas ursprüngliche Schneidezähne erinnern konnte.

»Kannst du mir etwas erzählen, was nicht in den Ausdrucken steht?«, wollte Kiki wissen.

»Nicht wirklich. Aber wenn du bei Eureka einen Fuß in die Tür bekommen willst, dann solltest du dich an Strümpfel halten und nicht an die Geschäftsleitung.«

»Strümpfel?« Bei dem Namen musste Kiki unwillkürlich schmunzeln.

»Professor Heinrich Strümpfel. Er leitet die Studien, wenn es um die Zulassung neuer Medikamente geht, und ist mit Abstand der Gesprächigste in dem Laden. Er profiliert sich gern, und du packst ihn am besten an seinen sensationellen Forschungsergebnissen.«

Kiki nickte dankbar. Johanna warf einen Blick auf ihre Smartwatch.

»Sei mir nicht böse, ich muss bis in einer Stunde einen wirtschaftlichen Leitartikel zu Amazon raushauen.« Johanna strich sich die Mähne zurück.

»Gar kein Ding!« Kiki raffte die Ausdrucke zusammen. »Und danke!«

»Gern geschehen!« Johanna wandte sich ab. Ihrem Blick

nach zu urteilen, war sie schon wieder in den zu schreibenden Artikel eingetaucht. Und auch Kikis Gedanken schweiften ab. Sie verließ das Gebäude auf demselben Weg, auf dem sie gekommen war. Doch anstelle zu Enzo zu gehen, beschloss sie, sich im Bistro um die Ecke eine Kleinigkeit zu gönnen. Die dortigen Flammkuchen galten in der Redaktion als legendär.

Um diese Tageszeit waren kaum Gäste im *BePunkt*. In einer Nische saß ein junges Pärchen, das sich hemmungslos anschmachtete und dabei den Flammkuchen vor sich auf dem Tisch offenbar vergessen hatte. Im hinteren Teil des im französischen Stil eingerichteten Bistros steckte ein Mann den Kopf in eine Zeitschrift. Kiki hatte Glück. Ihr Lieblingsplatz am Fenster war frei.

Ein kurzer Blick in die Karte zeigte ihr: Besitzerin Tanja hatte nichts am Angebot verändert. Zu Kikis Bedauern schien die Chefin selbst nicht anwesend zu sein. Sie hätte sich gern nach deren Kindern erkundigt und nach dem jungen Hund, den die Familie sich angeschafft hatte. Kiki bestellte bei einem jungen Mann – vermutlich ein Student – einen Salat mit warmem Schafskäse und einen Wildblütentee. Dann holte sie die Ausdrucke aus dem Rucksack. Ehe sie zu lesen begann, schaute sie nach neuen Nachrichten auf dem Handy. Weder Tom noch Torte hatten sich gemeldet. Als sie das Mobilteil eben wieder in den Rucksack zurücklegen wollte, piepste es und zeigte den Eingang einer neuen Nachricht an.

Der Absender hatte seine Rufnummer unterdrückt.

»Anonym«, las sie und öffnete die Message.

Sei
Ehrlich
Richte
Ohne
Tränen
Richte

Ihn
Perverser
Retter
An
Mutter statt.

Sei ehrlich – richte ohne Tränen – richte ihn – perverser Retter – an Mutter statt?

Kiki starrte auf die Zeilen. War das ernst gemeint? War das wirklich an sie gerichtet?

Vielleicht. Vermutlich. Wahrscheinlich. Sie ging sehr sorgsam damit um, wem sie ihre Telefonnummer gab. Das hatte erstens berufliche Gründe. Und zweitens hatte sie vor dem Wechsel zum aktuellen Anbieter mehrmals täglich Anrufe von Callcentern bekommen, die ihr Zeitschriften, Versicherungen und sonstigen Schnickschnack aufschwatzen wollten.

Kiki holte ihr Notizbuch aus dem Rucksack und schrieb die Zeilen auf. Die SMS löschte sie. Blockieren konnte sie den anonymen Verfasser nicht.

Kaum hatte sie alles notiert, brachte der junge Kellner ihre Bestellung. Den Salat schob sie zunächst beiseite und legte die Ausdrucke von Johanna vor sich. Während sie las, stippte sie immer wieder die Gabel in die Schüssel. Knackige Minitomaten, herrlich frischer Pflücksalat und schmackhafte Gurken. Sie nahm kaum etwas davon wahr, denn die Notizen und Recherchen ihrer Kollegin fesselten sie.

Die ersten Blätter zeigten Kopien von Zeitungsartikeln, die Johanna verfasst hatte. Eureka hatte ein neues Logistikzentrum gebaut. Eureka hatte die Zulassung für ein neues Psychopharmakon namens *Serotripram* für den europäischen Markt beantragt. Eureka kam kurzfristig in den Verdacht, die Mitarbeiter unterzubezahlen. So weit, so wenig spannend. Kiki blätterte um und kam zu Johannas Notizen. Und damit zu dem wahren und wichtigen Inhalt. In ihrem Bauch begannen die Ameisen zu kribbeln. Sie pikte eine halbe Tomate auf, vergaß aber, diese zu essen. Die Gabel senkte sich auf den Teller, und Kiki starrte auf die Aufzeichnungen ihrer Kollegin.

Eureka also. Geleitet wurde das Unternehmen von Inhaber Manfred Wolter, der eine anstrengende Mischung aus Donald Trump und Trigema-Chef Wolfgang Grupp zu sein schien. Ein egozentrischer Selfmademan, der, obwohl bereits über siebzig Jahre alt, in seiner Firma die Zügel fest in der Hand hielt. Er mochte keinen Firlefanz, keine Computer, hielt E-Mails für umständlich und lehnte Interviews in neun von zehn Fällen ab, weil sie für ihn eine Zeitverschwendung darstellten. Wenn er sich doch mal zu einer Talkshow oder einem Pressegespräch bereit erklärte, ließ er niemanden zu Wort kommen oder pries seine Firma als die einzig wahre an. Ihre Kollegin hatte sage und schreibe siebzehn Mal versucht, ihn zu verschiedenen Themen zu befragen, und jedes Mal eine Abfuhr erhalten. Selbst die Redaktion der hiesigen Zeitung war dem eigensinnigen Mann anscheinend nicht relevant genug. Genauso wenig hatte er sich von den Kollegen und Kolleginnen des ZDF oder gar der ARD für die *Tagesschau* vor die Kamera bitten lassen.

Um sich ein besseres Bild von ihm zu machen, griff Kiki nach ihrem Smartphone und surfte die Firmenhomepage an. Bei der Unternehmensgeschichte gab es mehrere Fotos von Manfred Wolter. Mit seiner hageren Figur, den zu einem Mittelscheitel gelegten kurzen dunklen Haaren und den stets tadellosen Anzügen wirkte er wie ein teurer Anwalt oder Lobbyist. Oder eben wie jemand, der ein millionenschweres Unternehmen leitete. Allerdings schienen die Bilder von ihm bereits älter zu sein. Auf jedem hatte er fülliges dunkles Haar. Für einen Mann über siebzig war das doch eher ungewöhnlich. Selbst wenn sie ihm nicht ausfielen, dürften sie inzwischen einige helle Ansätze besitzen. Kiki selbst war zwar noch nicht mal ansatzweise in Wolters Alter, kannte das Problem mit den grauen Haaren aber längst. Bisher waren es bei ihr bloß vereinzelte graue Ausreißer, die sich einfach entfernen ließen, auf ewig so bleiben würde das nicht. Danach hieß es Färben oder zum Alter stehen, je nachdem, wie eitel man war. Zu welcher Kategorie Wolter zählte, hatte sie noch nicht ganz rausgefunden.

In Johannas Unterlagen befanden sich ebenfalls bloß Aufnahmen mit vollem dunklem Haar sowie zwei undeutliche Schwarz-Weiß-Ausdrucke, die wenig aussagekräftig waren. In der heutigen medialen Welt stellte selbst das kein großes Problem dar. Kaum hatte sie den Namen *Manfred Wolter* in ihre Onlinesuchmaschine eingegeben, wurden ihr mehrere zehntausend Treffer angezeigt. Viele Bilder zeigten ebenfalls den vitalen, fast jugendlich wirkenden CEO. Je weiter sie hinabscrollte, desto mehr aktuelle Schnappschüsse kamen dazu.

»Na also, geht doch«, sagte sie und betrachtete die Aufnahme eines grau melierten Mannes mit deutlich mehr Falten und Runzeln als auf den offiziellen Pressebildern. Eine Sekunde lang freute sie dieser kleine Triumph und versicherte ihr, dass das Alter auch vor den oberen Zehntausend nicht haltmachte. Dann wurde ihr noch ein ganz anderer Fakt bewusst: Der grauhaarige Faltentyp sah dem Mann auf dem einen Foto in Stefan Bentz' Büro zum Verwechseln ähnlich. Dazu der übergroße Schriftzug *Amprelo 1*. Zur Sicherheit suchte sie das Bild in ihrer eigenen Fotogalerie heraus und verglich beide Aufnahmen. Sie stimmten auffällig überein.

»Meine Damen und Herren, wir haben einen Volltreffer«, murmelte sie zu sich selbst. Im Hintergrund rief der Zeitungsleser den Studenten zu sich, um seine Zeche zu begleichen. Im selben Moment vibrierte Kikis Handy: *Prinzessin, passt es heute Abend?*

Torte. Verlässlich wie immer.

Klar!, tippte Kiki zurück. *Spanien oder Griechenland?*

Es dauerte einen Moment. Dann trudelte Tortes Nachricht ein. *Japan. Aber bitte ohne Sojasoße!*

Kiki sendete einen hochgereckten Daumen zurück. Der Sushiladen lag in der Nähe des Tattoostudios.

Sie betrachtete noch einen Moment lang das aktuelle Bild von Manfred Wolter und beschloss dann, gleich noch nach Bildern ihres anderen Eureka-Kontakts zu schauen. Zwei Sekunden später wusste sie, dass der Firmenleiter und sein Forschungschef von Figur und Auftreten unterschiedlicher nicht sein könnten. Professor Strümpfel besaß ebenfalls graue Haare, danach hörten die Gemeinsamkeiten auf. Statt Mittelscheitel und glattem Gesicht hatte er Locken und einen gestutzten Vollbart. Anstelle eines modischen Jacketts trug er lieber Pullunder, vermutlich, um den leichten Bauchansatz darunter möglichst gut zu kaschieren. Er wirkte wie ein leicht zerstreuter Wissenschaftler, der manchmal nicht wusste, wohin mit seinem vielen Fachwissen. Schon auf den ersten Blick kam er Kiki erheblich sympathischer als sein Chef vor.

Inzwischen war sie mit ihrem Salat und ihrem Wildblütentee fertig. Kiki bezahlte, wobei das üppige Trinkgeld dem blutjungen Kellner ein breites Lächeln auf die Lippen zeichnete. Dann verließ sie das *BePunkt* und kehrte zu ihrem Wagen zurück.

Wegen des Berufsverkehrs und vieler roter Ampeln brauchte sie für die acht Kilometer vom Redaktionsparkplatz bis zum Stadtrand über eine halbe Stunde. Entsprechend genervt erreichte sie das Industriegebiet, auf dem Eureka seinen Firmensitz hatte.

Das Gelände war riesig: mehrere Hundert Meter in der Länge und in der Breite. Kiki machte ein fünfstöckiges Bürogebäude mit dem Eureka-Logo auf dem Dach aus, mehrere in

Weiß gehaltene Produktionsanlagen, die zum Teil über Rohre und Metallbrücken miteinander verbunden waren, dazu zwei Lagerhallen mit Lkw-Rampen und als Herzstück – das fand sie besonders beeindruckend – einen künstlich angelegten Teich mit Steinpromenade, Wiese und kleiner Allee auf dem Gelände.

Frei zugänglich war die heimelige Idylle trotzdem nicht. Das gesamte Gebiet war von einem stabil aussehenden Metallzaun umgeben. Zugang erhielt man durch den Haupteingang, der mit einer Schranke und Wachhäuschen gesichert war. Kiki sah, wie ein weißer Sprinter an die Schranke heranfuhr. Ein uniformierter Sicherheitsmann trat an die Fahrerkabine heran, überprüfte etwas auf einem Klemmbrett. Nachdem offenbar alles seine Richtigkeit hatte, betätigte er eine Taste im Wachhäuschen, und die Schranke hob sich. Kaum war der Lieferwagen hindurchgefahren, senkte sie sich wieder. Ein weiterer Eingang war nicht zu sehen. Und selbst wenn man irgendwo hinter den Gebäuden aufs Gelände kommen konnte, war es äußerst unwahrscheinlich, dass dort laxere Sicherheitsvorkehrungen herrschten. Kurz zusammengefasst, bedeutete es, dass sie diese Anlage ohne Genehmigung nicht betreten würde. Außer in einer Nacht-und-Nebel-Aktion, die ihr ein paar Jahre Knast einbringen könnte.

Das war es ihr nicht wert.

Frustriert lehnte sich Kiki auf ihrem Sitz zurück. Sie wartete einige Minuten, in der Hoffnung, dass sich Wolter oder Strümpfel eventuell zufällig nach draußen wagten. Als das nicht geschah, umrundete sie das Gelände mit dem Auto und knipste von verschiedenen Punkten aus Fotos vom Gelände, damit ihr Ausflug hierher nicht völlig umsonst gewesen war.

»Das also hat Johanna mit ›harter Nuss‹ gemeint!«, sagte sich Kiki während der Rückfahrt. Sie überlegte, wie erfolgversprechend eine offizielle Presseanfrage bei Manfred

Wolters Büro sein würde. Prinzipiell mochte sie ja Herausforderungen, an denen andere gescheitert waren. Hier allerdings könnten die Kontaktversuche nicht nur schwierig, sondern extrem zeitaufwendig werden. Und Zeit war etwas, das sie nicht gerade im Überfluss besaß. Vernünftiger war es da, das eigene Ego außen vor zu lassen und sich lieber an den Leiter der Forschungs- und Qualitätssicherung zu halten. Beim Namen von Professor Strümpfel musste sie erneut grinsen und sah eine blau geringelte Socke vor dem geistigen Auge. Es war schwer, jemanden mit einem solchen Namen ernst zu nehmen.

Als Kiki bei Torte ankam, war der noch mit einer kichernden Kundin beschäftigt. So, wie das Gegiggel klang, tippte sie auf eine gerade Zwanzigjährige, die sich entweder ein Emoji oder einen Notenschlüssel stechen ließ. Laut Torte waren das bei den jüngsten Kundinnen gerade die angesagtesten Motive. Nicht immer gelang es ihm, ihnen das auszureden.

»Ich bin nicht jung, aber ich brauche das Geld«, hatte er ihr lachend erzählt. Und auch, dass ihm ältere Semester viel lieber waren. Die hatten Geschichten erlebt. Wollten Symbole unter der Haut. Schrieben sich den eigenen Roman in Tintenfarbe auf den Körper. Es konnten gut und gerne ein paar Wochen vergehen vom ersten Besuch eines solchen Kunden im ehemaligen Käseladen bis zu dem Tag, an dem der Tätowierer mit der endgültigen Skizze so weit zufrieden war, dass er sie dem Klienten zeigte.

Kiki ging in Tortes Wohnung, parkte das Sushi im Kühlschrank und beschloss, die Wartezeit mit der restlichen Lektüre von Johannas Ausdrucken zu überbrücken. Es waren vier Seiten, die sich fast ausschließlich mit Heinrich Strümpfel befassten. Ihre Redaktionskollegin hatte da ganze Arbeit geleistet. Es gab Infos über den Werdegang des Mannes vor und seit seiner Zeit bei Eureka, zu welchen Projekten er sich im Zuge der Qualitätssicherung zu Wort gemeldet und welche pharmazeutischen Patente unter seiner Aufsicht angemeldet worden waren. Es ging um den Aufbau des gesamten QM-Systems am Hauptstandort von Eureka und seinen Niederlassungen, inklusive Validierungsmasterplan und Folgeaktivitäten. Auf einer separaten Seite waren zahlreiche Medikamente aufgelistet, an deren Entwicklung Strümpfel beteiligt gewesen war. Kiki überflog die Liste mit mehr als einem Dutzend Produkten und war nicht überrascht, darauf auch *Amprelomidid* und *Serotripram* zu finden. Sie markierte sich die entsprechenden Stellen auf den Ausdrucken. Möglicherweise konnte sie die Medikamente als Aufhänger für ein Interview mit Strümpfel nutzen. Entweder das, oder die Skandale und schlechte Presse, in die er beziehungsweise das Unternehmen Eureka verwickelt war. Neben den Gerüchten über unterbezahlte Mitarbeiter hatte die Firma vor ein paar Jahren Aufsehen erregt, weil sie im Verdacht stand, einige ihrer Medikamente an Menschen in Afrika zu testen. Unter anderem ein gerinnungshemmendes Mittel, das inzwischen wieder vom Markt verschwunden war.

Vom journalistischen Standpunkt her war das sicherlich interessant. Ihre Ungeduld linderten die Recherchen nicht. Kiki tigerte in Tortes Wohnung auf und ab und hoffte, dass er seine offenbar spätpubertierende Kundin bald abgevespert hätte. Die Zeit verstrich quälend langsam. Kikis Magen knurrte. Parallel dazu wuchs ihre Anspannung. Mehrmals stand sie kurz davor, schon mal ein, zwei von den Nigiri-Häppchen zu naschen. Wenn sie das restliche Mahl in der Verpackung ein wenig zurechtschob, würde das Fehlen gar nicht auffallen.

Dann endlich tauchte Torte auf. »Sorry, hat länger gedauert. Die Frau hatte noch ein paar Extrawünsche. Und die haben das Cover-up um einiges besser gemacht. So, jetzt habe ich aber Hunger.«

»Frag mich mal.«

In Windeseile hatte Kiki das Sushi mit jeweils einem kleinen Berg Ingwer und Wasabi auf zwei Teller verteilt. Dazu zumindest für Kiki ein Schüsselchen mit Sojasoße. Sie ließen sich zum Essen am Wohnzimmertisch nieder. Ihr Smartphone behielt Kiki in Griffweite. Für den Moment war jedoch das Essen wichtiger.

»Wie geht es mit deiner Bootrecherche voran?«, fragte Torte mit vollem Mund.

»Sie hat mir zumindest Zugang zu einem Laden für Jachtzubehör beschert. Ich soll dir übrigens schöne Grüße von Emilio ausrichten.«

»O Gott!«

Sie genoss Tortes entsetztes Gesicht eine Sekunde lang, bevor sie fortfuhr: »Er würde sich sehr über einen Anruf von dir freuen.«

»Hast du ihm gesagt, dass ich verreist bin? Nach Timbuktu oder auf den Mars. Rückreisedatum unbekannt.«

»Ich habe gesagt, dass du im Moment sehr im Stress bist.«

»Bin ich auch!«, versicherte Torte schnell. »Ich weiß vor lauter Arbeit kaum mehr, wohin. Ich bin auf Monate ausgebucht.«

»Mir musst du das nicht erklären. Ich weiß das. Emilio findet übrigens, dass unter deiner harten Schale ein butterweicher Kern steckt, den Mann erst freilegen muss.«

»Dazu verweigere ich die Aussage. Ist er der Grund, wieso du mich sprechen wolltest?«

»Nun ja, einer davon. Der arme Emilio würde dich gern wiedersehen.«

»Da kann er lange warten. Eher gehe ich in Lack und Leder ins Opernhaus. Notfalls auf die Bühne.«

»Am besten mit Emilio. Das gefällt ihm bestimmt.«

Darüber mussten sie beide lachen.

»In dem Jachtshop heute ist mir etwas aufgefallen, das ich dir zeigen muss«, nahm Kiki den Gesprächsfaden bald darauf wieder auf. Sie holte ihr Smartphone und suchte nach dem entsprechenden Bild.

»Von Jachten habe ich keine Ahnung. Ich kenne nicht mal den Unterschied zwischen einem Boot und einem Schiff. Für mich ist das alles eins.«

»Keine Sorge, darum geht es nicht. Ich habe da etwas entdeckt, was dein Spezialgebiet ist. An der Bürowand hingen ein paar gerahmte Fotos, die ich abfotografiert habe.«

Als sie Torte das Foto zeigte, hob dieser überrascht die Brauen. »Was hat denn die Kindsmörderin mit dem Jachtladen zu tun?«

»Das Geschäft gehört ihrem Noch-Ehemann.«

»Ach, schau an. Jetzt verstehe ich auch endlich dein Interesse für dieses Bootszeug. Aber den Typen habe ich trotzdem noch nie gesehen.«

»Darum geht es nicht, sondern um die Tätowierung am Arm der Ehefrau.« Mit Daumen und Zeigefinger zoomte Kiki das Foto auf dem Display näher heran, bis nur noch Sylvia Bentz' Unterarm mit dem Wort *Linus* zu sehen war. Danach starrte sie gebannt zu Torte, während dieser gebannt auf das Bild starrte.

Binnen eines Atemzugs wich sämtliche Farbe aus seinem Gesicht. Kinn und Mundwinkel sanken zwei Zentimeter hinab.

»Alles okay mit dir?«, fragte Kiki besorgt.

Die Augen ihres Freundes weiteten sich. »Das … ist sie?«, brachte er mühsam heraus.

»*Wer* ist *was*? Die Frau, der der Arm gehört, ist Sylvia Bentz. Ihr Gesicht kennst du doch aus der Zeitung.«

»Ja … schon … aber …«

Torte ließ die Stäbchen sinken und stand auf. Er ging einige Schritte im Wohnzimmer umher und schüttelte immerzu den Kopf. »Das kann nicht sein. Das …«

»Was ist denn? Langsam machst du mir echt Angst.«

»Wie? Was? Nein, mir geht es gut. Es ist nur … diese Frau … Das Tattoo habe ich gestochen.«

Er hielt kurz in der Bewegung inne und verließ dann fassungslos den Raum.

Sie fand ihn in seinem Tätowierstudio, wie er hastig sein Auftragsbuch durchschaute. Mit dem ausgetreckten Zeigefinger suchte er jede einzelne Seite ab und blätterte hastig um, kaum, dass er ein Seitenende erreicht hatte. Er tat dies mit so dermaßen viel Energie, dass es einem Wunder glich, dass das Papier bisher nicht eingerissen war oder durch die Reibung Feuer gefangen hatte. Kiki trat leise neben ihn und ließ ihn seine Arbeit beenden. Es dauerte nicht lang, bis er fand, wonach er gesucht hatte.

»Da ist es.« Er pochte mit dem Finger auf den entsprechenden Eintrag. »Sie ist vor knapp einem Jahr bei mir gewesen. Vor zehneinhalb Monaten, um genau zu sein. Hat gesagt, sie heiße Liz Barton. Überprüft habe ich das nicht, bin ja schließlich kein Amt. Sie hat mir ihre Handynummer für Rückfragen gegeben. Das war alles. Das mache ich immer so. Sagt dir der Name etwas?«

»Liz Barton?« Kiki rollte den Namen im Kopf hin und her. Vor ihrem inneren Auge ploppte ein alter Kinderreim auf.

Lizzie Borden took an ax
And gave her mother forty whacks,
And when she saw what she had done,
She gave her father forty-one.

Lizzie Borden? Die legendäre Axtmörderin? Liz Barton? Konnte das sein? Sie teilte Torte ihre Überlegungen mit.

»Klingt für mich plausibel. Oder auch nur nach einem Zufall.«

»Wie dem auch sei, ich bleib eher am Datum hängen. Zehneinhalb Monate, sagtest du? Das war etwa zwei Monate vor der Tat.«

Sie beugte sich hinab, um den Eintrag mit eigenen Augen zu sehen. Sehr viel mehr als das von Torte erwähnte Datum fand sie nicht.

»Wie viel Zeit vorher hat sie den Termin vereinbart?«

»Gute Frage. So was schreibe ich mir nicht auf. In der Regel habe ich fünf bis sechs Monate Vorlaufzeit. Ab und zu wird zwar mal kurzfristig etwas frei, aber ich kann mich nicht entsinnen, dass das hier der Fall war.«

»Also hat sie vor etwa anderthalb Jahren bei dir angefragt. Zu dem Zeitpunkt war Linus knapp zwei Jahre alt. Und Larissa ungefähr vier Jahre. Habt ihr bei der Terminvereinbarung schon darüber gesprochen, was für ein Tattoo sie haben wollte?«

»Bestimmt. Aber nachdem ich mir nichts dazu notiert habe, dürfte es nichts Ausgefallenes gewesen sein. Bei den Motiven sind sich eh nur die wenigsten Kunden von Anfang an sicher. Manche kommen zwischendurch immer wieder mal mit Entwürfen an und fragen, ob das möglich ist. Und ich hatte auch schon Leute, die sich während des Stechens noch umentschieden haben. Das gibt's alles.«

»Kannst du dich sonst noch an irgendetwas erinnern, das an dem Besuch besonders gewesen ist?«

Torte ließ den Blick in die Ferne schweifen und kramte offenbar in seinen Erinnerungen. Kiki drückte sich die Daumen. Leider vergebens. »Nein, tut mir leid. Ich habe nur noch verschwommene Erinnerungen an den Termin. Was im Grunde sagt, dass es ein ganz normaler Termin war, ohne irgendwelche Auffälligkeiten. Die Frau war weder besonders nervös noch sonst irgendwie neben der Spur. Wenn sie da bereits mit psychischen Problemen zu kämpfen hatte, wusste sie das gut zu verbergen. Ich habe nix davon mitgekriegt. Sonst hätte ich sie gleich wieder heimgeschickt. Wenn ich mich recht entsinne, war sie voller Vorfreude und hat mir auf ihrem Handy sogar ein paar Fotos von dem Kind gezeigt. Mann, das Ganze haut mich echt um. Dass ich eine Kindsmörderin tätowiert habe.«

»Das wissen wir ja noch nicht mit Bestimmtheit. Hatte sie damals eine andere Frisur oder war anders geschminkt, sodass du sie bisher nicht wiedererkannt hast?«

Er schüttelte den Kopf. »Ich glaube, sie sah ganz normal aus. Aber nicht wie auf den Fotos in der Zeitung, wo das Gesicht so ausgemergelt wirkt und man die eingefallenen Wangen sieht. Auf den Medienbildern kommt sie mir immer wie eine Irre vor. Man könnte meinen, die suchen extra solche unfeinen Aufnahmen heraus.«

»Das passiert zum Teil natürlich. Je gruseliger, desto mehr Klicks und Zeitungsverkäufe generiert es. Mit der biederen Hausfrau von nebenan kriegst du keine Auflage.«

Abermals schüttelte Torte den Kopf, jetzt nicht mehr ganz so energisch. »Das ist nicht ganz meine Baustelle. In der Tattoobranche geht es eher um Qualität und Handwerkskunst. Bei den meisten jedenfalls.«

Kiki betrachtete Sylvia Bentz' Unterarm noch einmal genauer. Nachdem die Haut um den Schriftzug herum keine der bei frischen Tätowierungen üblichen Rötung zeigte, dürfte die Aufnahme mit großer Wahrscheinlichkeit mehrere Wochen nach dem Tattootermin erfolgt sein. Sprich: Das Bild war erst in den vergangenen neuneinhalb bis zehn Monaten und damit gar nicht so lange vor der Tragödie entstanden, die vor sieben Monaten passiert war. Dies grenzte den betreffenden Termin, an dem das Bild entstanden war, erheblich ein.

Kiki verkleinerte das Gruppenfoto wieder auf seine normale Größe, um noch einmal das Gesicht der Mutter zu betrachten. Bei Sylvia Bentz' halb traurigem Lächeln lief ihr ein Schauer über den Rücken. Dann fiel ihr noch etwas anderes auf: Links von Stefan Bentz, zwei weitere Personen entfernt, stand ein grau melierter Mann in den Sechzigern: Manfred Wolter. Und direkt neben ihm kein Geringerer als Professor Strümpfel. Genau wie Stefan Bentz lächelten die beiden in die Kamera, als wäre es ein unvergesslicher und großartiger Abend. Das spornte Kiki gleich noch mehr an.

Acht Monate nach Linus' Geburt.

»Mama? Mama?« Larissa rüttelte ihre Mutter am Arm. Die lag ausgestreckt auf dem Sofa im Wohnzimmer mit den Panoramafenstern, die zum ummauerten Garten führten.

»Nein.« Sylvia Bentz schlug die Hand ihrer Tochter zurück.

»Mama!« Larissa ließ nicht locker und kletterte auf den Bauch ihrer Mutter.

Sylvia Bentz stöhnte. Aus dem benachbarten Zimmer drang das Weinen des Babys zu ihr.

»Larissa. Prinzessin. Bitte!«

»Mama. Linus heult.«

»Ich weiß. Ich weiß, mein Sternchen.«

»Und ich habe Hunger. Schlimmen Hunger.«

Sylvia Bentz rappelte sich hoch. »Wo ist Danuta?«

»Die saugstaubt.« Bei der Wortkreation ihrer Tochter musste Sylvia Bentz unwillkürlich schmunzeln. Larissa schaffte es immer wieder, sie ein klein wenig aus dem dunklen Loch zu holen, in dem sie seit Linus' Geburt steckte. Wenn das Mädchen sie anlächelte, seine winzigen Hände in ihre legte oder ihr einen Kuss auf die Wange schmatzte, vergaß sie für einen Moment all die Müdigkeit, all das Dunkle und all die kreisenden Gedanken.

»Möchtest du mit mir kuscheln?«, fragte Sylvia und schlug die federleichte Kaschmirdecke zurück, die farblich exakt zum cremeweißen Sofa passte.

»Nö.« Larissa schüttelte den Kopf so heftig, dass die blonden Löckchen stoben. »Ich habe Hunger.«

»Ach komm, nur ein bisschen«, sagte ihre Mutter fast flehentlich. »Danuta macht dir gleich ein Brot.«

»Nö!« Die Kleine stampfte mit dem Fuß auf. »Nö. Nö. Nö!«

»Larissa!« Sylvia Bentz traten Tränen in die Augen. Sie wollte es nicht. Es passierte einfach. »Komm zu deiner Mama!«

»Blöde Mama!« Larissa kickte mit dem Fuß, der in einer rot gepunkteten Socke steckte, gegen das Sofa. Dann rannte sie davon.

»Larissa!«, rief Sylvia Bentz ihr hinterher. Dann sank sie kraftlos in die Kissen. Eine tiefe Traurigkeit durchflutete sie wie klebriger, stinkender Teer. Und obwohl sie den stummen Tränen freien Lauf ließ, verspürte sie keine Erleichterung. Im Gegenteil. Mit jedem Atemzug legte sich ein schwererer Brocken auf ihre Brust, und sie schluckte gegen die bittere giftgrüne Galle an, die in ihrer Speiseröhre brannte.

Und dann spürte sie nur noch eines.

Wut.

Unbändige Wut.

Und in ihrem Kopf vibrierte nur ein Name.

Linus.

Linus.

Linus.

Sylvia Bentz ballte die Hände zu Fäusten und biss in die Designerdecke.

Nach einer viel zu kurzen Nacht erwachte Kiki am nächsten Morgen in ihrem Bett. Müde schaltete sie das nervige Weckerklingeln ab, bevor sie unter die Dusche verschwand. Während sie anschließend an ihrem viel zu heißen Kaffee nippte, überprüfte sie den Nachrichteneingang auf ihrem Smartphone. Tom hatte ihr gestern Abend noch geschrieben: *Wie war dein Tag? Hast du morgen Abend schon was vor?*

Sein Interesse freute sie und zauberte ihr ein Lächeln ins Gesicht. Umso schmerzhafter war deshalb, was sie ihm antworten musste: *Sorry, war gestern völlig mit Recherchen beschäftigt. Heute Abend muss ich zu einer Wohltätigkeitsveranstaltung. Keine Ahnung, wie lange die dauert.*

Sie wartete, ob der Maulwurf ihr gleich etwas erwidern würde. Als das nicht der Fall war, füllte sie den dampfenden Kaffee in einen Thermobecher mit Deckel um und machte sich auf den Weg zu Enzo. Um kurz nach halb neun traf sie am Landgericht ein. Tom hatte noch nicht geantwortet, dafür wartete Roland Mussack am Eingang auf sie.

»Ah, heute wieder mit von der Partie«, begrüßte er sie, mit einem abschätzigen Blick auf ihren Coffee-to-go. Offenbar hatte er darauf gehofft, sie auf einen kurzen Spaziergang zum Eckcafé begleiten zu können. Kiki wusste nicht, was sie davon halten sollte. Machte sich der Mann vielleicht Hoffnungen auf … ja, worauf eigentlich? Einen Faktenaustausch unter Kollegen? Ein Date? Oder deutete sie hier zu viel in Wörter und Gesten hinein?

»Gestern hatte ich zu viel am Schreibtisch zu tun«, erklärte sie. »Habe ich etwas verpasst?«

»Der Psychologe hat sein Gutachten zu Sylvia Bentz vorgestellt. Der Verteidiger hat versucht, es auseinanderzunehmen. Das ist ihm nicht so recht gelungen. Vermutlich, weil sich der Psychodoc mit einer abschließenden Diagnose zurückgehalten hat. In seiner Aussage gab es eine Menge Wenns und Abers.«

»Also sind alle genauso klug wie vorher?«

»Könnte man so sagen.«

Sie betraten das Gerichtsgebäude und reihten sich wie üblich in die Schlange zur Sicherheitsüberprüfung ein. Ganz gentlemanlike gewährte Mussack ihr den Vortritt. Kiki öffnete bereitwillig ihre Handtasche, um den Wachmann sich vergewissern zu lassen, dass sie keine Waffen oder andere gefährliche Gegenstände bei sich trug. Seine Kollegin neben ihm machte sich bereit, sie mit dem Handscanner nach versteckten Metallgegenständen am Körper abzusuchen. Noch bevor sie mit dieser Arbeit beginnen konnte, trat jedoch eine dritte uniformierte Person hinter Kiki.

»Einen Moment bitte«, sagte der neue uniformierte Mann, den Blick auf die Reporterin gerichtet. »Sind Sie Heike Holland?«

»Bin ich. Sie können mich Kiki nennen.«

Der dritte Wachmann erwiderte ihr Lächeln nicht. »Bitte treten Sie aus der Schlange heraus.«

Er bedachte sie mit einem Blick, der keine Widerworte duldete. Irritiert kam Kiki der Aufforderung nach. »Ist was nicht in Ordnung?«

»Frau Holland, ich habe hier eine von Richter Barchmann unterschriebene sitzungspolizeiliche Ausschlusserklärung, die es Ihnen untersagt, dieser Verhandlung weiterhin beizuwohnen.«

»Ist das ein schlechter Scherz?« Kiki hob überrascht den Kopf. »Für diese Verhandlung ist die Öffentlichkeit zugelassen. Ich bin Journalistin und in offizieller Funktion hier. Augenblick, hier ist mein Presseausweis.«

Aber das beeindruckte den Mann offenbar wenig. »Sie können Ihren Ausweis wegstecken. Der tut in diesem Fall nichts zur Sache. Sie haben nicht richtig zugehört: Nicht die Öffentlichkeit ist von der Verhandlung ausgeschlossen, sondern *Sie*. Hier habe ich das von Richter Barchmann unterschriebene Dokument dazu.«

Kiki spürte, wie mittlerweile sämtliche Blicke in der Eingangshalle auf ihr ruhten. Roland Mussack hatte eine empörte Miene aufgesetzt, schien jedoch nicht im Traum daran zu denken, sich einzumischen. So viel zu ihrer Theorie, dass er ein gesteigertes Interesse an ihr besaß.

Kiki stand noch immer auf dem Schlauch. Irritiert griff sie nach dem Schreiben, das der Wachmann ihr entgegenstreckte. Es stammte vom hiesigen Landgericht und trug das heutige Datum. Unterzeichnet hatte den Wisch Dr. Dieter Barchmann. So weit, so richtig. Das Verbot erklärte das noch lange nicht. Kiki überflog die wenigen Zeilen. Sie wurde beschuldigt, den Ehemann der Angeklagten ausspioniert und somit die Privatsphäre der Opferfamilie verletzt zu haben. Aus diesem Grund hatte Stefan Bentz für Kiki einen Ausschluss von der restlichen Gerichtsverhandlung beantragt. Für neuerliche Verletzungen seiner Privatsphäre oder der seiner Familie behielt sich Bentz weitere rechtliche Schritte vor. Wie genau diese aussehen könnten, stand in dem Dokument nicht.

Kiki blieb für einen Moment die Spucke weg. Sie musste an ihr gestriges Aufeinandertreffen mit dem Kindsvater denken und wie er sie als »dumme Pressefotze« betitelt hatte. Streng genommen erfüllte das den Straftatbestand der Beleidigung und wäre ebenfalls eine Anzeige wert. An ihrem Problem würde die jedoch trotzdem nichts ändern.

»Bitte lassen Sie die anderen passieren«, rief der Wachmann, der ihre Handtasche überprüft hatte. »Die Verhandlung beginnt in Kürze.«

»Sie können doch nicht …«, begann Kiki.

Der dritte Uniformierte wirkte noch immer kalt wie eine Hundeschnauze. »Selbstverständlich können Sie gegen den Beschluss Einspruch einlegen. Wie die genaue Prozedur dafür aussieht, kann ich Ihnen zwar nicht sagen, aber als Vertreterin der recherchierenden Zunft haben Sie sicherlich Mittel und Wege, das herauszufinden.«

Die letzten Wörter sprach er mit unüberhörbarem Hohn. Kiki hätte schwören können, dass er die Situation genoss. Sie hatte auf einmal das Gefühl, sich in einer surrealen Kafka-Geschichte zu befinden. Kurz überlegte sie, sich an dem Wachmann vorbeizudrängeln. Aber selbst, wenn es ihr gelänge, was hätte sie damit erreicht? Den Gerichtssaal würde sie nicht von innen sehen, sondern stattdessen ihre eigene Situation nur verschlimmern. Die Blöße einer hysterischen Szene wollte sie sich ebenfalls nicht geben.

Kiki schaute einige Sekunden lang schweigend zu, wie Mussack und zwei weitere Personen ihre Sicherheitsüberprüfung ohne Verzögerung beendeten und dann weiter zur Verhandlung gingen. Nicht einmal einen kurzen Blick warf der Kollege des Boulevardressorts zurück.

Extrem verärgert verließ Kiki das Gerichtsgebäude. Als sie auf Enzos Fahrersitz saß, hätte sie am liebsten wütend auf das Lenkrad eingeschlagen. Sie beließ es bei einem festen Umkrallen und einem besonders sportlichen Ausparken aus der Parklücke. Weil das Radio keine passende Musik zum Dampfablassen spielte, wechselte sie zum CD-Player und spielte mit *Uno* ein angenehm lautes Lied von Muse. Das funktionierte und brachte sie wieder auf Kurs.

Eine gewisse Grundverärgerung hielt sich dennoch hartnäckig. Kiki war zwar auf viele Überraschungen eingestellt gewesen, aber mit einem solchen Rückschlag hatte sie nicht gerechnet. Wie kam Bentz dazu, sie anzuzeigen, nur weil sie sich in seinem Shop und bei ihm zu Hause umgesehen hatte? Wie kam er überhaupt auf Letzteres? Er war Kiki doch gar nicht begegnet. Hatte er auf den Bildern der Überwachungskamera seines Hauses gesehen, wie sie Enzo in der Nähe geparkt und sich in der Nachbarschaft umgehört hatte? Oder ging es ausschließlich um die vermeintliche Spionage in seinem Laden? So oder so fand sie seine Reaktion völlig übertrieben. Ein bisschen Hintergrundrecherche gehörte schließlich dazu. Das war sozusagen ein wichtiger Teil des Spiels. Jeder, der *wirklich* etwas herausfinden wollte, musste seinen Hintern hochkriegen und Nachforschungen vor Ort anstellen. Schließlich war das der Unterschied zwischen echter journalistischer Arbeit und dem Herauskopieren von Meldungen, die jemand anderes geschrieben hatte.

Ein ganz anderer Punkt war, wie Stefan Bentz den Verhandlungsausschluss überhaupt so schnell bewirken konnte. Hatten er oder sein Anwalt die Nummer des Richters auf der Kurzwahltaste? Spielten sie mit Barchmann am Wochenende gemeinsam Golf oder Tennis?

Kiki wusste es nicht, aber eines wusste sie genau: Mit dieser Aktion würde Stefan Bentz sie nicht aufhalten. Im Gegenteil. Wenn überhaupt, hatte es ihr gleich noch mehr Motivation beschert, den Kerl genauer unter die Lupe zu nehmen. Um allerdings keine weiteren rechtlichen Schritte zu riskieren, musste sie unter dem Radar fliegen. Bei ihm daheim vorbeizufahren, zählte vermutlich nicht dazu.

Ihre Wut machte sie hungrig, und sie beschloss, einen Zwischenstopp in einem Bistro einzulegen. Das *BePunkt* schied dafür aus. Wenn sie dort ein Kollege oder eine Kollegin – oder im schlimmsten Fall ihr Chef – sah, würde sich die Hiobsbotschaft noch schneller verbreiten. Auch so war es im besten Fall eine Frage von ein, zwei Tagen, bevor Markus Kahler erfuhr, dass sie der Gerichtsverhandlung nicht mehr beiwohnen durfte. Und wenn sie dann mit keinem Knüller dagegenhalten konnte, würde sie ein Problem haben. Eines, auf das sie gern verzichtete.

Sie entschied sich für ein in einer Seitengasse gelegenes Café, an dem sie bereits mehrmals vorbeigefahren war, das sie aber noch nie betreten hatte. Außer ihr schien es noch vielen anderen so zu gehen. Gerade einmal vier Gäste waren anwesend, und keiner davon interessierte sich für die Reporterin. Kiki wählte einen Eckplatz im hinteren Teil des Lokals, von dem aus sie den Eingang gut im Auge hatte. Nachdem sie sich ein Truthahnsandwich und einen Jasmintee (ein Thermobecher voll mit Kaffee wartete ja noch im Auto auf sie) bestellt hatte, verband sie ihr Notebook mit dem Gratis-WLAN des Cafés und überlegte, wie sie ihrem neuen Lieblingsfeind sonst noch zu Leibe rücken konnte.

Eventuell durch seine Assistentin? Über Franziska Bechenbacher wollte Kiki sich ohnehin erkundigen. Sozusagen als Vorbereitung auf das mögliche Wiedersehen auf dem Wohltätigkeitsbasar heute Abend.

Als sie ihren Namen in der Suchmaschine eingab, bewies sich einmal mehr die alte Weisheit, dass das Internet nichts vergaß. Binnen weniger Mausklicks wusste sie, dass Bechenbacher sechsundzwanzig Jahre alt war und das Franka-Zastrow-Gymnasium hier in der Stadt besucht hatte. Nach dem Abi hatte sie ein BWL-Studium begonnen, es offenbar jedoch kurz vor dem Abschluss entweder ganz abgebrochen oder auf Eis gelegt. Sie schien jedenfalls etwas auf dem Kasten zu haben. Schön und klug – umso unverständlicher war es, dass sie in einem Laden für Bootszubehör versauerte.

In den sozialen Netzwerken war Franziska Bechenbacher ebenfalls gern und viel unterwegs. Leider verhinderten ihre

Privatsphäre-Einstellungen, dass Fremde mehr als die allgemeinen Informationen ihres Profils zu sehen bekamen. Mehr erhielt man erst, nachdem man von ihr als Online-Freund oder -Freundin akzeptiert wurde. Dass Kiki das gelang, war eher unwahrscheinlich.

Zum Glück gab es auch im *normalen* Internet etliche Seiten, in denen ihr Name im Zuge von Veranstaltungen fiel, teilweise mit Fotos von ihr. Auf einer Handvoll davon war sie zusammen mit ihrem Chef zu sehen. Sie wirkten vertraut, aber das musste nicht viel zu sagen haben. Aufschlussreicher war da Franziskas Mitgliedschaft im hiesigen Segelsportverein. Auf deren Website fand Kiki Bilder von Leuten im Mannschaftstrikot, auf dem das Logo und der Schriftzug vom *Bentz' Jachtshop* zu sehen war. Hatten sich die zwei darüber kennengelernt? Möglich wäre es auf jeden Fall.

Unter anderen Umständen wäre es bestimmt ein Leichtes, sich in dem Segelverein umzuhören. So ähnlich wie dieser eine Hobbydetektiv aus Baden-Württemberg, von dem sie gelesen hatte. Der hatte sich vor ein paar Jahren mit seinem Hund in einen Kleintierzuchtverein eingeschlichen, um dort den Mord an der Vereinsschatzmeisterin zu untersuchen.

Die einzigen Mankos an dieser eigentlich tollen Idee waren, dass eine solche Aktion erstens sehr zeitaufwendig war und zweitens Franziska Bechenbacher mit Sicherheit davon erfahren würde, wenn sich jemand im Verein – wenn auch unauffällig – über sie oder den Jachtshop-Sponsor erkundigte.

Nein, da war es cleverer, wenn sich Kiki ihrem neuen Lieblingsfeind aus anderen Richtungen näherte. Zum Beispiel über eine der Aktivitäten, die der feine Herr Bentz abseits seines Jachtshops, der Sponsorentätigkeit und seiner Rolle als Familienvater so trieb. Einmal mehr gab sie seinen Namen in die Suchmaschine ein und brauchte mit einigen Zusatzbegriffen nicht lange, um herauszufinden, dass er eine

Mitgliedschaft im Rotary Club besaß, im DRK-Kreisverband saß, die DRF-Luftrettung und die gemeindenahen Psychiatrien unterstützte.

Am letzten Punkt blieb sie hängen. Von einer solchen Unterstützung hatte sie gestern in Johannas Recherchen über Wolter ebenfalls gelesen. Das konnte, musste aber keine Verbindung bedeuten. Was *gemeindenahe Psychiatrie* genau bedeutete, googelte sie vorsichtshalber gleich noch einmal: Es handelte sich um ein soziales Konzept, das in den 1970er-Jahren aufgekommen war und für Chancengleichheit aller Angehörigen einer Gesellschaft sorgen sollte. Sprich: Jeder Mensch, der mit psychischen Erkrankungen oder Leiden zu kämpfen hatte, sollte das gleiche Recht darauf haben, diese mit der Hilfe von sozialen Einrichtungen, Präventionsprogrammen und Seelsorge-Ansprechpartnern behandeln zu lassen.

Das klang prinzipiell gut. Aus früheren Ermittlungen wusste sie jedoch, dass solche Zentren für manche Gründer ein gern genutztes steuerliches Abschreibungsprojekt waren. Sehr oft wurden diese Häuser von den örtlichen Lebenshilfen gebaut und finanziell von der *Stiftung Mensch* unterstützt. Spendengelder wurden quasi eins zu eins von den Finanzämtern durchgewunken. Was diese Einrichtungen in Kikis Augen nicht weniger sinnvoll machte. Hier wurden psychisch kranke Menschen, die aktuell keinen Platz für eine ambulante oder stationäre Therapie bekamen, zumindest tagsüber aufgefangen. Sie hatten Ansprechpartner, bekamen drei Mahlzeiten, konnten an Malkursen oder Gesprächskreisen teilnehmen oder sich ganz einfach zu Gleichgesinnten in den Hof oder Garten setzen.

Unwillkürlich erinnerte Kiki sich an ein ziemlich dunkles Kapitel ihres eigenen Lebens. Es war sieben, vielleicht auch acht Jahre her. Kiki war von einem Termin zum nächsten gehetzt. Am frühen Vormittag hatte ein Bürgermeister einen Spatenstich getan. Kurz darauf war der fünftausendste Besucher im Freibad registriert worden und hatte neben freiem Eintritt noch ein Badehandtuch geschenkt bekommen. Nach einem kurzen Mittagessen an der Pommesbude, bei dem sie die ersten Texte ins Notebook gehackt hatte, war sie zum Marktplatz aufgebrochen.

Was sie dort gewollt hatte? Sie wusste es nicht mehr. Auf halber Strecke hatte ein Ameisenrennen ihre Gliedmaßen erfasst. Ihr war heiß und kalt geworden. Die Straße war vor ihren Augen verschwommen. Sie war rechts rangefahren, hatte hektisch geatmet und sich ans Lenkrad geklammert. Ihr war so schlecht gewesen wie noch nie zuvor in ihrem Leben. Übergeben hatte sie sich dennoch nicht können. Kiki war laut heulend zusammengebrochen und erst zu sich gekommen, als eine aufmerksame Fahrerin sanft an die Fensterscheibe geklopfte hatte.

Es war die erste und – toi, toi, toi – letzte Panikattacke in ihrem Leben gewesen. Die allerdings hatte ihr gezeigt, dass sie für einen Job bei der Redaktion einer großen Tageszeitung nicht gemacht war. Sie hatte umgesattelt, bei der hiesigen Lokalredaktion angeheuert und führte seitdem ein einigermaßen stressbefreites Leben.

War es Sylvia Bentz ähnlich ergangen? Hatte die junge Mutter vor lauter Stress den Horizont nicht mehr gesehen? Hatte Sylvia Bentz sich ihrem Ehemann anvertraut, woraufhin dieser angefangen hatte, derartige Projekte zu unterstützen? Oder hatte das eine mit dem anderen rein gar nichts zu tun? Möglicherweise steckte auch etwas völlig anderes dahinter.

Kiki für ihren Teil hatte sich damals geweigert, einen Psychotherapeuten aufzusuchen oder mit irgendwem anders darüber zu reden. Aber sie selbst wäre im Leben nicht darauf gekommen, einen Menschen – und schon gar nicht ihr eigen

Fleisch und Blut – ins Jenseits zu befördern. Wenn, dann hätte sie sich selbst und ganz allein gegen einen Brückenpfeiler gerammt.

Fragen.

Mehr Fragen.

Immer neue Fragen.

Was sie nicht fand, waren Antworten. Sie notierte sich den Punkt *Unterstützer der gemeindenahen Psychiatrie* und umkringelte ihn. Anschließend suchte sie sich aus dem Internet eine Liste aller Sozialstationen und psychischen Auffangstationen in der Stadt heraus. Es war knapp ein Dutzend, die ambulanten Dienste noch nicht einmal mitgerechnet. Diese abzuklappern, würde eine Weile dauern. Sie speicherte die Liste auf ihrem Notebook und machte sich anschließend einen Vermerk in ihrer To-do-Liste.

Wann und wie sie mit dem Abarbeiten anfangen wollte, wusste sie noch nicht. Für den Moment hatte sie genug von den trockenen Theorierecherchen. Es dürstete sie nach Action. Sie musste raus und etwas tun.

Noch während Kiki überlegte, was dieses *Etwas* sein könnte, vibrierte ihr Smartphone. Tom hatte sich gemeldet: *Schade. Damit schwinden wohl die Chancen, uns heute noch zu sehen. Oder hast du vor dem Event noch Zeit und Lust auf ein gemeinsames Eis?*

Lust hatte sie durchaus, Zeit hingegen nicht. Vor allem, weil ihr Kahler wegen des Artikels im Nacken saß. Das Verbot, der Verhandlung beizuwohnen, hatte die Sache keinesfalls besser gemacht. Deshalb blieb ihr keine andere Wahl, als dem Maulwurf eine weitere Abfuhr zu erteilen. Schweren Herzens antwortete sie ihm: *Ich würde ja gern, aber bei mir ist gerade echt Land unter. Ich melde mich, wenn ich Licht sehe. Sorry.* Obwohl sie Emojis eigentlich doof fand, fügte sie ein betrübtes Gesicht hinzu, gefolgt von einem Küsschen.

Nach dem Senden der Nachricht betrachtete sie bekümmert ihr Mobiltelefon. Es kam ihr vor wie ein grausames Déjà-vu: Wie oft hatte sie schon einen Partner vergrault, weil sie zu viel Zeit in ihre Arbeit investierte und hinter ihrem Job alles andere zurückstecken musste? Zwar war das, was Tom und sie hatten, noch weit von einer richtigen Beziehung entfernt, dennoch fragte sie sich, wie viele Abfuhren und Vertröstungen er wohl hinnehmen würde, bevor er das Interesse an ihr verlor und aufgab. Kiki versuchte zwar, ihr Privatleben nicht zu sehr zu vernachlässigen, dennoch zwang sie ihr Job ständig zu abendlichen Veranstaltungen und langwierigen Außeneinsätzen. Nicht jeder Mann war nachsichtig genug, das hinzunehmen. Und selbst, wenn er anfangs versicherte, dass es ihn nicht stören und er ihr ihre Freiheiten lassen würde, lief es letzten Endes stets darauf hinaus, dass er sich vernachlässigt vorkam und sich darüber beschwerte, bloß die zweite Geige zu spielen. Egal, ob es nur ein paar Wochen oder mehrere Monate waren, irgendwann hatte auch der geduldigste Typ genug davon, mit einer Frau zusammen zu sein, die praktisch nur zum Schlafen heimkam und selbst am Wochenende nicht die Füße hochlegte.

»Ich versuche ja, mich zu bessern«, flüsterte sie in die Leere ihrer Sitzecke und ahnte im gleichen Atemzug, dass es wohl auch diesmal bei dem reinen Versuch bleiben würde. Manchmal war es wirklich nicht einfach, Kiki Holland zu sein.

In diesem Augenblick klingelte das Telefon in ihrer Hand. Einen Sekundenbruchteil war sie überzeugt davon, es wäre Tom, der sich über den erneuten Korb beschweren wollte. Doch das Display beharrte darauf, dass es sich bei dem Anrufer um Markus Kahler handelte, ihren Chef. Offenbar hatte sich die schlechte Nachricht diesmal besonders schnell herumgesprochen.

Sie spielte mit dem Gedanken, das Gespräch nicht anzunehmen, aber aus Erfahrung wusste sie, dass Dinge in der Regel nicht besser wurden, wenn man sie vor sich herschob.

»Hallo, Markus«, sagte sie mit neutraler Stimme. Vielleicht rief er ja wegen etwas völlig anderem an.

Die Hoffnung zerplatzte gleich mit seinen ersten Worten wie eine Seifenblase: »Ich habe das mit dem Verbot gehört. Was hast du getan, um den Mann dermaßen auf die Palme zu bringen?«

»Nichts, außer normaler Recherche-Arbeit. Ich hab mich in seiner Nachbarschaft umgehört und war in seinem Laden. Der für das Bootszubehör.«

»Das ist alles?«

»Im Grunde genommen, ja.«

Markus Kahler schnaubte verächtlich. »Das ist doch gar nichts! Als ich noch außen unterwegs war, bin ich den Leuten richtiggehend auf die Pelle gerückt. Manchmal mit Perücke und falschem Bart.« Einen Atemzug lang klang ihr Boss beinahe nostalgisch. So kannte sie ihn gar nicht. »Jedenfalls ist das noch lange kein Grund, eine meiner Reporterinnen von einer Gerichtsverhandlung auszuschließen. Wir haben jedes Recht dazu, vor Ort zu sein. Alles andere ist eine eklatante Einschränkung der Pressefreiheit. Ich werde deswegen gleich unsere Rechtsabteilung einschalten. Die Jungs werden alle Register ziehen, damit du möglichst bald wieder vor Ort sein kannst. So leicht geben wir uns nicht geschlagen!«

»D-danke.« Kiki war richtiggehend baff. Sie hatte mit einer Standpauke oder im schlimmsten Fall dem Entzug des Falls gerechnet.

»Du bleibst doch weiterhin dran an der Sache?«

»Selbstverständlich. Ich stelle gerade Hintergrundrecherchen an.«

»Gut so. Kann dich irgendwer dabei unterstützen, kann ich irgendetwas tun?«

Sie dachte einen Moment darüber nach. »Ehrlich gesagt, gibt es da tatsächlich etwas. Stefan Bentz scheint recht gut mit einigen hohen Tieren befreundet zu sein.«

»Offensichtlich.«

»Neben dem Richter scheint er auch mit dem Chef von Eureka ziemlich dicke zu sein. Die beiden sind zusammen an mehreren Projekten beteiligt. Unter anderem sind sie Unterstützer der gemeindenahen Psychiatrie. Ich habe schon mal eine Liste erstellt, welche Einrichtungen es hier gibt. Jetzt wüsste ich gern, an welchen Adressen in der näheren Umgebung Stefan Bentz und Manfred Wolter besonders interessiert sind.«

Eine Sekunde lang herrschte Stille.

»Okay … Ich bin neugierig, was das mit deinem aktuellen Artikel zu tun hat. Aber ich vertraue dir da. Du wirst schon wissen, wofür du diese Infos brauchst. Schick mir die Liste, und ich setze jemanden dran.«

»Danke. Sag mal, du mit deinen Verbindungen kommst doch sicher mühelos an Karten für einen Wohltätigkeitsabend, oder?«

»Möglicherweise. Worum genau geht es?«

Kiki erklärte es ihm und blieb nach dem Telefonat in einer merkwürdig euphorischen Stimmung zurück. Einerseits fühlte sie sich erleichtert, andererseits mehr denn je voller Tatendrang. Bestärkt durch die Rückendeckung von ihrem Chef, beschloss sie, etwas zu wagen. No risk, no fun, wie es so schön hieß.

Die Sonne schien besonders hell am strahlend blauen Himmel, als sie am François-Christophe-Ring vorbeifuhr und das Wohnviertel der Besserbetuchten erreichte. Diesmal parkte Kiki Enzo mit einem gebührenden Sicherheitsabstand zum Bentz'schen Anwesen und der dortigen Überwachungskamera. Bevor sie ausstieg, schaute sie sich nach allen Seiten um. Weit und breit keine Menschenseele in Sicht. Die Armbanduhr verriet ihr, dass es bereits nach elf war, schon fast Mittag. Das minderte die Chancen, hier draußen rein zufällig auf einen tratschfreudigen Nachbarn zu treffen. Ihre größte Hoffnung setzte Kiki in Danuta, mit der sie sich neulich recht ergiebig an der Bushaltestelle unterhalten hatte. Allerdings dürfte es für den Feierabend des Kindermädchens ein bisschen früh sein. Und für alltägliche Besorgungen war bestimmt jemand anderes im Haus zuständig.

Als Kiki am Nebengrundstück mit dem hohen Holzzaun vorbeikam, fiel ihr die verrückte Nachbarin wieder ein. Konnte sie es wagen, ihr noch einmal eine ähnliche Geschichte wie beim letzten Mal aufzutischen? Nein, selbst im volltrunkenen Zustand würde Frau Schneider sie wohl nicht noch einmal einfach so in ihr Haus lassen. Zumal die neue Haushälterin das Missverständnis inzwischen aufgeklärt hatte. Für einen besseren Überblick der Umgebung war Kiki gerade dabei, sich eine Straßenkarte auf ihr Smartphone herunterzuladen, da öffnete sich das Tor des Bentz'schen Grundstücks. Eine pummelige Frau mit schwarz-roten Haaren trat mit einem blonden Mädchen an der Hand nach draußen. Danuta und Larissa.

Kiki konnte ihr Glück kaum fassen.

Sie überlegte, sofort auf die beiden zuzugehen. Nach kurzem Zögern entschied sie sich dagegen. Die zwei hatten sie noch nicht bemerkt und spazierten in entgegengesetzter Richtung davon. Zuerst in Richtung Bushaltestelle. Dahinter bogen sie nach rechts in die nächste Straße ab. Kiki folgte ihnen in hundert Meter Entfernung und freute sich darüber, dass sich weder Kind noch Betreuerin auch nur ein einziges Mal umdrehten. Die meiste Zeit ließ das Mädchen die Schultern hängen, während seine Betreuerin unermüdlich auf es einredete. Was sie dem Mädchen erzählte, konnte Kiki leider nicht verstehen.

Das ungleiche Gespann überquerte eine Straße und bog in eine begrünte Seitengasse ab. Als Kiki die Gasse erreichte, war dort niemand mehr zu sehen. Stattdessen sah sie links und rechts des Weges nur weitere Villen.

Verdammt! Hatten die zwei eines der Grundstücke betreten? Wenn Larissa eine von ihren Freudinnen besuchte, wäre Kiki aufgeschmissen. Aber vielleicht gab es um die Ecke ja auch einen Kiosk oder eine Eisdiele. Alles wäre besser als ein weiteres, von hohen, undurchschaubaren Mauern umgebenes Privatanwesen.

In diesem Moment vernahm sie ein beherztes Kinderlachen, dicht gefolgt von einem Johlen und Kreischen. Obwohl Kiki von Larissa bisher nicht viel gehört hatte, hatte sie nicht das Gefühl, dass diese Laute von dem Mädchen stammten. Also ein Treffen mit einer Freundin.

Kikis Enttäuschung wuchs. Parallel dazu lief sie schneller, um vielleicht wenigstens noch einen flüchtigen Blick auf die Personen an der Haustür zu erhaschen.

Aber es lief vollkommen anders.

Das, was Kiki gehört hatte, erwies sich tatsächlich als die Geräusche eines anderen Kindes. Mehrerer anderer Kinder sogar. Jedoch nicht auf einem privaten Grundstück, sondern einem öffentlichen. Einem Spielplatz, um genau zu sein. Zwei Mädchen und ein Junge tollten dort am Klettergerüst, auf der Rutsche und der Schaukel herum. Ihre Eltern – oder vermutlich eher ihre Privatbetreuerinnen – saßen auf Steinbänken und unterhielten sich miteinander. Danuta war anzusehen, dass sie sich gern zu ihnen gesellt hätte, aber Larissa wich nicht von ihrer Seite. Als Kiki im Schatten eines gewaltigen Zedernbaumes stehen blieb, bemerkte sie, wie das Kindermädchen weiterhin unermüdlich auf Larissa einredete. Sie zeigte auf die anderen Minimenschen und ermunterte sie vermutlich dazu, mit ihnen zu spielen. Keine Chance. Notgedrungenerweise ließ sich Danuta mit ihrem Schützling am Rand des quadratischen Sandkastens nieder.

Damit saß die polnische Betreuerin zumindest abseits der anderen. Ungestört unterhalten konnte man sich trotzdem nicht mit ihr. Vor allem nicht über ein solch heikles Thema, wie es einer gewissen Journalistin auf den Nägeln brannte. Kiki beschloss, die Gelegenheit dennoch zu nutzen, und ging wie zufällig auf die beiden zu. Sie wünschte, sie hätte den Thermobehälter aus ihrem Auto mitgenommen. Da hätte sie eine Kaffeepause vortäuschen können. So musste sie sich etwas anderes einfallen lassen. Den Blick hielt sie auf die anderen Betreuerinnen gerichtet. Allesamt junge Frauen von allerhöchstens Ende zwanzig. Kurz bevor sie Danuta erreichte, drehte Kiki den Kopf und tat überrascht. »Ah, du bist ja auch hier.«

Erst einen Moment später fiel ihr ein, dass sie sich bei ihrem ersten Treffen gesiezt hatten. Aber für einen Rückzug war es zu spät. Das Kindermädchen hob seinen rot-schwarz frisierten Kopf. Einen Herzschlag lang wirkte sie irritiert. Dann erkannte sie offenbar das Gesicht ihrer bosnischen Arbeitsnachbarin und nickte. »Du bist Haushälterin bei Schneidäääär.«

Innerlich fiel Kiki ein Stein vom Herzen. Offenbar hatte Danuta sich noch nicht mit der tatsächlichen Aushilfe der Agentur unterhalten. Und Stefan Bentz hatte sie ebenfalls nicht vorgewarnt, dass eine Reporterin herumspionieren könnte. In Anbetracht der Tatsachen galt wohl bereits das als kleiner Erfolg. »Genau. Ich war gerade auf Weg zu Reinigung an Franziwar-Kristoffär-Ring.«

Den Laden hatte sie vorhin im Vorbeifahren gesehen, wie ihr gerade wieder eingefallen war. Die Ausrede schien zu funktionieren.

»Bei dänän musst du aufpassen. Das ist altär Franzossä, eine kleine Schlitzohr.«

»Dohnkääh für Wornung. Ist das da Larissa?«

Die Genannte schaute kurz auf. Ihr schmales Gesicht mit den leicht abstehenden Ohren wirkte trotz der zahlreichen Sommersprossen bleich, angespannt und überhaupt nicht so, wie das eines Mädchen ihres Alters auf dem Spielplatz aussehen sollte.

»Sie hat heute keine so gute Tag.«

Kiki ging neben dem Mädchen in die Hocke. »Was hast du denn?«

Keine Reaktion von Larissa. Statt ihr antwortete Danuta mit sorgenvoller Miene: »Ich auch nicht genau weiß, was heute ist. An manchähn Tage ist ihr immar etwas schwärr ums Herz. Ich dann immer versuchän, sie zu bringen auf andere Gedanken.«

Kiki konnte nicht viel mit Kindern anfangen. Als sie mit Mitte zwanzig schockverliebt in einen Kollegen aus der Sportredaktion gewesen war, hatten die beiden über eine gemeinsame Zukunft und natürlich auch die Familienplanung gesprochen. Jens, Kiki, ein Kind. Es hatte verlockend geklungen, und sie hatte mehrere Wochen lang jeder Frau mit Kinderwagen neidisch hinterhergeschaut. Sie hatte sogar die Pille abgesetzt und, als nach drei Monaten ihre Periode ausgeblieben war, einen Schwangerschaftstest gemacht. Und noch einen. Und einen dritten. Alle waren negativ geblieben. Jens verschwand mit der neuen Volontärin in der Dunkelkammer. Und Kiki beschloss, sich vorerst von durchwachten Nächten, klebrigen Patschehändchen und vollen Windeln fernzuhalten. Das war bis heute so geblieben. Zum Glück verspürte sie die bei so vielen Frauen spürbar tickende biologische Uhr nicht und war eher froh um jeden Monat, in dem sie Tampons kaufen musste.

Kiki nickte Danuta zu, und die beiden gingen ein paar Schritte. Larissa blieb wie angewurzelt sitzen und starrte auf ein vergessenes rotes Förmchen im Sandkasten. Da stapfte auf einmal ein Pimpf zum Sandkasten und wollte sich das Förmchen krallen. Larissa zögerte einen Moment. Dann sprang sie auf, griff sich das Spielzeug und füllte es wieder und wieder mit Sand, um kleine Muscheln zu formen.

»Ändlich sie spielen!« Danuta war die Erleichterung anzusehen. Larissa schenkte ihrem neuen Spielkameraden eine um die andere Sandmuschel und stülpte sie dazu auf die hölzerne Umrandung des Sandkastens.

Kiki musste grinsen, als Danuta sie hinter einen wuchtigen Baumstamm zog, um sich aus der Handtasche eine Zigarette zu holen. Sie bot Kiki eine an. Diese lehnte ab, obwohl sie Lust auf ein bisschen Nikotin gehabt hätte. Danuta zündete die Kippe an, nahm einen tiefen Zug, schloss die Augen und begann dann zu reden.

Danuta war seit Larissas Geburt in den Diensten der Familie Bentz. Angefangen hatte sie als Putzfrau, aber da die Dame des Hauses immer wieder ins Fitnessstudio gehen musste, um ihre Figur medienwirksam zu stählen, weil sie ihren Mann bei diversen Terminen begleitete, war aus dem Stundenjob rasch eine Vollzeitstelle geworden. Danuta hatte Sylvia Bentz durch deren komplette, von starker Übelkeit geprägte Schwangerschaft mit Linus begleitet.

»Bin ich gelaufen mit blaue Eimer hinter Scheffin, weil immer hat gekotzt.«

Kiki nickte zustimmend.

»Ist dann gekommen kleine Junge. Süßes Behbi.« Danuta nahm einen tiefen Zug und blies den Rauch in den stahlblauen Himmel.

»Aber Mutter gemacht sich hat wie in Kokon. Nur weinen. Nix freuen.«

»Oh.« Kiki musterte die Nanny. Danuta schien das Schicksal des kleinen Linus zu beschäftigen. Sie legte beruhigend eine Hand auf ihren Arm.

Es folgte ein weiterer heftiger Zug an der Zigarette, dann schnippte Danuta sie in hohem Bogen ins Gebüsch.

»Frau Bentz keine schlächte Frau. Ist krankä Frau.«

»Und ihr Mann?«

Kiki fixierte ihr Gegenüber haargenau. Danutas Gesichtszüge verrieten nichts. Wohl aber ihre Augen, die bei der Erwähnung von Stefan Bentz glasig wurden. Die Pupillen verengten sich. Die Lider flatterten kaum merklich. Kaum sichtbar, aber für das geschulte Auge einer Kiki Holland ein eindeutiges Zeichen. Danuta empfand etwas für ihren Arbeitgeber.

Bingo, schoss es ihr durch den Kopf, und als das Kindermädchen hektisch nach einer weiteren Zigarette kramte, nahm sie gern eine an. Danuta hielt die Zigarette in der linken Hand, zwischen Mittel- und Ringfinger. Eine ungewöhnliche Art, zu rauchen, aber Kiki tat es ihr nach und erreichte durch dieses Spiegelbild einmal mehr, dass ihr Gegenüber sich – völlig unbewusst – öffnete. Ein Hoch auf die Journalistenschule!

»Stäfan Bentz ist eine feine Mann«, sagte Danuta mit glasigen Augen und starrte in das Blätterdach. Kiki nickte und unterdrückte ein Husten. Der starke polnische Tabak kitzelte sie am Gaumen.

»Merkwürdigä Mann und sehr viel ernst, aber feine Kärl.«

»Das macht mich neugieräg«, sagte Kiki und lehnte sich wie Danuta an den mächtigen Baumstamm.

»Sieht auch gut aus«, schwärmte die Nanny und Haushälterin weiter. »War schönes Paar, die Sylvia und der Stäfan.«

Dann fuhr Danuta fort, wobei sie immer wieder zum Sandkasten schielte: »Na ja, aber viel arbeitet. Ist immer wäg, und wenn kommt heim, ist Kleine maistäns schon im Bätt.« Ihre

Schutzbefohlene saß mit dem Rücken zu ihnen und wirkte aus der Ferne wie ein ganz normales Kind, das mit seinem Spielkameraden eine Bäckerei für Sandkuchen betreibt.

»Muss eine gute Job haben, wenn nie daheim«, kickte Kiki nach. Danuta nickte langsam, überzeugte sich noch einmal, dass Larissa für den Moment ein fast normales Kind war, und begann dann zu erzählen. Dabei erfuhr Kiki Details, die in keiner Gerichtsverhandlung relevant wären.

Stefan Bentz stand jeden Morgen um sechs Uhr auf, absolvierte zwanzig Minuten auf dem Crosstrainer und las dann für exakt zwölf Minuten die Zeitung. In dieser Zeit trank er zwei doppelte Espressi und brachte dann seiner Frau einen Orangensaft in ihr Schlafzimmer. Seit Linus' Geburt hatten die Eheleute getrennt geschlafen, und ob sie sich manchmal des nächtens besucht hatten, wusste Danuta nicht. Sylvia Bentz war meistens noch nicht wach, und Herr Bentz stellte den Saft auf den Nachttisch. Wenn die Haushälterin am späten Vormittag ihr Bett machte, war das Glas stets leer.

Stefan Bentz verließ das Haus in der Regel kurz nach acht. Wenn er keinen Termin auswärts hatte, brachte er Larissa in die Kita. Das Mädchen abzuholen, schaffte er terminlich nie, und auch die beiden Theateraufführungen des Kindergartens – Larissa hatte einmal einen Schmetterling und einmal einen Schneemann gespielt – hatte er verpasst.

Bis zu der Tragödie kam Stefan Bentz spät, sehr spät, nach Hause. Da war Danuta längst im Feierabend, und sie konnte sich nur anhand des Geschirrs in der Küche am nächsten Morgen erschließen, dass er sich die Reste des Mittagessens in der Mikrowelle warm gemacht und vermutlich vor dem Fernseher gegessen hatte.

Über Sylvia Bentz sagte Danuta kein Wort mehr. Kiki wollte gerade insistieren, da pfefferte Larissa die Sandform in hohem Bogen nach ihrem neuen Spielkameraden.

»Gar nicht! Schmeckt dir nicht! Du isst es nicht!«, plärrte sie. Danuta zuckte zusammen und eilte, ohne einen Blick auf ihre vermeintliche Kollegin zu werfen, zu dem Mädchen. Nur einen kurzen Satz wurde Danuta noch los: »Frühar Frau Bentz immer sehr nette Frau!«

Kiki sah, wie die Polin das Kind an sich drückte und ihm beruhigende Worte zuhauchte. Sie beobachtete die Szenerie einen Moment lang. Dann machte sie sich auf den Rückweg.

Kaum hatte sie sich angeschnallt und einen Schluck von dem immer noch warmen Kaffee aus dem Thermobecher getrunken, piepste ihr Handy. Eine Nachricht von Kahler.

Zwei. Karten. Hinterlegt.

Eine Sekunde lang schaute sie verdutzt, bis der Groschen fiel. Natürlich! Für die Benefizveranstaltung. Wieder einmal staunte Kiki, wie lang und mächtig der Arm der Presse sein konnte. Sie war sich sicher, dass der Zutritt zu einer dermaßen privilegierten Veranstaltung von langer Hand geplant war.

Respekt, Kahler!, schrieb sie zurück.

Die Antwort folgte prompt in Form eines gereckten Emoji-Daumens.

Kiki zögerte einen Moment. Einen für sie erstaunlich kurzen. Dann hackte sie eine Nachricht in die virtuellen Tasten: *Hast du einen Anzug? Und heute um 19.30 Uhr nichts vor?*

Während des Wartens auf die Antwort knibbelte sie an ihrem linken Daumen und riss sich die Nagelhaut ein. Sie steckte den Finger in den Mund und lutschte das Blut ab. Kurz, bevor es nicht mehr blutete, ploppte die Antwort auf: *Ja und ja. Wo?*

Der Absender war Tom. Sie gab dem Maulwurf die Adresse durch und schielte auf die Uhr.

»Scheiße, so spät?« Für einen Friseurtermin, den sie sich ohnehin nur alle Schaltjahre gönnte, war es zu spät. Kiki gab Enzo die Fersen und spurtete nach Hause.

Der Kühlschrank gähnte sie mit innerer Leere an, und sie entnahm ihm das Einzige, das er zu bieten hatte: einen Piccolo. Diesen trank sie ex und hüpfte unter die Dusche, wo sie sich ausgiebig einseifte und danach von allen sie störenden Haaren befreite. Dass sie sich dabei an einer ziemlich intimen Stelle selbst verletzte, ärgerte sie weniger als die Tatsache, dass die zauberhafte Haarkurpackung leer war. Sie wusste: Sie würde damit leben müssen, etwas struppig auszusehen. Mehr erlaubte ihr Zeitplan nicht.

Sie cremte sich mit der teuersten Lotion ein, die sie besaß, zwirbelte die nach dem Föhnen noch etwas feuchten Haare zu einem losen Dutt zusammen und tuschte sich die Wimpern lackschwarz. Beim Lippenstift zögerte sie. In der Regel waren das cremige Rot und ein heftiger Kuss nicht miteinander vereinbar. Sie entschied sich für ein rosafarbenes Gloss, trug etwas *Chanel N° 5* auf – ein Luxus, den sie sich selten gönnte. Das unaufdringliche Parfum ließ sie jedes Mal schmunzeln, denn sie musste an Marilyn Monroe denken. Die hatte nachts angeblich nichts außer einem Hauch Chanel getragen.

Ein weißes Kleid wie die Sexbombe besaß Kiki nicht. Sie schwankte zwischen einem Anzug mit Marlenehose und dem einzigen *kleinen Schwarzen*, das sie ihr Eigen nannte. Sie entschied sich für das Jil-Sander-Fähnchen und zwinkerte sich selbst im Spiegel zu. Dann war es auch schon Zeit für sie, zu Enzo zu hetzen und ihren treuen Italiener aus der mühsam erkämpften Parklücke nur wenige Hundert Meter von ihrer Wohnung entfernt zu steuern. Wie jedes Mal, wenn sie einen solchen Luxusparkplatz ergattert hatte, seufzte sie innerlich, wenn sie den Wagen benutzen musste – aber es blieb ihr keine andere Wahl. Job war Job. Erstens. Und zweitens war dieser Abend – irgendwie – auch ein Date.

Tom wartete wie vereinbart am Eingang des Adenauer-Hauses. Bei seinem Anblick stockte Kiki für einen Moment der Atem, und sie knickte in den für sie ungewohnt hohen Schuhen um. Ihre Bänder meldeten sich schmerzhaft, aber nicht so fies, dass sie die Heels direkt von ihren Füßen hätte kicken wollen. Sie lächelte den Schmerz weg und stieg unbeschadet die letzten Stufen hinauf.

»Herr Bergemann, Sie sehen umwerfend aus!«, sagte Kiki rundheraus.

Tom musterte sie von oben nach unten und von unten nach oben. »Frau Holland, dieses Kompliment kann ich nur zurückgeben.« Er beugte sich vor und hauchte ihr einen zärtlichen Kuss auf die Stirn. Und dann einen eher eindeutigen auf den Mund. Dann bot er ihr ganz Gentleman den Arm an. Seite an Seite betraten sie das Gebäude. Kiki legte dem Security-Mann die beiden Karten vor, die vermutlich ein unterbezahlter Praktikant bei ihr in den Briefkasten geworfen hatte, während sie unter der Dusche gestanden hatte.

Im Foyer wuselten aufgebrezelte, mit viel Schmuck behangene, aber verhärmt wirkende Frauen mit Männern in teuren und dennoch schlecht sitzenden Anzügen durcheinander. Die Luft war erfüllt von einer Melange aus Zuviel an teuren Parfums. Kiki war froh, als ein blutjunges Mädchen ihnen auf einem Tablett aufgereihte Champagnergläser anbot.

»Santé!« Tom ließ sein Glas an ihres klirren.

»Auf diesen Abend!«, sagte Kiki, nahm einen tiefen Schluck und sah ihrem Gegenüber in die Augen.

»Ich …«, begann sie.

»… bin nicht rein privat hier«, fiel Tom zwinkernd ein. »Das, Kiki Holland, ist mir durchaus klar.«

»Woher weißt du das?«

Tom nickte mit dem Kopf in die andere Richtung des Foyers. Kiki folgte seiner Geste – und sah Stefan Bentz, der angeregt mit einem Mann plauderte. Den sie von Fotos kannte. Wolter!

»Stimmt«, gab Kiki zu. »Aber man kann sich seine Arbeit auch mit ein paar Häppchen versüßen.« Wie auf ein Stichwort hin balancierte ein Kellner ein Silbertablett vorbei. Kiki entschied sich für ein halbes Lachsbrötchen. Tom griff zu einem mit luftgetrockneter Salami.

»Ziemlich dekadent, Lachs zu servieren, und dann soll es um die Rettung hungernder Kinder in Afrika gehen«, überlegte Tom.

»Das ist dekadent«, stimmte Kiki ihm zu. »Aber was ich bei solchen Events am dekadentesten finde, ist, dass den meisten Spendern die Kinder an sich piepegal sind. Denen geht es eigentlich nur darum, die ach so großzügige Spende von der Steuer abzusetzen.«

Tom seufzte. »So viel Kohle will ich mal haben, damit sich solch ein Problem auftut.«

»Das willst du nicht!«, lachte Kiki.

»Da ich davon ausgehe, dass das hier quasi undercover ist …«

»Wir sagen eher investigativ!«

»Also gut, Frau Reporterin, da wir investigativ unterwegs sind … Darf ich Ihnen meinen Rücken als Tarnung anbieten?«

Kiki biss in das Brötchen. »Herr Maulwurf, mit Vergnügen.«

Tom grinste. Dann schlenderten die beiden unauffällig ans andere Ende des Foyers. Tom stellte sich so vor die Journalistin, dass sie von Wolter und Bentz nicht gesehen werden, aber dennoch deren Gespräch belauschen konnte. Für Kiki war das ein Grund mehr, die breiten Schultern ihres Begleiters zu begehren. Während ein heißer Schauer durch ihren Körper fuhr wie ein Blitz, spitzte sie die Ohren.

»Vielleicht wird der Prozess auch länger unterbrochen.« Das war Stefan Bentz. Er wirkte erstaunlich gefasst. Überhaupt fragte sich Kiki, wie er in seiner Situation aus dem Haus gehen konnte. Sollte er nicht eher bei seiner kleinen Larissa sein?

»Das zieht sich langsam wie Gummi.« Wolters Stimme war brummig wie die eines Bären, der zu viele Zigarren geraucht hatte.

»Ich müsste noch wissen, was Barchmann mit dem Staatsanwalt geklärt hat, ehe ich …« Bentz verstummte abrupt. Ein weiterer Mann gesellte sich zu den beiden. Es war Strümpfel. Kikis eigentliche Jagdtrophäe des Abends, wie sie nach dem Gespräch mit Johanna entschieden hatte. Zur Feier des Tages hatte er sich eine knallrote Fliege umgebunden und erinnerte mit seinen flusigen Haaren an eine Mischung aus Deutschlands bekanntestem Virologen und Albert Einstein in körperlicher Quadratur. Die drei Männer begrüßten sich mit einem Kopfnicken. Kiki registrierte die winzige, katzbuckelige Verbeugung Strümpfels gegenüber seinem Chef. Einige Momente lang schwiegen alle drei. Vermutlich wusste keiner der Herren, was er sagen sollte. Small Talk war nun mal nicht jedermanns Sache. Und vielleicht tat der Professor sich auch schwer mit Menschen, die einen Angehörigen verloren hatten. In diesem Fall das eigene Kind. Sie hätte wohl selbst nicht gewusst, wie sie ein Gespräch hätte aufnehmen sollen.

Schließlich beendete Stefan Bentz das Schweigen. Mit dem wohl banalsten Thema der Welt: dem Wetter.

Eine ganze Weile lang unterhielt sich das Trio über die starken Regenfälle der letzten Wochen, über die für die Jahreszeit zu kalten Temperaturen und die unzuverlässigen Vorhersagen der Meteorologen. Tom äffte mimisch die Aussagen nach, und Kiki hatte Mühe, nicht laut loszuprusten.

Ehe die drei auch noch die beliebten Themen Golf, Tennis oder Whiskey anschneiden konnten, ertönte wie im Theater ein Gong, der signalisierte, dass die Gäste sich nun an die

Tische begeben sollten. Bentz war sichtlich froh, aus der Runde verschwinden zu können. Wolter und Strümpfel blieben noch einen Moment lang stehen. Während die meisten Leute dem großen Saal zustrebten, blieben Kiki und Tom stehen, und vor allem sie spitzte die geschulten Ohren.

»Wir reden morgen ausführlich«, sagte Wolter, der nun nicht mehr ganz so nett klang.

Strümpfel nickte – irgendwie ergeben – mit dem Kopf und schluckte trocken, was seine Krawatte zum Hüpfen brachte.

»Nur eines vorab, Professor: Machen Sie sich Gedanken. Ausgiebige Gedanken. Diese Studie darf auf gar keinen Fall gefährdet werden. Es hängt verdammt viel daran, dass das Medikament von der Arzneimittelkommission durchgewunken wird. Und das wissen Sie auch.«

Wieder nickte der Professor. Kiki hätte sich nicht gewundert, wenn er einen Diener gemacht hätte. Tat er aber nicht. Stattdessen sagte er mit einem leichten Kieksen in der Stimme: »Keine Sorge, Herr Wolter. Ich habe das im Griff.«

Das Foyer leerte sich mehr und mehr, und die Kellnerinnen begannen damit, die abgestellten Gläser von den Stehtischen zu räumen.

»*Serotripram* sichert genauso *Ihren* Arbeitsplatz, Strümpfel.« Kiki entging Wolters drohender Unterton nicht. Der Pharmaunternehmer tippte sich an die Stirn und hastete zum Saal. Kiki sah ihre Chance gekommen. Sie machte dem Maulwurf ein paar Zeichen, und Tom verstand. Er tat so, als würde er sie anrempeln, und Kiki machte einen Ausfallschritt. Dann kippte sie den Rest ihres Champagners auf Strümpfels schlecht sitzendes Jackett.

»O nein, o nein!«, rief sie und schickte Tom einen gespielt bösen Blick.

»Kannst du nicht aufpassen, Bärchen?«

Sie sah dem Maulwurf an, dass er angesichts des dämlichen

Kosenamens in Gelächter auszubrechen drohte. Glücklicherweise rettete er die Situation, in dem er ein – ziemlich echt klingendes – genervtes Brummen von sich gab und Richtung Saal davoneilte. Außer den Bedienungen waren nun nur noch die Journalistin und der Pharmakologe im Foyer.

»Das tut mir so leid!« Kiki schnappte sich einen Stapel fadenscheiniger weißer Servietten, die eher zu einem Imbiss passten, und tat so, als wollte sie das angebliche Malheur beseitigen. Strümpfel winkte ab.

»Halb so wild, junge Frau. Der Anzug muss sowieso in die Reinigung.«

»Das bezahle ich selbstverständlich«, log Kiki. Wenn Strümpfel darauf bestand, würde sie mit der Buchhaltung der Lokalredaktion eine der verhassten Spesendiskussionen führen müssen.

»Nein! Nicht doch!« Strümpfel nahm ihr die Servietten aus der Hand und tupfte sich mehr schlecht als recht trocken.

»Aber dann darf ich Sie wenigstens zu einem Glas einladen?« Kiki schnappte sich zwei volle Champagnergläser, die eine vermutlich studentische Aushilfe soeben in den Küchenbereich balancieren wollte.

»Da sage ich nicht Nein.« Der Professor nahm einen großen Schluck. »Ich habe sowieso nicht wirklich Interesse an diesem Vortrag.«

»Ich auch nicht«, sagte Kiki, was nur halb gelogen war. Der Redner des Abends war ein abgehalfterter Schlagersänger, der vielleicht in den frühen 1980ern einmal mit dem damals großen African Safari Club mit Stammsitz in der Schweiz Ferien in einem Luxusresort an der kenianischen Küste und eine Safari im gepanzerten Jeep gemacht hatte.

Aus dem Saal brandete Applaus ins Foyer.

»Wollen wir uns setzen?« Kiki deutete auf die entlang der Glasfront angebrachten Heizungen, die von Holzbrettern gekrönt wurden, was sie ein wenig an die Aula ihres ehemaligen Gymnasiums erinnerte. Der Sitzplatz auf der Heizung war in den Wintermonaten nur den Superstars der Schule vorbehalten gewesen. Sie selbst konnte sich nicht erinnern, jemals dort gesessen zu haben. Wohl aber daran, dass der pickelige Adam dort gesessen hatte, der seinen Status einzig und allein seiner von den Eltern gesponserten Vespa verdankte und sich mit nicht mal zweiundzwanzig Jahren hackendicht an einen Brückenpfeiler genagelt hatte.

Strümpfel nickte. Sie setzten sich, und Kiki erschnupperte ein ziemlich billiges Aftershave, das von einer Wolke aus leichtem Schweiß und Mundgeruch getragen wurde. Sie widerstand dem Drang, etwas abzurücken, und trank nun ebenfalls einen großen Schluck.

»Warum sind Sie hier, wenn der Vortrag Sie nicht interessiert?«

»Das könnte ich Sie genauso gut fragen.«

»Wegen meines Begleiters«, flunkerte Kiki. »Afrika und die Menschen dort sind seine Leidenschaft.«

Strümpfel nickte bedächtig. »Ein wichtiges, globales Thema, ja.«

»Wir haben uns noch gar nicht vorgestellt«, sagte Kiki und hielt ihrem neuen Bekannten die Hand hin. »Mein Name ist Annette Klausen.« Frau Klausen gab es wirklich. Sie war die vielleicht mieseste Kollegin, die für eine andere regionale, nur wöchentlich erscheinende Zeitung arbeitete, sie schrieb ständig von den Kollegen ab, klaute deren Fotos, und ihre Daseinsberechtigung bestand eigentlich nur darin, mit dem Käseblatt den *Umschlag* für die Prospekte der großen Discounter zu erstellen.

»Heinrich Strümpfel.« Der Professor schlug beherzt ein.

»Und was machen Sie beruflich?«, fragte Kiki alias Annette, obwohl sie das ja nur zu genau wusste.

»Ich leite die Forschungen bei Eureka.«

»Eureka? Machen Sie was mit Computern?« Kiki stellte sich dumm. Ein schwaches Lächeln umspielte Strümpfels Lippen.

»Ganz und gar nicht. Oder … vielleicht doch. Ein Software-Update für die menschlichen Computer. Vorwiegend für das Gehirn, um präzise zu sein. Wir entwickeln Medikamente.«

»Ach, wie interessant«, heuchelte die Journalistin. »Mit Computern und Updates kenne ich mich gar nicht aus. Ich bin nur die Nutzerin, aber was da im Hintergrund läuft, das werde ich nie verstehen.«

»Das müssen Sie auch nicht.«

Strümpfel leerte sein Glas. Nachschub war nicht in Sicht, die Kellnerinnen waren samt und sonders verschwunden. Aber: Die Wangen des Professors hatten sich gerötet, und Kiki spürte ihre Chance. Der Wissenschaftler war nicht mehr ganz nüchtern. Vermutlich hatte er, seiner Fahne nach zu urteilen, schon vor der Gala zu Hause mit Whiskey vorgeglüht. Bei seinem Arbeitgeber konnte sie es ihm nicht verdenken. In diesem Moment piepste ihr Mobiltelefon. »Verzeihung!«, sagte Kiki und warf einen kurzen Blick auf das Smartphone. Eine SMS. Anonymer Absender.

Sei
Ehrlich
Richtig
Oder
Tot.
Richter
Irren.
Paradox
Richtet
Aber

Meistens.

In ihrem Kopf ploppten Fragezeichen auf. Die klickte sie aber ebenso weg wie die SMS. Wer auch immer sie da zuspammte – es konnte und sollte im Moment nicht ihr Thema sein.

»Sorry, das war nur Werbung«, erklärte sie dem Professor und setzte ihren Rehblick auf, den sie im Volontariat wieder und wieder geübt und einstudiert hatte. Strümpfel nickte und sah sich erneut nach Alkoholnachschub um. Der war aber nicht in Sicht, und Kiki beschloss, ihn mit geschickten Fragen bei der Stange zu halten.

»Wie darf ich mir ein Software-Update für das Gehirn vorstellen?«, fragte sie mit einer gespielt hohen Mädchenstimme.

Strümpfels Blick wurde glasig, während er innerlich in sein Metier abdriftete.

»Sie dürfen mir das gern so erklären, als wären wir bei der *Sendung mit der Maus*«, sagte Kiki. Der Professor nickte abwesend.

»Das menschliche Gehirn ist wie eine Schaltzentrale«, begann er schließlich. »Reize und Informationen kommen an und werden quasi mittels Stroms von den Gehirnzellen weitergeleitet. Das ist die eine Seite. Die andere ist, dass es manchmal so etwas wie ein Virusprogramm gibt.«

»Aha.«

»Also einen Hackerangriff. Nehmen wir das Beispiel Depression. In dem Fall wird vom Individuum zu wenig Serotonin gebildet. Das ist aber immens wichtig, um nicht völlig abgeschlagen in der Ecke zu hängen. Wissen Sie eigentlich, warum Frauen kurz vor der Menstruation gern viel Schokolade essen?«

»Nein.« Das wusste Kiki nicht, obwohl sie genau das tat. Wenn ihre Periode sich ankündigte, verschlang sie an einem langen Abend schon mal gut und gerne zwei Tafeln Vollmilch.

»Weil Kakao Serotonin enthält. Ein depressiver Mensch müsste aber an die fünfzig Kilo Schokolade am Tag essen, damit es ihm besser geht. Serotonin ist also im Prinzip die Firewall gegen negative Gedanken.«

»Sie meinen also, dass Frauen kurz vor der Menstruation allesamt depressiv sind?«

Er fuchtelte sofort beschwichtigend mit den Händen. »Selbstverständlich nicht. Ich meinte lediglich, dass der Serotoninspiegel bei Frauen mit PMS deutlich niedriger liegt als sonst.«

»Ich verstehe«, sagte Kiki, obwohl dem nicht ganz so war.

»Das ist der eine Punkt. Der andere ist, dass Menschen mit Depression eine Art Nebel im Kopf haben. Man kann ihnen Hunderte Male etwas sagen – es kommt nicht an. Es kann gar nicht ankommen, weil die eingegebenen Daten gar nicht bis zur Festplatte gelangen. Serotonin ist auch ein Transmitter, der Daten und Fakten wie *Geh zu einem Psychologen* oder *Lass dir helfen* ins System vordringen lässt.«

Für Kiki wurde das Ganze etwas krude, aber sie ließ Strümpfel sprechen. Aus dem Saal ertönten Trommelklänge, und sie entschied, dass sie an der Seite des verpeilten Professors besser unterhalten wurde als von einer mittelmäßigen Djembe-Combo.

»Und hier nun setzen unsere Forschungen an. Denn die Blockade des Serotonintransports, kurz SSRA, hat gravierende Nebenwirkungen.«

»Nämlich?«

»Müdigkeit, die bei Depression ohnehin ein starkes Symptom ist. Herzrasen. Magen-Darm-Probleme. Und, das ist kurios, eine Verstärkung der Depression oder Angsterkrankung. Daneben gibt es auch harmlose Nebenwirkungen, die nach den ersten Wochen der Einnahme wegfallen.«

»Und die wären?«

»Mundtrockenheit, zum Beispiel. Oder Appetitlosigkeit. Was bleibt, ist in den allermeisten Fällen eine massive Gewichtszunahme. Und die …«

»… ist gerade bei Frauen ein Problem«, ergänzte Kiki.

Strümpfel nickte. »Eureka entwickelt derzeit ein neues Medikament. Wir sind in unseren Forschungen ganz an den Anfang zurückgegangen, quasi auf den Stand der 1950er-Jahre, um noch einmal von vorn zu beginnen. Und ich denke und hoffe, dass wir mit *Serotripram* auf einem guten Weg sind.«

»*Serotri …*?«

»*… pram*. Die Studienergebnisse sind vielversprechend.«

»Das interessiert mich sehr«, sagte Kiki. »Könnten Sie sich vorstellen, mir dazu ein Interview zu geben?«

Strümpfel nickte begeistert. »Jederzeit, ich muss das nur mit Herrn Wolter abklären.«

»Machen Sie das, bitte. Ich melde mich bei Ihnen.« Innerlich musste sie lachen. Welches Werbeblättchen würde ohne doppelseitige Anzeige über pharmakologische Studien berichten, wenn die eigentliche Zielgruppe tumbe Hausfrauen waren, die den nächsten Sonderangeboten hinterherjagten?

Kiki schnappte sich eine übrig gebliebene Serviette, kramte einen Kugelschreiber aus der Tasche und notierte für alle Fälle ihre Handynummer. An sich selbst schickte sie das innerliche Memo, sich in den kommenden Tagen nur mit »Ja?« zu melden, damit Strümpfel bei der vermeintlichen Frau Klausner nicht durch eine Kiki Holland irritiert wurde.

»Ich glaube, wir sollten mal reingehen«, sagte sie und stand auf.

»Ach ja.« Strümpfel seufzte, folgte ihr aber durch das Foyer zur zweiflügligen Tür des Veranstaltungsraumes. Er ließ ihr den Vortritt. Sie legte die Hand auf die Klinke und wollte unauffällig in den Saal huschen. Doch was dann geschah, hätte für ein viral gehendes YouTube-Skandalvideo getaugt.

In dem Moment, als Kiki in den Saal trat, stolperte ein Kellner an der zum Servicebereich führenden Tür, keine zwei Meter links von ihr. Im selben Moment brach die Musik ab, und die mit Rotwein und Sekt befüllten Gläser fielen mit einem ohrenbetäubenden Lärm zu Boden. Alle Köpfe fuhren herum. Natürlich ebenso der von Stefan Bentz, der in der allerersten Reihe am Ehrentisch saß. Sein Blick flirrte zwischen dem jungen Mann mit knallrotem Kopf und Kiki hin und her. Dann sprang er auf, stieß seinen Stuhl nach hinten, der scheppernd zu Fall kam, und zeigte mit ausgestrecktem Zeigefinger in Kikis Richtung.

Stefan Bentz' Kopf schwoll an wie der eines Hahnes. Er wurde puterrot.

»Die da!«, brüllte er quer durch den Saal. »Die blöde Presseschlampe!«

Kiki sog die Luft ein und war andererseits amüsiert, dass Bentz keine weiteren Schimpfworte einfielen. Sie selbst hätte auch ohne Synonymwörterbuch einige mehr parat gehabt. Aus den Augenwinkeln heraus registrierte sie zwei breitbrüstige Security-Männer, die sich eiligen Schrittes näherten. Strümpfel, der hinter ihr stand, schlüpfte im Rückwärtsgang aus der Tür, und auch wenn sie es nicht sah, konnte sie wetten, dass der Professor durchs Foyer rannte, so schnell die glatten Sohlen seinen Körper trugen. Am Rande des Saales stand ein Mann auf. Tom. Sie nickte ihm zu. Er verstand und setzte sich wieder.

Der Kellner sammelte hektisch die Scherben ein. Eine Kollegin eilte ihm mit einem Kehrbesen zu Hilfe. Die beiden waren sicherlich froh, dass Kiki und nicht sie im Fokus der allgemeinen Aufmerksamkeit stand.

»Guten Abend, Herr Bentz«, sagte Kiki, darum bemüht, ihre Stimme ruhig und bestimmt zu halten. Offenbar mit Erfolg, denn die Wachleute verlangsamten ihren Schritt, und

Kiki strebte mit hocherhobenem Haupt den Tisch an, an dem der Maulwurf saß. Niemand hinderte sie auf ihrem Weg, und so erreichte sie schließlich ihren durch Kahler reservierten Platz. Es war offensichtlich, dass er den Manager des Abends in die Bredouille gebracht hatte, denn der Katzentisch stand ganz am Rand des Saals und war gerade groß genug für zwei Personen. Alle anderen saßen an runden, üppig mit Blumen und Kerzenleuchtern dekorierten Tischen.

Kiki war das gerade recht. Sie hatte keine Lust auf Small Talk mit Botoxtanten.

»Du kommst zu spät zum Aperitif«, grinste Tom sie an.

»Dann gehe ich eben direkt zum Roten über«, entgegnete Kiki, schnappte sich die sauteure Weinflasche, füllte ihr Glas bis zum Rand und leerte es in einem Zug. Dabei behielt sie Stefan Bentz im Auge. Der starrte seinerseits zurück. Setzte sich dann aber zögernd, als Wolter ihn am Jackett zog. Erst jetzt begannen Kikis Hände zu zittern. Tom registrierte das und schenkte ihr Wein nach.

»Können wir in Ruhe essen, oder brauchen wir später einen Pizzadienst?« Tom grinste Kiki an. Die konnte nur mit den Schultern zucken.

»Keine Ahnung«, gab sie zu. »Im Zweifel bekommen wir Grießbrei auf der Wache. Oder im Krankenhaus.«

»Na, wenn das keine tollen Aussichten sind.« Tom lachte. Mittlerweile hatten die Gespräche an den Tischen wieder Fahrt aufgenommen. Kiki war sich sicher, dass das Wispern und Tuscheln zum großen Teil von ihr handelte, denn immer wieder drehten die Leute verstohlen die Köpfe in ihre Richtung. Am liebsten wäre sie auf der Stelle gegangen. Dass sie im Mittelpunkt stand, mochte sie überhaupt nicht. Nicht nur beruflich fühlte sie sich in der Rolle der Beobachterin wohler.

Die Vorspeise wurde serviert, und die ausgeklügelte Choreografie des Servicepersonals, das präzise wie ein Schweizer

Uhrwerk das Carpaccio an die Tische brachte, faszinierte Kiki. Das Essen lenkte die Aufmerksamkeit der Gäste auf die Teller, und auch Tom und Kiki ließen sich die schön angerichtete Speise schmecken. Wenn sie die anderen Menschen ausblendete, könnte das hier ein romantisches Candle-Light-Dinner sein. Das konnte sie aber nicht, und so sah sie, wie Stefan Bentz sich den Mund mit der gestärkten Leinenserviette abtupfte und aufstand.

»Ob er eine schwache Blase hat?«, fragte Tom.

»Womöglich. Aber du auch. Du musst genau jetzt zum Klo.« Kiki zwinkerte ihm zu. Der Maulwurf verstand.

»Wo du es sagst …« Er erhob sich grinsend und verließ ebenfalls den Saal. Die Wartezeit vertrieb sich Kiki mit der Beobachtung der Anwesenden. Einige Gesichter kamen ihr bekannt vor. An einem der Tische war der Chefarzt der hiesigen Psychiatrie in ein Gespräch mit dem Inhaber einer Großbäckerei vertieft. Der Sozialdezernent der Stadt plauderte mit einer Dame, die Kiki entfernt an eine hundertjährige vertrocknete Rosine erinnerte. Die dicken Klunker an ihrem Hals und ihren Fingern verrieten, dass sie nicht nur viele Jahre, sondern auch viel Geld auf dem Konto haben musste. Wolter hatte sich zu seiner Tischnachbarin gebeugt und lachte gekünstelt, während die Dame sprach. Es war die Direktorin der Agentur für Arbeit.

Kikis Gehirn spann, ohne dass sie es wollte, Fäden. Es war ein Spiel, das sie immer dann spielte, wenn sie warten musste, ob beim Arzt, am Flughafen oder nun eben hier. Der Großbäcker könnte einst Patient in der Klinik gewesen sein, wo er den Direktor kennengelernt hatte. Der wiederum hatte danach den Auftrag für die Brotlieferungen an den Handwerker vergeben. Vielleicht. Unter Umständen begegneten die beiden sich aber auch heute zum ersten Mal.

Wolter und die Frau von der Agentur für Arbeit waren sich

bei Jobbörsen für Auszubildende begegnet. Sie hatte mehr in ihm gesehen als einen Abnehmer unwilliger Jugendlicher – er aber in ihr lediglich eine Beamtin. Dennoch mussten sie miteinander funktionieren, wenn Eureka an Fachkräfte kommen wollte. Eventuell waren sie auch über sieben Ecken miteinander verwandt. Oder kannten sich gar nicht.

Als sie eben den Sozialdezernenten und die Greisin in eine ausgedachte Beziehung setzen wollte, kam Bentz zurück. Kurz darauf setzte sich auch Tom wieder neben sie.

»Und?«, fragte sie mit der journalistischen Ungeduld, die ihr zu eigen war.

»Mit Bentz' Verdauung scheint alles in Ordnung zu sein.« Tom nahm einen Schluck Rotwein. Und schwieg.

»Ja und?«

»Bist du neugierig?«

Kiki wurde hibbelig. »Spann mich nicht auf die Folter.«

Tom grinste. Und sagte weiter nichts.

Kiki hieb ihm gegen den Arm.

»Also gut, ich ergebe mich!« Tom musste lachen. »Du bist die neugierigste Person, die ich kenne. Aber ehe du platzt: Er hat telefoniert.«

»Mit wem?«

»Ich habe keine Ahnung. Er ist ans andere Ende des Foyers gegangen, und ich habe mich hinter einer Säule versteckt, wo ein Aufsteller mit Flyern über politische Weiterbildung stand. Wusstest du, dass man kostenlos Seminare über die Entstehung der Bundesrep…«

»Tom!« Kiki unterbrach ihn.

»Schon gut.«

Das Serviceteam erschien erneut in einer zackigen Parade und servierte den Hauptgang. Auf den angewärmten Tellern schmiegten sich gratinierte Wachtelbrüstchen an Polenta und Auberginengemüse.

»Nobel geht die Welt zugrunde«, feixte Tom. Nach einem eindeutigen Blick seiner Tischgenossin beeilte er sich, den ersten Bissen zu schlucken, und erzählte weiter.

»Wie gesagt, mit wem er gesprochen hat, weiß ich nicht. Und was er gesagt hat, irgendwie auch nicht wirklich. Er hat leise geredet, aber es klang, als würde er Befehle in den Hörer bellen. So sagt man seiner Tochter nicht Gute Nacht.«

»Konntest du nicht irgendetwas verstehen? Wortfetzen?«, hakte Kiki hoffnungsvoll nach.

Tom dachte nach. »Ich glaube, er hat am Ende *Ciao* gesagt. Und zwischendurch habe ich so etwas wie *pronto* gehört. Glaube ich zumindest.«

»Also war das Gespräch auf Italienisch?«

»Das kann ich nicht sagen. Ich glaube, nein.«

»Vielleicht ist er ja der deutsche Pate, und er hat seinen Mafiakollegen einen schönen Abend gewünscht.« Kiki kaute genussvoll.

Tom dachte laut nach. »Das Gespräch könnte alles Mögliche bedeuten. Vielleicht ging es um irgendwelche Jachtteile. Oder er hat sizilianische Betonschuhe in Kiki Hollands Größe bestellt, wer weiß das schon?«

Beide mussten lachen. Der Wein entspannte Kiki, betrinken wollte sie sich aber auf gar keinen Fall, selbst wenn das heute Abend für lau möglich wäre. Tom und sie bestellten beide einen Espresso, und einen Moment lang hatte Kiki Lust, noch vor dem Dessert zu gehen. Dann aber trat der Hauptredner des Abends auf die Bühne, und hinter ihm flammte das Thema des Vortrags an die Wand gebeamt auf: *Psychiatrische Station Kilimanjaro – ein Lagebericht aus Tansania.*

»Interessiert dich das?«, erkundigte sie sich bei Tom.

»Irgendwie schon«, sagte er. Also entschied Kiki, doch noch das Dessert mitzunehmen, das nach dem Vortrag von Kai Wiesenthaler serviert werden sollte. Wiesenthaler war

Psychiater, stammte dem Akzent nach aus Bayern und erzählte packend und prägnant vom Aufbau der Station, den Schwierigkeiten, die Bevölkerung überhaupt für das Thema »psychische Erkrankungen« zu sensibilisieren, und betonte, wie wichtig seelische Unterstützung sei.

»Depressionen und Angsterkrankungen machen vor Ländergrenzen nicht halt«, sagte er. Genauso wenig wie Aids und Corona. Viele Menschen seien traumatisiert – Ärzte und Psychologen aber ebenso Mangelware wie speziell geschultes pflegerisches Personal. Die Stiftung, der wohl alle Anwesenden außer Tom und Kiki angehörten, brauchte natürlich Geld, um das Zwanzig-Betten-Haus zu finanzieren.

Selbstverständlich zückte heute niemand mehr nach einem Spendenaufruf sein Scheckbuch. Alle hatten vorab überwiesen, namhafte Summen, und Wiesenthaler verabschiedete sich mit einem Scherz: »Sie werden adäquate Post vom Finanzamt bekommen.«

Während der Applaus langsam abebbte, hatte das Personal seinen letzten Auftritt des Abends und balancierte Zitronensorbet auf Mangoparfait mit frischen Früchten an die Plätze. Als Kiki das letzte Minzblatt zwischen die Zähne gesteckt hatte, war sie wider Erwarten trotz der übersichtlichen Portionen satt, und auch Tom sah zufrieden aus. Sie nickte ihm zu, und ehe das große Verabschieden beginnen konnte, huschten die beiden aus dem Saal und eilten um die Ecke des Tagungszentrums.

Vier Monate vor der Tat.

»Danke.« Er gähnte. »Danke dir für jede Berührung.«

Sie lächelte. »Du kannst mehr davon haben. Jederzeit.«

»Das weiß ich. Und das hoffe ich.«

Er schlang seine Arme um ihren vom Sex erhitzten Körper. Hauchte ihr einen Kuss in den Nacken. Biss ihr in die Schulter. Dann rollte er sich weg und griff nach seiner Hose, die zerknüllt auf dem Boden lag.

»Dann lass mich wissen, wann du Zeit hast. Ich …«

»Sag nichts«, unterbrach sie ihn und bedeckte ihren nackten Körper mit der weißen Leinendecke.

»Ich sage nichts«, wisperte er. »Ich küsse dich.«

Und das tat er. Sanft erst. Dann heftig, bis ihrer beider Zähne aufeinanderschlugen. Er biss ihr in die Lippe, bis sie leise aufschrie.

Dann stieß er sie sanft von sich. Sie versank in den Kissen und sah ihm zu, wie er das Zimmer verließ. An der Tür blieb er noch einmal stehen.

»Mach dir keine Sorgen«, sagte er. »Alles wird genau so werden, wie wir es besprochen haben.« Sie nickte ihm zu und lächelte. Als er die Tür geschlossen hatte, gefror ihr Lächeln. Sie wischte sich mit dem Handrücken über den Mund. Kurz darauf übermannte sie ein tiefschwarzer traumloser Schlaf.

Tom zog eine Schachtel Zigaretten aus seiner Jackentasche. Er bot Kiki eine an. Nach kurzem Zögern griff sie zu, und ein paar Momente lang rauchten beide schweigend, wobei Kiki immer wieder einen Blick auf den Ausgang warf.

»Das ist ja wie eine Beschattung«, stellte Tom fest.

»Nur, dass wir niemanden verhaften dürfen.«

»Schade eigentlich.« Tom blies eine beachtliche Rauchwolke in den kühlen Nachthimmel. Kiki lugte um die Ecke. Der erste Gast verließ die Veranstaltung. Obwohl er den Kragen seines Mantels hochgeschlagen hatte, erkannte sie Stefan Bentz. Im selben Moment kam ein VW Golf die Straße entlanggefahren und stoppte. Bentz öffnete die Beifahrertür. Dadurch flammte die Innenbeleuchtung auf, und Kiki erkannte, wer am Steuer saß: Franziska Bechenbacher. Bentz war so doof – oder nett, je nachdem –, die Tür erst zu schließen, nachdem er seine Angestellte geküsst hatte. Lange und ausgiebig. Auf den Mund. Dann verschwand der Wagen in der Nacht.

Kiki atmete tief durch.

»Ich glaube, Herr Maulwurf, ich habe für heute alles gesehen und gehört, was es zu sehen und zu hören gab.«

Tom trat näher an sie heran.

»Zu sehen, vielleicht. Zu hören, vielleicht. Und zu fühlen?«

Kiki reckte das Kinn und ließ sich in Toms Umarmung fallen wie eine Ertrinkende in den Ring des Bademeisters. Und … Tom küsste meisterlich.

Nach langen, langen Momenten lösten sie sich voneinander. Atemlos von den Berührungen, strebten sie zu Enzos Parkplatz. Für beide war klar, dass der Abend nur gemeinsam enden konnte. Nach einigen Minuten hatten sie den Fiat erreicht. Kiki ließ mit der Fernbedienung die Türen aufploppen und wollte schon einsteigen, als Tom »Stopp!« rief.

»Was ist?« Kiki fuhr herum. Der Autoschlüssel baumelte in ihrer Hand. Tom deutete auf den Vorderreifen der Beifahrerseite.

»Du hast einen platten Reifen.«

»Was?« Kiki rannte um das Auto herum. Tatsächlich: Wo eigentlich ein gut gefüllter, neulich erst frisch aufgezogener Sommerreifen hätte sein müssen, knutschte die Felge quasi den Asphalt.

»Ach du Scheiße.«

Tom nahm sein Mobiltelefon zu Hilfe und begutachtete mittels der Taschenlampenfunktion den Schaden.

»Da hat jemand kräftig nachgeholfen.« Kiki beugte sich zu ihm und sah den Schlitz im Gummi.

»Messer«, stellte sie messerscharf fest. Ein eiskalter Schauer lief ihr den Rücken hinab. Ihr wurde flau. Sie hastete die Reihe der geparkten Autos entlang. An keinem anderen war ein platter Reifen zu sehen. Nur Enzo hatte es erwischt. Zufall? Wohl kaum. Sie sah sich hektisch um. Die Gäste der Gala strömten in die Nacht. Sie sah Wolter, der sich mit einem ihr unbekannten Mann unterhielt und in entgegengesetzter Richtung verschwand.

Die Straße, in der Enzo parkte, war menschenleer. Wohngebäude gab es keine, dafür etliche Arztpraxen und Büros von Anwälten und Steuerberatern. Sie hatte ihren treuen Italiener gegenüber einer Kanzlei geparkt, die in einer stattlichen Villa untergebracht war. Irrte sie sich, oder drückte sich da ein hünenhafter Kerl in den Hauseingang? Sie ging ein paar Schritte auf den Eingang zu. Tom hielt sie zurück.

»Willst du Anzeige erstatten?«

»Das sollte ich wohl. Allein wegen der Versicherung.« Kiki seufzte, zückte ihr Handy und suchte in den Kontakten die Nummer des Polizeireviers heraus. Ein Fall für die 110 war das sicherlich nicht.

Es dauerte eine geschlagene Stunde, bis zwei übellaunige Beamte den Tatort erreicht hatten. Während der ganzen Wartezeit hatte Kiki sich beobachtet gefühlt. Einen kurzen Impuls lang hatte sie dem Maulwurf von ihrem Gefühl erzählen wollen. Ließ es aber bleiben. Tom sollte sie auf keinen Fall für hysterisch halten. Die Wartezeit überbrückten die beiden damit, dass sie sich Flachwitze erzählten.

»Was ist grün und hämmert an die Tür? – Ein Klopfsalat.«

»Was ist lila und sitzt in der Kirche ganz vorn? – Eine Frommbeere.«

Als ihnen die Scherze ausgegangen waren, rauchten sie schweigend. Irgendwann legte Tom seinen Arm um Kiki. Und das war mit Abstand das allerbeste Gefühl, seit sie den malträtierten Reifen entdeckt hatten. Als die Beamten den Schaden aufgenommen und fotografiert hatten und mit der Auskunft »So eine Anzeige gegen unbekannt führt eh zu nix« abgerauscht waren, chauffierte Tom sie nach Hause.

»Kiki Holland, an jedem anderen Abend hätte ich nicht darauf verzichtet, dich noch weiter zu begleiten«, sagte er, als sie vor ihrer Wohnung ankamen. »Aber du siehst sehr müde aus.«

»Das bin ich auch.« Kiki drückte ihm einen Kuss auf den Mund und wollte schon aussteigen, als er sie noch einmal an sich zog und lange und ausgiebig küsste. Nicht leidenschaftlich, aber liebevoll. Als sie sich voneinander lösten, flüsterte Tom: »Du wirst heute Nacht wunderbar schlafen.« Und das tat sie dann wider Erwarten auch.

Am nächsten Morgen erwachte Kiki aus einer bleiernen Schwere. Es fiel ihr nicht leicht, die Augen zu öffnen. Am liebsten hätte sie sich noch einmal umgedreht und unter der Daunendecke verkrochen. Ihre Blase hatte andere Pläne, und so schälte sie sich missmutig aus dem Bett. Als sie auf dem Klo der Natur ihren Lauf ließ, schlichen sich die Bilder des vergangenen Abends wieder in ihr Bewusstsein. Und damit die Tatsache, dass Enzo noch in der Nacht von der Werkstatt abgeschleppt worden war.

Um die Müdigkeit zu verscheuchen, überlegte sie ernsthaft, das Wasser unter der Dusche auf eiskalt zu stellen. Hellwach wäre sie danach definitiv. Dennoch grenzte eine solche Methode aus ihrer Sicht an Masochismus, und damit hatte sie noch nie etwas anfangen können. Also entschied sie sich lieber für eine mollige Temperatur oberhalb der Dreißig-Grad-Marke und bekämpfte das Ich-will-zurück-ins-Bett-Gefühl im Anschluss mit starkem Kaffee.

Während sie in der Küche an ihrer Tasse nippte, ging sie wie üblich die Nachrichten auf ihrem Smartphone durch. Sie wollte mit dem Daumen gerade ihr E-Mail-Postfach öffnen, da erinnerte sie sich wieder an die Nachricht von gestern Abend. Eine SMS, wie in den Anfangstagen des Mobilfunk-Booms. Sie selbst verschickte kaum mehr Textnachrichten (und MMS mit Bildern gleich zweimal nicht), aber irgendwer schien den Short-Message-Service nach wie vor gut zu finden.

Sie öffnete ihr Nachrichtenprogramm und überflog noch einmal die kryptische Botschaft:

Sei
Ehrlich
Richtig
Oder
Tot.
Richter
Irren.
Paradox
Richtet
Aber
Meistens.

Einen Sinn ergaben die Worte auch beim zweiten und dritten Lesen nicht. Ging es hier um fernöstliche Lebensweisheiten oder um eine Drohung? Der erste Teil *Sei ehrlich richtig* klang durchaus nach etwas, das Konfuzius von sich gegeben haben könnte. *Oder tot* relativierte das Ganze auf der Stelle wieder. Durch den Hinweis *Richter irren* klang es zudem nach einem sehr viel aktuelleren Bezug.

Interessanterweise kam ihr beim Lesen dieser zwei Worte sofort wieder das in den Sinn, was Stefan Bentz gestern in geselliger Runde im Adenauer-Haus gesagt hatte. Zuerst: »Vielleicht wird der Prozess auch länger unterbrochen.« Und später dann: »Ich müsste noch wissen, was Barchmann mit dem Staatsanwalt geklärt hat, ehe ich …«

Ja, was, *ehe ich*? Hatte es geheime Absprachen zwischen Richter und Staatsanwaltschaft gegeben? War einer davon möglicherweise bestochen oder anderweitig korrumpiert worden? Das mit der Vetternwirtschaft bei den oberen Zehntausend klang zwar nach einem abgenutzten Klischee, aber die Erfahrung hatte Kiki oft genug bewiesen, dass manche Deals noch immer gern auf dem Golfplatz, im Hotelzimmer oder mit einem Batzen Geld besiegelt wurden. Mit genügend Vitamin B lebte es sich eben stets am besten.

Ausschließen, dass Bentz seine Verbindungen hatte spielen lassen, wollte Kiki nicht. Die Frage war da eher, wie sie eine solche geheime Absprache beweisen könnte. Der beste Weg dafür dürfte ein aufmerksames Verfolgen der Gerichtsverhandlung sein. Doch selbst das war im Moment leichter gesagt als getan. Sie konnte nur hoffen, dass Markus Kahler das Problem durch die Anwälte oder durch eigene Best-Buddy-Verbindungen aus der Welt schaffen konnte.

Kiki betrachtete die restlichen Worte der Nachricht: *Paradox richtet aber meistens*. Die ergaben den wenigsten Sinn. Weder vorwärts noch rückwärts gelesen. Hatten sie vielleicht etwas mit der ähnlich mysteriösen SMS zu tun, die sie neulich erhalten hatte? Dummerweise hatte sie die für Spam gehalten und sofort gelöscht. Aber in ihrem Notizbuch hatte sie sich die kryptische Botschaft notiert! Kaum war ihr das eingefallen, stellte sie mit einer hastigen Bewegung ihre Kaffeetasse ab und eilte zu ihren Aufzeichnungen. Nach wenigen Sekunden hatte sie den entsprechenden Vermerk gefunden:

Sei
Ehrlich
Richte
Ohne
Tränen
Richte
Ihn
Perverser
Retter
An
Mutter statt.

Diese Nachricht von unbekannt hatte ebenfalls mit einem *Sei ehrlich* begonnen. Das konnte sie noch nachvollziehen, genauso wie die Aufforderungen *Richte ohne Tränen* und

Richte ihn. Der Schluss der Nachricht allerdings war ebenso rätselhaft wie bei der zweiten SMS.

Sie betrachtete die Worte einige Momente lang prüfend, versuchte, sie zu deuten und sich einen Reim darauf zu bilden. Sie fand nichts, das man nicht so oder so deuten könnte. Kiki wollte gerade aufgeben, als ihr etwas auffiel: Bei den letzten vier Worten stimmten in beiden Nachrichten die Anfangsbuchstaben überein.

Nein, stopp!

Korrektur: In beiden SMS stimmten *sämtliche* Anfangsbuchstaben überein. Und sie ergaben dieses Wort: SEROTRIPRAM.

Kiki blieb vor Überraschung fast das Herz stehen.

Nachdem sie den ersten Schreck verdaut hatte, ging sie noch einmal ihre Aufzeichnungen über das Medikament durch. Viel war es nicht, da sie bei ihren Recherchen nicht gezielt nach diesem Mittel, sondern nach allem gesucht hatte, das im Zusammenhang mit Eureka stehen könnte. Außerdem war die Zulassung von *Serotripram* durch die Europäische Arzneimittel-Agentur noch nicht vollständig erfolgt. So etwas konnte sich jahrelang hinziehen. Es hatte für sie also bisher gar keinen Grund gegeben, sich damit genauer zu beschäftigen. Das hatte sie wenigstens angenommen. Eventuell war das zu kurz gegriffen gewesen.

Einmal mehr hatte sie das Gefühl, sich auf der richtigen Spur zu befinden. Dass sie kurz davorstand, die Zusammenhänge aufzudecken und dadurch noch sehr viel mehr herauszufinden. Noch war es nicht so weit, dass sämtliche Puzzleteile zusammenpassten, aber das würden sie. Das taten sie in den meisten Fällen.

In Gedanken ging sie noch einmal das durch, was ihr Professor Strümpfel gestern im Adenauer-Haus über das sogenannte

Software-Update fürs Gehirn erzählt hatte: dass sein Unternehmen für die Forschungen bis ganz an den Anfang zurückgekehrt sei und einige neue beziehungsweise sehr alte Ansätze aufgegriffen habe. Wie genau diese aussahen, wusste sie nicht – und würde es eventuell nie erfahren. Vermutlich gehörte das zu den geheimen Zutaten, die maximal nach der Markteinführung des Medikaments bekannt werden würden. Beispielsweise, um sich in der Fachpresse damit zu rühmen. Viel interessanter war aber sowieso die Frage, wie weit der Fortschritt der Arzneizulassung war. Im Internet fand sie dazu keine konkreten Hinweise, sondern lediglich eine mehr als zwei Jahre alte Meldung, dass die erste von vier Phasen der klinischen Studien abgeschlossen sei. Dabei war der sogenannte Wirkstoffkandidat, der zuvor an Tieren getestet wurde, erstmals an gesunden Freiwilligen, den Probanden, getestet worden.

Als Nächstes hätte logischerweise Phase zwei angestanden, in der das Mittel erstmals an Patienten eingesetzt werden würde, die an der Zielerkrankung litten. Diese Studienphase dauerte in der Regel etwa zwei bis drei Jahre. Ob diese Phase bereits abgeschlossen, geschweige denn ob sie erfolgreich gewesen war, war nirgendwo offiziell aufgelistet. Wieso auch? Dies waren vertrauliche interne Informationen, die kein Unternehmen an die große Glocke hängen würde.

Bei dem im Adenauer-Haus belauschten Gespräch hatte der Firmenchef Wolter den Professor gebeten, sich ausgiebige Gedanken zu machen, weil die Studie auf gar keinen Fall gefährdet werden dürfe. Nachdem er ihn danach noch erinnert hatte, dass *Serotripram* genauso Strümpfels Arbeitsplatz sichern würde, war es dabei mit Sicherheit um die Zulassung durch die EU-Kommission gegangen. Stand bezüglich des Medikaments irgendetwas auf der Kippe? Gab es Probleme bei den klinischen Tests? Drohte gar ein Skandal, den die Konzernleitung unter den Tisch zu kehren versuchte?

Für alle Fälle recherchierte Kiki gleich weiter, worum es in Phase drei der Studien ging: Dort würde das Arzneimittel an einem größeren Patientenkollektiv erprobt werden, um herauszufinden, ob sich die Wirksamkeit sowie die Unbedenklichkeit bei vielen unterschiedlichen Patienten genauso bestätigen ließ.

Sollte Eureka überhaupt schon so weit sein, könnte das Unternehmen sowohl in Phase zwei als auch drei auf Schwierigkeiten gestoßen sein. Wie diese aussahen, konnte Kiki ebenfalls bloß spekulieren. Fest stand lediglich, dass *Serotripram* die Phase vier der Studien noch nicht erreicht hatte. Diese diente nämlich der Risiko-Nutzen-Abschätzung, *nachdem* das Medikament zugelassen wurde. Eine solche Phase konnte sich ebenfalls über mehrere Jahre hinziehen. Ein neues Arzneimittel war demnach längst nicht vom Haken der Kommission, nur weil die Zulassung erteilt wurde. Wahrscheinlich würde es das nie sein, und jedes Medikament wurde mehr oder minder intensiv im Auge behalten. Nach Kikis Dafürhalten war das sehr beruhigend. Nicht, dass es so wie bei dem Hormonpräparat *Xanophibrat* lief, mit dem sich das Unternehmen Chemistra vor einigen Jahren einen gewaltigen Skandal eingefangen hatte.

Einen Moment lang bereute sie es, Strümpfel gestern Abend nicht noch weiter auf die Pelle gerückt zu sein. In Sachen Interview hätte sie ebenfalls energischer auftreten können. Nicht nur ein »Das interessiert mich sehr« geben, sondern dem Professor einen triftigen Grund liefern, damit er seinen Chef förmlich auf Knien anflehte, ein Gespräch mit ihr führen zu dürfen. So hingegen war sie nicht einmal sicher, ob der Mann tatsächlich zu Wolter gehen und um sein Okay bitten würde. Zudem Strümpfel nach Stefan Bentz' gestrigem Auftritt klar sein müsste, dass Kiki kaum die Reporterin eines Käseblattes sein konnte. Sie konnte jetzt nur abwarten und darauf hoffen, dass Strümpfel sich melden würde. So schwer ihr das im Moment auch fiel.

»Wenn er sich bis morgen nicht meldet, ruf ich an«, überlegte sie laut. Es linderte ihre Ungeduld bloß unmerklich.

Eine halbe Stunde später verließ Kiki mit energischen Schritten die Wohnung. Sie hielt Ausschau nach dem bestellten Taxi, das sie zu der Werkstatt bringen würde, bei der Enzo die Nacht verbracht hatte. Wie sie von dem Mechaniker dort erfahren hatte, war der Reifen des Fiats leider nicht mehr zu retten gewesen. Normalerweise hätte er deswegen beim Großhändler einen Ersatzreifen bestellen müssen. Besser wären sogar zwei, weil in der Regel, wie er ihr erklärte, stets sowohl beide Vorder- oder Hinterräder getauscht würden, damit die Reifenprofile übereinstimmten und es nicht zu einer Unwucht komme. Das klang plausibel, aber nachdem eine solche Bestellung beim Großhändler mindestens einen Tag Lieferzeit gekostet hätte, hatte Kiki all ihren weiblichen Charme aufgetischt und den Werkstattbesitzer dazu gebracht, seine Verbindungen spielen zu lassen. Und siehe da: Ein Autohaus in der Nähe hatte noch einen gebrauchten Reifen samt Felge in Enzos Größe herumstehen. Der dürfte inzwischen angeliefert und auf den Fiat montiert worden sein. Ein Hoch auf ihre Überredungskünste und vor allem auf das gewisse Quäntchen Vitamin B, das in manchen Fällen durchaus seinen Nutzen besaß.

Weniger erfreulich war, dass nach wie vor kein hellelfenbeinfarbener Mercedes mit gelbem Taxizeichen auf dem Autodach zu sehen war. Wieso dauerte das denn so lange? Hatte sie am Telefon nicht deutlich gesagt, dass sie es eilig habe und unverzüglich einen fahrbaren Untersatz brauche? Hätte Zeit keine Rolle gespielt, hätte sie genauso den Bus oder einen der vielen E-Scooter nehmen können, die überall in der Stadt zur Miete herumstanden.

Statt des bestellten Wagens bemerkte sie etwas anderes: Auf der anderen Straßenseite lehnte ein groß gewachsener Typ an einer der Hausmauern und tat so, als wäre er mit seinem Smartphone beschäftigt. Dem widersprach, dass er immerzu flüchtige Blicke in ihre Richtung warf.

Kiki zuckte zusammen. Beobachtete der Kerl sie? Er besaß gewisse Ähnlichkeit mit den Umrissen des hünenhaften Unbekannten, der gestern Nacht in dem Hauseingang gestanden hatte. Ob es derselbe Mann war, ließ sich schwer sagen. Gestern war es stockdunkel gewesen, und Kiki hatte mit dem aufgeschlitzten Reifen genug anderes im Kopf gehabt. Außerdem war Tom bei ihr gewesen.

Sie musterte den auffällig unauffälligen Mann genauer. Jetzt war es hell genug, dass sie mühelos die relevanten Details erkennen konnte. Er war ein paar Jahre jünger als Kiki, mit sportlicher Figur und einem Kreuz so breit, dass man Kleiderschränke darauf abstellen konnte. Seine Haut war von einem warmen, mittleren Braun. Er hatte kurze dunkle Haare, und ein dünner Kinn- und Backenbart zierte sein kantiges Gesicht.

Mit Bentz, Wolter oder Strümpfel besaß er keinerlei Ähnlichkeit. Kiki war überzeugt davon, diesen Menschen vor gestern Abend noch nie getroffen zu haben. Sofern es gestern Abend überhaupt derselbe Typ gewesen war.

Einen Atemzug lang trafen sich ihre Blicke. Er schaute auf eine Weise zu ihr, die ihren letzten Zweifel verwarf: Dieser Mann war nicht zufällig hier, und er wusste ganz genau, um wen es sich bei ihr handelte. Der Gedanke machte ihr Angst. Was wollte dieser Hüne von ihr? War er aus freien Stücken hier, oder sollte er sie im Auftrag von jemandem einschüchtern? Und im Fall von Letzterem: Ging es darum, sie durch seine bloße Anwesenheit mürbe zu machen, oder durfte er auch eingreifen? Das, was Enzos Reifen zugestoßen war, lieferte ihr einen deutlichen Hinweis, wie die Antwort auf diese

Frage lautete. Kiki hatte das Gefühl, dass ihr Blut in den Adern gefror. Für einen kurzen Moment fürchtete sie nicht nur um ihr Wohlbefinden, sondern um ihr Leben. Dann war der Moment vorüber, und ihre Furcht schlug in Trotz um.

Sie war in ihrem Job nicht so weit gekommen, weil sie sich von irgendeinem dahergelaufenen Hinterhofschläger verunsichern ließ. Früher hatte sie sich in Kroatien mit Bandenchefs angelegt, hatte einem polnischen Mafiaboss einen Tritt vors Schienbein gegeben und einem russischen Oligarchen widersprochen, gegen den nicht einmal die eigene Frau das Wort zu erheben wagte. Auch in diesem Fall würde sie nicht zurückweichen. Ganz im Gegenteil. Kiki ballte die Hände zu Fäusten und marschierte auf den Unbekannten zu. Nicht einen Herzschlag lang ließ sie ihn aus den Augen.

Den Muskelprotz schien das wenig zu beeindrucken. Immerhin hörte er auf, weiterhin lässig an der Hauswand zu lehnen, sondern richtete sich vollständig auf. Dabei wirkte er gleich noch größer. Auch er ließ sie nicht aus den Augen.

Das Einzige, was sie noch trennte, war die Straße zwischen ihnen. Am liebsten hätte Kiki sie ohne Blick nach links und rechts überquert. Doch so lebensmüde war sie nicht. Also schaute sie kurz nach beiden Seiten und wartete brav, als sich von rechts ein Suzuki und dahinter ein länglicher Pritschenwagen näherten. Einige Sekunden würden schon keinen Unterschied machen.

Dachte sie.

Der Suzuki passierte sie noch, ohne dass etwas geschah. Das weiße Handwerkerauto dahinter war erheblich langsamer unterwegs, und da geschah es.

Im einen Augenblick war der Hüne noch da. Der Pritschenwagen fuhr scheppernd vorüber. Im nächsten war er verschwunden. Hatte er sich bloß hinter ein parkendes Auto geduckt, oder war er in einem der Hauseingänge verschwunden?

Irritiert überquerte Kiki die Fahrbahn. Auf der anderen Straßenseite war weit und breit niemand zu sehen. Wie konnte das sein? Sie schaute sich um und erkannte einige Meter den Fußweg hinauf eine schmale Gasse. Könnte er auf diesem Weg entkommen sein? Kiki rannte darauf zu. Die Gasse bestand aus kargen Ziegelsteinwänden, war etwa zwanzig Meter lang und – sie war menschenleer.

Verdammt!

Wütend blieb Kiki stehen und versuchte, die Niederlage zu verdauen. Ein lautes Hupen hinter ihr riss sie aus ihren verärgerten Gedanken. Kiki fuhr herum. Kurz war sie überzeugt davon, dass der Hüne ihr vom Steuer eines Pkws höhnisch zugrinsen oder ihr den Stinkefinger zeigen würde. Aber statt eines Typens mit breitem Kreuz war es bloß ein kahler Taxifahrer, der gar nicht explizit sie gemeint hatte, sondern mit dem Hupen offenbar bloß seine Ankunft am vereinbarten Zielort angekündigt hatte. Dass er dabei genau die richtige Person auf sich aufmerksam gemacht hatte, war ihm wahrscheinlich nicht einmal bewusst. Kiki stieg in den alten Mercedes und zog die Tür lautstark hinter sich zu.

Zweimal versuchte der Taxifahrer vergeblich, sie in ein Gespräch zu verwickeln. Keine Chance. Kiki nannte ihm kurz angebunden die Adresse der Werkstatt und verfiel anschließend in konstruktives Schweigen. Sie blendete das Gedudel des Klassikradiosenders ebenso aus wie all die anderen Geräusche und Umwelteinflüsse um sie herum.

Sie beschäftigte einzig und allein die Frage, wer ihr den bulligen Typen auf den Hals gehetzt hatte. War es Bentz gewesen, der sie so charmant als *dumme Pressefotze* bezeichnet hatte? Zutrauen würde sie es ihm allemal. Vor allem nach gestern Abend. Bei der Benefizgala hatte er bei ihrem Anblick einen halben Anfall bekommen. Gut möglich, dass er vor lauter

Wut jemanden engagiert hatte, der ihr den Reifen aufschlitzte und ihr nachstellte. Allerdings müsste er dafür den Muskelprotz bereits auf der Kurzwahltaste gehabt haben. So viel Zeit war zwischen seinem Verbalkollaps und dem kaputten Reifen nicht verstrichen. War es vielleicht in dem italienisch angehauchten Gespräch um das Anheuern des Schlägers gegangen? Wäre ja zumindest passend, da es sich bei Enzo um ein italienisches Auto handelte. Dennoch dürfte es ein zu knappes Zeitfenster gewesen sein.

Entweder hatte er den Kerl schon vorher auf sie angesetzt, oder jemand anderes steckte dahinter. Bloß wer? Möglichkeiten gab es viele, und Spekulationen brachten sie nicht weiter. Also gab sie das Rätselraten auf und dachte stattdessen über ihre nächsten Schritte nach. Im Grunde genommen, hatte ihr der mysteriöse Unbekannte nur das vor Augen geführt, was sie ohnehin längst wusste: dass sie mit ihren Nachforschungen jemanden nervös machte und dass sie deswegen auf der Hut sein musste. Jetzt mehr denn je.

Zum Glück lief in der Werkstatt alles glatt. Der neue Reifen war bereits aufgezogen und befand sich in einem deutlich besseren Zustand als angenommen. Für ihre laienhafte Expertise sah der Reifen praktisch neuwertig aus. Da bezahlte sie gern ihre Rechnung und steckte für den guten Service gleich noch einen Extrazehner in die Kaffeekasse. Als sie wenig später auf Enzos Vordersitz saß, atmete sie tief durch. Es ging eben nichts über einen eigenen fahrbaren Untersatz. Vor allem einen wie diesen, der ihr schon jahrelang die Treue hielt. Für sie war Enzo ein guter Freund, der sie noch nie enttäuscht hatte. Der Messerangriff auf ihn kam daher fast einem persönlichen Angriff gleich. Und war etwas, wofür sie sich durchaus noch gebührend revanchieren würde.

Sie rollte zur Hofeinfahrt hinaus und reihte sich nach den

obligatorischen Blicken nach links und rechts in den spärlichen Verkehr ein. Damit befand sie sich auf der Vorfahrtsstraße und hätte eigentlich freie Fahrt. Ein von rechts aus einer Seitenstraße herannahender moosgrüner Vectra war offenbar anderer Meinung. Obwohl sie keine zwanzig Meter trennten, schoss der Opel auf einmal auf sie zu. Kikis Muskeln verkrampften sich. Sie stieg in die Eisen und biss die Zähne zusammen. In ihrer Vorstellung hörte sie bereits Metall auf Metall prallen. Für eine Sekunde war sie davon überzeugt, dass der Fahrer ihr absichtlich die Vorfahrt genommen hatte. Es könnte der Hüne von vorhin sein, der jetzt mit einem Auto bewaffnet auf sie losgehen wollte. Ein bisschen sah der Fahrer dem breitschultrigen Unbekannten tatsächlich ähnlich. Doch er war erheblich älter und deutlich stämmiger. Außerdem schien er mit selektiver Blindheit und Taubheit geschlagen zu sein. Er gab mit seinem Vectra Vollgas und verhinderte so um Haaresbreite den befürchteten Unfall. Während Enzo mit laut quietschenden Reifen zum Stehen kam, düste der Opelfahrer einfach weiter. Auf Kikis wütendes Hupen reagierte er überhaupt nicht.

»Arschloch!«, brüllte Kiki ihm hinterher, wohl wissend, dass der Typ sie nicht hören konnte. Ihrem Ärger machte es nur bedingt Luft. Kiki beschleunigte ihr Fahrzeug wieder und hätte den Mann an der nächsten Ampel gern gefragt, ob er Tomaten auf den Augen habe. Leider scherte er vor ihr abrupt auf die Rechtsabbiegerspur ein und bog an der Kreuzung ab, bevor sie etwas unternehmen konnte. Die Mühe, ihm zu folgen, machte Kiki sich nicht. So groß war ihr Ärger doch nicht. Außerdem hatte sie definitiv Besseres zu tun, als diesem Verkehrsrowdy hinterherzufahren. Da fuhr sie lieber weiter geradeaus und machte sich auf den Weg zu ihrer nächsten Adresse. Ihr Herz schlug auch noch einige Minuten danach schneller.

Ihr Ziel war eine studentische Altbauwohnung im Speckgürtel der Innenstadt, mit hohen Wänden und zugigen Fenstern. Für Kiki persönlich wäre allein der ständig knarzende Dielenboden ein No-Go gewesen, aber ihr Freund Cem Eroğlu schien in der Hinsicht komplett schmerzfrei zu sein. Nicht ganz unschuldig daran dürften die vielen Pizzakartons sein, die fast den gesamten Boden seines WG-Zimmers bedeckten. Gerade mal ein schmaler Durchgang von der Tür zum Schreibtisch und zum Bett war freigeblieben. Selbst dabei hielt man die Arme am besten entweder weit in die Höhe oder eng an den Körper gepresst. Bei allem anderen lief man Gefahr, gegen irgendetwas zu stoßen. Schon oft hatte Kiki seinen Teil der Wohnung als *Messie-Bude* bezeichnet. Passend dazu war das Fenster in seinem Zimmer die meiste Zeit über verschlossen und die Jalousie heruntergelassen. Die Luft im Raum war so dick, dass man sie schneiden könnte. Selbst das nahm Cem in der Regel mit einem Lächeln und einem Schulterzucken zur Kenntnis. Recht hatte er. Er zwang ja niemanden, ihn daheim zu besuchen. Wann immer Kiki zu ihm kam, war sie es, die etwas von dem IT-Studenten wollte. Heute war es nicht anders.

Als der schlaksige Türke ihr die Wohnungstür öffnete, trug er eine schwarze Trainingshose und ein zerknittertes pinkfarbenes T-Shirt mit zahlreichen roten Flecken darauf, bei denen es sich vermutlich um Tomatensoße handelte.

»Kiki Holland? Mit dir hätte ich so früh am Morgen nicht gerechnet«, begrüßte er sie.

»So früh? Es ist fast Mittag!«

»Sag ich doch: so früh am Morgen. Was verschlägt meine Karla Kolumna denn diesmal zu mir? Soll ich mich wieder irgendwo einhacken oder dir deinen Prime-Account so freischalten, dass du sämtliche zusätzlichen Bezahlkanäle umsonst schauen kannst?«

»Diesmal nicht. Ich hab was Kniffligeres auf dem Herzen.«

Er hob neugierig die Brauen und trat beiseite, damit sie an ihm vorbei eintreten konnte. »Dann komm erst mal rein.«

Kiki kannte den Weg und ging voran. Wie üblich hielt sie Ausschau nach seinen Mitbewohnern, und ebenso üblich war diesmal wieder keiner zu sehen. Stattdessen hörte sie gedämpfte Elektronikgeräusche, die sich nach Fernseher oder Spielkonsole anhörten. Möglicherweise beides. Sie wusste bloß aus Cems Erzählungen, dass außer ihm hier noch eine Frau und zwei weitere Männer wohnten. Gesehen hatte sie nur bei ganz wenigen Gelegenheiten jemand anderen. Es war ein kleiner, blasser Bursche von ebenfalls Anfang zwanzig gewesen, der Mike, Michel oder irgendwas in der Art hieß.

Die Unordnung in Cems Zimmer schien seit ihrem vorherigen Besuch weiter zugenommen zu haben. Selbstverständlich wurde das mit keinem Wort erwähnt, und der Student kam direkt auf den Punkt: »Was Kniffliges, sagst du? Lass mal hören. Ich bin gespannt.«

»In den vergangenen Tagen habe ich zwei SMS mit unterdrückter Rufnummer erhalten. Gibt es irgendeine Möglichkeit herauszufinden, von wem die Nachrichten stammen?«

»Klar: Frag bei deinem Provider nach. Wer schreibt denn heutzutage noch SMS?«

»Wenn ich das wüsste, wäre ich nicht hier. Provider klingt nach viel Aufwand und noch mehr Zeit. Die habe ich aber nicht.«

»Verstehe. In dem Fall gib mir mal dein Handy.«

Kiki entsperrte es und reichte es ihm, ohne zu zögern. Sie beide kannten sich bereits seit Jahren, und sie vertraute ihm vollkommen. Cem war einer von den guten Hackern, ein sogenannter *White Hat*. Obwohl sie wusste, dass sie nicht genau verstand, was er gleich tun würde, blickte sie ihm neugierig über die Schulter. Die Daumen des Studenten huschten flink über die digitale Tastatur, und Cem tat ihr den Gefallen, seine Arbeitsschritte dabei zu erläutern: »Wie bei fast allen Smartphone-Themen gibt es auch hierfür eine passende App.«

»Ist die legal?«

»Jein. Früher mal gab es die ganz normal im App Store. Aber seit sich in Deutschland die Datenschutzgesetze geändert haben, ist das nicht mehr so einfach. Was bei den Amis erlaubt ist, muss es bei uns noch lange nicht sein. Sofern du keine US-SIM-Karte besitzt, schaust du ganz schön in die Röhre.«

»Sensationell!«

»Finde ich auch. Wir haben bei uns zwar ein paar legale Alternativ-Apps, aber die taugen alle nicht viel.«

»Zum Glück kennst du noch ein paar nicht so legale?!«

Er grinste sie an. »Warum sollte ich lügen? Es gibt immer Mittel und Wege. Ich hau dir da mal einen kleinen digitalen Jagdhund auf dein System. Die App funktioniert total simpel: Sie behält sämtlichen Telefon- und Nachrichtenverkehr auf deinem Phone im Auge. Wenn du das nächste Mal eine SMS von einer unterdrückten Nummer kriegst, weiß das Programm das vor dir und schickt ein paar kleine Suchbots los, die die Spur zurückverfolgen. Sofern sich dein Mister oder deine Miss X nicht ein paar fieser Verschlüsselungstools bedient, wird dir danach die Nummer des oder der Unbekannten in der App angezeigt. Die kannst du dann entweder blockieren, zurückrufen oder – wenn du ein paar Providertools besitzt – gleich per GPS orten. Ich installier dir dazu mal was Passendes, aber damit solltest du dich nicht unbedingt von den Cops erwischen lassen. Wenn du die Nummer kennst, kannst du sie auch unter deinen WhatsApp-Kontakten speichern und dann schauen, ob der- oder diejenige einen Status und ein Profilbild hinterlegt hat. Oder du versuchst eine

Rückwärtssuche übers Internet. Das sind die nicht ganz so schweren – und vor allem legalen – Geschütze. Was genau du unternimmst, bleibt dir überlassen.«

Während es wie ein Wasserfall aus ihm heraussprudelte, installierte er die besprochenen Smartphone-Apps und richtete sie gleich ein. Kiki war beeindruckt und lächelte selig, als sie ihr Telefon zurückerhielt. »Vielen Dank, Cem. Du hast mir wie immer sehr geholfen.«

»Kein Ding. Mach ich doch gern. Ist ja schließlich auch keine Einbahnstraße.«

Sie nickte wissend. »Wenn du mal wieder einen Gefallen brauchst, weißt du, wie du mich erreichen kannst. Also dann: Tschüsselchen.« Sie klopfte ihm freundschaftlich auf die Schulter und ging zur Tür. Einen letzten Satz konnte sie sich dann doch nicht verkneifen: »Du musst hier unbedingt mal lüften. Ein Pumakäfig ist ein Scheiß dagegen. Wie du das überhaupt aushalten kannst.«

»Ich bin längst abgehärtet. Du solltest mal herkommen, wenn wir in der WG eine Chili-Party feiern.«

»Um keinen Preis der Welt.« Lachend verließ sie die Wohnung.

Zurück in ihrem Auto, überlegte sie, ob sie in der Redaktion vorbeischauen oder ihre Kollegin vom Wirtschaftsressort lieber anrufen sollte. Sie beschloss, sich den Weg zu sparen, und wählte Johannas Telefonnummer. Es klingelte viermal, und Kiki wollte schon auflegen, als abgenommen wurde.

»Sorry, ich tippe gerade ein Interview ab und musste unbedingt den Satz zu Ende schreiben.«

Das verstand Kiki nur zu gut. Sehr oft ging es ihr genauso. Manchmal ließ sie ihr Telefon auch schlichtweg klingeln, wenn das Artikelschreiben wichtiger war. Der Vorteil an Telefonanrufen war, dass die Leute, wenn es wichtig war, entweder eine Nachricht auf der Mailbox hinterließen oder es später erneut probierten. Bei Text-Deadlines gab es keinen solchen Luxus. So gesehen, konnte sie froh sein, dass Johanna überhaupt rangegangen war. Um ihre Zeit nicht über Gebühr zu strapazieren, lenkte sie das Gespräch gleich auf Eureka und deren neues Wundermittel *Serotripram*.

»Soweit ich weiß, ist Phase zwei seit ein paar Wochen abgeschlossen«, verriet die Kollegin. »Nach einer offiziellen Bestätigung habe ich mehrmals gefragt, darauf aber nie eine Antwort bekommen. Nicht mal von Strümpfel. Läuft alles unter Betriebsgeheimnis.«

»Wenn Phase zwei abgeschlossen ist, dürfte jetzt doch Teil drei an der Reihe sein, oder?«

»Genau. Jetzt wird das Zeug an der Zielgruppe getestet. Doch auch dazu gibt es von Eureka …«

»… keinen Kommentar«, beendete Kiki für sie den Satz. »Hast du eine Ahnung, wo beziehungsweise bei wem die Studie stattfindet?«

»Nicht wirklich. Ich gehe davon aus, dass es eine der üblichen Anlaufstellen für klinische Medikamentenstudien ist. Wenn du Zahlen, Daten, Fakten willst, solltest du dich mit dem Professor unterhalten. Wie man hört, habt ihr euch gestern Abend recht gut verstanden.«

Kiki blieb vor Überraschung der Mund offen stehen. »Woher weißt du das denn schon wieder? Das war doch erst vor ein paar Stunden!«

»Ich hab da so meine Quellen. Du hast nicht ernsthaft gedacht, dass Markus dir als Einzige Karten für das Event besorgt hat, oder? Wenn sich irgendwo die High Society trifft, ist immer wer vom Gossip-Ressort vor Ort.«

Vor ihrem geistigen Auge spulte Kiki den gestrigen Abend noch einmal im Schnelldurchlauf ab. Ihr war kein vertrautes Gesicht von der Arbeit aufgefallen. Wirklich darauf geachtet hatte sie allerdings nicht. »Die Welt ist und bleibt ein Dorf. Hast du bezüglich der Medikamentenstudie etwas von irgendwelchen Problemen oder Hindernissen mitbekommen?«

»Dazu pfeifen die Spatzen nichts von den Dächern. In der Hinsicht ist Eureka echt gut, den Deckel draufzuhalten. Wenn du etwas rausfinden solltest, würde ich mich über ein paar Infos freuen.«

Das war nur gerecht. Kiki bedankte sich bei ihrer Kollegin und legte auf. Das Telefon noch in der Hand, dachte sie über die von Johanna erwähnten *üblichen Anlaufstellen* nach. Von ihren Recherchen vorhin wusste sie, dass klinische Studien in der Regel in Krankenhäusern, Krankenhausambulanzen und in seltenen Fällen sogar in Arztpraxen stattfanden. Letzteres wäre wie die Suche nach der sprichwörtlichen Nadel im Heuhaufen. Da setzte sie ihr Glück lieber auf eine der größeren Einrichtungen. Kiki öffnete ihr Smartphone-Adressbuch und wählte eine Nummer.

Wie der Name vermuten ließ, befand sich das Westklinikum im Westteil der Stadt. Die Fahrt dorthin kostete sie eine reichliche halbe Stunde. Was viel Zeit an roten Ampeln, Ablenkung durch Musik von Muse und häufige Blicke in den Rückspiegel bedeutete. Ersteres war nervig, Zweiteres die Kompensation dafür, und Letzteres war der Beschattung durch den neugierigen Hünen gestern Abend und heute Morgen geschuldet. Doch so aufmerksam Kiki auch war, sie bemerkte kein Fahrzeug, das ihr länger als ein paar Straßen hinterhertuckerte. Eine endgültige Garantie, nicht verfolgt zu werden, war es trotzdem nicht.

Wenig überraschend, war der Krankenhausparkplatz bei ihrer Ankunft mal wieder ziemlich voll. Kiki konnte sich an keinen einzigen Besuch erinnern, an dem es jemals anders gewesen war. Ein Großteil der Autos stammte vermutlich von den Klinikumsmitarbeitern. Für Besucher blieben der kümmerliche Rest sowie – vermutlich nicht ganz zufällig – die Anwohnerparkplätze in den umliegenden Gebieten, wo die Politessen – ebenfalls nicht ganz zufällig – in ziemlicher Regelmäßigkeit patrouillierten. Kiki musste ebenfalls auf einen dieser Plätze ausweichen und parkte Enzo direkt neben einer Grundstückszufahrt. Knöllchenschreiber waren in der Nähe keine zu sehen. Vielleicht hatte sie ja Glück und würde ohne Ticket davonkommen.

Auf dem Weg zum Klinikgelände gab sie ihrem Kontakt Bescheid, dass sie angekommen war, und stapfte zum vereinbarten Treffpunkt am Seiteneingang der Gynäkologie-Station. Das war zwar nicht direkt der Ort, zu dem sie wollte, aber da nicht jeder Zutritt zur psychiatrischen Abteilung erhielt und sie dort niemanden kannte, war dieser Zwischenschritt leider unumgänglich.

Tabea wartete direkt an der Tür zum Treppenhaus. Die Arzthelferin war Anfang vierzig, hatte schulterlange brünette Haare und ein ansteckendes Lächeln. Kiki hatte sie vor einigen Jahren bei einer Reportage über die Arbeitsbedingungen von Pflegekräften kennengelernt und war mit ihr in Kontakt geblieben. Zu behaupten, dass sie zwei Freundinnen waren, wäre zu viel des Guten. Tabea gehörte einfach zu Kikis weitverzweigtem Netzwerk von jenen Leuten in der Stadt, auf die sie im Bedarfsfall zurückgreifen konnte. Umgedreht war es genauso. Wenn die Arzthelferin auf ihrer oder einer der anderen Stationen von Unregelmäßigkeiten erfuhr, informierte sie die Journalistin, und Kiki ging der Sache auf den Grund. Eine Hand wäscht die andere, wie es so schön hieß.

»Die Psychiatrie ist in Haus 8, das ist nicht weit von hier.« Tabea zeigte auf die Gebäude vor ihr. »Einfach da vorn links, und dann an der Augenklinik und der Gastroenterologie vorbei. Ist alles ausgeschildert. Am besten nimmst du den

Hintereingang der Psychostation. Ich könnte dich ja begleiten, aber mich kennen die Kollegen dort drüben zu gut. Das dürfte eher störend als hilfreich sein.«

»Außerdem will ich nicht, dass die Sache auf dich zurückfällt. Nicht, dass du noch Ärger kriegst.«

»Den krieg ich schon, wenn jemand sieht, wie ich dir diese Klamotten hier gebe.« Sie reichte ihr ein fein säuberlich zusammengefaltetes Set, bestehend aus schneeweißer Hose und ebenso weißem Oberteil. »Bloß passende Schuhe konnte ich auf die Schnelle keine auftreiben.«

Kiki betrachtete kurz ihre Treter und winkte ab. »Ich hab helle Turnschuhe an. Das dürfte genügen.«

»Vermutlich. Ich hab hier noch ein Plastikkärtchen mit Clipper, das wir immer an unserer Kleidung tragen. Damit jeder sieht, dass wir Mitarbeiterinnen sind. Es ist von der Inneren Station ausgeliehen. Da kenne ich eine Schwester, der ich vertraue. Auf ihrer Station herrscht große Personalfluktuation. Wenn du die ID-Card trägst, sollte eigentlich keiner Fragen stellen.«

»Danke. Du hast dich echt selbst übertroffen.«

»Man tut, was man kann. Die Psychiatrie ist in den offenen und den geschlossenen Bereich unterteilt. In die geschlossene Abteilung bekommst du nur mit Chip Zutritt.« Sie gab Kiki einen kreisrunden blauen Plastikchip, der in etwa die Dicke von drei übereinanderliegenden Zwei-Euro-Stücken besaß und sie an die Chips für Einkaufswagen erinnerte. »Ich habe einen allgemeinen Mitarbeiterchip, der bei uns im Schwesternzimmer für alle Fälle rumliegt. Der sollte genügen. Wäre gut, wenn du mir das Zeug später wieder zurückbringst. Einfach kurz anklingeln, dann komme ich hierher.«

»Vielen, vielen Dank, Tabea. Du bist die Beste!«

Sie lächelte peinlich berührt. »Ist ja für eine gute Sache.«

»Das definitiv.«

Nach der Verabschiedung folgte Kiki nicht direkt dem beschriebenen Weg, sondern unternahm einen Abstecher zurück zu ihrem Auto. Zwar hielt sie sich nicht für besonders schüchtern, dennoch verspürte sie wenig Lust, sich am helllichten Tag hinter einem Gebüsch umzuziehen. Zumal *hinter einem Gebüsch* auf einem von allen Seiten einsehbaren Areal ohnehin ziemlich relativ war. Nachdem sie auf der Rückbank in die weiße Dienstuniform geschlüpft war, kehrte sie aufs Klinikgelände zurück. Diesmal hielt sie sich an Tabeas Route und fand schon bald ein Schild, das sie auf die *Klinik für Psychosomatik und Psychotherapeutische Medizin* hinwies.

Über den Hintereingang gelangte sie ins Gebäude und folgte einem länglichen Gang tiefer in den Bauch der Abteilung hinein. Es roch wie in einem ganz normalen Krankenhaus, und es sah auch genauso aus. Als sie den Patientenbereich erreichte, bemerkte sie Arzt-, Schwestern- und Krankenzimmer, wie es sie auf zig anderen Stationen geben dürfte. Keine Gitter vor den Fenstern oder andere Sicherungsdetails, die es in schaurigen Filmen über die Psychiatrie zu sehen gab. Aber noch befand sie sich nicht im geschlossenen Bereich.

Kiki schaute sich nach allem um, was ihr weiterhelfen könnte. An der Tür zu einem Sekretariat blieb sie stehen. Auf dem Tisch an der Wand stand ein eingeschalteter PC, neben dem zig Patientenakten lagen. Diese alle durchzuschauen, dürfte zu auffällig sein. Auf Eureka erblickte sie auf die Schnelle keinen Hinweis. Nicht einmal einen Werbekugelschreiber mit dem Firmenlogo darauf. Hoffentlich war der Besuch kein Irrtum.

In diesem Moment bog eine Schwester mit kurzen platinblonden Haaren um die Ecke. Scheiße. Innerlich erstarrte Kiki, äußerlich versuchte sie, sich nichts anmerken zu lassen. Sie hatte gewusst, dass solche Begegnungen unvermeidlich sein würden, und sich einige passende Erklärungsfloskeln über ihre Anwesenheit bereitgelegt. Den ersten Schritt würde sie trotzdem nicht tun. Besser war es abzuwarten, was der respektive in diesem Fall die andere tat. Die Krankenschwester studierte kurz die ID-Card an Kikis Oberteil.

Das war alles. Genau wie Tabea es prophezeit hatte, flachte ihr Interesse danach sprunghaft ab. Im Vorbeigehen nickte sie ihr noch einmal grüßend zu und verschwand dann in einem der Patientenzimmer. Kiki atmete erleichtert auf und folgte weiter dem Korridor. Unterwegs wanderte ihr Blick nach links und rechts. Essenswagen und Krankenbetten auf den Fluren. Dazu etliche Eingänge zu Patientenzimmern. Sie schaute in jede offen stehende Tür, doch drinnen erblickte sie bloß das übliche Krankenhausmobiliar. Gelegentlich piepten irgendwelche elektronischen Maschinen, oder ein Patient räusperte sich.

Rechter Hand tauchte die Teeküche auf. Am Wasserspender füllte ein hageres Teenager-Mädchen in Untersuchungskittel und mit verbundenen Unterarmen gerade eine Trinkflasche auf. Auch ihre Blicke trafen sich. In den Augen der vielleicht Fünfzehnjährigen las Kiki jede Menge Schmerz und Verzweiflung. Gern wäre sie zu ihr gegangen und hätte sie gefragt, ob sie ihr irgendwie helfen konnte. Doch selbst eine solche Geste könnte ihre Tarnung in Windeseile auffliegen lassen. Also ging sie bis zu der T-Kreuzung, an der die Schwester in ihre Richtung eingebogen war, und nahm den Abzweig nach links. Am Ende des Ganges befand sich eine weiße Tür mit Milchglasfenster. Daneben entdeckte sie ein Lesegerät. Offenbar befand sich hinter dieser Tür der geschlossene Bereich.

Da sie bisher keinen Hinweis auf Eureka gefunden hatte, beschloss Kiki, in die Vollen zu gehen. Mit dem blauen Chip trat sie auf das Lesegerät zu. Ihre Hand zitterte leicht, als sie ihn darauflegte. Sie hielt vor Aufregung die Luft an.

In der ersten Sekunde passierte gar nichts. Kein grünes Licht leuchtete auf dem Lesegerät, das ihr den Zugang gewährte. Kein rotes Licht, das ihr das Gegenteil signalisierte. Und zum Glück genauso wenig ein Alarm, der sie von jetzt auf gleich in Teufelsküche gebracht hätte. Irritiert starrte Kiki auf das Display. Sie wollte den Scanvorgang gerade wiederholen, als ein leises Brummen ertönte. Es klang nicht nur wie ein Türsummer, sondern war auch einer. Als sie gegen die Tür drückte, ließ sie sich problemlos öffnen.

Kiki atmete auf und betrat den dahinter liegenden Korridor. Auf den ersten Blick unterschied sich der abgesperrte Bereich nicht sonderlich von dem davor. Der Flur besaß ebenfalls links und rechts Zugänge zu Patientenzimmern. Einziger Unterschied jetzt: Sämtliche Türen waren verschlossen. Ein Essenswagen stand auf dem Gang, ein Stück weiter hinten ein leeres Krankenbett. Interessant fand Kiki die von der Decke hängenden Mobiles und die dezenten farbigen Kunstdrucke an den Wänden. Beides strahlte innere Ruhe und Aufmunterung aus. An einem Ort wie diesem dürfte beides im Übermaß gebraucht werden.

Links bemerkte sie eine offen stehende Tür. Als sie darauf zuging, entpuppte es sich als Zugang zu einem rechteckigen Therapieraum mit vielen Fenstern an der Außenseite und einem Stuhlkreis in der Zimmermitte. Zurzeit hielt sich niemand im Raum auf, und die Tür stand sperrangelweit offen. Dafür entdeckte sie etwas abseits eine breite Flipchart sowie ein Regal mit zahlreichen Büchern und Ordnern. Routinemäßig scannte sie die Buchtitel und Ordnerbeschriftungen. Auf einem davon thronte das Eureka-Logo.

Bingo.

Kiki zückte ihr Smartphone und zoomte über die Kamerafunktion das Regal näher heran. Der Schriftzug unter dem Firmenzeichen war nicht genau zu erkennen. Trotzdem knipste Kiki ein Foto davon. Sie vergewisserte sich, dass niemand auf dem Weg zu ihr war, und betrat den Raum. Mit nur wenigen Schritten befand sie sich vor dem Regal und zog den Ordner heraus. Ihr Herz wummerte vor Aufregung in doppelter Geschwindigkeit.

Leider erhielt ihre Euphorie nur wenige Sekunden darauf einen gehörigen Dämpfer. Das, was sie in den Händen hielt, war nichts anderes als eine bessere Unternehmensbroschüre. Eureka stellte sich und seine Erfolgsgeschichte vor. Auf den Blättern dahinter ging es um verschiedene Medikamente und wie positiv sie sich bei regelmäßiger Anwendung auf das Leben der Betroffenen auswirken konnten. Es war das übliche Werbe-Blabla, mit dem potenzielle Kunden – oder in dem Fall: Patienten – eingelullt werden sollten. *Serotripram* wurde beim groben Querlesen der Seiten kein einziges Mal erwähnt. Sie war nicht mal überrascht. Wenn sich das Mittel noch in der Erprobungsphase befand, konnte es logischerweise gar nicht unter den offiziellen Produktinformationen auftauchen.

Enttäuscht stellte sie den Ordner zurück. Noch einmal überflog sie die restlichen Sachen im Regal aus der Nähe. Verschiedene psychiatrische Standardwerke standen darin. Dazu Unterlagen über Therapien und Gruppensitzungen. Alibihalber blätterte sie auch diese Dokumente durch. Große Hoffnungen auf einen Volltreffer machte sie sich nicht. Hier und jetzt auf die Liste einer *Serotripram*-Probandengruppe zu stoßen, wäre zu viel des Guten. Von so etwas war sie bei ihrem Undercovereinsatz auch gar nicht ausgegangen. Wenn irgendwo einige leere *Serotripram*-Verpackungen herumliegen würden, wäre das bereits ein großer Erfolg.

Diese fand sie hier zwar nicht, dafür wurde sie auf andere Weise fündig. In den Protokollen über frühere Therapiesitzungen stieß sie auf einen Namen, den sie dort zuallerletzt erwartet hatte. Gleichzeitig war es dermaßen zwingend logisch, dass Kiki sich ärgerte, nicht früher an diese Möglichkeit gedacht zu haben.

Ungefähr in der Mitte der Teilnehmerliste wurde Sylvia Bentz genannt. Sie hatte ihre Anwesenheit in der Spalte neben den einzelnen Terminen unterschrieben. Ihre letzte Sitzung hatte sie demnach etwa vier Monate vor der Tragödie im Wald gehabt.

Kiki stockte der Atem. Ihre Gedanken überschlugen sich, als sie zu verarbeiten versuchte, was diese neue Information bedeutete. Es waren schlichtweg zu viele Möglichkeiten, die infrage kamen. Also würgte sie sämtliche diesbezügliche Überlegungen ab und konzentrierte sich auf das Hier und Jetzt. Sie scannte die Liste noch einmal nach weiteren bekannten Namen. Keiner der anderen gut ein Dutzend Teilnehmer sagte ihr etwas. Dennoch zögerte Kiki nicht, von der Übersicht ein Foto zu knipsen. Damit verstieß sie zwar gleich gegen mehrere Datenschutzgesetze auf einmal, aber dies war weder der richtige Ort noch der richtige Moment für derlei Gewissensbisse. Sofern überhaupt. Einmal mehr hatte Kiki das Gefühl, dass sich ein wichtiges Puzzleteil an seinen Platz fügte.

Für alle Fälle lichtete sie die restlichen Seiten in der Mappe ebenfalls ab. Ob sich darauf irgendetwas von Belang befand, würde sie später überprüfen. Als sie draußen auf dem Flur gedämpfte Stimmen vernahm, schob sie alles an seinen angestammten Platz und huschte zum Eingang zurück. Neben dem Türrahmen blieb sie stehen und lauschte, ob sich die Stimmen näherten oder entfernten.

Sie taten erst das eine, dann das andere. Kiki beobachtete, wie zwei Schwestern in der gleichen weißen Kleidung wie sie an der Tür vorbeigingen. Die beiden waren dermaßen ins Gespräch vertieft, dass sie keinen Blick in den Therapieraum verschwendeten. Trotzdem wollte Kiki kein weiteres Risiko eingehen und verließ das Zimmer lieber, kaum dass sie außer Hörweite waren.

Um keinesfalls verdächtig zu wirken, bog sie auf den Hauptkorridor ein, ohne sich vorher umzuschauen. Das tat sie erst, nachdem sie auf dem Flur unterwegs war. Dreißig Meter hinter ihr betraten die Krankenschwestern ein Patientenzimmer. Kurz noch war ihr Geschnatter zu hören, dann schlossen sie die Tür, und es herrschte nahezu Stille.

In einem der anderen Zimmer stöhnte jemand geplagt. Irgendwo klopfte es metallisch. Vermutlich ein Handwerker bei was auch immer für einer Reparaturarbeit. An anderer Stelle piepte ein medizinisches Überwachungsgerät.

Kiki folgte dem Gang, schaute in jedes noch so kleine Ablagefach und linste durch jeden Türspalt. Mit Sicherheit gab es noch mehr Hinweise auf Eureka, sie musste sie bloß finden.

Direkt neben ihr öffnete sich eine Tür, und ein schlanker Mann mit Pferdeschwanz und Pflegertracht kam rückwärts auf sie zu. Kiki wich sofort aus. Dennoch kam es fast zum Zusammenstoß.

»Achtung!«, warnte Kiki.

Erschrocken fuhr der Pfleger herum. »Oh, sorry. War völlig in Gedanken.«

Es war ihm deutlich anzusehen, wie er erst ihr Gesicht und dann ihr Plastikschildchen nach Wiedererkennen absuchte. Als die Schaltzentrale in seinem Hirn dazu keinen passenden Treffer lieferte, betrachtete er ihren Körper in der weißen Schwesternuniform von oben bis unten. Es war in keiner Weise angenehm.

»Keine Ursache. Ist ja nichts passiert«, sagte Kiki betont lässig. Dann ging sie weiter und hoffte inständig, dass sich der Mann nicht als Klette erweisen würde. Sie spürte deutlich, wie sein Blick auf ihr ruhte, vermutlich hauptsächlich auf ihrer unteren Rückenpartie. Wichtiger als das war, dass er nach wie vor da war und dadurch ihre Tarnung aufdecken könnte. Daher zog sie es vor, bei der nächstbesten Gelegenheit in einen anderen Flur abzubiegen. Der führte nach rechts und unterschied sich kaum von dem davor. Noch mehr Mobiles und gerahmte bunte Bilder, noch mehr geschlossene Patientenzimmer und weiter hinten wohl auch einige Personalzimmer. Zumindest vernahm Kiki gedämpfte Stimmen von dort.

Auf dem Weg in die Richtung kam sie an einer Einbuchtung mit Bücherregal vorbei. Diesmal standen hauptsächlich eselsohrige Taschenbücher von Robert Kraus, Greg Iles und Tom Hillenbrand. Einige der Romane hatte Kiki ebenfalls gelesen. Jetzt deswegen verweilen und in Erinnerungen schwelgen, wollte sie nicht. Die gedämpften Stimmen zogen sie noch immer wie das Licht die Insekten an. Lag es daran, dass die Personen in recht ernstem Tonfall sprachen?

Plötzlich dämmerten ihr zwei Dinge auf einmal: Zum einen, dass das Gespräch nicht wie erwartet in einem Schwesternzimmer, sondern in einem Büro stattfand. Zum anderen, dass sie eine der Stimmen kannte. Sie musste zweimal hinhören, um sicherzugehen. Dann bestand für sie kein Zweifel mehr: Es handelte sich tatsächlich um die von Professor Heinrich Strümpfel.

Was um alles in der Welt suchte der Forschungsleiter von Eureka hier? Vor allem jetzt!

Kiki beschlich ein schrecklicher Verdacht: Eventuell hatte der Professor den Hünen beauftragt, sie zu beobachten, und irgendwie hatte der es geschafft, sie bis zu dieser Station zu verfolgen. Nun informierte der Eureka-Mann den Stationsleiter, dass sich hier jemand eingeschlichen hatte.

Sie musste zugeben, dass das schon etwas abwegig klang. Wüsste Strümpfel von ihrer Undercoveraktion, würde er bestimmt nicht persönlich vorbeikommen, um sie auffliegen zu lassen. So etwas wäre mit einem Anruf erheblich schneller zu erledigen. Davon abgesehen, hatte sie den Professor vor gestern Abend noch nie persönlich gesprochen. Sein Interesse an ihr dürfte daher ziemlich gering sein. Außer ihr Charme hatte ihn gestern vollends umgehauen. Diesen Eindruck hatte Kiki im Adenauer-Haus allerdings nicht gehabt.

Um mehr von der Unterhaltung zu verstehen, ging sie bis an die verschlossene Tür heran. Am liebsten hätte sie das Ohr dagegen gepresst, aber das dürfte eine Spur zu auffällig sein. Da spitzte sie lieber bestmöglich ihre Lauscher. Sie hörte mehrere Personen, die auf der anderen Türseite durcheinanderredeten. Mindestens zwei Männer und eine Frau. Worum es ging, war nicht genau zu verstehen. Nur vereinzelt hörte sie Bruchstücke heraus. Eines der Worte lautete *Serotripram*. Oder hatte sie sich da verhört?

Die Frau zählte etwas auf. Begriffe wie *Appetitlosigkeit*, *Kribbeln der Haut* und *vermehrtes Schwitzen* fielen. Kiki dämmerte, dass es sich dabei offenbar um Nebenwirkungen handelte. Waren das welche, die im Zusammenhang mit Phase drei der klinischen Tests standen?

Nur schwer widerstand sie dem Drang, nun doch das Ohr gegen die Tür zu drücken. Ein Mann mit ihr unbekannter Stimme sprach als Nächstes, leider so leise, dass sie nichts davon verstand. Möglicherweise versuchte er, die Situation zu beschwichtigen. Er bewirkte das Gegenteil. Danach sprach Strümpfel mit erhobener Stimme, und ihn verstand sie mühelos: »Sie können mir so viel aufzählen, wie Sie wollen. Weder die erhöhte Ausschüttung des ADH-Hormons noch eine Ekchymose sind ausschlaggebend. Diese Wechselwirkungen bewegen sich alle im Rahmen. Selbst die eingangs erwähnte Manie. Wichtig ist nur, dass *Serotripram* der Mehrheit der Probanden hilft.«

Die Frau erwiderte mit etwas lauterer Stimme, dass es ihr zuallererst um das Wohl der Patienten gehe. Eine gute Antwort.

»Darum geht es mir genauso«, widersprach Strümpfel. »Darum machen wir das alles doch. Deshalb dürfen Sie die Studie auch nicht einstweilen aussetzen. Wir sind es den Betroffenen schuldig, unser Möglichstes zu tun. Wenn dafür ein paar chemische Modifikationen nötig sind, dann ist das so. Daran wird es gewiss nicht scheitern.«

Die Frau murmelte etwas Unverständliches und meinte anschließend, dass es zwar nur zu vereinzelten, aber höchst bedenklichen gesundheitlichen Nebenwirkungen kommen könnte. Welche genau, vermochte Kiki nicht zu verstehen. Kiki überlegte, das Gespräch mit ihrem Smartphone aufzuzeichnen und später die Klangqualität mit einigen elektronischen Spielereien zu verbessern. Cem wüsste dafür mit Sicherheit ein paar passende Tools.

Das Telefon hielt sie dafür bereits in der Hand, da erschien der langhaarige Pfleger weiter vorn auf dem Flur, und Kiki konnte sich nur noch in Schadensbegrenzung üben. Mist, verdammter! Sie tat so, als würde sie eine WhatsApp lesen. Was durchaus passte, weil Tom ihr geschrieben hatte. Doch im Moment besaß sie nicht einmal Nerven für ihren Lieblingsmaulwurf.

Die Situation wurde noch schlimmer. Der Langhaarige kam näher und näher, den Blick auf sie gerichtet.

»Kann ich dir weiterhelfen?«, fragte er in aufforderndem Tonfall.

»Nein, schon okay. Ich schau nur kurz was nach.« Sie schwenkte den Smartphone-Bildschirm kurz in seine Richtung, um ihre Behauptung zu unterstreichen. Es schien den Typen nicht wirklich zu überzeugen. Seine Miene blieb skeptisch. Da half nur die Flucht nach vorn. Buchstäblich. »Aber ich bin schon fertig.«

Sie steckte das Telefon in ihre Hosentasche. Dann ging sie, ohne ihm eine weitere Erklärung zu liefern, an ihm vorbei und bog in die Richtung ein, aus der sie gekommen war. Sie lauschte, ob er ihr hinterherging, wagte jedoch nicht, sich deswegen umzudrehen. Sollte er doch denken, was er wollte. Für Kiki standen ganz andere Dinge auf dem Spiel.

Ihre Anspannung ließ kontinuierlich nach, je weiter sie sich entfernte. Zuerst von der geschlossenen Abteilung, dann von der psychiatrischen Station und schließlich aus dem gesamten Gebäude. Draußen blies ihr ein kühler Wind entgegen, den sie dankend und tief einatmete. Während sie zu dem breiten Wiesenstreifen mit den Büschen und Sträuchern ging, ließ langsam ihr Frust darüber nach, dass der blöde Pfleger ausgerechnet zu dem Zeitpunkt aufgetaucht war. Hätte er sich nicht noch zwei Minuten gedulden können? Bestimmt hätten Strümpfel und die anderen in dem Büro noch einige höchst pikante Details besprochen. Andererseits hatte sie bei ihrem Ausflug deutlich mehr erfahren, als sie sich erhofft hatte. So gesehen, sollte sie zufrieden sein.

Sie überlegte, sich im Auto umzuziehen, um die Krankenhausklamotten und den Rest zu Tabea zurückbringen. Aber unter Umständen konnte ihr der Kliniklook vorher noch kurz für eine weitere Sache behilflich sein. Sie suchte sich einen Platz neben den Sträuchern, von wo aus sie den Eingangsbereich von Klinikgebäude 8 gut im Blick hatte, und zückte ihr Mobiltelefon. Eigentlich wollte sie sich die abfotografierten Seiten genauer anschauen. Beim Anblick des Nachrichten-Icons oben in der Anzeigenleiste erinnerte sie sich jedoch daran, dass Tom ihr geschrieben hatte, und tippte stattdessen seine Nachricht an: *Wie geht es dir, und wie geht es Enzo?*

Obwohl es sich um eine harmlose Erkundigung handelte, die kaum mehr als eine Floskel war, wurde ihr bei diesen Worten warm ums Herz. Sie mochte den Maulwurf. Wenn sie sich sahen, genoss sie jede Minute davon. Wenn er nicht in ihrer Nähe war, freute sie sich auf ihn. Konnte es sein, dass sie sich ein klitzekleines bisschen in ihn verknallt hatte? Allein bei dem Gedanken musste sie lächeln. Die Antwort auf die Frage lautete eindeutig Ja. Vielleicht war es sogar mehr als bloß ein klitzekleines bisschen. Deshalb rückte ihr Job auch für kurze Zeit in den Hintergrund, und sie schickte sich mehrere Flirtnachrichten mit ihm hin und her.

An die Arbeit erinnerte sich Kiki erst wieder, als sich die Türen zum Eingangsbereich von Haus 8 öffneten und zwei Männer im Anzug hinaustraten. Beim einen handelte es sich um Professor Strümpfel. Er trug einen mausgrauen Zweiteiler mit weißem Hemd und dunkelgrüner Fliege. Der Kerl an seiner Seite war deutlich jünger und um einiges dünner. Anfangs dachte sie, er besitze ein ziemlich lang gezogenes Gesicht. Doch es waren bloß seine fliehende Stirn und die hochtoupierten Haare, die diesen Eindruck erweckten. Etwas länglich und kantig blieb das Gesicht trotzdem. Und es besaß definitiv keinerlei Ähnlichkeit mit dem mysteriösen Beobachter von heute Morgen und gestern Abend. Zuvor gesehen hatte sie diesen Mann ebenfalls noch nicht. Was gleich noch ein Grund mehr war, ihn und Strümpfel auf einem Foto festzuhalten.

Idealerweise taten die Männer ihr den Gefallen, direkt auf sie zuzulaufen. Kiki hob unauffällig das Telefon, betätigte dreimal den Kamerabutton und wandte sich dann ab, damit sie nicht erkannt wurde. Nebenbei spitzte sie die Ohren.

»Das lief da drinnen ja eher suboptimal«, sagte der unbekannte Begleiter gerade mit leiser Stimme. Kiki erkannte sie von dem belauschten Bürogespräch wieder. Er war die dritte Person im Raum gewesen.

»Hätte schlimmer laufen können«, antwortete Strümpfel. »Immerhin sitzen wir noch nicht auf der Ersatzbank.«

»Das stimmt. Wohin jetzt? Zum Haus in der Adamstraße, oder zurück zur Firma?«

Der Professor schien einen Moment darüber nachdenken zu müssen, bevor er antwortete.

»Adamstraße«, sagte er dann. Die beiden gingen in unterschiedliche Richtungen davon. Vermutlich steuerte jeder seinen eigenen Wagen an. Das würde auch Kiki tun, sobald sie Tabea die Uniform und den Chip zurückgegeben hatte.

Einen Tag vor der Tat.

Sylvia Bentz starrte in den mannshohen Spiegel. Er war vom heißen Duschwasser beschlagen. Durch die Tür drang das Kreischen der Kinder ins Bad. Stefan war auf der Interboot *in Friedrichshafen und würde spät am Abend zurückkehren. Danuta hatte einen Zahnarzttermin und würde erst zum Mittagessen kommen. Linus und Larissa stritten darum, welche Serie sie schauen sollten. Was Quietschbuntes mit Pferden oder doch das laute Spektakel eines sprechenden Traktors? Für ihre Mutter war alles gleich hirnrissig und unerträglich, doch Sylvia Bentz war froh, wenn die Kinder wenigstens eine halbe Stunde Ruhe gaben.*

Larissa hatte beim Frühstück ihren Kakao verschüttet. Linus hatte erst gar keinen gewollt, weil der von Danuta besser schmecke. Die Brötchen waren beiden zu kross gewesen, und auf Cornflakes hatte kein Kind Lust.

Sie drehte das Radio auf volle Lautstärke. Dann griff sie zum Föhn und hielt diesen wie eine Pistole auf das Glas. Warme Luft kam aus dem Gebläse. Der Nebel lichtete sich, und ihr Körper schälte sich aus dem Grau. Die erst vor wenigen Tagen nachblondierten schulterlangen Haare waren unter einem Handtuchturban verborgen. Sie wusste: Die Chemie aus den Ampullen des überteuerten Friseurs würde sie perfekt zum Liegen bringen. Und das ganz ohne Lockenstab. Die dreihundert Euro würden ihren Dienst tun.

Dann glitt ihr Blick zu ihren Augen. Das rechte Lid zuckte. Sie rieb sich die Augen. Heftiger, als gut war, denn nur Momente später waren die Augäpfel rot, und die Augen tränten.

»Selber schuld«, sagte sie zu ihrem gespiegelten Ich, das sie ausdruckslos anstarrte.

Sylvia Bentz ließ das watteweiche Handtuch zu Boden gleiten und sah an sich hinab. Sie scannte sich förmlich. Und fand keinen Vergleich zu der Sylvia Bentz, die sie noch vor wenigen Jahren gekannt hatte.

»Wo bin ich geblieben?«, sagte sie zu sich selbst, während sie ihre Brüste betrachtete. Ja, sie waren fülliger geworden. Aber auch schlaffer. Ohne BH kam sie längst nicht mehr aus. Nachdem sie Larissa abgestillt hatte, war sie stolz gewesen auf ihre größere Oberweite. Nun aber fühlte sich ihr Busen an wie ein wabbeliger Fremdkörper mit viel zu großen Warzen. Sie legte die Hände darüber und glotzte förmlich auf ihren Bauch. Sosehr sie auch schaute – die Schwangerschaftsstreifen verschwanden nicht. Die lila und gestreiften Zacken entlang des Bauchnabels, die sich bis zu ihren Hüftknochen hinzogen, wirkten auf sie wie Flüsse einer stilisierten Landschaft aus dem Schulatlas.

»Sei stolz auf jede einzelne Linie«, hatte die Hebamme gesagt. »Denn jede Linie zeigt, was du geleistet hast.«

Sylvia Bentz lachte trocken. Was sie geleistet hatte? In ihrem Körper waren zwei Menschen gewachsen. Aliens. Blutsauger. Egel. Plärrende Bälger, die außer kacken, fressen und schreien nicht viel konnten.

Sie hatte alles versucht. Teure Cremes. Sport. Hungern bis zur Übelkeit. Nichts hatte geholfen. Die Krallen der zweiten Schwangerschaft hatten sich wie ein Fanal in ihre Haut gegerbt. Sie hatte gehadert. Geweint. Gewütet. Und seit Linus' Geburt beinahe jeglichen engeren körperlichen Kontakt zu Stefan blockiert. Ein einziges Mal hatten sie miteinander geschlafen. Aber auch nur, weil Sylvia Bentz es geschafft hatte, das Licht auszumachen. Ihr Mann war ein Voyeur. Er wollte sehen, was er tat. Während Stefan sich dem Orgasmus entge-

genarbeitete, hatte sie nichts gespürt außer Scham und Ekel sich selbst gegenüber. Sie war froh gewesen, als es vorbei war.

Sie hieb sich mit der geballten rechten Faust in die Magengegend. Der Würgereiz setzte sofort ein, und sie erbrach Galle ins zweitausend Euro teure Waschbecken, das sie sich vor einer gefühlten Ewigkeit mit Stefan gemeinsam ausgesucht hatte.

Um nicht auch noch ihren breiter gewordenen Hintern ansehen zu müssen, warf sie sich den Bademantel aus Seide über, spülte das Erbrochene hinunter und begann, sich so hart die Zähne zu putzen, bis das Blut aus ihrem Mund floss. Im Radio verkündete ein viel zu gut gelaunter Wettermann die Sonnenstunden des Tages.

»Arschloch!« Sylvia Bentz drehte das Radio ab und öffnete seufzend die Tür. Noch eine knappe Stunde. Dann würde Danuta sie erlösen. Sie schnappte sich das Handy, das sie unter den Damenbinden verstaut hatte. Nur einer kannte die Nummer dieses Telefons. Er hatte sich nicht gemeldet. Sie pfefferte das Gerät zurück und wünschte sich, dass sie Alkoholikerin wäre. Denn dann hätte sie wenigstens dem inneren Druck mit einem Schnaps die Schärfe nehmen können. So aber bliebe ihr nur, den verhassten Körper lustlos mit einer Bodylotion einzureiben. Selbst das ließ sie bleiben. Für wen sollte sie schön sein? Gar begehrenswert? Sylvia Bentz spuckte ihr Spiegelbild an und sah den Schlieren dabei zu, wie sie das blanke Glas hinabliefen. Danuta würde es richten.

»Das ist jetzt nicht wahr!«

Kiki starrte entgeistert auf Enzo. Einen platten Reifen hatte ihr treuer Fiat diesmal nicht. Dafür zog sich ein messerscharfer Kratzer vom Beifahrerspiegel bis hin zur Tankklappe, die sich ziemlich weit hinten am Fahrzeug befand. Tränen traten ihr in die Augen. Sie sah sich hektisch um, aber außer ein paar Büschen und einem Fahrradständer war nichts und niemand zu sehen.

»Fuck. Fuck. Fuck!« Kiki hatte gute Lust, gegen irgendetwas zu treten. Es waren jedoch nur ein kniehoher Findling und ein Mülleimer auf einem Stahlständer in der Nähe. Auf beides verspürte sie wenig Lust. Denn die Verlierer würden sie und ihr großer Zeh sein. Wutschnaubend setzte sie sich hinters Steuer und startete den treuen Italiener. Noch während sie das Ziel – Adamstraße – ins Navi einhackte, rief sie Torte an. Es klingelte endlos, dann ging die Mailbox ran. Sie legte auf, ohne eine Nachricht zu hinterlassen. Das Navi hatte zu Ende gerechnet. Sie steuerte auf die Straße und haderte. Tom? Kahler? Sie wusste nicht, wen sie anrufen sollte. Was sollte sie auch erzählen?

»Tom, du aufkeimende Liebe meines Lebens, meine Karre ist schon wieder Schrott.« Bullshit! Sie wollte auf gar keinen Fall als Problemfrau dastehen. Erstens. Und zweitens: Gehörten zu einem italienischen Auto nicht irgendwie sowieso ein Kratzer oder eine Beule, quasi als Narbe des Verkehrs?

»Kahler, Chef, ich glaube, da ist was im Busch.« Sie konnte die Antwort förmlich hören: »Wunderbar, Kiki Holland, bleib an der Story dran.« Ebenfalls keine Option.

»Leck mich.« Kiki schaltete den CD-Player ihres Autoradios an. Zwar wurde Muse immer mal wieder von den Anweisungen der weiblichen Navi-Stimme unterbrochen, doch die Musik holte sie so weit runter, dass sie wieder normal atmen konnte.

Nach nicht mal einer halben Stunde hatte sie ihr Ziel erreicht. Die Adamstraße war eine Mischung aus missglücktem 1970er-Jahre-Wohnbau in grauem Beton, dahingeklatschten Läden (die meisten standen leer) und einem um einen quadratischen Brunnen lieblos angelegten Platz. Vier Bänke standen dort. Keine war besetzt. Sie parkte ihr malträtiertes Auto unter einer dürren Eiche – es mochte auch eine Pappel sein, dem Baum, von dem nicht viel mehr als der Stamm übrig geblieben war, sah man das nicht an – und stieg aus.

Offenbar war Haus Nummer vierundzwanzig ihr Ziel. Vor dem Gebäude, das in seiner grauen Tristesse nur von einer Gesamtschule im Ruhrgebiet hätte übertroffen werden können, parkte ein schwarzer Luxuswagen aus Stuttgarter Produktion verkehrswidrig halb auf dem Gehsteig. So als wollte er unbedingt gesehen werden. In Kikis Fall jedenfalls äußerst praktisch. Vielen Dank für den Hinweis.

Sie lenkte Enzo langsam vorbei und sah im Rückspiegel ein rotes VW-Golf-Cabriolet mit H-Zeichen. Am Steuer saß Strümpfels ihr noch unbekannter Begleiter, und einen Moment lang beneidete sie ihn. Denn er saß hinter dem Steuer genau des Wagens, den sie sich als Fahranfängerin immer gewünscht hatte. Dann aber war eine Schulkameradin, mit der sie nie wirklich Kontakt gehabt hatte, mit genau solch einem *Erdbeerkörbchen* auf der Autobahnauffahrt von der Spur abgekommen, aus dem Wagen geschleudert worden und mit dem Kopf gegen die Notrufsäule geknallt. Kiki hatte also lieber auf Sicherheit gesetzt. Sie hatte keine Lust gehabt, wie die Mitschülerin, deren Name ihr nicht mehr einfallen wollte, auf dem Friedhof zu enden.

Der Golf parkte hinter dem Luxusschlitten ein. Kiki zögerte. Parklücke suchen? Ticket riskieren? Sie entschied sich für Letzteres und manövrierte den kurzen Fiat halb in eine Einfahrt, halb auf den Gehweg. Dann stieg sie aus und hastete zu Haus Nummer vierundzwanzig. Sie konnte gerade noch sehen, wie der Erdbeerkörbchenfahrer hinter der unfassbar hässlichen, von Metall und Glas dominierten Tür verschwand. Sie gab Gas. Und erreichte die Tür just eine Millisekunde, bevor der Schließer gegriffen hätte. Sie hielt die Tür auf und lauschte den sich entfernenden Schritten im Treppenhaus nach. Eins. Zwei. Drei. Dann schlängelte sie sich ins Treppenhaus.

Es roch nach einer Mischung aus Essigreiniger und Bratfett. In die olfaktorischen Zwischentöne mischte sich der penetrante Geruch eines billigen Druckertoners. Im Erdgeschoss wiesen die in die Jahre gekommenen Türschilder auf einen Steuerberater und die Praxis eines Ergotherapeuten hin. Kiki stieg die Treppe hinauf. Im nächsten Stockwerk waren ebenfalls zwei Türen. An einer hing ein Kranz aus Plastikblumen, vor der anderen stand ein Kinderwagen. Hier wohnten offensichtlich eine *Familie Möller* und ein oder eine *H. Radke*. Hinter der Tür von Letzterer oder Letzterem hörte sie Banjoklänge. Bei Möllers hatte offenbar ein lachendes Kind den Spaß seines Lebens.

Kiki ging weiter. Auf dem nächsten Treppenabsatz fristete eine dürre Yuccapalme ein tristes Dasein. Und genauso trist sah es ein halbes Stockwerk höher aus. Die rechte Tür war mit einem Siegel verpflastert. Offenbar hatte hier eine Zwangsräumung stattgefunden. Vor der nächsten lag eine abgetretene graue Fußmatte. Sie las das Klingelschild: *Strümpfel*.

Bingo! Hier schien der Professor zu wohnen. Kiki schlich näher und legte das Ohr gegen die Tür. Sie hörte Schritte. Rascheln. Jemand keuchte. Irgendetwas fiel scheppernd zu Boden. Ihr wurde heiß. Sie war drauf und dran, das Telefon zu zücken und die Polizei zu rufen, zumal nun noch ein Geräusch zu hören war, als würde eine flache Hand auf Haut geschlagen werden. Dann musste sie grinsen: Ein kehliges Stöhnen drang zu ihr, dazu das rhythmische Klatschen zweier Körper, die aufeinanderprallten.

»Ja, o ja!«, feuerte Strümpfel seinen jugendlichen Lover an. Und der schien, so klang es, tatsächlich Vollgas zu geben. Kiki nickte der Tür zu, murmelte ein stummes »Na dann, viel Spaß!« und verließ den *Tatort*.

Ihr Weg führte sie ins *BePunkt*. Ein Blick auf die Uhr verriet, dass es zu früh war für einen Aperol Spritz. Eigentlich. Uneigentlich hatte Strümpfel sie mit seiner Leidenschaft auf Urlaubsgedanken gebracht. Warum also sollte sie keinen Aperitif genießen, obwohl es erst kurz vor vier Uhr am Nachmittag war? Sie bestellte bei einer blutjungen Frau. Dann übertrug sie die Handyfotos aus der Klinik auf ihren Laptop. Die Chefin Tanja war auch heute nicht zu sehen. Dieses Mal aber fragte Kiki nach, als das Mädel ihr das Getränk brachte.

»Tanja? Die ist im Urlaub. Das erste Mal, seit sie das Bistro eröffnet hat.«

Kiki überschlug es im Kopf. Es mussten locker sechs oder sieben Jahre sein.

»Ich dachte schon, es ist was passiert«, gab Kiki zu. Die Kellnerin kicherte.

»Wenn Sie so wollen, ja. Sie und ihr Mann sind in die Oberlausitz gefahren. Ich glaub, da kommt er ursprünglich her. Sie wollen noch mal heiraten. Ganz ohne Kinder.« Der Blick der jungen Frau verklärte sich.

»Wie romantisch«, seufzte Kiki.

»Tja. Und ich hab so ein blödes Tinderdate.« Sie konnte nicht weitersprechen, denn ein älteres Ehepaar winkte sie zu sich.

»Tja, und ich treffe einen Maulwurf, ganz ohne Parship und Zeugs«, lächelte Kiki stumm. Die Fotos waren mittlerweile auf den Laptop übertragen worden. Sie klickte sich durch die Aufnahmen. Zoomte manches heran, löschte anderes gleich wieder. Erst jetzt, in der Ansicht auf dem größeren Bildschirm, fielen ihr Details auf. Sie klickte sich hoch konzentriert durch die Aufnahmen. An einer Seite blieb sie hängen: Es war die Therapieakte von Sylvia Bentz. Allerdings, und das machte sie stutzig, stammten die Einträge darin nicht von der aktuellen Unterbringung, sondern waren fünf Monate vor Linus' Ermordung datiert. Behandelnder Psychiater war ein gewisser Fabian Hernando gewesen. Dem Vornamen nach ein relativ junger Mensch. Und richtig, die Google-Suche spuckte ihr Fotos eines südländisch aussehenden Arztes Anfang dreißig aus, dessen dunkle Haare in wilden Locken von seinem Kopf abstanden. Sie machte einen Screenshot und klickte zurück zu den Fotografien der Akten.

»Hernando, du hast eine Sauklaue«, schalt sie. Sämtliche Eintragungen waren handschriftlich erfolgt. Vieles konnte Kiki nicht entziffern, machte sich auf die lesbaren Worte aber dennoch einen Reim.

Sie schlürfte am Strohhalm und genoss den bittersüßen Geschmack des Drinks. Nach dem, was sie beim Vergrößern der Seiten entziffern konnte, war Sylvia Bentz gute fünf Monate vor der Tat von ihrem Mann mitten in der Nacht in der Klinik eingeliefert worden. Stefan Bentz hatte seine heulende, zitternde Frau quasi an der Pforte abgeliefert, ehe er mit dem Argument, zu den beiden kleinen Kindern zurückkehren zu müssen, Gas gegeben hatte und in der Nacht verschwunden war.

Für ein umfangreiches Gespräch waren in jener Nacht keine Ärzte zugegen gewesen. Aber da Frau Bentz Privatpatientin erster Klasse war, wurde vom Pflegepersonal in aller

Eile ein Einzelzimmer für sie bereitgestellt. Dafür wurden eine Kleptomanin und eine Magersüchtige zusammengelegt. Keine von beiden war erpicht darauf gewesen, weswegen es wohl auf der Station zu einer Eskalation gekommen war.

Hernandos Notizen zufolge hatte sich Patientin Bentz in der ganzen Zeit ihres Aufenthaltes in einer Lethargie befunden. Konkret schrieb er: *Suizidale Gedanken nicht auszuschließen. Unklarer Allgemeinzustand. Patientin wirkt desorientiert und körperlich geschwächt. Zeichen von Mangelernährung / Anorexia nervosa. Bei dennoch gutem muskulären Zustand.*

Hatte Sylvia Bentz gehungert und dennoch Sport getrieben? Kiki notierte sich ihre Frage und las weiter.

Die folgenden Aufzeichnungen waren beim besten Willen und beim dichtesten Heranzoomen nicht zu entziffern. Kiki arbeitete sich tapfer durch die Fotos. Die Krakeleien des Arztes hätten genauso gut Hieroglyphen sein können. Immerhin konnte sie die Zahlen auswerten und kam zu dem Schluss, dass diese den Blutdruck der Patientin angaben. Und der war, das wusste man seit Erscheinen der *Apotheken Umschau*, besorgniserregend hoch. An einem Tag. An einem anderen viel zu tief im Keller, weswegen Patientin Bentz auf dem Weg vom Bett zur Toilette zu Boden gesunken war.

Kiki erfuhr des Weiteren, dass Sylvia Bentz sich sämtlichen Therapieangeboten widersetzt hatte. Sie war weder zum Yoga noch zur Kunsttherapie gegangen oder hatte an einem angeleiteten Waldbaden teilgenommen.

Einzig an einer Ernährungsberatung habe Frau Bentz teilgenommen, hieß es im Therapieprotokoll. Dieses eigentlich sechzigminütige Gespräch hatte die Patientin aber nach zehn Minuten abgebrochen. Frau Dr. Wasmayer hatte Frau Bentz auf deren offensichtliches, bereits bedenkliches Untergewicht angesprochen. Die Patientin habe daraufhin den Raum mit den Worten »Ich bin fett, Sie wollen mir nicht helfen!« verlassen.

Über Linus, Larissa oder Stefan Bentz las Kiki kein einziges Wort. Womöglich verbargen sich diese Abschnitte hinter den nicht lesbaren Krakeleien des Psychiaters. Viel wahrscheinlicher aber erschien es Kiki, dass Sylvia Bentz wortkarg ihre Zeit in der Klinik abgesessen hatte. Ebenso, wie sie sie auch im Gerichtssaal erlebte.

Der letzte Eintrag Hernandos betraf den Entlassungstag. Sylvia Bentz hatte das Dokument mit den Worten *See you later, Alligator* signiert.

Der Morgen am Tag der Tat.

Sylvia Bentz öffnete die Augen. Der digitale Wecker auf dem Nachttisch zeigte 5.32 Uhr. Sie fixierte die Ziffern. Wann war sie zum letzten Mal um diese Uhrzeit wach gewesen?

Neben ihr lag Stefan auf dem Rücken und schnarchte leise, aber konstant vor sich hin. Sie schälte sich aus der Bettdecke und schlüpfte in die Hausschuhe, die auf dem Seidenteppich vor dem Bett standen. Dann schlich sie aus dem Zimmer.

Im Haus herrschte gespenstische Ruhe. Die ersten fahlen Strahlen der Morgensonne knabberten an den Schlitzen der Aluminiumjalousien. Sylvia Bentz fühlte sich trotz des schwachen Lichtes geblendet und hielt schützend die Hand vor die Augen, als sie einen Blick in Larissas nach Osten gerichtetes Kinderzimmer warf. Das Mädchen hatte sich im Schlaf von der Decke freigestrampelt und lag rücklings im Bett. Das glitzernde Einhorn auf dem Nachthemd schien sie anzustrahlen. Sie ging ins Zimmer und deckte ihre Tochter zu.

Vor Linus' Zimmer hielt sie kurz inne. Leises Kinderschnarchen drang heraus. Sylvia Bentz straffte die Schultern und stieg die Treppe hinab. Ihr Herz schlug gleichmäßig und langsam. Tack. Tack. Tack. Sie öffnete die Haustür und holte die Tageszeitung aus dem Briefkasten. Dann steuerte sie die Küche an und schaltete den Vollautomaten ein. Wartete das Aufheizen ab. Das Spülen der Brühgruppe. Schließlich stellte sie eine schneeweiße Tasse darunter und drückte auf Kaffee extrastark.

Während das Getränk gebrüht wurde, rauschten ihre Gedanken zurück zum Traum der Nacht, der ihr greifbarer erschien als die Äpfel und Bananen im Früchtekorb auf der Küchentheke.

Stefan. Sie. Ein ihr unbekanntes Haus, das ihr eigenes werden sollte. Doch anstatt mit Umzugskartons kam ihr Ehemann mit einer ihr unbekannten, gesichtslosen Frau an. Sie setzten sich zu dritt auf die geträumte Eckbank – Sylvia Bentz hasste derlei biedere Möbel! –, und die beiden starrten sie aus hohlen Augen an.

»Ich habe dir eine Zahl gesagt«, wisperte der geträumte Stefan.

»Drei«, erwiderte die träumende Sylvia Bentz.

»Richtig.«

»Ihr seid seit drei Jahren zusammen.«

Die fremde Frau hatte gelacht. Ihre konturlose Fratze hatte ein Gesicht angenommen. Aus dem Grau hatte sich Franziska herausgeschält.

»Monate.« Franziska hatte sich auf die Schenkel gehauen und dann ihre glatt rasierte Vagina gezeigt. Sie sah beinahe makellos aus und hatte definitiv keine zwei Kinder herausgequetscht. Ebenso wenig war ein daraus resultierender Dammriss dritten Grades zu erblicken.

»Du bist hässlich.« Sylvia Bentz erinnerte sich, wie Franziska sich vor ihrem inneren Traumauge in eine fette, fleischlose, grauhaarige Alte verwandelt hatte.

»Du bist auch nicht schön«, hatte der geträumte Stefan gesagt.

Dann war Sylvia Bentz aufgewacht. Zum ersten Mal seit vielen Wochen, ohne dass ihr Herz klopfte. Sie war völlig ruhig. Trotz des Traums.

Sylvia Bentz nahm die gefüllte Tasse, gab zwei Stück Zucker hinein, rührte um und stöpselte das Smartphone, welches zum Laden auf dem Tisch gelegen hatte, ab. Eine innere Stimme versicherte ihr, dass alles gut werden würde.

Wir brauchen Sie heute nicht. Wir machen einen Ausflug, *schrieb sie und schickte die Nachricht an Danuta ab.*

Sylvia Bentz freute sich bereits auf die Natur. Dort, wo noch alles echt und wahrhaftig war. Dort, wo man sich ohne Zwang und völlig frei fühlen würde. Dort, wo wieder alles gut werden würde.

Eigentlich hätte Kiki sich noch die Namen der anderen Patienten anschauen wollen. Aber der Akku ihres Laptops stand bei miesen zwei Prozent. Sie kramte einen Zehner aus der Börse, legte ihn auf den Tisch und raffte ihre Utensilien zusammen.

Vor der Tür des *BePunkt* zögerte sie einen Moment. Sie sah sich nach allen Seiten hin um. Kein zu breit gebauter Kerl oder andere Verfolger in Sicht. Sie atmete auf. Torte oder der Maulwurf? Kahler oder Johanna? Wen sollte sie anrufen?

Die Entscheidung wurde ihr abgenommen. Sie verspürte einen eiskalten Schlag in den Nacken. Dann einen Tritt in die Kniekehlen. Im Wegsacken schaffte sie es, die erstbeste Nummer auf dem Display zu wählen. Sie wusste nicht mal, welche es war. Dann umfing eine bleierne Schwärze ihr Bewusstsein und ihren Körper.

Mein Name ist Kiki. Kiki Holland.

Warum ich mich auf den Job bei der Lokalredaktion bewerbe?

Weil ich Geld verdienen muss. Um meine Wohnung zu bezahlen. Damit ich mir die Raten für meinen Wagen leisten kann. Weil ich Essen kaufen muss.

Ob ich einen Partner habe?

Das hat doch mit der Arbeit nichts zu tun. Aber nein, habe ich nicht. Die Kerle, die da draußen auf dem Markt verfügbar sind, wollen entweder ein blondes Mäuschen oder selbst Karriere machen.

Doch, ich war zwei Jahre mit Daniel zusammen. Ein Kollege aus der Sportredaktion. Long story short: Ich mag keinen Fußball, und er mag zu viele Frauen gleichzeitig.

Natürlich kenne ich nicht nur meine Arbeit. Ich habe durchaus ein Privatleben. Ja, okay, in meiner Wohnung sollten seit Langem einige Glühbirnen ausgetauscht werden, und ja, ich lebe in Symbiose mit meinen Wollmäusen. Und auch ja: Wenn ich eine Basilikumpflanze kaufe, ist sie zum Tode verurteilt.

Aber ich habe einen besten Freund..Torsten. Torte. Er kennt meine Macken, ich kenne seine, und eigentlich braucht eine Frau nichts anderes als das. Bonus: Er ist schwul und hat daher absolut kein Interesse an mir als Frau. Außerdem ist ihm völlig egal, wie ich aussehe.

Sie sagen, dass ich um den heißen Brei herumrede?

Was wollen Sie denn wissen?

Meine fachlichen Kompetenzen kennen Sie. Steht alles in meinem Lebenslauf und in meinen Zeugnissen.

Ob ich belastbar bin?

Ist die Frage ernst gemeint? Ich bin Kiki Holland.

Sie wollen ein Beispiel?

Lassen Sie mich überlegen …

Ich erinnere mich an meinen ersten Gerichtsprozess, es ging um die Vergewaltigung einer Fünfzehnjährigen durch zwei russischstämmige Teenager. Die Tat erfolgte auf dem gemeinsamen Nachhauseweg der drei auf einem Fahrradweg. Der Richter fragte damals, was denn das Opfer angehabt habe. Einen kurzen Rock. Warum auch nicht, mit fünfzehn? Für ihn war der Fall klar: Teilschuld des Opfers.

Ich bin damals ausgerastet, habe meinen Block Richtung Pult geworfen. Ja, die Ordnungsstrafe habe ich gern akzeptiert. Und mit dem Mädchen, längst eine Frau und Mutter zweier süßer Jungs, stehe ich noch immer in losem Kontakt.

So belastbar bin ich also.

Sie nennen das Authentizität? Und Sie kennen meine Reportage von damals? Das erstaunt mich, denn die ist in einem Regionalblatt erschienen. Aber: Danke schön.

Ob ich selbst einmal Kinder möchte?

Das dürfte Sie als Arbeitgeber nichts angehen.

Sie zucken zusammen. Ich habe also die richtige Antwort gegeben.

Nein, in den Auslandseinsatz möchte ich nicht unbedingt wieder gehen. Da bin ich ehrlich. Ich mag am Abend in meinem eigenen Bett schlafen, in meiner eigenen Stadt. Ich bin zu alt für Bombenhagel, Minenfelder und zerfetzte Körper. Und ja, ich habe Angst, eine von den fast vierhundert Journalisten zu sein, die jedes Jahr inhaftiert, gefoltert oder ermordet werden. Nennen Sie es feige. Das ist mir egal. Meine Frontfotografien im Kosovokrieg haben mich zwei Jahre Therapie gekostet. Und ja, damals habe ich noch mit Film und Entwickler gearbeitet.

Ach ja. Der Soldat mit den abgeschossenen blutenden Beinen. Damals. Er ist gestorben. Vor meinen Augen. Ich habe nicht fotografiert. Ich habe keine Zeile geschrieben. Ich konnte es nicht. Aber jetzt. Jetzt sehe ich sein Gesicht. Es ist meinem ganz nah. Er öffnet den Mund. Und singt.

Whoa Camouflage
Things are never quite the way they seem
Whoa Camouflage
I was awfully glad to see this big Marine.

»Frau Holland? Hallo? Können Sie mich hören?«

Die Musik in Kikis Kopf verstummte jäh und wich einem gleichtönigen Piepsen.

»Mach das aus!«, wollte sie rufen. Doch kein Laut verließ ihre Kehle.

»Frau Holland?« Sie spürte eine Hand, die ihr sanft die Wange tätschelte. Es kostete sie alle Anstrengung, die Lider zu öffnen. Sofort war sie geblendet von grellweißem Licht und kniff die Augen wieder zu.

»Schön, dass Sie wieder da sind«, sagte die Stimme. Es war die einer Frau.

»Wo bin ich?«, krächzte Kiki und wollte sich aufsetzen. Schon das kurze Heben des Kopfes verursachte ihr Schwindel und Übelkeit.

»Sie sind im Westklinikum.«

Kiki nahm die Information auf wie die Ansage der Bahn, dass der Zug Verspätung hatte. Nämlich gleichgültig. Etwas anderes blieb ihr auch nicht übrig, denn ihr Hirn schien hinter dem Schädelknochen Samba zu tanzen.

»Ich … Wie … Warum?«, brachte sie durch die staubtrockenen Lippen hervor.

»Sie wurden niedergeschlagen«, sagte die Stimme im Takt des Piepsens. »Ihr Chef hat unsere Kollegen informiert. Anscheinend hatten Sie ihn angerufen.«

Kahler? Ausgerechnet Kahler? Kiki versuchte ein Grinsen. Es gelang ihr nicht. Was auch egal war, denn nur Momente später spürte sie eine bleierne Müdigkeit, die sie aus dem Hier und Jetzt fortriss.

Die alte Dame neben ihr stöhnte und röchelte gegen die Beschallung aus dem Krankenhausfernseher an. Irgendein minderbegabter Koch gab seine angeblichen Geheimrezepte für eine schlanke Taille zum Besten. Allein beim Stichwort *Gebratene Leber mit Apfelspalten* hätte Kiki sich übergeben wollen.

Dazu hatte sie aber keine Zeit. Mittlerweile lag ihr der Polizeibericht vor. Kahler, der offenbar am Telefon den Überfall auf sie live mitgehört hatte und daraufhin Kikis Smartphone hatte orten lassen, war direkt an den Tatort geeilt und hatte die Rettungskräfte alarmiert. Und sich über seine Polizeikontakte die entsprechenden Dokumente zukommen lassen. Leider gab es darin keinen einzigen Hinweis auf den Täter. Kiki las sich den Bericht einmal und dann noch einmal durch, weil sie befürchtete, beim ersten Durchlauf etwas übersehen zu haben. Niemand aus dem Café, kein Fußgänger und auch kein Anwohner hatte etwas mitbekommen. Es war fast wie in einer dieser amerikanischen Gangstergeschichten, in denen sich die Leute manchmal nicht einmal an ihren eigenen Namen erinnern konnten.

Das war ärgerlich und deprimierend. Dennoch konnte sie den Leuten keinen Vorwurf machen. Kiki selbst konnte ebenso wenig sachdienliche Hinweise über den Vorfall liefern. Ihr Angreifer – sie ging davon aus, dass es sich um einen Mann handelte – hatte nichts gesagt und auch keinerlei andersartige Geräusche von sich gegeben. Weder hatte er markant gerochen noch war kurz vor der Tat irgendetwas Auffälliges passiert.

Das alles klang nach einem Profi. Oder jemandem, der unheimlich viel Glück gehabt hatte.

Es blieb ärgerlich. Jahrelang war Kiki in keine brenzlige Situation mehr geraten. Und jetzt das! War sie unvorsichtig geworden? Nein, zum Teufel, sie hatte sich beim Verlassen des *BePunkt* extra umgeschaut. Da war niemand gewesen. Hatte sie wenigstens gedacht.

Als Kiki weiter darüber nachzudenken versuchte, meldeten sich die Kopfschmerzen wieder. Samba tanzte ihr Hirn inzwischen nicht mehr, aber ein unangenehmes Pochen hielt sich trotzdem hartnäckig. Vor allem war es ein stetig wiederkehrender Schmerz, wie sie ihn von zu wenig Schlaf und Flüssigkeitsmangel kannte. Daheim hätte sie dagegen eine Aspirin genommen und zugesehen, dass sie möglichst viel Wasser trank. Hier im Krankenhaus sollte das eigentlich kein Thema sein. Schließlich war es ein verdammtes Krankenhaus! Wenn einem irgendwo etwas gegen die Schmerzen verabreicht werden konnte, dann doch wohl hier.

Kiki spürte, wie die Situation sie wütend machte. Sie mochte es nicht, buchstäblich ausgeknockt herumzuliegen. Sie war nicht der Mensch zum Füßehochlegen und Ausspannen. Vor allem nicht jetzt und nach dem, was ihr passiert war.

Man hatte ihr nicht *irgendwo* aufgelauert, sondern beim *BePunkt*. Nur wenige Meter von ihrer Arbeitsstelle entfernt! Das war ihre vertraute Umgebung, ihre Hood, wie es auf Neudeutsch so schön hieß. Mit Sicherheit war der Angriff kein Zufall gewesen. Bestimmt hatte es mit Eureka oder Bentz zu tun. Vielleicht mit beidem. Selbstverständlich kam ihr sofort wieder ihr Verfolger in den Sinn. Der vermutlich ebenfalls von Eureka oder Bentz beauftragt worden war.

Letzten Endes lief es auf eine dieser zwei Möglichkeiten hinaus. Diese Spur ließ sie einfach nicht los. Sie drängte sich förmlich auf. So besaß es durchaus eine gewisse Ironie, dass der Angreifer durch seinen Hinterhalt dafür gesorgt hatte, dass sie ausgerechnet wieder zum Westklinikum gebracht worden war. Man könnte fast meinen, die Gegenseite wollte unbedingt, dass sie sich hier noch weiter umschaute – auch wenn sie eine etwas komische, um nicht zu sagen unangenehme Art hatte, ihr das mitzuteilen.

Entschlossen schwang Kiki die Beine aus dem medizinischen Bett. Die Bewegung war zu hastig, und sofort wankte die Welt um sie herum wieder. Ihr alter Freund, der Kopfschmerz, meldete sich mit einem besonders unangenehmen Schädelhämmern.

Sie wartete, bis die Beschwerden auf ein erträgliches Maß abgeflaut waren, und tapste dann zu ihren Sachen, die irgendjemand in den Kleiderschrank gelegt hatte. Mit ebenso großer Überraschung wie Erleichterung stellte sie fest, dass sich ihre Geldbörse und ihr Smartphone in ihrer Umhängetasche befanden. In der Börse fehlten weder das Geld noch die Plastikkarten. Auch das Telefon wirkte komplett intakt. Den Sturz hatte das Gerät also ohne Blessuren überstanden. Da sah Kiki schlimmer aus: Kratzer und blaue Flecken an den Armen und eine dicke Beule am Hinterkopf.

Dann fiel ihr auf, dass doch etwas fehlte: der Laptop.

Scheiße.

Wütend schlug Kiki gegen die Schranktür. Ausgerechnet ihr Computer! Leid tat es ihr nicht einmal wegen der Daten. Die wurden alle automatisch in einer Cloud gespeichert. Das hatte sie vor Jahren einmal so eingestellt, um eben vor Diebstahl oder einem technischen Ausfall geschützt zu sein. In der Regel passierten derlei Unglücke immer genau dann, wenn man sie am wenigsten gebrauchen konnte. Dennoch war und blieb es ärgerlich. Das gute Stück hatte sie jahrelang treu begleitet und mit ihr etliche anstrengende Nächte durchgestanden. So etwas verband und schweißte zusammen.

Beunruhigender als der Verlust des Gerätes aber war, dass irgendjemand nun Zugriff auf ihre Daten hatte. Sie war sich sicher, dass dieser Jemand ihre Passwörter knacken konnte.

Es bestand zwar der Hauch einer Chance, dass der Laptop bei dem Überfall bloß aus der Tasche gefallen war und ihn jemand beim *BePunkt* abgegeben hatte. Vielleicht hatte sogar Kahler den Computer an sich genommen? Immerhin war darauf auch das Redaktionssystem mit der Layoutsoftware gespeichert, und er konnte, wenn er wollte, ihre Aufzeichnungen direkt in einen Online-Artikel umwandeln. Aber war das wahrscheinlich? Kiki wusste es nicht.

Sie zog sich an, ignorierte die verdatterten Blicke ihre Zimmernachbarin und trat auf den Flur hinaus. Dort lief sie einer Krankenschwester in die Arme, die ihr eine Szene machte und immerzu beteuerte, dass sie nicht einfach so gehen könne.

Und ob sie das konnte!

»Ich blute nicht und hab mir auch nichts gebrochen. Also kann ich gehen.«

»Sie haben eine Gehirnerschütterung und brauchen Bettruhe.«

»Ausruhen kann ich mich später. Jetzt hab ich zu tun!«

Die Krankenschwester wollte auf stur schalten, doch in der Hinsicht hatte sie in Kiki Holland ihre Meisterin gefunden. Kiki beharrte auf ihrer Entlassung, und nachdem sie in mehreren Formularen schriftlich versichert hatte, das Klinikum von jedweder Verantwortung zu entbinden, bekam sie das, was sie wollte.

»Schonen Sie sich bitte«, rief ihr die Schwester hinterher. Da befand sich Kiki bereits auf dem Weg zum Ausgang.

Draußen strahlte ihr die Sonne besonders hell entgegen. Vermutlich war es als gut gemeintes Willkommen-zurück-Geschenk gemeint, aber im ersten Moment verstärkte es bloß die Kopfschmerzen. Kiki kam sich vor wie nach einer durchzechten Nacht und hielt sich schützend die Hand vor die Augen. Sie flüchtete in den Schatten des nächsten Gebäudes und brauchte einige Sekunden, um sich zu orientieren. Nicht weit entfernt lag die gynäkologische Station, bei der sie sich vorhin die Kleidung und den Zugangschip geliehen hatte. Inzwischen hatte ihr Kontakt Tabea sicher längst Feierabend. Auf sie konnte sie derzeit nicht bauen – und musste es nicht. Aktuell wüsste Kiki ohnehin nicht, was sie noch einmal in der geschlossenen Abteilung suchen sollte. Das, was sie darüber erfahren wollte, hatte sie erfahren. Sogar etwas mehr.

Der Name Fabian Hernando kam ihr wieder in den Sinn. Laut Internet arbeitete der Arzt in Haus 8, in der *Klinik für Psychosomatik und Psychotherapeutische Medizin*, wo sie sich umgesehen hatte. Leider standen auf der Homepage keine Sprechstundenzeiten und auch nicht, was genau sein Fachgebiet war. Inzwischen war es nach 18 Uhr, und es war keinesfalls gewiss, dass sich der Mediziner überhaupt noch auf dem Krankenhausgelände aufhielt. Andererseits wurde er aufgrund seines Alters vielleicht von den erfahreneren Kollegen zur Spätschicht und zu Überstunden verdonnert. Damit er so viel wie möglich Praxiserfahrungen sammeln konnte. Für Hernandos Privatleben dürfte das einem Todesstoß gleichkommen, für Kiki könnte es eine glückliche Fügung bedeuten.

Sie beschloss, es darauf ankommen zu lassen, und positionierte sich vor dem Haupteingang zu Haus 8, unweit der Stelle, an der sie nur wenige Stunden zuvor dem Professor und seinem jüngeren Kollegen aufgelauert hatte. Von hier aus hatte sie überdies die nähere Umgebung im Auge und sah genau, wer in ihre Richtung unterwegs war. Kein verdächtiges Subjekt in Sicht.

Dafür musste sie nicht lange auf ihr Zielobjekt warten. Nach einem bärtigen Mitarbeiter in Rastafari-Look und einer korpulenten Enddreißigerin mit orangefarbenen Strähnchen verließ ein hagerer junger Mann mit dunklen Haaren das Gebäude. Anfangs war Kiki seinetwegen nicht vollkommen sicher. Ein Blick auf die Fotos im World Wide Web vertrieb die letzten Zweifel. Obwohl er von der Arbeit erschöpft und etwas blass aussah, war es definitiv Fabian Hernando.

Einen Moment lang trafen sich ihre Blicke, aber da keinerlei Chance auf Wiedererkennen bestand, ging der Arzt ohne jede Reaktion weiter. Kiki vergewisserte sich noch einmal, dass sich niemand an ihre Fersen geheftet hatte, und tat dann genau das: sich an Hernandos Fersen heften. Sie folgte ihm quer über das Klinikgelände. Zunächst sah es danach aus, als wäre er auf dem Weg zum Parkplatz, kurz vorher bog er jedoch ab und steuerte auf die Schranke am Ausgang zu. Von dort aus zog es ihn zur Bushaltestelle, wo außer ihm kein anderer Mensch wartete. Bus war ebenfalls keiner in Sicht. Noch nicht jedenfalls.

Kiki wusste nicht, wie viel Zeit ihr blieb, und entschied sich dafür, alles auf eine Karte zu setzen. Sie trat auf den hageren Mann zu. »Dr. Hernando?«

»Ja …?« Er stockte und musterte sie genau. »Hab ich Sie nicht gerade eben schon gesehen? Sind Sie mir gefolgt?«

»Genau. Ich habe vor Haus 8 auf Sie gewartet.«

»Ich … äh … hab jetzt Feierabend. Außerhalb der Dienstzeiten stelle ich keine Diagnosen. Sie können gern morgen …«

»Ich bin nicht deswegen hier«, unterbrach sie ihn. »Es geht mir um eine Patientin. Sylvia Bentz. Ich weiß, dass Sie sie behandelt haben.«

Das letzte bisschen Farbe wich aus seinem Antlitz. Mit einem Mal wirkte er wie ein scheues Kaninchen, das vor den Scheinwerfern eines herannahenden Autos erstarrt war.

»Dazu darf ich nichts sagen. Das sind vertrauliche Patienteninformationen.«

Es war die typische Antwort zu diesem Thema. Jeder Arzt reagierte in erster Instanz so. Damit konnte sich Kiki nicht zufriedengeben. Nicht heute und nach dem, was ihr zugestoßen war. Allein die wummernden Kopfschmerzen waren eine deutliche Erinnerung daran. Dies alles durfte nicht umsonst gewesen sein. »Ich habe Ihre Unterlagen gesehen. Die Behandlungsnotizen in der geschlossenen Abteilung.«

Hernando riss die Augen auf. Eine Sekunde lang starrte er sie fassungslos an, anschließend schaute er sich hastig um. »Wer sind Sie, und was haben Sie damit zu tun?«

»Mein Name ist Kiki Holland. Ich bin jemand, der will, dass die Wahrheit endlich ans Licht kommt. Und genau wie Sie stecke ich inzwischen tief mit drin. Aufgeben ist für mich keine Option mehr. Nicht nach alledem, was ich bereits herausgefunden habe. Es geht jetzt nur noch vorwärts.«

Der Arzt zögerte. Rang sichtbar mit sich selbst. Schaute sich abermals um. Und seufzte dann auf einmal erleichtert. »Ich habe gehofft, dass irgendwann jemand kommt und das sagt.«

Mit *der* Antwort hatte Kiki nicht gerechnet. »Wie meinen Sie das?«

»Die Behandlungsnotizen befinden sich nicht zufällig im Therapieraum. Normalerweise ist es streng verboten, solch vertrauliche Dokumente öffentlich zugänglich herumliegen zu lassen. Aber ich habe mir keinen anderen Rat mehr gewusst. Das, was mit der armen Frau geschehen ist, war Unrecht. Es hätte nicht so weit kommen müssen. Gar nicht erst kommen dürfen.«

Kiki spürte, wie sich die Härchen entlang ihres Nackens aufstellten. »Wovon sprechen Sie?«

Erneut schaute der Arzt sich nervös um, bevor er weitersprach. »Das mit dem Jungen. Linus. Er hätte nicht sterben müssen. Es war ganz offensichtlich, dass Frau Bentz massive psychische Probleme hatte. Man hätte sie längerfristig stationär aufnehmen und richtig therapieren müssen. Stattdessen wurden Experimente mit ihr durchgeführt.«

»Was für Experimente?«

»Versuche mit noch nicht zugelassenen Psychopharmaka. Ein neues Medikament von Eureka.«

Kiki hielt vor Anspannung die Luft an. »Wer hat das veranlasst?«

»Ihr Ehemann. Weil er um jeden Preis einen Skandal verhindern wollte. Dass seine Frau in der Klapse sitzt oder so. Deshalb hat er auch dafür gesorgt, dass sämtliche Daten dazu aus dem System verschwunden sind. Entweder er oder die Pharmafirma. Mit genug Vitamin B geht das. Bentz wollte ihr helfen, aber nur so, dass es keiner mitkriegt. Ich habe ihm gesagt, dass das nichts nützen wird. Aber er wollte das nicht hören und hat sie zu diesem Ort gebracht. Weil er die Geschäftsleitung von Eureka gut kennt. War alles kein Problem. Eine Hand wäscht ja bekanntlich die andere.«

»Moment, was für ein Ort?«

»Es ist ein Gebäude am Rand vom Industriegebiet. Offiziell zählt es nicht mal zur Firma. Es ist ein Haus, das dem Chef von Eureka gehört. Diesem Wolter. Er hat dort stillschweigend all jene behandeln lassen, die nicht abwarten wollten, bis die klinischen Tests durch sind. Sie würden sich wundern, wie viele Menschen verzweifelt genug sind, bei so etwas mitzumachen. Wenn alles Altbekannte versagt, greifen sie nach dem allerletzten Strohhalm.«

»Warum sind Sie mit dem Wissen nicht zur Polizei gegangen? Sie hätten die Behörden eingreifen lassen können.«

»Weil ich Angst habe«, sagte Hernando mit dünner Stimme. Sie klang hoch und als ob er kurz vor dem Weinen stünde. »Die haben mich massiv unter Druck gesetzt!«

»Wer hat das getan?«

Abermals blickte er sich um. »Na, der Ehemann. Und die Leute von Eureka. Die haben mir gedroht, dass sie mich fertigmachen, wenn ich etwas verrate. Beruflich – und privat. Und glauben Sie mir, die haben die dafür notwendigen Beziehungen. Diese Leute können sich alles erlauben.«

»Niemand kann sich alles erlauben. Auch diese feinen Mitbürger können zur Rechenschaft gezogen werden. Sie werden schon sehen, was passiert, wenn ihre Namen in einem landesweit erscheinenden Zeitungsartikel auftauchen. Aber dafür brauche ich mehr. Haben Sie Beweise für Ihre Behauptungen? Oder würden Sie das Gesagte bei Bedarf unter Eid bezeugen?«

»Ich? Auf keinen Fall. Niemand in der Stadt – ach, was sage ich – im ganzen Land würde mich mehr anstellen. Dafür werden die schon sorgen. Ich wünsche Ihnen Glück, wenn Sie vorhaben, diese Leute aufzuhalten. Aber bitte halten Sie mich aus der Sache raus. Ich habe mich mit den Unterlagen schon weit genug aus dem Fenster gelehnt. Noch mehr, und ich würde den Halt verlieren. Das möchte ich nicht riskieren. Wenn ich meine Arbeit verliere, bringt das keinem was. Nein, da halte ich lieber die Klappe und setze mich weiterhin für meine Patienten ein. Frau Bentz und ihrem Sohn kann ich nicht mehr helfen, vielen anderen Leuten hingegen schon. Und jetzt lassen Sie mich bitte gehen. Da kommt mein Bus. Ich muss hier weg. Das ist mir alles viel zu heikel.«

»Sie sind ein Feigling!«, versuchte sie, ihn aus der Reserve zu locken.

»Aber einer, der weiterleben wird. Ich meine, ich finde es mutig, dass Sie alles aufdecken wollen, und drücke Ihnen fest die Daumen dafür. Nur weiß ich aus eigener Erfahrung, wie riskant das sein kann. Verstehen Sie das als gut gemeinten Rat, und bedenken Sie das, wenn Sie Ihre nächsten Schritte unternehmen. Wie auch immer die aussehen mögen.«

Der Bus hielt neben ihnen und öffnete mit einem leisen Hydraulikzischen die Türen. Der Arzt flüchtete sich ins Wageninnere, zeigte seinen Fahrausweis vor und ließ sich auf einen Platz auf der anderen Busseite nieder. Er würdigte sie keines Blickes mehr. Kiki schaute dem Bus hinterher, bis er an der nächsten Kreuzung abbog und aus ihrem Sichtfeld verschwand.

Ihr unfreiwilliger Klinikbesuch brachte mit sich, dass sie ohne eigenen Pkw eingeliefert worden war. Ihr geliebter Enzo stand vermutlich noch immer unweit des *BePunkt* – das hieß, sofern ihr Angreifer den Wagen nicht ebenfalls entwendet hatte. Sofort wanderten ihre Finger nervös in die Umhängetasche. Ihr Herzschlag erhöhte sich, als sie den Autoschlüssel nicht gleich fand. Dabei hatte er sich bloß unter den Pfefferminzkaugummis, dem leeren Sonnenbrillenetui (nur der Teufel wusste, wo die Brille selbst abgeblieben war!) und allerlei anderem Krimskrams versteckt.

Ihr Beförderungsproblem löste es trotzdem nicht.

Sicherlich hätte sie genauso wie Fabian Hernando den Bus nehmen können. Aber erstens hatte sie auf keinen Fall mit dem Arzt zusammen fahren wollen. Und zweitens wollte Kiki jetzt auf direktem Wege zu ihrem Ziel kommen und nicht Umwege mit mehreren Buslinien in Kauf nehmen. Deshalb stampfte sie kurzerhand zu der Taxihaltestelle, die es in der Nähe eines jeden Krankenhauses gab, und nannte der netten Asiatin mit den hellgrünen Haaren und der gepiercten Unterlippe die Straße, in der sich das Café befand.

»Kein Problem«, versicherte die Frau und gab ihr ein Zeichen, es sich auf der Rückbank bequem zu machen. Der Einladung kam Kiki gern nach. In ihrem Schädel hämmerte es nach wie vor äußerst unharmonisch, sodass sie tatsächlich für einige Minuten zum Verschnaufen die Augen schloss. Gefahr, einzuschlafen, lief sie nicht. Das war bei dem voll aufgedrehten Free-Jazz aus dem Autoradio völlig unmöglich.

»Ich hoffe, die Musik ist nicht zu laut«, brüllte die Taxifahrerin gegen eine Trompete und ein Klavier an.

Kiki antwortete mit Nein, hätte aber genauso über botswanische Dürreperioden referieren können. Die Lautstärke war dermaßen aufgedreht, dass man ohnehin kaum etwas verstand.

Eine reichliche Viertelstunde später erreichten sie das *Be-Punkt*, und Kiki nutzte die Gelegenheit, gleich noch im Café nachzufragen, ob zufällig jemand den Laptop abgegeben hatte.

Das hatte natürlich niemand. Obwohl Kiki das erwartet hatte, deprimierte sie die Antwort.

Wenigstens habe ich jetzt Gewissheit, sagte sie auf dem Weg zu Enzo. Sie machte sich darauf gefasst, ein weiteres Mal einen – oder gar mehrere – Reifen aufgeschlitzt vorzufinden, doch zumindest in der Hinsicht hatten ihre Gegner Gnade walten lassen. Das Fahrzeug war vollkommen intakt, und es explodierte auch keine Bombe, als sie den Zündschlüssel herumdrehte. Zufrieden reihte Kiki den Wagen in den abnehmenden Feierabendverkehr ein.

Die meiste Zeit fuhr Kiki wie auf Autopilot. Sie achtete auf die Verkehrsregeln, setzte den Blinker beim Abbiegen und hielt an jeder roten Ampel. Dennoch konnte sie sich im Nachhinein nur noch schemenhaft daran erinnern, wie sie in die Straße gelangt war, in der sie jetzt einparkte. Unterwegs hatte sie überlegt, ob sie zu Torte, Tom oder gleich zu ihren eigenen vier Wänden fahren sollte. Dann hatten sich die Erinnerungen an das Gespräch mit Fabian Hernando daruntergemischt, und sie war von allen anderen Themen abgekommen.

Sofern Enzo nicht selbstständig über das Ziel entscheiden konnte – und Kiki war ziemlich sicher, dass ihr kleiner Italiener das nicht konnte –, musste ihr Unterbewusstsein die Entscheidung getroffen haben. Denn nun stand sie hier, nur eine Querstraße von dem Tattoogeschäft entfernt.

Sie betrat Tortes Arbeitsräume und war froh, dass ihr bester Freund keinen Kunden hatte. Aufgeräumt hatte er ebenfalls und schlürfte zufrieden ein Glas Cola. Das hieß, er tat es, bis er seine Journalistenfreundin in gemächlichen Schritten auf sich zukommen sah. Erschrocken ließ er das Glas sinken und merkte gar nicht, dass er dabei einen Teil des Getränks verschüttete. »Jessas! Was ist denn mit dir passiert?«

»Ich habe versucht, mit meinem Kopf einen Knüppel zu schlagen.« Sie grinste schief. »Oder war es umgedreht? Ich bin mir auch nicht ganz sicher, ob es ein Knüppel war.«

Torte eilte auf sie zu, und noch mehr Cola verteilte sich auf dem Boden. »Ach, du grüne Neune! Du musst ins Krankenhaus.«

»War ich schon. Ist mir zu langweilig dort. Die wollen bloß, dass ich faul rumliege. Das ist nichts für mich.«

»Scheint mir aber besser. Wie geht es deinem Kopf?«

»Brummt wie ein Kühlschrank.«

»Das ist nicht witzig! Setz dich erst mal. Oder besser: Leg dich hin, und streck die Beine aus. Ich hole dir was zum Kühlen.«

»Torte, mir geht es gut. Ich bin auch mit dem Auto hergefahren.«

»Du bist was?« Entgeistert starrte er sie an. »Bist du von allen guten Geistern verlassen? Du hättest ohnmächtig werden und einen Unfall bauen können.«

Kiki wischte den Einwand beiseite. »Jetzt übertreib mal nicht so. Wie gesagt, mir geht es gut. Hab bloß eine kleine Beule davongetragen.«

»Bloß …«, wiederholte er kopfschüttelnd. »Kann ich dir wenigstens was zu trinken anbieten?«

»Ja, aber bitte oben, in deiner Wohnung. Und wenn du noch einen Happen Essen übrig hast, wäre ich auch nicht traurig.«

Noch immer betrachtete er sie fassungslos. »Du machst mich fertig. Deinetwegen krieg ich noch einen Herzinfarkt!«

»Dann fahr ich dich ins Krankenhaus. Kein Thema …«

Sie nahmen die Treppe hinauf in die obere Etage, wo ihr erster Weg in Richtung Küche führte. Da klingelte Kikis Smartphone. Als sie sah, dass ihr Chef Markus Kahler anrief, zögerte sie kurz. Weswegen er anrief, lag auf der Hand. Hatte sie jetzt wirklich Nerven für ein solches Gespräch? Andererseits hatte sie nur ihm das schnelle Auftauchen der Sanitäter zu verdanken. Überdies war der Mann noch nie ein Freund von Small Talk gewesen. Eventuell hatte er ja tatsächlich Neuigkeiten für sie. Damit siegte die Neugierde, und Kiki nahm das Telefonat an.

»Wie geht es dir? Behandeln sie dich gut im Krankenhaus?«, fragte er gleich als Erstes.

»Mir geht es gut. Aus dem Krankenhaus bin ich schon raus.«

»Hä?« Kahler brauchte offenbar einen Atemzug, um die Nachricht zu verdauen. »Wieso das denn?«

»Ich habe keine Zeit, dort herumzuliegen und mich auszuruhen. Es gibt Arbeit, die ich nicht aufschieben kann.«

»Okay.« Wahrscheinlich war er der einzige Mensch auf der Welt, der es schaffte, so viel Stolz in die Betonung dieses einen Wortes zu legen. »Dann freut es dich wahrscheinlich, dass ich gerade mit unseren Anwälten telefoniert habe. Ab morgen darfst du wieder zur Gerichtsverhandlung. Der Ausschluss wurde zurückgenommen. Dennoch ist das Eis, auf dem du dich bewegst, recht dünn.«

Kiki spitzte die Ohren. »Heißt das: Ich soll mich zurückhalten?«

»Auf keinen Fall. Gib Vollgas – aber subtil.«

Sie wusste ganz genau, was er damit meinte. »Subtil ist mein zweiter Vorname.«

Aus irgendeinem Grund mussten sie darüber beide lachen.

Das Telefonat hatte keine zwei Minuten gedauert. Doch als sie im Anschluss in die Küche zurückkehrte, sah sie Torte dort bereits angespannt herumhantieren. Offenbar hatte er in der Zwischenzeit sein Vorratsregal durchstöbert und war dabei auf eine Dose Ravioli gestoßen. Diese stand inzwischen mit halb aufgebrochenem Deckel neben dem Herd, während der Inhalt in einem kleinen Kochtopf schwamm. Viele kleine Spritzer um Topf und Blechdose herum unterstrichen die hektische Note. Normalerweise machte Kiki einen großen Bogen um derartiges Dosenfutter. Aber nach so vielen Stunden auf den Beinen roch selbst das orange-gelbe Fertiggericht verführerisch. Außerdem waren Tortes Kochkünste mit dem Erwärmen fertiger Essensmenüs bereits ziemlich erschöpft. Alles, was darüber hinausging, endete in einem waghalsigen Experiment, das genauso gut schiefgehen wie gelingen konnte. Meist standen die Chancen auf Erfolg bei vierzig zu sechzig.

»Mhhhm ... Das sieht ja lecker aus. Und das extra für mich?«

»Ich stehe seit Stunden in der Küche.«

»Ja, sieht man.«

Sie beobachtete ihn einige Momente beim Umrühren der Ravioli und machte sich dann daran, den Tisch zu decken. Wenig später verspeisten sie die noch dampfende Mahlzeit, die gar nicht so schlecht schmeckte, wie Kiki befürchtet hatte. Zum Runterspülen gab es Tonic Water – weil dies neben Cola das einzige alkoholfreie Getränk war, das Torte im Haus hatte. Die Alternative wäre Leitungswasser gewesen. Ganz vermochte das Abendessen ihre Kopfschmerzen zwar nicht zu vertreiben, aber mit vollem Bauch fühlte sich alles nur halb so schlimm an.

Nebenbei schilderte Kiki ihrem Freund, was sie heute alles erlebt und erfahren hatte. Torte lauschte, schnappte nach Luft und schüttelte fassungslos den Kopf. »O Mann«, sagte er mehrmals, bevor er sich an den Abwasch machte. Kiki wollte helfen, aber er lehnte ab. Damit konnte sie leben.

Frisch gestärkt, lieh sie sich das Notebook ihres Freundes aus und vergewisserte sich vom Sofa aus, dass ihre heutigen Recherchen im *BePunkt* ebenfalls in die Cloud hinaufgeladen worden waren. Das waren sie, ebenso wie die Aktenfotos, die sie zuvor in der geschlossenen Abteilung des Westklinikums geschossen hatte. Somit war auch das erledigt, und sie konnte sich über die nächsten Schritte Gedanken machen.

Hernando hatte von einem geheimen Testlabor gesprochen, das sich in einem Gebäude am Rand vom Industriegebiet befinden sollte. Diese Angabe war ziemlich relativ, da einerseits mehrere Gewerbe- und Industriegebiete an die Stadt angrenzten und andererseits jedes dieser Areale voller Gebäude war. Eingrenzen ließ sich der Radius lediglich durch die Bemerkung, dass es sich um ein Haus handeln sollte, das Eureka-Chef Wolter gehörte. Dafür sollten eigentlich nicht so viele infrage kommen.

Ein Problem gab es dennoch: Als Zivilperson bekam man keinerlei Zugang zu der Information, wem welches Grundstück gehörte. Gab es jemand, der ihr bei diesem Problem helfen konnte? Kiki suchte ihr Smartphone-Adressbuch nach einem passenden Kontakt ab. Sie zählte zwar mehrere Polizisten zu ihrem Bekanntenkreis, ebenso wie die eine oder andere Beamtin vom Ordnungs- und Einwohneramt. Dennoch war darunter niemand, der ihr die Information ohne Weiteres besorgen konnte, ohne zu viele Fragen zu stellen oder – wie hatte Hernando es so treffend formuliert – sich dafür weit aus dem Fenster lehnen zu müssen. Eine Möglichkeit fiel ihr trotzdem noch ein.

Sie wählte die Mobilfunknummer ihres Freundes Cem Eroğlu. Nebenbei schaute sie auf die Uhr. Bereits nach 21 Uhr. Die feine englische Art war es nicht, die Leute zu solch später Stunde noch zu belästigen. Allerdings war sie sich fast zu hundert Prozent sicher, dass Cem eh bloß an seinem PC sitzen und irgendein Onlinespiel zocken würde. An Schlaf war bei ihm so früh noch lange nicht zu denken.

Nach dem dritten Klingeln nahm er das Gespräch an. Er brüllte ins Mikrofon, um gegen den Explosions- und Schusslärm im Hintergrund anzukommen. Was für eine Überraschung.

»Hallo, Kiki, was kann ich diesmal für dich tun?«

»Wie kommst du darauf, dass du was für mich tun sollst?«

»Wenn du am Abend anrufst, hast du immer ein Problem, das ich für dich lösen soll. Also, was ist es diesmal?«

»Kannst du für mich etwas beim Liegenschaftsamt nachschauen?« Sie fasste zusammen, worum genau es ihr ging. Der Hacker sagte »Hmmh« und »Okay« und »Kein Problem«. Er versprach, sich bald wieder zu melden, und legte auf.

Von der anderen Sofaseite aus bedachte sie Torte, der inzwischen mit der Küchenarbeit fertig war und sich neben sie gesetzt hatte, mit einem fragenden Gesichtsausdruck. »Geht es um das, von dem ich denke, worum es geht?«

»Woher soll ich wissen, was du denkst, worum … Ach, du weißt, was ich meine!«

»Ich denke, du willst den Leuten, die eh schon sauer auf dich sind, noch mehr auf die Zehen treten.«

Sie nickte zustimmend. »Und das mit richtig fetten Wanderstiefeln, damit es ordentlich wehtut.«

»Und du glaubst, dass das eine so gute Idee ist?«

»In mancher Hinsicht schon, in anderer nicht.«

»Ich glaube, das ist in jeder Hinsicht gefährlich. Eigentlich sollte dir die Beule am Kopf genug Warnung sein. Beim nächsten Mal kommst du vielleicht nicht so glimpflich davon.«

»Wer sagt denn, dass es ein nächstes Mal gibt? Einmal habe ich mich reinlegen lassen, weil ich unvorbereitet war. Noch mal passiert mir das nicht. Diesmal bereite ich mich gründlich vor. Und sobald es brenzlig wird, ruf ich die Kavallerie.«

»Sobald es brenzlig wird, ist es vielleicht schon zu spät für die Kavallerie. Warum übergibst du deine bisherigen Informationen nicht der Kripo?«

»Die hatten ihre Chance. Letztes Jahr, im Zuge der Morduntersuchung.«

»Offenbar haben sie dabei etwas übersehen.«

»Ja, offensichtlich.« Sie musste wieder an Hernandos Warnung denken und hatte sein ängstliches Gesicht vor Augen. »Oder jemand hat seinen Einfluss geltend gemacht, damit gewisse Aspekte nicht ans Licht kommen.«

Torte seufzte tief. »Wir sind hier in keinem Don-Winslow-Roman, in dem jeder Dreck am Stecken hat. Aber selbst, wenn es so wäre: Weshalb willst du dich in Gefahr bringen? Egal, wie die Umstände lauten, es bleibt dabei, dass Sylvia Bentz ihren Sohn umgebracht hat. Dafür muss sie bezahlen.«

Kiki fuhr vom Sofa hoch. Sie strotzte dermaßen vor wütender Energie, dass es selbst ihre Kopfschmerzen übertünchte. »Das ist bloß die halbe Wahrheit. Wenn meine Informationen stimmen, war sie zu der Zeit nicht richtig zurechnungsfähig. Andere Leute tragen an dem Unglück eine große Teilschuld. Es hätte nicht so weit kommen müssen!«

»Ungeschehen lässt es sich damit trotzdem nicht machen.«

»Das weiß ich. Aber hier geht es ums Prinzip. Ich sehe nicht ein, wieso die Mutter für alles allein den Kopf hinhalten soll. Das ist ungerecht, und wenn ich die Möglichkeit habe, das zu ändern, dann werde ich das auch tun. Schon allein, weil es mein Job ist.«

»Falsch: Dein Job ist es, über alles zu *berichten*. Nicht mehr!«

»Das werde ich auch. Darauf kannst du Gift nehmen!« Kiki war selbst erschrocken über die Intensität ihrer Worte. Sie klangen wie eine Drohung und waren wahrscheinlich auch eine. Kiki ging im Wohnzimmer auf und ab, um ihren Ärger niederzukämpfen. Torte war nicht ihr Feind. Vielmehr das komplette Gegenteil.

Und eben, weil er sie so gut kannte, gab er ihr die Zeit, sich abzukühlen. Als sie relativ entspannt neben dem Fenster stand, hörte sie ihn mit ruhiger Stimme hinter sich sagen: »Ich möchte nur, dass du dich nicht in Gefahr bringst.«

»Das will ich auch nicht. Ich werde auf der Hut sein. So wie immer.«

Der letzte Satz trug nicht dazu bei, dass die Sorgenfalten aus seinem Gesicht verschwanden.

Die nächsten neunzig Minuten verwandelte sich der restliche Zorn in Ungeduld. Von wegen, dass Cem sich bald melden würde! Wie schwer konnte es für einen laut eigener Aussage ungeschlagenen Hacker sein, sich in das Netzwerk der Stadtverwaltung einzuklinken und dort eine bestimmte Information abzurufen? Schließlich ging es um keine heiklen Bankdaten oder die Verbrecherakten irgendwelcher Promis. Immer wieder linste sie zu ihrem Smartphone, in der Hoffnung, dass ihr eventuell eine Nachricht von Cem entgangen sein könnte. Das war nicht der Fall. Lediglich ein paar Werbemails und Meldungen vom dpa-Newsticker trudelten ein. Die konnte sie derzeit nicht gebrauchen.

Schließlich hielt sie es nicht mehr aus und ließ sich über Google Maps sämtliche Industrie- und Gewerbegebiete der Stadt anzeigen. Dass die Satellitenbilder nicht mehr ganz aktuell waren, machte dabei keinen großen Unterschied. So viel dürfte sich dort in den zwei Jahren seit den Aufnahmen nicht getan haben. Zudem ging es Kiki nicht um Landschaftsdetails, sondern um Gebäudedaten. Bei einem Großteil der Immobilien zeigte das Onlineprogramm an, welche Firma darin ihren Sitz hatte. Von den restlichen Häusern konnte sie viele außer Acht lassen, weil sie sich nicht am Rand vom Industriegebiet befanden. Andere strich sie, weil sie sich in unmittelbarer Nähe von Firmen und Geschäften mit viel Publikumsverkehr befanden. Dort ein geheimes Testlabor einzurichten, wäre ziemlich dämlich. Und als dämlich hatten sich Wolter und Co. bisher nicht erwiesen. Übrig blieben noch knapp ein Dutzend Gebäude. Notfalls könnte sie die der Reihe nach abklappern. Irgendeines darunter würde sich schon als Treffer erweisen.

Dann endlich rief Cem sie zurück: »Sorry, hat ein bisschen länger gedauert. Ein Kumpel kam mit Burritos vorbei. Die mussten wir erst mal niedermachen, weil die am besten schmecken, wenn sie warm sind.«

»Hoffentlich waren sie lecker«, sagte Kiki. Sie hatte Mühe, ihren Sarkasmus im Zaum zu halten.

»Ja, unbedingt. Den Laden kann ich nur empfehlen. Er liegt an der Ecke …«

»Im Moment bin ich nicht besonders hungrig, Cem. Hast du was rausfinden können?«

»Ja, klar. War kein Problem. In der Martin-Perscheid-Straße gibt es ein Haus, das auf Manfred Wolter eingetragen ist. Vermutlich ist das das Gebäude, das du suchst.«

»Vermutlich?«, hakte Kiki nach.

»Dieser Stefan Bentz hat auch mehrere Grundstücke in der

Stadt. Eines davon ist ein Jachtshop, in der Nähe vom großen See. Der Professor Strumpf – nein, Strümpfel – besitzt ebenfalls zwei Häuser. Aber keines davon befindet sich in einem Gewerbegebiet oder in der Nähe davon. Daher das *Vermutlich*.«

»Gute Arbeit. Schick mir die Adressen trotzdem mal zu.« Kiki war froh und stolz, einen Freund wie Cem zu kennen, der ihre Gedankengänge auch ohne große vorherige Erklärungen nachvollziehen konnte. Und der selbst mitdachte. Selten, heutzutage.

Das tat er, und Kiki glich die Daten mit ihren Recherchen ab. Viel Neues ergab das nicht. Interessanter war aber das Grundstück in der Martin-Perscheid-Straße. Es war eines derjenigen, dass auch bei ihren eigenen Recherchen übrig geblieben war. Es befand sich im Nordwestteil der Stadt, mit mehreren Lagerhallen, einem Baustoffgroßhandel und einer Spedition in der Nachbarschaft. Wenn dort gelegentlich Fahrzeuge mit heimischen Kennzeichen hielten, würde das nicht weiter auffallen. Den ortsfremden Fahrern der Transporter und Lieferfahrzeuge dürfte es jedenfalls ziemlich egal sein. Es wäre das ideale Versteck für eine geheime Teststation.

»Denk nicht mal dran, jetzt dorthin zu fahren!«, ermahnte sie Torte. »Ich kenne diesen Blick und weiß genau, was du vorhast.«

»Ich hatte gar nichts vor. Ich dachte nur eben, dass es recht spät ist und ich langsam mal heimfahren sollte.«

»Lügnerin! Das kannst du dir abschminken! Du bleibst schön hier. Auf dem Sofa, um genau zu sein. Doktor Lewandowski verordnet dir strikte Sofaruhe. Wenn du heute Abend noch mal aufstehst, dann bloß, um aufs Klo zu gehen. Alles andere ist tabu. Notfalls nehme ich dir die Autoschlüssel ab und schlucke sie runter.«

»Du spinnst!«

»Ja, ich finde die Vorstellung auch nicht besonders prickelnd. Aber bevor du dich mit deiner Gehirnerschütterung heute noch mal hinters Steuer setzt, nehme ich lieber das auf mich.«

Das Funkeln in seinen Augen ließ keinen Zweifel daran, dass er es ernst meinte. Kiki sah ein, dass sämtliche Widerworte vergebene Liebesmüh gewesen wären. Im Grunde genommen, hatte er ja recht. Das Hämmern hinter ihrer Schädelwand schien erneut zuzunehmen. Noch hatte es keine Samba-Ausmaße erreicht, doch auch ein Cha-Cha-Cha konnte auf Dauer ermüdend sein. Überdies spürte sie, dass der lange Tag allmählich seinen Tribut forderte. Die Vorstellung, es sich gleich hier und jetzt bequem zu machen, wirkte mit jeder Minute attraktiver.

»Na gut«, gab sie sich geschlagen. Eine halbe Stunde darauf schlief sie bereits tief und fest.

Sechs Wochen vor der Tat.

Während der Fahrt durch die Stadt schwieg sie. Es gab nichts zu sagen, und es bestand kein Anlass für Konversation. Sylvia Bentz' Geist fühlte sich gleichzeitig vakuumleer und völlig überfüllt an. Ihre Gedanken ergossen sich unermüdlich wie ein Wasserfall und waren doch viel zu viele, als dass sie tatsächlich einen davon festhalten konnte. Genauso stand es um ihre Energie. Einerseits fühlte sie sich unter Druck und Zugzwang und wollte irgendetwas unternehmen, andererseits fühlte sie sich dermaßen lethargisch, dass ihr selbst das Anheben des Arms als enorme Kraftanstrengung erschien.

Es zeigte ihr nur umso deutlicher, dass sie ihren Gedanken und Gefühlen nicht vertrauen konnte. Es möglicherweise niemals hatte tun dürfen. Beides waren gefährliche Biester, die einen verwirren und auf falsche Fährten locken konnten. Am besten wäre es, auf jegliches Denken und Fühlen zu verzichten, es irgendwie auszuradieren. Dann befände sie sich wieder im Gleichgewicht. Im Einklang mit sich selbst. Aber war so etwas überhaupt möglich? Konnte man sämtliche Empfindungen und Überlegungen einfach so abstellen? Und falls ja, was würde dann noch bleiben außer ihrer körperlichen Hülle?

Sie wusste es nicht, so wie sie auch so viele andere Dinge nicht wusste. Nur bei einem war sie sicher: dass etwas nicht in Ordnung war. Dennoch war sie unfähig, etwas dagegen zu unternehmen. Vielleicht würde ja diese neue Therapie etwas bringen, zu der Stefan sie nun seit einiger Zeit fuhr. In dem Gebäude selbst roch es zwar etwas muffig, und das Inventar war altbacken, aber was machte das schon aus, wenn einem dort wirklich geholfen werden konnte? Außerdem gab es in dem Testzentrum andere Patienten. Leute wie sie. Obwohl jeder seine ganz eigenen Sorgen hatte, vereinte sie doch das gleiche Grundproblem. Manchmal genügte da ein aufmunternder Blick oder ein Lächeln im richtigen Moment, und schon lockte es so einige warme Sonnenstrahlen hinter der dichten Wolkenfront hervor. Es gab Tage, da war dies das einzige Highlight. Ein kleiner Lichtblick in ansonsten grenzenloser Finsternis.

Ganz besonders dieser schlaksige Typ Malte schaffte es, sie aus den grenzenlosen Tiefen herauszuziehen, in die sie manchmal fiel. Rein äußerlich machte der Kerl nicht viel her. Er hatte fünf Kilo zu wenig auf den Rippen, als es gut für ihn wäre, sein straßenköterblondes Haar war viel zu lang und voller Spliss. Seine Wangen waren eingefallen und seine Nase spitz wie die eines Habichts.

Dennoch …

Er war derjenige, auf den sie dort setzte. Dem sie vertraute. Und auf den sie sich freute. Jedes Mal aufs Neue. Manchmal nach der Medikamentenausgabe, wenn sie die erste Stunde gemeinsam verbrachten, malten sie sich aus, wie es sein würde, alles hinter sich zu lassen. Einfach die Sachen packen, ins Auto setzen und losfahren. Ohne konkretes Ziel. Nur der Sonne entgegen.

Freilich war es bloß Spinnerei. Das wussten sie beide. Jeder von ihnen besaß sein eigenes Leben, aus dem es kein Entkommen gab. Wahrscheinlich waren die Gedankenspiele genau aus dem Grund so attraktiv.

Als Stefan den Wagen ins Industriegebiet lenkte und das kastenförmige Gebäude mit dem dunkelgrauen Anstrich in Sicht kam, lächelte Sylvia Bentz. Sie konnte es kaum erwarten, ihren Seelenfreund wiederzutreffen.

Am nächsten Morgen erwachte sie nur noch mit leichten Kopfschmerzen. Kiki versuchte, ihnen mit einer ausgiebigen Dusche und Kaffee entgegenzuwirken. Leider vergebens. Die Beule an ihrem Kopf schien über Nacht weiter angeschwollen zu sein und tat weh, wenn sie auch nur in ihre Nähe kam. Dieses Andenken würde sie die kommenden Tage wohl oder übel begleiten. Beschweren wollte Kiki sich deswegen nicht. Besser als ein Schädelbasisbruch oder was man sonst bei einem solchen Überfall abbekommen konnte, war so eine leichte Prellung allemal.

»Hast du schon einen Plan, wie du weiter vorgehen wirst?«, fragte Torte, als sie an ihren Kaffeetassen nippten.

»Ich hatte überlegt, mich mal im Gewerbegebiet umzuschauen.«

Er stöhnte leise. »Also keine Rückkehr in den Gerichtssaal?«

»Erst mal nicht. Wahrscheinlich habe ich bei der Verhandlung eh den Anschluss verloren. Außerdem scheint mir das andere wichtiger.«

»Ich würde dich gern zu diesem Geheimlabor begleiten. Aber ich habe nachher einen wichtigen Termin, den ich nicht verschieben kann. Den Kunden hab ich schon zweimal vertröstet, noch einmal, und er sucht sich wahrscheinlich jemand anderes.«

»Ich brauche auch keinen Leibwächter. Wie gesagt, ich habe meine Lektion gelernt und werde nichts riskieren. Wenn es mir zu heikel wird, zieh ich mich zurück und überlass das Feld jemand anderem.«

»Der Polizei zum Beispiel.«

»Zum Beispiel. Aber die werden mehr haben wollen als bloß eine Theorie und die Andeutungen von einem, der nicht aussagen will. Daher lass ich die Kavallerie erst anrücken, wenn es einen gewichtigen Grund für sie gibt.«

»Männer mit Waffen zum Beispiel?«

Sie schmunzelte. »Hast du nicht gestern gesagt, wir seien in *keinem* Don-Winslow-Krimi?«

»Sei bitte vorsichtig. Ich brauch dich noch eine Weile. Wem sonst soll ich mein Herz ausschütten?«

»Ich kann gern Emilio für dich anrufen.«

»Bitte nicht«, sagte er mit abwehrenden Handbewegungen. »Alles, nur das nicht.«

Bald darauf saß Kiki in ihrem Wagen und lenkte ihn zum nordwestlichen Stadtrand. Aus den Boxen begleitete sie der aufputschende Song *Uprising* und übertünchte weitgehend ihre aufkeimende Neugierde. Wenigstens die erste Zeit. Als die Straßenschilder auf das Gewerbegebiet hinwiesen, wuchs Kikis innere Anspannung rapide an. Ihr Herzschlag erhöhte sich, und noch häufiger als zuvor blickte sie in den Rückspiegel, um zu überprüfen, welche Fahrzeuge alle in die gleiche Richtung wie sie unterwegs waren. Direkt hinter ihr fuhr ein alter Subaru und dahinter seit geraumer Zeit ein weißer Škoda. Keiner von beiden wirkte wie ein potenzieller Verfolger. Völlig sicher war sie sich allerdings nicht.

Das änderte sich erst, als die Subaru-Fahrerin rechts zu dem Baustoffgroßhandel abbog und der Škoda geradeaus weiterfuhr, als Kiki wenig später nach links in eine Einbahnstraße wechselte. Hinter dem Gelände der Spedition begannen die Lagerhallen, und direkt davor entdeckte sie eine geteerte Parkfläche, auf der mehrere Lastwagen und ein halbes Dutzend Pkw standen. Zwischen denen würde ihr kleiner Italiener bestimmt nicht auffallen. Für alle Fälle blieb sie einige

Minuten im Auto sitzen und beobachtete, ob sich ihr jemand näherte. Kein einziges Fahrzeug rollte auch nur ansatzweise in ihre Richtung. Kiki stieg aus, sah sich noch einmal um und ging dann los. Die Minuten des Laufens taten ihr gut. Auch wenn sie nicht durch einen Wald marschierte, spürte sie doch, wie nötig sie Sauerstoff hatte. Insgeheim nahm sie sich vor, in der nächsten Zeit wieder mehr zu Fuß zu gehen.

Das geheime Testlabor entpuppte sich als zweistöckiger Kastenbau in der unscheinbarsten aller Farben: Grau. Niemand, der nicht explizit dorthin wollte, würde mehr als einen Blick darauf verschwenden. Darauf, dass hier klinische Studien durchgeführt wurden, wies absolut nichts hin. Streng genommen, wies überhaupt nichts auf irgendetwas hin. Weder am Maschendrahtzaun davor noch am Gebäude schien es ein Schild zu geben, das den Verwendungszweck auswies, geschweige denn den Besitzer. Genauso gut hätte sich an der Stelle ein Indoorspielplatz, eine Offsetdruckerei oder eine Glaserei befinden können.

Je näher Kiki dem Grundstück kam, desto mehr bekam sie den Eindruck, dass das Haus komplett verwaist war. Kein Laut war zu hören, und Autos parkten davor ebenfalls keine. Sie umrundete das fußballplatzgroße Gelände entlang des Maschendrahtzauns und gab vor, nur zufällig da entlangzuspazieren, während sie etwas auf ihrem Smartphone nachlas. Danach war sie überzeugter denn je, dass sich hier niemand aufhielt.

Am liebsten hätte sie das Grundstück deshalb nach Abschluss ihrer Erkundungsrunde direkt durch das nur angelehnte Zauntor betreten. Einzig das Versprechen an Torte, unbedingt vorsichtig zu sein, hielt sie davon ab. Also geduldete sie sich noch ein wenig und tat weiterhin so, als hätte sie auf ihrem Telefon zu tun. Sie schickte eine Textnachricht an ihren Lieblingsmaulwurf und eine Entwarnung an Torte, räumte ihr Postfach auf und schaute bei Amazon nach, welche Romane demnächst erscheinen würden.

Auf Wolters geheimem Privatbesitz tat sich die ganze Zeit über nichts. Es unternahm auch niemand Anstalten, das Gelände zu betreten oder zu verlassen. Deshalb betrat sie es schließlich und ging auf das dunkelgraue Bauwerk zu.

Weiterhin tat sich nichts. Selbst als sie direkt vor dem Eingang stand, öffnete niemand eine Tür. Kiki linste vorsichtig durch die Fenster im Erdgeschoss. Dies vertrieb die allerletzten Zweifel: Das Haus war verlassen. Schien sogar komplett leer geräumt worden zu sein.

Scheiße.

War sie zu spät dran, oder hielt sie sich an der falschen Adresse auf? Eventuell hatte sie auch Fabian Hernando angeschmiert.

Wut und Verärgerung explodierten in Kikis Innerem. Sie drückte die Türklinke runter. Es war nicht einmal abgesperrt. Das gab Kiki den Rest. Entschlossen betrat sie das Gebäude.

Drinnen war es dermaßen still, dass selbst das Tapsen ihrer Turnschuhe auf dem Boden unnatürlich laut klang. Langsamer zu gehen, änderte leider nichts daran. Ein leicht muffiger Geruch stieg ihr in die Nase, zu dem sich nach den ersten Metern noch etwas anderes gesellte. Kiki schnupperte wissbegierig, bis ihr klar wurde, dass es sich um Farbe handelte. Sie versuchte, den Geruch zu lokalisieren, doch nirgendwo stand ein offener Farbeimer oder dergleichen herum. Dafür fiel ihr auf, dass die Zimmer- und Flurwände allesamt makellos weiß getüncht waren. So als hätte jemand vor nicht allzu langer Zeit alles neu gestrichen und dann nicht genügend gelüftet. Allerdings musste dieses *vor nicht allzu langer Zeit* mindestens ein paar Wochen, wenn nicht gar Monate zurückliegen.

Die Farbe an den Wänden war längst trocken und sah auch nicht mehr komplett *frisch* aus.

Zusammen mit dieser Erkenntnis dämmerte ihr, dass sie an diesem Ort mit großer Wahrscheinlichkeit keine einzige Spur mehr auf den ursprünglichen Verwendungszweck finden würde. Sieh es ein, Kiki, sagte sie sich. Diese Leute sind dir immer einen Schritt voraus und haben längst großreinegemacht. Hier etwas zurückzulassen, können die sich gar nicht leisten. Nicht nach dem, was Sylvia Bentz gemacht hat.

Obwohl das durchaus logisch und plausibel klang, wollte sich Kiki die Niederlage nicht eingestehen. Unter Umständen hatten die Verantwortlichen ja etwas übersehen. Oder es gab Hinweise, die ihnen als nicht relevant genug erschienen. Aus dem Grund folgte sie weiter dem menschenleeren Flur, inspizierte den Sicherungskasten, das Bad und jedes einzelne Zimmer. Zuerst im Erdgeschoss, anschließend im Obergeschoss. Als sie im ersten Stock die Räume durchkämmte, war ihr kurz, als würde sie unten gedämpfte Geräusche vernehmen. Kiki blieb stehen und lauschte.

Die Laute wiederholten sich nicht.

Wahrscheinlich war es bloß der Wind. Oder Ungeziefer, das hier Quartier bezogen hatte. Sie sah das Bild einer fetten Ratte mit besonders langem Schwanz vor sich und verzog angewidert das Gesicht. Nein, das wollte sie sich lieber nicht vorstellen.

Nachdem sie oben nichts von Belang fand, kehrte sie nach unten zurück und suchte aufmerksam den Fußboden vor sich ab. Auf keinen Fall wollte sie auf etwas mit Fell treten oder auch nur dagegenstoßen. Kiki überlegte, ob es Sinn machte, den Keller zu durchsuchen. Inzwischen hatte sie sich fast komplett von der Hoffnung verabschiedet, dass sie in dem Haus noch etwas finden würde, das ihr weiterhalf.

In dem Moment vernahm sie ein leises Tapsen hinter sich. Die Ratte! Nein, es klang eher wie Schritte. Menschliche

Schritte. Sie wollte sich umdrehen. Im gleichen Moment spürte sie einen Stich im Nacken. Danach merkte sie nur noch, wie ihre Beine nachgaben und sie in einem Meer aus Finsternis abtauchte.

Als sie zu sich kam, brummte ihr Schädel wieder stärker. Mühsam öffnete sie die Augen, brauchte aber ein paar Sekunden, bis sie sich an die Dunkelheit gewöhnt hatte. Viel zu erkennen war danach nicht. Nur schemenhafte Umrisse von … Ja, wovon eigentlich? Das neben ihr könnte ein kleiner Schrank sein. Oder ein Mensch. Ein leises Stöhnen drang an ihr Ohr. Kiki zuckte zusammen. Noch war sie zu benommen, um die Laute richtig zuzuordnen. Kurz war sie nicht einmal sicher, ob die Geräusche nicht von ihr selbst stammten.

Was war überhaupt mit ihr geschehen? Wo befand sie sich? Und wieso konnte sie sich nicht bewegen?

Ihre Erinnerung blieb lückenhaft. Das Letzte, woran sie sich erinnerte, war, wie sie das geheime Testlabor durchsucht hatte. Befand sie sich immer noch dort? Schwer zu sagen.

Das Stöhnen hielt an, und inzwischen war sie sich sicher, dass es nicht von ihr stammte. Jemand befand sich neben ihr und hatte ganz offensichtlich Schmerzen.

Sie versuchte, genauere Einzelheiten zu erkennen, als plötzlich das Deckenlicht eingeschaltet wurde. Es war lediglich eine nackte Glühbirne mit geringer Wattzahl, aber es genügte, um den Raum zumindest halbwegs zu erhellen. Der Grund, warum sie sich nicht bewegen konnte, waren die Seile, mit denen jemand ihre Arme und Beine an einen Stuhl gefesselt hatte. Instinktiv versuchte sie, sich freizustrampeln, doch wer immer sie festgebunden hatte, verstand sein Handwerk. Die Schnüre hielten und lösten sich keinen Millimeter.

Die Person rechts von ihr war ein Mann, der genauso wie sie gefesselt war. Augenblick mal … Kiki zuckte zusammen.

Sie kannte den Mann. Das war Fabian Hernando! Im ersten Moment hatte sie ihn gar nicht erkannt, weil sein Gesicht an den Wangenknochen angeschwollen und an mehreren Stellen blutverkrustet war. Das Haar war wild durcheinander und klebte an zwei getrockneten Platzwunden. Der junge Arzt sah aus, als hätte er entweder einen heftigen Unfall gehabt oder als wäre er übel zusammengeschlagen worden. Höchstwahrscheinlich Letzteres. Über seinem Mund klebte ein graues Isolierband, das ihn am Sprechen hinderte. Der Blick aus seinen Augen war voller Angst.

»Wo sind wir?«, fragte sie, obwohl sie wusste, dass Hernando nicht antworten würde. Vielleicht konnte er ihr ja auf andere Art einen Hinweis geben.

Als sich diese Hoffnung nicht erfüllte, schaute sie sich noch einmal in dem Raum um. Das Deckenlicht hatte nicht viel Neues offenbart. Alles, was sie sah, waren blanke Zementwände mit zwei Doppelsteckdosen, eine Tür aus massivem dunklem Holz sowie ein mit Kratzern und Farbklecksen übersäter Steinboden. Fenster gab es keine. Dieser Raum könnte ein Kellerverlies sein. Genauso gut kamen ein Fabrikraum oder eine fensterlose Gefängniszelle infrage. Wobei Letztere vermutlich gefliest und mit deutlich mehr Inventar ausgestattet wäre.

Hernando schnaufte und brummte, so als versuchte er, etwas zu sagen. Kiki verstand kein Wort. Im selben Moment, wo sie zu ihm schaute, hörte sie, wie das Schloss der Tür aufgesperrt wurde und jemand den Raum betrat. Ihr Kopf ruckte herum. Es war der Kerl mit der sportlichen Figur und dem breiten Kreuz, den sie gestern Morgen vor ihrer Wohnung gesehen hatte. Obwohl sein Gesicht noch halb im Schatten verborgen lag, erkannte sie sein kurzes Haar und den dünnen Kinn- und Backenbart sofort wieder.

»Kiki Holland!« Er schüttelte tadelnd den Kopf und kam

langsam näher. »Sie können es einfach nicht lassen. Sie sind hartnäckig wie Herpes und kommen immer wieder.«

»Vielen Dank für den Vergleich. Für Komplimente bin ich immer zu haben. Ich hab auch eines für Sie: Sie sind wie eine Wolke – wenn Sie sich verziehen, kann es doch noch ein schöner Tag werden.«

Das brachte ihn kurzzeitig zum Schmunzeln. »Keine Sorge, ich werde nicht lange bleiben. Sie werden sich später allerdings wünschen, dass ich geblieben wäre. Denn wenn ich gehe, dann nur, um mir ein paar Hilfsmittel zu holen.«

»Viagra?«

»So weit ist es zum Glück noch nicht. Wobei … Bei Ihnen würde ich's vielleicht doch brauchen, wenn ich Sie mir so anschaue.«

»Also ist Hernando eher was für Sie?« Sie nickte in Richtung des Arztes.

»Der hatte schon seinen Spaß. Das steht mal fest. Mit Ihnen haben wir was ganz Ähnliches vor. Außer natürlich, Sie reden freiwillig mit uns. Aber davon brauchen wir wohl nicht auszugehen, oder?«

»Wer ist denn eigentlich dieses *Wir*, von dem Sie ständig reden?«

»Das werden Sie noch früh genug feststellen. Sozusagen am eigenen Leibe. Also: Letzte Chance: Kooperieren Sie, oder müssen wir nachhelfen?«

»Was wollen Sie denn wissen?«

»Erstens, was Hernando Ihnen verraten hat. Das ist nur zum Aufwärmen. Unser Freund hat ja schon geredet. Hatte die ganze Nacht Zeit dafür. Bis zur Erschöpfung, sozusagen. Jetzt wollen wir abgleichen, ob er uns wirklich alles verraten hat. Anschließend geht es dann um Ihre Recherchen.«

»Dafür haben Sie doch schon meinen Laptop! Danke übrigens für die Beule gestern. Das tat ein bisschen weh.«

»Leider hat der Laptop beim Sturz was abgekriegt. Aber ein Techniker ist bereits dran, das zu beheben. Ist alles nur eine Frage der Zeit. Dann lassen Sie mal hören, was Hernando Ihnen gestern Abend verraten hat. An der Bushaltestelle, falls Sie nicht mehr genau wissen sollten, welches Treffen ich meine.«

Kiki funkelte den Mann grimmig an. Also hatte man sie gestern doch beobachtet. Dabei war sie so vorsichtig gewesen. Trotzdem konnte man sich bei dem heutigen Stand der Technik wohl nie zu hundert Prozent sicher sein. »Ich glaube, das habe ich vergessen. Muss an dem Schlag auf den Kopf liegen. Für den würde ich mich übrigens gern mal revanchieren. Das könnte Ihre Chance sein: Mit einem Loch im Hinterkopf könnten Sie wenigstens als Nistkasten dienen. Das wäre was: endlich eine Daseinsberechtigung.«

Der Hüne stöhnte leise. Er wirkte weiterhin gelassen. »Ich seh schon, wir werden hier auf keinen gemeinsamen Nenner kommen. Soll mir auch recht sein. Aber jammern Sie später nicht rum deswegen!«

Hernando brummte etwas unter seinem Klebeband. Es klang laut und dumpf und wurde von dem Unbekannten rigoros ignoriert. Er warf Kiki einen letzten Blick zu und zog dann die Tür mit einem Krachen hinter sich ins Schloss.

Kaum waren sie wieder allein, versuchte Kiki, mit ihrem Stuhl hin und her zu kippeln. Zum Umfallen wollte sie ihn nicht bringen – das blieb als letzter schmerzhafter Ausweg. Zuerst wollte sie probieren, mit ihrem Stuhl näher an Fabian Hernando heranzurücken, damit seine Hände ihre Fessel berühren und im Idealfall lösen konnten.

Kiki wusste nicht, wie viel Zeit ihnen blieb. Schätzungsweise nicht mehr als ein paar Minuten. Die sollten sie besser gut nutzen, um sich zu befreien.

War es klug gewesen, den Hünen zu provozieren? Vielleicht nicht, aber nach Flehen und Betteln war Kiki noch nie zumute gewesen. Nein, dann lieber mit Karacho in die falsche Richtung. Kein Aufgeben, kein Rückzug, wie es so schön hieß. Sie machte sich ohnehin keine Illusionen darüber, dass sie unversehrt aus dieser Sache herauskommen konnte. Dafür stand viel zu viel auf dem Spiel.

Kiki strengte sich an. Kippelte nach links, verlagerte ihr gesamtes Gewicht auf ihren linken Fuß und stieß sich ab. Der Plan ging auf, und sie rutschte ein Stück nach rechts. Zwar nicht so weit, wie sie gehofft hatte, aber immerhin. Sie wiederholte die Prozedur zwei weitere Male und spürte, wie ihr der Schweiß auf der Stirn perlte. Sie blies ihn weg, bevor er ihr über die Braue ins Auge tropfen konnte, und machte sich weiter ans Werk. Inzwischen trennten sie nur noch etwa zwanzig Zentimeter von ihrem Nachbarn. Das sollte zu schaffen sein!

In dem Augenblick wurde die Tür mit einem gewaltigen Krachen aufgestoßen. Kiki zuckte zusammen. War ihre Schonfrist schon vorüber und der Schläger mit Verstärkung zurück? Hätten sie ihr nicht noch ein paar Minuten mehr Zeit geben können?

Doch statt seiner erblickte sie einen hageren Typ um die dreißig mit dunkelblonden Haaren und spitzer Habichtnase. Wer war denn das nun wieder?

Sein Blick fiel suchend auf Kiki. Dann zückte er ein Messer und kam mit schnellen Schritten auf sie zu.

Kiki hielt den Atem an. Das war's jetzt, befürchtete sie.

Sie biss die Zähne zusammen. Machte sich bereit für was auch immer.

Der befürchtete Schmerz ließ auf sich warten. Stattdessen spürte sie, wie sich jemand an ihren Fesseln zu schaffen machte.

»Wir müssen uns beeilen. Uns bleibt nicht viel Zeit«, erklärte er.

»Wer um alles in der Welt bist du?«, fragte sie irritiert. Inzwischen verstand sie überhaupt nichts mehr.

»Ich bin Malte«, antwortete er mit einer Selbstverständlichkeit, als würde dies alles erklären. »Ich bin gekommen, um euch zu retten.«

Drei Monate vor der Tat.

Hin. Her. Auf. Ab. Malte tigerte durch den Warteraum des Labors. Die knallgelben Wände machten ihn ebenso nervös wie der unordentliche Stapel Zeitschriften auf dem kleinen Tisch in der Ecke. Er war allein. Niemand saß auf den sechs ledernen Designerstühlen. Diese waren sicher teuer gewesen, mutmaßte er. Bequem waren sie deswegen noch lange nicht. Einen Moment lang überlegte er, die Magazine zu einem ordentlichen Stapel zu schichten. Am besten sortiert nach Datum und Alphabet. Dann aber biss er sich in den linken Daumen. Das war seine Art, sich zu erden. Das Chaos hier ging ihn nichts an. Es war nicht seine Baustelle.

Als der Schmerz nachließ, betrachtete er den Abdruck, den seine Zähne hinterlassen hatten.

Ob es ein Fortschritt war, dass kein Blut floss wie sonst?

Malte zuckte mit den Schultern. Auch das war ihm egal. Denn sie … SIE! … die womöglich EINE war nicht da. Und das war für ihn der größte Schmerz. Stärker und heftiger noch, als wenn die Angst ihn nach unten zog in dieses enge schwarze Loch, in dem er keine Luft bekam. In dem er um jeden Atemzug ringen musste. In welchem sein Herz bis zum Anschlag wummerte und die nackte Panik von ihm Besitz ergriff.

Todesangst.

Das war das richtige Wort für diese Momente.

Und sie, nur sie, konnte ihn aus diesem eiskalten Klammergriff befreien.

Sylvia. Er dachte an ihre blonden Haare, die sie für ihn wie einen Engel aussehen ließen.

Sie war ihm sofort aufgefallen. Natürlich war sie das. Sie hatten sich hier in diesem Wartezimmer gegenübergesessen. Außer ihnen waren noch zwei unscheinbare Frauen im Raum gewesen, wesentlich älter, die grauen Gesichter verschlossen. Ein dicker Mann hatte lustlos in einer Zeitschrift geblättert.

Sylvia hatte auf einen Punkt an der Wand hinter Malte gestarrt. Und er hatte sie angestarrt. Unverwandt. Er hatte nicht anders gekonnt. Ihre Augen hatten ihn in ihren Bann gezogen. Sie hatte hellbraunen Lidschatten aufgelegt, der das Braun ihrer Augen betonte. Die Wimpern waren sorgfältig getuscht gewesen. Aber das war es nicht, was ihn fasziniert hatte. Es war ihr Blick gewesen. Der Ausdruck. Diese tiefe Traurigkeit, die sich wie ein verdreckter Baggersee in ihre Iris zu fressen schien. Und gleichzeitig das winzige Funkeln, wie ein fahler Sonnenstrahl, der sich in den Wellen ihrer seelischen Qualen brach.

Er hatte sie verstanden.

Er hatte sie gefühlt.

Er hatte sie geliebt. Vom ersten Moment an. Obwohl er nichts von ihr gewusst hatte. Das musste er auch gar nicht. Noch nie war eine solche Wucht an Erkenntnis und Erkennen über Malte gerollt. Das hatte ihm den Atem genommen. Das hatte ihn freier atmen lassen. Es hatte ihn schwindlig gemacht, und gleichzeitig hatte er mehr denn je Halt gespürt. Er hatte nicht einmal ihren Namen gekannt. Aber den musste er auch nicht kennen, um sie zu kennen. Ihm gegenüber hatte seine Frau gesessen. Seine Seelenverwandte. Das hatte er mit jeder Faser seines Körpers gespürt.

Malte hatte nicht einmal mitbekommen, dass die drei anderen Patienten von der Assistentin des Professors nach und nach aufgerufen worden und in den Behandlungsraum gegangen waren.

Sie, seine Perle, schien davon ebenfalls keine Notiz genommen zu haben. Oder es war ihr völlig egal, was um sie herum geschah. Sie hatte in sich selbst geruht, obwohl sie innerliche Höllenqua-

len litt. Davon war Malte überzeugt gewesen, und er hatte sie noch ein Stückchen mehr geliebt. Sein Herz hatte sich mit warmer, unendlicher Zuneigung gefüllt. Ja, er, Malte, hatte die Seele dieser wunderschönen Frau gesehen. Und nur er konnte sie sehen, denn sie waren füreinander bestimmt. An dieser Tatsache änderte auch der Ring nichts, den sie an der rechten Hand getragen hatte. Das war eine Lappalie, die ein Scheidungsrichter binnen Minuten auslöschen konnte. Malte hatte gelächelt, als er sich vorgestellt hatte, wie er den ziselierten Ring seiner Großmutter über die schmalen Finger seiner Ehefrau streifen würde.

Die Magie dieses Moments hatte ihn erkennen lassen, warum er all die Qualen hatte erleiden müssen. Warum er seit Jahren gegen seine Dämonen kämpfte und doch immer weiter hinabgezogen wurde in die schwarzen Löcher, die immer dunkler und tiefer wurden. Natürlich hatte er sich Hilfe gesucht. Natürlich war er in Therapien gewesen. Selbstverständlich hatte er Medikamente geschluckt. Doch die inneren Teufel waren stärker.

Aber nun, hier, in diesem fast schmucklosen Raum, war ihm bewusst geworden, dass all das so hatte passieren müssen. Kein Arzt hatte ihm helfen dürfen, denn er hatte an dieser Studie teilnehmen müssen. Um sie zu treffen. Um zu heilen. Um gemeinsam ins Licht zu gehen. Diese Erkenntnis hatte ihn innerlich ganz ruhig werden lassen. Sein Schicksal hatte sich erfüllt. Das hatte er deutlich gespürt.

Nur mit Mühe war er wieder in der Wirklichkeit angekommen, als sein Name aufgerufen worden war. Er hatte erst beim dritten Mal reagiert und bedauert, vor seiner zukünftigen Lebensliebe dranzukommen, denn ihren Namen würde er so nicht erfahren.

Wie in Trance war er den Weg zum Behandlungszimmer gegangen, den er in- und auswendig kannte.

Seit einem halben Jahr kam er täglich ins Institut, auch an den Wochenenden, um sich seine tägliche Dosis Seelenbalsam in Pillenform abzuholen. Auch heute war das Prozedere dasselbe gewesen wie immer. Blutdruck messen, die Angaben zu seinem Stuhlgang waren ebenso in seiner Probandenakte vermerkt worden wie die Länge und Qualität seines Schlafes. Er war nach seinem Appetit gefragt worden und nach Beschwerden. Hatte er Kopfschmerzen? War ihm schwindelig? Malte hatte alles verneint. Der Professor hatte genickt. Dann hatte Strümpfel ihm seine Pille gegeben, die er vor dessen Augen mit einem Schluck lauwarmen Wassers hinuntergespült hatte.

Als er das Gebäude verlassen hatte, hatte er gespürt, wie an jedem Tag, schon beim Hinabsteigen der Treppen, dass das Kreischen in seinem Kopf weniger wurde. Die Ameisen, welche seine Nerven zum Vibrieren brachten, beruhigten sich. Vor der Tür hatte er sich eine Zigarette angezündet und tief inhaliert. Mit jedem Zug war er ruhiger geworden.

Er hatte gewusst, dass seine Lebensliebe zum ersten Mal hier war, als sie nach zehn Minuten nicht wieder herausgekommen war. Vermutlich musste sie dasselbe Frage-und-Antwort-Spiel spielen wie alle, die zum Kreis der Probanden bei Eureka gehörten. Er hatte die Straße überquert und sich in ein Buswartehäuschen gesetzt, von wo aus er den Eingang gut im Blick gehabt hatte. Die Zeit hatte er sich damit vertrieben, sich vorzustellen, was sie gern aß. Welche Musik sie mochte. Wo sie am liebsten Ferien machte und welche Filme sie gern sah.

Nach einer guten Stunde, in der es ihm keinen Moment langweilig gewesen war, hatte sich schließlich die Tür geöffnet, und sie war herausgekommen. Ihre Augen waren verquollen gewesen. Sie hatte geweint. Der Lidschatten war zerlaufen und ihre Nase gerötet. Ihrer Schönheit hatte das keinen Abbruch getan. Sie hatte nach rechts geblickt. Nach links. Dann hatte sie in ihrer Handtasche gekramt und eine Packung Zigaretten hervorgekramt. Sein Herz hatte einen Satz gemacht: Es war dieselbe Marke, die auch er bevorzugte.

Sie hatte eine Kippe aus der Packung genommen, sie sich in den Mund gesteckt und weiter in der Tasche gewühlt. Vermutlich auf der Suche nach einem Feuerzeug. Sie schien keines zu finden. Malte war aufgestanden und über die Straße geeilt. Das war zwar ein abgedroschenes Klischee, für ihn aber Karma. Er war auf sie zugegangen.

»Darf ich Ihnen Feuer geben?«

Sie hatte aufgesehen und genickt. Er hatte ihr die Flamme hingehalten, die ihm schöner vorkam als jedes Lagerfeuer. Sie hatte tief inhaliert und dann den Rauch ausgestoßen.

»Ich bin Malte«, hatte er sich vorgestellt. Sie hatte ihn fragend angesehen.

»Ich saß vorhin mit Ihnen im Wartezimmer.«

»Oh. Entschuldigung, das habe ich gar nicht bemerkt. Ich war völlig …«

»… in Gedanken«, hatte er ergänzt. Sie hatte genickt.

»Am Anfang geht das allen so.«

»Es ist alles so fremd«, hatte sie gestanden, und er hätte im warmen Timbre ihrer Stimme baden können. »Ich weiß gar nicht, was auf mich zukommt.«

»Ich kann es Ihnen … also dir gern erklären. Um die Ecke ist ein kleines Café. Die Torten schmecken zwar scheußlich, aber der Kaffee ist stark und heiß.«

Sie hatte einen Moment gezögert.

»Das heißt, falls das okay ist?«

»Das ist okay.« Sie hatte genickt. »Ich bin übrigens Sylvia.«

Am liebsten hätte er sie an sich gezogen und ganz lange ganz festgehalten. Aber neben ihr herzugehen, Seite an Seite, hatte sich besser angefühlt als alles, was er in seinem ganzen Leben gekannt hatte.

Sylvia.

Seine Sylvia.

Noch nie war er sich einer Sache so seelentief sicher gewesen.

Was soll denn der ganze Scheiß?«, fragte Kiki bockig, als sie im Fond des abgenuckelten Ford Mondeo Platz genommen hatte. Malte saß am Steuer, Hernando wie ein Häufchen Elend auf dem Beifahrersitz. Die drei waren über einen düsteren Hof gerannt. Kiki konnte beim besten Willen nicht sagen, wo sie waren. Ihr Retter gab Gas, preschte an einer geöffneten Schranke vorbei, die offensichtlich zu irgendeinem Firmengelände gehörte, und schwieg.

Hernando betastete sein Gesicht, das wirklich übel zugerichtet war.

Kiki wollte »Halt!« rufen, als der Psychiater den beleuchteten Schminkspiegel an der Sonnenblende aufklappte, aber es war zu spät. Hernando betrachtete sich mit schreckgeweiteten Augen. Dann klappte er die Blende hoch und sank im Sitz zusammen.

»Hallo? Bekomme ich eine Antwort?«, insistierte Kiki.

»Typisch Journaille.«

Kiki konnte das Grinsen in seiner Stimme hören. Hier im Gewerbegebiet war kein anderes Fahrzeug unterwegs. Da sie ahnte, dass sie keine Antwort bekommen würde, schmollte sie aus dem Fenster. Eine kurze Überprüfung ihrer Jacken- und Hosentaschen hatte ergeben, dass ihr Handy weg war. Natürlich. Wer auch immer sie in den Keller gesperrt hatte, hatte auf Nummer sicher gehen wollen. Erstens, damit sie sich nicht so leicht befreite und Hilfe holte – obwohl sie bezweifelte, dass es in dem Betonloch überhaupt Empfang gegeben hätte. Und zweitens wollten er oder sie mit Sicherheit die Daten auf ihrem Smartphone checken und ihre Kontakte auswerten. Weit würden sie damit allerdings nicht kommen, denn Kiki hatte sämtliche Informanten unter anderem Namen abgespeichert. So würden sie höchstens Tante Lena, Cousin Ralf oder Friseurin Uschi im Kontaktverzeichnis finden.

Statt des Telefons spürte sie lediglich ihren Autoschlüssel in der Jackentasche. Doch Enzo brachte sie im Moment nicht weiter. Unterwegs zu sein, war gerade ohnehin nicht das Problem.

Blöd war das mit dem Handy trotzdem, denn sie hätte gern Torte Bescheid gegeben, dass im Prinzip alles in Ordnung war. Obschon der ja gar nicht wissen konnte, dass sie in Schwierigkeiten steckte, die weit über die redaktionelle Arbeit hinausgingen. Oder sie hätte dem Maulwurf eine Nachricht geschickt. Vermisst haben dürfte der sie kaum, denn sie war nicht mit Tom verabredet. Aber ein kleines Lebenszeichen hätte er verdient. Außerdem, musste sie sich eingestehen, war sie neugierig, ob er sich vielleicht mit einer WhatsApp bei ihr gemeldet hatte. Und natürlich hätte sie checken wollen, ob sie vielleicht erneut eine dieser kryptischen SMS-Nachrichten auf dem Display hatte.

»Das alles hat mit *Serotripram* zu tun«, platzte sie heraus, als sie sich dem Speckgürtel der Stadt näherten und Malte an einer roten Ampel stoppen musste, obwohl weit und breit kein Verkehr floss.

»Auch«, sagte der knapp. »Gut kombiniert«, setzte er schließlich nach.

»Bitte?« Kiki verstand nicht.

»Du hast die SMS gut ausgewertet. Quasi den Code geknackt. Nur leider dann die falschen Entscheidungen getroffen.«

Kiki wurde mulmig. Sie erinnerte sich an die Nachrichten. In der einen hatte gestanden:

Sei
Ehrlich

Richtig
Oder
Tot.
Richter
Irren.
Paradox
Richtet
Aber
Meistens.

Die andere war nicht weniger kryptisch gewesen:

Sei
Ehrlich
Richte
Ohne
Tränen
Richte
Ihn
Perverser
Retter
An
Mutter statt.

Bevor Kiki etwas sagen konnte, platzte Malte stolz mit der Antwort heraus: »YPS-Heft. Die Anfangsbuchstaben. Ganz einfach. Kinderleicht, sozusagen.«

Kiki grinste in sich hinein, tat aber ahnungslos.

»SEROTRIPRAM! Aber ja doch! Wie hatte ich das nicht schnallen können? Du hast mir also die kryptischen Textnachrichten geschickt?« Kiki beugte sich nach vorn. Malte warf einen kurzen Blick über die Schulter und grinste.

»Ganz genau, Miss Marple.«

»Wie bist du denn an meine Nummer gekommen? Normalerweise rücke ich die nicht so einfach raus.«

»Ich habe bei der Zeitungsredaktion angerufen und wollte

wissen, wer über den Gerichtsfall berichtet. Du warst nicht da, und das junge Mädel am Apparat hat mich gefragt, ob ich deine Nummer haben will. Da habe ich natürlich nicht Nein gesagt.«

»Das muss eine der neuen Volontärinnen gewesen sein. Schätze, mit der sollte ich noch mal ein Wörtchen reden. Warum hast du mich nicht einfach angerufen?«

»Wollte ich zuerst ja, aber dann dachte ich mir, dass du mich bloß für einen Spinner halten würdest. Deshalb habe ich mir etwas anderes überlegt.«

»Und wozu der ganze Aufwand?«

»Weil nur du mir helfen kannst. *Ihr* helfen kannst«, fügte er leise hinzu und bog in eine Wohnstraße ab.

»Ihr?« Noch bevor Malte antworten konnte, wurde Kiki klar, wen er meinte. Sylvia Bentz. Hernando stöhnte genervt auf. Doch ehe sie weiter insistieren konnte, lenkte Malte den Ford auf einen Parkplatz vor einer Hochhausanlage.

»Ihr beide pennt heute am besten bei mir«, gab er bekannt. »Da draußen ist es zu heiß.«

»Aber ich …«, wehrte sich der Psychiater.

»Keine Widerrede. Ich habe Jod, Pflaster, eine Schlafcouch und verdammt guten Rotwein.« Mit diesen Worten schaltete er den Motor ab und verließ den Wagen. Hernando und Kiki warfen sich einen fragenden Blick zu und folgten ihm zum Hochhaus. Zu dritt fuhren sie nach oben bis in den neunten Stock.

»Ich kann das allein«, motzte der Psychiater, als Kiki ihm anbot, die von Malte bereitgestellten Pflaster und Verbände anzubringen.

»Von mir aus«, sagte sie, doch da hatte der Arzt schon die Tür zum kleinen, fensterlosen Badezimmer von innen geschlossen. Kiki hörte, wie die automatische Lüftung ansprang, und folgte dem kurzen Flur in das erstaunlich geräumige

Wohnzimmer. Vielleicht war es auch gar nicht so groß, wie es schien, und der Eindruck entstand nur, weil es spärlich, beinahe spartanisch möbliert war. Malte stand auf dem kleinen Balkon und rauchte. Sie ging zu ihm. Automatisch bot er ihr eine Kippe an. Wenige Momente später sog sie den Rauch ein.

»Woher hast du gewusst, wo wir sind?«, fragte sie schließlich. »Und vor allem, *wer* wir sind? Es hätte auch jemand ganz anderes in dem Keller sitzen können.«

Malte sah sie an und grinste. »Nun, Hernando ist mein Psychiater. Und du bist Kiki Holland. Dich kennt jeder.«

Einen Moment lang überlegte sie, ob sie das als Kompliment nehmen sollte, ließ es dann aber als pure Tatsache stehen.

»Das war die Antwort auf meine zweite Frage. Du schuldest mir noch die erste.«

»Ich wollte zu Hernando, weil mir meine … also … Ach, Scheiße. Ich habe mich mit dem Rezept für mein Antidepressivum vertan. Meine Ration ist morgen zu Ende, und ich wollte ein neues Rezept holen.«

Er machte eine kurze Pause, um den Zigarettenstummel im nicht bepflanzten Balkonkasten auszudrücken, wo er neben einem Berg anderer liegen blieb. »Ich hab mich wohl auch mit der Uhrzeit für seine Sprechstunden vertan. Als ich an der Klinik ankam, kam er gerade aus dem Gebäude. Ich wollte ihn rufen, aber dann ist plötzlich dieser Wagen vorgefahren. Alles ging superschnell, wie im Film. Sie haben ihn gepackt, mit sich gezogen und sind davongefahren.«

Wieder schwieg er. Dieses Mal, um sich eine weitere Zigarette anzuzünden. Kiki löschte ihre und lehnte eine weitere ab. Sie stützte sich gegen das Geländer und musterte Malte aufmerksam. Trotz der Vorkommnisse schien er merkwürdig ruhig zu sein. Ob das an den Pillen lag, die er offensichtlich täglich einnahm?

»Bis ich bei meinem Auto war, waren die natürlich längst

über alle Berge. Ich bin ein bisschen ziellos durch die Stadt gefahren und irgendwann bei dem kleinen Labor im Gewerbegebiet angekommen. Das war mir als Ort irgendwie in den Sinn gekommen. Dort habe ich gesehen, wie du in das Haus gegangen bist. Plötzlich sind die anderen gekommen. Ich wollte hinterher und dich warnen, aber keine Chance. Ich habe bloß noch gesehen, wie du was auf die Rübe gekriegt hast.«

»Du warst Zeuge?«

»Ich sage gern aus, wenn das nötig ist.«

»Mal sehen.« Kiki wartete auf die Fortsetzung, die sie nach zwei tiefen Zügen Rauch bekam, die Malte beinahe trotzig in den Wind pustete.

»Mir war klar, dass ich was unternehmen musste. Vor allem, als ich gesehen habe, dass das Auto, in dem der Doc entführt wurde, nicht weit entfernt geparkt war. Erst wollte ich die Bullerei anrufen, aber ich hatte mein Scheißhandy nicht dabei und wollte auch nicht weit vom Grundstück weggehen. Ich bin also erst mal in Deckung gegangen und hab abgewartet. Als der eine Kerl rauskam und weggefahren ist, habe ich gewusst: Das ist meine Chance. Jetzt oder nie, habe ich mir gesagt.«

»Aber du konntest nicht wissen, dass wir im Keller sind«, warf Kiki ein.

»Nein. Doch wo würdest du Geiseln verstecken? Im Pförtnerhaus wohl kaum.«

»Ich verstehe trotzdem nicht ganz …«

»Ich kenne den Laden, also das Gebäude. Ich hab da oft genug meine tägliche Testdosis abgeholt. Da schaut man sich irgendwann schon mal um.«

Kiki nickte.

»Kaum war der Typ wegfahren, bin ich also los. War nicht schwer, euch aufzufinden.«

»Wir sollten jetzt die Polizei einschalten«, mahnte Hernando. »Die Situation ist völlig außer Kontrolle geraten.« Inzwischen war er damit fertig, sich selbst zu verarzten. Beinahe hätte Kiki gelacht, als der Psychiater mit einem Bärchenpflaster am Kinn zu ihnen trat. Mit gesäubertem Gesicht sah er gar nicht mehr so schlimm aus. Einige Stellen waren immer noch gerötet und geschwollen, aber es war absolut kein Vergleich mehr zum ersten Eindruck im Kellerverlies.

»Auf gar keinen Fall!«, rief Malte.

Das war genau das, was auch Kiki dachte, obwohl es jeglicher Vernunft widersprach. Aber sie spürte eben auch, dass sie mitten in einer großen Story steckte, die sie erzählen musste. Sobald sie das Ende kannte. Ihr Magen kribbelte.

»Warum nicht?«, fragte sie sanft.

»Hernando hängt an seiner Approbation, nehme ich an.«

Der Angesprochene senkte den Kopf, blieb aber stumm.

Kiki nickte, um ihm zu verstehen zu geben, dass sie ihm zuhörte, und im gleichen Moment wich das Kribbeln in ihrem Magen einem Brummen. Sie hatte Hunger. Malte grinste und deutete mit dem Zeigefinger auf ihre Körpermitte.

»Dagegen habe ich ein Mittel, falls ihr Spaghetti mit Knoblauch mögt.«

»Klar!«, rief Kiki begeistert. In diesem Moment hätte sie alles gegessen. Sogar die verhasste Hirnsuppe, die ihre Mutter ihr als Kind mindestens alle vierzehn Tage serviert hatte. Sie schauderte, als sie an die vielen Kuhgehirne dachte, die sie in ihrer Kindheit im heimischen Kühlschrank entdeckt hatte, wenn sie eigentlich auf der Suche nach einem profanen Dany plus Sahne gewesen war. »Soll ich dir helfen?«

»Nein, nein, ihr zwei ruht euch aus. So ein bisschen Wasser aufkochen bekomm ich allein hin.«

Hernando setzte sich wortlos auf das Palettensofa, auf dem dicke graue Polster lagen. Er massierte sich die Schläfen.

»Ich geh mal aufs Klo«, erklärte Kiki, bekam aber keinerlei Reaktion.

Als sie auf dem Pott fertig war und sich die Hände mit einem vermutlich uralten Stück Kernseife wusch, hörte sie Malte in der Küche mit Geschirr klappern. Er hatte das Radio angestellt. Irgendein krudes Technozeugs wummerte durch die Wohnung, das sie schon nicht gemocht hatte, als alle Welt nach Berlin zur Loveparade gepilgert war. Sie zögerte. Vom Flur ging noch eine weitere Tür ab. Sie war nur angelehnt. Kiki lauschte, dann stieß sie die Tür mit dem Fuß auf. Mit einem schnellen Schritt trat sie in Maltes Schlafzimmer und lehnte die Tür wieder an.

Sogar das Bett bestand aus ausgedienten Europaletten, auf denen eine dicke Matratze lag. Die beiden Kissen und die übergroße Decke waren sorgsam aufgeschüttelt in ihren reinweißen Bezügen. Auf einem aus einer Obstkiste improvisierten Nachttisch stand eine kleine Lampe, daneben ein Funkwecker. Maltes Kleiderschrank war kaum mehr als eine Stange, wie man sie aus Boutiquen kannte, und mehrere Stapel Hosen, Shirts und Unterwäsche auf dem Boden entlang der Wand.

Das einzige echte Möbelteil war eine Kommode. Eine ziemlich unspektakuläre, und Kiki hätte das Zimmer an dieser Stelle wieder verlassen, hätte sie nicht etwas erstarren lassen. An der Wand über der Kommode hingen Fotos. Dutzende Fotos. Von Sylvia Bentz. Angepinnt mit goldfarbenen Reißzwecken. Die Bilder waren aufgenommen worden, als sie aus dem Supermarkt kam. Sie zeigten Sylvia auf dem Weg zum Auto. Sylvia beim Betreten eines Blumenladens. Kiki schauderte, als sie die Teelichter sah, die in schlichten Gläsern steckten. Sie waren auf der Kommode zu einem Herz drapiert worden. Daneben lag ein Stapel mit Zeitungsausschnitten. Sie musste gar nicht hinsehen, um zu wissen, wovon sie handelten.

Kiki eilte hinaus und kam gerade rechtzeitig ins Wohnzimmer, als Malte den Rotwein entkorkte. Die Spaghetti standen dampfend in einer Schüssel, und Kiki ließ sich auf einen der hölzernen Stühle sinken. Sie hatte einen Bärenhunger. Der Knoblauchgeruch brachte sie fast um den Verstand, und am liebsten hätte sie sich in die Schüssel geworfen.

Offensichtlich ging es den beiden Männern genauso. Sie kauten hastig und tranken schweigend. Nur einmal erhob Kiki das Wort. »Du hast nicht zu viel versprochen. Der Wein ist wirklich spitze.«

Malte nickte stumm und goss ihr Glas erneut bis zum Rand voll. »Den hab ich von einem Kumpel, der in einem Weindepot arbeitet. Die Flaschen sind praktisch vom Laster gefallen.«

Den Rest der Mahlzeit verbrachten die drei schweigend, wobei sich der Psychiater immer wieder gähnend die Hand vor den Mund hielt. Schließlich kippte Fabian Hernando ein Glas Rotwein – sie waren mittlerweile bei der zweiten Flasche angelangt – in einem Zug hinunter und sah sich fragend um.

»Du kannst auf dem Sofa pennen«, gab Malte bekannt. Kiki hob irritiert die Brauen. Wenn die Sitzgelegenheit weg war, blieben abgesehen vom Bett im Schlafzimmer nicht mehr viele Plätze zum Hinlegen übrig. Würde Malte ihr sein Bett überlassen? Irgendwie sah er nicht danach aus. Mit ihm gemeinsam auf der Matratze zu liegen, stand ebenfalls nicht zur Diskussion.

Hernando nickte, erhob sich, schwankte zum Sofa und zog sich noch im Hinlegen die grobe Wolldecke über, die darauf lag. Wenige Sekunden später war der Arzt weggenickt. Kiki musste grinsen. Im Schlaf wirkte der Akademiker noch jünger, beinahe wie ein Teenager, und sie hätte sich nicht gewundert, wenn er sich den Daumen zum Nuckeln in den Mund gesteckt hätte.

»So.« Malte stand auf und begann, den Tisch abzuräumen. Kiki tat es ihm gleich, und binnen weniger Minuten hatten sie die Spülmaschine bestückt und zum Laufen gebracht. Malte entkorkte die dritte Flasche des Abends.

»Auf das Leben!« Malte füllte Kikis Glas bis zum Anschlag.

»Auf die Gerechtigkeit und die Wahrheit!«, prostete sie ihm zu. Sie tranken und schwiegen einige Minuten lang. Kiki spürte, wie die Müdigkeit von ihr Besitz ergriff, und am liebsten hätte sie sich auf ihre viel zu kurze Bettstatt gelegt. Andererseits sah sie ihrem Gegenüber an, dass dieser heftigen Redebedarf hatte. Sie nippte am Wein und starrte Malte an. Der starrte zurück. Kiki beschloss, in die Offensive zu gehen.

»Du weißt ja schon von der übereifrigen Volontärin, dass ich den Prozess beobachte. Darüber berichte. Berichten muss.«

Malte nickte stumm.

»Dann hast du bestimmt davon gehört, dass die Verhandlung unterbrochen werden musste, weil Sylvia Bentz einen Zusammenbruch hatte.«

Wieder nickte Malte.

»Wegen ihres Diabetes.«

Malte knurrte. »Diabetes?«

»Ja. Zuckerkrankheit.«

»Im Leben und im Sterben nicht!« Malte leerte sein Glas in einem Zug und goss nach. Kiki hoffte, dass er nüchtern genug bleiben würde. Und sie auch.

»Aber sie ist doch zusammengebrochen?«

»Ist sie, und das weiß ich.« Malte stand auf, ging zu einer Kommode und holte eine angeditschte Schachtel Zigaretten heraus. Er bot Kiki eine an. Sie griff zu, und ein paar Momente gaben sich die beiden dem grauen Rauch hin.

»Sie ist nicht zuckerkrank«, sagte Malte schließlich und blies eine erstaunlich perfekte Ringwolke in die Luft. Kiki bewunderte ihn dafür. Sie rauchte zwar nicht regelmäßig, aber wenn, dann gern, und einmal im Leben wollte sie ein so perfektes Gebilde aus ihrem Mund zaubern.

»Aber sie ist kollabiert«, insistierte sie.

»Ist sie.« Malte drückte seine Kippe im blauen vermutlich selbst getöpferten Aschenbecher aus. »Und ich ahne auch, wieso.«

Nun beugte die Journalistin sich vor. Legte, genau wie ihr Gegenüber, den Kopf schief, imitierte seine Handbewegungen. Vertrauen schaffen. Nähe. Es funktionierte. Wie immer.

Maltes Blick wurde glasig, und Kiki spürte, dass er zu einer längeren Erzählung ansetzen würde. Ein wenig wehmütig lauschte sie Hernandos gleichmäßigem Schnarchen. Am liebsten hätte sie sich an Ort und Stelle auf dem Boden lang gemacht, um ihrerseits ins Reich der Träume abzutauchen.

Malte begann zu erzählen. Von seinem ersten Aufenthalt in einer psychiatrischen Rehaklinik. Er war gerade fünfzehn geworden, und die Ärzte hatten seine tiefe Trauer und die gleichzeitige Aufgeputschtheit auf die pubertären Hormone geschoben. Starke Medikamente waren ihm verabreicht worden, und entlassen worden war er mit dem Ratschlag, sich gesund zu ernähren und viel Sport zu treiben. Bei der Erinnerung daran lachte Malte bitter. Trotzdem: Er hatte sein Abitur geschafft, ein freiwilliges soziales Jahr in einer Werkstatt für Behinderte gemacht und sich anschließend für ein Psychologiestudium eingeschrieben.

»Ich wollte wissen, was mit mir los ist«, begründete er seine Entscheidung. Kiki nickte. Sie konnte ihn verstehen. Und verstand auch, dass weder die alten Lehren von Freud noch die quälend langen Diskussionen mit seinen Kommilitonen ihn weitergebracht hatten. Im Gegenteil. Während der ersten zwei Semester hatten sich drei Kommilitonen vom Dach der Uni gestürzt. Zwei waren auf der Stelle tot gewesen. Ein anderer saß bis heute vom Hals abwärts gelähmt im Rollstuhl und versuchte, sein Einkommen mit dem Vertrieb dubioser Nahrungsergänzungsmittel zu verdienen.

Kiki spürte, wie ihr Gegenüber abdriftete, und lenkte ihn mit einer gezielten Frage zurück.

»Und Sylvia? Was ist mit ihr?«, ging sie erneut in die Offensive. Malte schien zu verstehen und kürzte seine eigene Krankengeschichte ab, bis zu jenem Tag, an dem Linus' Mutter verzweifelt wie alle Probanden im Testlabor von Eureka erschienen war.

»Ich habe sie verstanden. Auf den ersten Blick«, sagte er und leerte auch dieses Glas in einem Zug. Kurz war Kiki versucht, ihn am Nachschenken zu hindern, ließ es dann aber bleiben. Wie lautete der uralte Spruch? *Kinder und Betrunkene sagen die Wahrheit.* Sie ließ ihn gewähren und nippte ihrerseits am Glas, während Malte weitererzählte. Zwar waren seine Worte ob des Alkoholpegels etwas undeutlich, doch das tat für die Journalistin nichts zur Sache. Sie wusste, dass sie die Wahrheit hörte. *Die Wahrheit und nichts als die reine Wahrheit.*

Sie ließ ihn reden und hakte erst ein, als er nach einer guten halben Stunde und zwei weiteren Gläsern schwieg. Malte hatte glasige Augen und rote Wangen.

»Ganz ehrlich …« Kiki beugte sich zu ihm vor und stützte das Kinn in die Hände. »Wart oder seid ihr ein Paar?«

Mit einem Schlag wich ein guter Teil der Röte aus Maltes Gesicht. Er lehnte sich zurück und fixierte seine Besucherin.

»Ja. Nein.«

»Ja? Nein? Was denn nun?«

Malte senkte den Blick.

»Ich war und bin mit ihr zusammen.«

»Wie bitte?« Kiki legte den Kopf schief und schenkte sich und Malte einen kleinen Schluck nach.

»Das verstehe ich nicht«, sagte sie beinahe tonlos. Sie

wusste, das würde für Malte klingen wie seine eigenen Gedanken, und in seinem Zustand wäre er ohnehin leicht zu manipulieren. Ihre Strategie ging auf.

»Sylvia wusste das nicht. Weiß es nicht. Noch nicht.«

Kiki schwieg ein paar Momente lang. Ließ die Worte sacken.

»Du sagst mir, dass ihr zusammen seid, deine Freundin es aber nicht weiß?«

Malte nickte. Zuckte mit den Schultern. Senkte den Blick. »Ich weiß, das klingt komisch. Sie wusste es halt noch nicht.« Seine Stimme klang verwaschen. »Wie gesagt, klingt komisch.«

Tat es. Dachte Kiki. Aber sie sagte: »Na gut. Is nun mal so.«

Malte sah sie dankbar an.

Ein lautes Schnarchen von Hernando riss die beiden aus ihrer stillen Starre. Der Psychiater drehte sich laut stöhnend auf der Couch um. Malte stand auf. Kiki sah ihre Chancen schwinden.

»Warte!«, rief sie. »Also hat Sylvia keine Probleme mit dem Blutzucker?«

»Ganz sicher nicht.« Malte schwankte leicht und hielt sich an der Lehne des Stuhles fest. »Ich sag dir, das sind Entzugserscheinungen. Kenn ich von mir selbst. Wenn du so ein Medikament zu plötzlich absetzt, leidest du unter Schwindel, Krämpfen, Ohnmacht. Das muss man ausschleichen. Über Wochen.«

Malte rülpste. Ohne ein weiteres Wort machte er kehrt und verschwand Richtung Schlafzimmer, wobei er sich an den Wänden des Flurs abstützen musste.

»Na prima!«

Kiki sah sich um. Die Palettencouch war belegt. Das Schlafzimmer nun ebenso. Sie schlich zu Hernando, zog eines der beiden kleinen Kissen unter seinem Kopf hervor und riss ihm die Decke weg. Wenn er schon eine weiche Unterlage hatte, dann wollte sie wenigstens nicht frieren, wenn sie vor dem Fernseher auf dem blanken Laminat nächtigte.

Der Morgen des Prozessbeginns.

Sylvia Bentz starrte auf die blanke Wand. Das hieß: Ganz blank war diese nicht. Jemand – eine Gefangene wie sie – hatte mit einem mehr oder weniger spitzen Gegenstand ein Herz in den weiß gestrichenen Putz gekratzt.

Ein Herz.

Ihr Herz.

Linus' Herz, das nicht mehr schlug.

Sylvia Bentz spürte, wie das Entsetzen über ihre eigene Tat sie wie eine Dampfwalze zu überrollen drohte, ihr die Luft zum Atmen nehmen wollte. Sie drehte sich um und starrte auf die Toilette aus Metall. Sofort ekelte sie sich. Natürlich hatte das Klo keinen Deckel. Keine sich selbst absenkende Brille, wie sie sie von zu Hause kannte.

Zu Hause.

Die Villa.

Bilder stiegen vor ihr auf, als sie die Augen schloss. Der offene Kamin. Das Bärenfellimitat davor. Linus, wie er dort lag und die winzigen Händchen nach dem Spielbogen ausstreckte.

Das übergroße Bild an der Wand des Esszimmers. Stefan hatte es ihr in einer kleinen Galerie gezeigt, und sie sah sich selbst, wie sie mit Larissa auf dem Arm davorstand und wie das kleine Mädchen die roten, weißen und rosafarbenen Kreise musterte, als könnte es eine Botschaft in den abstrakten Mustern erkennen. Sylvia Bentz hatte das Bild nie gefallen. Es erinnerte sie an Ochsenblut. Heimlich nannte sie es Schlachthof.

Das Entree erschien vor ihrem geistigen Auge. Der abgestellte Kinderwagen, von dessen Gummireifen brauner Schneematsch auf den weißen Marmor tropfte.

Sylvia Bentz setzte sich auf. Vor dem vergitterten Fenster hatte die Sonne sich bereits ihren Weg über den Horizont gebahnt und tauchte die Umgebung in das diffuse fahlgelbe Morgenlicht. In weniger als zwei Stunden würde sie abgeholt werden. Sie würde im Gerichtssaal sein. Zum ersten Mal seit jenem Tag ihrem Mann gegenüberstehen.

Der Gedanke an Stefan brachte ihren Magen in Aufruhr. Sie würgte. Spürte, wie sich die Galle einen Weg durch die Speiseröhre bahnte, und schaffte es gerade noch, zum Stahlklo zu rennen. Sie übergab sich. Einmal. Zweimal. Immer wieder. Bis sie völlig leer und erschöpft neben der Toilette auf den Boden sank. Sie schloss die Augen und presste ihre Fäuste so fest und so lange gegen die Augäpfel, bis sie Sterne sah. Ohne es zu merken, biss sie sich auf die Lippen. Erst als sie das Blut schmeckte, kam sie wieder zurück in die Realität. Schwankend stand sie auf und war froh, dass sie den Schlüssel in der Zellentür hörte.

»Ich will duschen«, brachte sie hervor. Die Vollzugsbeamtin nickte und bedeutete ihr mit dem Kinn, dass sie die Badeabteilung betreten durfte.

Es gab keine Duschvorhänge. Natürlich gab es die nicht. Sylvia Bentz ließ die graue Jogginghose, das graue T-Shirt und ihre graue Unterhose achtlos zu Boden fallen. Dann trat sie in die Kabine. Sie war sich bewusst, dass die Beamtin sie keinen Moment lang aus den Augen lassen würde.

Wasserdampf stieg auf, und sie schäumte sich mit einer billigen Seife erst die Haare, dann den Körper ein. Als sie sich unter den Achseln wusch und das Büschel aus Haaren fühlte, wurde ihr bewusst, wie lange sie sich nicht hatte rasieren können. Sie sah an sich hinab. Zwischen den Beinen wucherten hellbraune Haare, die ihr wie Borsten erschienen. Sie besah sich ihre Beine. Zentimeterlange Haare bedeckten ihre Schienbeine. Wieder würgte sie, doch dieses Mal unterdrückte sie den Brechreiz. Stellte das Wasser auf eiskalt und genoss es, dass der Schmerz sie betäubte. Schließlich drehte sie die Dusche ab und griff nach einem rauen Handtuch. Sie rubbelte sich ab, als wollte sie ihre Haut entfernen.

Wider Erwarten hatte Kiki geschlafen wie der buchstäbliche Stein. Sie erwachte erholt und, zu ihrem eigenen Erstaunen, ohne Rückenschmerzen. Als sie sich aufsetzte und umsah, war das Sofa leer. Hernando war verschwunden, was ihr auch Malte wenige Augenblicke später in der Küche bestätigte.

»Der ist im Morgengrauen aus der Wohnung geschlichen«, gab ihr Gastgeber bekannt, während er Pfeffer aus einer schwarzen, teuer aussehenden Mühle auf das Rührei in der Pfanne rieb.

Kiki nickte und spürte, dass sie Hunger hatte. Die italienische Kaffeemaschine blubberte auf dem Herd. In einer einzigen fließenden Bewegung nahm Malte sie von der Kochstelle, schüttete gefriergetrockneten Schnittlauch auf das Rührei und stellte die Pfanne auf einen geschmiedeten Untersetzer auf dem kleinen Tisch, der lediglich Platz für zwei Personen bot. Beide Plätze waren gedeckt, samt Besteck, Tassen und giftgrünen Servietten.

»Setz dich!«, lud Malte sie ein. Kiki spürte nach, ob sie erst aufs Klo müsste, entschied sich aber dagegen. Der Duft von frischem Toast hielt sie wie magisch in der Küche fest.

»Das duftet köstlich«, sagte sie und ließ sich von Malte den Teller füllen. Der Kaffee war ein wenig bitter.

»Hast du Zucker?«, fragte sie.

»Steht gleich hinter dir.«

Kiki wandte sich zu dem vermutlich vom Sperrmüll geretteten Büfett um und griff nach der angeschlagenen Zuckerdose im Zwiebelmusterdekor. Ihr Blick fiel auf die Uhr über dem Büfett.

»Geht die richtig?«

»Klar.«

»Scheiße!«

Kiki sprang auf.

»Was ist denn los?« Malte sah sie verwundert an.

»Scheißspät ist es! Ich muss zum Gericht!«

»Ist das nicht zu gefährlich? Dort werden dich die Eureka-Leute zuerst vermuten!«

»Nein, eben nicht. Sie denken sicher nicht, dass ich so dreist bin, jetzt dorthin zu gehen. Aber ich brauche mehr Infos über den Fall, damit ich ihn wirklich komplett verstehe. Ich spüre, dass ich kurz davor bin, dass alle Puzzleteile zusammenpassen. Ich muss mit Stefan Bentz sprechen. Er ist der Dreh- und Angelpunkt der ganzen Sache.«

»Wenn du meinst.« Er wirkte nicht überzeugt davon, dass das eine gute Idee war. Kiki konnte das verstehen. Ihr ging es genauso.

»Deshalb muss ich mich sputen.«

»Das schaffst du locker.« Malte stopfte sich seelenruhig eine Gabel voll Rührei in den Mund.

»Ich muss noch duschen! Und neue Klamotten brauche ich auch! Meine sind dreckig und müffeln!« Sie wollte zur Wohnungstür hetzen.

»Kein Stress«, sagte Malte in aller Seelenruhe. »Setz dich, trink deinen Kaffee, und dann geh bei mir ins Bad. Dort wirst du alles finden, was du brauchst. Schließlich habe ich es für Sylvia …«

Er brach ab. Kiki zögerte. Dann siegte ihre Neugier, und sie wollte selbst herausfinden, was er für Sylvia …

»Okay, danke dir.« Mit einem Seufzen setzte sie sich wieder. »Kann ich kurz telefonieren?«

»Klar.« Malte stand auf, ging ins Schlafzimmer und kam kurz darauf mit einem älteren Smartphonemodell zurück. »Ist Prepaid, viel Guthaben hab ich nicht mehr drauf.«

»Geht ganz schnell«, beteuerte Kiki, während Malte den PIN-Code eingab. Sie betätigte das Telefonsymbol und wählte Tortes Nummer. Die einzige, die sie auswendig kannte. Aber er war ohnehin der Einzige, den sie in diesem Moment sprechen wollte. Außer Tom vielleicht.

»Härchz?« Torte klang verschlafen.

»Hab ich dich geweckt?«

»Grmpf.«

»Das tut mir leid.« Sie hätte ahnen können, dass ihr bester Freund um diese Uhrzeit noch im Bett lag. Eventuell auch nicht allein.

»Bist du allein?«, fragte Kiki. Obwohl sie sich zu erinnern glaubte, dass Torte erwähnt hatte, dass er sich gestern wieder mit Bernd treffen wollte. Bernd, dem Paragrafenreiter, wie die beiden ihn scherzhaft nannten.

»Natürlich nicht«, flüsterte Torte. Kiki hörte, wie er aufstand, die Tür öffnete und wieder schloss.

»Lass mich raten, dein regelmäßiger Anwaltslover?«

»Ja, Frau Holland.« Torte gähnte.

»Hör zu, ich weiß, es ist lange vor dem ersten Kaffee. Ich wollte nur, dass du weißt, dass es mir gut geht.«

»Das ist schön.« Kiki hörte Torte grinsen. »War was?«

»Nein. Nein und doch. Erzähl ich dir später.«

»Deswegen weckst du mich?«

»Ja. Nein. Ich wollte … Ich weiß auch nicht.«

»Kiki Holland *weiß auch nicht*? Donnerwetter, welche Premiere. Ich weiß aber was!«

Der Tonfall, in dem er die letzten Worte sagte, verriet Kiki, dass ihr liebster Freund tatsächlich etwas Wichtiges auf dem Herzen hatte. Und sie musste auch gar nicht lange nachhaken. Mit einem gewissen Triumph in der Stimme sagte Torte: »Bernd hat einen neuen, quasi prominenten Mandanten.«

»Im Familienrecht?« An das Fachgebiet von Tortes unverbindlichem Lover erinnerte Kiki sich. Aus dem Augenwinkel bemerkte sie, wie Malte aufstand und aus der Küche ging.

»Hör zu, Torte, ich telefoniere hier mit einem Prepaidhandy. Long story demnächst. Ich weiß nicht, wann das Guthaben aufgebraucht ist.«

»Ach, Mann. Und ich wollte es auskosten. Egal. Stefan Bentz war vor drei Tagen in seiner Kanzlei.«

»Bentz? Sylvias Mann?« Schon wieder er. Gerade erst hatte sie über ihn gesprochen. Der Mann schien nicht bloß Dreh- und Angelpunkt, sondern bei diesem Fall praktisch omnipräsent zu sein.

»Kein Geringerer.«

»Und was wollte er?«

»Er hat die Scheidung eingereicht.«

Im Handy hupte es, dann war die Leitung tot.

Kiki blies die Luft aus. Das war in der Tat ein Knaller. Ob das Gericht davon wusste? Sie ging nicht davon aus. Sie starrte auf das Display und zögerte. WhatsApp. SMS. Bildergalerie. Durfte sie Malte nachschnüffeln? Sie beschloss: ja. Doch eine Millisekunde, ehe sie den Finger auf das Mailzeichen legen konnte, erstarrte sie zur Salzsäule.

»Tststs, meine Liebe.« Maltes Stimme klang zwei Oktaven höher. Er trat hinter sie, nahm ihr das Handy aus der Hand und schüttelte den Kopf.

»Ich … Ich …«

Etwas in Maltes Blick hatte sich verändert. Seine Lider flackerten, ehe er sie erneut fixierte. Sein Blick ging Kiki durch Mark und Bein.

»Sag nichts, Sylvia. Sag nichts, meine Liebe. Dein Bad wird gerade eingelassen.« Mit diesen Worten bugsierte er sie aus der Küche in Richtung Badezimmer. Kiki sträubte sich dagegen. Sie versuchte, sich gegen ihn zu stemmen. Doch so hager und schwach Malte bisher auf sie gewirkt hatte, auf einmal schien er über gewaltige Kraft zu verfügen. Fast so, als hätten sowohl sein Geist als auch sein Körper eine Transformation durchgemacht. Was der Wahrheit vermutlich näherkam, als ihr lieb war.

»Wehr dich nicht, Sylvia. Ich meine es nur gut mit dir.«

»Ich. Bin. Nicht. Sylvia!«, presste sie zwischen den Zähnen hervor. Malte schob sie scheinbar mühelos über den Flur. Die Tür zum Badezimmer stand offen. Heißer Wasserdampf erfüllte die Luft, und das Rauschen des vermutlich bis zum Anschlag aufgedrehten Wasserhahns war zu hören. Was um alles in der Welt hatte Malte vor? Hielt er sie tatsächlich für Sylvia? Falls ja, warum? Kiki hatte absolut nichts getan, um der angeklagten Kindsmörderin zu ähneln. Weder trug sie die gleichen Klamotten noch sah sie ihr ähnlich. Dennoch schien irgendetwas in Maltes Kopf einen Schalter umgelegt zu haben, und er sah nicht mehr Kiki vor sich, sondern seinen Schwarm.

Kiki bekam es mit der Angst zu tun. Auf einen Schlag pumpte Eiswasser durch ihre Adern. Sie spürte, wie sich die Härchen auf ihren Armen und in ihrem Nacken aufstellten. Ihre Muskeln verhärteten sich. Ihr Körper wechselte in den Alarmmodus. Eine Art Ausnahmezustand, der ihr in Gefahrensituationen schon oft den Hals gerettet hatte. Unwichtige Informationen wurden ausgeblendet. Ihr Fokus lag auf sämtlichen Gegenständen, die ihr hilfreich oder gefährlich werden konnten.

Sie probierte, sich mit den Zehen am Türrahmen zum Badezimmer zu verhaken, doch auch hier stieß Malte sie einfach vorwärts, als würde sie nicht mehr als ein Sack Federn wiegen. Vor ihr tauchte das bleiche Keramikwaschbecken auf. Kiki schaffte es noch, schützend die Arme vor den Oberkörper zu halten, und federte so mit den Händen den Aufprall gegen das Waschbecken ab. Durch Maltes Stoß hatte sie so viel Schwung, dass sie für eine Sekunde zur Seite zu kippen drohte. Rechts befand sich die halb volle Badewanne. Eine grüne Lotion schwamm im eingelassenen Wasser, und es roch nach ätherischen Ölen.

Kaum hatte Kiki ihr Gleichgewicht zurück, wirbelte sie herum. Sie wollte um jeden Preis verhindern, dass Malte sie in die Wanne stieß und vielleicht ihren Kopf unter Wasser drückte.

Da, wo sie ihn hinter sich vermutet hatte, war er nicht mehr. Der hagere Mann wich von sich aus zurück. Er wirkte nicht verbittert oder angespannt. Der Blick aus seinen Augen war trübe, wie unter Drogeneinfluss. Malte unternahm einen weiteren Schritt rückwärts, auf den Flur hinaus. Dann zog er die weiße Badezimmertür hinter sich zu. Kiki hörte, wie von außen zweimal der Schlüssel umgedreht wurde. Danach herrschte Stille.

Einen Moment lang starrte sie fassungslos zur Tür. Ihr Hirn verarbeitete noch, was sich in den vergangenen zwei Minuten ereignet hatte. Wie grundlegend sich die Situation verändert hatte. Sie war plump in eine Falle getappt, ohne es gemerkt zu haben. Wieder einmal. Sie ärgerte sich selbst, so blauäugig gewesen zu sein. Vor allem sie als Journalistin, die dermaßen viel erlebt hatte, hätte von Anfang an vorsichtiger sein müssen. Sowohl in der geheimen Teststation als auch hier. Es war einzig und allein ihrem übertriebenen Ehrgeiz zu verdanken, dass sie sich nun in dieser Misere befand.

Aber sie war wohlauf. Im Grunde genommen war sie derzeit sogar besser dran als gestern in dem Kellerverlies. So gesehen gab es fast keinen Grund zum Klagen. Fast.

Nachdem sie den Ärger über ihre eigene Unvorsichtigkeit

heruntergeschluckt hatte, übernahm ihr rationales Denken das Kommando. Im Film hämmerten Gefangene immer wütend gegen die Tür ihres Gefängnisses und rüttelten verzweifelt an der Klinke. Kiki sah in keinem davon einen Sinn. Sie hatte gehört, wie Malte hinter ihr abgesperrt hatte. Es brachte nichts, das noch einmal zu überprüfen und so dem Gegner weitere Genugtuung zu verschaffen. Sinnvoller war es, sich selbst ein klareres Bild der Situation zu verschaffen.

Als Erstes drehte sie den Wasserhahn ab. Die einsetzende Stille war wie Balsam für ihre Ohren. Ein störendes Hindernis weniger. Das half beim Konzentrieren.

Als Nächstes schaute sie sich um. Fenster gab es in dem Raum keines, nur eine eingestaubte vergitterte Lüftungsanlage von etwa vielleicht zwanzig mal zwanzig Zentimetern Größe. Die half ihr nicht weiter. An der ihr gegenüberliegenden Wand befand sich die Toilette. Der Toilettendeckel war heruntergeklappt, und etwas lag darauf. Kiki ging darauf zu und schauderte erneut. Eine dunkelblaue Bluse mit Blumenmuster, die wie ein Relikt aus den Siebzigern anmutete, eine Hose und – das war das Allergruseligste – eine blonde Perücke. Nicht irgendeine x-beliebige, sondern eine in exakt demselben Farbton, den Sylvia Bentz' Haare hatten. Selbst die Frisur mit den leichten gewellten Haaren stimmte überein.

Ein weiterer eisiger Schauer jagte über ihren Rücken. Sie kam sich vor wie in dem Film *Psycho*, als Lila Crane plötzlich von dem perücketragenden Norman Bates überrascht wird.

Nun ja, Psycho stimmte zweifelsohne, obwohl Malte die künstlichen Haare hier vermutlich nicht selbst getragen hatte. Wenigstens hoffte sie es.

Das Prinzip dürfte jedenfalls das Gleiche sein.

Unter Umständen war das sogar des Rätsels Lösung. Die Antwort auf die Frage, wie sie aus ihrem Gefängnis entkommen konnte.

Kiki kam eine Idee. Sie bezweifelte, dass diese Idee gut war. Aber sie war die einzige, die ihr einfiel. Und sie könnte funktionieren. Kiki hoffte es. Entschlossen machte sie sich ans Werk.

Wenige Minuten darauf stand sie vor dem Spiegelschrank, der über dem Waschbecken hing, und begutachtete skeptisch ihren Anblick im Spiegel. Die geblümte Bluse und die Hose, die sie jetzt trug, entsprachen so gar nicht ihrem Stil. Von der blonden Perücke ganz zu schweigen. Früher einmal hatte Kiki sich zwar ebenfalls an blonden Haaren versucht, aber das war lange her und hatte nicht halb so gut ausgesehen, wie sie es sich im Vorfeld ausgemalt hatte. Entsprechend schnell war der neue Look danach wieder verschwunden.

Sich jetzt mit dieser Perücke zu sehen, war nicht nur ungewohnt. Es kam ihr unrichtig vor. So als wollte sie sich für jemanden ausgeben, der sie nicht war. Und genau darum ging es. Sie musste versuchen, Malte mit falschen Tatsachen einzulullen und von Dingen zu überzeugen, die es so gar nicht gab. Schön war das nicht, aber eventuell der einzige Weg, wie sie aus diesem Schlamassel entkommen konnte. Dabei wusste sie nicht einmal, was genau passieren würde, wenn sie in diesem Aufzug Malte gegenübertrat. Geschweige denn, ob sie das überhaupt wissen wollte.

Was Malte sich mit Sylvia Bentz ausmalte und erträumte, war mit Sicherheit nicht das, was Kiki im Sinn hatte. Sie hoffte inständig, dass sie diese Scharade nicht lange aushalten musste. Jede einzige Sekunde davon war ein Albtraum. Etwas, wovon sie noch in Monaten schlecht träumen würde. Aber zumindest würde es gleichzeitig bedeuten, dass sie in ein paar Monaten noch immer wohlauf wäre. Dieses Ziel war Grund genug, die Zähne zusammenzubeißen und durchzuhalten. Es gab nur diesen einzigen Weg, ganz gleich, wie unheimlich er ihr vorkam.

Ihr Gesicht war so bleich, dass sie wirklich ein bisschen wie Sylvia Bentz aussah. Bei den Auftritten vor Gericht war die Mutter ebenfalls immer sehr blass gewesen. Würde das genügen? Sie hoffte es inständig.

Ein letztes Mal richtete Kiki die falschen Haare auf ihrem Kopf. Anschließend räusperte sie sich und trat an die Tür. Obwohl es den bizarren Charakter der Situation weiter verstärkte, klopfte sie von innen gegen die Badezimmertür. Kiki lauschte, und als nichts zu hören war, rief sie mit etwas erhöhter Kopfstimme: »Schatz, ich bin jetzt fertig im Bad.«

Das Herz wummerte wie verrückt. Ihr Mund war staubtrocken.

Was würde passieren? Was sollte passieren? Was sollte sie tun, wenn die Scharade nicht funktionierte? Und was, wenn sie funktionierte?

Auf einmal war alles ungewiss und heikel wie ein Spaziergang über einen frisch gefrorenen See.

Abermals lauschte sie.

Zunächst war nichts als ohnmächtige Stille zu hören.

War Malte überhaupt noch da?

Sekunden wurden zu Stunden wurden zur Ewigkeit.

Dann endlich glaubte sie, draußen schlurfende Schritte zu hören, die langsam näher kamen.

»Schatz, machst du bitte auf? Ich bin so weit. Habe mich extra hübsch für dich gemacht.«

Keine Antwort, nicht einmal weitere Schritte, sondern ein weiteres Mal Stille.

Er fällt nicht darauf herein, versicherte eine Stimme in Kikis Hinterkopf. Wahrscheinlich ist er wieder in die Küche gegangen und lässt dich hier drinnen vermodern.

Ausschließen wollte sie das nicht. Mittlerweile hielt sie alles für möglich.

Plötzlich polterte etwas. Kiki brauchte einen Herzschlag lang, um zu begreifen, dass es das Türschloss war, das da recht beherzt aufgesperrt wurde.

Es hat funktioniert, schoss es ihr durch den Kopf. Es hat tatsächlich funktioniert.

Die Erleichterung meißelte ihr ein Lächeln ins Gesicht. Das bleiben musste, als Malte ihr die Tür öffnete.

Nur schwer widerstand sie dem Drang, gleich auf ihren Widersacher loszugehen. Sie musste ihn in Sicherheit wiegen und sein Spiel mitspielen. Schon allein, weil sie nicht wusste, was sie erwartete. Möglicherweise war Malte noch nicht völlig in seinem Wahn abgetaucht, und ein kleiner Teil seines Hirns rechnete mit einer Falle.

Alles war möglich.

Deshalb lächelte Kiki, bis sie das Gefühl hatte, einen Krampf in den Mundwinkeln zu bekommen.

Malte schaute sie mit großen Augen an. Er schien ihren Anblick zu genießen.

»Na, wie sehe ich aus?«, fragte Kiki mit hoher Stimme. Sie war so aufgeregt, dass sie kaum zu atmen wagte.

»Du siehst umwerfend aus. Einfach nur *wow*.«

»Danke sehr … Du aber auch.«

»Ach, das sagst du doch nur so.« Er senkte verlegen den Blick.

»Quatsch. Das ist die Wahrheit. Und ich habe mich extra für dich so hübsch gemacht.«

Er hob den Kopf wieder und strahlte sie an. »Das bedeutet mir viel. Lass uns ins Wohnzimmer gehen«, schlug er vor. »Ich hab frischen Kaffee aufgesetzt.«

»Super.« Kiki fand, dass sich ihre Stimme nicht nur zu hoch, sondern ziemlich unwirklich – um nicht zu sagen: unglaubwürdig – anhörte. Sie selbst hätte sich die Show niemals abgekauft.

Malte hingegen wirkte ganz in seinem Element. Wie ein Schauspieler bei einem Theaterstück, der vollkommen mit seiner Rolle verschmolzen war. Wahrscheinlich traf dieser Vergleich den Nagel ziemlich fest auf den Kopf. »Ich hätte auch O-Saft da. Aber ich weiß ja, dass du den nicht magst. Wegen deines Ex, der dir manchmal heimlich die Arznei in den Saft geschüttet hat. Hast du mir ja erzählt. Und ich habe genau zugehört, wie immer.«

»Du bist der Beste. Immer ein offenes Ohr für mich.«

»Danke. Ich muss mal schauen: Ich glaube, ich habe noch irgendwo Kekse. Die guten mit Marmeladenfüllung. Die magst du doch, oder?«

War das eine Falle, mit der er sie auf die Probe stellen wollte? Kiki blickte an seinen Armen herab. In den Händen trug er keine Waffe. Soweit sie sehen konnte, hatte er auch keine in den Hosentaschen stecken.

»Genau«, bestätigte sie vorsichtig.

Malte nickte und trat einen Schritt beiseite, damit sie das Badezimmer verlassen konnte. Offenbar war es die richtige Antwort gewesen.

»Hast du vielleicht auch welche von den Kakaowaffeln? Oder von den Butterkeksen, wo eine Hälfte mit Schokolade bedeckt ist?«, improvisierte sie. Kiki war klar, dass sie damit ein Risiko einging. Immerhin wusste sie nicht, ob Sylvia – oder Malte – überhaupt Schokolade mochte. Trotzdem musste sie es probieren, um Zeit zu schinden. So viel wie möglich.

»Ja, die sind auch gut. Ich muss mal schauen.«

Er machte Anstalten, zur Küche abzubiegen. Einen Atemzug lang sah es so aus, als würde er es tun, und sie könnte an ihm vorbei aus der Wohnung stürmen. Dann tat er auf einmal das komplette Gegenteil, drehte sich um und kam auf sie zu. Instinktiv wich sie zurück. Allerdings nur vorsichtig, damit er es nicht gleich bemerkte. In dem Moment wurde die Situation noch bizarrer. Malte schloss die Augen und schürzte die Lippen. Sein Mund bewegte sich auf ihren zu. Was er beabsichtigte, lag auf der Hand.

Kiki hielt vor Angst die Luft an. Nur mit größtem Widerwillen ließ sie zu, dass er sich ihr weiter näherte. Der Geruch seines Schweißes drang in ihre Nase, brannte regelrecht darin. Dazu der Gestank irgendeines billigen Eau de Toilette. Den hatte sie zuvor nicht gerochen. Hatte er sich extra für sie *frisch gemacht*, während sie im Bad eingeschlossen gewesen war?

Seine Lippen berührten fast ihren Mund. Sie konnte bereits die Wärme und die Nähe seines Körpers spüren.

Inzwischen lächelte sie nicht mehr. Kiki spürte, wie ihr die Gesichtszüge entglitten. Sie konnte dieses Spiel nicht mehr länger mitspielen. Sie musste weg von hier. Raus. Auf der Stelle.

Sie hob die Arme und verlagerte sämtliche ihr zur Verfügung stehende Kraft da hinein. Ihr Rücken beugte sich ein Stück zurück, damit ihr mehr Raum zur Verfügung stand. Dann stieß sie sich nach vorn. Ihre Hände berührten Maltes T-Shirt. Sie spürte seinen knochigen Oberkörper unter dem Stoff. Die Rippen und das Brustbein, wie bei einem ausgemergelten Kranken. Mit einem Mal kam er ihr nicht mehr so stark wie vorhin vor. Nein, es war nur ein spindeldürrer Körper mit einem kranken Geist.

Die Wucht ihres Stoßes ließ ihn unbeholfen rückwärts taumeln. Diesmal war er es, der erschrocken die Augen aufriss und sich irgendwo festzuhalten versuchte. Keine Chance. Er stolperte über die eigenen Beine und landete äußerst unsanft auf dem knochigen Arsch.

Das sah Kiki nur noch aus den Augenwinkeln heraus, da sie zu der Zeit bereits durch den Flur auf die Wohnungstür zustürmte. Kurz vor der Tür bemerkte sie ihre Jacke an der Garderobe. Im Vorbeilaufen griff sie mit der einen Hand danach. Mit der anderen zog sie die Tür hinter sich zu.

Einen Herzschlag lang befürchtete sie, Malte könnte abgesperrt haben, weil er ihren Fluchtversuch vorausgeahnt hatte. Aber in seinem Kopf war wohl kein Platz für Vorausahnung, sondern nur für jede Menge unerfüllter Sehnsüchte gewesen. Die Tür war unversperrt und ließ sich problemlos öffnen. Eine Sekunde später stürmte Kiki hastig die Treppenstufen hinab.

Ihre Schritte hallten dumpf unter ihr weg. Meist nahm Kiki zwei Stufen auf einmal und hielt sich am Metallgeländer in der Mitte fest, um nicht den Halt zu verlieren. Sie hatte bereits ein Stockwerk hinter sich gebracht, als sie von oben Maltes verzweifeltes Rufen hörte: »Bleib stehen, Schatz! Ich habe das alles nur für dich getan. Ich liebe dich doch.« Es klang mehr nach einer Drohung als nach allem anderen.

Kiki reagierte nicht darauf, sondern rannte kontinuierlich hinab. Wann immer sie in einer Etage an der Tür zum Fahrstuhl vorbeikam, drückte sie den Rufknopf. Nicht, um den Lift nach unten zu nehmen – was in einem Hochhaus wie diesem deutlich einfacher gewesen wäre. Sondern weil nicht erkennbar war, in welchem Stockwerk der Fahrstuhl gerade stand, und sie um jeden Preis verhindern wollte, dass Malte ihn nahm und damit vor ihr im Erdgeschoss ankam. So wählte sie lieber diesen Weg, um kein Risiko einzugehen.

Sie lauschte kurz nach oben, um zu hören, ob er ihr hinterherlief. Aber entweder waren ihre eigenen Schritte so laut, dass sie seine übertönten, oder er stand oben vor dem Aufzug und wartete darauf, dass die Kabine bei ihm eintraf. Sollte er doch im neunten Stock warten. Von ihr aus konnte er dort stehen bleiben, bis er schwarz wurde. Es würde jedenfalls eine Ewigkeit dauern, bis der Lift bei ihm eintreffen würde.

Ein Grund, um selbst langsamer zu laufen, war das nicht. Kiki hastete unablässig abwärts und freute sich jedes Mal aufs Neue, wenn eine weitere Etage hinter ihr lag. Gleichzeitig war sie froh darüber, dass ihr niemand entgegenkam oder den Kopf irritiert zur Wohnungstür hinausstreckte, um nach dem Rechten zu sehen. In diesem Hochhaus schien jeder genug mit sich selbst zu tun zu haben.

Schließlich erreichte sie das Erdgeschoss. Vermutlich in Rekordzeit. Kiki konnte sich nicht entsinnen, jemals in so kurzer Zeit so viele Stufen gelaufen zu sein.

Ihr Atem ging keuchend und ihre Beine schmerzten vor Anstrengung. In ihren Lungen brannte es. Trotzdem hielt sie nicht an. Sie riss die Haustür dermaßen schwungvoll auf, dass die Tür gegen den Stopper an der Wand vor den Briefkästen knallte. Egal. Das Türglas hätte zersplittern können, es wäre ihr keinen Blick zurück wert gewesen. Kiki lief auf die Straße hinaus, sog gierig die frische Luft ein und rannte sofort bis zur nächsten Hausecke. Dort bog sie spontan nach rechts ab, nur, um hundert Meter weiter links in die nächste Straße einzubiegen. Um sie herum befanden sich noch mehr Hochhäuser, das eine genauso hässlich wie das andere. Stumpfe Plattenbauten ohne jedweden Charakter oder Sinn für Schönheit. Aber für Ästhetik war dieser Stadtteil noch nie berühmt gewesen.

Als ihr die Puste ausging, ging sie hinter einem Kastenwagen in Deckung. Sie lehnte sich mit dem Rücken dagegen und wartete darauf, dass sich ihre Atmung normalisierte. Erst da wurde ihr bewusst, dass sie noch immer die Perücke und die scheußliche Kleidung trug. Mit einer beherzten Bewegung riss sie sich die falschen Haare vom Kopf. Am liebsten hätte sie sie zu Boden gepfeffert, zögerte jedoch im letzten Moment. Das blöde Ding könnte ihr noch nützlich sein. Selbst wenn es nur darum ging, zu beweisen, dass Malte mit gewissen psychischen Defiziten zu kämpfen hatte.

Erheblich wichtiger als der Dresscode war die Frage nach der weiteren Vorgehensweise. Sie wusste zwar, wo sie sich befand, verfügte aber über kein Auto. Von ihrer Geldbörse ganz zu schweigen. Vermutlich befand die sich noch immer in ihrer Umhängetasche, die im Fußraum von Enzos Beifahrersitz stand. Zum Glück hatte sie die Tasche während ihrer Erkundungstour im Testlabor nicht mitgenommen. Der Wagen selbst dürfte nach wie vor im Gewerbegebiet stehen – sofern ihre Entführer den nicht ebenso wie ihr Mobiltelefon einkassiert hatten.

Ohne fahrbaren Untersatz, ohne Geld und Smartphone war sie ziemlich aufgeschmissen. Vor allem in einem Viertel wie diesem. Am einfachsten wäre es sicherlich, sich ein Taxi zum Gewerbegebiet zu nehmen und den Fahrer dort zu bezahlen. Allerdings war es gar nicht so einfach, hier ein Taxi aufzutreiben. Alternativ könnte sie auch schwarz mit dem nächsten Bus fahren und hoffen, dass der sie zumindest ansatzweise in die gewünschte Richtung brachte.

Noch während sie die Möglichkeiten abwog, nahm sie auf dem Bürgersteig vor sich eine Bewegung wahr. Ihr erster Gedanke galt Malte. Irgendwie hatte der Mistkerl es geschafft, sie aufzuspüren.

Doch Malte müsste sich rein von der Logik her von der Straße hinter ihr nähern. Und die Bewegung kam von vorn, kam sogar direkt auf sie zu. Es war auch nicht Malte, es war nicht mal nur eine Person, sondern eine ganze Gruppe Jugendlicher, breitbeinig laufend, in Jogginganzügen, mit fetten Turnschuhen und mit voll krassen Baseballcaps. Besser machte das die Lage nicht. Keiner der Homies sah so aus, als befände er sich auf dem Weg zum Fitnessstudio, sportliche Kleidung hin oder her. Die vier Typen, von denen keiner älter als zwanzig sein dürfte, sahen vielmehr nach Ärger aus.

Scheiße.

Das konnte sie derzeit überhaupt nicht brauchen. Zumal sie nicht mal ihr Pfefferspray dabeihatte. Sie seufzte schwer. Hatte sie nicht schon genug Mist hinter sich? Irgendwann müsste ihr Kontingent doch aufgebraucht sein.

In dem Moment musterte sie der größte der vier Typen mit skeptischem Blick. Er trug seine gegelten schwarzen Haare zum Mittelscheitel, plus einen bleistiftdünnen Oberlippen- und Backenbart. »Ey, Chica, was geht?«

Kiki ermahnte sich, keine Schwäche zu zeigen. In solch einer Situation überlebten bloß Alphatiere. »Nix geht. Ich hab mich nur gefragt, wo hier die Taxis losfahren.«

Sicherlich würde jetzt die dümmliche Behauptung kommen, dass sie sich verlaufen habe. Sie irrte sich: »Muss ja 'ne abgefahrene Party gewesen sein, wenn du dafür so was gebraucht hast.« Er nickte in Richtung der Perücke.

»Du würdest dich wundern. Aber jetzt ist die Party vorbei, und ich brauch ein Taxi.«

»Wir können dich fahren. Wir haben einen voll krass getunten Focus. Da fliegen dir die Ohren weg.«

»Ach nee, lasst mal gut sein. Macht euch meinetwegen keine Umstände. Ihr habt sicher Besseres zu tun.« Kleine Kinder abziehen oder Omas die Handtaschen klauen, fügte sie in Gedanken hinzu.

»Das sind doch keine Umstände. Komm, wir fahren dich. Wo musst du hin?«

»Zum Gericht. Ich hab dort eine Verhandlung.« Sie hoffte, dass das die Homies abschrecken würde. Stattdessen bauten sie sich zu viert um sie auf.

»Zum Gericht?«, wiederholte ein kleinerer Typ mit braunen Locken. »Bist du so was wie ein Bulle?«

Synchron dazu verfinsterten sich die Mienen der anderen drei. Kiki gab sich Mühe, weiterhin äußerlich gelassen zu wirken. Innerlich hatte sie das Gefühl, dass sich ihr Magen auf die Größe einer Pistazie zusammenzog.

»Mit den Cops hab ich nix am Hut.«

»Sondern?« Der Lockentyp wirkte nicht überzeugt. Auch der Mittelscheitel neben ihm schaute skeptisch.

In diesem Moment geschah ein Wunder. Weiter vorn bog ein altes Mercedes-Taxi in die Straße ein. Kiki musste zweimal hinschauen, um sicherzugehen. Wie oft kam es vor, dass so etwas genau im richtigen Augenblick geschah?

»Also, Jungs, war nett, mit euch zu plaudern. Ich muss dann mal weiter.« Sie wandte ihnen demonstrativ die kalte Schulter zu und hob den Arm, um den Taxifahrer heranzuwinken. Kurz darauf kam der Benz neben ihr zum Stehen. Der Taxifahrer entpuppte sich als Taxifahrerin. Eine etwas untersetzte mit gütigem Lächeln. Kiki stieg ohne Zögern ein. Als sie losfuhren, hatte sie das Gefühl, dass die Blicke der vier Kids förmlich auf dem Wagen brannten.

Obwohl ziemlich geschwätzig, entpuppte sich die Taxifahrerin als recht verständnisvolle Zeitgenossin. Als Kiki den Wagen eine knappe halbe Stunde später im Gewerbegebiet verließ, wusste sie nicht nur über den neusten Klatsch und Tratsch in der Stadt Bescheid, Fahrerin Rosi hatte ihr auch ihre Visitenkarte zugesteckt und darauf hingewiesen, dass sie praktisch Tag und Nacht im Einsatz sei und sie sie jederzeit anrufen dürfe. Kiki versprach, bei Bedarf darauf zurückzukommen, und zahlte der Frau mit den kurzen kastanienbraunen Haaren bereitwillig ein besonders üppiges Trinkgeld. Sie freute sich, dass Enzo noch immer an seinem abgestellten Platz stand und sich offenbar niemand an ihm zu schaffen gemacht hatte.

Nachdem Rosi gefahren war, warf Kiki für alle Fälle einen Blick auf die Unterseite des Wagens, fand jedoch nirgendwo einen versteckten Peilsender, und es hatte offenbar auch niemand am Motor oder sonst wo herumgefummelt. Ihre Feinde hatten den kleinen Fiat demnach nicht entdeckt.

Erleichtert ließ sich Kiki auf ihrem vertrauten Sitz nieder und drehte die Musik auf. Beflügelt vom heroischen Muse-Song *Knights of Cydonia* gab sie Gas und ließ das Gewerbegebiet hinter sich.

Vorhin bei Malte hatte sie noch mit dem Gedanken gespielt, zum Gericht zu fahren und der Verhandlung beizuwohnen. Seither war einiges passiert und noch mehr Zeit vergangen. Pünktlich würde sie dort eh nicht mehr auftauchen, und ihr Interesse an einem Gerichtsbesuch hielt sich mittlerweile auch stark in Grenzen.

Maltes bizarrer Auftritt hatte etliches verändert. Inzwischen war Kiki nicht einmal mehr sicher, welche seiner Worte sie glauben konnte. War Fabian Hernando tatsächlich aus freien Stücken aufgebrochen? Hatte Malte ihn vielleicht rausgeschmissen, um mit ihr allein zu sein? Oder lag der Psychiater tot im Wandschrank, weil er im Verhalten seines Patienten etwas Ungewöhnliches festgestellt hatte?

Kurz überlegte sie, bei Hernando daheim oder bei seiner Praxis im Westklinikum vorbeizufahren. Doch würde er wirklich dorthin gehen? Immerhin war er gestern überwältigt, entführt und misshandelt worden. Die Täter waren nicht nur nicht gefasst, sondern wussten zudem aller Wahrscheinlichkeit nach, wo er wohnte und was er machte. Nein, in seiner Panik war der Arzt wahrscheinlich untergetaucht. Kiki hoffte es für ihn. Es war das Beste, was er derzeit tun konnte.

Was auf Hernando zutraf, betraf sie jedoch genauso. Sie konnte ebenso wenig heimfahren. Möglicherweise warteten sogar bei der Lokalredaktion irgendwelche Eureka-Schergen auf sie. In der Hinsicht wollte sie absolut nichts riskieren. In den vergangenen Tagen hatte sie schon zweimal geglaubt, sicher zu sein. Beide Male hatte man ihr auf schmerzhafte Weise das Gegenteil bewiesen.

Wenn sie vorankommen wollte, blieb ihr daher keine andere Wahl, als sich unberechenbar zu verhalten. Und ihr fiel auch sofort ein Ort ein, an dem sie genau das tun konnte.

Am François-Christophe-Ring hatte es einen Verkehrsunfall gegeben, sodass Kiki es vorzog, über Nebenstraßen weiterzufahren. In einem Großteil davon durfte man lediglich mit einer Geschwindigkeit von 30 km/h unterwegs sein. Anfangs ärgerte sie das. Bis sie den Vorteil darin erkannte: Sie wusste nicht, was sie an ihrem Zielort erwarten würde. Es war gut, das umliegende Gebiet vorab zwangsweise im Schneckentempo zu erkunden. Aus dem Grund legte sie extra eine Bonusrunde ein, um auch noch die andere Seite des Zielgebiets zu überprüfen.

Nirgends fiel ihr ein verdächtiges Fahrzeug oder jemand auf, der ihretwegen hergekommen sein könnte. Klar, wie sie wusste, musste das nichts zu bedeuten haben. Dennoch beruhigte es sie, wenigstens von ihrer Warte aus niemanden entdeckt zu haben.

Gleichzeitig stellte sie kurioserweise eine zunehmende Risikobereitschaft bei sich fest. Es würde sie nicht stören, wenn jemand Unbeteiligtes sie bemerkte. Das alles war nicht mehr relevant. Bedeutend wichtiger war es, diesen Wahnsinn endlich zu beenden. Damit ihr das gelang, durfte sie keinesfalls ihren Gegnern in die Hände fallen. Nicht jetzt, und nicht, solange sie nicht mindestens ein Ass im Ärmel stecken hatte.

Wie bei ihrem vorherigen Besuch parkte sie Enzo mit einem gebührenden Sicherheitsabstand zum Bentz'schen Anwesen und der dortigen Überwachungskamera. Bis zum Aussteigen ließ sie sich absichtlich ein paar Minuten Zeit, um abermals die nähere Umgebung zu sondieren. Sie überlegte, wer sich momentan in der Villa oder auf ihrem Grundstück befinden könnte. Stefan Bentz würde sich vermutlich bei der Gerichtsverhandlung befinden. Blieben noch Danuta und Stefan Bentz' Tochter Larissa übrig.

Kiki blickte auf die Uhr. Kurz nach elf. Für das Mittagessen und ein Mittagsschläfchen war es zu früh. Bei Letzterem wusste sie nicht einmal, ob Fünfjährige so etwas überhaupt noch taten. Sie kramte in ihren hintersten Erinnerungen, fand im großen Hirntagebuch jedoch keinen Eintrag dazu, wie das damals bei ihr gewesen war.

Aber selbst, wenn die Kleine nicht schlief und Danuta im Haus war, musste sie versuchen hineinzukommen. Irgendwo da drinnen gab es wichtige Beweise für ihren Fall. Daran hatte sie nicht den geringsten Zweifel.

Eine Möglichkeit wäre es, Danuta mit einem falschen Anruf wegzulocken. Die Idee scheiterte bloß daran, dass Kiki kein Telefon mehr besaß und sie die Nummer der Familie Bentz nicht kannte. Das konnte sie also getrost vergessen.

Sie wollte gerade das Auto verlassen und eine Runde um das Anwesen drehen, da öffnete sich das Tor, und das Kindermädchen trat mit Larissa nach draußen. Die beiden spazierten Hand in Hand, ähnlich wie beim letzten Mal, als Kiki sie zum Spielplatz verfolgt hatte. Mit etwas Glück waren die beiden heute wieder dorthin unterwegs.

Sogleich pochte ihr Herz schneller. Das Klopfen schien sogar zuzunehmen, je weiter sich die Frau mit dem Kind entfernte. Schließlich hielt Kiki es nicht mehr aus. Sie schloss leise die Wagentür hinter sich und huschte zum Grundstück.

Wie sie gesehen hatte, hatte Danuta die schmale Gartentür, die einen Meter vom imposanten Tor entfernt in die Mauer eingelassen war, zwar abgesperrt. Allerdings klemmte ein Ast im Türrahmen, und so ließ sich die Pforte kinderleicht öffnen. Das passte hervorragend und brachte Kiki nicht in die unangenehme Situation, über die zwei Meter hohe Mauer klettern zu müssen. Oder sich an dem Tastenfeld für die Garageneinfahrt zu probieren, zu dem sie den PIN-Code nicht wusste. Manchmal war eben auch mal etwas leicht und nicht kompliziert.

Auf diese Weise gelangte sie zumindest einfach in den Garten. Auf dem Grundstück wurde es schwieriger und heikler. Der gesamte vordere Teil wurde von einer Kamera überwacht. Wie es hinten aussah, wusste Kiki nicht. Die Haustür war mit Sicherheit verschlossen, das brauchte sie gar nicht erst zu überprüfen. Daher rannte sie links über die gepflasterte Garagenauffahrt, vorbei an dem mit einer schweren Lederplane abgedeckten Swimmingpool zur Rückseite des Hauses. Sie erblickte mehrere tadellos gepflegte Blumenbeete, die ordentlich gestutzte Wiese im saftigsten Grün und mit der rostigen alten Schaukel darauf. Eine weitere Überwachungskamera schien es in diesem Bereich nicht zu geben.

Kiki trat auf die Terrasse und stemmte sich vorsichtig gegen die Glastür. Leider verschlossen. Angekippte Fenster gab es ebenfalls nicht.

Und nun?

Ratlos ging Kiki auf den Rasen, um das Haus im Ganzen zu betrachten. Irgendwie musste man doch ins Innere gelangen! Sie überlegte gerade, ob sie sich nach einem klobigen Stein umschauen sollte, da fiel ihr oben auf dem Balkon etwas auf. Das Fenster dort schien nur angelehnt zu sein.

Die Frage war bloß: Wie sollte sie dort hinaufgekommen?

Erneut scannte sie das Gebäude ab. Rechts auf der Terrasse war ein stählerner Blumenzaun an der Hauswand befestigt. Würde der sie aushalten? Stabil genug sah er zwar aus. Allerdings besaßen die Metallstäbe kaum mehr als einen Zentimeter Durchmesser. Damit zusammenzubrechen, würde äußerst schmerzhaft werden. Der Begriff *Oberschenkelhalsbruch* kam ihr in den Sinn. Danach das Wort *Querschnittslähmung*. Beides keine besonders verlockenden Aussichten.

Dennoch beschloss sie, es zu riskieren. Kiki hatte keine Ahnung, wie viel Zeit ihr blieb. Wenn sie Pech hatte, hatte ein Sicherheitsdienst ihr Betreten des Grundstücks über die Kamera verfolgt und befand sich auf dem Weg hierher. Oder Larissa war auf dem Weg zum Spielplatz eingefallen, dass sie gar keine Lust auf Klettergerüst und Sandkasten hatte.

Sie musste sich also beeilen.

Das war leichter gesagt als getan.

Der Blumenzaun erwies sich als äußerst windige Konstruktion. Sollte der Maulwurf die verzapft haben, würde sie ein ernstes Wort mit ihm reden müssen. Ach, Tom. Sie wünschte, er wäre da und könnte ihr beistehen. Eine helfende beziehungsweise stützende Hand wäre echt nicht verkehrt.

Kiki hielt sich oben an dem stählernen Gitter fest und kletterte langsam aufwärts. Wider Erwarten hielt der Zaun, jedenfalls vorerst. Einige Blumenblätter klatschten ihr ins Gesicht, und Kiki war froh, dass es keine Rosenbüsche waren. Einmal war sie überzeugt davon, eine Spinne hätte sich auf ihre Stirn abgeseilt, doch es entpuppte sich bloß als feinkörniger Staub. Das war ihr allemal lieber.

Der Blumenzaun hörte direkt unterhalb des Balkons auf. Kiki musste sich nach oben strecken und nach den Balkonstreben greifen. Die ersten zwei Anläufe gingen schief und sorgten lediglich dafür, dass sie um ein Haar das Gleichgewicht verlor. Beim dritten Versuch setzte sie alles auf eine Karte und krallte sich mit aller Anstrengung an einer der Streben fest. Gott sei Dank waren die Dinger aus Stein und äußerst robust.

Kiki zog ihre Beine hinauf, verhakte sie hinter den Streben und schaffte es so auf den Balkon hinauf. Eine gute Figur hatte sie dabei vermutlich nicht gemacht. Aber sie war oben angekommen, und nur darauf kam es an.

Das Fenster war wirklich angelehnt und stellte kein Hindernis für sie dar. Ein paar geschickte Handbewegungen später befand sie sich im Inneren des Hauses. In einer Art Gästezimmer oder Aufenthaltsraum, um präzise zu sein. Sie erblickte ein ausziehbares Sofa, einen Beistelltisch und einen Flachbildfernseher. Alles neu und teuer aussehend, und vollkommen unpersönlich – wie in einem Hotelzimmer. Ihr war bewusst, dass sie mit ihrem Eindringen einen lupenreinen Einbruch begangen hatte, doch dieser Gedanke bekümmerte sie nicht halb so sehr, wie er sollte. Nicht hier und nicht heute.

Kiki öffnete die Tür so leise wie möglich und linste in den Flur. Niemand war zu sehen, nichts war zu hören. Der Raum, in den sie eingestiegen war, befand sich am Ende des Korridors. Kiki schlich hinaus und öffnete die erste Tür links. Es war das Badezimmer. Sie hoffte, im dortigen Arzneischrank einige angebrochene Medikamentenpackungen oder im Idealfall nicht zugelassene Eureka-Präparate zu finden. Leider scheiterte es bereits daran, dass es im Bad keinen Arzneischrank gab.

Dafür gab es einen Spiegelschrank, doch darin standen lediglich zwei Plastikbecher mit jeweils zwei Zahnbürsten darin, einige teure Parfums sowie sonstige Hygiene-Artikel. Im Waschbeckenunterschrank sah es nicht sehr viel anders aus. Neben der opulenten dreieckigen Badewanne stand eine hüfthohe Kommode. Außer Handtüchern war auch darin nichts zu finden.

Das hatte Kiki befürchtet. Ebenso, dass sie in dem einen Schlafzimmer trotz intensiver Suche erfolglos bleiben würde. Offenbar war das der Raum, in dem Stefan Bentz seine Nächte verbrachte, auf dem Kingsize-Bett lag nur eine Decke. Nachdem sie die üblichen Verstecke – in der Sockenschublade, zwischen der Unterwäsche, unter der Matratze und im

Kleiderschrank – überprüft hatte, erklärte sie den Raum für *sauber*. Für eine gründlichere Durchsuchung blieb keine Zeit. Im zweiten Schlafzimmer am Ende des Flurs sah es nicht anders aus. Der Raum war deutlich kleiner als der vorherige, und auch das Bett sah, wenn auch nicht billig, so doch preisgünstiger aus als jenes, welches dem Paar einst als Ehebett gedient haben mochte. Die Schubladen in der Kommode waren bis auf ein Lavendelsäckchen leer, im Kleiderschrank baumelten leere Bügel. Einzig ein paar Cremes und ein angebrochenes Parfum auf dem Schminktisch deuteten darauf hin, dass dies wohl der Rückzugsort von Sylvia Bentz gewesen war, der nun jedoch ziemlich unbewohnt wirkte.

Mehr Hoffnung setzte sie in Stefan Bentz' Arbeitszimmer, aber wo war das? In diesem Stockwerk, eines darüber, oder im Erdgeschoss? Tom hatte nicht übertrieben, als er meinte, das Haus sei ziemlich verwinkelt. Mehrere verschlossene Türen führten zu Gästezimmern und Abstellkammern, selbst einen Billardraum mit Bartresen gab es. Hinweise auf die Anwesenheit von Kindern – respektive einem Kind – fand sie hingegen keine. Kiki erinnerte sich daran, dass Tom von einem eigenen Flügel gesprochen hatte. Den hatte sie bisher offenbar nicht erreicht.

Der Raum direkt gegenüber des Billardzimmers entpuppte sich als Büro! Die Tür war geschlossen gewesen, aber nicht abgesperrt. Es war beinahe zu einfach.

Um keinesfalls blindlings in eine Falle zu tappen, betrat Kiki den Parkettboden im Zimmer äußerst behutsam. Sie schaute sich nach versteckter Überwachungstechnik um und lauschte gleichzeitig aufmerksam. Das Lauteste im ganzen Haus schien ihr eignes Atmen zu sein. Kameras entdeckte sie keine.

Gut.

Das Arbeitszimmer besaß nahezu quadratische Abmessungen. An den Wänden standen wuchtige Holzmöbel, die aussahen, als befänden sie sich bereits seit Jahrzehnten in Familienbesitz. Mindestens. Um den klobigen Schreibtisch in der Zimmermitte war es nicht anders bestellt. Ganz im Gegenteil zu dem weißen Computer mit dem Apfel-Symbol an der Monitorrückseite. Dabei dürfte es sich um ein relativ neuwertiges Produkt handeln, das sicherlich eine ordentliche Stange Geld gekostet hatte. Die kabellose Maus und die ebenso kabellose Tastatur wirkten ebenfalls schnieke.

Denk nach, ermahnte Kiki sich. Wo würdest du verfängliches Material über deine Geschäftspartner verstecken?

Der Aktenschrank wäre ein zu offensichtlicher Ort. Ebenso wie die Schreibtischschubladen. Dennoch überprüfte sie diese vorsorglich. Sie fand weder einen doppelten Boden noch andere Geheimfächer.

Missmutig starrte sie auf den iMac vor sich. Es wäre naheliegend, auf dem Computer irgendwelche verfänglichen Informationen zu speichern. Schließlich lebten sie im 21. Jahrhundert, und praktisch jeder kommunizierte virtuell. Von digitalen Film-, Foto- und Tonaufnahmen ganz zu schweigen.

Kompliziert könnte es allerdings beim Kennwort werden. So fahrlässig, sein eigenes Geburtsdatum oder das von einem seiner Kinder zu nehmen, war Stefan Bentz sicher nicht. Oder etwa doch? Kiki streckte den Finger nach dem Startknopf aus und hielt dann inne. Genauso gut könnte sie das ganze Gerät mitnehmen und zu Cem bringen. Der würde dem Ding auch noch die verstecktesten Informationen entlocken.

Die Idee gefiel ihr. Allerdings war das widerrechtliche Eindringen in ein Haus eine Sache, der mutmaßliche Diebstahl von Eigentum eine ganz andere. Wollte sie das riskieren? Gab es nicht eine Möglichkeit, sich hier und jetzt in den Computer zu hacken? Das war zwar ebenfalls illegal, aber zumindest nicht ganz so leicht nachzuweisen wie fehlende Hardware.

Plötzlich hörte sie, wie im Erdgeschoss die Haustür aufgesperrt wurde. Kiki erstarrte und riss die Augen auf. In den zwei Sekunden, die sie regungslos dastand, versuchte sie, Anhaltspunkte über den ungebetenen Gast herauszuhören.

Waren Danuta und Larissa schon zurückgekehrt? Aber Kiki war sich fast sicher, dass sie ausschließlich die Schritte *einer* Person vernahm. Die Schritte klangen bedächtig und überhaupt nicht nach einem kleinen Mädchen. Abgesehen davon konnten die meisten Kinder nicht mal für eine Sekunde den Mund halten. Larissa hätte sicherlich längst irgendwas gesungen, gepfiffen oder auf andere Art Geräusche von sich gegeben. Handelte es sich vielleicht um die Polizei oder jemanden vom Sicherheitsdienst? Nein, die würden sich bestimmt gleich nach dem Eintreten bemerkbar machen und ausweisen. So etwas dürfte sogar Vorschrift sein, damit jeder Einbrecher zumindest vorgewarnt war, dass es besser war, gleich mit erhobenen Händen herauszukommen. Da keine Stimmen zu hören waren, war es vermutlich also auch kein Ordnungshüter.

Täuschte sie sich, oder kam da jemand die Treppe herauf? Kikis Herz setzte vor Schreck einen Schlag aus.

Parallel dazu löste sich ihre Erstarrung, und ihr Reporterdenken übernahm die Kontrolle. Im Arbeitszimmer gab es kein passendes Versteck. Ergo musste sie raus hier. Noch während ihr das klar wurde, flitzte sie bereits hinaus. Vom Flur aus sah sie, wie ein dunkler Schatten die Stufen heraufkam.

Kiki blieb nicht stehen, um weitere Details auszumachen, sondern huschte ins Badezimmer. Dort bewegte sie geräuschlos die Tür ein Stück nach vorn, damit sie sich dahinter verstecken konnte.

Sie hörte, wie die unbekannte Person das obere Treppenende erreichte und auf das Bad zukam.

Verdammt! Was nun?

In ihrer Verzweiflung machte sich Kiki bereit, den oder die Unbekannte wegzuschubsen oder niederzuschlagen. Alles war besser, als auf frischer Tat ertappt zu werden.

Die Schritte kamen näher und näher ... Und entfernten sich wieder. Nicht das Badezimmer, sondern Stefan Bentz' Schlafzimmer schien das Ziel zu sein.

Kiki entspannte sich ein wenig. Sie unternahm einen Schritt nach vorn und linste vorsichtig durch den Türspalt.

Zuerst sah sie abermals bloß einen Schatten. Kiki hörte, wie jemand dieselben Schubfächer öffnete wie sie vorhin. Dann ging dieser Jemand auf den Kleiderschrank zu.

Kiki traute ihren Augen kaum. Mit vielen Personen hatte sie gerechnet, aber nicht mit dieser!

Es war Franziska. Franziska Bechenbacher. Die rechte Hand von Stefan Bentz. Das und einiges mehr.

Was hatte die hier zu suchen? An einem Vormittag. Sollte sie für ihren Lover etwas holen? Oder durchstöberte sie aus Eifersucht die Klamotten ihres Liebsten?

So wirklich zusammen passte das alles nicht. Zumal Franziska Bechenbacher die Kleidung im Schrank bloß kurz durchsah, bevor sie sich andere Orte im Zimmer vornahm. Es klang, als würde sie sich bücken und unter das Ehebett schauen. Leider befand sie sich inzwischen weit außerhalb von Kikis Sichtfeld.

Nach schätzungsweise einer Minute hatte Franziska Bechenbacher das beendet, womit auch immer sie beschäftigt gewesen war, und verließ den Raum. Kiki huschte zurück hinter die Badtür und hörte, wie die Jachtshopassistentin wieder an ihr vorbei über den verwinkelten Flur ging. Zunächst zurück in Richtung Treppe, dann zum Arbeitszimmer durch.

Dort setzte sie sich an den klobigen Schreibtisch und schaltete den Computer an. Während der iMac hochfuhr, durchstöberte sie die Schubladen. Wenigstens glaubte Kiki, dass sie das tat. Zu sehen war vom Bad aus nicht viel. Sofern sie nicht auf den Flur hinaustreten wollte, würde sie sich mit dem Zuhören begnügen müssen.

Eventuell genügte das sogar.

Franziska Bechenbachers Finger sausten über die Tastatur. Ganz offensichtlich kannte sie das Passwort. Damit war sie einer gewissen Journalistin einen großen Schritt voraus. Auch sonst schien die Assistentin besser vorbereitet zu sein. Kurz war das Rascheln von Stoff zu hören, dann, wie ein Datenträger an den Computer gesteckt wurde. Vermutlich ein USB-Stick. Das charakteristische Erkennensgeräusch des Betriebssystems ertönte. Anschließend war mehrmals das Klicken der Maus zu hören.

Nur allzu gern hätte Kiki gewusst, was die andere Frau da gerade tat. Am liebsten hätte sie ihr bei der Arbeit über die Schulter geschaut. Vielleicht hätte sie etwas lernen oder etwas Nützliches aufschnappen können.

So ganz zufrieden schien Franziska Bechenbacher mit ihren IT-Kenntnissen allerdings nicht zu sein. Mehrmals stöhnte sie genervt, und selbst das Klicken mit der Maus klang frustrierter. Schließlich schien sie genug davon zu haben und wählte eine Telefonnummer auf ihrem Smartphone.

Zweimal ertönte das Freizeichen, dann meldete sich eine Männerstimme mit einem prägnanten »Ja?!«. Das war sogar im Bad deutlich zuhören.

»Ich bin jetzt im Arbeitszimmer. Gefunden habe ich noch nichts«, teilte sie dem Mann mit. Was ihr Gesprächspartner erwiderte, vermochte Kiki nicht genau zu verstehen. Bloß bei einem war sie sich sicher: dass es sich am anderen Ende der Leitung nicht um Stefan Bentz handelte.

Das stachelte Kikis Neugierde zusätzlich an. Mehr denn je spitzte sie die Ohren und versuchte zu verstehen, was besprochen wurde.

Vergeblich.

Der Mann schien Franziska Bechenbacher Anweisungen oder Tipps zu geben. Sie sagte einige Male »Mhhhm« und ein paar Mal »Ähm« und ließ sich offenbar durch die gewünschten Menüs und Programme führen. Dann wurde sie fündig: »Ah, da ist es! Wird alles rüberkopiert.«

Einige Momente Stille folgten, bevor Franziska Bechenbacher den USB-Stick abzog, noch einige Male mit der Maus klickte und so den iMac wieder ausschaltete.

Nachdem Stefans Geliebte schon länger nichts mehr gesagt hatte, ging Kiki davon aus, das Telefonat wäre beendet. Umso überraschter war sie, als Franziska Bechenbacher auf einmal wieder zu sprechen begann: »Selbstverständlich habe ich aufgepasst! Keiner wird merken, dass die Daten fehlen. Jedenfalls fürs Erste.«

Kurze Pause.

»Nein, ich hab mir die Sachen nicht angeschaut. Davon lass ich lieber die Finger. Nein, mehr war da nicht. Ja, in Ordnung. Beim Schrödinger-Park. In einer Stunde. Ich werde da sein.«

Danach war das Telefonat wirklich beendet. Inzwischen befand sich Franziska Bechenbacher wieder im Flur und nur wenige Meter vom Badezimmer entfernt. Eine Sekunde lang befürchtete Kiki, sie könnte zu ihr kommen – und sei es nur, um auf Toilette zu gehen oder sich die Hände zu waschen. Jede simple Kleinigkeit wäre fatal gewesen.

Doch die Assistentin schien kein dringendes Bedürfnis zu plagen. Statt zum Bad, ging sie lieber direkt die Stufen zum Erdgeschoss hinab. Kiki atmete auf und wartete ab, bis die Haustür ins Schloss gefallen war.

»Scheiße, war das knapp!«, flüsterte sie zu sich selbst und linste unsicher die Treppe hinunter. Nicht, dass Franziska Bechenbacher bloß so getan hatte, als wäre sie gegangen.

Im Haus blieb alles ruhig.

Gut.

Kiki blickte unschlüssig zum Arbeitszimmer. Eigentlich könnte sie jetzt da weitermachen, wo sie vorhin unterbrochen worden war. Schließlich war sie mit ihrer eigenen Razzia noch längst nicht fertig. Vielleicht gab es einen versteckten Wandtresor oder eine lose Stelle im Parkett, unter der man etwas verstauen konnte. Im Billardzimmer könnte ebenfalls etwas versteckt sein. Es war allerdings genauso gut möglich, dass Franziska Bechenbacher gerade auf die einzigen wichtigen Beweise gestoßen war, die es in diesem Haus zu entdecken gab. In dem Fall würde Kiki mit einer weiteren Zimmerdurchsuchung bloß Zeit vergeuden, denn ohne Passwort würde sie am PC nach wie vor nichts ausrichten können. Und Zeit hatte sie am allerwenigsten. Überdies stand, wie sie gehört hatte, ein wichtiges Treffen am oder im Schrödinger-Park an. Bis dorthin würde sie vermutlich ebenfalls einige Zeit benötigen. Kiki beschloss, dass das wichtiger war. Sie musste unbedingt herausfinden, mit wem sich die Assistentin unterhalten hatte.

Zwei Tage vor der Tat.

»Verdammt, ich brauche Nachschub!«

»Bentz, beruhige dich!«

»Von wegen. Ich hab nur noch zwei Pillen.«

»Ich hab doch gesagt, ich arbeite dran. Du wirst das Zeug schon rechtzeitig bekommen.«

»Was ist an zwei Stück nicht zu verstehen? Zwei Stück sind zwei Tage.«

»Noch mal: Bleib ruhig. Das Zeug hat eine Depotwirkung. Die kommt nicht sofort auf Entzug.«

»Sagst du. Was aber, wenn nicht?«

»Dann fällst du ein paar Tage in deinem Plan zurück. Deine süße Assistentin wird sicher auch mal achtundvierzig Stunden ohne heißen Sex auskommen, weil du dich um dein Weib kümmern musst.«

»Sag mal, wofür bezahle ich dich überhaupt?«

»Damit du dir die Scheidung sparst und Franziska als reicher Knacker vögeln kannst.«

»Wolter, du bist ein Arschloch.«

»Du mich auch. Tschüss.«

»Fick dich!«

Die Leitung war längst tot. Stefan Bentz starrte noch eine Weile fast ungläubig auf das Telefon. Dann hastete er in die Küche. Er öffnete einen der Oberschränke und griff sich die Packung hinter dem Couscous. Dann wühlte er im losen Reis und holte von fast ganz unten eine kleine Tüte hervor. Darin lagen zwei schneeweiße Pillen. Er nahm eine heraus und warf sie in ein Glas. Er ging zum Kühlschrank und holte die Packung Orangensaft heraus.

Er füllte das Glas, griff sich aus der Schublade einen langen Löffel und rührte den Saft um.

»Ach, scheiß drauf«, murmelte er, schmiss die zweite Pille in den Saft und rührte weiter. Nachdem er das leere Tütchen entsorgt und den Reis zurückgestellt hatte, stapfte er die Treppe nach oben in Sylvias Schlafzimmer.

Just in dem Moment, als Danuta die Haustür öffnete, betrat er den Raum, in dem seine Frau schlief.

»Wach auf, Liebes, und trink. Trink deinen Saft.«

»Mach auf! Mach auf! Verdammt!« Kiki klingelte Sturm. Es dauerte eine gefühlte Ewigkeit, ehe der Summer ertönte. Sie stürmte die Treppen hinter dem ehemaligen Käseladen hinauf. Torte lehnte am Türrahmen, die Augen verquollen und die Lippen vom Knutschen, so nahm Kiki an, gerötet.

»Süße? Was ist los?«

»Keine Zeit!« Sie stürmte an ihrem best buddy vorbei. »Bist du allein?«

»Leider ja, aber ich sag dir, der Typ von heute Nacht ...«

»Noch mal: Keine Zeit.«

Sie stürmte ins Wohnzimmer, wo Tortes Mobiltelefon am Ladekabel hing. Noch während sie den Sperrcode – ihren eigenen Geburtstag – eintippte, beantwortete sie seine Frage nach einem Kaffee mit »Ja!«.

Kiki öffnete den Browser und suchte nach der Nummer der Lokalzeitung. Obwohl es ihr Arbeitgeber war, hatte sie sich die Zahlenkombination nie merken können. Oder vielleicht deshalb? Sobald die Seite das Gewünschte anzeigte, drückte sie auf den Button *Jetzt anrufen*. Kurz darauf war sie mit der Zentrale verbunden und bat darum, mit Johanna zu sprechen. Die Kollegin kannte Eureka besser als sie. Überdies wollte sie quasi Rückendeckung und Verstärkung haben.

Es knackte in der Leitung. Einen Moment später landete

Kiki auf Johannas Mailbox. »Ich bin bis zum Zehnten nicht im Büro. Bei dringenden Anliegen wenden Sie sich bitte an einen Kollegen.«

»Scheiße!«

Torte erschien und stellte ihr schweigend einen doppelten Espresso hin. Kiki nickte ihm dankbar zu, während sie erneut die Nummer der Redaktion wählte. Dieses Mal ließ sie sich zu Kahler durchstellen. Es tutete dreimal, dann meldete sich seine Assistentin.

»Der Chef? Der ist in einer Telefonkonferenz. Irgend so ein Bundes-Koalitionsding, über das wir berichten wollen. Dort kriege ich ihn im Moment nicht raus.«

»Scheiße!«, sagte Kiki erneut.

»Scheiße. Genau. So siehst du aus.« Torte musterte seine Freundin mit neugierigen Blicken. Währenddessen kippte Kiki den Kaffee hinunter und dachte nach.

»Ich brauch das Handy«, sagte sie schließlich. »Und ein anderes Shirt.« Sie zupfte an dem verschwitzten Oberteil, über das sie vorhin noch Maltes gruselige Bluse gezogen hatte, und verzog angewidert den Mund. Das Shirt müffelte ein wenig.

»Und ich soll auf keinen Fall nach dem *Warum* fragen.« Torte seufzte, dann wandte er sich ab. Kurz darauf steckte Kiki in einem ein wenig zu großen Motiv-Shirt von Gloria Gaynor. Deren Welthit *I Will Survive* war Tortes Lebensmotto, denn er war die Überlebenshymne in der Aids-Krise gewesen.

»I will survive«, murmelte Kiki. »Das hoffe ich.« Dann schnappte sie sich das Mobiltelefon und die zwanzig Euro, die Torte ihr hinhielt.

»Für alle Fälle.«

Kaum hatte er das gesagt, war sie auch schon aus der Tür hinaus und hetzte im Laufschritt zum Wagen. Mit jedem Meter mehr bereute sie es, nicht regelmäßiger zu joggen. Aber

Sport war noch nie ihr Ding gewesen. Warum sollte sie vor oder nach einem anstrengenden Tag für ihren eigenen Muskelkater sorgen?

Einem Tag wie diesem.

Kiki nahm sich vor, häufiger etwas für ihre Kondition zu tun. Und wusste doch im selben Moment, dass es beim bloßen Vorsatz bleiben würde.

Außer Atem erreichte sie gut eine Viertelstunde später den Schrödinger-Park. Trotz Parkplatzsuche lag sie gut in der Zeit und konnte ein paar Momente beim übergroßen bronzenen Denkmal für einen Boxerrüden verweilen, der längst zur Legende geworden war. Obwohl nur schwer vorstellbar, hatte der Hund an der Aufklärung zahlreicher Morde mitgewirkt. Wie auch immer der Vierbeiner das geschafft hatte. Sie streichelte über die glänzende Plattnase und hoffte, dass ihr das Glück bringen würde. Einen guten, weil erhöhten Überblick hatte man von der Statue aus ebenfalls. Zu sehen war niemand. Zumindest kein bekanntes Gesicht.

Kiki stieß sich vom Denkmal ab und hastete den gekiesten Weg entlang. Die neuen, ihr ungewohnten halbhohen Schuhe rieben an ihren Fersen, und Kiki freute sich jetzt schon darauf, sie von sich zu kicken und die Blasen mit einer sterilen Nadel aufzustechen. Von diesem befreienden Moment aber schien sie noch Lichtjahre entfernt zu sein.

Der Weg führte sie vom Denkmal weg und hin zu einer weitläufigen Wiese. Um diese Zeit lag diese verlassen da, doch spätestens am Nachmittag würden sich kickende Jugendliche oder Familien mit Picknickdecken hier einfinden. Sie sah sich um und entschied sich dafür, hinter einem Haselbusch in Deckung zu gehen, der halb rechts lag und von Rosenbäumchen umsäumt war. Von hier aus würde sie den Park und alle Wege gut im Blick haben.

Was sie zunächst nicht im Blick hatte, war das Eichhörnchen, das es sich hinter dem Busch bequem gemacht hatte. Kiki zuckte zusammen und hätte beinahe laut aufgeschrien, als das Tier auf einmal vor ihr über die Wiese zum nächstbesten Baum huschte.

Mit wild klopfendem Herzen hockte sich Kiki auf einen Findling, der hinter dem Busch lag. Dass das Moos die ohnehin scheußliche Hose ruinieren würde, war ihr egal. Sie versuchte, sich zu beruhigen, und starrte durch das Blattwerk.

Eine bucklige alte Frau schob ihren Rollator vorbei. Zwei kichernde Teenager, die mit Sicherheit eigentlich in der Schule sein müssten, latschten gemächlich den Weg entlang. Alle paar Schritte tranken sie einen Schluck Dosenbier. Kiki lächelte. Wie oft hatte sie selbst die Schule geschwänzt, war mit ihrer Clique in ebendiesen Park gegangen und hatte am helllichten Tag Rotweinfusel getrunken und selbst gedrehte Zigaretten geraucht? Damals hatte sie sich herrlich erwachsen gefühlt. Heute erinnerte sie sich nicht einmal mehr an die Namen der damaligen Freunde.

Sie gab sich den Erinnerungen hin, denn eine ganze Weile lang tat sich gar nichts. Dabei war die genannte Stunde längst um! Kiki meinte, den Geschmack des billigen Alkohols auf ihrer Zunge zu spüren. Was hatten sie damals gelacht! Wie reif hatten sie sich gefühlt, so kurz vor dem Abitur, nach dem sie in alle Winde verstreut wurden. Wer von ihren alten Klassenkameraden lebte überhaupt noch in der Stadt? Es wollte ihr kein Name einfallen. Dafür aber der von Maike. Maike, die Sportliche, die bei einem Drogendeal in Bari erstochen worden war. Und Juan, der Tänzer. Er war von der John-Cranko-Ballettschule geflogen. Nicht gut genug. Aussortiert. Zwei Monate nach dem Abi war er von der Autobahnbrücke gesprungen.

Und sie selbst, Kiki Holland? Sie hatte nie, nicht ein einziges Mal, mit den Familien ihrer Freunde Kontakt aufgenommen. War nicht einmal zu den Beerdigungen erschienen. Sie schämte sich, und zum ersten Mal seit so, so vielen Jahren traten Tränen in ihre Augen.

Sie wischte sie weg. Gerade rechtzeitig, um den baumlangen Kerl zu sehen, der über den Kiesweg schlenderte. Ihr Herz setzte ein, zwei Schläge lang aus. Es war genau jener hünenhafte Mann, der sie seit Tagen verfolgte. Der ihr Angst einjagte. Der vermutlich Enzos Reifen auf dem Gewissen hatte. Und der wahrscheinlich hinter ihrer Entführung stand. Sie hielt den Atem an. Was suchte dieser Kerl denn hier? Hatte er sie verfolgt?

Für einen kurzen Moment überlegte Kiki, die 110 zu wählen. Aber was hätte sie schon beweisen können? Vermutlich nichts, bei dem der Typ sich nicht hätte herausreden können. Und wenn die Narrenzunft Blau-Weiß hier auftauchte, würde sie niemals erfahren, ob und was Franziska Bechenbacher da möglicherweise auf Bentz' Computer kopiert und gelöscht hatte.

Plötzlich raschelte es im Blattwerk. Der Kerl fuhr herum, und Kiki schien es, als würde er sie direkt fixieren. Sie rutschte langsam und so geräuschlos wie möglich von dem Findling und kauerte sich hinter dem Stein auf die unangenehm feuchte Erde.

Lautes Bellen ließ sie zusammenzucken, und nur Sekunden später sah sie sich einem weißen Mischlingshund mit braunen Ohren und großem, kreisrundem braunen Seitenfleck gegenüber, der sie ankläffte. Kiki hob beschwichtigend die Hände. Von Hunden hatte sie keine Ahnung, und anscheinend hatte sie das falsche Zeichen gewählt, denn der Köter bellte sie weiterhin an.

»Sansa! Hierher! Sansa!« Die Stimme eines Jungen durchschnitt das Gekläffe. Der weißbraune Hund hob den Kopf und spitzte die Ohren.

»Sansa!«

Endlich verstummte die Fellnase. Einen Moment noch zögerte der Vierbeiner. Dann machte er kehrt und lief zu seinem jungen Herrchen.

»Die Dreckstöle gehört an die Leine!«, blaffte der dünnbärtige Typ.

»Sie tut nichts«, hörte Kiki einen nun ziemlich kleinlaut klingenden Jungen sagen.

»Mir scheißegal.«

»Schon gut, wir sind ja schon weg.« Kiki hörte das Klacken eines Karabiners und Schritte, die sich entfernten. Sie robbte ein Stück vor, um hinter dem Stein hervorlugen zu können. Aus dieser Position heraus verstellte ihr allerdings ein morscher Baumstamm die Sicht. Ihr blieb nichts anderes übrig, als zu lauschen. Es vergingen fünf Minuten. Zehn. Leider waren bloß der Junge und sein Hund weitergegangen, der bärtige Typ hingegen stand nach wie vor an derselben Stelle da, so als würde er dort Wurzeln schlagen. Kiki begann allmählich, zu frösteln. Die Hose hatte sich mit der Feuchtigkeit der Erde vollgesogen. Endlich, eine gefühlte Ewigkeit später, vernahm sie Schritte, die schnell näher kamen.

»Na, Madame musste sich wohl noch zurechtmachen?«, sagte der Schläger mit vor Ironie triefender Stimme.

»Schon mal was von Stau gehört?«, blaffte eine Frauenstimme zurück. Kiki erkannte sie sofort: Das war Franziska Bechenbacher. Sie und der Verfolger kannten sich. Er war derjenige, mit dem sie telefoniert hatte! So schnell sie konnte, holte sie Tortes Mobiltelefon aus der Tasche und startete die Diktiergerät-App. Was immer gleich folgen würde, Kiki war sicher, dass sie einen Mitschnitt davon haben wollte.

»Red keinen Stuss, und gib mir den Stick!«

»Moment, nicht so schnell. Wir hatten eine Abmachung. Der Job als Sicherheitschef bei Eureka gegen ein paar Gefallen.«

Kiki blieb vor Überraschung der Mund offen stehen. Der Sicherheitschef? Von Eureka?

»Geldgeile Schlampe.«

»Deal ist Deal. Ohne mich wärst du noch immer der Türsteher von Nachtclubs.«

»Nur weil du mal den Wolter flachgelegt hast …«

»Neidisch?«

Es folgte Schweigen, und Kiki vermutete, dass die beiden einen gut gefüllten Umschlag gegen einen Stick tauschten.

»Du hast Eureka den Arsch gerettet, immerhin dafür bist du gut.«

»Du bist ja immer noch eifersüchtig!« Franziska Bechenbacher klang amüsiert. »Ach komm, das mit uns ist Jahre vorbei.«

»Wie man an deinen hängenden Brüsten sieht.«

»Ich will gar nicht wissen, wo deine Eier jetzt baumeln.«

»Bissig wie immer.«

»Leck mich!«

»Pfui Teufel. Nie wieder.«

»Also, das war's dann. Ich bin raus aus der Nummer.«

»Und was machst du mit der Kohle? Eröffnest du eine Kneipe auf Malle, oder spendest du alles für wohltätige Zwecke?« Der Typ lachte schallend über seine eigenen schlechten Scherze.

»Das geht dich einen Scheiß an.« Franziska Bechenbacher schien kehrtzumachen.

»Und dein Stecher? Weiß der von Bentz und dir?«

Franziska Bechenbacher verharrte. »Wehe, du sagst ihm auch nur ein Wort!«

»Du hast ja nur einen *Job* gemacht.« Der Kerl lachte höhnisch.

»Richtig. Und mit Bentz mache ich heute Schluss.«

Franziska Bechenbacher entfernte sich endgültig. Kiki blieb sprachlos zurück. Hatte Linus' Vater nicht wegen ebendieser Frau die Scheidung eingereicht? Und vielleicht noch viel mehr getan?

»Fick dich!«, sagte der Kerl noch mal. Dann zückte er sein Handy.

»Wolter? Ich hab die Daten.« Was er dann sagte, konnte Kiki nicht mehr verstehen. Sie hörte lediglich das Knirschen von Kies unter vermutlich echtledernen Sohlen.

Der Tag nach der Tat.

»Nimm mich in den Arm.« Stefan Bentz flehte Franziska Bechenbacher förmlich an. Sie tat wie ihr geheißen und wunderte sich, dass ihr Arbeitgeber, der gar nicht wusste, dass er so viel mehr für sie war, am Tag nach dem Mord an seinem Sohn im Jachtladen auftauchte. Sie hatte gedacht, die Stunden dafür nutzen zu können, sich in aller Ruhe auf seinem PC umzusehen.

Kaum hatte sie die Arme um ihn geschlungen, drückte er sein Gesicht an ihre Halskuhle. Tränen benetzten ihre weiße Seidenbluse. Ekel ließ sie erschauern, aber sie blieb stehen.

»Das habe ich nicht gewollt«, schluchzte Stefan. »Das habe ich nicht gewollt.« Wieder und wieder sagte er diese Worte, und wieder und wieder musste Franziska sich zusammenreißen, um ihn nicht von sich zu stoßen.

Schließlich ebbte das Heulen ab. Sanft, aber bestimmt drückte Franziska den verwaisten Vater von sich.

»Du musst dir die Nase putzen«, sagte sie und hätte beinahe gewürgt beim Anblick der Rotzfahne, die Stefan aus beiden Nasenlöchern hing. Sie hastete zum Schreibtisch, riss die oberste Schublade auf und holte eine Packung Taschentücher heraus. Stefan nahm sie dankbar an und brauchte alle zehn Stück, bis er sich Augen und Nase getrocknet hatte. Die benutzten Tücher ließ er achtlos zu Boden fallen, und Franziska schauderte bei dem Gedanken, sie nachher aufheben zu müssen. Sie riss sich zusammen.

»Möchtest du einen Kaffee?«, fragte sie. Stefan nickte und ließ sich in den eigentlich für Besucher vorbehaltenen Strandkorb fallen. Er starrte ins Nichts.

Franziska eilte durch die verborgene Tür und ließ sich Zeit. Sie musste sich sammeln. Füllte die Bohnen nach. Leerte den Kaffeesatzbehälter. Gab frisches Wasser in den Behälter. All das wäre nicht notwendig gewesen. Schließlich stellte sie zwei Tassen unter den Ausgabeschacht und drückte die Taste für zwei doppelte Espressi. Den Zucker rührte sie lange ein.

Während alldem beschäftigte sie nur eine Sache: Was hatte diese Irre getan? Würde sie selbst deswegen in Schwierigkeiten geraten?

Schließlich konnte sie es nicht länger hinauszögern. Ihre Hände zitterten, aber es gelang ihr, den Kaffee ohne Verschütten in den Verkaufsraum zu bringen. Sie stellte die Tassen auf den ausklappbaren Tisch und setzte sich neben Stefan. Seine Nähe war ihr unangenehm.

»Er war doch mein Sohn. Mein Sohn. Mein Kind.«

Lustlos streichelte Franziska Stefan den Rücken.

»Ich bin schuld«, sagte er tonlos. »Wir sind schuld.«

Franziska erstarrte. Was, wenn er in diesem Zustand zur Polizei ginge?

»Stefan! Sieh mich an!«, befahl sie. Langsam drehte er den Kopf. Seine Augen waren rot und verquollen. Er widerte sie an. Sie atmete tief ein und riss sich zusammen.

»Sylvia hat Linus getötet. Sylvia. Mit ihren eigenen Händen. Nicht du. Nicht ich.«

Es dauerte lange. Aber dann nickte er.

»Du hast recht.« Ein Ruck schien durch seinen Körper zu gehen. »Sie hat mein Kind getötet. Sie ganz allein.«

Er nahm ihr Gesicht in beide Hände. Franziska bekam Gänsehaut.

»Solange wir uns haben …«, sagte er. Sein Gesicht näherte sich dem ihren. Sie roch den Alkohol, den er getrunken hatte. Dann presste er seine Lippen auf ihre. Franziska schaltete

ihren Verstand aus. Musste ihn ausschalten, um nicht zu würgen.

Es ist nur ein Job, sagte sie sich. Nur ein Job. Dann presste sie die Augen zusammen und ließ seine Zunge in ihren Mund gleiten.

Kiki klopfte sich das tote, labbrige Laub von der Hose. Die jedenfalls war ruiniert. Aber ob es einem gewissen Pharmakonzern ebenso ergehen würde? Sie spähte durch die Büsche. Sowohl Franziska Bechenbacher als auch der Sicherheitschef von Eureka waren verschwunden. Sie stapfte dem Ausgang zu und überlegte, was sie als Nächstes tun sollte. Zur Redaktion fahren? Dort gäbe es zumindest einen wärmenden Kaffee, Telefone und den Glasfaserzugang zum Internet.

Genauso gut könnte sie ins Gericht gehen. Aber darauf verspürte sie im Moment überhaupt keine Lust, wenngleich sie Bentz' Verhalten nach dem Einreichen der Scheidung interessierte.

Torte. Bei ihm könnte sie sich wenigstens eine trockene und saubere Hose überziehen und vielleicht noch einen Happen essen. Sie atmete tief durch und trat aus dem Parktor auf die Straße, wo sie die nächste Überraschung erlebte. Ihr Lieblingsitaliener parkte eingeklemmt zwischen einem knallroten Jeep und einem in die Jahre gekommenen Lexus.

»Echt jetzt?« Nur schwer widerstand sie dem Drang, gegen die beiden anderen so dreist geparkten Autos zu treten. Hilfe suchend schaute sie sich um. Eine Handvoll muskelbepackter Bauarbeiter wäre jetzt nicht schlecht. Die könnten ihr den kleinen Fiat aus der Lücke heben, so wie in dieser einen Werbung damals. Alternativ wäre es nicht verkehrt, wenn der Jeep- oder der Lexus-Fahrer zu ihren Mistkarren zurückkäme. Dann könnte sie die mal ordentlich zur Schnecke machen. Die passende Laune dafür besaß Kiki allemal.

Doch niemand mit Autoschlüssel in der Hand näherte sich

den Fahrzeugen. Lediglich eine Fahrradfahrerin rollte auf der anderen Straßenseite an ihr vorbei. Die tangierte sie komplett peripher, wie es so schön hieß.

Mürrisch zückte Kiki das von Torte ausgeliehene Mobiltelefon und überlegte, wen sie um Hilfe bitten könnte. Sofort fiel ihr Tom ein, doch dessen Nummer kannte sie nicht auswendig. Torte wollte sie ebenfalls nicht schon wieder um Rat bitten. Es lief offenbar wieder auf ein Taxi hinaus. Zum Beispiel das von Rosi, deren Visitenkarte sie noch immer bei sich hatte.

Dazu durchringen konnte sie sich dann doch nicht. Stattdessen entschied sie sich dafür, erst mal die Mailbox ihres entwendeten Handys abzuhören. Die war selbst erreichbar, wenn das Telefon ausgeschalten wäre oder auf dem Grund vom großen See läge. Also wählte sie die Netzwerkvorwahl, den Mailbox-Infix und anschließend ihre eigene Rufnummer. Danach musste sie bloß noch die Sterntaste drücken und die Mailbox-PIN eingeben, und schon konnte sie die Meldungen abhören.

Sieben Anrufe in Abwesenheit waren eingegangen. Alle vom Maulwurf. Ihr Herz machte einen Satz. Das muss Gedankenübertragung sein, überlegte sie und wählte die Option *Rückruf*. Nach dem zweiten Klingeln ging Tom ran.

»Kiki! Ist alles okay?«

»Ja. Nein. Jetzt wieder«, stammelte sie.

»Ich hab mir Sorgen gemacht«, sagte Tom, und der Klang seiner Stimme berührte sie tief im Innersten. Tränen quollen in ihre Augen, und sie spürte, wie die Anspannung der vergangenen Stunden von ihr abfiel. Gleichzeitig fühlte sich ihre Kehle auf einmal wie zugeschnürt an, sodass sie kaum einen Laut herausbrachte.

»Kiki! Was ist los?« Tom klang wahrhaftig besorgt.

»Ich … es … es …«

»Wo bist du?«

Sie gab ihm die Straße durch.

»Ich bin in zehn Minuten da!« Der Maulwurf legte auf. Und allein die Gewissheit, ihn gleich zu sehen, ließ Kiki etwas entspannter sein. Zufrieden setzte sie sich in ihr Auto.

Es dauerte über eine halbe Stunde, bis Toms Wagen neben Enzo mitten auf der Fahrbahn anhielt. Kaum hatte er den Motor gestoppt, sprang er heraus und zeigte einem hupenden Autofahrer den Mittelfinger. »Hupensohn, du!«, rief er. Kiki lächelte und stieg aus.

»Scheiße, was ist passiert?« Ohne weitere Worte nahm Tom sie in seine Arme. Und so standen sie da, hielten sich fest und pfiffen auf die Huperei und die Beschimpfungen. Kikis Atem wurde ruhiger, und endlich konnte sie den Kopf heben und Tom in die Augen sehen.

»Wollen wir ein paar Schritte gehen?«, schlug er vor.

»Aber dein Wagen?«

»Scheiß drauf!« Er packte sie am Ellenbogen und zog sie die Straße hinunter. Eine Weile gingen sie schweigend nebeneinanderher. Dann nickte Tom.

»Ein heißer Tee wäre jetzt gut«, sagte er und deutete mit dem Kopf in Richtung des *BePunkt*.

»Du kennst das Café?« Kiki war erstaunt.

»Tanja ist meine Cousine.«

»Und die Welt ist ein Dorf …«, sinnierte Kiki.

Als die Kellnerin ihnen einen heiß dampfenden Wiesenblütentee mit Honig serviert und Kiki den ersten Schluck genommen hatte, begann sie, zu erzählen. Vom Schlag auf den Kopf. Vom Gefesseltsein. Von der Nacht bei Malte und seinem Versuch, sie zu einer zweiten Sylvia zu machen. Tom hörte aufmerksam zu. Er unterbrach sie nicht, sondern wartete, bis sie geendet hatte.

»Ach, du Scheiße«, sagte er schließlich nach langem Schweigen. »Kiki Holland. Investigativer als das geht Journalismus kaum.«

Sie grinste und spielte mit dem klebrigen Löffel.

»Viel gebracht hat mir das aber nicht«, musste sie eingestehen.

»Nun ja. Du hast eine neue Bluse und neue Haare abgestaubt«, sagte Tom schmunzelnd, wurde aber gleich darauf wieder ernst.

»Du solltest zur Polizei gehen.«

»Und denen was sagen?«, entgegnete Kiki beinahe patzig.

»Du wurdest niedergeschlagen und beraubt. Du wurdest entführt. Sollte doch locker reichen.«

Tom steckte sich den zum Tee servierten Keks in den Mund und kaute beinahe aggressiv.

»Für den Überfall gibt es keine Zeugen. Ebenso wenig für die Entführung. Zu Malte bin ich freiwillig gegangen. Wirkliche Beweise habe ich auch keine.«

»Was ist mit diesem Hernando? Der könnte mit dir aussagen.«

»Vergiss es, der ist selbst komplett verstrickt in die Eureka-Sache. Der wird kein Wort sagen. Entweder ist er untergetaucht, oder er hockt in seinem Sprechzimmer in der Klinik und stellt brav Rezepte für *Serotripram* aus.«

»Hm. Und wenn du versuchst, ihn dort anzurufen? Im Krankenhaus, meine ich.«

»Wird er auflegen und keinen Pieps sagen.«

Tom dachte nach. Minutenlang. Kiki sah ihn fasziniert an. Es bezauberte sie, wie er sein Kinn kratzte. Wie er sich durch die Haare fuhr. Wie er die Zungenspitze zwischen die Lippen steckte. Stundenlang hätte sie ihm zusehen können. Schließlich räusperte er sich.

»Du hast die Nummer von der Psychostation im Westklinikum?«, fragte er.

»Ja. Warum?«

»Gib sie mir. Ich rufe da an und melde mich für die Studie an.«

»Bist du wahnsinnig?«

»Ja. Wahnsinnig verliebt.«

Kaum war das gesagt, begann Kikis Herz, einen wilden Tanz aufzuführen. Ihr wurde schwummerig. Schwindlig. Vor Glück.

»Das ist gefährlich!«, flüsterte sie und griff über den Tisch nach Toms Hand. Seine Finger verschränkten sich mit ihren, und sie fühlte einen Halt, den sie noch nie im Leben gespürt hatte.

»Kiki Holland, ich bin nicht blöd. Ich würde das komische Zeugs nie runterschlucken. Wieso auch? Mir geht es um diesen Hernando. Wenn er dort ist, versuche ich entweder, ihm ein paar verfängliche Aussagen zu entlocken, oder ich mache ihm klar, dass es besser ist, wenn er uns hilft. Vielleicht auch beides.«

»Aber …«

»Nichts aber. Ich habe für die kommenden Tage keine Aufträge. Erstens. Und zweitens muss ich los, weil mein Caddy verboten parkt.«

»Du bist unmöglich.« Kiki schüttelte den Kopf. »Also gut. Aber eins lass mich noch tun.«

»Was du willst«, sagte Tom.

Kiki holte Tortes Mobiltelefon hervor und wählte Kahlers persönliche Handynummer, die nur für Notfälle reserviert war und die eigentlich nur dann benutzt werden durfte, wenn der Papst bei der Entenjagd erschossen wurde oder eine sonstige Eilmeldung auf den Tisch flatterte, welche die komplette Blattplanung für die kommende Ausgabe auf den Kopf stellte. Während die Verbindung zustande kam, erinnerte sie sich, dass ihr Chef noch immer in der Politik-Telefonkonferenz stecken könnte. Würde er dann überhaupt an sein Handy gehen? Die Antwort darauf erhielt sie einen Atemzug später.

»Ja?!«, bellte Kahler in sein Telefon. Nur dieses eine Wort. Charmant wie immer.

Das konnte Kiki auch. »Chef, frag nicht. Sag nichts. Ich brauche ein Verkabelungsset. Jetzt.«

»Eureka? Bentz? Die Kindsmörderin?«

»Ja, ja und ja.«

»Will ich es wissen?«

»Das willst du nicht.«

Kikis Boss stöhnte. Sie konnte förmlich sehen, wie er sich die Schläfen massierte.

»Wer ist sonst noch an der Story dran?«

»Niemand. Nur ich.« Dessen war Kiki sich sicher. Die Kamerateams und Radiosender, die sie während der Verhandlungen wahrgenommen hatte, hatten nur *berichtet*. Recherchiert oder nachgefragt hatte keiner der Kollegen, schon gar nicht der träge Roland Mussack, der im Gericht in ihrer Nähe gesessen hatte.

»Und wer soll die Kabel ...?«

Kiki unterbrach ihn. »Willst du ebenfalls nicht wissen. Schick die Technik runter ins *BePunkt*. Ab da bist du raus. Hoffentlich.«

»Was ist eigentlich mit den Recherchen, die wir für dich anstellen sollten? Die über Bentz, Wolter und deren Unterstützung der gemeindenahen Psychiatrie.«

Stimmt, da war ja noch was. »Darauf komme ich später zurück, Chef. Das ist Hintergrundmaterial. Jetzt habe ich erst mal an der Front zu tun. Ich geb dir Bescheid, wenn ich was hab.«

Kaum hatte sie das gesagt, legte sie auf und gab das Telefon an Tom weiter. Zu ihrer beider Überraschung war es kinderleicht, einen sofortigen Termin im Krankenhaus zu bekommen.

Kurz nachdem Tom seinen Lieferwagen – zum Glück hatte er keinen Strafzettel kassiert – auf einem ausgewiesenen Parkplatz abgestellt hatte, traf der Techniker ein. Kiki beobachtete, wie er Tom das Mikro so unter dem Shirt und hinter den Haaren anklebte, dass es nicht zu sehen war. Sie wusste nicht, ob sie fasziniert sein sollte von dem kleinen Digitalempfänger, den der Mittzwanziger ihr erklärte, oder von dessen viereckiger Brille, die sie an den klobigen Rand des ersten Fernsehers ihrer Kindheit erinnerte. Vielleicht waren es auch die seit Monaten ungeschnittenen Haare, die den Kerl als Technikfreak par excellence auswiesen. Sie hätte sich nicht gewundert, wenn er aus seiner Laptoptasche, gefertigt aus ausrangierten Feuerwehrschläuchen, einen Döner oder eine halbe Pizza gezaubert hätte.

Das tat er natürlich nicht, und so starteten Kiki und der Maulwurf, der seinen Namen nun noch mehr verdiente, eine gute Viertelstunde später zum Areal des Westklinikums. In getrennten Wagen. Tom fuhr voraus, Kiki folgte ihm in ihrem jetzt wieder frei geparkten Wagen. Etwa fünfzig Meter vom Krankenhaus entfernt rauschte Tom in eine freie Parklücke. Als Kiki an ihm vorbeifuhr, zeigte er ihr das Victory-Zeichen. Sie warf ihm eine Kusshand zu, bog um die Ecke und atmete auf. Gleich zwei freie Parkplätze luden sie und Enzo ein. Mit einigem Abstand folgte sie dem Maulwurf auf das weitläufige Klinikgelände und beobachtete, wie er der vorhin besprochenen Route folgte. Erst geradeaus, dann an der zweiten Kreuzung links, an der Augenklinik und der Gastroenterologie vorbei, bis das Schild für die *Klinik für Psychosomatik und Psychotherapeutische Medizin* kam.

Kiki bedauerte es, ihn nicht begleiten zu können. Nicht nur als seelische und moralische Unterstützung. Nach ihrem kleinen Undercovereinsatz wusste sie, wo sich welcher Bereich befand und worauf Tom am meisten achten musste. Sie betete inständig, dass da drinnen nichts schiefging. Nicht, dass ihr Liebster dort unter Drogen gesetzt und weggesperrt wurde. Gab es darüber nicht gleich mehrere nervenaufreibende Romane und Filme?

Am besten dachte sie gar nicht erst über solche Dinge nach. Es brachte ohnehin nichts, schon jetzt den Teufel an die Wand zu malen.

Kurz vor dem Eingang zur Psychostation griff Tom an seinen Hemdkragen. Es wirkte wie die Pose aus einem Agentenfilm und war vermutlich auch eine. »Franzl an Sissi. Kannst du mich hören?«

Kiki musste lachen.

»Ja, mein Kaiser, klar und deutlich«, antwortete sie.

»Majestät, ich betrete nun den Palast.«

»Roger. Nicht Moore.«

»Geschüttelt, nicht gerührt.«

»Viel Glück, Bond.«

»Danke, Moneypenny.«

Kiki schaltete die Sprechfunktion auf ihrer Seite aus. Nun konnte – und wollte – sie nur noch lauschen, wie es Tom erging. Nervös rieb sie die Hände aneinander. Den Lautsprecher des schmalen Empfängers hatte sie auf mittlere Lautstärke gedreht. Sicher wäre es zweifellos besser, das Gerät in der Jackentasche verschwinden zu lassen. Mit Kopfhörern wäre das kein Problem. Leider hatte sie keine. Mehr. In ihrer Notebooktasche befanden sich für solche Zwecke immer welche. Aber die Tasche samt Laptop war ja genauso weg wie ihr Smartphone – wahrscheinlich auf Nimmerwiedersehen.

Über den Digitalempfänger hörte sie Toms Schritte. Dann einen kurzen Moment lang nichts. Darauf das Schellen einer Klingel. Ohne Rückfrage ertönte der Summer einer Öffnungsanlage. Eine Tür wurde aufgedrückt.

»Ich gehe rein«, wisperte Tom.

»Viel Glück!«, sagte Kiki, wohl wissend, dass der Maulwurf sie nicht hören konnte.

Dreizehn Monate vor der Tat.

»Ich kann nicht mehr, ich kann einfach nicht mehr.«

Stefan Bentz sank im weichen Ledersitz zusammen. Ihm gegenüber saß sein Segelfreund Manfred Wolter und nickte verständnisvoll.

»Ich meine, was mache ich hier überhaupt?«

»Du redest mit einem Freund.«

»Aber ich sollte nicht hier sein. Ich sollte nicht so denken. Nicht so fühlen.«

Wolter stand auf, umrundete den Schreibtisch und legte Stefan Bentz die rechte Hand auf die Schulter.

»Du sollst hier sein, und du darfst so denken und fühlen.« Dann ging er zum Einbauschrank, öffnete ihn und goss zwei Gläser mit Scotch ein. Eines davon reichte er Stefan Bentz.

»Eiswürfel habe ich leider keine.«

»Passt schon.« Bentz leerte sein Glas in einem Zug. Und dann brach es aus ihm heraus. Während seinem Besucher die Tränen kamen, füllte der Pharma-Chef das Glas auf. Stefan sog den Alkohol gierig und dankbar in sich ein. Je mehr Whiskey er intus hatte, desto mehr sprudelte aus ihm heraus. Dass Wolter nur an seinem Glas nippte, bemerkte er nicht.

Bentz ließ seinen Worten freien Lauf.

Sylvia. Ja. Die Liebe seines Lebens. Larissa, das absolute Wunschkind, und Linus, auch er war gewollt. Zwei Schwangerschaften. Ohne Komplikationen. Die erste Geburt, die zweite Schwangerschaft. Alles wie im Bilderbuch.

Fast alles.

Aber kaum hatte Sylvia die kritischen zwölf Wochen mit dem zweiten Kind überstanden, veränderte sie sich. Sie wurde träge. Lethargisch. Kam kaum noch aus dem Bett, und wenn doch, dann weinte sie. Stefan erkannte seine eigene Frau nicht wieder. Wo war sie nur geblieben, die strahlende Sylvia, die jedes gesellschaftliche Event zu einem Bentz-Moment machte? Warum wusch sie sich kaum mehr die Haare? Weshalb rasierte sie sich nicht mehr an den Beinen oder unter den Achseln? Er erinnerte sich so genau daran, wie er zu Larissas Geburt mit einer Frau ins Privatklinikum gefahren war, die – abgesehen von ihrem prallen Bauch – sofort auf den Laufsteg hätte gehen und die neuesten Kollektionen vorführen können. Gut gelaunt und mit einem strahlenden Lächeln.

Das war die private Seite.

Und dann gab es noch den Beruf.

Immer weniger Leute wollten sich ein Boot kaufen. Klimawandel? Umweltbewusstsein? Vielleicht. Dazu kam: Die Liegeplätze waren rar, teuer. Keiner schien mehr Lust auf ein Schifferpatent zu haben. Sylvias Bauch wuchs. Sein Konto schrumpfte. Aber zurückstecken? Seine Familie weniger verwöhnen? Für Stefan Bentz kam das nicht infrage, zu lange hatte er für den Traum vom eigenen Unternehmen und vom großen Geld geschuftet und gebuckelt. Außerdem hatte er noch in andere Bereiche investiert. Vorrangig Start-ups, die hoffentlich auch irgendwann Gewinn abwerfen würden. Die Frage war nur, wann.

Deshalb hatte er notgedrungenerweise Regina entlassen, seine langjährige Sekretärin. Und das fast ohne schlechtes Gewissen. Sie hatte nur noch wenige Jahre bis zur Rente.

»Tja, nun mach ich eben alles selbst. Abrechnungen, Kundenakquise, Kaffee kochen.« Fatalistisch kippte er den letzten Schluck Scotch in seine Kehle. Dieses Mal schenkte Wolter nicht nach, sondern sah seinen Gast direkt an.

»Stefan. Ach, Stefan.« Mitleidig schüttelte der Eureka-Chef den Kopf. »Du weißt, dass ich dich sehr schätze. Als Geschäfts-

partner, wer sonst hätte mir zu solchen Konditionen die Jacht aus Monaco beschaffen können? Kein anderer als du hätte sie dem pleitegegangenen Schlagerfuzzi abluchsen können. Und ich schätze dich als Mensch und, ja, auch als Freund.«

»Der Schlagerfuzzi wohnt jetzt in Gelsenkirchen und trägt Zeitungen aus.« Stefan Bentz musste wider Willen grinsen.

»Und genau so soll es dir nicht gehen, mein Freund.«

»Ein schöner Gedanke.«

Wolter registrierte zufrieden, dass sein Gegenüber ein wenig lallte.

»Pass auf, ich hab eine Lösung, die uns beiden guttun wird.«

Bentz beugte sich vor.

»Ich mache es kurz«, gab Wolter bekannt und brach seinen Vorschlag auf den Zustand seines Gegenübers nieder. Im Institut gebe es nicht ausreichend Arbeit. Er müsse demnächst eine Sekretärin entlassen, die ihm aber persönlich sehr am Herzen liege. Er, Wolter, würde diese Franziska Bentz zur Verfügung stellen und deren Gehalt für ein weiteres Geschäftsjahr übernehmen. Im Gegenzug solle Bentz seine Frau ins Institut bringen.

»Nichts Wildes. Harmlose Studien. Ein neues Medikament, das dir deine alte Sylvia zurückbringt.«

Bentz nickte. Sein Blick war glasig.

»Ja. Ein Weg«, sinnierte er. Wolter streckte seine Hand aus.

Stefan Bentz schlug ein.

Es sollte der Deal seines Lebens werden, wenngleich vollkommen anders, als er gedacht hatte.

Um nicht Gefahr zu laufen, dass ein Passant just in dem Moment vorbeikam, wenn Toms Mikrofon Stimmen oder Geräusche übertragen würde, hielt sich Kiki von den Hauptwegen fern und wartete auf der Rasenfläche etliche Meter vom Gebäudeeingang entfernt. Hier befand sie sich noch nah genug, um Toms Funksignal aufzufangen.

Ihr Herz wummerte wie verrückt, während ihr gleichzeitig eiskalt war. Die wenigen Sonnenstrahlen, die sich zwischen den grauen Wolken hervorwagten, vermochten sie kein bisschen aufzuwärmen oder wenigstens einen Lichtblick zu verschaffen.

Solange ihr Maulwurf allein da drinnen war, war das schlichtweg unmöglich.

»Grüß Gott, mein Name ist Thomas Bergemann«, stellte sich dieser gerade am Empfang vor. Die Stimme klang verrauscht, und gelegentlich knackte es in der Leitung. Aber die Verbindung war verständlich, und bloß darauf kam es an. »Ich hatte angerufen, wegen der freiwilligen Teilnahme an einer klinischen Studie.«

Eine weibliche Stimme sagte etwas, das zu leise und zu weit entfernt war, als dass Kiki es verstehen konnte. Ein Fakt, der Tom offenbar ebenso bewusst war: »Könnten Sie bitte etwas lauter sprechen, ich habe da dieses Problem mit den Ohren.«

Kurze Pause.

»Ich habe Sie gefragt, an welchen Studien Sie interessiert sind«, brüllte ihm die Frau förmlich entgegen.

»Wir sind hier auf der psychologischen Station, oder? So Nervensachen, Sie wissen schon.«

Offenbar wusste sie es nicht. »Leiden Sie an einer psychischen Störung?«

»Ich? Nein, wie kommen Sie darauf? Das heißt: Na ja, eigentlich schon. Also nichts Weltbewegendes. So eine kleine Angststörung.«

»Wie äußert sich die?«

Tom stöhnte. »Sie wissen schon ... Angst ... Manchmal weiß ich einfach nicht weiter. Da kriege ich Panik und Beklemmungen. Da schwitze ich und zittere. Ich kann nicht ... also ... nun ja ... atmen ... so was ... Da wird mir alles zu viel ... Ich weiß nicht ... das ... ach ... Es ist kompliziert.«

Kiki begann unfreiwillig zu schmunzeln. Zum Schauspieler war Tom ganz offensichtlich nicht geboren. Wahrscheinlich wäre es besser gewesen, diesen Part vorab zu üben. Oder ihn zumindest genau zu instruieren, was er sagen sollte.

»Ich habe gehört, dass Sie diese Angstmedikamente haben. Also testen, meine ich. Da würde ich gern mitmachen. Sie merken ja, wie fertig ich bin. Völlig fertig. Da sehen Sie: meine Stirn. Schweißnass. Puh ... Ist das warm hier. Oder nicht? Wahrscheinlich ist das wieder die Beklemmung. Ich spüre schon, wie mir ganz eng im Hals wird.«

»Bleiben Sie ruhig, Herr Bergemann. Kommen Sie erst mal mit.«

Es klang, als würde Tom ihr folgen. Wohin auch immer.

»Möchten Sie etwas trinken?«, fragte die Frau.

»Das wäre ... äh ... Ach, lieber doch nicht.«

»Keine Sorge. Bei uns können Sie sich entspannen. Es ist alles im grünen Bereich. Da können Sie sich hinsetzen. Füllen Sie bitte diesen Fragebogen aus. Danach schauen wir, was wir für Sie tun können.«

Einen Augenblick lang herrschte Schweigen, und Kiki befürchtete schon, Tom würde die Abwesenheit der Arzthelferin für Flüsterkommentare über seine Verkabelungstechnik nutzen. Doch der Maulwurf blieb stumm, und bloß ein leises Kratzen war zu hören. Es klang wie eine Kugelschreibermine auf Papier. Offenbar füllte er gerade das Formular aus.

Ein gedämpftes Telefonklingeln irgendwo weit entfernt störte die Stille. Kiki musste zweimal hinhören, um sicherzugehen: Ja, es kam aus dem Lautsprecher des Digitalempfängers. Nach dem zweiten Läuten nahm die Frau den Hörer ab und meldete sich mit ihrer Klinikumskennung. Zwei Sekunden lang verstummte sie, bevor sie weitersprach: »Oh, hallo, Frau Murrone, wie läuft es denn in der Personalabteilung? Das ist ja fein. Nein, die Frau Doktor ist gerade nicht im Haus. Laut ihrem Terminkalender müsste sie bei dem Meeting mit Professor Strümpfel sein. Ja, schon wieder. Es kam ganz kurzfristig rein. Angeblich ist diesmal sogar Herr Wolter dabei. Wo? Das weiß ich nicht. Ich schätze, direkt bei Eureka. Eingetragen im Kalender sind zwei Stunden. Kann also noch ein Weilchen dauern, bis sie zurück ist. Ja, sobald sie da ist, sage ich ihr, dass sie Sie anrufen soll.«

Sie legte auf, und kurze Zeit später kehrten ihre Schritte zu Tom zurück. »Konnten Sie alles ausfüllen?«

»Ich denke schon. Wird die Teilnahme an so einer Medikamentenstudie eigentlich bezahlt?«

»Es gibt eine gewisse Aufwandsentschädigung. Aber darüber unterhalten wir uns, wenn wir Ihre Daten geprüft haben. Für den Moment kann ich Ihnen nur für Ihr Interesse danken. Wir melden uns bei Ihnen. Das kann allerdings ein paar Tage dauern.«

»Ein paar Tage?«, wiederholte der Maulwurf entrüstet. »So lange kann ich nicht warten. Ich dachte, es geht gleich los. Diese neue Studie über dieses eine nervenberuhigende Mittel. Von Eureka. Ich habe gehört, dass das zurzeit getestet wird. Ich will dabei mitmachen. Heute.«

»Heute wird das auf keinen Fall gehen. Die Frau Doktor ist

gar nicht im Haus. Sie wird sich Ihren Fragebogen anschauen und prüfen, ob Sie für die Studie ein geeigneter Kandidat sind.«

»Ich bin ein geeigneter Kandidat. Ich habe eine … na, sag schon … Angststörung. Sehen Sie nicht, wie nervös ich bin?«

»Bleiben Sie ruhig, Herr Bergemann. Gegen die Vorschriften kann ich nichts unternehmen. Nur die Ärzte dürfen Probanden für Studien einteilen. So sind die Regeln.«

»Aber … Das geht nicht! Ist denn niemand anderes da? Es kann doch hier nicht bloß *einen* Doktor geben! Ich dachte, das ist ein Krankenhaus!«

Kiki hob überrascht die Brauen. Eventuell hatte sie sich geirrt, und Tom hatte durchaus das Zeug zum Schauspieler. Über das Mikro jedenfalls klang er mittlerweile sehr überzeugend.

»Ganz ruhig, Herr Bergemann. Ich kann selbstverständlich einen anderen Arzt holen. Allerdings ist der nicht für die Erstgespräche und die Vergabe der Studienplätze zuständig. Das kann, wie gesagt, nur die Frau Doktor machen.«

»Wer ist dieser andere Arzt?«

»Dr. Hernando. Waren Sie schon einmal bei ihm?«

»Nein, ich kenne den Mann nicht. Aber wenn er da ist, schicken Sie ihn her. Bitte schnell. Ich spüre schon, wie die Panik wieder hochkommt. Da, sehen Sie, ich zittere schon!«

Erneut herrschte für einen Augenblick Stille. Nahm die Arzthelferin Tom die Scharade ab? Würde sie den gewünschten Doktor holen? Oder vielleicht zwei muskulöse Pfleger, die den Maulwurf abführen würden? Vor Kikis geistigem Auge erschien das Bild eines Patienten in einer Zwangsjacke. So weit würde es nicht kommen, oder?

Das Schweigen dauerte an, bis es unangenehm wurde.

»Also gut, ich hole den Doc«, sagte die Frau schließlich und ging davon.

Kiki atmete auf. Tom ebenso. Auf einmal klang die Stille nicht mehr so gefährlich. Ein gewisses Restrisiko blieb. Völlig entspannt war Kiki erst, als sie die Stimme des ihr bekannten Arztes vernahm. Er klang jetzt deutlich selbstsicherer als gestern Abend, wo er kaum mehr als ein Häufchen Elend gewesen war.

Hernando stellte sich vor und erkundigte sich nach Toms Befinden. Dieser war noch immer voll und ganz in seiner Rolle und keuchte panisch. Beziehungsweise tat das, was er für panisches Keuchen hielt. Über das Mikro klang er wie ein asthmakranker Hirsch in der Brunftphase.

Auf den Arzt hingegen schien er authentisch zu wirken. »Beruhigen Sie sich, Herr Bergemann. Das kriegen wir alles hin. Ich habe hier ein niedrigdosiertes Mittelchen namens *Lorazepam*. Es ist für seine angstlösende Wirkung bekannt – könnte allerdings auch für eine gewisse Schläfrigkeit sorgen. Deshalb ist die Einnahme eher für daheim gedacht. Das kann ich Ihnen gern verschreiben. Zuvor hätte ich noch einige Fragen an Sie.«

Der Doktor räusperte sich, vermutlich, um dann erst richtig loszulegen. Irgendetwas ließ ihn innehalten. Anscheinend hatte Tom ihm ein wie auch immer geartetes Zeichen gegeben.

»Zuvor hätte ich allerdings einige Fragen an *Sie*«, sagte der Maulwurf auf einmal mit bemerkenswert fester Stimme. Von der eben noch erwähnten Panik war nichts mehr zu merken. »Ich bin nicht zufällig hier. Das mit der Panikattacke war nur ein Vorwand, um an Sie heranzukommen.«

»Aber … Warum? Wer sind Sie?«

»Wer ich bin, tut nichts zur Sache. Ich komme wegen einer gemeinsamen Bekannten: Kiki Holland. Na, klingelt da was?« Eine Sekunde Verschnaufpause, dann der nächste Hammer: »Frau Holland wird die ganze Eureka-Sache auffliegen lassen. Heute noch oder spätestens morgen.«

»Das kann sie nicht tun!«

»Das kann sie, und das wird sie. Die Frage ist nur, sind Sie mit im Boot, oder sind Sie es nicht? Denken Sie gut darüber nach. Wenn die Polizei erst mal ermittelt, wird es sehr schnell sehr unangenehm werden. Auch für Sie.«

Erneute Stille. Diesmal länger und fragiler. Hernando atmete mehrere Male tief ein und aus. Am anderen Ende der Überwachungstechnik erging es Kiki nicht anders. Hatte Tom nicht zuerst versuchen wollen, dem Arzt irgendwelche verfänglichen Aussagen zu entlocken? Wann war der Punkt gewesen, wo sie entschieden hatten, das zu überspringen?

Kikis Magen zog sich zusammen. Wenn das hier schiefging, hätten sie sich den ganzen Lauschangriff sparen können. Dem Doc die Pistole auf die Brust zu setzen, hätte sie ohne Toms Hilfe genauso gut gekonnt.

»Also gut«, sagte Hernando einen Herzschlag später. Kiki atmete auf. »Wenn sie zur Polizei geht, soll sie mir Bescheid geben. Ich komme mit. Dann ist dieser Albtraum endlich vorüber.« Es raschelte kurz. »Hier ist meine Visitenkarte. Leihen Sie mir kurz den Stift, dann gebe ich Ihnen meine Handynummer.«

»Natürlich.« Der Maulwurf kam der Bitte nach, und der Arzt begann zu schreiben. Eine Viertelstunde später verließ Tom Haus 8 des Westklinikums. Sobald Kiki ihn sah, spazierte sie ihm möglichst unauffällig entgegen.

Als er sie erblickte, wuchs sein Grinsen. »War das oscarreif, oder was?«

»Wie der junge Al Pacino. Du warst spitze.« Zur Unterstreichung des Lobs schenkte sie ihm einen besonders innigen Kuss. Den hatte sich ihr neuer Lieblingsschauspieler definitiv verdient.

»Wow. Wenn das die Belohnung ist, sollte ich öfters mal auf Geheimmission gehen«, sagte Tom, nachdem er wieder zu Atem gekommen war. »Was stellen wir als Nächstes an?«

Kiki hatte keine Ahnung, weshalb sich die Ärztin mit den zwei Eureka-Leuten traf. Eventuell hatte es rein gar nichts mit *Serotripram* und der aktuellen Krise zu tun, und es ging um vollkommen andere Themen. Beispielsweise zukünftige Medikamentenstudien oder irgendwelche Sponsoringgeschichten. Sehr viel wahrscheinlicher war allerdings, dass Strümpfel und Wolter auch an dieser Stelle klar Schiff machen und alle verfänglichen Spuren verwischen wollten. Mit seiner Behauptung, dass Kiki heute oder morgen zur Polizei gehen würde, hatte Tom zwar übertrieben, denn geplant hatte sie bisher nichts dergleichen, völlig ausschließen konnte sie diesen nächsten logischen Schritt jedoch nicht. Streng genommen war es unumgänglich, dass sie die Behörden einbezog, vermutlich sogar je früher, desto besser.

Aber noch war es nicht so weit.

Noch war Eureka dabei, lose Fäden abzuschneiden.

Kiki war ein solcher loser Faden, wie sie in den vergangenen Tagen mehrfach am eigenen Leib zu spüren bekommen hatte. Ihren Laptop und ihr Smartphone hatten die Halunken bereits einkassiert. Was blieb noch, das dem Pharma-Unternehmen gefährlich werden konnte? Eigentlich nichts, fand Kiki. Doch wussten das auch die Eureka-Leute? Vermutlich nicht. Das warf die Frage auf, worin deren nächster Schritt bestehen könnte. Ins Redaktionsgebäude würden sie sich nicht wagen. Außerdem war Kiki eh die wenigste Zeit dort. In ihrer Wohnung hingegen … Dort dürften noch allerlei Schmierzettel und ihr Notizbuch liegen.

Eisige Finger legten sich um Kikis Herz, und sie zuckte erschrocken zusammen.

»Wir müssen los«, sagte sie und zog Tom mit sich in Richtung Enzo. Dass ihr Liebster mit einem eigenen Pkw zum Westklinikum gefahren war, war jetzt irrelevant. Sehr viel wichtiger war es, so schnell wie möglich nach Hause zu gelangen und zu hoffen, dass es noch nicht zu spät war.

Diesmal gab es Gott sei Dank keine rücksichtslosen Mitbürger, die sie komplett eingeparkt hatten. Nach zweimaligem Umlenken schoss der kleine Fiat aus der Parklücke und brauste mit dröhnendem Motor auf die nächste Kreuzung zu. Aus den Lautsprechern sangen Muse eindringlich von ihrer *City of Delusion*, sozusagen als moralische Unterstützung. Das baute Kiki auf und schenkte ihr genug Nerven, um nicht jeden Autofahrer in Grund und Boden zu brüllen, der auf der Straße vor ihr die Bremse mit dem Gaspedal verwechselte oder beim Anfahren an der Ampel nicht schnell genug aus dem Knick kam.

Nach einer gefühlten Ewigkeit erreichten sie Kikis Stadtviertel. Automatisch reduzierte sie die Geschwindigkeit und achtete auf jeden Fußgänger und jedes am Straßenrand geparkte Fahrzeug. Überall konnte sich jemand aufhalten, der es auf sie abgesehen hatte. Allen voran der hünenhafte Sicherheitschef. Kiki hatte keine Ahnung, wohin der Mann nach dem Treffen im Schrödinger-Park verschwunden war, aber mit Sicherheit war er weiterhin im Auftrag der Unternehmensleitung unterwegs. So gesehen war es nicht zwangsweise ein gutes Zeichen, dass der muskulöse Kerl nicht zu sehen war. In Momenten wie diesen war es eindeutig besser, seine Feinde genau im Auge zu behalten.

»Hier wohnst du also«, sagte Tom, als sie den Fiat zwei Häuserblocks entfernt in eine enge Parklücke zwängte. Links und rechts säumten mehrstöckige Mietskasernen mit blassbunten Fassaden den Weg. Gleich um die Ecke gab es eine Handvoll Geschäfte und Lokale, und auch der eine oder andere Baum hellte das Erscheinungsbild auf. Es war definitiv nicht die schlechteste Gegend der Stadt, im Gegenteil. »Nett hast du es hier.«

»Nett ist die kleine Schwester von scheiße«, erwiderte Kiki, ohne groß nachzudenken.

»Nein, in dem Fall nicht. Es wirkt freundlich und gemütlich.«

Sie stiegen aus und spazierten die Straße hinauf. Eine Frau in den Fünfzigern kam mit zwei Möpsen an der Leine an ihnen vorbei, ansonsten war kein weiterer Fußgänger in Sicht. Das hieß: beinahe. Sie befanden sich noch rund fünfzig Meter vom Eingang von Kikis Wohnhaus entfernt, als sich schräg gegenüber dem Gebäude die Tür eines schwarzen BMWs öffnete und ein hochgewachsener Mann mit dünnem Wangen- und Backenbart ausstieg. Kiki erkannte ihn sofort und hielt Tom am Arm fest.

»Da vorn ist der Sicherheitschef von Eureka!« Noch im selben Atemzug zog sie den Maulwurf hinter einen geparkten Citroën am Straßenrand.

»Was will der denn hier?«, flüsterte Tom. Gemeinsam linsten sie durch die Autoscheiben und sahen, wie der baumhohe Mann vor dem Hauseingang stehen blieb und sich unauffällig nach allen Seiten umschaute.

»Ich gehe mal nicht davon aus, dass er mich auf einen Kaffee einladen will.«

»Hättest du überhaupt welchen daheim?« Tom grinste schief.

»Für den Mistkerl hätte ich was ganz anderes parat.« Kiki hob drohend die Faust. Dann zückte sie Tortes Mobiltelefon und startete die Kamera-App. Sie zoomte heran und filmte, wie der Sicherheitsmann die Türklingel betätigte. Kiki konnte zwar nicht mit Bestimmtheit sagen, dass er bei ihr klingelte, aber zu wem sonst könnte der hagere Kerl wollen? Keinem ihrer Nachbarn traute sie zu, dass er oder sie so jemanden zum Freundeskreis zählte. Der Zufall wäre auch zu groß. Als niemand auf das Läuten reagierte und nachdem die Frau mit den Hunden hinter der nächsten Hausecke verschwunden war, zog der Sicherheitsmann ein schmales Etui aus der

Jackentasche. Erneut konnte Kiki nicht die genauen Details erkennen. Zumal der Hüne mit seinem Oberkörper fast den gesamten Eingangsbereich verdeckte. Gleich darauf hatte er es geschafft, die gläserne Haustür zu öffnen, und verschwand im Treppenhaus. Zufrieden stoppte sie die Aufnahme.

»Und nun?«, fragte Tom, noch immer im Flüsterton. »Geben wir ihm noch zwei Minuten, bis er in deine Wohnung eingebrochen ist, und überraschen ihn dann auf frischer Tat?«

Kiki dachte kurz über diese Möglichkeit nach. »Auf frischer Tat überraschen ist eine gute Idee. Ich finde allerdings nicht, dass wir das tun sollten. Wofür gibt es unseren Freund und Helfer? Eine solche Gelegenheit schreit ja förmlich nach ihm.«

Mit diesen Worten wählte sie die 110.

Sie kamen zu zweit und ohne Blaulicht. Sobald der Streifenwagen in zweiter Reihe direkt vor dem Hauseingang angehalten hatte, verließ Kiki ohne Vorwarnung das Versteck, in dem sie die vergangenen Minuten gewartet hatte. Tom folge ihr und schaffte es, sie einzuholen, bevor sie die Uniformierten erreichte.

»Ich glaube, der Einbrecher ist noch in meiner Wohnung«, verkündete Kiki mit betont viel Sorge in ihrer Stimme. »Wir haben niemanden rauskommen gesehen.«

Der männliche Beamte nickte. Er war schätzungsweise Mitte vierzig und besaß dichte schwarze Locken mit leichtem Grauansatz. »Gibt es einen Hinterausgang?«

»Den gibt es. Aber der führt bloß zum Hof, wo die Mülltonnen und die Fahrräder stehen. Das ist alles von Maschendrahtzaun umgeben. Darüber kann keiner so leicht flüchten.«

»Dann sehen wir uns das mal an«, sagte die Beamtin. Sie war etwa fünf bis acht Jahre jünger und hatte einen kurzen brünetten Pferdeschwanz.

Als wäre das ebenso ihr Stichwort, folgte Kiki den Uniformierten zum Eingang. Unterwegs zückte sie den Hausschlüssel und sperrte nahezu geräuschlos die schwere Tür auf. »Ich wohne im zweiten Stock. Am Klingelschild steht *Holland*«, wiederholte sie das, was sie vorhin bereits der Frau von der Notrufhotline durchgegeben hatte.

Die brünette Beamtin nickte ihr zu. »Bitte bleiben Sie zurück. Jetzt übernehmen wir.«

Von nichts anderem war Kiki ausgegangen. Mehr noch: Sie erwartete sogar, dass die Polizisten ihre Arbeit taten und den Mistkerl festnahmen, bevor er flüchten konnte. Alles andere wäre ziemlich enttäuschend – in mehrfacher Hinsicht. Obwohl Kiki gern das Ruder übernahm, ließ sie hier zufrieden der Staatsgewalt den Vortritt. Ganz aus ihrer Haut konnte sie trotzdem nicht. Sowie die Beamten die Treppe hinauf zur ersten Etage genommen hatten, schlich sie vorsichtig hinterher. Erneut blieb Tom keine andere Wahl, als ihr hinterherzudackeln.

Sie lauschten, wie die schweren Schritte die Stufen hinauftraten und kurz stoppten. Offenbar hatten sie die gewünschte Wohnung erreicht. Ein leises Quietschen ertönte, als die nur angelehnte Tür geöffnet wurde. Für einige Sekunden folgte Stille, dann hektische Schritte und die typischen Rufe, die jeder aus dem Fernsehen und dem Kino kannte: »Stehen bleiben! Polizei! Keine Bewegung!«

Die Laute ließen Kikis Herz höherschlagen, diesmal in positiver Hinsicht. Genau so hatte sie sich das vorgestellt. Genau so sollte es ablaufen.

Ein kurzes Gerangel – sowohl verbal als auch körperlich – passierte danach. Eine Männerstimme beschwerte sich lautstark und wütend. Drei Personen kamen die Stufen hinab, und Kiki sah mit Tom zu, dass sie das Erdgeschoss erreichten, bevor die Polizisten sie erblickten. Gleich darauf trafen sie sich beim Hauseingang: Zuerst kam die Frau mit dem Pferdeschwanz, in der Mitte der Hüne mit einem auf den Rücken gedrehten Arm und direkt hinter ihm der gelockte Streifenkollege.

»Das ist ein Missverständnis!«, behauptete der Sicherheitsmann. Er wirkte aus verständlichen Gründen wenig amüsiert.

»Wohl kaum«, widersprach Kiki und startete die Aufnahme auf dem Smartphone. »Du warst in meiner Wohnung. Ohne meine Erlaubnis. Und hier sehen wir, wie du kurz vorher das Haustürschloss aufgebrochen hast. Was für ein Missverständnis soll das sein?«

»Ich bin Zeuge und kann alles bestätigen«, schob Tom mit kraftvoller Stimme hinterher.

Der Sicherheitsmann wurde merklich blasser. Sein Gesicht zeigte gleichermaßen viel Verärgerung wie Sorge. Mit einer solchen Wendung der Geschichte hatte er offenbar nicht gerechnet. Einen Herzschlag lang machte er Anstalten, sich auf Kiki stürzen zu wollen. Der Polizeigriff des Beamten hinter ihm hielt ihn davon ab. Er hatte keine Chance, ihr gefährlich zu werden. Dennoch schob sich der Maulwurf schützend vor seine Freundin. Kiki ließ ihn nur zu gern gewähren.

Dem Einbrecher hingegen blieb nur noch eine Sache übrig, die ebenfalls jeder aus Film und Fernsehen kannte: Er verlangte, mit seinem Anwalt zu sprechen.

Nachdem sie Zeugen eines Einbruchs geworden waren und diesen überdies gemeldet hatten, blieb ihnen keine andere Wahl, als die Streifenbeamten zur Polizeidienststelle zu begleiten. Damit hatte Kiki bereits gerechnet und fügte sich daher ohne Widerworte. Sie bestand lediglich darauf, nicht im Streifenwagen, sondern im eigenen Pkw zu fahren. Das schien den Uniformierten nur recht zu sein. Ihre Personalien überprüft hatten sie vorhin bereits, und ihre Adresse kannten die

Straßensheriffs ebenso. Das Fluchtrisiko dürfte also äußerst gering ausfallen. In Kikis Augen war es sogar nicht existent. Sie wollte unbedingt sicherstellen, dass bei der Festnahme alles korrekt ablief und sich der Sicherheitsmann nicht noch irgendwie herauswinden konnte. Nicht, dass sie das ernsthaft befürchtete. Dennoch war der noch namenlose Mann weitaus mehr als ein gewöhnlicher Einbrecher. Mit etwas Glück könnte er sich als enorm wichtiger Zeuge entpuppen.

Dafür wäre es allerdings unumgänglich, dass Kiki ebenfalls ihre Karten auf den Tisch legte. Für ihren Geschmack kam dies ein bisschen zu früh. Gern hätte sie noch einen weiteren Trumpf in der Hand gehabt. Irgendetwas, das die dunklen Machenschaften bei Eureka endgültig untermauerte. Doch so etwas besaß sie nicht, und sie hatte lediglich die Chance, jetzt alles auf eine Karte zu setzen. Was sollte sie auch anderes tun, nachdem ihr das Schicksal mit dem Einbruch eine derart glückliche Fügung beschert hatte? Sie wäre dumm, dies nicht zu nutzen.

Um wenigstens ein kleines Ass im Ärmel zu haben, ließ sie Tom während der Fahrt die Handynummer wählen, die Hernando ihm vorhin genannt hatte. Als die Verbindung nicht gleich zustande kam, befürchtete Kiki, der Arzt könnte sie gelinkt haben. Ihr lag bereits ein saftiger Fluch auf der Zunge, da schüttelte der Maulwurf den Kopf und bewegte das Telefon im Wagen umher.

»Funkloch«, erklärte er.

Kiki entspannte sich ein wenig, und etwas später noch mehr, als sie sich wieder im Funkbereich befanden und Tom den Doktor an die Strippe bekam. »Es ist so weit«, verkündete er über Enzos Freisprecheinrichtung. »Wir fahren gerade zur Polizei. Denken Sie an Ihr Versprechen.«

Am anderen Ende der Leitung erklang ein heiseres Keuchen. »Jetzt schon?«

»Ging nicht anders«, erklärte Kiki. »Manchmal beginnt die Zukunft deutlich schneller, als es einem lieb ist. Und hier haben die Dinge eine gewisse Eigendynamik entwickelt, die nicht mehr aufzuhalten ist.«

Einen Moment herrschte Schweigen, und Kiki befürchtete schon ein weiteres Funkloch, als der Arzt weiterzusprechen begann. »Okay. Wohin soll ich kommen?«

Die Polizeidienststelle Ost befand sich in einem zweistöckigen Gebäude mit grauer Fassade, das auf den ersten Blick an ein Mehrfamilienhaus erinnerte. Einzig das metallene Polizeischild am Eingangsbereich und der breite Parkplatz neben dem Haus, auf dem gleich vier Streifenwagen nebeneinanderstanden, ließen einen anderen Verwendungszweck vermuten. Drinnen roch es nach alten Holzmöbeln, ebenso nach alten Akten und allerlei Körperausdünstungen, die sich im Laufe der Zeit angesammelt hatten. Also ein typisches Amtsgebäude, wie es tausendfach in der gesamten Bundesrepublik existierte.

Die zwei Uniformierten baten Kiki und Tom, im Wartebereich Platz zu nehmen, während sie den Eureka-Sicherheitschef zur erkennungsdienstlichen Erfassung in eines der Nebenzimmer brachten. Gern hätte Kiki protestiert und darauf bestanden, bei der Datenaufnahme anwesend zu sein. Aber hätten ihr die Beamten das gestattet? Mit Sicherheit nicht. Daher ließ sie die Polizisten ihre Arbeit verrichten und stapfte im Aufenthaltsraum ungeduldig auf und ab. Im Gegensatz zu ihrem Begleiter besaß sie zum Hinsetzen und Abwarten nicht die Nerven. Nicht in einer Situation wie dieser. An den Wänden bemerkte sie Plakate zur Suchtprävention und zum Thema Zivilcourage. Auf einem davon stand der Aufruf: *Schau nicht weg!* Das würde Kiki gewiss nicht tun. Das hatte sie noch nie gekonnt. Streng genommen war es der Grund, wieso sie und der Maulwurf überhaupt auf der Polizeiwache gelandet waren.

Letzteres brachte sie ins Grübeln. Sie war mit der polizeilichen Zuständigkeit nicht zu hundert Prozent vertraut. Dennoch war sie sich ziemlich sicher, dass auf einer normalen Wache lediglich die üblichen Kleindelikte behandelt wurden. Wenn es um *wirkliche* Verbrechen ging, dürfte die Kripo zuständig sein. Und die hielt sich nicht in einer der zahlreichen Polizeidienststellen der Stadt, sondern im Polizeipräsidium auf. Für das, was Kiki zu erzählen hatte, war mit Sicherheit das Präsidium der geeignetere Ort.

Bloß: Wie kam sie dahin? Und im Idealfall nicht nur sie, sondern ebenso der Eureka-Einbrecher.

Sie grübelte noch über eine geeignete Strategie nach, als die Streifenpolizistin mit dem brünetten Pferdeschwanz im Wartebereich erschien und sie bat, mit ihr zu kommen. Kiki und Tom folgten ihr und hielten Ausschau nach dem festgenommenen Hünen. Zu sehen war er nicht – was absolut nichts zu bedeuten haben musste. Aber es konnte. Allein das verpasste Kikis Herz ein paar arhythmische Schläge. In ihrem Magen kribbelte es wie nach einem ex getrunkenen Zwei-Liter-Becher Cola.

»Es ist nicht zufällig ein Kripo-Kommissar im Haus?«, platzte es förmlich aus ihr heraus. Sie konnte nicht anders.

Die Beamtin schaute sie irritiert an. »Wieso?«

»Ich bin Journalistin, und ich habe einiges zu erzählen. Vieles – wenn nicht gar alles – dürfte für die Kripo interessant sein.«

Die Verwunderung wuchs. »Geht es noch immer um den Einbruch in Ihrer Wohnung?«

»Das ist sozusagen bloß die Spitze des Eisbergs.«

»O-okay.« Die Streifenpolizistin schien unschlüssig, ob sie die Worte tatsächlich ernst nehmen sollte. Kiki bedachte sie mit einem entschlossenen Blick, der jedwede Gegenargumente im Keim erstickte. Schließlich nickte die Polizistin. »Ich schau mal, ob jemand da ist.«

Kiki hatte sich selbst nie für einen besonders gläubigen Menschen gehalten. Doch das, was sich in den vergangenen Stunden ereignet hatte, dürfte selbst den größten Zweifler ins Grübeln bringen. Erst das belauschte Treffen im Schrödinger-Park, dann Hernandos Bereitschaft zum Auspacken und der Einbruch in ihrer Wohnung, bei dem sie genau zur richtigen Zeit angekommen waren. Und jetzt die Anwesenheit eines waschechten Kriminalhauptkommissars, der sich gerade in der Polizeidienststelle aufhielt, um alte Vernehmungsprotokolle einzusehen. Dies alles konnten keine Zufälle sein!

Obgleich Kiki ursprünglich praktisch alles ganz anders geplant hatte, hatte sie doch jeder einzelne Punkt vorangebracht. Es war wie bei einem mechanischen Uhrwerk, bei dem sämtliche Teile wunderbar ineinandergriffen. Offenbar war es tatsächlich genau so, wie sie es im Telefonat mit dem Doktor gesagt hatte: Die Dinge hatten eine gewisse Eigendynamik entwickelt und waren nun nicht mehr aufzuhalten. Es hatte alles auf genau diesen Ort und diesen Zeitpunkt hinauslaufen müssen.

Nun saß Kiki hier, in einem schmalen Vernehmungszimmer mit länglichem Schreibtisch. Sie mit Tom auf der einen Seite, ihr gegenüber die brünette Streifenpolizistin und daneben ein Mann in den späten Dreißigern oder frühen Vierzigern mit schulterlangen blonden Haaren, einem länglichen Gesicht mit weichen Zügen und silberner Brille. Kriminalhauptkommissar Scherle. Sein Blick war gütig und fordernd zugleich. Er war gespannt auf das, was sie zu berichten hatte. Auf dem Tisch vor ihm stand ein digitales Aufnahmegerät, das sich nur unmerklich von der Redaktionsabhörtechnik unterschied. Das rote Record-Lämpchen blinkte bereits.

Kiki überschlug ihre Gedanken und überlegte, an welcher Stelle sie anfangen sollte. Im Gerichtssaal? Bei ihrer Tatortbegehung im Wald? Oder sollte sie gleich zu den ersten Ermittlungsergebnissen springen? Es gab so viele relevante Puzzleteile.

Sie öffnete den Mund, um mit ihrer Darstellung loszulegen, da klopfte es an der Tür, und ein Endfünfziger mit Pullunder und blau-weiß kariertem Hemd darunter streckte den Kopf ins Zimmer. »Äh … Hier ist ein gewisser Doktor Fabian Hernando. Er sagt, eine Kiki Holland habe ihn hierherbestellt.«

Kiki begann zu lächeln. Ein weiteres mechanisches Zahnrad war eben an seinen Platz gerückt.

Ein weiterer Stuhl wurde ins Befragungszimmer getragen, damit der Doktor darauf Platz nehmen konnte, außerdem wurden eine Thermoskanne mit Kaffee für alle Anwesenden sowie die benötigten Tassen bereitgestellt. Anschließend konnte Kiki mit ihrer Erklärung starten.

Sie entschied sich für einen mehr oder minder chronologischen Abriss der Ereignisse und führte alles auf: Stefan Bentz' Verbindung zu Eureka, insbesondere die Freundschaft zu Konzernchef Manfred Wolter, auf die sie im Jachtbüro gestoßen war. Sie sprach von Sylvia Bentz' psychischer Erkrankung und den Versuchen, das Ganze mittels Medikamenten in den Griff zu bekommen. Den legalen und den noch nicht offiziell zugelassenen Mittelchen. Und wie die Situation dabei immer weiter außer Kontrolle geriet. Von da aus schwenkte sie über zum geheimen Testzentrum im Gewerbegebiet und wie Eureka versucht hatte, alles unter den Teppich zu kehren, wie der Sicherheitschef sie verfolgt hatte. Sie erzählte von dem Überfall auf sie, dem Diebstahl ihres Laptops und ihres Telefons, wie sie entführt und in dem Keller festgehalten worden war. Selbst Franziska Bechenbachers heimlichen Besuch im Bentz-Anwesen und die Datenübergabe im Schrödinger-Park ließ sie nicht aus. Ihr eigene Rolle und dass sie selbst in dem Haus gewesen war, verschwieg sie allerdings und drehte es lieber so, dass sie die Assistentin beim Betreten des Grundstücks beobachtet hatte und ihr später zu dem Treffen im Park gefolgt war. Kiki fand, dass diese Variante den gleichen Effekt hatte und ihr nachträglich erheblich weniger Ärger einbringen würde.

Der neben ihr sitzende Fabian Hernando wirkte an manchen Stellen überrascht, weil ihm die Fakten offenbar neu waren. An anderen Stellen nickte er. Nach kurzem Zögern bestätigte er all jene Teile, in die er involviert war, und fügte die Einzelheiten hinzu, die er wusste. Er beteuerte mehrmals, dass ihm praktisch keine Wahl geblieben war und er erst viel zu spät erkannt hatte, worauf die Dinge hinauslaufen würden. Auch zu seinem ramponierten Gesicht musste er einige Erklärungen abgeben.

Die beiden Gesetzesvertreter auf der anderen Seite des Tisches hielten sich mit Kommentaren zurück und beschränkten sich darauf, Notizen zu machen und den Ausführungen zu lauschen. Schließlich gelangte Kiki zu dem Einbruch in ihrer Wohnung und wie sie die Polizei verständigt hatte. Dies war ihr Schlusspunkt.

Danach legte sie die Hände in den Schoß, als Zeichen dafür, dass sie fertig war. Wenigstens fürs Erste. Ihr Mund war trocken vom vielen Reden, und sie fühlte sich erschöpft. Gleichzeitig spürte sie große Erleichterung, sich all diese Dinge von der Seele geredet zu haben. Sie kam sich buchstäblich wie von einer Zentnerlast befreit vor.

»Das ist wirklich beeindruckend«, sagte Scherle nach einem

kurzen Moment der Stille. Er hatte eine tiefe und angenehm ruhige Stimme. Bestimmt hätte er auch als Lehrer vor einer Klasse Halbwüchsiger eine gute Figur gemacht. »Danke für all diese Informationen. Sie werden verstehen, dass wir den Sachverhalt erst einmal eingehend überprüfen müssen.«

»Selbstverständlich«, bestätigte Kiki.

»Das wird sicherlich ein Weilchen dauern. Das, was Sie erzählt haben, ist Stoff für einen ganzen Roman.«

»Ja, mit einem Titel wie *Tödliche Mutterliebe*. Oder bloß *Mutterliebe*«, scherzte Kiki, obwohl ihr überhaupt nicht nach Scherzen zumute war. »Vielleicht würde daraus ein Bestseller. Aber das ist Zukunftsmusik. Jetzt interessiert mich erst mal, wie es weitergehen soll. Was wollen Sie unternehmen? Was *können* Sie unternehmen?«

Scherle bedachte sie mit einem nachdenklichen Blick. »So auf die Schnelle? Nicht viel. Wie ich das sehe, haben wir aktuell die Aussagen von Ihnen und Dr. Hernando. Und die von Ihrem Begleiter, Herrn Bergemann. Damit werden wir bei Richter und Staatsanwalt sicherlich auf ein offenes Ohr stoßen. Allerdings sind es in erster Linie Aussagen. Ihr Wort wird gegen das von Eureka stehen. Wir werden prüfen, wer recht hat und was wir mit Beweisen belegen können. Das ist die übliche Vorgehensweise.«

»Was ist mit dem USB-Stick?«, fragte Kiki. »Sie haben nach der Verhaftung doch bestimmt die Taschen des Sicherheitsmanns überprüft, oder?«

»Zunächst einmal: Herr Hamadi wurde nicht verhaftet, sondern lediglich festgenommen. Für eine Verhaftung bedarf es eines Haftbefehls. Für Erste bleibt er aber in Gewahrsam.«

Kiki wischte den Einwand beiseite. »Sie wissen, was ich meine. Haben Sie bei *Herrn Hamadi …*« – Sie betonte den Namen des Einbrechers absichtlich, um damit ihre eigene Überraschung zu überspielen. So also hieß der Mistkerl. –

»… den USB-Stick gefunden, den ihm Franziska Bechenbacher im Park übergeben hat? Darauf dürften Sie jede Menge Beweise finden.«

Erneutes Zögern aufseiten der Polizei. »Ja, wir haben einen solchen Datenträger gefunden. Unsere Technikabteilung wird ihn überprüfen und die Dateien darauf auswerten.«

Das war immerhin etwas. Kiki überlegte, dem Kommissar von ihrer Cloud zu erzählen, in der sich noch jede Menge fallrelevante Bilder befinden könnten. Unter anderem eine abfotografierte Liste sämtlicher Studienteilnehmer. Doch halt, auf dieser Übersicht befanden sich lediglich die offiziellen Probanden. Damit käme sie nicht weiter. Ganz anders sah es bei den Teilnehmern der inoffiziellen Testreihe aus. »Was ist mit Malte? Er hat mich und Dr. Hernando aus dem Kellerverlies befreit. Er hat beobachtet, wie Herr Hamadi uns dort eingesperrt hat. Und er ist mit Sylvia Bentz zusammen in dem geheimen Testzentrum im Gewerbegebiet gewesen.«

»Sagten Sie nicht vorhin, dass er Sie für die Angeklagte gehalten und bedroht habe?«

»Er hat mich nicht bedroht, sondern wollte nur, dass ich mich … äh … ein wenig umstyle.«

»Wie auch immer. Nach Ihren Schilderungen nennen wir so jemanden einen unzuverlässigen Zeugen. Damit brauche ich dem Staatsanwalt und dem Richter gar nicht erst zu kommen.«

Kiki seufzte tief. Langsam begann ihr die sachliche Art des Kommissars auf den Wecker zu gehen. »Wenn das nicht reicht, können Sie doch Herrn Hamadi einen Deal anbieten. Er sagt aus und wird Kronzeuge der Anklage.«

»Sie lesen zu viele Krimis. So einfach ist das nicht.«

Noch so eine irrelevante Bemerkung! »Dann fragen Sie ihn nach dem Mobiltelefon und dem Computer, den er mir gestohlen hat. Allein das müsste für eine Anklage reichen.«

»Das werden wir alles prüfen«, versicherte Scherle. Er klang wie eine kaputte Schallplatte, die ständig dasselbe Stück abspielte.

Dennoch wollte Kiki noch einen letzten Versuch wagen. »Es dürfte auch nicht schaden, wenn Sie mit Danuta sprechen. Das ist das polnische Kindermädchen der Familie Bentz. Sie kann das mit der Verabreichung von Sylvia Bentz' Medikamenten bestätigen.«

Der Kommissar nickte und wiederholte sein Sprüchlein ein weiteres Mal. Nebenbei notierte er sich Danutas Namen auf seinem Schreibblock und umkringelte ihn. Das war doch ein kleiner Erfolg.

Der Nachmittag war längst im Gange, als Kiki und der Maulwurf die Polizeidienststelle verließen. Unter dem Vorwand, noch einen dringenden Termin zu haben, hatten sie schließlich abgekürzt, was sonst sicherlich noch stundenlang so weitergegangen wäre. Dabei hatten sie sich zum Ende hin, was die Fakten und ihre Aussagen betraf, fast nur noch im Kreis gedreht. Sämtliche Punkte waren zigfach durchgekaut und aus allen möglichen Perspektiven betrachtet worden. Kiki konnte von Glück reden, dass sie noch eine ziemlich untergeordnete Rolle bei dieser ganzen Sache spielte. Anders sah es bei Dr. Hernando aus, mit dem sich der Kommissar noch länger und vor allem eingehender unterhalten wollte. Dafür brauchte er Kikis Unterstützung Gott sei Dank nicht. Obwohl die Journalistin in ihr an die Story dachte und sie eigentlich jedes Quäntchen Fakten brauchen konnte.

Erleichtert atmete sie draußen die frische Luft ein. Gern hätte sie sich von nun an zurückgehalten und den Behörden die nächsten Schritte überlassen. Sie konnte es nicht. Entgegen Scherles Versicherung war Kiki noch nicht davon überzeugt, dass die Polizei tatsächlich *alles* in ihrer Macht Stehende unternehmen würde. Überdies wusste niemand, wann dieses *alles* geschehen würde. Manchmal wieherte der Amtsschimmel unerfreulich langsam. In einigen Fällen sogar erst, wenn es längst zu spät war. Nein, das konnte Kiki nicht akzeptieren.

»Boah, war das anstrengend«, beschwerte sich Tom neben ihr. Dabei hatte er die meiste Zeit nur dasitzen und zuhören müssen. Neunzig Prozent der Zeit hatte Kiki geredet. »Ich weiß nicht, wie es dir geht, aber ich spüre so ein kleines Ungleichgewicht in der Magengegend.«

»Geht mir ähnlich. Ich kenne da ein lauschiges Eckcafé. Dafür müssen wir zwar ein Stück fahren, doch es lohnt sich.«

Mit einem verschwörerischen Lächeln stieg sie in ihren Wagen.

Weil sie nicht wusste, wie viel Zeit ihr noch blieb, stand Kikis Fuß während der Fahrt praktisch permanent auf dem Gaspedal. Tom hielt es vermutlich für ein Zeichen von massivem Hunger und zog es vor, seine Liebste nicht mit unnötigen Kommentaren zu reizen. Dabei war Essen und Trinken aktuell so ziemlich das Letzte, worüber Kiki sich Gedanken machte. Immer wieder wanderte ihr Blick zur Uhrenanzeige. Wie lange würde die Verhandlung heute dauern? War sie überhaupt noch im Gange? Sie hatte keine Ahnung, und das machte sie nervös.

Zwanzig Minuten später dann das Aufatmen. Der Parkplatz vor dem Gericht war prall gefüllt, und vor dem Eingang zum Gebäude wartete eine größere Menschentraube auf das Ende des heutigen Prozesstages. Kiki glaubte, darunter ein, zwei bekannte Journalistengesichter auszumachen, die darauf warteten, mit einem Zeugen oder einem der Angehörigen zu sprechen. Meist war es vergebliche Mühe, aber hin und wieder erklärte sich tatsächlich jemand für ein Gespräch bereit und lieferte gute O-Töne und Zitate, die man für die Berichterstattung verwenden konnte.

Auf der einen Seite hätte Kiki ebenfalls gern direkt vor dem Justizgebäude gewartet. Auf der anderen Seite wollte sie nicht fälschlicherweise für einen der typischen Medienvertreter gehalten werden. Nicht heute, und nicht, wenn es um so viel mehr ging. Deshalb kam sie erst einmal dem Versprechen nach, das sie dem Maulwurf vorhin gegeben hatte, und düste weiter zu dem Eckcafé nur wenige Straßen entfernt.

Genau wie bei ihrem gemeinsamen Besuch mit Roland Mussack bestand Kiki allerdings darauf, dass sie sich nur Snacks zum Mitnehmen kauften. Bei ihr war es ein ziemlich labbrig aussehendes Truthahnbrustsandwich, das vermutlich seit der Mittagszeit auf einen Käufer wartete, während Tom sich für ein Käsehörnchen mit Schinkenfüllung und dazu einen Pappbecher voll Kaffee entschied.

Mit genug Proviant ausgestattet, kehrten sie zum Gericht zurück und kamen genau richtig, um die ersten Zuschauer beim Verlassen des Gebäudes zu beobachten. Erneut entdeckte Kiki ein, zwei vertraute Gesichter, jedoch nicht jenes eine, wegen dem sie gekommen war. Das verließ erst etliche Minuten später das Gebäude, wiegelte sämtliche Presseanfragen ab und stapfte entschlossen zu seinem pechschwarzen Oberklassewagen. Dies war der Moment, auf den sie gewartet hatte. Beherzt versperrte sie ihm den Weg.

»Herr Bentz, hätten Sie einen Moment?«

Der Mann in teurem Anzug starrte sie genervt an. »Kiki Holland? O nein, nicht auch *Sie* noch. Der Tag war schon beschissen genug.«

»Und er wird gleich noch viel beschissener. Glauben Sie mir.« Mit den Worten spielte sie einen Ausschnitt der Aufnahme ab, die sie vorhin im Schrödinger-Park gemacht hatte.

»Weiß der von Bentz und dir?«, fragte der Eureka-Sicherheitschef mit leicht verrauschter Stimme. Seine Worte waren dennoch einwandfrei zu verstehen. Ebenso Franziska Bechenbachers Erwiderung und ihr Versprechen, mit Bentz noch heute Schluss zu machen.

Die Mundwinkel des Anzugträgers zuckten nervös. Ansonsten hatte er sich erstaunlich gut unter Kontrolle. »Woher haben Sie das?«

»Das hat mir sozusagen ein Vögelchen im Park zugezwitschert. Wenn Sie mögen, spiele ich Ihnen den kompletten Mitschnitt vor. Der ist ziemlich aufschlussreich, wie ich finde. Auch, was Ihre beruflichen und privaten Beziehungen betrifft.«

»Ich weiß nicht, wovon Sie reden.«

Kiki verdrehte die Augen. »Ach, Herr Bentz, ersparen Sie uns und sich diese Chose. Dafür haben wir keine Zeit. Die Polizei ist schon an der Sache dran. Für Sie sollte sich deswegen bloß eine Frage stellen: Will ich darauf warten, bis die Bullen bei mir klingeln, oder möchte ich die Angelegenheit proaktiv angehen und zu meinen Bedingungen zu Ende bringen?«

Ihre Blicke trafen sich. Beide waren sie fest entschlossen. Er hatte mehr zu verlieren als sie. Das war der Unterschied.

Bentz verlor das stumme Duell und kniff den Schwanz ein. »Was wollen Sie von mir?«

»Na also, geht doch. Lassen Sie uns an einen ruhigeren Ort gehen, an dem uns niemand stört. Ihr Audi erscheint mir groß genug.«

Erneut starrte sie der Mann genervt an. *Muss das sein?*, schien seine Miene auszudrücken. Laut sagte er: »Kommen Sie mit.«

Kiki und Tom folgten der Einladung und stiegen beide im hinteren Teil der Limousine ein, während sich der Fahrzeugbesitzer auf dem Fahrersitz niederließ. Von dort aus würde er sich die ganze Zeit über zu ihnen umdrehen müssen. Auf Dauer war das sicher nicht besonders angenehm. Kikis Mitleid hielt sich in Grenzen.

»Dann lassen Sie mal hören«, sagte der Jachtshopbesitzer, nachdem alle Türen geschlossen waren. Der Duft von Lederpolitur mit leichter Zitronennote krabbelte in Kikis Nase. Es war nicht unbedingt der schlechteste Geruch der Welt.

Kiki ließ absichtlich zwei Sekunden verstreichen, bevor sie der Bitte nachkam. Während Bentz der Aufnahme lauschte, beobachtete sie ihn genau. Wie seine Fassade immer weiter zu bröckeln begann. Wie für ihn eine Welt zusammenbrach. Wie sich seine Verwunderung in Überraschung und Unglauben verwandelte. Wie es ihn mit einer blutenden Wunde im Herzen zurückließ.

»Der Mann, den Sie gehört haben, ist der Sicherheitschef von Eureka«, sagte sie nach Beendigung des Mitschnitts. »Hamadi ist sein Name. Er hat mich verfolgt, niedergeschlagen und entführt. Wer weiß, was er noch alles im Sinn hatte.«

»Aber warum?« Bentz schüttelte den Kopf und schien vor ihren Augen zu schrumpfen. »Ich verstehe das nicht.«

»Im Grunde genommen ist es ganz einfach: Sie sind benutzt worden. Und das auf ziemlich schamlose Weise. Von Franziska Bechenbacher. Von Wolter, von ganz Eureka. Bei der Sache dreht es sich um die Pharmafirma. Damit hat es begonnen, und damit wird es enden. Nur darum ging es bei der ganzen Sache.«

Bentz schüttelte den Kopf. Wieder und wieder.

»Wir verstehen, dass Sie deswegen wütend und verletzt sind«, warf Tom ein, der bislang geschwiegen hatte.

Keine Reaktion darauf. Der Anzugträger schien ihn nicht einmal gehört zu haben.

In dem Moment tat der Mann ihr leid. Vergessen war die Wut, weil er sie am Jachtshop angebrüllt hatte. Oder dass er sie von der Gerichtsverhandlung hatte ausschließen lassen. Dies alles war Schnee von gestern. Allerdings kein blütenreiner, sondern einer mit deutlicher Braunnote. Und die Scheiße war noch längst nicht vorüber.

Kiki geduldete sich, bis Linus' Vater den ersten Schock verdaut hatte. Seine Kieferknochen zuckten wütend. Er sah aus, als wäre er am liebsten auf jemanden losgegangen. Doch dies war der falsche Weg. Wenn jemand seinen Zorn verdient hatte, dann Wolter, Hamadi und der Rest der Bande.

»Damit wir uns nicht falsch verstehen«, begann sie mit eindringlicher Miene. »Die Kripo ermittelt bereits gegen Eureka. Da werden etliche Handschellen klicken, vollkommen egal, was wir beide hier besprechen. Alles, was Sie tun können, ist, sich zu entscheiden, ob Sie auf der Verlierer- oder der Gewinnerseite stehen wollen. Deshalb gebe ich Ihnen diese einmalige Chance. Sie kommen mit mir zur Polizei und sagen über *Serotripram* und die Medikamentenversuche von Eureka aus. Wenn Sie das nicht wollen, steigen mein Begleiter und ich jetzt aus und lassen den Dingen ihren natürlichen Lauf. Vielleicht bleibt Ihnen ein Tag, vielleicht zwei Tage. Länger wird es nicht dauern, bis sämtliche Fakten geprüft und vom Richter die Haftbefehle unterschrieben worden sind.«

Sie ließ die Worte einige Atemzüge auf ihn einwirken. Als er antworten wollte, hob sie mahnend den Zeigefinger. Noch war sie nicht fertig mit ihrer Ansprache: »Ich weiß, dass Sie, was Ihre Frau betrifft, mindestens am Anfang in guter Absicht gehandelt haben. Sie haben Sylvia zu den Tests gefahren und ihr heimlich das Mittel in den Orangensaft gemischt, weil Sie Ihre Familie bewahren wollten und hofften, dass alles wieder normal und so wie früher werden würde. Genau das werde ich bezeugen und dazu aussagen, dass Ihnen ebenfalls übel mitgespielt wurde. Niemand wollte, dass die Dinge dermaßen außer Kontrolle geraten. Vor allem das mit

Linus. Dass Ihre Frau ihren eigenen Sohn töten würde, hätte niemand gedacht. Ob das Unglück hätte verhindert werden können, weiß ich nicht. Darüber sollen sich die Experten den Kopf zerbrechen. Mir geht es nur darum, dass Sylvia nicht die alleinige Schuld an allem zugeschoben bekommt. Sie ist krank und muss entsprechend behandelt werden.«

Nun war sie fertig.

Einige Herzschläge lang herrschte angespanntes Schweigen. Abermals trafen sich ihre Blicke. Es war wie ein stummes Kräftemessen.

»Einverstanden«, sagte er schließlich. »Ich komme mit Ihnen und werde gegen Eureka aussagen. Wie Sie selbst meinten, ich habe in bester Absicht gehandelt.«

Sie nickte erleichtert. »Deswegen sind Sie aber noch lange nicht unschuldig. Jedoch steht mir auch dazu kein Urteil zu. Ich kann nur sagen, dass ich viele Ihrer Entscheidungen verstehe. Ob ich an Ihrer Stelle genauso gehandelt hätte, ist schwer zu sagen. Ich glaube, das kann niemand hundertprozentig beantworten, wenn er oder sie nicht in derselben Situation gewesen ist.«

»Ich wollte nur das Beste für meine Frau!«

»Und dafür werden Sie auch in Zukunft sorgen.«

Er wich mit dem Oberkörper vorsichtig ein Stück zurück. »Was genau meinen Sie damit?«

»Ich meine damit, dass Sie den Scheidungsantrag zurückziehen und sich zukünftig weiterhin um das Wohlergehen Ihrer Frau kümmern werden. Keine Ahnung, was das Gericht entscheiden wird, aber ich schätze mal, Ihre Frau wird in einer geschlossenen Einrichtung verwahrt und behandelt werden. Sie werden sicherstellen, dass es ihr dort an nichts fehlt. Und Sie werden alles daransetzen, dass Sie Larissa ein guter Vater sind. Die Kleine braucht Sie jetzt mehr denn je. Erst mal keine Frauengeschichten mehr. Sie haben ja gesehen, wohin das mit Franziska Bechenbacher geführt hat. Konzentrieren Sie sich ganz auf Ihre Familie. Dann kommt alles wieder ins Reine. Irgendwie.«

Erneut herrschte Stille. Diesmal länger und eindringlicher. Schließlich stimmte Bentz noch einmal zu. Kiki atmete auf.

Sie fuhren mit zwei Autos zur Polizeidienststelle Ost. Kiki und Tom im Fiat, Stefan Bentz in seinem Audi, der genau wie sein Besitzer gar nicht mehr so bullig und aufdringlich wirkte. Er fuhr direkt hinter ihnen, und Kiki vergewisserte sich ständig aufs Neue, dass er keinen Rückzieher machte. Bisher hielt er sich an ihre Vereinbarung. Sie hoffte, dass er auch weiterhin Wort hielt.

Gern hätte Kiki gewusst, was gerade im Kopf des Mannes vorging. Vermutlich tausend Sachen auf einmal. Und dabei sicherlich immerzu diese eine Frage: Wie hatte ich nur so dumm sein können? So dumm, mich von Franziska Bechenbacher verführen zu lassen. So dumm, mich auf Eureka einzulassen. So dumm, mich für den einfachen Weg zu entscheiden.

Aber konnte Kiki ihm deswegen einen Vorwurf machen? Wahrscheinlich nicht. Letzten Endes war auch Stefan Bentz nur ein Opfer der Umstände und der Dynamik der Dinge, die ihn überrollt hatten.

Als sie sich der Polizeiwache näherten, hatte Kiki das Gefühl, dass der Tag allmählich an Helligkeit und Glanz verlor. Nicht mehr lange, und die Finsternis würde hereinbrechen. Für einige früher, für andere später.

Für Kiki stand außer Frage, dass es heute noch ein sehr langer Tag werden würde. Aber sie hatte Tom, der nicht von ihrer Seite wich und ihr allein dadurch die Kraft und Ausdauer zum weiteren Durchhalten schenkte. Gemeinsam würden sie diese Sache schon durchstehen. Und später würden sie gemeinsam zu Torte fahren und ihm von allem berichten. Kiki freute sich darauf, ihren besten Freund in die jüngsten Entwicklungen einzuweihen. Sicherlich würde er große Augen bekommen und es kaum fassen können. Allein die Vorfreude auf seinen verdatterten Gesichtsausdruck zauberte ihr ein Lächeln ins Gesicht. Damit hatte sie etwas, worauf sie sich freuen konnte. Was wollte sie mehr?

Etwa zwei Monate vor der Tat.

Es gab immer wieder mal gute und schlechte Tage. Heute dürfte ein guter werden. Das hatte sie schon beim Aufstehen am Morgen gemerkt. Die Sonne strahlte besonders hell und schien damit sämtliche unschönen Gedanken einfach beiseitezuschieben. Manchmal besaß die Sonne diese Macht.

Der Kaffee an diesem Morgen hatte Sylvia Bentz besonders gut geschmeckt. Hatte Danuta etwas an der Rezeptur verändert? Vielleicht eine polnische Geheimzutat. Die Kinder waren ebenfalls ziemlich liebevoll gewesen. Keine Streitigkeiten, sondern gute Laune und viel Lachen. Das alles hatte ihr zusätzlich das Herz gewärmt.

Ein ganz anderer Punkt war, dass heute der *Tag war. Der Termin, den sie vor gut acht Monaten vereinbart hatte. Nicht für sich. Nein, Sylvia Bentz hatte heute streng genommen frei. Statt ihrer würde Liz Barton zu dem Tattoostudio fahren und sich etwas in die Haut stechen lassen. Wie sie auf den Alias-Namen gekommen war, wusste sie nicht mehr. Sie hatte ihn einfach aus einer Laune heraus gewählt, wahrscheinlich inspiriert von einem Film oder einer Serie im TV.*

Was genau sie sich tätowieren wollte, wusste sie noch nicht. Vielleicht eine Rose? Ein verschnörkeltes Unendlichkeitszeichen? Oder ein mystisches Symbol?

Sylvia Bentz schüttelte den Kopf. Sie spürte, dass es nicht das war, was sie auf ihrer Haut tragen wollte. Es musste persönlicher und individueller sein. Etwas, das nur für sie allein eine bestimmte Bedeutung besitzen würde. Beispielsweise der Name ihrer Kinder. Ja, das würde es werden.

Oder doch nicht?

Ein unbestimmtes Gefühl im Inneren versicherte ihr zwar, dass sie sich auf dem richtigen Weg befand, ihr Ziel aber noch nicht ganz erreicht hatte. Eine Stimme in ihrem Kopf sagte ihr, dass es vorrangig um den Jungen ging, den sie verewigen sollte. Weil sie ihn dadurch praktisch unsterblich machte. Und weil sie ihn so näher bei sich spüren würde.

Larissa würde ihren Weg im Leben machen, aber Linus brauchte diese Nähe. Die Nähe seiner Mutter. Sylvia Bentz musste bei ihm sein und ihn beschützen. Vor der Welt, vor allem. Wenn es bloß einen Weg gäbe, ihn vor allem Schlechten da draußen zu beschützen. Aber den gab es. Das versicherte ihr die innere Stimme. Noch hielt sie sich zurück und wollte nicht verraten, was sie damit meinte.

Heute war auch nicht der Tag, um sich darüber den Kopf zu zerbrechen. Heute war der Tag, an dem Liz Barton ihren Auftritt haben würde. Sylvia Bentz hoffte nur, dass die Wundheilung ihrer Haut gut war. Als sie vor Monaten den Termin im Tattoostudio vereinbart hatte, hatte sie nicht im Hinterkopf gehabt, dass nur zehn Tage nach dem Termin diese eine Gala stattfinden würde. Stefan hatte ihr dafür extra dieses schulterlose rote Abendkleid gekauft. Große Lust darauf verspürte sie nicht. Aber Stefan hatte darauf bestanden und mehrmals betont, wie wichtig das Treffen sei. Für seine Geschäfte, für ihr gesellschaftliches Leben, für alles.

Solche Dinge interessierten Sylvia Bentz nicht. Nicht mehr. Das waren gewöhnliche Dinge, die sie längst hinter sich gelassen hatte. Sie spürte deutlich, dass sie ein neues Kapitel in ihrem Leben aufschlug. Vieles würde sich ändern, und niemand wusste, was alles dazuzählte. Nun ja, die Stimme in ihrem Inneren wahrscheinlich schon. Aber die hielt sich angenehm zurück. Heute war heute. Der Rest ihres Lebens würde erst später beginnen.

Die Urteilsverkündung.

Sylvia Bentz erhob sich als Erste, als Richter Barchmann nach einer kurzen Beratungsphase mit den beiden Schöffen das Urteil verkündete. Kikis Herz raste, als würde sie selbst am Platz der Angeklagten stehen. Die Spannung im Saal war beinahe mit Händen greifbar. Sylvia Bentz schien ins Leere zu starren, und Kiki war sich nicht sicher, ob Barchmanns Worte sie erreichten.

»Im Namen des Volkes ergeht folgendes Urteil: Die Angeklagte wird wegen des Totschlages ihres Sohnes und des versuchten Totschlages an ihrer Tochter zu zwölf Jahren Haft verurteilt. Angesichts der zum Tatzeitpunkt verminderten Schuldfähigkeit ist die Haft in einer psychiatrischen Einrichtung zu verbüßen.«

Barchmann hatte, wie wohl jeder im Saal, während seiner Worte die nun Verurteilte mit seinen Blicken fixiert. Nachdem er geendet hatte, ging ein Raunen und Tuscheln durch die Zuschauerreihen.

»Viel zu milde«, wisperte eine Frau hinter Kiki.

»Da werden Parksünder härter bestraft«, echauffierte sich eine andere.

Was sie selbst von dem Urteil halten sollte? Als Journalistin hatte sie kommentarlos darüber zu berichten. Und dennoch – etwas in ihr wurde unruhig.

Stefan Bentz' Mimik blieb ausdruckslos. Doch Kiki entging das hauchfeine Zucken um seine Mundwinkel nicht. Als der Richter sich setzte und mit der Urteilsbegründung beginnen wollte, wurde die schwere Holztür des Saales aufgerissen. Barchmann stutzte. Alle Köpfe flogen herum. Kiki konnte nicht glauben, wen sie sah: Malte. Er rannte durch den Mittelgang, postierte sich vor dem Tisch, an welchem sonst die Zeugen vernommen wurden, und blickte wild zwischen dem Richter, Sylvia und Stefan Bentz umher.

»Was soll das?«, herrschte der Vorsitzende ihn an. »Sie stören die Verhandlung!«

Zwei Sicherheitsbeamte betraten den Saal. Vermutlich hatten die Securityleute angenommen, dass es sich bei Malte um einen gewöhnlichen Prozessbeobachter handelte, der nur zu spät dran war, dachte Kiki. Und so sah er auch aus: ein hellbraunes Poloshirt, eine dunkle Jeans, weiße Sneaker. Völlig unauffällig. Wäre da nicht sein irrer Blick gewesen, den Kiki hautnah hatte miterleben müssen. Wozu Malte fähig war, wozu ihn der Irrsinn in seinem Kopf treiben konnte, das wusste sie nur zu genau. Ihr Mund wurde trocken, und ihre Innereien verkrampften sich. Dieser Mann war nicht zufällig hergekommen. Irgendetwas würde passieren. Das war so sicher wie das Amen in der Kirche. Nervös wischte sich Kiki die schweißnassen Hände an der Jeans ab.

Die Wachleute waren nur noch wenige Schritte von Malte entfernt. Alle im Saal hielten gebannt den Atem an. Der Größere der beiden streckte den Arm nach dem Störenfried aus. Da griff Malte in einer blitzschnellen Bewegung an seinen hinteren Hosenbund und zog eine Waffe hervor. Kiki stockte der Atem. Einige Frauen schrien auf.

Scheiße, wie hatte er die denn hier hineingeschmuggelt?

»Alle runter auf den Boden«, sagte Malte mit gefährlich ruhiger Stimme. Jemand wimmerte. Aber alle gehorchten. Nach wenigen Momenten des Radaus und Raschelns lag eine gespenstische Stille über dem Saal. Kiki hatte sich so zusammengekauert, dass sie halb hinter einem Stuhl, der umgekippt war, verborgen war und dennoch Malte im Blick hatte. Sie wagte es nicht, den Kopf weiter als nur wenige Millimeter zu heben. Sie bekam nur seine Schuhe und Hose ins Blickfeld. Kiki hoffte inständig, dass hinter dem Richtertisch ein Notfallknopf verborgen war und dass das SEK bereits unterwegs war.

»Malte.« Sylvia Bentz' Stimme klang müde.

»Sylvia! Du gehörst nicht hierher. Du gehörst zu mir. Zu mir!« Malte klang eine Oktave höher als sonst. »Ich nehme dich mit! Du darfst in kein Gefängnis. Du bist meine Frau!«

»Nein.« Obwohl Kiki es nicht sehen konnte, wusste sie, dass Sylvia Bentz mit dem Kopf schüttelte.

»Du hast doch nur aus Liebe getötet. Aus Liebe zu mir!«

Sylvia Bentz schwieg einen Moment. Dann ergriff die rechtskräftig Verurteilte das Wort.

»Ich habe nicht aus Liebe getötet. Ich wollte das nicht. Ich wollte es nicht.« Ein Schluchzen drang aus ihrer Kehle. Es kam von ganz unten, ganz tief drinnen, so als wäre Sylvia Bentz sich eben erst der Tragweite ihrer Tat bewusst geworden.

»Du hast dein Kind getötet. Um frei zu sein. Für mich. Das weiß ich.«

»Nein, Malte. So war das nicht.«

»Und wie war es dann?« Der Geiselnehmer klang matt. »Wie war es dann?«

Kiki konnte sehen, wie Malte ein paar Schritte auf Sylvia Bentz zumachte. Damit verschwand er zur Gänze aus ihrem Sichtfeld. Sie fühlte sich hilflos. So hilflos, dass nicht einmal Platz für Angst blieb. Der Mann, der sich neben Kiki auf den Boden geworfen hatte, zitterte am ganzen Körper. Beißender Uringeruch stieg ihr in die Nase. Irgendjemand hatte sich buchstäblich vor Angst in die Hose gemacht.

»Rede mit mir«, sagte Malte in einem Tonfall, der Kiki klarmachte, dass ein winzig kleines Fünkchen genügen würde, um ihn zum Explodieren zu bringen. Sie erinnerte sich bildhaft an den Altar, den Malte für seine Liebe in seinem Schlafzimmer errichtet hatte. Und sie verstand, was ihn antrieb und gleichzeitig jederzeit aus der Fassung bringen konnte: Er stand am Ende seines Planes und aus seiner Sicht am Beginn seiner Liebe mit Sylvia. Sie hoffte inständig, dass Linus' Mutter empathisch genug war, um zu wissen, was sie sagen musste. Sonst wären sie alle hier im Saal in Gefahr. In Lebensgefahr.

Das Scharren von Stuhlbeinen war zu hören. Kiki nahm an, dass Sylvia Bentz sich auf den mit Sicherheit nicht sonderlich bequemen Stuhl hinter der Anklagebank gesetzt hatte. Malte schien sich ihr, den Schritten nach zu urteilen, zu nähern. Kiki konnte es nur erahnen, aber sie nahm an, dass die beiden sich gleich Auge in Auge gegenüberstehen würden.

»Erzähl es mir!«, forderte Malte mit brechender Stimme. Da sich niemand im Saal bewegte, nahm Kiki an, dass er währenddessen wieder und wieder die Waffe über den am Boden liegenden Menschen kreisen ließ.

Kiki musste genau hinhören, um Sylvia Bentz zu verstehen. Sie flüsterte. »Ja, ich war es, die Linus getötet hat. Ich war es, die Larissa umbringen wollte. Und doch … war ich es nicht.«

»Ich verstehe nicht!«, sprach Malte aus, was Kiki dachte.

»Ich liebe meine Kinder. Ich liebe sie über alles.« Die Mutter unterdrückte ein erneutes Schluchzen. Schnäuzte sich. Räusperte sich. Dann sprach sie weiter. »Malte. Du kennst mich. Du warst es, der mir die Therapie bei Eureka erklärt hat.«

»Wer denn sonst, wenn nicht ich?!«

»Bitte, lass mich ausreden. Lass mich erzählen.« Erneut vernahm Kiki ein Schnäuzen. Das Zittern des Mannes neben ihr nahm ein wenig ab.

Kiki bekam Gänsehaut, als sie das Klicken eines entsicherten Abzuges vernahm. Sie war sich sicher, dass Malte in diesem Moment auf seinen Schwarm zielte.

»Dann rede«, rief er. Wieder veränderte sich seine Stimmlage, wurde nun deutlich tiefer, bedrohlicher. »Mach endlich das Maul auf!«

Ob es die Fatalität des Augenblicks war oder die seit Monaten aufgestaute Wut und Angst, Kiki vermochte es nicht zu sagen.

Aber: Sylvia Bentz redete. »Ich war doch gar nicht ich selbst.« Ihre Stimme klang seltsam gefasst. Und nicht so, als würde sie gerade in den Lauf einer Pistole starren. »Es waren die Pillen.«

»Was meinst du damit? Ein Beruhigungsmittel kann nicht töten.« In Maltes Stimme schwang Spott mit.

»Natürlich nicht. Aber ein falsch eingesetztes Psychopharmakon kann Menschen zu Mördern machen. Und so war es auch bei mir.«

»Sylvia, ich bitte dich. Wer bei Eureka soll dich denn falsch therapiert haben? Das ist doch nur eine Ausrede, weil du nicht mit mir kommen willst.«

»Nein, Malte, das ist keine Ausrede. Ich hatte viel Zeit zum Nachdenken. Und seit ich in Haft bin, wird mein Verstand von Tag zu Tag klarer. Und das, obwohl ich angeblich noch immer das gleiche Medikament bekomme.«

»*Serotripram*?«

»Ja. Die Tablette sieht genau gleich aus. Steckt in der exakt gleichen Verpackung. Und dennoch … Es ist, als würde sich ein Schleier lüften, als würde sich der Nebel in meinem Kopf verziehen.«

»Aber wer sollte denn so was getan haben?«, fragte Malte das, was auch Kiki brennend interessierte.

»Ich weiß es nicht.« Aus Sylvia Bentz schien jedwede Energie gewichen zu sein, so leise sprach sie jetzt.

Malte ging ein paar Schritte auf und ab. Für einen kurzen Moment tauchten seine Beine in Kikis Blickfeld auf, ehe er umkehrte.

»Und an alle die freundliche Durchsage: Liegen bleiben und ja keinen Scheiß bauen!«

Kiki hoffte, dass alle sich daran hielten.

»Ich verspreche dir, wir werden das herausfinden. Wenn du mit mir mitkommst. Dann ist alles gut. Dann ist alles gut.«

»Nein.«

»Sylvia! Du darfst nicht ins Gefängnis! Du gehörst an meine Seite. Ich weiß das. Du weißt das. Es ist alles bereit für uns.« Was Malte damit meinte, wusste Kiki.

»Ich werde meine Zeit absitzen. Ich muss meine Schuld begleichen. Auch wenn ich das nie kann. Niemals werde ich mir verzeihen, was ich getan habe. Ich werde immer die Mörderin meines Sohns bleiben. Ich muss büßen. Ich bin es Linus schuldig.« Sylvia Bentz' Stimme drohte zu kippen. Sie holte tief Luft und fasste sich wieder.

»Zwischen uns war nie etwas und wird nie etwas sein, Malte. Du warst ein Mitpatient. Ein Freund und Vertrauter. Ein Leidensgenosse. Nicht mehr.«

»Du lügst!« Malte brüllte durch den Saal. »Sie lügt! Ihr alle seid meine Zeugen! Sie lügt!«

»Nein. Das tue ich nicht.« Sylvia Bentz wirkte bestimmt.

»Ich knall dich ab, du Schlampe!«

Kiki hörte, wie Malte auf Sylvia Bentz zustürmte. Was dann geschah, passierte, ohne dass sie darüber nachdenken konnte. Reflexartig zog sie ihre Tasche zu sich heran, fischte die darin aufbewahrte blonde Perücke heraus und stülpte sie sich im Aufspringen über den Kopf. Und sie hatte sich schon gefragt, warum sie das Teil nicht schon längst entsorgt hatte. Da hatte sie ihre Antwort.

»Malte!«, rief Kiki. Der Angesprochene fuhr herum. In seinem Blick erkannte sie den Irrsinn – und ungläubiges Erstaunen.

»Natürlich liebe ich dich!«, sagte Kiki und war selbst erstaunt, wie fest ihre Stimme klang. Denn ihr Herz schlug so schnell, dass es ihr den Atem nahm. Ihr war schwindelig. Sie wollte sich irgendwo festhalten, aber da war nichts. Ungewollt stolperte sie einen Schritt auf den Bewaffneten zu. Malte hielt die Pistole nun direkt auf sie gerichtet. Hinter ihm sah sie Sylvia Bentz, die sie fragend anstarrte. Linus' Mutter schüttelte stumm mit dem Kopf, ganz so, als wollte sie Kiki warnen.

»Sylvia!« Plötzlich klang Maltes Stimme ganz sanft, liebevoll. Kiki sah ihn direkt an. Er kam einen Schritt auf sie zu. Dann noch einen. Blieb stehen. Musterte sie aus zusammengekniffenen Augen.

»Alles wird gut«, säuselte Kiki und schenkte ihrem Gegenüber ein, wie sie hoffte, aufmunterndes Lächeln. Ohne die Schusswaffe zu senken, trat Malte zwei weitere Schritte auf sie zu. Er war nur noch zwei Armlängen von ihr entfernt. In seinen Augen loderte es. Schwefelig. Böse. Gefährlich.

»Lass uns gehen«, sagte Kiki und streckte die rechte Hand aus. Ein, zwei Sekunden lang zögerte Malte. Dann begann er, schallend zu lachen.

»Kiki Holland, wie albern du aussiehst!«

Dann zerriss ein ohrenbetäubend lauter Schuss die Stille im Saal. Kiki strauchelte und fiel hintenüber. Ein diabolisches Brennen ergriff von ihr Besitz. Sie schnappte nach Luft. Das Letzte, was sie wahrnahm, bevor eine bleierne Schwärze sie mit sich zog, war das Krachen der aufgestoßenen Saaltür. Das Letzte, was sie sah, ehe sie das Bewusstsein verlor, waren bewaffnete Uniformierte mit Schusswesten und Helmen. Der Knall eines weiteren Schusses erreichte sie nur noch aus weiter Ferne. Ein Körper klatschte zu Boden. Dann war alles schwarz. Still. Tot.

Zuerst waren da unklare Geräusche. Ein elektronisches Piepen. Schritte. Ein mechanisches Klacken. Dann ein Scheppern und das leise Fluchen eines Mannes. Obwohl etwas Vertrautes in seiner Stimme lag, vermochte Kiki sie nicht zuzuordnen. Sie war nicht einmal sicher, ob sie die Person tatsächlich kannte. Kiki versuchte, die Augen zu öffnen. Ihre Lider schienen Tonnen zu wiegen. Obendrein waren sie verklebt vom Schlafsand. Was war geschehen? War sie eingenickt? Wo befand sie sich überhaupt? Der Stoff unter ihr fühlte sich weder wie ihr Bett noch wie Tortes Couch an. War sie eventuell bei Tom? Der Untergrund war zwar weich, aber trotzdem unbequem. Nichts, das sich jemand freiwillig in seine Wohnung stellen würde. Vor allem nicht jemand wie der Maulwurf. Ihr Maulwurf.

Der Gedanke an ihn wärmte ihr Herz. Sie sehnte sich nach ihm. Wo war er? Und wo war sie?

In dem Moment fiel es ihr wieder ein: Sie war bei der Verhandlung gewesen. Wegen der Urteilsverkündung. Dann war plötzlich jemand in den Gerichtssaal gestürmt. Nicht jemand, *Malte*. Er hatte sie mit einer Waffe bedroht … und abgedrückt.

Erschrocken riss Kiki die Augen auf. Binnen eines Atemzugs war sie hellwach.

Sie versuchte, sich aufzurichten, doch etwas in ihrem Oberkörper begann bereits bei der kleinsten Bewegung, höllisch zu brennen. Eine Sekunde lang wurde ihr regelrecht übel vor Schmerz. Grelle Explosionen zuckten vor ihren Augen, bevor das Bild aufklarte. Sie befand sich in einem lichtgefluteten Raum. Ein Krankenhauseinzelzimmer mit weiß getünchten

Wänden, jeder Menge Überwachungselektronik um sie herum und mit einem Platz am Fenster. Durch die Jalousien fielen grelle Sonnenstrahlen herein. Es war viel zu hell, um in diese Richtung zu blicken. Aber sie spürte die angenehme Wärme, und das genügte ihr.

Ein leises Räuspern veranlasste sie, vorsichtig den Kopf zu drehen. Sie erwartete, Torte oder Tom zu erblicken. Stattdessen trat ein blonder Mann mit schulterlangen Haaren und weichen Gesichtszügen auf sie zu. Irgendwo hatte sie ihn schon einmal gesehen.

»Hallo, Frau Holland, wie geht es Ihnen?«, fragte er mit seiner tiefen Stimme. War er ein Lehrer? Allerdings konnte sie sich nicht entsinnen, in der letzten Zeit in einer Schule gewesen zu sein.

»Ich bin Kriminalhauptkommissar Scherle«, stellte er sich vor. »Erinnern Sie sich an mich?« Anscheinend stand ihr die Unsicherheit überdeutlich ins Gesicht geschrieben.

Die Erwähnung seines Berufs und seines Namens stellte die entsprechenden Verbindungen in ihrem Gehirn her. »Ich erinnere mich. Sie waren auf der Polizeiwache. Wir haben uns über Eureka unterhalten.«

»Genau. Sie haben uns eine Menge Arbeit beschert.«

»Gute Arbeit? Für die gerechte Sache? Die hoffentlich zu vielen Verhaftungen geführt hat?«

»Die Ermittlungen sind noch in vollem Gange.«

Kiki lächelte milde. »So etwas in der Art sagten Sie beim letzten Mal auch. Dass Sie erst alles prüfen müssten.«

»Ist ja auch so. Wie fühlen Sie sich?«

»Als wäre ich von einem Verrückten niedergeschossen worden.« Sie wartete auf eine Reaktion, doch Scherle verzog nicht einmal die Mundwinkel. Also fuhr sie fort: »Mir tut alles weh. Und ich fühle mich ziemlich matt. Als hätte ich tagelang geschlafen. Apropos: Wie lange war ich weg?«

Dass er nicht gleich antwortete, verunsicherte sie. Wie lange war sie denn bewusstlos gewesen? Nur wenige Stunden? Oder etwa Tage, Wochen … vielleicht sogar Monate? An noch größere Zeitspannen wollte sie lieber nicht denken.

»Drei Tage«, sagte er schließlich. Kiki atmete auf. Das war nicht ganz so schlimm wie befürchtet. »Fragen Sie mich nicht nach den medizinischen Details. Ich weiß, dass die Kugel wichtige Arterien verletzt hat und es dadurch einige Zeit recht kritisch um Sie stand. Wenn ich den Arzt richtig verstanden habe, sind Sie inzwischen über den Berg. Es wird einige Zeit dauern, bis Sie wieder vollständig fit sind. Und nur darauf kommt's an. Sie sind hier in guten Händen.«

»Wo ist *hier*?«

»Im Westklinikum. Sie sind vom Gericht aus direkt in die Notaufnahme gebracht worden.«

Sie warf einen Blick aus dem Fenster, in der Hoffnung, draußen etwas Vertrautes zu erkennen. Das gleißende Sonnenlicht machte ihr auch diesmal einen Strich durch die Rechnung. »Was habe ich in den drei Tagen alles verpasst?«

»Auf jeden Fall Ihren Freund. Den Gärtner. Er ist die ganze Zeit kaum von Ihrer Seite gewichen. Hat sogar hier übernachtet. Jetzt ist er kurz nach draußen gegangen, weil er dringend mal musste. Ihr anderer Kumpel, der mit den blonden Locken und den vielen Tattoos, war auch mehrfach da.«

»Und Sie offenbar ebenso.«

Scherle winkte ab. »Die Schwestern haben mich auf dem Laufenden gehalten. Ich hatte die Zeit über mit Ermittlungen und Befragungen zu tun. Wie gesagt, Sie haben uns einiges an Arbeit verschafft. Um Eureka und das ganze Drumherum kümmert sich jetzt eine eigene Sonderkommission. Die heißt originellerweise *SoKo Segelboot*. Der Polizeichef hat eine lückenlose Aufklärung versprochen, und genau die werden wir liefern. Strafanzeigen gegen Hamadi, Wolter und Strümpfel wurden bereits gestellt. Das ganze Unternehmen wird einer eingehenden Prüfung unterzogen werden. Die Studien zu *Serotripram* wurden fürs Erste komplett auf Eis gelegt. Auch hier werden die Fachleute genau hinschauen, was es mit dem Medikament auf sich hat. Und natürlich, wie es um die Finanzen und die Buchhaltung bestellt ist. Was Ihren schießwütigen *Freund* Malte betrifft; der sitzt in Untersuchungshaft. Bei ihm sind sich die Experten noch uneins, ob er überhaupt schuldfähig ist. Er selbst behauptet, dass er es sei. Das ist schon seltsam. Manche Leute wollen lieber ins Gefängnis, als eine tiefschürfende Therapie zu machen. Aber das muss jeder selbst wissen. Ich schätze mal, er wird ebenfalls in Sicherheitsverwahrung kommen. So wie sein Schwarm Sylvia Bentz. Der es übrigens den Umständen entsprechend gut geht. Sie wurde im Gericht nicht verletzt, ist aber noch immer ziemlich schockiert. Sie hat sich mehrmals nach Ihnen erkundigt. Was hat Sie nur geritten, sich diese Perücke aufzusetzen?«

»Das war eine spontane Entscheidung. Ich hatte gehofft, Sylvia Bentz dadurch aus der Gefahrenzone zu bringen. Hat ja funktioniert.«

»Ja, und gleichzeitig Ihr eigenes Leben in große Gefahr gebracht. Um ein Haar wäre die Aktion anders ausgegangen. Tödlich, um genau zu sein. Sie hatten Glück, dass unsere Männer vom SEK genau im richtigen Moment zur Stelle waren und Malte erschossen haben, Kopfschuss, letal.«

Kiki schluckte trocken. Für den Moment war sie froh, dass sie keine Erinnerung an jenen Augenblick hatte, der so knapp zwischen Leben – ihrem – und Tod – Maltes – entschieden hatte.

»Da hatten Sie einen großen Schutzengel, Frau Holland. Vielleicht mehrere. Bitte tun Sie so etwas nie wieder.«

»Ich werde mein Bestes geben.« Das Versprechen entlockte ihr ein schmales Lächeln, in das der Kommissar mit einstimmte. Im Kopf ging Kiki noch einmal das durch, was der Polizist ihr berichtet hatte. Es freute sie, dass die Ermittlungen am Laufen waren und sogar eine SoKo zur Untersuchung der Ereignisse gegründet worden war. Vermutlich würden selbst die teuersten Anwälte der Welt nicht genügen, um Eureka hier vollständig herauszupauken. Wobei ... Heutzutage konnte man da nie völlig sicher sein. Kiki jedenfalls hatte ihren Teil der Arbeit erledigt. Der Rest lag nicht mehr in ihrer Hand. Ihr Job war es nur noch, einen wasserdichten Artikel zu schreiben. Und sie wusste und ahnte bereits, dass sämtliche große Tageszeitungen und Wochenmagazine ihn drucken würden. Vermutlich wäre sie auch ein-, zweimal erneut Gast in einer Talkshow. Schon jetzt freute sie sich auf die bezahlten Bahnfahrten erster Klasse, das exzellente Catering, die kostenlose Ausstattung der Einkleider und die fabelhaften Hotels. Dieses Mal allerdings würde sie ein Doppelzimmer verlangen.

Eine Frage brannte ihr noch unter den kurz gefeilten Nägeln.

»Was ist mit Sylvia Bentz' Ehemann – Stefan Bentz?«

»Das Verfahren ist noch in der Schwebe. Ebenso das gegen Doktor Hernando. Die Zeit wird zeigen, wie es den beiden ergehen wird. Stefan Bentz hat sich jedenfalls schon mal ziemlich reumütig gezeigt. Er besucht seine Frau jeden Tag in der geschlossenen Einrichtung. Zwar nur für wenige Stunden, aber immerhin. Und er bringt gelegentlich sogar die Tochter mit.«

»Larissa? Das ist gut. Wie geht es dem Mädchen?«

»Schwer zu sagen. Sie ist bei einem Kinderpsychologen in Behandlung. Und offenbar hat sie ein enges Vertrauensverhältnis zu ihrem Kindermädchen.«

»Danuta.«

»Kann sein. Nun ja. Wie gesagt. Wir ermitteln weiter, und der Rest liegt dann in der Hand der Justiz.«

»Die langsam mahlt …« Kiki holte tief Luft, als der Schmerz sie wie ein heißes Messer traf. Sie sah sich suchend um, wollte den Rufknopf für die Krankenschwester drücken. Scherle kam ihr zuvor.

»Drücken Sie hier!«, sagte er und wies auf eine Pumpe, die Kiki an einer Binde um das Handgelenk gelegt worden war. »Da ist Morphium drin.«

Kiki betätigte den Hebel. Sekunden später flachte der Schmerz ab.

»Leider wurde der Wirkstoff limitiert«, lächelte Scherle. »Als ich ganz am Anfang meiner Polizeilaufbahn angeschossen wurde, konnte ich drücken, so oft ich wollte. Mit dem Effekt, dass ich im OP-Hemd und mit dem Rollstuhl in die Altstadt entflohen bin und die Kollegen mich zurück auf Station bringen mussten.«

Die Patientin verkniff sich das Lachen. Scherle beugte sich vor.

»Frau Holland, wenn Ihnen der Job als investigative Journalistin mal nicht mehr gefällt, kann ich Ihnen den neuen Kaffeevollautomaten im Präsidium empfehlen.«

»Ich glaube nicht, dass ich …« Weiter kam sie nicht.

Kiki hörte, wie hinter Scherles Rücken eine Tür geöffnet wurde, und schaute neugierig an dem Ermittler vorbei. Nur Sekunden darauf erblickte sie Toms erstauntes Gesicht. Ihre Blicke trafen sich. Kikis Herz klopfte schneller.

»Du bist wach!«, stellte er das Offensichtliche fest. Mit wenigen Schritten war er bei ihr. Er schien sie umarmen und küssen zu wollen, hielt sich jedoch aus Rücksicht auf ihren angeschlagenen Zustand im letzten Moment zurück. So beschränkte er sich darauf, ihre Hand zu ergreifen und ihr einen sanften Kuss auf die Stirn zu geben.

»Ich geh dann mal wieder«, sagte Scherle mit sanfter Stimme. »Schön, dass es Ihnen gut geht. Danke für die gute Vorarbeit. Und denken Sie an die Pumpe und an mein Angebot.«

Eine Erwiderung wartete er nicht ab, sondern verließ das Patientenzimmer. Es war nichts, worüber sich Kiki jetzt Gedanken machen würde. Viel zu froh war sie, Tom um sich zu haben. Der Maulwurf überhäufte sie mit Fragen und wuselte gleichzeitig aufgeregt um ihr Bett herum. Er bot ihr an, etwas zu trinken zu holen. Oder etwas zu essen. Und die elektrische Liegefunktion ihres Bettes anzupassen. Die Jalousien abzudunkeln. Die Sonne vom Himmel zu holen. Zweifellos hätte er alles für sie getan. Viel zu groß war seine Erleichterung und Freude, dass es ihr besser ging.

Gerade als er zu einer weiteren Frage ansetzen wollte, vibrierte das Smartphone in seiner Hemdtasche. Tom stöhnte genervt. »Das ist bestimmt wieder dein Chef. Dieser Markus Kahler. Weiß der Teufel, wie der an meine Nummer gekommen ist. Ist nicht das erste Mal, dass er anruft und wissen will, wie es dir geht.«

»Vielleicht ist er besorgt?«

»Ja, ein bisschen vielleicht. Allerdings will er auch jedes Mal wissen, wann du wieder einsatzbereit bist. Er wartet händeringend auf deinen Exklusivbericht. Nichts sei so unwichtig wie die Meldung vom Vortag, hat er mir erklärt. Ich wusste gar nicht, was ich darauf erwidern sollte.«

»Am besten gar nichts. Und wenn doch, sag ihm, dass er sich noch etwas gedulden muss. Gerade bin ich etwas indisponiert.«

Mit diesen Worten auf den Lippen zog Kiki den Maulwurf zu sich heran und gab ihm einen langen, innigen Kuss.